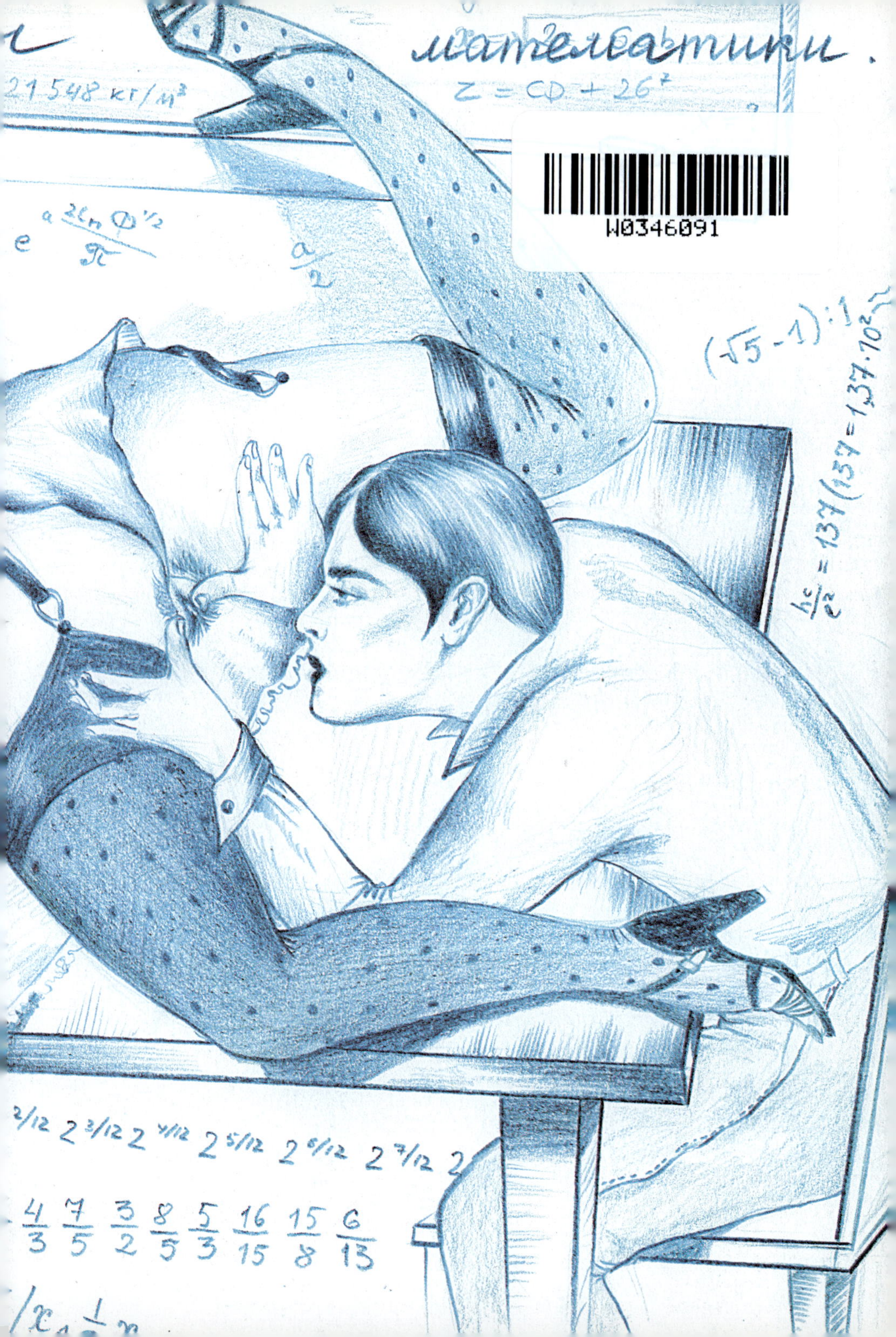
математики.
21 548 кг/м³
Z = CD + 26⁷
(√5 - 1) : 1
2 3/12 2 4/12 2 5/12 2 6/12 2 7/12
4/3 7/5 3/2 8/5 5/3 16/15 15/8 6/13

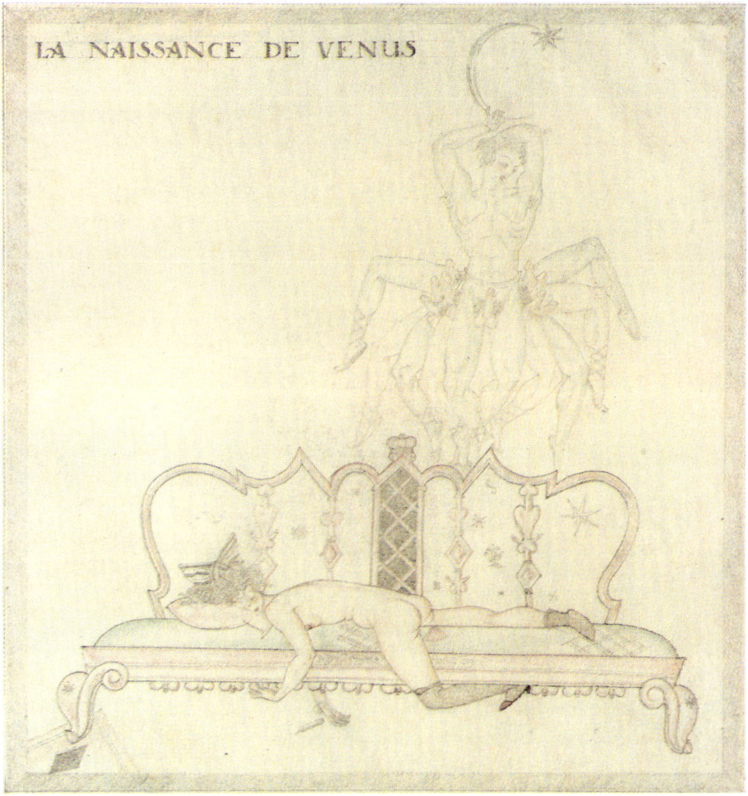

Impressum

PF 1621 – 72006 Tübingen – Tel. 07071 / 66551 – Fax 63539
Die Autoren sind für ihre eingesandten Beiträge und
Materialien rechtlich selbst verantwortlich.
Gesamtherstellung: Typo-Druck Roßdorf GmbH
Grafische Konzeption & Gestaltung: Günter H. Seidel
Titelbild von Evgenij Kozlov
ISBN 3-88769-120-2

Claudia Gehrke + Uve Schmidt

Mein heimliches Auge

Das Jahrbuch der Erotik XII

konkursbuch

Vorwort Claudia Gehrke

An dem Abend, bevor ich das Vorwort schreiben wollte, sollte ich einen Vortrag in der Bibliothek einer Kleinstadt halten. Als ich ankam, herrschte große Aufregung. Eine Gruppe hatte ein Fax an Landräte und Leiter der Bibliothek geschickt: Frau Gehrke verlege "Gewaltpornografie". Es gab politischen Ärger. Die Frauenbeauftragte dieser kleinen Stadt kam an dem Abend sozusagen als Abgesandte. Mein Vortrag über FrauenLust und Zensur löste die Aufregung ein bißchen auf, die Frauen lachten viel. Anschließend nahm die Frauenbeauftragte ein AUGE zur Hand, per Zufall eine der älteren Nummern, öffnete es und las: „affentittengeile Fickschwänze suchen..." Eine Collage aus Kontaktanzeigen, eine Aneinanderreihung der pornografischsten Zitate in Lyrikform, eine Satire. Sie nahm es für bare Münze, blätterte weiter, sah etwas, was aussah wie kopulierende Knaben, (eine zarte Zeichnung aus den 20er Jahren mit jungen Matrosen), und klappte das Buch wieder zu. Sie notierte etwas und ging. Es war wie verhext. Als würden genau die Bilder & Texte sich selbstständig machen, die sie befürchtete, und allein um mich zu ärgern direkt zu ihr springen. Sie hielt vielleicht alle meine Worte für Lügen. Daß jener männlich-pornografische Wortschatz der Collage nicht Inhalt des *AUGEs* ist, daß er durch satirische Übertreibung absurd und seiner für manche Frauen sicher beängstigenden Macht beraubt und schlicht komisch wird, hat sie nicht wahrgenommen. Oder doch. Vielleicht war meine Beobachtung nur meiner Angst entsprungen.

Das A*UGE* lebt davon, daß man es von vielen Seiten aufschlagen kann. Und auch davon, daß diese negativ besetzten Worte/Bilder manchmal einen verbotenen Kick ausüben. Daß sich ihr satirischer, kommentierender Kontext erst auf den zweiten Blick enthüllt. Daß wir uns nicht eingestehen, daß in entsprechenden Situationen „Fick mich" zu denken anmachender ist, als zu denken „ich möchte jetzt gerne mit dir schlafen". Und auch durch diese Widersprüche, in denen wir uns selbst dauernd verfangen, wenn wir offen über Lust reden/denken möchten, blitzt vielleicht etwas vom Geheimnis der Erotik auf - denn daß uns die Erotik im Zeiten von Internet und Gewaltdebatten genommen wird, stimmt nicht. Jede/r verliebt sich, jede/r leidet immer wieder neu an den kleinen und großen Mißerfolgen seiner alltäglichen Liebesversuche. Und hat Sekunden des Glücks, wenn es denn zu gelingen scheint. Da gibt es Texte von anrührender Ehrlichkeit - ich spüre, das ist wirklich die Autorin in dieser Geschichte, da gibt es gut erzählte, konstruierte Phantasieerlebnisse, die durch ein Lachen am Schluß der Erzählung plötzlich etwas in mir erzeugen, etwas wie Erkenntnis. Da gibt es naive Selbstbefriedigungstexte, die vielleicht zuerst das Gefühl erzeugen, das kenn ich doch, kann sie nicht mal andere Worte finden, und dann beim zweiten Blick doch sympathisch gerade in ihrem Kitsch werden. Und natürlich sind die Texte und Bilder nicht immer politisch korrekt. Da gibt es einen satirischen Text, der in jelinekscher Manier an der Heterosexualität genau das als ein Moment der Lust aufzeigt, was von Frauen mit Recht bekämpft werden

muß, da gibt es, blättert man um, sofort den Widerspruch in einem lesbischen Text. Die Texte und Bilder kommunizieren miteinander.
In keinem der Texte jedoch wird ohne die Berührung einer Unmenge anderer Aspekte des Lebens gefickt. Natürlich sind auch die „Liebesgeschichten“ nicht immer politisch korrekt. Es geht auch um Kontrolle. Um das Wechselspiel von Gemeinheiten und Lust, das in jeder engen Beziehung stecken und gerade auch im Sex vorkommen kann. Bei den Phantasien sexueller Lust wird den Frauen/Lesben auch heute noch vorgeworfen, „gewalttätige Heterosexualität“ zu imitieren und damit den Feminismus der 70er Jahre zu verraten, der angetreten war, jene neue weibliche Sexualität zu erfinden. Eine Balance zwischen feministischer Politik und persönlicher Lust zu finden, bleibt ein sinnvolles Anliegen der erotischen Literatur von Frauen. Doch die Lust erfindet sich neu in den Texten, lesen wir genau: es gelingt, darüber mit Witz und unverkrampft zu sprechen. Und gerade in diesem Witz, die Paradoxien zwischen Sehnsüchten und Realitäten mit zu beschreiben, liegt meines Erachtens eine neugewonnene Stärke der "weiblichen Erotikliteratur der Neunziger".
Auch in diesem AUGE gibt es Gespräche, in denen es um das „wirkliche Leben“ geht: Was heißt „Grenzüberschreitung“ in der Lust. Sollten/können wir überhaupt unsere Phantasie begrenzen. Viele Menschen lassen sich Löcher ins Ohr stechen, manche durch den Bauchnabel, die Nase, die Mösenlippen, den Schwanz. Ein Loch in den Körper zu machen, ist eine Grenzüberschreitung. Ein autoerotischer Umgang mit dem eigenen Körper. Oder Gewalt. Der Ring in der Brustwarze hält sie erregt.

Es gibt schöne erotische Oberflächen, die sich vielleicht auch in den Bildern der Werbung finden ließen, blättert man um, dann findet man die private Perspektive desselben Bildes. Und dazwischen schillert die Erotik. Im Schwanken zwischen den Wünschen nach der glatten funktionierenden Oberfläche und den Brüchen, unfertigen Sätzen, Bäuchen und Narben. Unsere Körper sind nicht glatt, unsere Gedanken und Phantasien nicht immer ordentlich. Und vielleicht ist das *AUGE* ein wenig Seh- und Leseschule. Bilder, die miteinander und gegeneinander ein genaueres Sehen ermöglichen. Auch wenn sich die Bilder & Texte verselbständigen und die falschen Bilder (oder vielleicht sind es doch die richtigen) die falschen Personen anspringen.
Und ich hoffe, daß die Verfolger, die per Hexenkunst in unserem *AUGE* nur das sehen, was sie bekämpfen, es nicht schaffen, mir die Freiheit zu nehmen, diese Konfrontation, dieses Gespräch der Bilder und Texte untereinander zu ermöglichen. Und Ihnen nicht die Freiheit, durch Anschauen, Lesen, Vergleichen etwas zu finden, was Ihnen vielleicht wirklich Spaß macht, sich aber auch klar zu werden darüber, was Sie nicht mögen ... Und lassen Sie sich bitte immer wieder mal verhexen! Die Bilder und Texte haben ein Eigenleben, sie begegnen sich in diesem Buch und nirgendwo sonst...

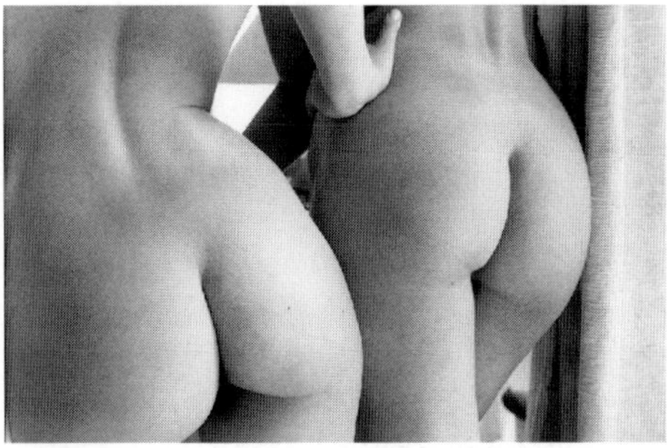

Claude Alexandre

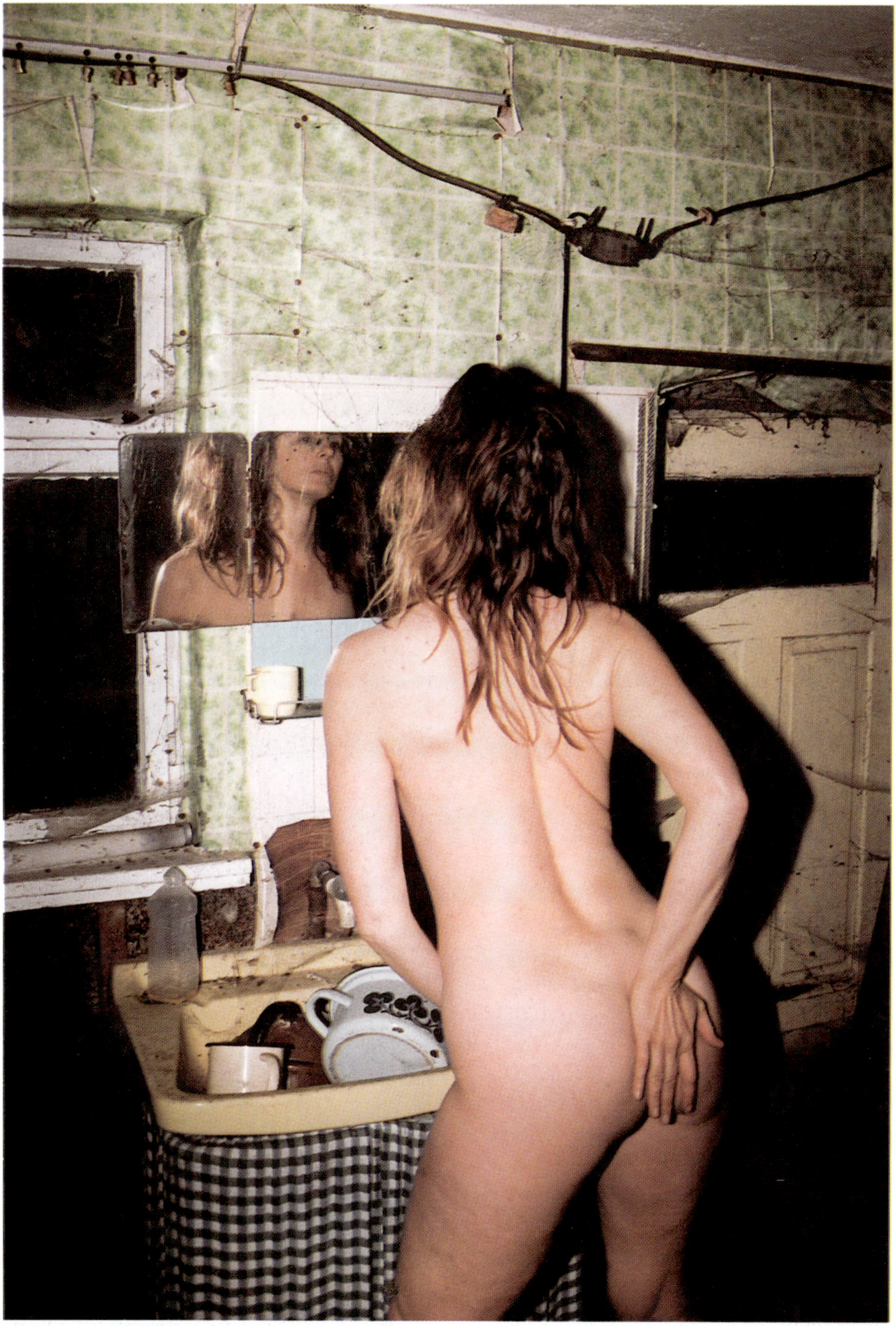

Vorwort Uve Schmidt

Neulich sah ich einem Königskobrakoitus zu, circa 30 Sekunden auf dem Bildschirm, was in realiter bis zu drei Stunden dauern kann. Mich beeindruckte weniger der elegante, lautlose Akt, als der hernach präsentierte Penis, ein purpurnes Croissant, geschwollen auf den Umfang des Schlangenleibes. Während ich mir denken konnte, daß die weibliche Kobra über eine Vagina verfügt (woher sonst kämen die Eier?), hatte ich bislang nicht einmal darüber nachgedacht, wie und womit männliche Vertreter der fußlosen Reptilien ihre Vermehrung bewerkstelligten. Für Naturbeobachter ist dies seit Jahrtausenden kein Rätsel, indes wurden Balz und Begattung dieser kapitalen „Dschungelmajestäten" in freier Wildbahn (angeblich) erstmals gefilmt. Man lernt also niemals aus, auch auf dem Sektor Sexualität nicht, wenngleich mir das Geschaute im Leben weder weiterhilft, noch mein privates Geschlechtsleben bereichert. Folglich fragt man sich, welche biologischen und sozialen Entdeckungen und Erkenntnisse uns sexuell, bzw. libidinös noch auf die Sprünge bringen, da das Versuchstier Mensch in Bett und Flur weitgehend durchgecheckt scheint. Gelichwohl dürften diesbezügliche angenehme Überraschungen eher aus der längst nicht ausgeforschten Natur (z.B. pflanzliche und tierische Stärkungs- und Ermunterungsmittel) stammen, als daß in unseren Köpfen und Unterhosen sich neue sexuelle Ideen regten und entwickeln ließen, welche unabhängig von leichtindustriellen Scherzartikeln, kriminellen Energien und/oder altneuen Glückslehren zu zwischenmenschlichen Freudenfesten führen. Bedauern sollten wir diese unsere natürlichen Grenzen nicht, hingegen dürfen wir staunen, wie in dieser unserer Gesellschaft dem (einstens nur in Pennälerkreisen so benannten) *Thema Nr. 1* heute noch und weiterhin ein thematischer (sic) Stellenwert zukommt, wie zu allen Zeiten der Futterfrage, Krieg oder Frieden, dem zivilen Tod und den zivilen Affairen. Daß die aufgeführten sozialen Posten - auch der Tod ist ein solcher ! - alle miteinander und mit dem Sex wesentlich, ja, ursächlich zu tun haben, bleibt umstritten. Daß das Thema Sex mittlerweile einen nonfrivolen konservativen Denker & Diagnostiker wie Johannes Gross zu einer Notiz verführte, gibt zu denken. In der 79. Folge (August 1997) seiner F.A.Z.-Magazinseite serviert er diese abgeschlossene Erkennt-

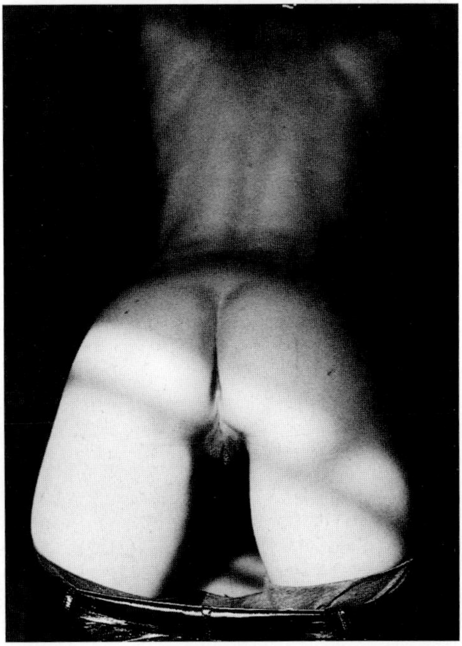

nis: „Die Popularität sexueller Themen in Fernsehprogrammen hat eine geheime politische Rechtfertigung: die tiefe Sehnsucht der Gesellschaft nach Gleichheit. Sexuelle Befriedigung in allen sexuellen Spielarten stellt Gleichheit her, von den Spitzen der Gesellschaft bis zu ihrem Bodensatz. Auf allen anderen Feldern findet Differenzierung notwendig statt; in der Sexualität manifestiert sich Gleichheit so unerbittlich wie der Tod."
Schön gesehen und gesagt, nur stimmt es nicht. Ferne, Gross einen generellen Erfahrungsmangel auf dem weiten Felde intersozialer Sexualität zu unterstellen (oder, daß er den Marat-Adepten de Sade verinnerlicht habe), muß man vermuten, daß der elitäre Johannes sich diese Deutung abgerungen und ausgedacht hat, um, ganz nebenbei, im Dienste eines herrschenden Interesses diesbezügliche Tatsachen zu verdrehen.
In keiner Gesellschaft schlummert oder rumort eine `tiefe Sehnsucht nach Gleichheit', sondern bestenfalls nach Gerechtigkeit, in keiner zivilisierten Gesellschaft vermag die Sexualität eine unerbittliche Gleichheit zu manifestieren, da von der Wahl des Geschlechtspartners bis zum Nachspiel, von der ungleichen Verteilung der ererbten Naturgaben bis zu den materiellen Möglichkeiten schlechterdings keine Gleichheit via Sexus herzustellen ist, geschweige zu manifestieren wäre. Es sei denn, Gross wertete Machogetöse und vorgetäuschte Orgasmen als manifeste

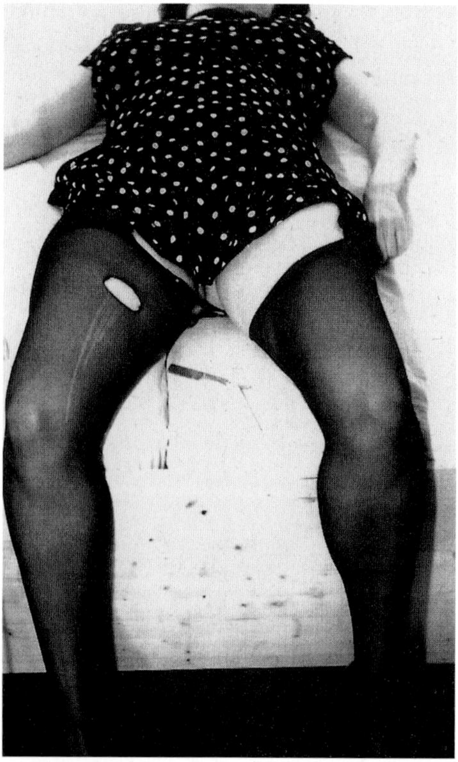

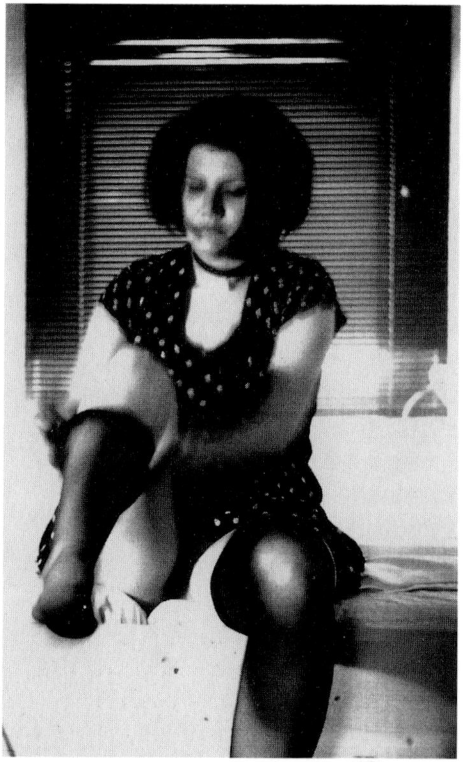

Pascale Zahn

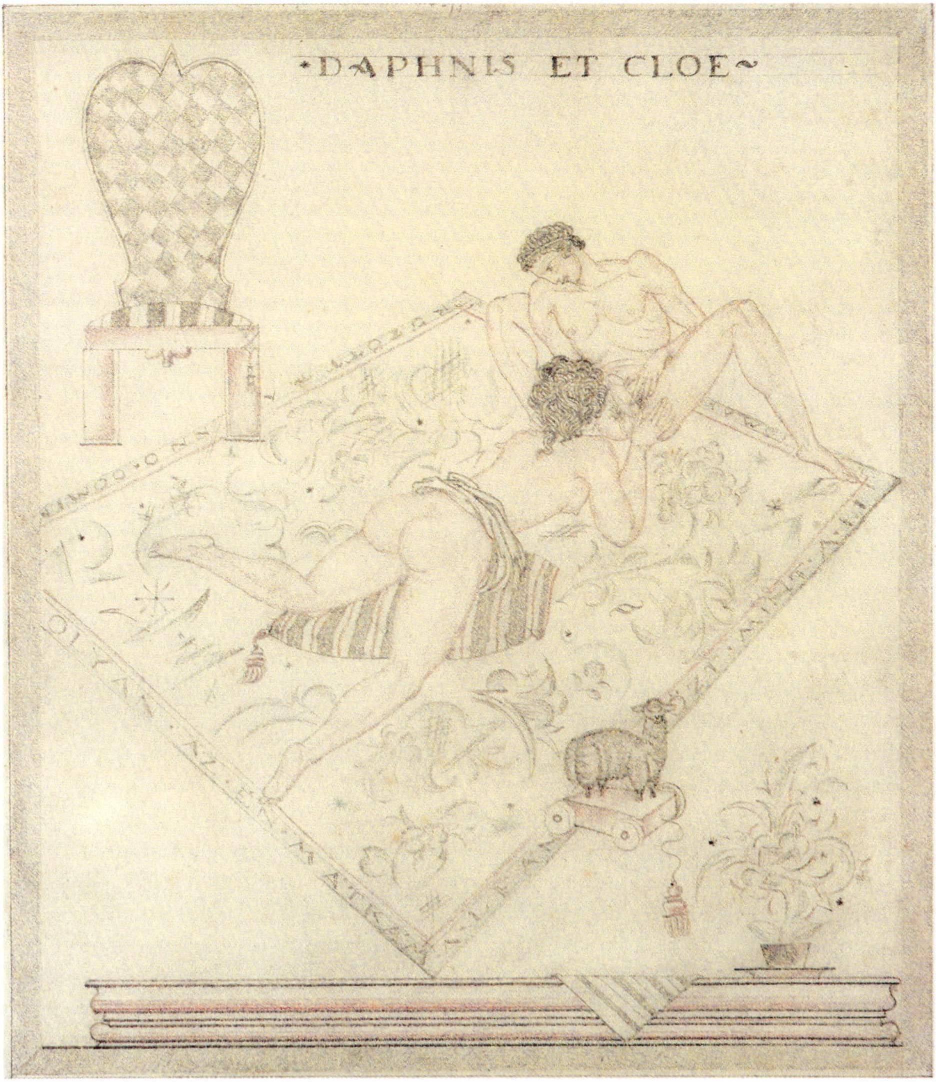

Sexualität und betrachtete die sexuell aktive Gesellschaft wie eine bis auf den nackten Arsch ausgeplünderte Tourikarawane, welche in der Sahara einen Modus für ihre Notdürfte finden muß. Doch was immer Gross glaubt oder behaupten möchte: In allen Medien (omnipräsent in der Werbung!) wird das Thema nicht nur absatzfördernd benutzt, es soll vor allem nützen, das Volk (zu dem Gross, Roberto Blanco und Claudia Gehrke bloß de jure gehören) abzulenken und zu trösten wie weiland der Groschenroman oder die Gladiatorenspiele (mit den Staatsnutten in den Logen), unerbittlich wie der Tod der falschen Freier als Kunstfiguren und das

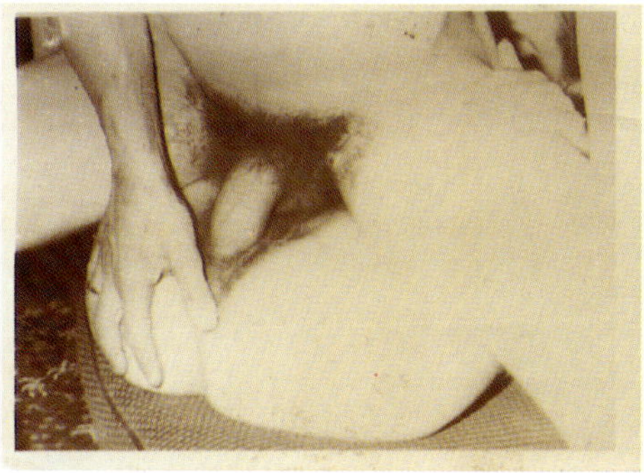

blutige Sterben der realen Kampfsklaven. Es war leider schon immer so: Je nachdem, welcher Kulturkreis in die Identitätskrise geriet, welche Regime und Systeme kollabierten, bzw. einen Kollaps abzuwehren trachteten - stets stand der Sex zur Disposition, war die Sexualität von Männern und Frauen ein wachstumswunschfreier Faktor, dem allerhöchste Aufmerksamkeit gelten mußte, wollte man Kriege, Wahlen und Verteilungskämpfe gewinnen mit der Hilfe von Untertanen, die in schweren Zeiten sich lieber beim *Tanz auf dem Vulkan* vergnügen, als Wiegenliedern zu lauschen oder lustfeindlichen Warnungen. Letztere indes sind Programmbestandteil: Von Staats wegen wurde noch keine populäre Lustbarkeit, kein läßliches Laster ersatzlos gestrichen. Selbst die Prohibition konnte nur dann und dort durchgesetzt werden, wo eine starke Befürwortung in der Bevölkerung bestand und traditionell der Schmuggel und die Schwarzbrennerei blühten, und natürlich waren in den späten 40er Jahren und in den frühen 60ern die Kinos nicht proppevoll, wenn vor Geschlechtskrankheiten gewarnt oder >der Weg ins Leben< gewiesen wurde, sondern weil die Abschreckungs- und Aufklärungsfilme mit der Sünde lockten wie die Schlange, der es nur um den Erfolg ihrer Verführungskunst ging, nicht um die Erfüllung der Erfolgserwartungen Evas, im Gegenteil. Doch ob im Garten Eden oder im alten Rom, im Mitteleuropa der Apokalyptischen Reiterei, des Faschismus oder Stalinismus, in der Neuen Welt (von Salem bis Hollywood) oder in der virtuellen Welt Ostasiens - kein Hexenhammer wird so plump geschwungen, um seine Schlagrichtung zu verfehlen oder verhehlen zu können, kein Heiligenhemdchen wurde je so pleuröse gestrickt, um den Schamwinkel negieren oder neutralisieren zu sollen. Es waren die Propheten und PriesterInnen, welche selten zuständige Unterleibskenner waren, sich aber auskannten in den Seelen und Saftkammern des homo ludens. Ihnen verdankt der Kulturmensch Sittengesetze, vor denen zwar alle gleich, aber etliche gleicher waren und bis St. Nimmerlein bleiben werden, und oben wie unten träumt man/frau vom Superfick, doch niemand von Gleichheit. Lange vor Ruhm & Reichtum war Sex der maßgebliche Antrieb, die Welt außerhalb des nährenden Jagdreviers zu erkunden und zu erobern, während daheim die Frauen in den Kindbetten starben und die schönsten Jungfern im goldenen Käfig schmachteten: Was waren die ersten Expeditionen anderes als bewaffnete Herrenpartien zum Zwecke des Schändens und Beutemachens, speziell des Raubes von Lustobjekten? Von Sehnsucht nach unerbittlicher egalité konnte damals wie heute keine Rede sein, wohl aber ein Minnesänger oder Kantor derlei dichten, so, daß vornehmlich den Frauen die Ohren klangen ...

Johannes Gross mit Psalter und Tafelgong in seiner publizistischen Plüschnische, die ihm ein Beiblatt einräumt, welches immer mehr der Not gehorcht, ein Edelkonsumanzeiger sein zu müssen - ich denke und

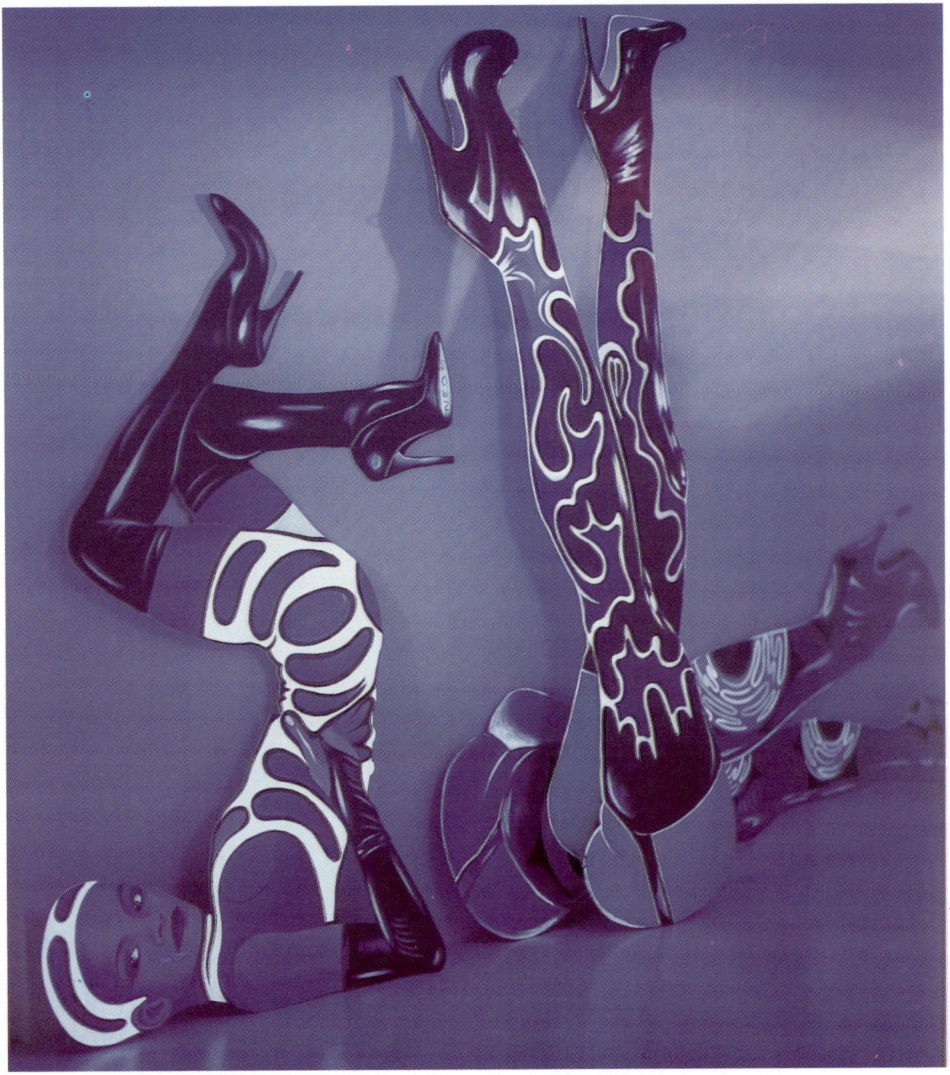

Anne-Mary Deutsch

hoffe, er hat die >Gleichheit< gewisser Gedanken gemeint, die bekanntlich so frei sind wie der verdammte Markt ... Daß für die Käufer- und LeserInnen von MEIN HEIMLICHES AUGE Gleichheit gilt beim Erwerb, gestatten die deutsche Demokratie und eine menschenfreundliche Preisgestaltung, daß Gleichheit der Rezeption bestünde, ist so undenkbar wie *ein Lesespaß für die ganze Familie.* Es ist die natürliche Ungleichheit der Menschen, die unserem Jahrbuch seine thematische und künstlerische Vielfalt verschafft, andererseits bedingt diese Ungleichheit auch alle Unvollkommenheiten. Ich verspreche, wir arbeiten daran, denn gleichgültig ist uns kein Wunsch, gleich garstig aber jeglicher Befehl.

Lilith von Sirius

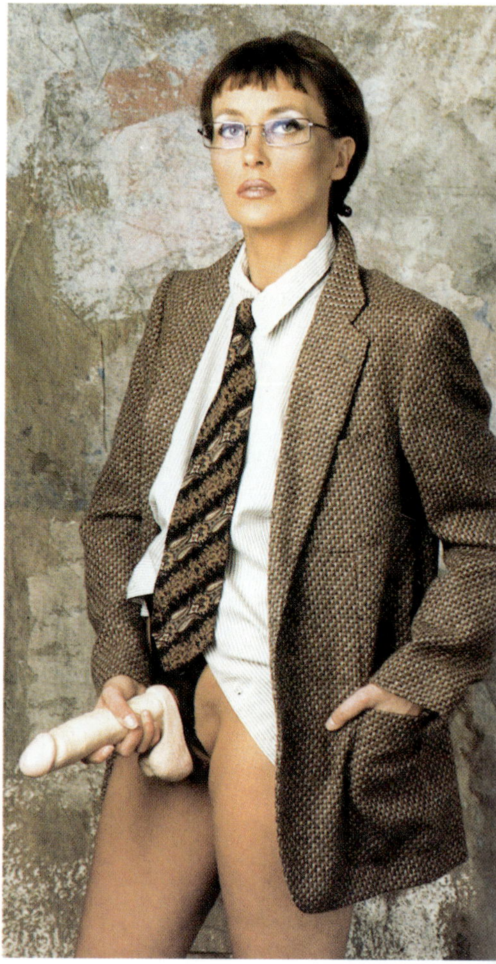

Letztens wieder masturbiert.

Kam schwer am Anfang.

Thomas half nichts.

Die Freundin half, indem sie
einen Dildo in meinen Hals steckte

und mir befahl, sie so zu ficken,
meinte,
sie würde erst aufhören,
mich zu peitschen,
wenn sie kommt.

Zog mich hoch an den Brustwarzen, auf
ihr Geschlecht zu.

Ich weinte sehr und fickte sie so kräftig
wie ich konnte.

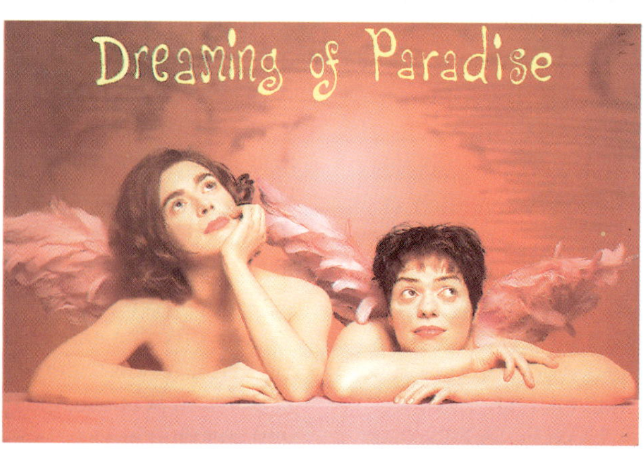

Petra Perle

Dagmar Fedderke

Als ich Jack kennenlernte, habe ich nicht an mich, sondern an meine Freundin gedacht, die ziemlich dringend einen Mann suchte. Vielleicht bin ich nicht 'ehrlich mit mir selbst', aber ich 'glaube', daß ich immer eher auf einen 'Liebhaber' aus war, als auf einen 'Mann'. Das ist nicht ganz dasselbe.
Mein Leben hat sich so eingespielt, daß meine Liebhaber vor allem Männer waren. Insofern war oder bin ich immerfort auf der Suche nach einem 'Mann' ... Aber doch anders als meine Freundin. Von Liebhabern scheint sie genug zu haben. Sie sucht einen EHE-Mann! Und ich?
Mit all meinen Liebhabern läuft es immer gleich ab:
Zu Anfang wollen sie mich unbedingt heiraten, bedrängen mit mit diesem Legalisierungsphantom, bis es für mich so konkret wird, daß ich keine Angst mehr davor habe. Und dann, als hätten sie diesen Moment abgewartet, kicken sie es fort wie einen imaginären Fußball. Immer, wenn ich die Heiratsvorschläge meiner Geliebten ernstnehme, bekomme ich einen Tritt in den Hintern! Also habe ich es mir abgewöhnt.

Ich will von den Männern immer nur 'das Eine' und freue mich, wenn ich auf ein absolut unsportliches Exemplar ohne Fußballenthusiasmus treffe. Das erspart viel Ärger. Heiraten kommt und geht aus der Mode. Ganz im Gegensatz zu dem, was zeitlos ist: Guter Sex.

Alles andere kriegt man/frau schon allein hin ... Oder?

Jedenfalls tauchte der erste Gedanke an Sex mit Jack Busy nicht auf, als ich ihn zum ersten Mal sah, sondern als wir uns zum ersten Mal 'Aufwiedersehen' sagten. Da hielt das Taxi, mitten in der Nacht, in einer dunklen Straße.
Da berührte seine Hand meine Schulter.
Da dachte ich: Was ist denn das?
Plötzlich fühlte ich mich ... durch eine fremde Hand ...
Wo ich doch die ganze Zeit nur an die Gefühle meiner Freundin und überhaupt nicht an mich gedacht hatte ...

Zwei Abende später sitze ich neben ihm auf dem Sofa. In zwei Tagen kann die Welt untergehen. Plötzlich erinnere ich mich an die Berührung, die ich in der Zwischenzeit völlig vergessen hatte. Vielleicht erinnert man sich überhaupt immer nur an Gedanken und nicht an Gefühle. Die finden ihr Versteck nicht gleich in einem der vielen beschrifteten Karteikästen des Hirns, die landen woanders ... dort oben!
Sagt man dort oben, weil der Kopf oben ist?
Dort oben küßten wir uns. Und seine Zunge setzte zur Umlaufbahn eines gesamten Universums an. Kraftvoller kann ich es nicht zum Ausdruck bringen. Stellen Sie sich vor: Erde, Mond, Venus, Pluto, Mars, Milchstraße, Sonne, Sonnenflecken, freie Kometen, schwarze Löcher, alles, was in Ordnung und alles, was in Unordnung ist, all das findet sich in meinem Mund wieder. Huh! Jack Busy rührt mich richtig um.
Zunge und Spucke werden zu „Stoff“: Pelz, Öl, Seide. Da bewegt sich etwas in

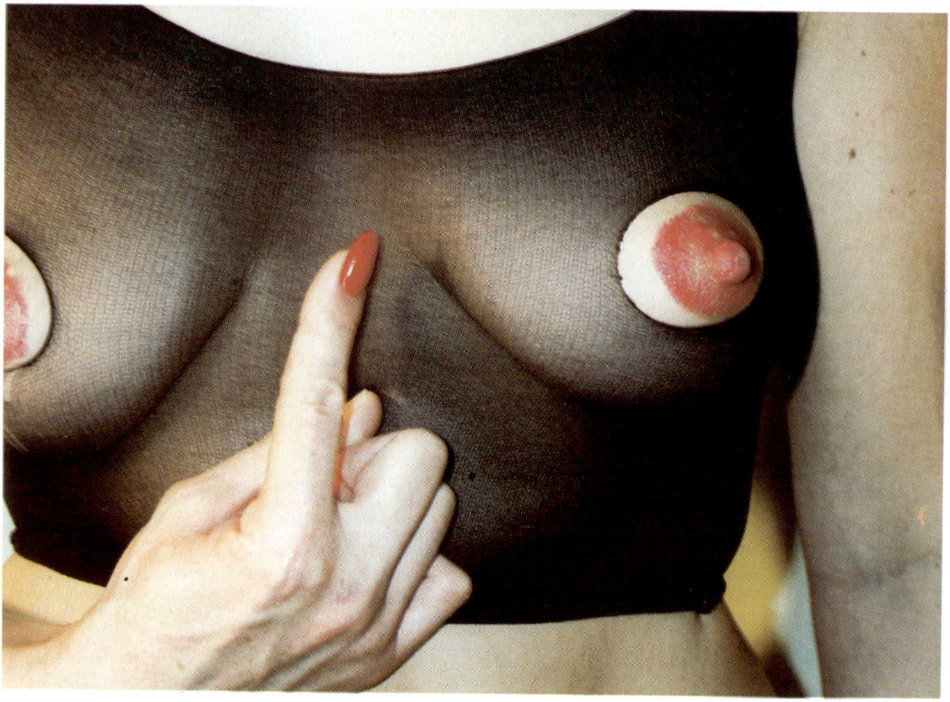

Paul Kohl

meinem Mund herum, als sei er bereits das Versteck meines verborgensten Geheimnisses ...

Das Gefühl, das ich vergessen hatte, ist wieder da. So gegenwärtig, als hätte sich die Welt seit vorgestern nacht nicht weiterbewegt. Was ist das für eine Kraft, die da von ihm ausgeht? Sex? Lust? Dabei hat er mir doch noch gar nicht geschmeichelt, mich weder seine „petite saloppe, kleine süße Schlampe“ genannt und auch sonst kein verbales Zeichen und auch kein hingerissenes Gestöhne von sich gegeben. Kein „J'ai envie de toi, ich habe Lust auf dich.“ Kein... - Ah..., Oh..., Keuch-Schnauf-Grrr... - in gutturaler Steigerung! Nein nur eine himmlische Zunge auf dem Weg zu meinem Geheimnis!

Jetzt wissen Sie auch, warum ich in dieser Nacht nicht ins Taxi, sondern in sein Bett gestiegen bin ...

In dieser ersten Nacht liege ich schon auf dem weißen Laken, nackt bis auf meine Gier nach seiner zauberhaften Zunge. Wäre das mein Plan gewesen, hätte ich die Zahnbürste mitgebracht.

Und Jack? Was macht Jack?

Er demonstriert ausführlich seine Gewohnheiten: Gründliche Hygiene im Bad, Eau de Toilette am Bett. Tücher aus der Kleenex-Box nehmen, die er, oh, sieh nur! im Liegen 'serviettenmäßig' über die behaarte Brust legt ...

Er will, daß ich das aushalte, ruhig daneben liegen bleibe, auf ihn warte, darauf warten kann, bis er seine Nasentropfen eingefüllt hat.

„So mache ich das immer, irgendwann wird es dir wohl auf die Nerven fallen!" Mein Gefühl fällt ins Denken, und es denkt: - Er will testen, ob er mir jetzt schon gleich auf die Nerven geht, will vorbeugen, damit es nicht irgendwann später geschieht -... Damit entzieht er mir den Boden für jeglichen Absturz! Meint er vielleicht: „Wenn du das in der ersten Nacht durchhältst, schaffst du es für immer?"
Mir fällt der schwierige Sado-Geliebte ein. Bei seiner ersten Ohrfeige war ich rasend gespannt auf mich selbst: Wie wird meine Reaktion sein? In sexuellen Momenten fragt man sich nicht, was das 'Ich' dazu sagt. Das sonst so praktische Ich nützt da zu gar nichts mehr, ist regelrecht unzuverlässig, wie die Erfahrung gezeigt hat. Was zählt ist: ob der 'Magnetismus', die 'dritte Kraft' hält. Ob Eins und Eins Zwei ergeben, also auseinanderfallen, oder Eins hoch Eins werden können: Dann bleibt jeder seine eigene Eins, und die/der Zweite bleibt auch Eins: Jede Eins erhöht die andere. Vielleicht ist das die höhere Mathematik der Liebe.

Derweil liegt Jack Busy auf dem Bett, neben meinem nackten Körper, mit Kleenextüchern über der behaarten Brust, den Kopf im Kissen, soweit wie möglich zurückgebeugt, drückt sich Tropfen in die Nase, und will, daß ich das aushalte... Das ist mutig! Fast schon verwegen! Das muß ihm erst einmal einer nachmachen!

Die offene Frage, wie 'es' wohl sein wird in diesem Raum, seinem Schlafzimmer, auf dem mir fremden Bett, verlagert sich. Hier geht es jetzt nicht nur darum, ob mir ein vielleicht einmaliges Sexabenteuer mit dem fremden Mann gefällt, ... einmal ist besser als keinmal ... Nein, es geht darum, ob mir dieser fremde Mann gefällt, der sich nicht über seinen Sex, sondern auch über seine Nase definiert.

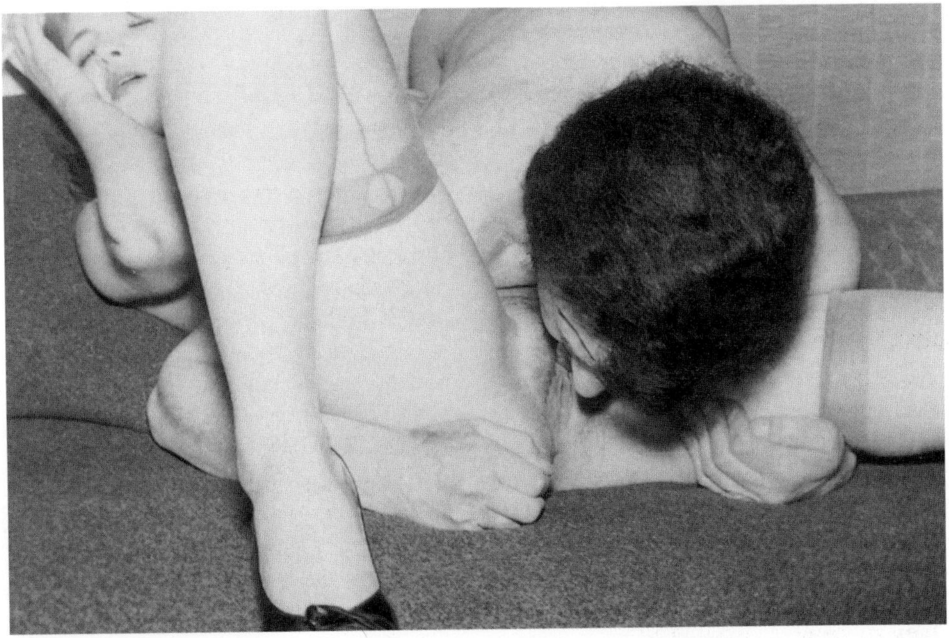

Aber ist das nicht etwa so, als würde ich zu einem bereits nackt Daniederliegenden sagen: ich muß unbedingt erst noch Fenster putzen?
Das ist kein gutes Beispiel.
Fensterputzen gehört nicht zu meinen nächtlichen Gewohnheiten vor dem Schlafengehen mit oder ohne Sex. Ich glaube, ich habe überhaupt sehr wenige feste Gewohnheiten. Und schon gar keine vor einem sexuellen Ereignis.
Vielleicht, weil ich es immer als etwas Besonderes empfinde. Aber das ist vielleicht genau meine Gewohnheit, Sex wie ein unerwartetes, und zugleich sehnsuchtsvoll herbeigesehntes Gewitter erleben zu wollen. Und dementsprechend inszeniere ich es? Am liebsten als halbe Vergewaltigung? ... Überfall mich doch endlich, du böser Räuber, du...?
„Sex muß doch immer etwas Besonderes bleiben!" hat einmal ein Geliebter zu mir gesagt, und dann bezeichnete er sein Sperma als Kirschblütensaft, also etwas wirklich Besonderes. Seltsamerweise fand ich Kirschblütensaft plötzlich zum Kot-

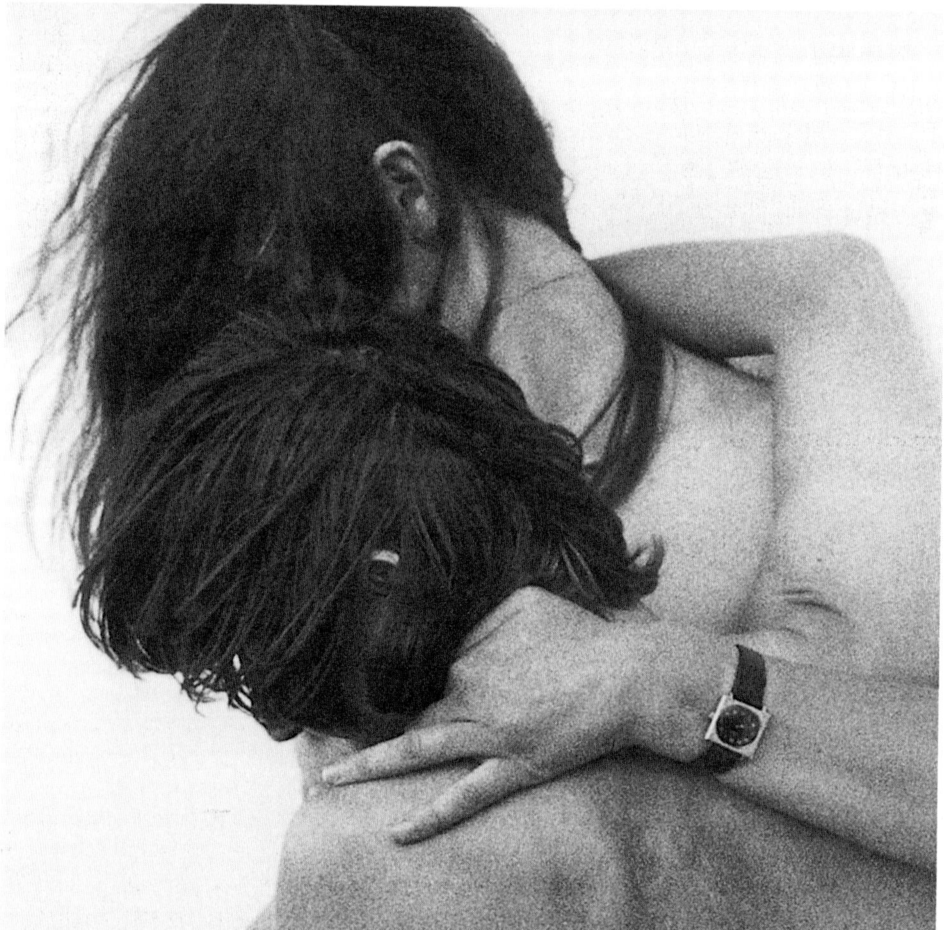

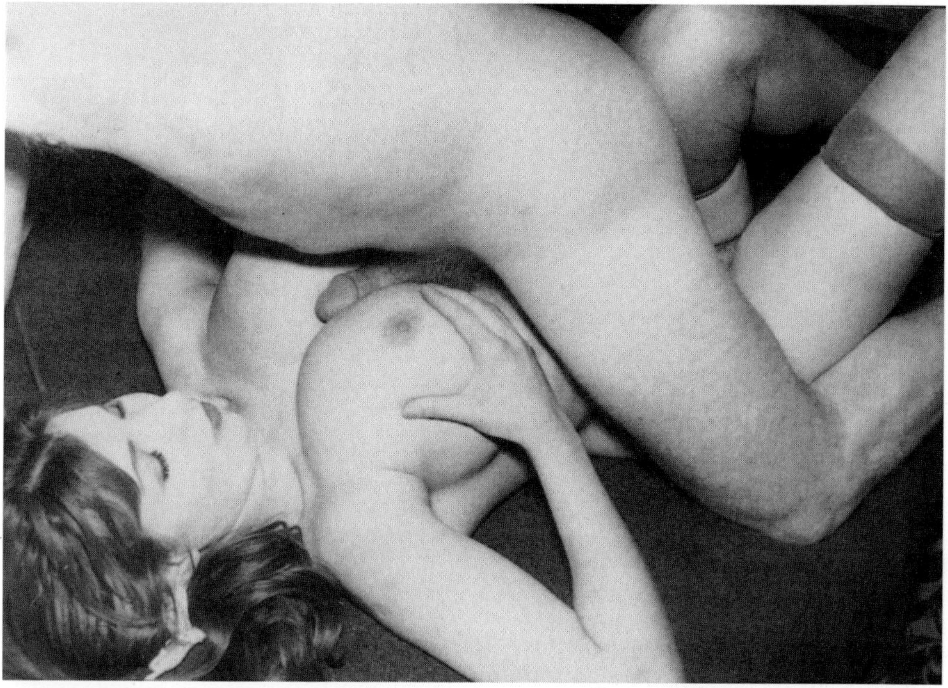

zen, während mir Sperma immer besser schmeckte. Und ich fühlte seine Worte fast als Tadel, weil mein 'besonders' nicht mit seinem übereinstimmte.

Zu der Zeit war ich so stolz darauf, meinen Sex mit drei verschiedenen Geliebten zu organisieren, daß ich auf alle Fälle, wann immer ich wollte, auf meine Kosten kommen konnte. Das war sehr egoistisch, sogar ausgezeichnet egoistisch. Ich hätte einen Preis dafür bekommen sollen, einen Kulturpreis.
Ich meinte, den Männern einen ganz uneigennützigen Gefallen zu tun, indem ich sie fein säuberlich von meinen Gewohnheiten getrennt hielt, ihnen meinen Alltag und meine vermaledeite Psyche ersparte..., und mir selbst ihren vermaledeiten Lebenssenf.
Vielleicht habe ich Sex tatsächlich wie Sport und/oder Spiel betrieben: Trainingsstunden, Wettkämpfe, auf dem Sexfeld siegen, am besten, es gibt zwei Sieger, zwei Einsen hoch Eins, Partner im Sieg... Nichts da von 'Alltagsleben teilen', keine Psychotiefen schürfen, kein Tröstungsstress, kein Kümmerzwang: Das fand ich tödlich für Sex. Mein selbstorganisiertes Sexleben spielte sich immer losgelöst vom Alltag ab. Vielleicht hatte ich keinen Alltags-, sondern Sonntagssex.

Wie ein Sonntagsmaler.

Wie ein Hobby-Maler wollte ich:
Reine Lust! Sauber eingegliedert in mein Leben und genauso sauber davon abgetrennt. Sex mußte für mich immer ein Sex-Film sein, mit den allerbesten, allerschönsten Hauptdarstellern, dem besten Kameramann, den schönsten Großeinstellungen, der besten Musik! Worte: Knapp und wesentlich, Körper in Bewegung,

Musik bewegt mich: Ich bin Zuschauer und Darsteller! Optimal!

Hier in Jack Busy's Schlafzimmer kündigt sich jetzt auch ein Sexfilm an. Einer mit Nasentropfen! Und plötzlich wird mir klar, daß ich Nasentropfen vielleicht nicht gerade besser als Sperma finde, aber auf alle Fälle tausendmal besser als Kirschblütensaft und Ohrfeigen.

Jack richtet sich auf und betrachtet mich. „Ich bin ein glücklicher Mann", sagt er. „Ich muß nie mehr am Louvre schlangestehen! Ich habe den Louvre im Bett!"
Woher weiß er, daß es für mich kein schöneres Kompliment geben kann?
Jetzt berührt er mich! Nach seiner eigenen Nase ... komme ich dran! Seine Hände haben die gleiche wundersam feste Zärtlichkeit wie seine Zunge. Obwohl er alles andere als ein Handwerker ist, können sie zupacken. Manche Männer trauen sich nicht, richtig zuzupacken. Oder sie geben sich unnatürliche Mühe, besonders 'sensibel' zu sein. Das habe ich nicht so gern. Ich bin nicht aus zu dünnem Glas. Ha, nein, ganz und gar nicht!
Jack hat den Louvre besser verstanden als viele andächtige Kunstliebhaber! Die besten Maler haben ihre schönen Frauen nicht auf Glas gemalt. Sie haben ihre Haut vielleicht in Samt und Seide verwandelt, aber doch nur, um außer den Augen auch den Tastsinn anzuleuchten.
Jack Busy's Hände leuchten über meine Formen. Mein Geheimnis tut sich auf, ich strecke meine Beine auseinander, und er steckt seine Taschenlampe hinein, erhellt mich von innen, wärmt mich, erhitzt mich, jetzt kann er gleich meine prähistorische Höhlenmalerei bewundern. Er hat sie entdeckt!
Jack schließt die Augen und meine eingeritzten Jagdtiere stoßen ihren Todesschrei aus.
Wir schlafen ein ...

Aber keine Angst, die Nacht ist noch nicht zu Ende!
Forscher und Erforschtes haben noch nicht genug. So, wie sie für eine Weile, Haut an Haut, im Dickicht des Schlafs untergetaucht sind, so tauchen sie auch wieder auf! Erst der Eine, dann der Andere ... Die tropische Pflanzenhitze, die uns leise zurückschaukelt in ein Halb-Erwachtsein. Vielleicht bin ich jetzt ein blubberndes Moor und er ein Krokodil... Man kann es schlecht erkennen, oder ein Leguan mit langer Zunge?

Ein Körper hangelt sich herab und gräbt eine heiße, weiche, fleißige Zunge in meine schönste Stelle, spielt mit ihr, drängt, insistiert ... Ah, das tut gut. Ja, da, dort! Nein, da nicht, nicht abweichen vom Pfad, dem Überlebenspfad, der Sumpf ist gefährlich. So, ja, so geht es besser! Weiter. Oh! Nahrung! Meinen Sinneshärchen nähert sich Nahrung! Gleich, gleich werde ich sie verschlingen – Oh, ca vient, ca vient -- !!!

Der Dschungel jauchzt. Über allem Geschehen küßt Tarzan Jane, und Jane küßt Tarzan unter dem Pfahlbau-Palmwedel-Hausdach. Das Krokodil schließt gähnend zufrieden das lange zackenzahnige Maul.

Ich küsse Jack. Ich möchte „Danke!" sagen. Ich liege erschöpft neben ihm auf dem Floß. Er ist bei mir, wir treiben, treiben über alle Flüsse, die dem Amazonas gleichen, durch alle feuchten Urwälder, Grotten und Höhlen der Welt. Ich komme mir vor, als sei ich an einem seltsamen Anfang gelandet.

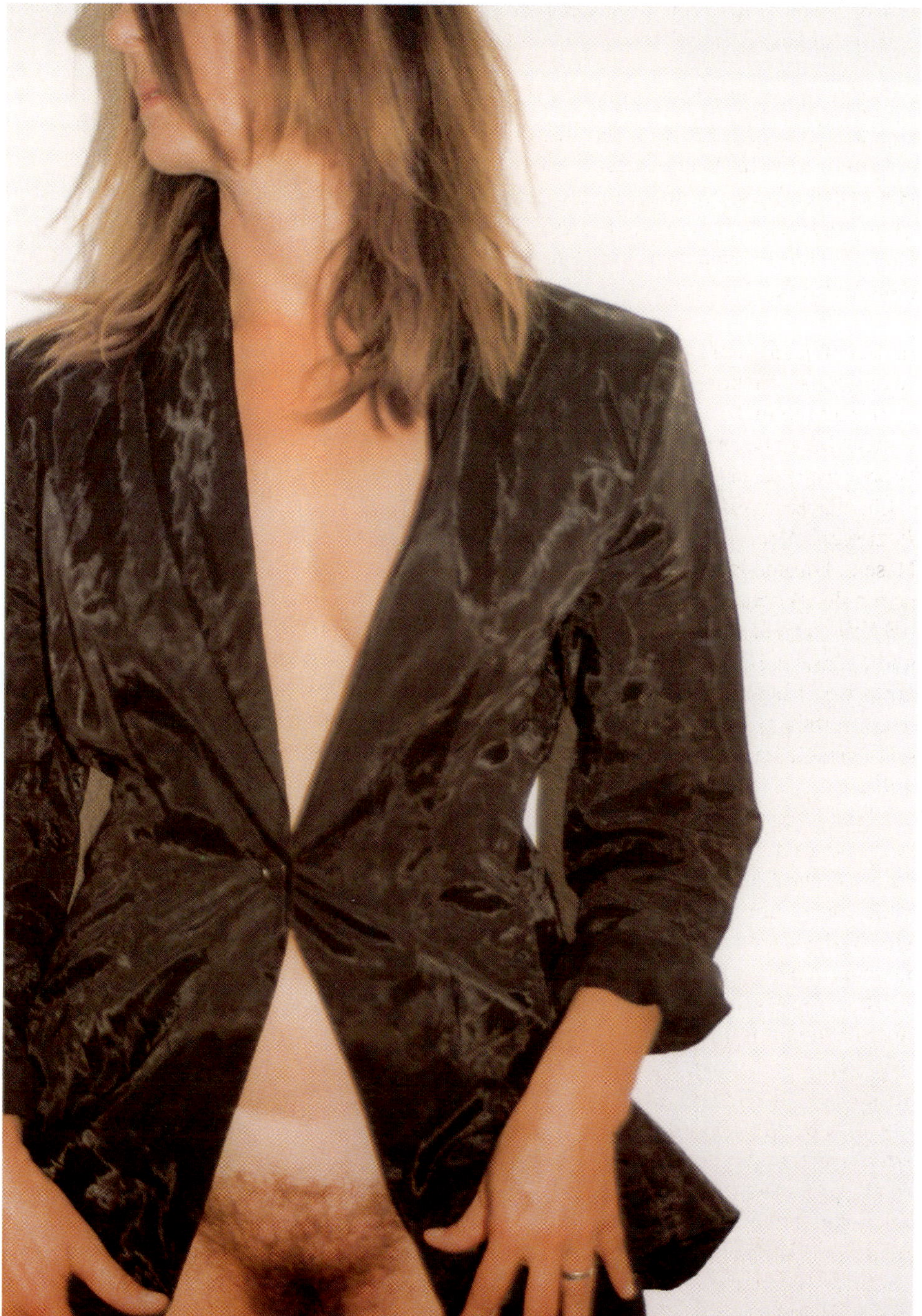

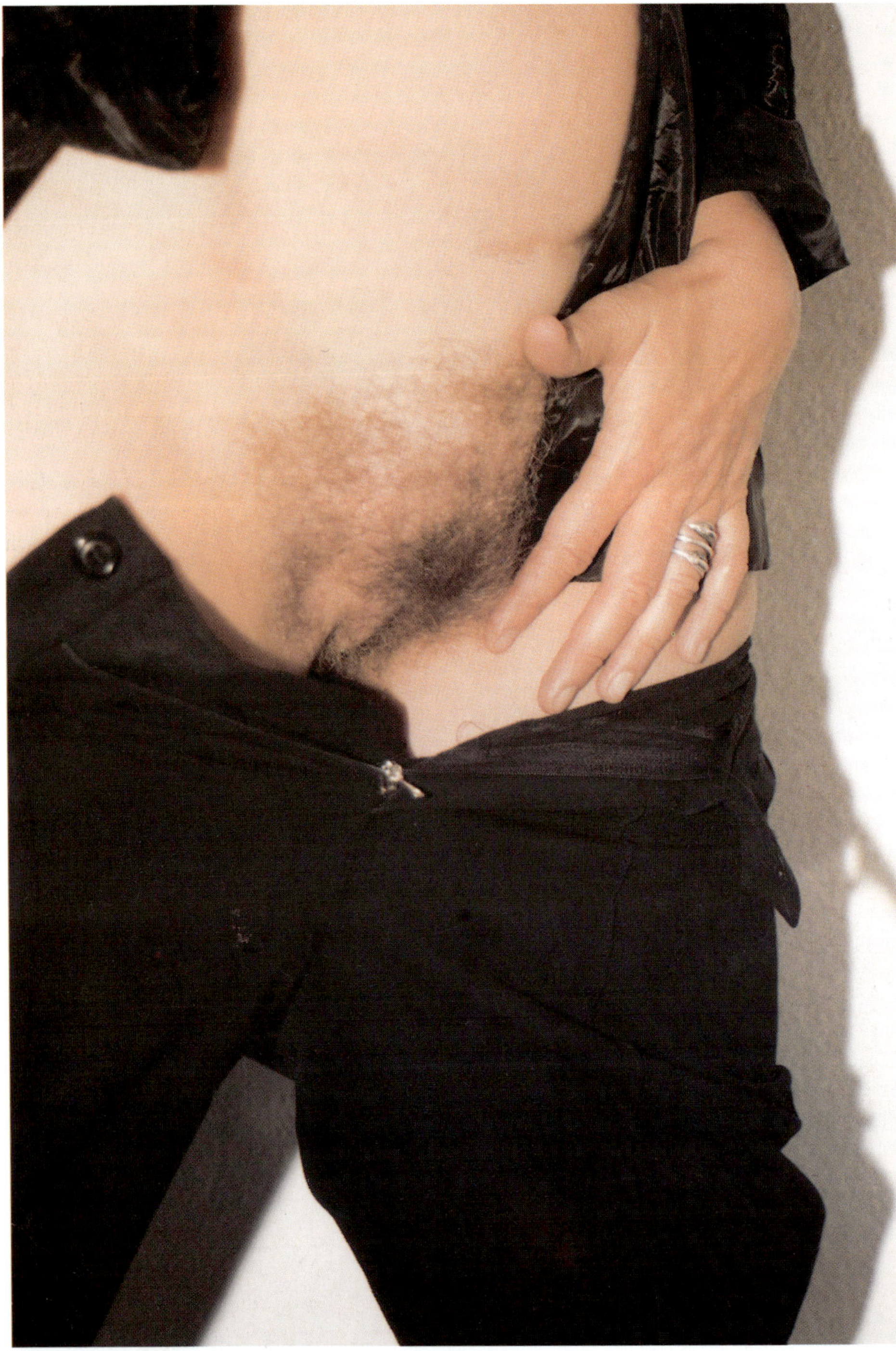

Renate Simon

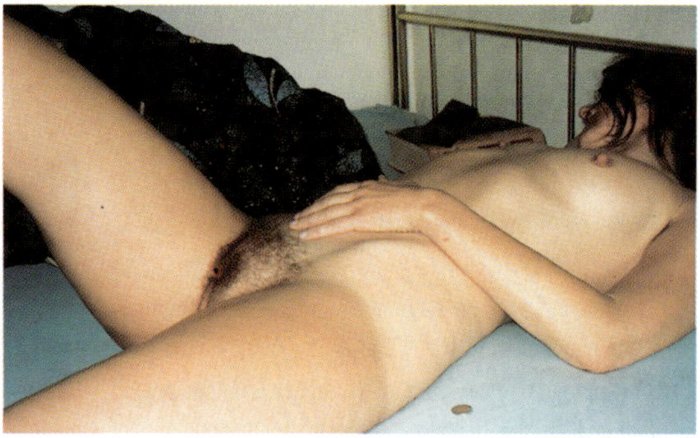

Als Mädchen verschwand ich gerne und für Stunden unter der Bettdecke - mit Taschenlampe und Buch. (Zuviel Lesen sei nicht gut, hieß es). Diese Lektüren schickten mir aufregende Träume. Abenteuer, die Kitzel verschafften. Ich muß einen Indianer retten, gehe durch erregende Torturen - vorbei an Reihen von Feinden, die mich an Armen und Beinen greifen und spannen - woher ich diese Bilder hatte, weiß ich nicht - und dann rette ich das begehrte Objekt - und natürlich werden wir ein Paar. Und das passierte in einem Kuß. Später las ich Liebesschnulzen. Ich wachte naß auf nach diesen Träumen. Noch heute wache ich häufig auf wie nach einem Orgasmus. Eine wunderbare Geschichte. Ich hatte eine Verabredung mit einem Mann, der mit mir zu flirten versucht, ein hübscher knabenhafter, bereits grauhaarig, mit Glutaugen. Ich suche das Haus, ein großer Wohnblock, alle Blocks sehen gleich aus, wie ich es fand, weiß ich nicht mehr. Darin dann seine Freundin und er. Sie war zauberhaft. Statt mit ihm flirte ich mit ihr, eine Spur von zauberhaften Pünktchen führt in ihr Dekolleté, sie lag schließlich unter mir, meine Brüste drückten sich auf ihre, die so weich waren so weich, und ich verging, allein durchs Liegen. Und erwache. Leider.

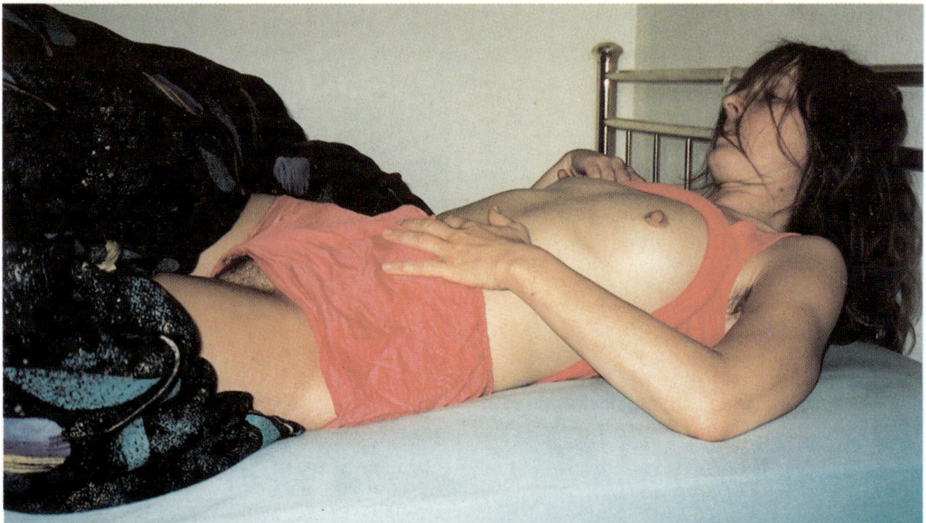

Stephanie Sellier

Das Grauen des Morgens

Die Party war zu Ende, die letzten Gäste gegangen. Unschlüssig stand ich in der Halle des Hotels, meinen Mantel über dem Arm. Dann legte ich ihn übers Treppengeländer und stieg die Stufen hinauf. Ihr Schlafzimmer war das dritte links. Ich öffnete leise die Tür und spähte hinein. Sie lag quer über dem Bett und atmete leise. Ihr junger, zarte Körper war von einem silbrigen Nachthemd verborgen. Mein Herz schlug mir bis zum Hals.
Ich streifte vorsichtig meine Schuhe ab und stellte sie neben den Türrahmen. Dann schlüpfte ich ins Zimmer. Allmählich gewöhnten sich meine Augen an das Dämmerlicht. Es war ein femininer Raum mit leichten Möbeln in Beige- und Blautönen. Ich war mir meines Übergriffs bewußt: wenn sie aufwachte, würde sie die Polizei rufen. Aber ich konnte nicht anders. Nie zuvor hatte ich eine solche Begierde gespürt. Jetzt oder nie.
Ihre feinen Züge hoben und senkten sich gleichmäßig im Rhythmus ihres Atems. Fast wäre ich mit dem Zeigefinger über die vollen schwarzen Augenbrauen gefahren, die wie Striche über den geschlossenen Lidern schwebten, aber dann schreckte ich zurück. Sie durfte nicht aufwachen. Der schutzlose weiße Hals sah aus, als könnte er das Opfer eines Vampirs werden. War ich eine Vampirin? Sie, die Jungfrau, war jedenfalls die schönste Frau, die mir je begegnet war, und ich betete sie an.
Sie begann, sich unruhig hin und her zu wälzen, und plötzlich lag ihr vom Schlaf heißes Gesicht an meiner Schulter. Da

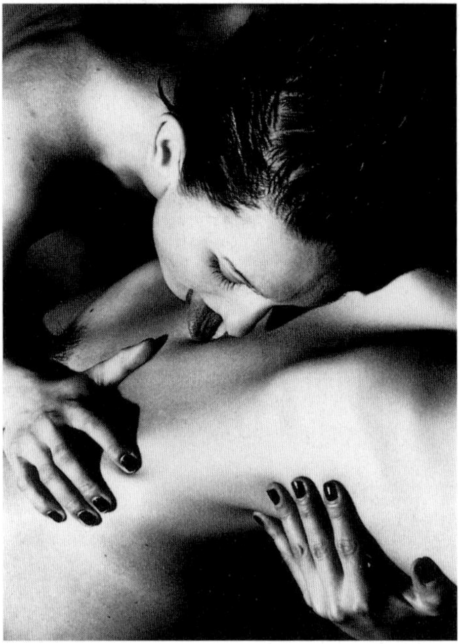

Andreas Amad Paul

öffnete sie die Augen und sah mich. Sie sagte nichts, sie warf mir einen Blick zu, der mir das Blut in den Adern gefrieren

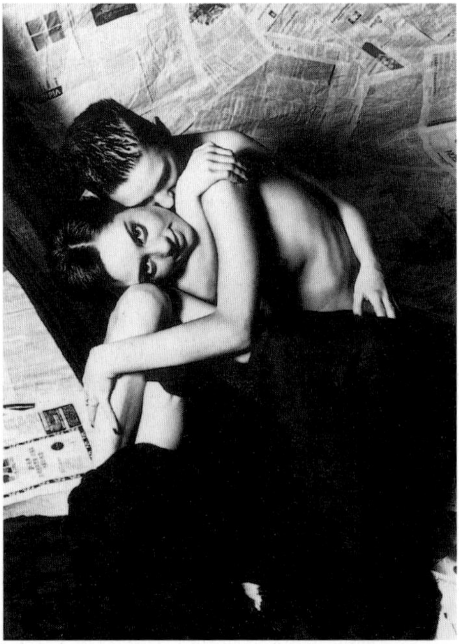

Andreas Amad Paul

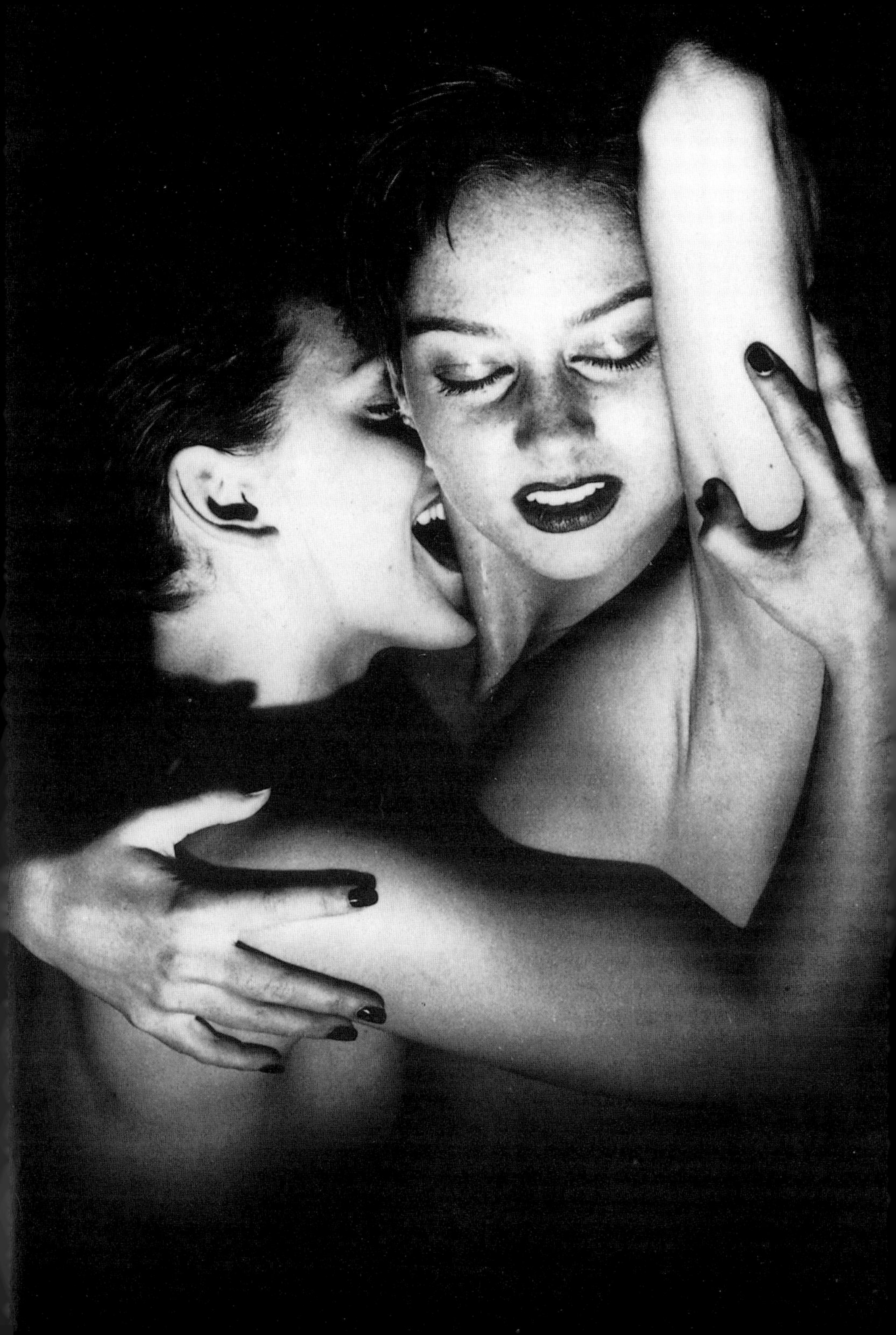

ließ. Das war keine Unschuld. War sie die Vampirin? Die schöne Jungfrau mit den langen Zähnen, die einst gebissen wurde und seither das Böse weitergibt?
Ihre schlanken weißen Glieder legten sich auf meine, und sie schloß mir den ängstlichen Mund mit einem Kuß. Als sie sich an mir sattgetrunken hatte, richtete sie sich gegen das gleißende Mondlicht, das ins Zimmer fiel, auf. Ihre Silhouette war die eines barmherzigen Todesengels. Sie war überirdisch schön. Sie würde meinem Leiden ein Ende bereiten. Von meinem Bauch rutschte sie Stück für Stück an mir herauf, mich keinen Moment aus den Augen lassend.
Schließlich blickte ich in ihren Schoß, süß und feucht wie eine Mango. Ich konnte die Sterne in ihr sehen. Ich hörte das Pochen des Lebens. Gierig nahm ich ihr Leben in mir auf. Ich schluckte und schluckte, ich würde ihre Tropfen in einen Strom verwandeln. Ich war der Sog, der ihren Damm brach. Ihr Schoß bedeckte mein Gesicht, die Fassade, die ich am Tage der Welt bot, mit einem glänzenden Film. Ich wurde blind, als er sich mit einem Mal wie im Krampf auf mich preßte und alle Sinne betäubte. Ich war erlöst.
Sie glitt an mir herunter, um sich an mich zu schmiegen.
Einen Moment später hörte ich wieder ihr regelmäßiges Atmen.
"Jederzeit", flüsterte ich erschöpft und drehte den Kopf zur Seite.

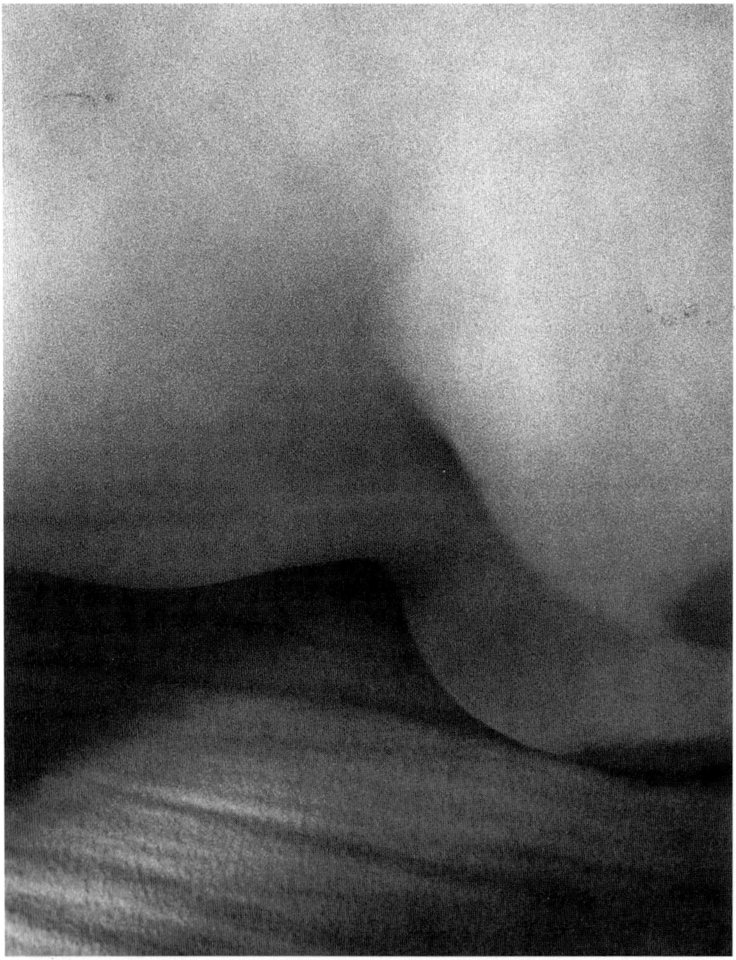

Andrea Troll

Anonym

gedicht, 2, 3

ich möchte deinen nacken necken
die hände in dein t-shirt stecken
darinnen deine brüste wecken
am po dich küssen und am becken
den letzten winkel uns entdecken
in deine warme möse lecken
dich dann mit heißer lust bedecken
in meinem arm sollst du dich strecken
du darfst dir meinen schwanz reinstecken
und du machst lärm und ich mach flecken

ach, das wär geil.

in meinen mund laß deine spitzen
ich will dich spüren und erhitzen
und unter ernstgemeinten witzen
erkunden alle deine ritzen
und unter stöhnen, raufen, schwitzen
laß unsre becken sich besitzen
daß wir verkleben wie lakritzen
ich fühl dich fließen, du mich spritzen
bis wir uns lösen aus den hitzen
und wohlig beieinander sitzen

ey, das wär geil.

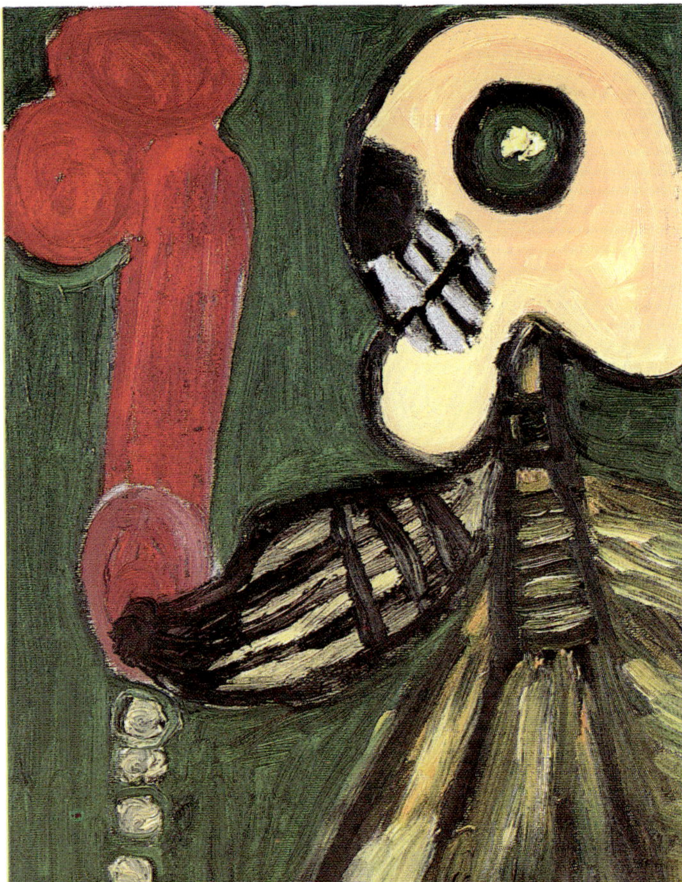

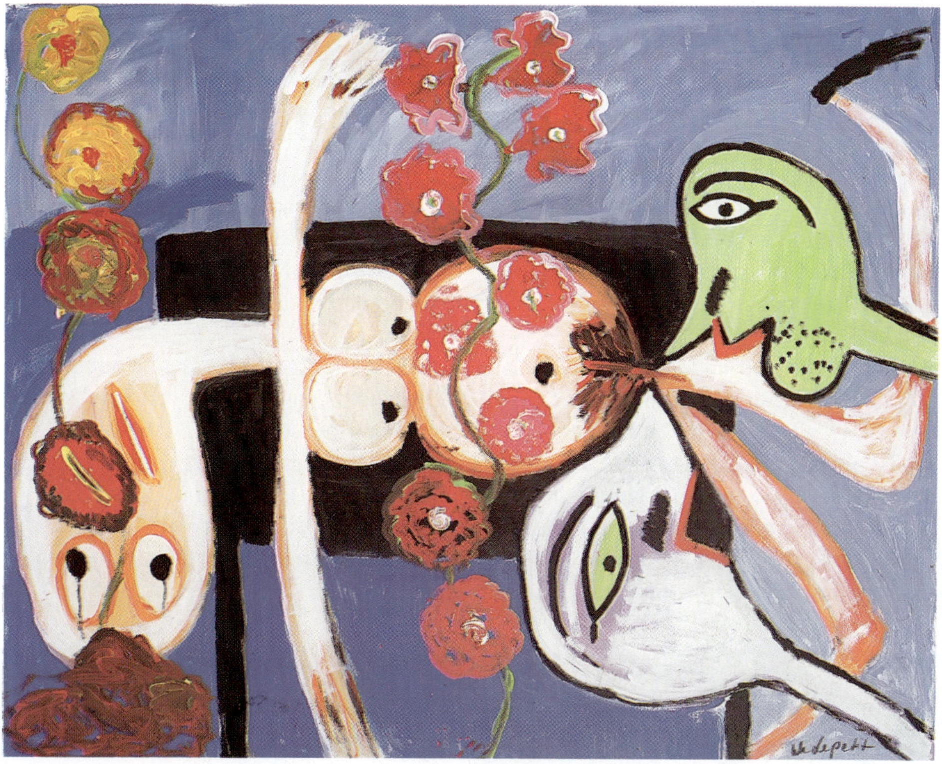

Das Auge ißt mit

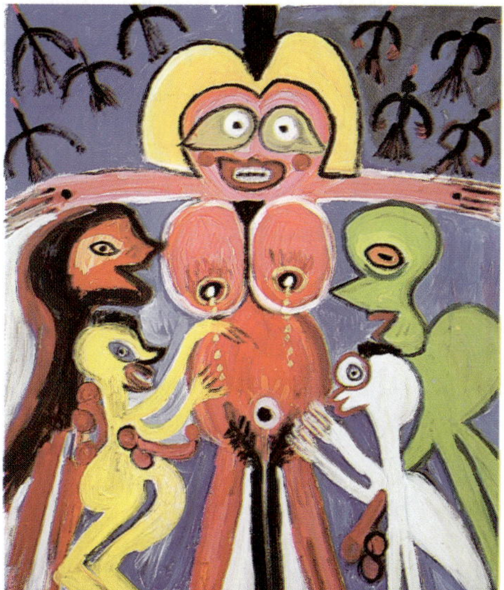

Der offene Blick beim Sex macht Lust auf mehr, Hand und Auge scheinen eins zu werden, wenn der Blick den Fingerspitzen auf ihrer Wanderung über die eigene oder fremde Haut folgt. Wie sehr uns dieser Blick bestimmt, merken wir erst wenn wir die Augen geschlossen haben. Berührungen der Haut werden als so intensiv wahrgenommen, daß sich der Rest unseres Körpers, unwichtig geworden, aufzulösen scheint. Andererseits laden die geschlossenen Augen dazu ein, sich eher der Phantasie als der Realität zu überlassen.
Der erotisch motivierte Blick hat etwas Kannibalisches. Das Gesehene wird konsumiert und verdaut.

Der gefräßige Blick, der sich etwas einverleibt, ohne daß sich das Angesehene dagegen wehren kann. Voyeuristisches Schauen löst die Grenzen zwischen den Körpern auf, begrüßt oder unbemerkt vom Objekt der Begierde, oder auch gegen dessen Willen. Das Objekt des Blicks wird verschlungen, braucht sich jedoch nie auf, ist kein Gericht, daß, einmal einverleibt, nur noch einen leeren Teller hinterläßt.
Wird der sadistisch-voyeuristische Blick vor allem als eindringlich und aggressiv gedacht, so wird dessen Macht dennoch oft überschätzt. Der einverleibte Teil einer oder eines Angesehenen ist lediglich eine Illusion des beobachteten Körpers, dessen Realität wahrscheinlich eine ganz andere ist. Der vom Blick verschlungene Teil mag nur eine Phantasie sein, angeregt durch das Betrachten des lebendigen Körpers, der Angesehenen kann also durch den Blick nichts genommen werden, denn das Konsumierte ist ohnehin nie Bestandteil ihrer selbst gewesen. So ist sie zugleich reale Person und fleischgewordene Phantasie, die Realitätsebenen der beobachteten und der schauenden Person verschwimmen in dem Raum zwischen den Körpern.
Überschreitet die Angeschaute nun ihren Objektstatus und geht auf das Spiel ein, bietet sich dem erotischen Blick, der über die Haut wandert und Geheimnisse zu erkunden sucht, neben den diversen Körperöffnungen auch der offene Blick des Gegenübers, die Blicke, die sich treffen, dringen ineinander ein, Raum und Kör-

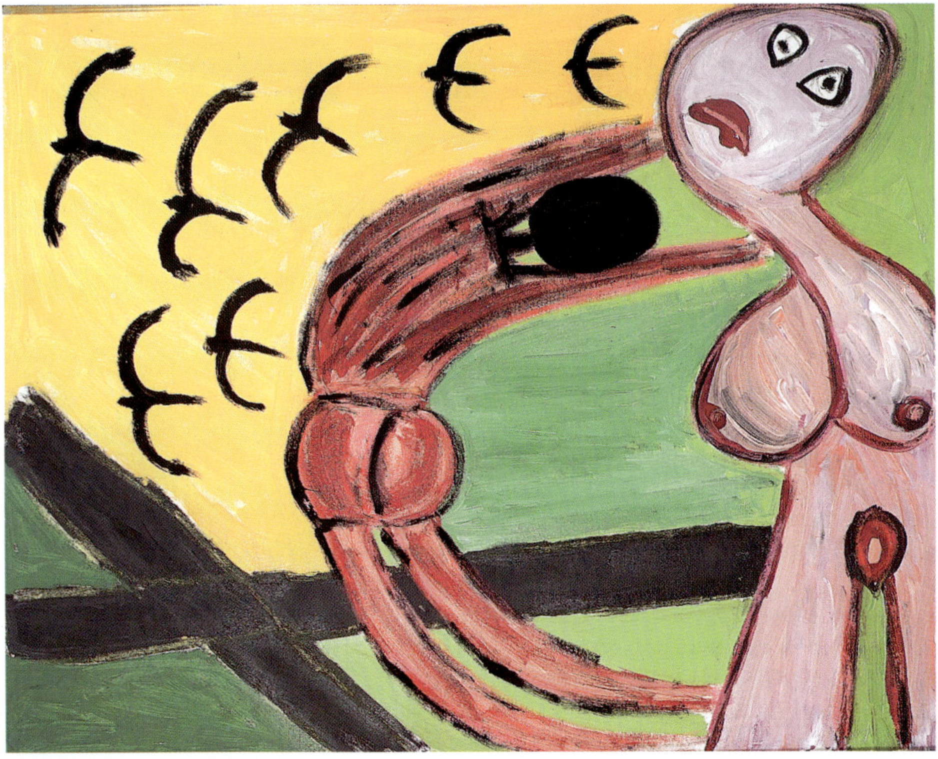

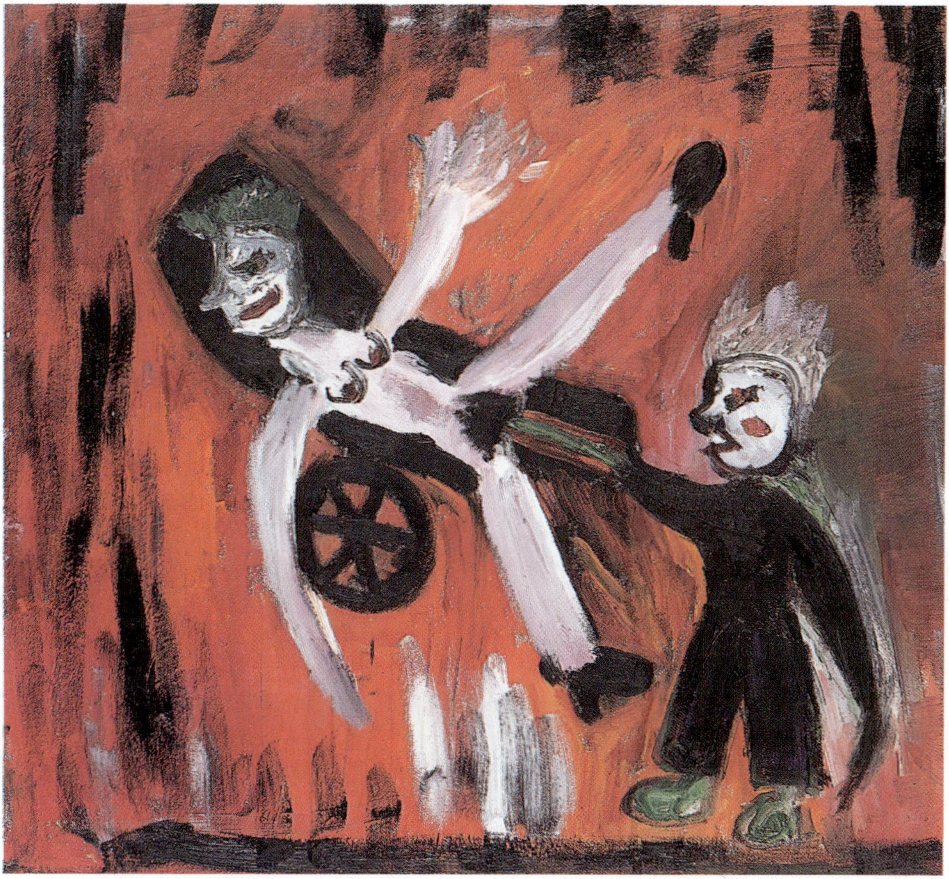

perhüllen werden aufgelöst, wenn eine in das Auge der anderen fällt. Die schwarze lustgeweitete Pupille scheint ein grenzenloser Tunnel in den fremden Körper. Hier geht es nicht mehr um das Ansammeln visueller Informationen, sondern um das Überwinden der Hautgrenze, das Berühren im Innern, das Auge als sexualisierter Körperöffnung.

Selbst wenn sich ein Bild als Zeichnung, Foto oder Film einem voyeuristischen Konsumiertwerden nicht entziehen kann, muß es nicht unbedingt nur die passive Rolle spielen: eindringend in unser Auge setzt es sich im Hirn fest, schleicht sich in unsere Gedanken, Träume, Phantasien. wir werden Opfer unserer eigenen Schaulust. Das Bild, oder der Text, macht uns selbst zum Objekt unserer Phantasie, die sich, einmal in Gang gesetzt, nicht kontrollieren läßt. Überlassen wir uns dieser nur scheinbar hilflosen Position, ist das konsumierte Abbild in der Lage, die Grenzen unserer (erotischen) Wünsche zu sprengen. Geben wir den Anspruch auf Kontrolle auf, können die Bilder unser Begehren erweitern, uns eigenen Gefühlen näherbringen.

Silke Brandt

Ursula Hillmann

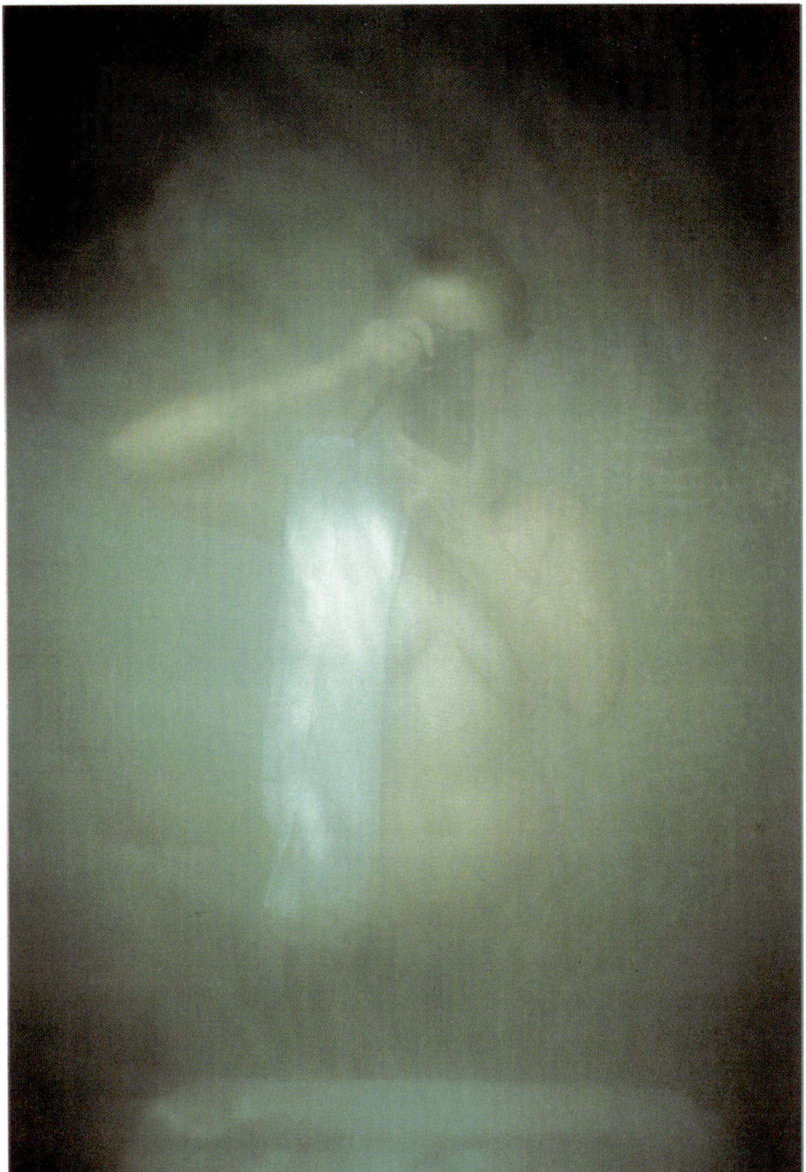

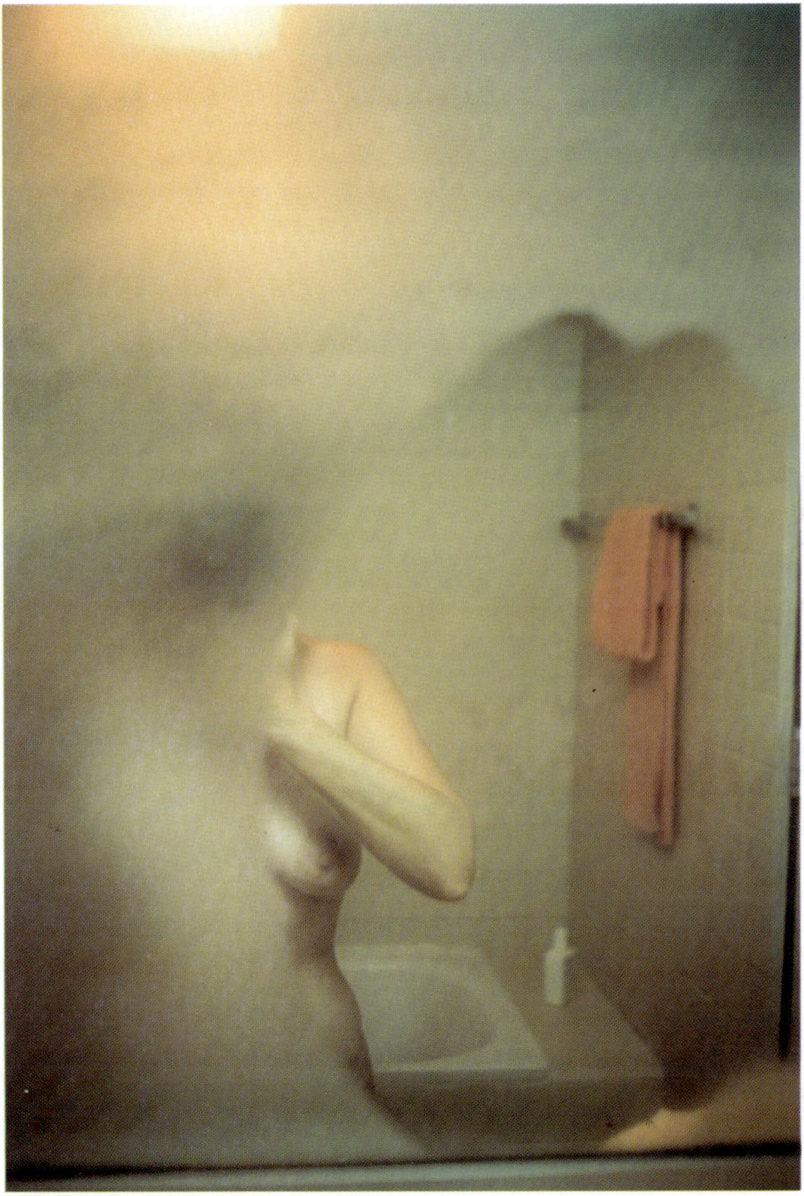

Sabine Stern

Kontakt

"Ja, bitte?"
"Guten Tag", ein Räuspern knackste in der Leitung. *"Sie haben sich auf meine Kontaktanzeige gemeldet."*
"Ach ja!" Kurzes Schweigen. "Jetzt rufen Sie an?"
"Ja, paßt es Ihnen jetzt nicht?"
"Doch. Dochdoch!"
"Tja!"
"Tja?"
"Ihr Schreiben war sehr knapp gehalten. Ich weiß fast nichts von Ihnen."
"Ich habe auf die Fragen in Ihrer Anzeige geantwortet. Sie hatten Ihren Beruf und Ihr Alter angegeben. Das habe ich auch getan. Sie wünschten sich eine zärtliche Frau, ich schrieb Ihnen, daß ich auch zärtlich sein kann. Ich habe sogar..."
"Moment, Moment. Es sollte kein Vorwurf sein. Wir müssen uns halt erst kennenlernen."
"Ja. Klar."
"Ich lese, daß Sie blond sind. Und Sie bezeichnen sich als üppig. Sind Sie dick?"
"Also bitte, ich schrieb üppig. Dick bin ich nicht. Ich ernähre mich gesund und ich treibe regelmäßig Sport. Ich ging lediglich auf das von Ihnen gewünschte Attribut `vollbusig `ein."
"Ja? Ach ja, ich mag es gerne, wenn eine Frau vorne etwas zu zeigen hat."
"Den Busen!"
"Ja."
"Warum sagen Sie das dann nicht?"
"Was?"
"Na, Busen."
"Wie?"
"Eben sagten Sie 'vorne'und 'etwas'. Sind Sie vielleicht verklemmt oder sogar pervers?"
"Ich bin nicht verklemmt, geschweige denn pervers. Ich bin ein ganz normaler Mann, der Frauen mit großem Busen mag."
"Mehr mag, als Frauen mit kleinem Busen?"
"Ja."
"Wenn Sie zwischen einer zärtlichen, attraktiven und intelligenten Frau mit knabenhaftem Busen und einer üppigen, blöden Blondine wählen könnten, würden Sie sich für die mit dem Busen entscheiden?"
"Ja. Nein. Natürlich wünsche ich mir eine reife und intelligente Partnerin, aber ich hätte halt auch gerne eine Frau mit großem Busen."
"Aha!"
"Ja, was ist daran schlecht?"
"Nichts, ich wollte dies nur geklärt wissen. Im übrigen ist die Definition falsch. Als Busen wird die Stelle zwischen den Brüsten beschrieben. Ihnen geht es anscheinend um die Brüste."
"Ich weiß, ich weiß, aber ich bitte Sie, umgangssprachlich kann man diesen Fauxpas doch gelten lassen. Sind Sie etwa eine Intellektuelle, oder ein Emanze?"
"Nein. Ich habe einhundertfünf Zentimeter Oberweite und BH-Größe 75DD."
"Ohh!"
"Entspricht das ihren Vorstellungen?"
"Mmh!"
"Was denn noch?"
"Die Form."
"Welche Form?"
"Der Busen, Verzeihung, die Brust muß eine gewisse Form und Weichheit aufweisen. Es gibt diese knackigen Äpfel oder

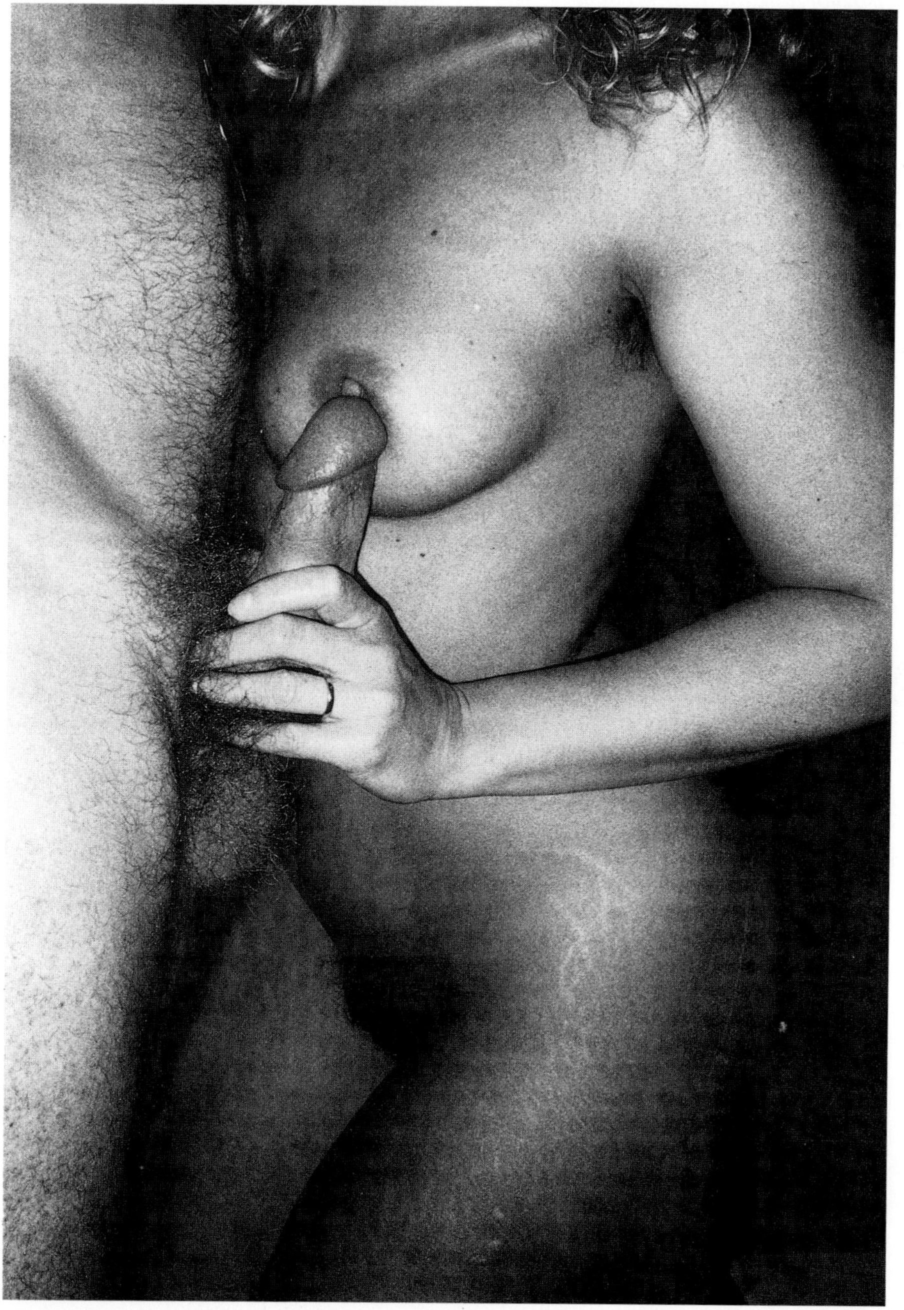

solche, die aussehen wie Zitronen. Ich aber bevorzuge die schwere und weiche Birnenform. Mmh, süß."

"Sie meinen, es könne schon ein bißchen hängen?"

"Natürlich, da muß schließlich etwas ... Entschuldigung, die Brust muß schwer in der Hand liegen. Und man sollte sie massieren können, und hineingreifen und bewegen."

"Oh. Oh, ja."

"Diese stahlharten Dinger von ganz jungen Mädchen, die einem bei jedem ihrer Schritte ins Gesicht springen, schrecklich."

"Sie mögen es weich?"

"Ja. Die Brust muß weich und formbar sein. Und warm."

"Genau."

"Oder die furchtbare Vorstellung von einer Brust, die nicht natürlich gewachsen, sondern silikongepolstert und so fest ist, daß die Frau sich vor Schmerzen krümmt, wenn man richtig zugreifen will."

"Ach?"

"Ja. Sagen Sie. Ihre Brüste sind doch echt?"

"Natürlich. Und warm und weich."

"Wirklich?"

"Ja ... Warum atmen Sie denn so schwer? Ist Ihnen nicht gut?"

"Doch, ich träume gerade von Ihren spitzen Brüsten."

"Ach? Wie ist das? Mögen Sie es, wenn der Hof dunkel ist, oder kann es auch ein feiner, rosafarbener sein?"

"Wie ... Ach der Vorhof? Kann ruhig groß sein und hell und wenn die Frau nicht erregt ist, soll er glatt sein und möglichst viel von der Brust bedecken."

"Soso. Und bei Erregung."

"Also, es sollte sich nicht gleich zusammenziehen. Erst, wenn ich die Brust reibe, kann sich langsam etwas tun. So daß ich

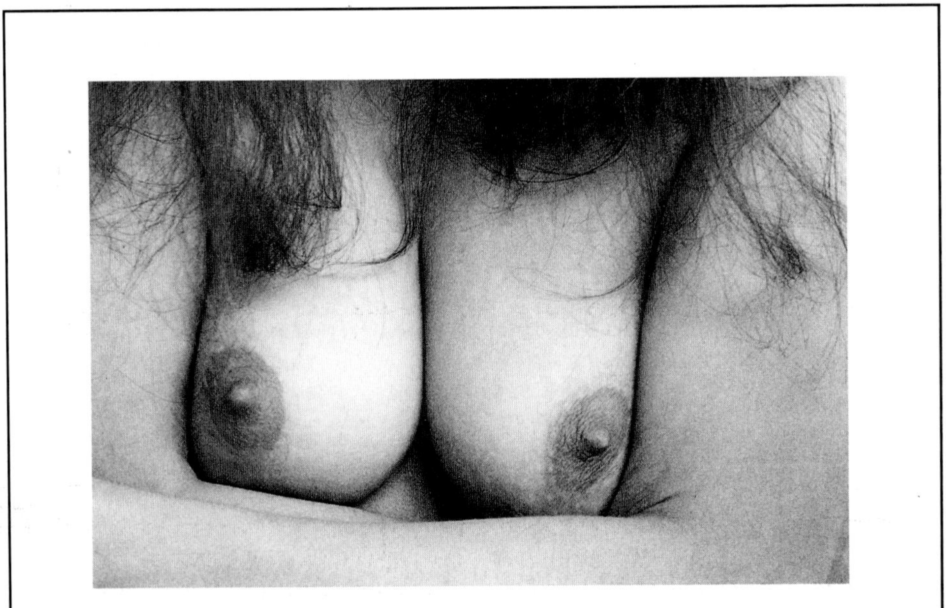

die Veränderung beobachten kann, und die unterschiedliche Wirkung meiner Berührung bemerke."
"Ja. Darf sich der Vorhof bei Erregung verkleinern und kann die Haut dann wulstig werden?"
"Wulstig? Meinen Sie warzig? Das liebe ich. Und der Vorhof soll mit dem nicht stimulierten Vorhof keine Ähnlichkeit mehr haben. Er kann sich gerne verkleinern. Man soll die Wirkung der Massage auch sehen können. Nichts ist langweiliger als eine Brust, die dauernd halb erregt ist."
"Nein, die Nippel kann man im Ruhezustand nicht sehen."
"Genau. Die Nippel soll man erst langsam erahnen können, dann mehr und dann sollen Sie sich aufrichten, wie eine kleine Erektion. Aber dann sollen sie spitz und groß werden, damit man etwas spüren kann, wenn man mit beiden Handinnenflächen synchron und kreisförmig darübergeht."
"Ohh!"
"Was tun Sie da?"
"Oh ... ich habe mich gerade auf mein Bett gelegt und die Schuhe ausgezogen. Ich hoffe, das stört Sie nicht?"
"Im Gegenteil, machen Sie es sich ruhig gemütlich."
"Was machen Sie mit den Brustwarzen?"
"Äh ... wenn sie richtig reif sind, also spitz und fleischig, dann werden sie massiert."
"Oh, ja."
"Dafür muß man den richtigen Zeitpunkt, an dem die Frau bereit dazu ist, genau abpassen. Das spürt man, mit ein bißchen Erfahrung."
"Die Sie haben?"
"Doch, ja. Nach einiger Zeit kann ich damit beginnen, die Warzen zärtlich zu küssen."
"Oho!"
"Jaa, genau ... dabei schicke ich zuerst meine Zunge als Kundschafterin voraus ..."
"Mhm, ja ..."

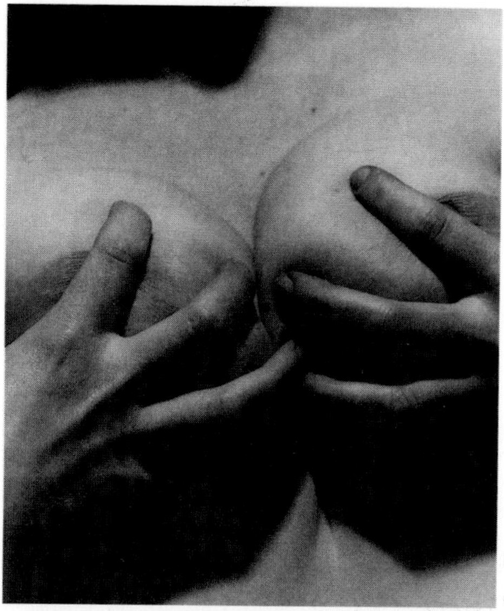
Jan Tepass

"... und lecke die eine ausgiebig, während ich die andere mit dem Daumen stimuliere, damit keine zu kurz kommt..."
"Ahhh!"
"... mh, ich höre, es gefällt Ihnen ... nach einiger Zeit wechsle ich dann ab ... nehme dann auch mal die Lippen, bis ich dann küssen kann, später lutschen, erst ganz zaghaft, dann aber gewaltig, und irgendwann, mit einem Mundvoll Zitze, fange ich an zu saugen. Schweiß und Speichel rinnen über die Wölbung und ich massiere alles behutsam mit den Händen ein, während ich mich abwechselnd an der einen oder anderen Zitze labe ... mmh..."
"... oho ... warum stöhnen Sie denn so? Was tun Sie denn da?"
" ... ahh ... ich ... ahhabe es mir auch etwas bequemer gemacht und mir die enge Jeans ausgezogen. Sie haben doch nichts dagegen?"
" ... mmh ... nnheinhnein ... im Gegenteil, ich habe mir auch schon ... "
" ... hhwas ... warum sind Sie plötzlich ruhig? Hören Sie nicht auf zu stöhnen."
" ... ichhhhabe mir auch schon den BH

geöffnet!"
" ... nnhein ... haben Sie das?"
" ... jahhh ..."
"Und Ihre ganze Pracht quillt jetzt hervor. Oho, das ist ... oh ... entzückend ..."
"... ich ... ohhhich mache mir Sorgen ..."
"Warum?"
"Ihre übertriebene und unerhörte Fixierung auf die weibliche ... hhhBrust ... könntehh dies nicht ein Hinweis auf eine zu starke Mutterbindung in Ihrer Kindheit sein?"
"Ohhh ... hhich glaub nicht, ich wurde nicht einmal gestillt."
" ... ahhha, deswegen vielleicht ..."
"Hhhhist das wichtig?"
" ... hhnein, hhich dachte nurhhh ..."
"Was ist jetzt los . ... was tun Sie da?"
"Wenn ich genug vom Saugen habe und so richtig satt und zufrieden bin ..."
"Was?"
" ... dann presse ich mit beiden Händen meine Hügel, aneinander, daß es in der Mitte dunkel, eng und warm ist ..."
"Ahhh, das tun Sie nicht!"
" ... hhhdoch und dannhhh ... dann setzen Sie sich auf mich und dringen schließlich zwischen meine Brüste ein."
"Ohhh!"
"Erst ganz zärtlich, fast schüchtern, dann tiefer, bis ..."
" ... ahhh ... bis was?"
"Bis ich die rosa pulsierende Eichel zwischen meinen Bergen auftauchen sehe, und wieder und wieder."
"Ich stoße?"
"Jahh ... Sie stoßen. Aber kräftig und gleichmäßig, beständig ... hhhnicht wild, wie es junge Burschen tun, sondern ruhig und bestimmend. Sie bearbeiten mich. Sie streicheln bei jedem Stoß zärtlich meine Nippel. Und ich sehe das Ende jedesmal, aber unendlich langsam auf mich zukommen."
" ... hhhSie ... hhhwas tun Sie mit mir ..."

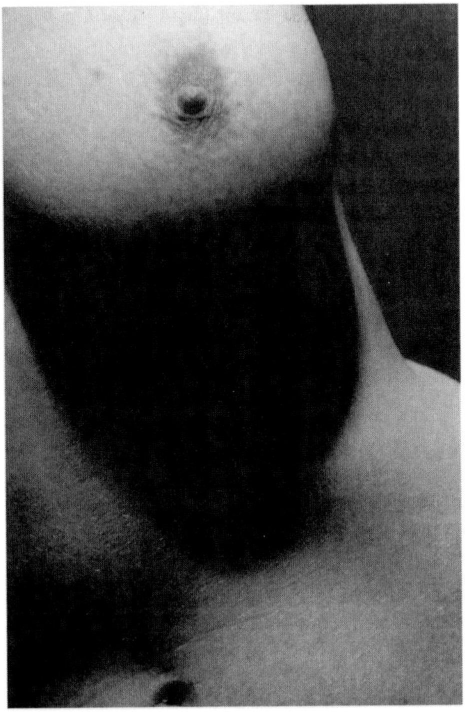

Jan Tepass

"Neinnein, Sie dürfen noch nicht soweit sein. Es dauert noch. Stoß um Stoß. Hören Sie nicht auf!"
" ... ahhhich ... ich ficke Sie, ich ... ahhhich ... ohhhhkomme!"
" ... ohhh .. .ichh ... ohhhmein Saft spritzt Ihnen ins Gesicht, ohh ich winde mich und der Strahl trifft Sie überall ..."
" ... ahhhh ..."
...
"Sind Sie noch dran?"
"Mhhja?"
"Es war toll, einfach toll! So etwas ist mir noch nie passiert, und ich habe jetzt schon einige Interessentinnen angerufen. Hören Sie, Sie sind einfach unbeschreiblich."
"Ja, ich finde auch, das ist Liebe auf den ersten ... Ich habe so eine mystische Übereinstimmung unserer Empfindungen noch nie bei einem anderen Mann gespürt. Ich muß Sie sehen."

"Auf jeden Fall! Wann können Sie?"
"Ich ... am besten gleich morgen Abend. Paßt Ihnen das?"
"Moment, ich hole meinen Terminkalender. Ja, ich denke das ... könnte ..."
"Was tun Sie da, das hört sich ja an, wie ... Was kratzt denn da so?"
"Wie ... was? Ach das, meinen Sie das?"
"Ja, was ist da?"
"Ich reibe mir mein Gesicht."
"Ach? Aber was rauscht denn da so? Ist das vielleicht ... Sollten Sie tatsächlich ...?"
"Mein Bart, Sie meinen meinen Bart? Was ist damit?"
"Sie haben einen Bart?"
"Ja, ich bin seit meinem achtzehnten Lebensjahr stolzer Träger eines gepflegten Oberlippenbartes. Das ist eine uralte Familientradition. Ist sozusagen mein Erkennungszeichen. ... Was ist, warum sind Sie plötzlich so ruhig? Ist Ihnen nicht gut?"
"Ich ... ehmm ... ich kann mit Bartträgern nicht. Ich habe sozusagen eine Phobie dagegen. Ich kann es weder sehen, noch ertrage ich das Kratzen ..."
"Ohhh ... o ... o ...!"
"Ja, ich, es tut mir wirklich leid."
"Ja ... mir auch."
"Auf Wiederhören. Und ... rufen Sie bitte nicht mehr an."

Alexander C. Gray

Transmutation

Eine tätowierte
transsexuelle
Domina
zärtlich und sanft
teilte mit mir
die lederne Nacht

Den reißenden Strom
unserer heißen
Körperflüssigkeiten
durchschwommen
offenbarte sie mir
ihr innerste Selbst

Auf ihren
prallen Brüsten
aus Silikon
für jeden
verstorbenen Freund
ein Schmetterling

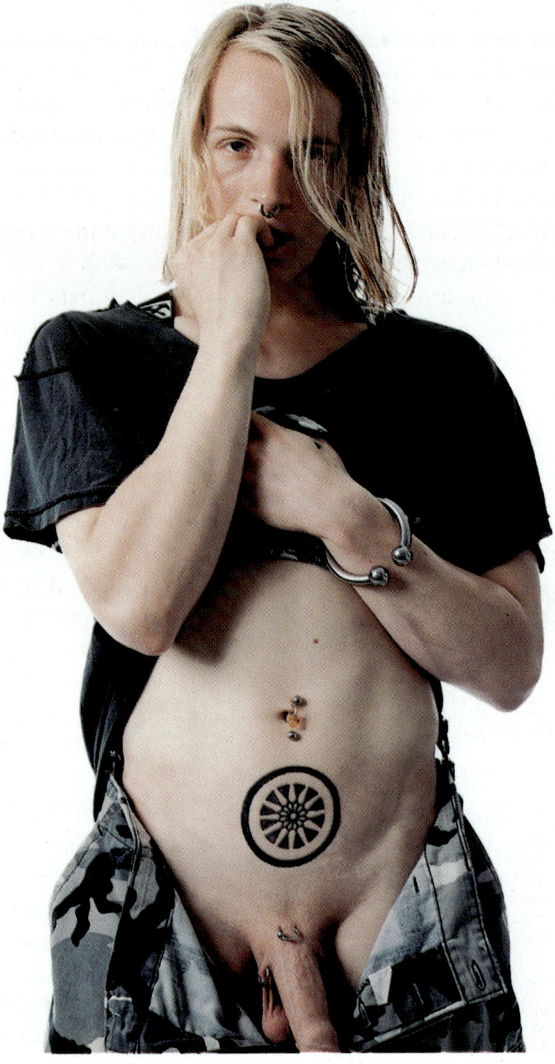

Andreas Fux

Häufig träume ich von - meist erotischen - Situationen, in denen sich ein Mann in eine Frau verwandelt. Manchmal umgekehrt. Ich wache immer entspannt und glücklich auf, es sind keine Konfliktträume, sondern die schönsten erotischen Träume, die ich habe. In der Erinnerung weiß ich das Geschlecht des begehrten Gegenübers manchmal nicht mehr. „Ein Spiegeltrugbild der Natur, das ist und nicht ist". (Shakespeare, Was ihr wollt)

Was mir bei den Fotografien von Andreas Fux zuerst auffiel, ist, daß das Geschlecht keine Bedeutung hat. Körper, die in all ihrer Präsenz aus einer anderen, einer Traumwelt zu kommen scheinen. Natürlich habe ich vor allem Bilder von Männern gesehen, aber ich sehe sie unabhängig vom Geschlecht, und sie lassen sich auch nicht mit Begriffen wie „androgyn", „transgender", „queer" etc. beschreiben. Diese Körper erzählen eine andere Geschichte.

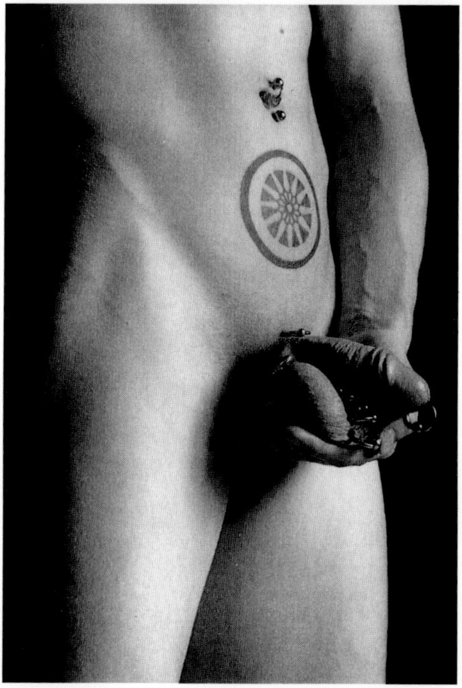

Der Hintergrund ist weiß. Der Blick kann nicht abschweifen. Die Figuren möchten also nichts erzählen aus ihrem Leben, wer sie sind, wo sie sind. Manchmal finden sich Details im Weiß neben den Körpern, doch auch diese erzählen nichts. Vielleicht belustigen sie die Betrachter und verstärken den Blick auf den Körper. Mag sein, daß die Geschichte, die ich finde, meine Erfindung ist. Doch das ist die Kunst des Fotografens, daß er ein Bild schafft, das Gedanken, Gefühle auslöst. Denn viele Körperbilder bleiben leer. Nicht der Hintergrund, sondern die Körper sind leer - glatte leere Hüllen, die häufig mit leicht geöffneten Lippen lächeln, und so unterwürfig einladend wie nichtssagend gucken, meist Bilder von Frauen, immer mehr auch von Männern. Schöne leere ärgerliche Oberfläche. So schnell vergessen wie gesehen.
Die Körper die Fux abbildet, sind niemals leer.

Erinnerungen, die in den Körper geschrieben werden, Liebesschwüre. Eine Haltung, ein Protestzeichen, eine Sehnsucht, ein Wunsch nach Zugehörigkeit zu einer Gruppe hinterläßt Spuren, nicht im Kopf, in der Psyche, sondern auf dem Körper. Manchmal eine nahezu brutale Poesie.

Es geht nun nicht um Selbstfindung, Ichsuche, sondern um radikale Selbstschöpfung. In vielerlei Sinn läßt sich das Symbol der Ausstoßung und des Eindringens in die Körper deuten. Es geht um eine bewußte selbst in die körpertextuelle Hand genommene Initiation.

In früheren Kulturen verlieh der Ritus der Erfahrung des anfänglichen Chaos eine mythische Ordnung. Die symbolische Erfahrung war wichtiger als das Wissen. Die Riten bewahrten nicht nur Gewohnheiten, sie gaben diesen auch ihren Sinn. Riten waren mit dem Körper liiert. Der Eintritt in andere Stufen des Lebens passiert durch Rituale. Zyklisch wiederkehrende Ereignisse wurden mit sinnstiftenden Ritualen gefeiert. Die Zeit war kreisförmig, nicht linear. Wir werden untergehen, wenn wir die Sonne nicht mehr als Gott achten, prognostizierten die Indianer. Allgegenwärtig war das Bewußtsein, daß alles, was einer tut, schon ein anderer getan hat und es deshalb seinen Sinn hat. Besonders zu sein, anders als die anderen, das ist moderne Selbsterwartung. Alles muß neu, anders, besser, schöner spektakulärer sein, um Wert zu haben.

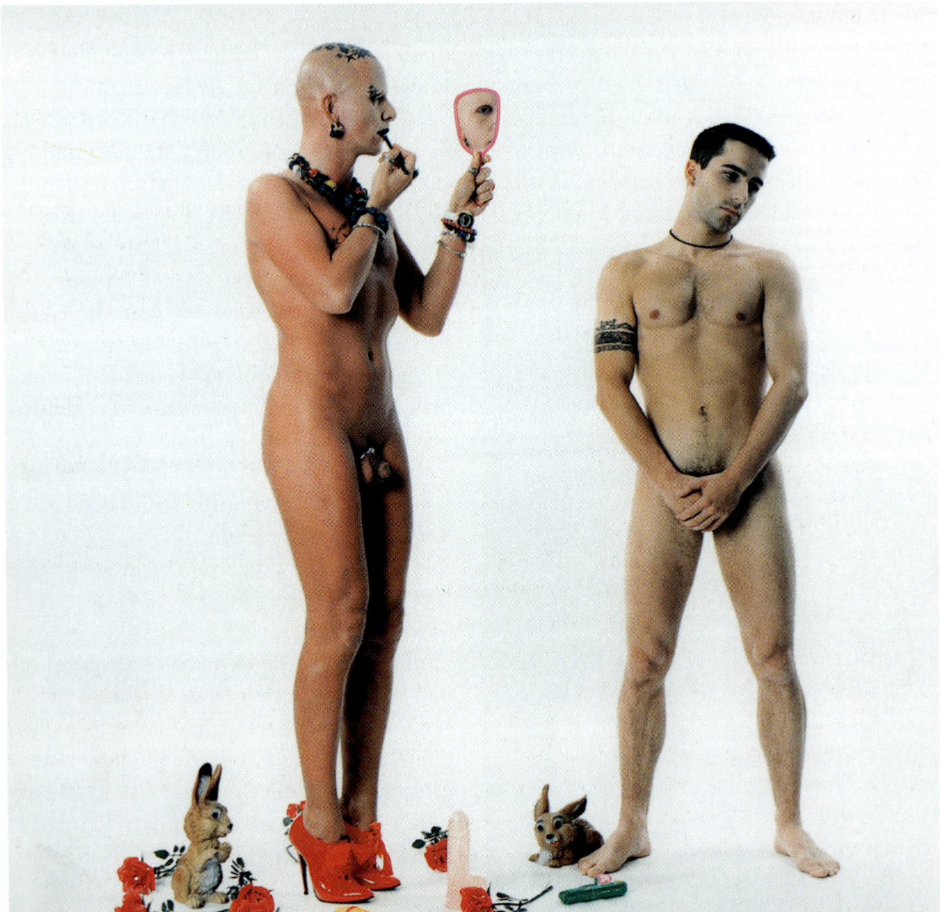

Das Verschwinden der Riten geht einher mit dem Übergang von prämodernen zu modernen Gesellschaften. Geheimnis und Einweihung sind Figuren von großer Bedeutung für die Entwicklung des Menschen, für die Bewältigung von Leben überhaupt. Die Initiation war ein mit dem Körper verbundenener Übergangsritus. Eine neue Dimension erreichen zu wollen, bleibt eine Sehnsucht. Kann ein Grund für den Konsum von Drogen sein. Oder für die Suche nach anderen „bewußtseinsverändernden“ Erfahrungen. Die Sehnsucht nach einer Erfahrung, nach der man anders ist als vorher. Transformation. Es gibt heute keine festgelegten Riten der Transformation mehr. Das Leben ist beliebig geworden, man wählt die Arbeit, die Partner im Prinzip provisorisch. Alles ist möglich. Permanent. Das Fehlen jeglicher Rhythmen, jeglicher Transformationen verschafft sich Ausdruck: z. B.in den Bildern von Blut und Gewalt. Unbewußte Ängste vor dieser Beliebigkeit - und Ängste vor realen Bedrohungen, die permanent an der medialen Tagesordnung sind werden kanalisiert in Bilder. Und diese Zeichen werden auf die Haut gezeichnet. Das Blut hat befreiende Wirkung.
Die Suche nach Ritual ist immer präsent. Sie tritt auf, ohne gelernt worden zu sein. Kinder erfinden Rituale, um die Angst vor Dunkelheit abzuwenden. In unsrer Kultur kennen wir Alltagsrituale die nichts Sinnstiftendes mehr haben, und sich im Extremfall zu sogenannten Ticks ausweiten. Unsere Gesellschaft ist sehr schnell aus einer Gesellschaft, in der jede Geste vorgesehen war, übergegangen in eine Gesellschaft, in der alles neu, selbstbestimmt schien. Wer kennt nicht den Schrecken, täglich die eigene Geschichte aufbauen zu müssen, nicht aufgehoben in sinnstiftenden Ritualen. Der einzige moderne Ritus

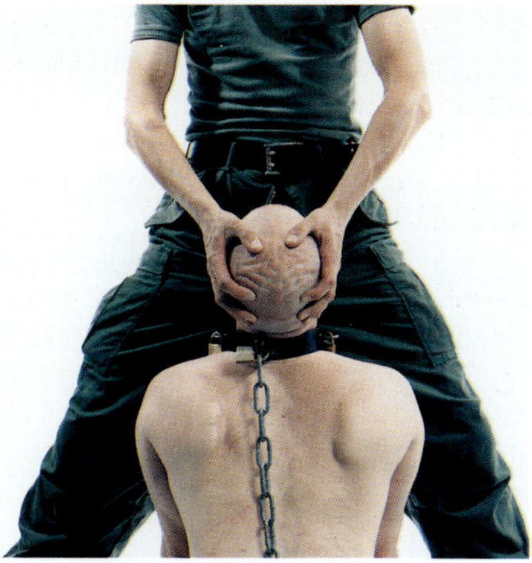

ist der Konsum. Dem kann sich nicht jeder hingeben. Es ist schwer, dem „sinnentleerten“ Leben wieder Sinn und Rhythmus zu geben. Und selbstverständlich kann man nicht zurück zu alten Mythen und Riten.
In der Welt der virtuellen Realität hat der Körper keine Bedeutung mehr, scheint es. Ein extremer Körperkult versucht ihn zu retten, Fit for fun, Mens Health. Der schöne Schein ist teuer. Den „Körper spüren“ heißt, in ihn investieren. In seine Oberfläche. Er bleibt leer. Ohne Sinn. Ohne Gefühl.
Auch die Menschen, die Andreas Fux portraitiert, versuchen sich zu spüren. Ihre Körper sind von rührender Sehnsucht. Eine Sehnsucht vielleicht nach Berührung rundum, oder danach, daß nicht mehr aufhören möge, was nur einen Moment dauert. Eine Sehnsucht danach, daß sie einen Sinn haben. Melancholie geht von ihnen aus. Aber in manchen Bildern ist nicht allein diese Melancholie zu spüren, sondern zugleich der Moment, in dem sie aussetzt.

„Das erste mal, als mein Kopf gepierct wurde, fühlte ich, während die Nadeln herausgenommen wurden und ich zu blu-

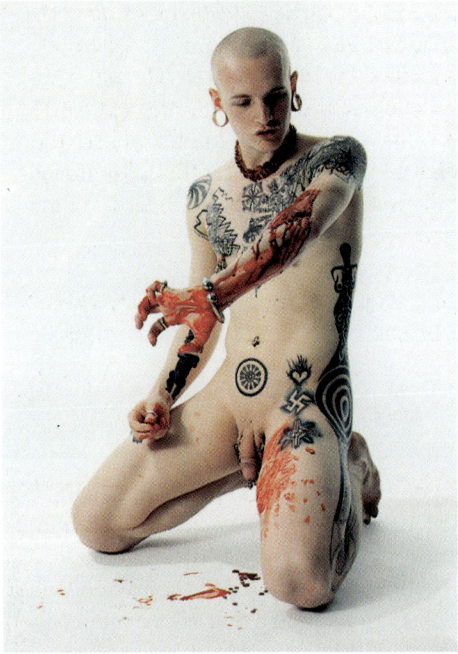

ten begann, als ob ich auf mich selbst regnen würde. Ich war glücklich. Es war wie die Freisetzung der Lebensenergie von Blut. Während ich gepierct werde, bin ich von Schmerz umgeben und kann mich nicht davon lösen. Danach fühle ich mich sehr jung und klein, und will einfach geknuddelt und umsorgt werden. Ich werde still und wende mich nach innen. Es ist spirituell, das Hoch der Endorphine, das mit Schmerz und Bluten eintritt, die Linderung durch das fließende Blut und die Verletzlichkeit, die Offenheit danach. Welle um Welle zu erklimmen ist wie eine Vervollkommnung, wie für einen Buddhisten, der durch verschiedene Prüfungen geht, um verschiedene Ebenen der Erleuchtung zu erreichen..." Jess, zitiert nach Claire Garoutte, Matter of Trust.

Die Körper, die A. Fux portraitiert, haben genau dieses Moment. Sie leuchten. Sie sind keine „seelenlosen" leeren Hüllen. Fux dokumentiert nicht wie z.B. die Fotografin Claire Garoutte - aus deren Buch ich zitierte - die Innigkeit von Menschen, die in Liebesbeziehungen eingebunden miteinander extreme Körpererfahrungen machen. Den von Claire Garoutte portraitierten Frauen geht es um Körpererfahrungen, deren Grundbedingung absolutes Vertrauen zwischen zweien oder mehreren ist. Wenn dann die narzißtische Vereinzelung aufgehoben wird, wenn wirklich „Grenzauflösung" stattfindet, wenn die tragische Einsperrung in unseren Körper für Momente aufgehoben wird, dann bricht etwas - was auch immer das ist - für Sekunden aus und Freiheit wird sichtbar, für Sekunden. Auch wenn das Gegenteil auf der Oberfläche erscheinen mag, also etwas wie Verletzung.

Fux' Figuren geht es nicht um die Realität des Aufbrechens von eins in zwei, der intimen Vertrautheit, die extreme Dinge ermöglicht - ihre Körper sehen nicht aus, wie in einem Liebesakt mit einem anderen geöffnet und geschmückt, und wenn, dann wird es nicht thematisiert. Der Liebesakt - das sind sie selbst.

Die mit Blut beschriebene Körper hat Geheimnis. Er ist beängstigend schön. Er ist Papier und transportiert wieder Sinn, nachdem ihm soviel Sinn abhanden gekommen ist (besonders dem männlichen Körper - das auszuführen, würde hier zu weit gehen). Es gibt auch erotische Bilder, Bilder, auf denen zwei Menschen zu sehen sind. Doch sie sind es eher zufällig, nebeneinander. Die Körper sind in sich verstrickt. Der andere Körper ist nicht notwendig, selbst nicht in den sexuellsten Bildern. Auch in diesen geht es um Symbole - so des Eindringens, des Öffnens der Körper als Bewußtseinserweiterung. Der kahle Kopf sieht aus wie ein Gehirn. In der Hand des Erregten. Ein Gehirn wird gefickt. Ein Gehirn öffnet sich. Erweitert sich. „Bewußtseinserweiterung". Es geht in diesen Bildern von Andreas Fux nicht um Sex. Um Erotik schon.

Der Körper, der sein Geschlecht zart in der Hand hält - um etwas zu zeigen: die sichtbare Sprache des Körpers, auf ihn geschrieben und doch er selbst. Endlich spricht der Körper wieder. Es sind nicht Männer, nicht Frauen, die sprechen, es sind Wesen, die mit zarten Gesten, kleinen Selbstberührungen, ironischen Anspielungen, und der blutigen Schrift die Geschichten von Einsamkeit, Sinnlosigkeit und ihren Versuchen, dem zu entgehen, erzählen.

Fux zeigt die Magie der Körper, der Wesen zwischen Traum und Realität.

C.G

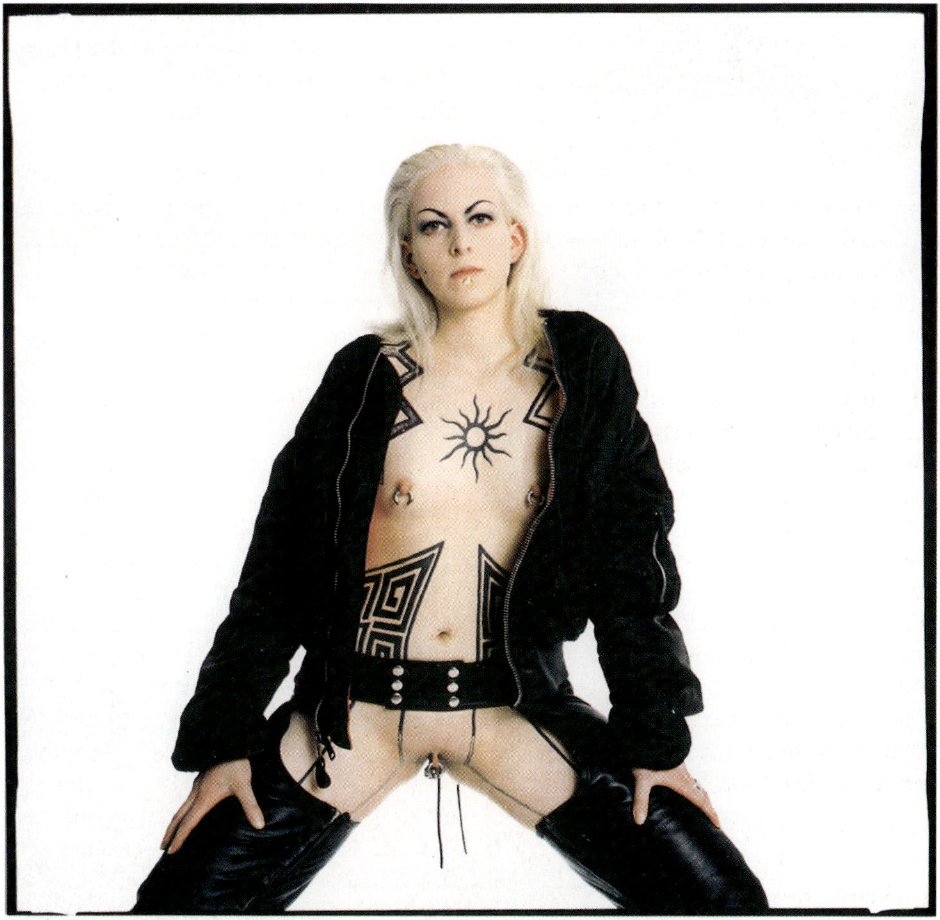

Illo Lehr

Mein Mösenstilleben

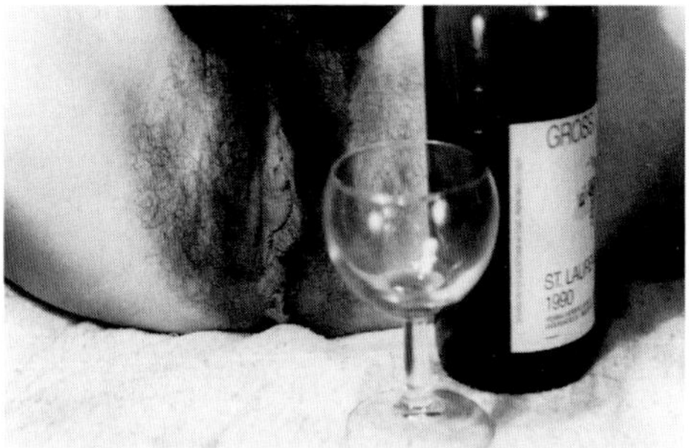

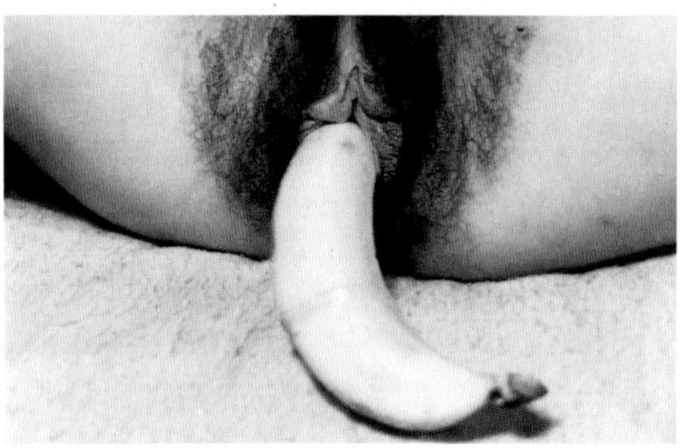

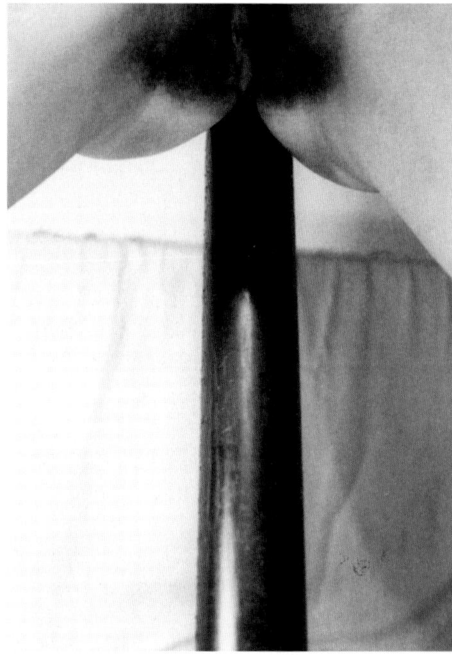

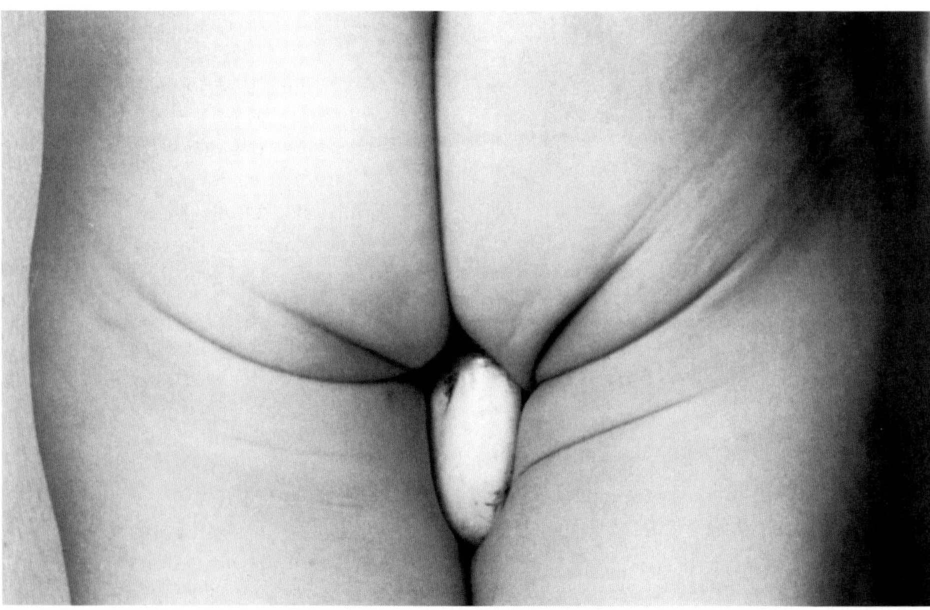

Vanessa Ka

Der Blick

Es ist dieser Blick, der Dir unter die Haut geht, der Dir das leichte, sanfte und doch so schnell vorübergehende Wohlgefühl beschert, gleich einer heißen Welle, die durch Deinen Körper geht.
Dieser Blick, der Dich hilflos verharrend macht, unbeweglich, wie ein Kaninchen vor dem Tod. Dieser Blick, der Dich will und das Begehren ausdrückt und manchmal ganz kurz ist und doch so intensiv, daß er Deine Schenkel heiß werden läßt und Deinen Liebesgarten in einen pulsierenden Vulkan verwandelt, der nur noch schreit: Jaaaaa........mach und komm in mich.
Dieser Blick, der ganz zufällig im Gesicht des zurückhaltenden Jungen stand (vielleicht 25 J.), als er dich in den Arm nahm und Deine Lippen anschaute und plötzlich —- war dieser ... da, für den Bruchteil einer Sekunde und ebenso schnell auch wieder verschwunden. Du hattest kaum Zeit zum Fühlen, doch auch für diesen Bruchteil spürtest Du die Lust und die Kraft und wolltest ihr erliegen, während in Deiner Vagina der Vulkanausbruch tobt und durch Deinen Körper die heiße Lava läuft und Dich reglos verharrend und doch neugierig und erwartend werden läßt.
Es ist dieser Blick, der bei O. auftauchte, als er seinen Schwanz unter Wasser in Dich schob.
Dieser ..., der so nah macht und so fern ist, so voller Begierde und Begehren und so voller Lust —- und der das Abgehobensein zeigt von Gut und Böse oder von dieser Welt.
Dieser ..., der nur noch im Schwanz ist, worin er mit ihm sehen kann, plötzlich fühlen kann, und nichts weiter mehr zählt als das Gefühl darin. Wo die Welt verschwindet.
Dieser ..., übrig geblieben von dem animalischen Paarungsdrang, der auch in den Augen des schwarzen wilden Hengstes war, als er die Stute deckte. Dieser alles vergessende, schwarz dunkle, leidenschaftliche ...
Dieser ..., geheimnisvoll, unergründlich, schön in den kurzen Augenblicken des Begehrens.
Der sagt, ich will Dich fühlen, in Dir sein, meinen Schwanz versenken in die unergründliche Tiefe Deiner Vagina. So schön glitschig und so erregend und so befreiend und entspannend.
Dieser ..., der Dir immer und immer wieder heiße Schauer über den Rücken laufen läßt, Dich immer wieder neugierig und hingebungsvoll, macht und der noch da ist, bevor der Orgasmus kommt. Und manchmal spürst Du die Lust und die Kraft und das Kribbeln des Mannes in Deinem Bauch, kurz bevor er schreit, lacht, stöhnt und dann schließlich seinen Saft vergießt, um dann erleichtert zusammenzusinken.
Dieser ..., der Deine sonst so zarten Knospen in der Mitte der beiden Rundungen hart und steif werden läßt, und sie wollen gedreht und geleckt und gedreht und geleckt werden so lange, bis Du die Verbindung zu Deiner Klitoris spürst.
Und bei jedem Drehen der Zunge kribbelt es in Deinem Lustknöpfchen und Du denkst nur noch, weiter, weiter, weiter leck mich weiter, und fühlst jeden Zun-

genschlag an Deiner Brust so, als wäre er direkt auf Deinem Lustknöpfchen. Du steigerst Dich in diese Vorstellung hinein und spürst dann plötzlich diese Wellen, daß auch Du erleichtert zurücksinken kannst...

Aber nun liegst Du hier und denkst daran und wünscht Dir so sehr, daß der Traum wahr wird, daß er da ist, Dich will und begehrt und Dir die Lust gibt und seine mit Dir teilen will, und Du die wohlige Wärme spürst und ihr erliegen kannst, Dich hingeben kannst.

Und Du berührst Deine Brustwarzen und fährst langsam mit Deiner Hand an die Stelle, die Dir die Lust gibt und reibst an ihr und rubbelst und fühlst und machst und streichelst. Und du öffnest Deinen Mund und küßt die Luft und imaginierst ihn über Dir und in Dir drin, drängst Dich ihm entgegen, reibst Dich dabei und verstärkst Deine Vorstellung, bis Du ihn fast körperlich zu fühlen meinst —— und schenkst Dir endlich den Orgasmus.

Doch es ist nicht dasselbe.

Du bist allein.

Richard Dabrowsky

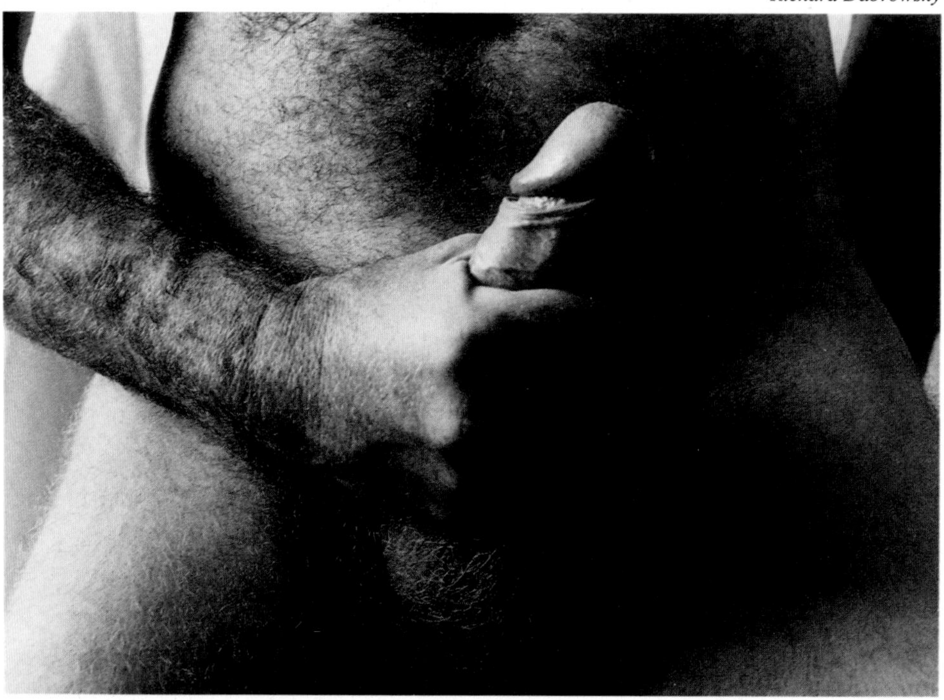

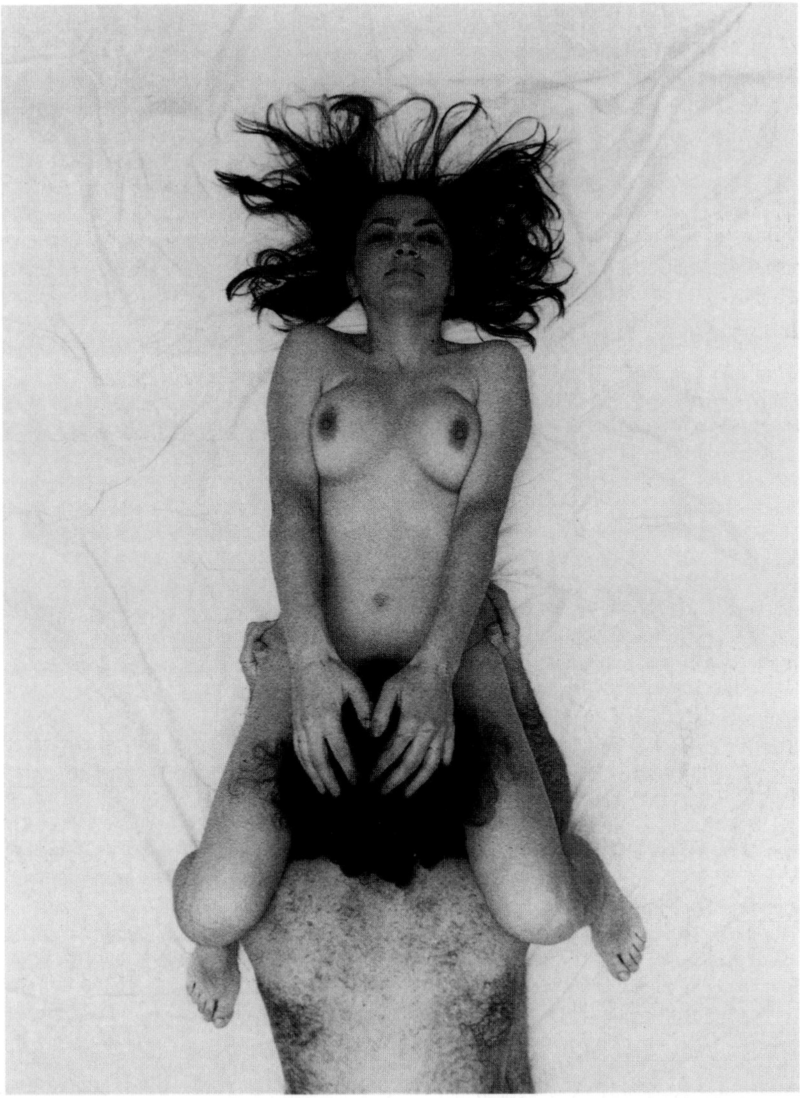

Richard Dabrowsky

Hannes Nordholz

Gespräch

C: Überall wird über Sex geredet, alle machen das und jenes aus Spiellust, oder, um ihre Beziehung zu verbessern. Dagegen ist ja nichts einzuwenden, aber haben sie noch das Gefühl, Grenzen zu überschreiten - oder brauchen sie immer neue Spiele - oder hört es einfach auf - wird es langweilig - und was ist das überhaupt für ein Gefühl, „Grenzüberschreitung", was überschreitet man da. Man kann sexuelle Phantasien entwickeln. Man kennt Liebe und die verzweifelten Versuche, sie zu gewinnen. Das ist aufregend. Diese immer wieder auftretende Verliebtheit. Aber was ist das konkret, Grenzüberschreitung?
H: Grenzüberschreitung ist ganz allgemein entgrenzen, und ...
C: Ich kann mir darunter nichts vorstellen ...
H: Meinst du das Tabu ...
C: Was ist das heute?
H: Diese „Grenzüberschreitung", auf die du anspielst, funktioniert nicht - es gab sie vielleicht zu Zeiten, wo das Sexuelle weit stärker reglementiert war, und vieles verboten...
Ich würde Grenzüberschreitung mit Verführung verbinden. In dem Augenblick, wo ich einer mir fremden Person, die ich noch nicht kenne, zum ersten Mal begegne - da ist noch nichts festgelegt. Welche Grenzen, welche Verbote gibt es bei ihr, bei mir. Und dann kann ein Spiel entstehen. Es auszutarieren. Ein direktes Beispiel ist die Hinterngeschichte, coitus per anum. Da weiß man aus Erfahrung, daß nicht alle es mögen. Und für manche Frauen kann es eine gewisse Zumutung sein, es geht nicht unbedingt schmerzlos vonstatten. Vorläufig, so will ich mal sagen, wäre das dann eine Grenze. Schon weil ich nicht weiß, ob sie es will oder nicht. Und wenn man sie dann vielleicht doch dahin kriegt, mit Hilfe der Verführung und mit Hilfe ihrer eigenen Erregung, da sähe ich ein Beispiel, daß eine Grenze innerhalb der Erotik selber überschritten wird. Von beiden. Solche Beispiele gibt es viele. Wie kann ich berühren, wie kann sie berühren, wie kriegt sie mich zu dem, was sie möchte, von dem sie noch nicht weiß, ob ich es genieße. Einfache Dinge.
C: Stimmt, wenn man sich verliebt, überschreitet man wirklich Grenzen, auch ganz kleine banale Grenzen. Man ißt etwas, was man sonst nie ißt. Man raucht, weil er/sie raucht ...
Du meinst also, das passiert immer wieder zwischen zwei Personen. Du glaubst nicht, daß man immer Neues ausprobieren muß, um solche Grenzen zu überschreiten. Daß man immer weiter gehen muß, um Grenzen überschreiten zu können.
H: Nein, das denke ich nicht. Es ist immer möglich, wenn man jemandem begegnet, und sich „hingibt", Grenzen zu überschreiten und daraus Lust zu gewinnen..
C: Als ersten spontanes Beispiel hast du den Po genannt. Wieso?
H: Das ist das Vollkommene, würde ich sagen. Der Po ist vollkommener als die Brüste. Wenn es nur eine Pobacke gäbe, wäre das nicht der Fall. Zum Vollkommenen gehört die Spaltung. Beide Geschlechter haben bekanntlich einen Po. Es gibt auch sehr schöne Männerpos. Insofern tendiert die Analerotik zum Geschlechtslosen. Und vielleicht ist gerade das das Angestrebte: die Überwindung der Geschlechtertrennung. Und insofern wäre der Po insgeheim das Signum einer Erlösung. Den erotischen Reiz macht aus, daß man sich hineinträumt, daß man aus dem Geschlecht ausbrechen könnte ...
C: Gehst du davon aus, daß auch Frauen dieses erotische Vergnügen haben, das du hast, Pos anzuschauen ...
H: Da fehlt mir die Erfahrung. Auf jeden Fall freuen sie sich, wenn man ihren Po würdigt, anfaßt, streichelt. Ich glaube aber, daß sie das als erotisches Vergnügen und als Zugabe zu ihren Reizen empfinden, und nicht als Geschlechtslosigkeit. Rein sexuell betrachtet ist auch schwer nachzuvollziehen, was ich meine. Meine Neigung ist, Sexualität und Liebe nicht zu trennen. Natürlich kann ich mich auch rein sexuell vergnügen. Aber dann ist immer noch in meinem Kopf die Liebe als Vorstellung.
C: Daß eine Liebe aus einer Begegnung wird, oder wie meinst du das?
H: Daß die Unschuld des dritten Geschlechts, genauer der Geschlechtslosigkeit, angestrebt ist. Und die wäre erst gefunden, wenn es eine Liebe wäre, und wenn das in dieser Liebe nicht verges-

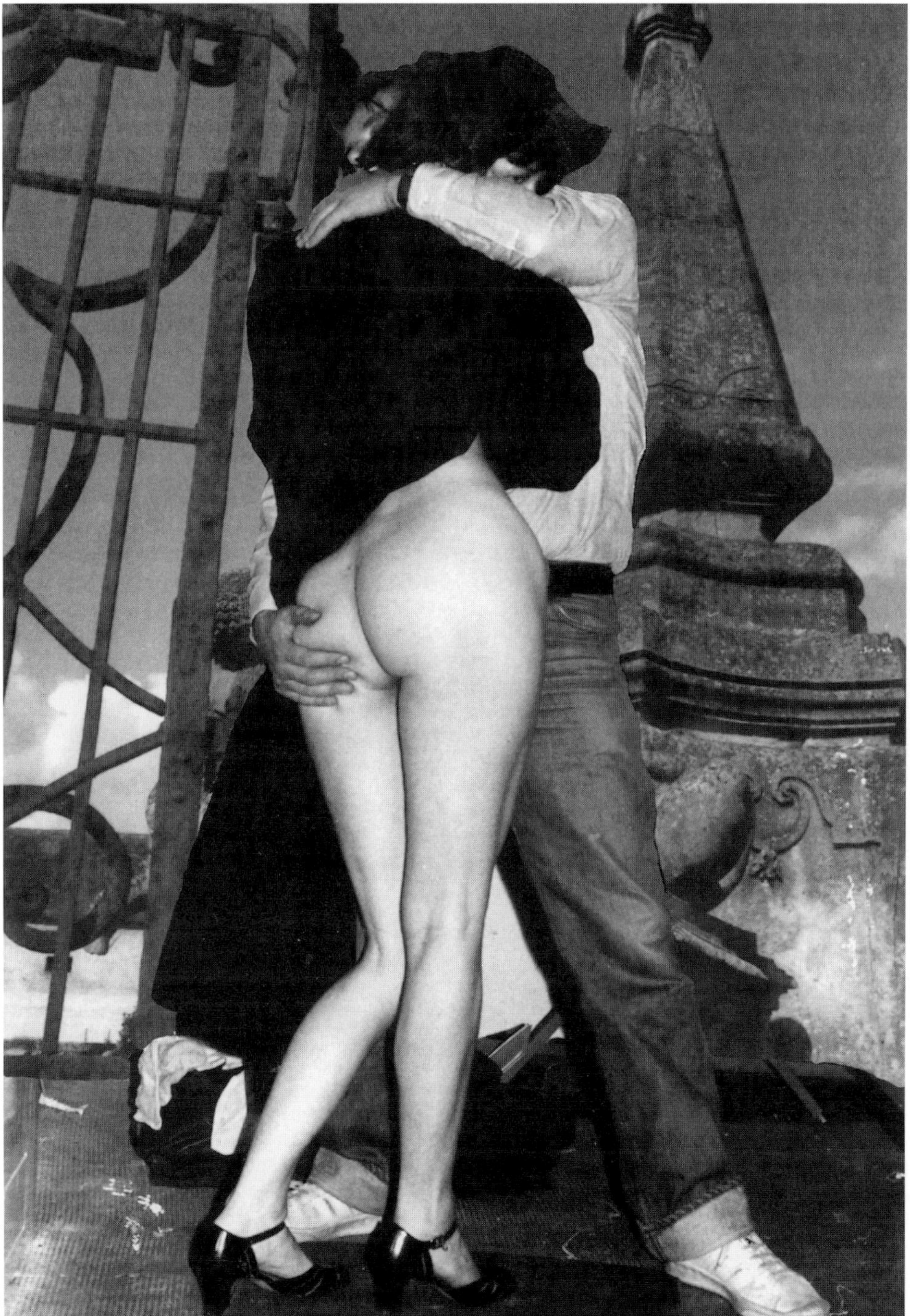

Dieter de Lazzer

sen würde. Das meiste an dieser Vorstellung ist natürlich Illusion.
Der Traum wäre, jemanden zu finden, mit der oder dem du eine Liebesgeschichte so lebst, daß das Geschlecht keine Rolle mehr spielt. Daß man sich sexuell vergnügt, es geht ja nicht um Askese - überhaupt nicht - aber daß das eigentlich nichts mit den unterschiedlichen Geschlechtern zu tun hat, sondern daß man so miteinander verquickt ist, daß es für beide ...
C: Ich versuche nachzuvollziehen, was du damit meinst, daß in deinem Kopf gleich die Liebe ist...heißt das, du versucht, die Begegnung auf Dauer zu stellen - oder heißt das, daß du im Moment der geglückten erotischen Begegnungen dieses „Außerhalb-des-Geschlechts-Sein" spürst?
H: Ja, aber in seinen ganzen Phasen. Man darf nicht vergessen, daß der Po gespalten ist. Ohne Gespaltenheit keine Vollkommenheit. Ohne Geschlechterdifferenz ist keine Überwindung möglich. Sonst wäre es ja Asketismus. Oder es wäre überhaupt nichts. Im Verlaufe eine Liebesaktes aus dem Geschlecht herauszutreten ...
In meinem Kopf verbindet sich dieses Ideal der Geschlechtslosigkeit auch mit philosophischen Tendenzen. Die Grenzüberschreitung ist ein Thema der abendländischen Philosophie und dort keineswegs auf Erotik begrenzt. Was heißt, daß die Erotik nichts für sich ist. Sie ist eingebettet. Wenn man überlegt, wie man denkt, ist das ähnlich. Daß da ein erotischer Prozeß abläuft. Erkenntnis ...
C: Liebe legt es doch immer auf Unendlichkeit an. Nicht auf den Moment. Der würde die Liebe ja begrenzen, man geht aber immer von irgendeiner Grenzenlosigkeit aus. Man sagt, das war ein schöner Moment und damit hat sich das. Du erzähltest von Grenzüberschreitung, eine neue Person kennenzulernen. Heißt das, daß man, um dieses „Außer-dir-sein" zu erleben - was ja „Grenzüberschreitung" wäre - zu erleben, dauernd neue Personen erotisch kennenlernen und begehren sollte.
H: Nein. Liebe ist keine Streckung, sondern der Augenblick kehrt verwandelt immer wieder.
Denn die, der andere ist so, daß man immer wieder neue Seiten entdeckt. Daß man sie, die Freundin nicht auslernt. Daß sie einen auch provoziert, neue Seiten zu entdecken. Kleine Verwandlungen. Und daß auch ich mich für sie verwandele. Die vielen Spielformen der Verliebtheit. Das muß nichts Großartiges sein ...
Liebe ist eine Form der Erkenntnis. Ganz konkrete Erkenntnis des anderen Menschen. Ohne Liebe kann man einen anderen Menschen im Grunde nicht erkennen. Am biblischen „Erkenntnisbild" ist etwas dran. Die vielen Seiten, die eine Frau haben kann. Die Unendlichkeit. Auch die meines Blickes. Ich sehe sie immer anders.

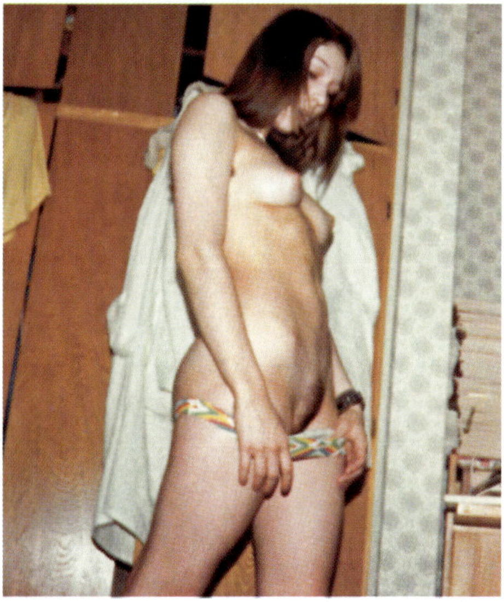

Wir haben das in meiner Liebesgeschichte probiert. Diese Art Unendlichkeit. Unser Bestreben war, so etwas wie unendliche Liebe in der Zeit zu realisieren. Diese - romantische - Theorie wollten wir konkret entwickeln.
Ich muß zugeben, daß es nicht funktioniert.
Weil einer immer darüber hinaus geht.
Wenn man sagt, unsere Liebe ist eine unendliche Liebe, steckt in diesem Unendlichen schon die Grenzüberschreitung. Und zwar in der Form, daß man über diese Liebe hinausgeht. Und das heißt konkret, daß die Liebe zerbricht. Weil die Frau zum Beispiel sagt, du meinst ja gar nicht mich, sondern du meintest einen Engel, den du in mich hineingesehen hast. Oder du meinst etwas ganz Abstraktes. Du meinst die Liebe und nicht mich.
Trotzdem: das wäre der Prozeß Liebe-Erkenntnis - daß es sich nicht mehr deckt, sondern daß die Erkenntnis über die Liebe hinausgeht.
Das ist natürlich ein Philosophen-Problem. Die meisten sagen, was habe ich mit Erkenntnis zu tun. Wenn es hochkommt, will ich lieben, und zwar ganz konkret und ganz beschränkt. Aber wenn sie sich wirklich auf das Lieben einlassen - mehr oder weniger auf Dauer hintendierend, eine Dauer, die keine Dauer ist, sondern in Augen-

blicke zerfällt, dann sehen sie: eine Liebe ohne Erkenntnis, das gibt es nicht. Das wäre dann vielleicht keine Liebe sondern eine rein sexuelle Beziehung. Doch mir ist die Vorstellung einer „rein sexuellen“ Beziehung schwer.
Umgekehrt heißt es, eine Weisheit von Platon, daß Erkenntnis Liebe ist, daß man nur das erkennen kann, was man wirklich liebt. Das ist ein Thema der Tradition. Es gibt einen schönen Aufsatz von Scheler: Liebe und Erkenntnis.
Dieses Prinzip ist in den realen Liebesbeziehungen wirksam.
Denn wir gehen ja alle irgendwie von der unendlichen Liebe aus.
C: In den konkreten Liebesgeschichten scheitert es doch oft an den Banalitäten des Alltags. Es geht einem irgendwas auf die Nerven, was man beim anderen erkannt hat. Oder der andere lähmt einen mit extremer Eifersucht.
H: Es gibt Liebesgeschichten, die lange halten, und andere sind zeitlich begrenzt. Ich will das nicht gegeneinander aufwiegen. In beiden Varianten ist dieser Traum möglich. Es ist ein Traum.
C: Irgendwann kommen dann immer die fremden Menschen hinzu. Irgendwann erliegst du dem Reiz eines anderen - sei es auch nur in der Phantasie ... Dieses Fremde und die Grenzen liegen doch immer in den anderen Personen?
H: Das ist mir einmal passiert während meiner Liebe. Meine Freundin war woanders, es gab eine Party und ich war plötzlich von einer anderen Frau fasziniert. Es war sehr reizvoll. Wir haben uns im Wald geliebt. Verhalten, weil ich mich nicht traute. Aber ich habe mich unsterblich verliebt. Sie hatte offensichtlich ein strenges Elternhaus, sie ging dann mit zu mir und hat bei mir ihren Unterrock gebügelt ... Weil sie Angst hatte, daß man zuhause sehen kann, wo sie sich herumgetrieben hat. Danach habe ich ein paar Tage gekämpft und habe mich durchgekämpft zurückzukehren ...
C: Das ist das Hauptproblem, Thema jeder Literatur, das Aufbrechen von Zweierliebesgeschichten. Ob es dann passiert oder nicht. Ob sie sich

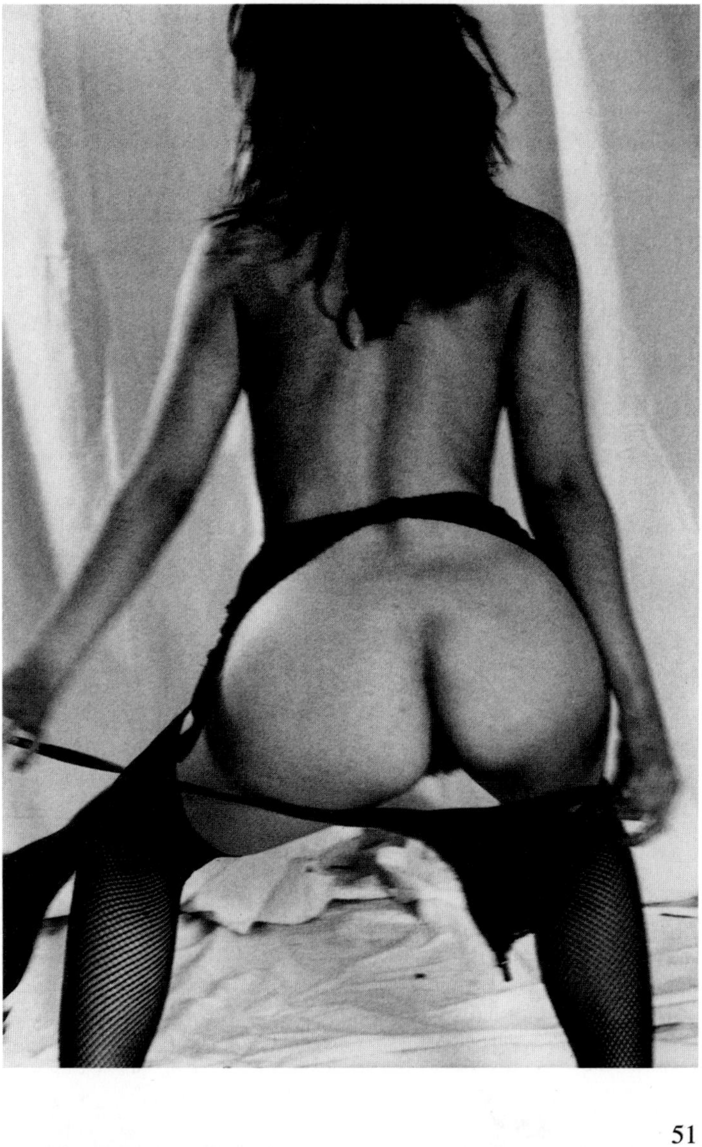

Claude Alexandra

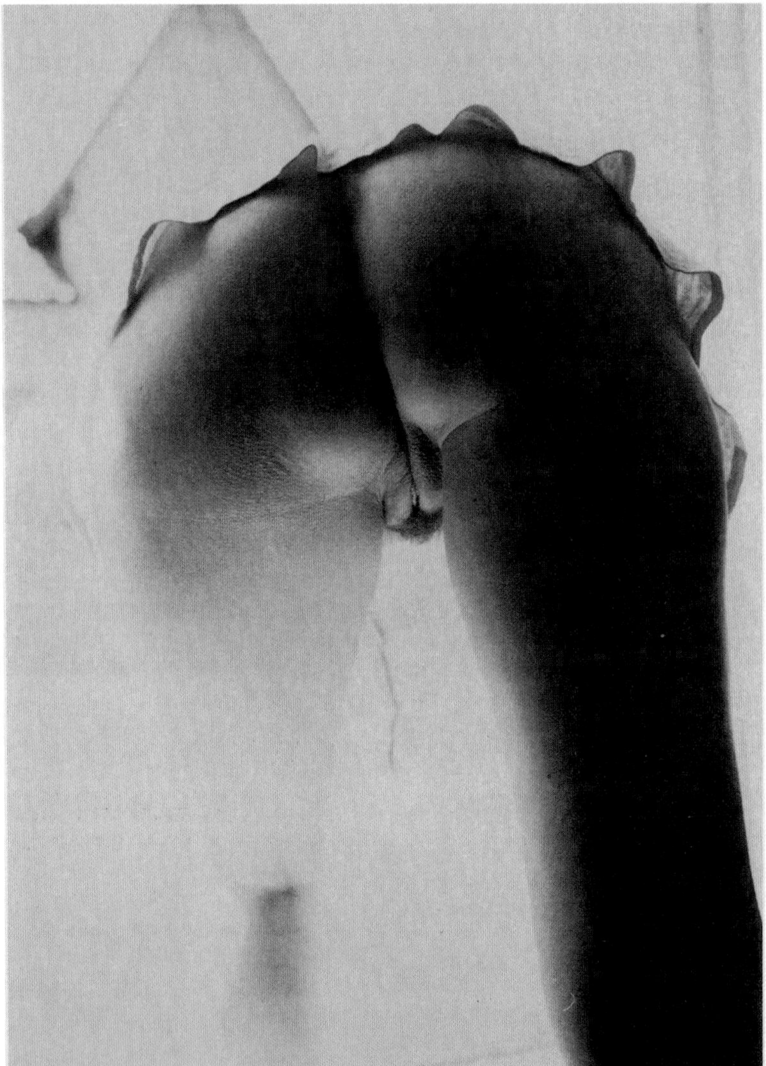

Simon Nicolai

wieder finden oder nicht ... Ich frage mich, ob an dieser Zweierkonstruktion etwas nicht stimmt, oder ob es dazugehört, dieses Aufbrechen der Liebe?

H: Es scheint, als sei die feste Zweierbeziehung eine Grenze. Man wurde (und wird) in traditionellen Gesellschaften dazu erzogen, daß man sich auf eine/n zu beschränken habe. Und dennoch handelte die Literatur immer schon von mehr. Die Herzogin, die drei Liebhaber hatte, alle drei zur gleichen Zeit, das war sicher nicht leicht - ich kann mir vorstellen, wie die Zuhörerinnen beim Vortragen solcher Märchen geschmunzelt haben.

C: Du meinst die Zweierbeziehung ist die Grenze, die man überschreiten kann? Man wird heute nicht mehr derart streng dazu erzogen. Der Traum ist natürlich immer noch da, den oder die für das Leben zu finden. Die 15-jährigen sagen, das ist der Mann/die Frau fürs Leben - für 4 Wochen. Man denkt es immer wieder. Man beginnt immer wieder mit dem Gefühl: das könnte es sein.

Ich höre nicht auf, mich zu fragen, warum man eigentlich nie in einer Beziehung bleibt, selbst wenn man darin bleibt, träumt man doch von anderen - oder?

H: Jeder Mensch braucht eine Lehrzeit. Menschen müssen lernen, wie sie miteinander umgehen. Abgesehen davon, ist es vielleicht die Begrenztheit jedes einzelnen Menschen, die einen woandershin treibt. Ich wollte diese Begrenzung aufheben. Mich bezogen auf Goethes Feline: was geht es dich an, wenn ich dich liebhabe ... Meine Freunde hatten den Verdacht, daß ich mir die Trauben zu hoch hängen würde, daß ich die Liebe nur deshalb verklären würde, weil ich nicht schaffe, sie zu realisieren.

Ich muß auch sagen, die Sexualität hat mich nicht restlos befriedigt. Das ist mir natürlich immer erst hinterher aufgefallen. Hinterher habe ich gesagt, ich habe dich lieb, ich liebe dich. Der Sex war schön und war auch Einbringung — aber darum ging es im Grunde nicht. Sexualität war ein Mittel, um Liebe mitzuteilen und um Liebe festzustellen, um sich der Liebe zu versichern. Hinterher den Wunsch nach mehr zu haben, heißt natürlich nicht, es muß jetzt ein weiteres Mal sein. Ich wollte sicher sein, daß sie weiß, auch wenn sie schon in meinen Armen schläft, daß ich sie liebe. Und daß auch sie es mir noch einmal ausdrückt.

C: Die Sexualität ist eine Sprache, um sich das zu bestätigen?

H: Ja das ist meine Erfahrung.

C: Eine Sprache der Liebe, und eine Erkenntnisform. Ich lerne die andere/den anderen kennen im Sex...

Eine schöne Sprache.

Nochmal zum Sex. Gerade bezogen auf Sexualität spricht man von Grenzüberschreitung, von Ekstasen, vom Orgasmus als kleinem Tod. Warum gerade bei der Sexualität, wenn sie genau das nicht ist? Was du sagst, gibt der Sexualität eine andere Bedeutung...

H: Sex ist natürlich ein Rausch. Der einzig ekstasefähige Rausch, den jeder „normale" Mensch erleben kann. Sexualität ist eine Ekstaseform unter anderen. Das ist das Tragende. Für mich läßt sich erotische Ekstase verbinden mit religiöser Ekstase. Variationen. Die Erotik ist die physiologische Basis für solche Erfahrungen.

C: Wenn man eine andere Sprache der Liebe findet, und auf andere Rauschmittel zurückgreift, könnte man also auch auf Sex verzichten?

H: Wer weiß? Früher sagte ich, die Erotik, die Sexualität ist das Absolute.

C: Das sagst du ja jetzt nicht. Vielleicht meintest du den Orgasmus? Vorher ist man bereit, alles mögliche zu tun, es ist ein Spiel in einem anderen Raum, und das ist vorbei, wenn der Orgasmus kommt. Dann spricht wieder die Liebe. Aber vorher, da gibt es soviele Inszenierungen, Worte, um sich anzustacheln, und das sind nicht nur Liebesworte. Man kann diskutieren, was man alles in der Phantasie und diesem Spielraum bis zum Orgasmus inszenieren darf - Gibt es da Grenzen, oder ist alles erlaubt im Wissen: es dient der Lust, danach treten wir aus diesem Raum aus und sind wieder „ganz normal"?

Glaubst du, daß in einer Phantasie, die zum Orgasmus führt, alles erlaubt ist? Ich habe neulich einem Gespräch zugehört - es ging um schwule SM-Inszenierungen und Phantasien. Einer erzählte, daß er einen schwarzen Freund hat, der unbedingt die SM-Phantasie Sklave-Herr spielen will. Der Schwarze als Sklave. Einer vertrat die Ansicht, daß in einer sexuellen Inszenierung, die eine Art Theaterstück sei und sich außerhalb der Realität befände, alles erlaubt sei, wenn beide es möchten. Also auch in der Realität bekämpfte und abzulehnende Bilder, z.B. Nazi und Opfer. Das Spiel mit Uniformen. Ein anderer sagte, daß man bestimmte Sachen nicht inszenieren oder phantasieren dürfe, daß man sich selbst Grenzen auferlegen müsse, um wirklich gegen diese Strukturen - des Faschismus oder Rassismus etwa

- zu kämpfen, was alle am Gespräch beteiligten wollten. Dagegen stand das Argument, daß diese Bilder nun mal da sind und gerade aufgrund ihrer schrecklichen Assoziationen und den darin steckenden politisch zu bekämpfenden Strukturen einen erotischen Reiz ausüben. Das Verbotene sei eben in der Phantasie, die zum Orgasmus führt, und sofort danach beendet ist, erlaubt. Im Gegenteil, diese Inszenierungen hätten etwas Befreiendes. Außerhalb des Spielraums „SM" wäre man frei davon... Ich finde beide Positionen nachvollziehbar
H: Ich glaube, man kann in der Phantasie sämtliche Grenzen überschreiten. Eine Phantasie ist frei, das ist ihre Eigenart. Vielleicht auch befreiend, wie du es gerade als Stimme des einen am Gespräch beteiligten beschriebst. Viele Texte im *Heimlichen Auge* sind Phantasietexte. Die Phantasie hat alle Freiheit, das ist fast eine Voraussetzung für erotische Literatur, sie überschreitet Realitätsgrenzen. Doch die Phantasie selbst ist noch freier als Inszenierungen - sie müssen die Wünsche zweier und mehrerer Beteiligten dramaturgisch umarbeiten - oder Texte - auch diese müssen dramaturgisch aufgebaut sein, und sie

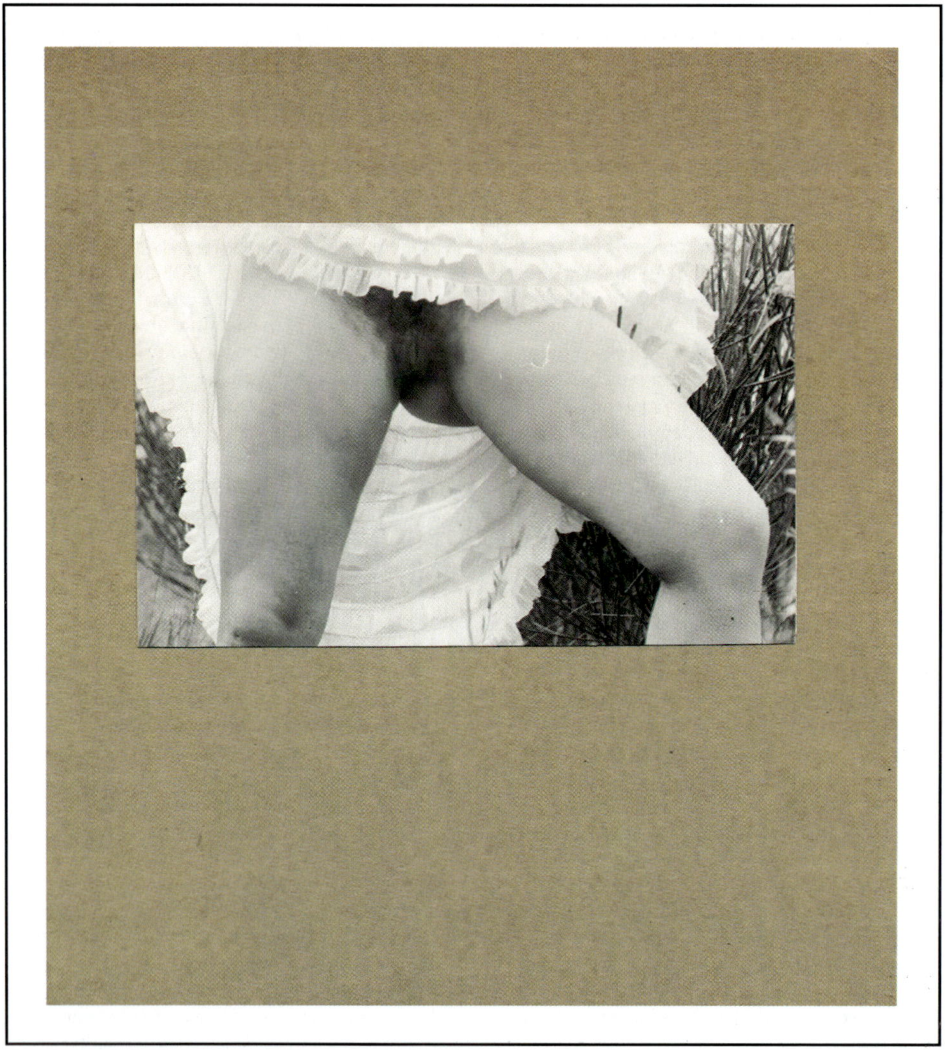

berücksichtigen die Umgebung, in der sie erscheinen etc. Ich kenne diese Phantasien, von denen du sprachst, weniger. Aber z.B. Familienphantasien, sie verbieten sich in der Realität gleichermaßen. Schwestern, Nichten ... Die Schwestern möchten es auch. Und hinterher gibt es dann diese Bestrafungsphantasien. Der ganze Sade kann als Bestrafungsphantasie gelesen werden. Er konnte sich nicht in Liebesgeschichten beglücken...

C: Krista Beinstein, eine Künstlerin, macht Performances mit Fleisch. Und doch geht es ihr darin eigentlich auch um etwas wie die romantische Liebe. Immer weiter in eine Geliebte dringen zu wollen, was heißt das. Symbolisch in ihr Fleisch zu dringen. Schon in einem Text von Monique Wittig kommt als Liebeserklärung das vor, was K. B. inszeniert. Ihre Fleischperformances sind für die Beteiligten rauschhaft. Der Geruch, das Gefühl. Das was jede innen hat, außen zu spüren. Eine meinte auch, es sei vergleichbar mit dem Gefühl als Embryo, der ja auch von rotem Fleisch umhüllt ist, darin schwimmt. Sozusagen ohne Grenze zum anderen Menschen in ihm ist. Die klassische Sehnsucht. Natürlich hat sich Krista B. auch mit den Phantasien der Massenmörder beschäftigt, die sich Fleisch einverleibten etc. Was heißt das, Liebe. Sie könnte nie, und tut es auch nicht, in ihren Inszenierungen, ein lebendes Wesen töten, kein Huhn, nicht mal ein Insekt. Aber dieses In-das-Fleisch gehen, es sich einverleiben, ohne Hautgrenze sich zu fühlen, das inszeniert sie. Dieses noch warme Fleisch symbolisiert für sie Leben, Leidenschaft, Gefühl, Wärme, Sex, Vereinigung und Orgasmusschmerz. Dieses Gefühl der Explosion nach innen - immer auch an der Grenze zum Schmerz. Die Zuschauer ekeln sich, manche können den Rausch nachvollziehen. Der Ekel aber, so sagt Krista Beinstein, kippt bei allen Frauen, die mitmachen an diesen Performances, in Lust. Rauschhafte Lust. Natürlich muß die Künstlerin aufpassen, daß es nicht zu weit geht, wenn z.B. ein Messer als Symbol des Eindringens vorkommt etc., d.h. sie verliert nicht völlig den Kopf.

H: Ich verstehe diese Inszenierungen, aber glaube, daß sie auch mich ekeln würden. Meine Phantasien sind keine Schreckensbilder. Wie sie z.B. Bataille in seinen erotisch-obszönen Schriften entwickelt. Ekel und Schrecken, das Horn des Stieres, das das Auge des Toreros durchbohrt, etc. Natürlich ist die Funktion des Obszönen in diesen Texten nicht allein die einer erotischen Phantasie.

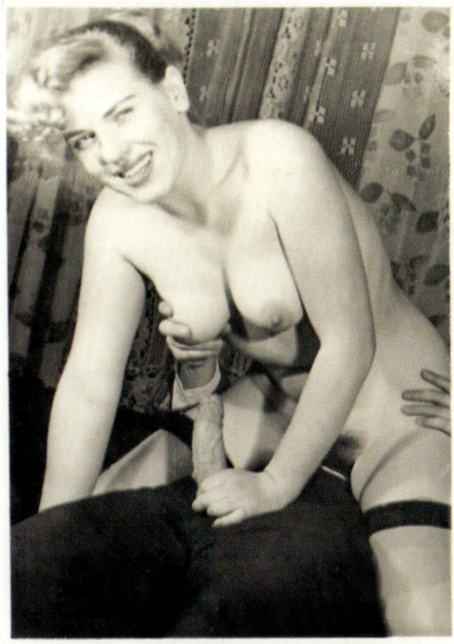

Mir ist diese Lust am Schrecken fremd. Für die erotische Phatasie, für den Orgasmus mit Phantasien benutze ich anziehende Bilder und Vorstellungen. Sex ist nicht der Orgasmus allein, ich weiß, aber man möchte schon dahin gelangen. Was ist das eigentlich, daß man sich dafür in die verschiedensten Empfindungsräume begibt.

H: Religiös ausgedrückt könnte man sagen, es ist wie Gott sein. Die Vollkommenheit, ein Vollendetsein. Nicht mehr eins sein, sondern alles. Man kann das in Sexualität wirklich empfinden. Doch wenn man aus dem Orgasmus erwacht, sind es wieder zwei.

Ich habe schon körperlich gespürt, wie das Einssein aufhörte. Ich habe hinterher empfunden, also jetzt sind wir wieder zwei. Gedanklich habe ich das natürlich erst viel später, nicht unbedingt in der Situation - aber als Empfindung war es da.

C: Kannst du denn diese Momente des Vollkommenseins, des „Nicht-mehr-zwei-Seins“ beschreiben. Ich hatte mal einen Mann im Gespräch (AUGE VI), der sagte, das kann man nicht empfinden. Er als Mann könne das nicht empfinden.

H: Über den Orgasmus zu reden, ist ein Problem. Wenn er vollkommen ist, ist er unbewußt. Bzw. das Bewußtsein löscht sich für einen Moment. Ein Moment, von dem man nicht sagen kann, wie lange er gedauert hat. Für einen Augenblick ist

das Bewußtsein aufgehoben. Die Empfindung der letzten Momente vor dem Orgasmus ist bewußt - und das ist, was als Erinnerung bleibt.
Und hier gibt es wieder eine Überschreitung. Die Überschreitung des Bewußtseins. Man kann miterleben, wie sich das Bewußtsein steigert und höchste den ganzen Körper umfassende - nicht nur den Körper - Empfindungen erzeugt ...

Ich habe mal eine Halluzination erlebt.
Eine Halluzination, würde ich sagen, ist eine Entgrenzung des Bewußtseins. Das war unheimlich und rauschhaft. Man kann das auch erleben nach mehreren schlaflosen Nächten, z.B hat sich mein Morgenmantel in ein Mädchen verwandelt, auf dem Teppich wälzten sich nackte Menschen.
C: In der Sexualität kurz vor dem Orgasmus ist

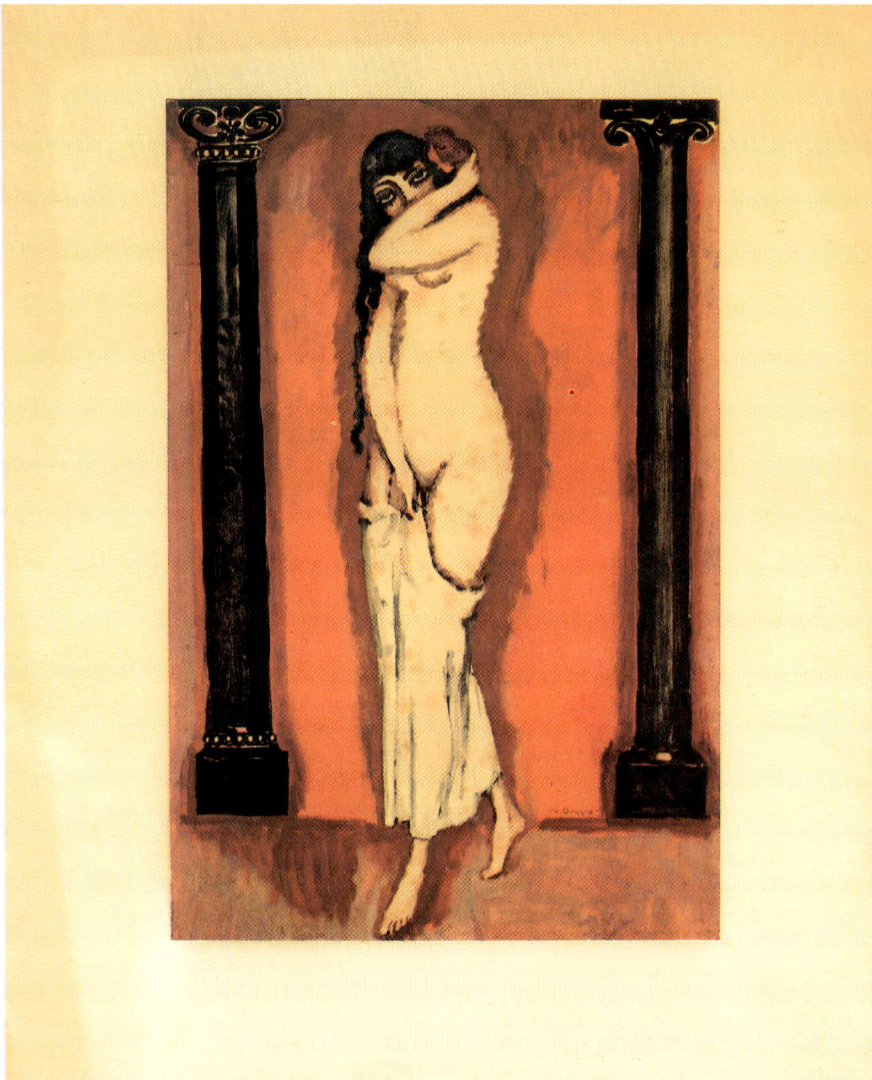

alles bewußt, man kann es sogar noch steuern, herauszögern, Phantasien einsetzen, aber dieser Moment, wo es dann aus einem heraustritt, das ist die Bewußtlosigkeit?
H: Da beginnt sie. Loslassen können. Da gibt es den Moment des Gefühls, die Welt und ich sind eins. Ich habe es tatsächlich empfunden, denke ich. Mit gewissen Rückversicherungen. Wenn ich z.B. Bataille lese, bin ich nicht immer sicher, ob er immer diese Rückversicherung hatte. Man ist unverantwortlich in diesem Augenblick. Man läßt sich ja auch vollkommen ein.
Insofern ist Sex schon wichtig. Erst, wenn es vorbei ist, fällt man zurück in das Gefühl, das war es nicht...
C: Es gibt ja auch Orgasmen, die nicht diese Intensität haben, die halt ein kurzer Kitzel sind ...
H: Ich würde trotzdem sagen, jeder Orgasmus, jeder sexuelle Akt in einer Liebesbeziehung hat teil an dem „Heiligen" - so würde ich es schon nennen, was zur Erotik als Gesamtphänomen betrachtet gehört.
Und ich glaube, wenn man dauernd wechselt, dauernd Sex mit anderen hat, sich dieses Gefühl vielleicht ein wenig verliert, nun, ich weiß es nicht. Vielleicht bemitleide ich diese Don-Juan-Menschen ein bißchen. Das Don-Juan-Problem ist die Unersättlichkeit, daß man immer jemand anderen braucht, immer wieder neu, der arme Don Juan, der keine ein zweites Mal haben kann, ist völlig selbstbezogen. Obwohl sich Donna Anna und Donna Elvira in ihn verlieben, er liebt keine einzige, weil jede nur eine Station ist - wer zweimal mit derselben pennt - eine Station, sich selbst zu bestätigen. Nicht sich aufzulösen.
C: Vorhin hast du gesagt, die andere verwandelt sich dauernd. D.h. der Reiz bleibt. Ist es nicht ein Zwang, wenn du von einem Menschen quasi verlangst, sich immer zu verwandeln. Darauf hat man doch irgendwann keine Lust mehr. Alte Menschen in Paaren werden sich immer ähnlicher. Da geht der eine in den anderen über. Auch eine Grenzauflösung. Hast du Angst, daß man doch dem Reiz der anderen erliegt, wenn sich die eine nicht mehr verwandelt.
H: Verwandeln kann man verschieden sehen. Ein neues Höschen, eine neues Jackett kann schon eine Verwandlung sein. Es braucht nicht eine Verwandlung von Grund auf sein. Der andere als anderer, so wie er ist, wie er ganz alltäglich ist, der ist ja das Rätsel. Die ganze Basis der Verliebtheit und der Liebe ist, daß der andere ein Rätsel ist. Und daß ich hoffe, mit Hilfe des anderen mich selbst aus meiner Begrenzheit hinauszubegeben.
C: Daß der andere das Rätsel ist, ist das nicht eine sehr männliche Perspektive, die immer schon das Weibliche als das Geheimnis inszenierte...?
H: Kann sein. Wie geht die Liebe - aus der männlichen Perspektive ...? Vielleicht so: In einer Liebesgeschichte zwischen Männern und Frauen ist die Frau als solche die ganz große Verführung. Sie muß sich nicht verwandeln. Er blickt sie immer wieder neu an. Sie verwandelt sich schon durch seinen Blick. Der Mann hat die Vorstellung, daß die Frau zu verehren und zu erforschen ist. Daß da ein unbekannter Kontinent ist. Daß in ihr unendlich viel verborgen ist, was er nicht kennt. Sie umgekehrt hat diese Vorstellung nicht. Sie geht nicht davon aus, daß der Mann ihr unbekannter Kontinent ist. Er wird aus unklaren Gründen begehrt. Was die Frau vom Mann erwartet, bleibt ihm unklar. Vielleicht, daß er sie wahrnimmt und befriedigt. Früher vielleicht noch, daß er so viel Geld verdient, sie auszuführen. Die Frau meint, den Mann zu kennen. Deshalb ist sie seiner Meinung nach weniger eifersüchtig, weil sie nicht davon ausgeht, daß ihr etwas entzogen wird, was sie noch nicht kennt. Männer sind eifersüchtig. Ein Mann macht Seitensprünge. Er bildet sich für eine Nacht etwas ein. Er ist nicht dabei. Ein Abenteuer, von dem er nicht glaubt, daß es seine Liebe beeinträchtigt. Wenn die Frau das macht, ist im Kopf des Mannes die Vorstellung: sie ist mit Leib und Seele und besonders mit all dem, was er noch nicht an ihr entdeckt hat, fremdgegangen. Er unterstellt: Fremdgehen von Mann und Frau ist nicht vergleichbar. Eifersucht ist ein Laster. Aber es entspringt in seiner Vorstellung aus der Liebe. Sich dessen zu versichern, was er an ihr noch nicht erkannt hat. Das ist eigentlich hirnverbrannt. Er geht natürlich auch davon aus, daß sie sexuell vergleichen kann, daß sie andere Erlebnisse hat, er ist sich sicher, daß sie nicht dasselbe macht wie mit ihm. Er entwickelt furchtbare Vorstellungen von dem, was sie und der andere machen. Gegen die Eifersucht gibt es kein Mittel außer der Orgie. Denn die Orgie entzieht nichts. Er selbst ist beteiligt.
C: Und du, warst du auch eifersüchtig.
G: Ja manchmal, aber das ist schon eine Weile her. Für mich wäre jetzt schon eine Grenzüberschreitung, wenn ich mich überhaupt ernsthaft verlieben würde. Ich müßte auf alle möglichen Rhythmen verzichten. Auf das, was ich hier am Schreibtisch gerne tue. Bei mir hat immer wieder

einmal ein Konflikt bestanden zwischen der „Geistigkeit" und der „Sinnlichkeit". Ich versinke gerne in Büchern. Im Schreiben. Das kann man nicht teilen. Und es ist inzwischen nun mal so gegangen in meinem Leben, daß ich mich im wesentlichen auf die Seite der Geistigkeit geschlagen habe.

C: Du könntest dir nicht mehr vorstellen, die Grenze zur Nähe zu einem anderen Menschen zu überschreiten - also jetzt nicht hier im Alltag, da tust du es ja - sondern in einer erotischen Beziehung.

H: Vorstellen kann ich mir das schon. Es gibt ja auch das Wunder. Aber ich rechne nicht mehr damit. Heute ist es nicht mehr so schlimm wie vor einigen Jahrzehnten, als alter Single zu leben. Obwohl man sich nicht von außen sieht. Von Ehepaaren oder Liebespaaren her gesehen ist der einzelne ein Störenfried - zumindest einer, den man nicht ernst nimmt.

C: Obwohl doch heute zunehmend mehr einzeln leben.

H: Man kann leicht als Dreißig- ,Vierzig-, Fünfzigjähriger alleine leben - man hat Zufallsverhältnisse oder verschiedene Beziehungen, die ja auch zum Singledasein gehören. Aber danach - es ist heute in der Stadt nicht mehr schlimm, aber auf dem Lande, also da, wo ich herkomme, würde es schon ein bißchen scheel angesehen werden. Man würde zumindest sagen, ganz normal ist der nicht, wenn man die Altersgrenze überschritten hat, die ich da überschritten habe...

Die grundsätzliche Entscheidung zwischen Geistigkeit und Sinnlichkeit habe ich, glaube ich, gefällt. Ich bin nicht traurig darüber. Es gab Zeiten, wo das ein Stachel war.

Ich hatte ja diese eine lange Beziehung. Als das auseinanderging, gab es natürlich das und jenes, und einen großen Schwarm.

C: Vielleicht kannst du von außen ja umso besser über die Liebe nachdenken. Wenn man verstrickt ist, sieht man vielleicht weniger klar, als wenn man in Büchern versinkt.

H: Ich habe eine indirekte Erotik zu Büchern entwickelt. Eine „affaire de peau". Eine Hautgeschichte. Die Liebe zu Einbänden. Wenn die Sonne auf manche Einbände scheint, beginnen sie zu leuchten. Man kann sich in sie hineinfühlen. Diese Prägung hier, jede Lamette geprägt. Bücher kann man zärtlich behandeln, Papier, Schrift, Text und Bild kommen zusammen. Das ist ein Gefühl, was man nicht abwerten soll als Ersatz für andere Zärtlichkeitsgefühle. Es war immer eine meiner Lieben. Man kann Bücher immer wieder neu lesen. Sich in ein Bild vertiefen. Man kann in ihnen versinken. Zur Zeit liebe ich rote Bücher. Rot, die Farbe des Lebens, auch des Todes. Früher liebte ich blaue Bücher, die Farbe der Ferne. Bestimmte Bücher liegen lange auf meinem Arbeitstisch, ich berühre sie immer wieder. Andere stehen mit der Titelseite nach vorne im Schrank, ich blicke mich um und träume in sie herein. Die Bilder, die ich aufhänge sind Verführungsbilder. Das Bild auf Seite 56 z.B.: Sie hält die Hand so, als wäre es der Schlitz. Raffiniert und frech. Ein Verführungsbild. Zugleich schamvoll und enthüllend. Wenn ich sie aufhänge sind sie so etwas wie ein Stimulans: nicht zur sexuellen Aktivität, sondern zu allem. Sich Lust machen. Zum Denken, zum Arbeiten. Ich habe natürlich noch andere Bilder. Etwas direkter sexuelle Bilder. Sie liegen in einer Mappe. Da muß ich schon auf einen Stuhl steigen und sie herunterholen - Erotische Romane, da springt manchmal etwas über. In das Bild einer Frau - von Tizian im Louvre - habe ich mich einmal verliebt. Laura de Dianti. Eine solche Frau lieben. Wir hatten eine - so hieß das damals - Arbeitsmaid, als ich 7 oder 8 war, die mich in ihr Herz geschlossen hatte und ich sie. Sie war ein wenig Tizian. Und einmal überraschte ich meine Mutter. Wir hatten drei ineinandergehende Zimmer. In einem schliefen meine Schwestern, im mittleren die Eltern, und dann ich. Um irgendwohin zu gelangen mußte ich immer durch das Zimmer der Eltern. Einmal war ich wohl so versunken, daß ich nicht gehört hatte, daß meine Mutter da war. Ich stürmte hinein und sah, daß sie nackt auf dem Bett saß. Ich habe mich sofort zurückgezogen. Und irgendwie geschimpft. Doch das Bild ist mir ins Blut gefahren, ihre quellenden Formen. Meine lange Liebesgeschichte ähnelte vielleicht den Tizianfrauen. Bei meinem Schwarm, keine Tizianfrau, liebte ich die Impulsivität. Wie sie sich freuen konnte. In meiner damaligen Wohnung gab es kein Schlafzimmer. Das Bett war eine Sitzgelegenheit. Es war niemals eindeutig. Manchmal entwickelte sich etwas manchmal

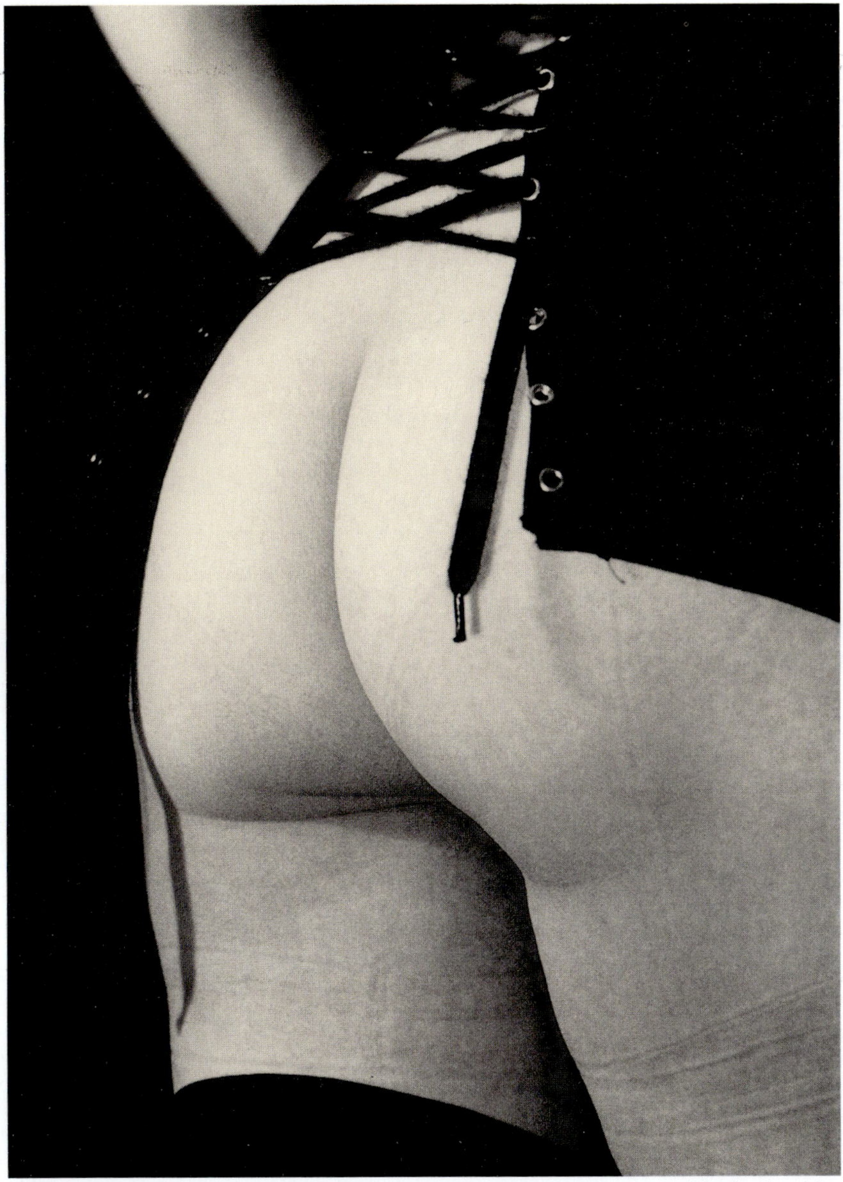

Claude Alexandre

nicht. Heute wäre es eindeutig. Man würde ins Schlafzimmer gehen.
Wirkliche Frauen kann man nicht mit Bildern vergleichen. Die Wirklichkeit ist viel überraschender. Warum verliebt man sich überhaupt. Zwar auch, um sich sexuell auszuleben und die Momente der Bewußtlosigkeit zu empfinden. Doch das ist nur ein Moment in einem umfassenden Traum, einer Hoffnung, mit dem anderen zusammen annährungsweise eine Ganzheit zu erreichen. Vorhin habe ich „Vollkommenheit" gesagt - die klassische Vorstellung, daß man nur halb ist ... Eine einfache Tatsache z.B.: Wenn ich mit diesem anderen im Kino sitze und sein oder ihr Knie anfassen darf ... oder, das ist mir mal mit einer Freundin passiert, im Kino zu sitzen - sie hatte eine leichte Bluse an - und ihren Busen in der Hand zu haben, die ganze Zeit. Ihren Busen in der Hand. Das ist es eigentlich schon. Diese Verbindung. Der andere ist so ganz anders als ich.

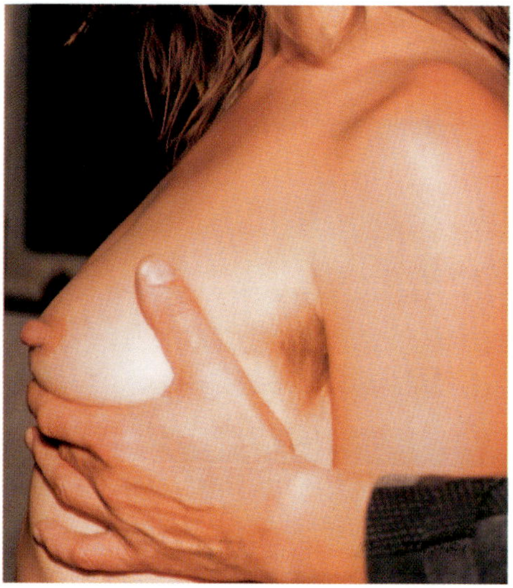

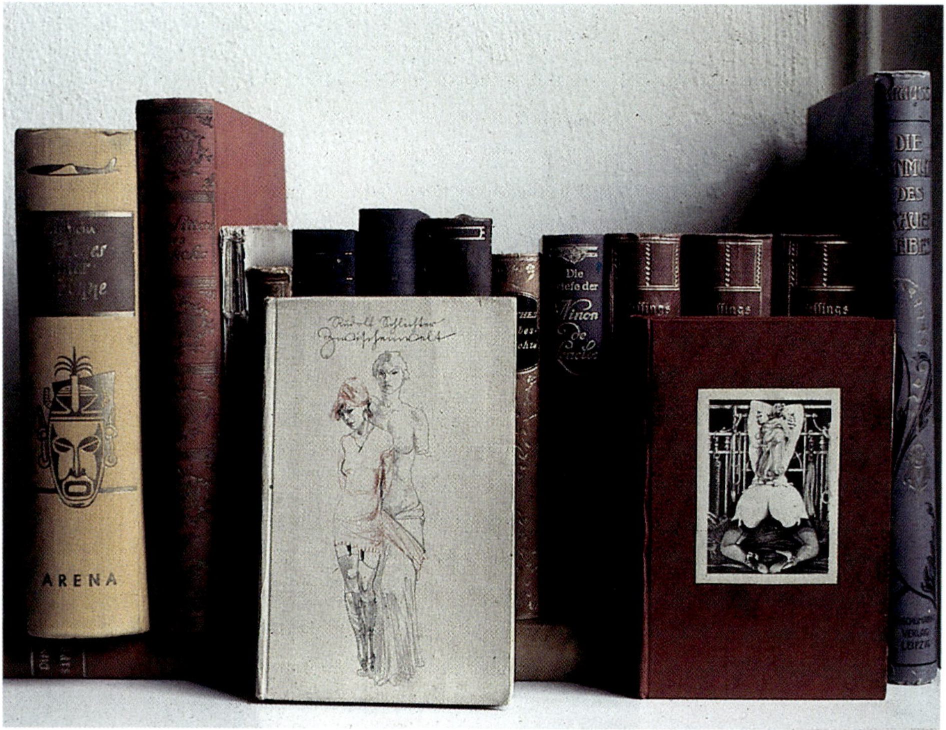

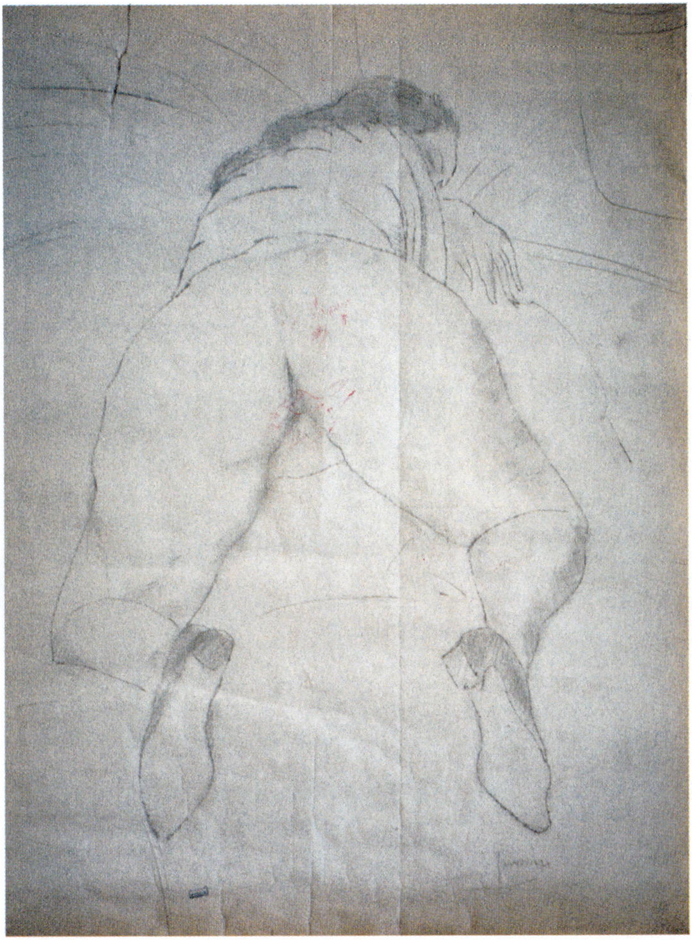

Birgit Hein

B: Ausgangspunkt für diese Fotos war mein faszinierter Blick auf Poster, die überall in New York zu sehen sind. Es gibt Großaufnahmen von Lippen, von Nasen, von Gesichtern. Poster für Platten, für Hiphop, Rap oder Popmusik. Für Sport, für Mode. Immer wird auf diesen schönen schwarzen Körper abgehoben. Die Bilder sind eindeutig sexuell orientiert. Man sieht keine Nackten. Nicht wie auf den Bildern von Frauen. Es wird nicht viel Körper geboten, aber trotzdem wird mit der Erotik des schwarzen Körpers gearbeitet. Offiziell ist das ein Tabu, und es ist politisch natürlich nicht korrekt. Man darf darauf nicht hereinfallen, das ist die Haltung der schwarzen Feministinnen. Es gibt in den theoretischen Schriften, z.B. von Cornell West, ein unheimliches Aufbegehren dagegen, daß der schwarze Mann nur als Körper gesehen wird. Denn das passierte seine ganze Geschichte in Amerika über.
Mich faszinieren diese Bilder, obwohl mir das alles in der theoretisch bewußt ist. Ich bin gerade von der Erotik darin fasziniert.
Wahrscheinlich ist, was mich anturnt, der Körper, der da versprochen wird. Es ist nur ein Stück Hals und ein Stück Sweatshirt. Es geht darum, daß schon dieser kleine Ausschnitt - es ist ein Detail aus einem Riesenposter, was im ganzen vielleicht gar nicht bewußt auffällt - den ganzen Körper verspricht, der dahinter ist. Der typisch schwarze Körper, der mich anturnt wie ein Signal.
Sobald ich einen Schwarzen sehe - und besonders einen Rasta - löst das erotische Gefühle bei mir aus. Ein Flash. Es geht sofort zwischen die Beine. Bei deutschen Männern geht es mir in der Regel nicht so.
Es ist so, daß bereits dieses Stück Hals in Sweatshirts diesen Reiz bei mir auslösen kann.
Auslösend war die unglaubliche sexuelle Lust. Ich habe sie mit einem schwarzen Mann erlebt, mit einem Jamaicaner. Das Begehren von Seiten des Mannes. Ich habe seitdem festgestellt: was mich anturnt, ist der Moment, wo ich merke, der andere hat jetzt Lust auf Sex. Dann "brechen bei mir alle Dämme". Aber ich brauche das. Ich kann nicht direkt anturnen. Ein Erlebnis in Jamaica war, daß ich die Lust an Sex, die überall spürbar ist, unglaublich anturnend fand. Es springt hin und her. Das Flash zwischen meinen Beinen erzeugt das Begehren des anderen...
Als Grund für die Intensität meiner Lust dort kam mehreres zusammen: zunächst mal ein riesiges Erstaunen. Wenn man aus Europa kommt - mit

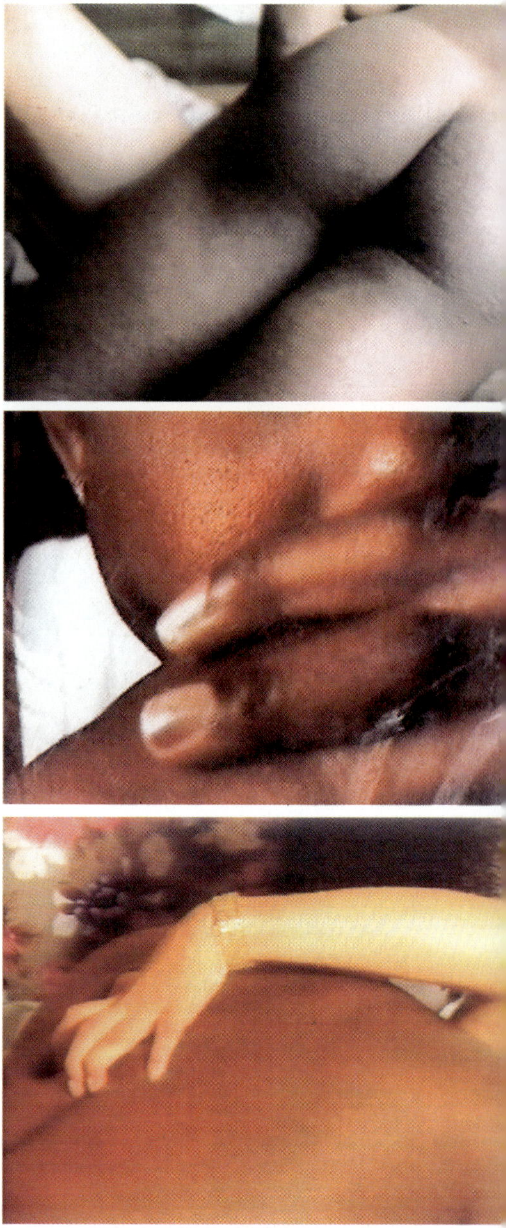

Videoprint aus: Baby, I make you sweat - New York 1996

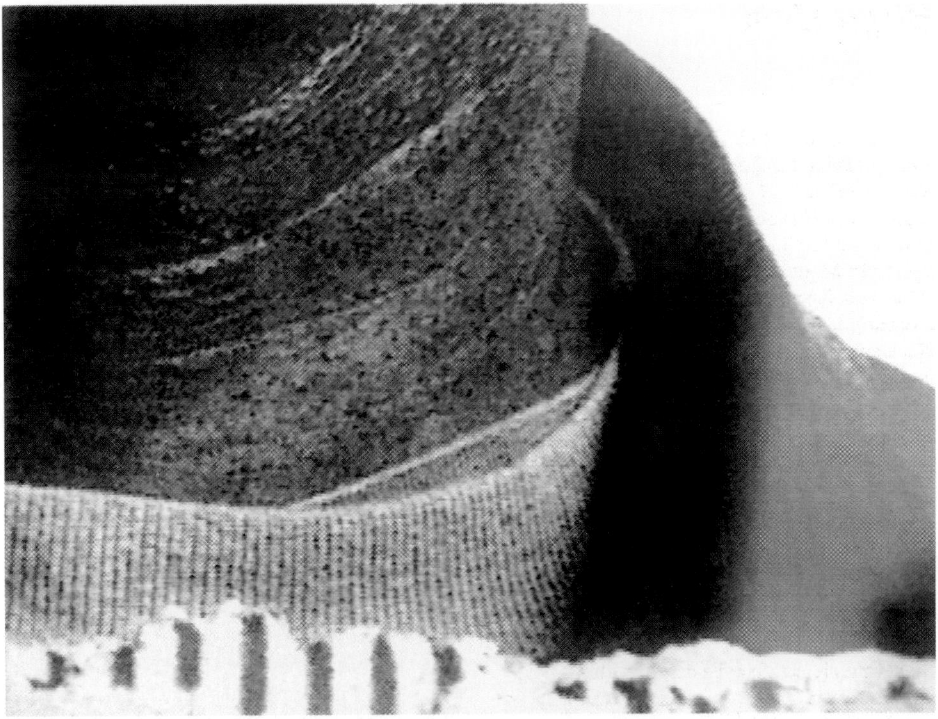

Videoprint - New York 1996

dem Bewußtsein, daß man als Frau gar nichts mehr wert ist, dann ist es natürlich umso aufregender, begehrt zu werden, wirklich aus Freude am Sex begehrt ... Frauen und Männer allen Alters haben diese Sehnsucht danach, begehrt zu werden, Sehnsucht nach Zärtlichkeit, nach einem anderen Menschen. Sehnsucht nach der Akzeptanz des Körpers. Junge Frauen sagen, daß das nicht nur ein Problem des Alters ist. Die Auseinandersetzung mit dem "richtigen" Körper. Ich kann sagen, im Alter wird es schlimmer. Das ist ein Problem in westeuropäischen Gesellschaften. Alle, die Jamaica oder Südamerika kennen, verstanden mich sofort. Andere halten, was ich dort erlebte, für eine Kaufgeschichte. Es ist ihnen unvorstellbar. Es ist ihrer westeuropäische Sexualität fremd. Sexualität - nicht nur die der älteren Männer - bezieht sich hier auf jüngere Frauen. Man will nicht nachvollziehen, daß es wirklich geht - Sex zwischen einer alten Frau und einem jungen Mann - unproblematisch geht, Spaß macht, toll ist. In unserer Gesellschaft werden Frauen noch immer hauptsächlich über Körper definiert, über junge Körper. Und das war die Erfahrung in Jamaica, daß die Mischung von jung und alt viel selbstverständlicher ist. Es gibt ein anderes Verhältnis zum Sex. Das Alter spielt keine große Rolle.

Als zweites gehört zur Intensität meiner Erfahrung, daß ich zum ersten Mal etwas getan habe, was völlig gegen meine Erziehung war, gegen mein Leben bis dahin: reine Sexualität zu erleben. Also nicht mit den Schritten: man verliebt sich, man lernt sich kennen, und irgendwann geht man ins Bett. Sondern ich konnte alle diese Konventionen, die hier dazu gehören - zumindest für mich bis dahin dazu gehörten - außer Acht lassen und bin allein auf diese Sexualität eingegangen. Das war für mich ein unglaublich umwerfendes Erlebnis.

Jedesmal war es ein unglaubliches Gefühl, als ich plötzlich merkte: der Mann möchte jetzt mit mir Sex haben.

Wie das entsteht, kann man kaum beschreiben.

Es ist wie elektrische Ströme, die da ausgehen. Man braucht sich nicht einmal zu berühren. Aber es gab den Moment, wo ich wußte: so, jetzt. Und jetzt gibt es auch kein Halten mehr. Jetzt läuft es ab.
Ich habe mich natürlich auch verliebt. Einmal ganz furchtbar - aber erst im Laufe der sexuellen Beziehung. Dieser Mann hatte in meinen Augen alles: Sensibilität, Zärtlichkeit - und er konnte gleichzeitig unglaublich gute vitale Sexualität ausüben. Schön wars, unglaublich schön. Das hat mich geprägt. Seitdem habe ich nur noch sexuelle Beziehungen mit schwarzen Männern gehabt. Seit diesem ersten Erlebnis in Jamaica.
Die Gefühlsintensität wurde bei der ersten längeren Beziehung im Lauf der Zeit natürlich viel stärker. Aber die Sexualität hatte auch mit den anderen Männern die gleiche Qualität. Gefühle sind ja nicht dumm. Sie sind gespalten. Es war eine Situation, die gefährlich war. Es war nicht nur eine glückliche Zeit. Es gibt keinen Ort der Tropen, keine Welt der Glückseligkeit. Es gibt Momente des Glücks. Diese Erfahrung hat mich unglaublich gestärkt.
Ich habe sehr schnell gelernt, mich nicht mehr zu verlieben. Versucht, das Befristete einzukalkulieren, die Gefühle auf diesen Zeitpunkt zu begrenzen. Nicht mehr zu denken, daß es eine längere Beziehung, eine große Liebe wird: also in meine alten Verhaltensmuster zurückzufallen.
Es waren natürlich nie, bis auf ganz wenige Ausnahmen, One-night-stands, sondern schon immer ein paar Wochen oder länger dauernde Beziehungen. Über Monate der Trennung hinweg wieder zurückfahren. Trotzdem waren es von vornherein bei mir im Kopf ganz klar begrenzte Beziehungen. Obwohl immer auch ein wenig Trauer dabei ist, von beiden Seiten. Ich habe gelernt, mich nicht mehr da hinein zu verstricken.
C: Würdest du als dein "außerordentliches" sexuelles Erlebnis das mit diesem ersten schwarzen Mann bezeichnen - was du ja als über 50-jährige hattest, oder hattest du früher schon vergleichbar intensive sexuelle Erlebnisse. Du hast ja sehr lange mit einem Mann zusammen gelebt. Gab es da auch außerordentliche sexuelle Erlebnisse. Oder war das eher die Liebe, die Dauer hat, wo man einfach miteinander geschlafen hat, der Sex aber nicht so extrem wichtig war, oder gab es da auch etwas, was dir diese "Flashs" versetzt hat - das jetzt vielleicht nur verdeckt wird von den neuen Erlebnissen.
B: Das ist wie zwei ganz andere Welten.
Die lange Beziehung - das war mein erster Mann.

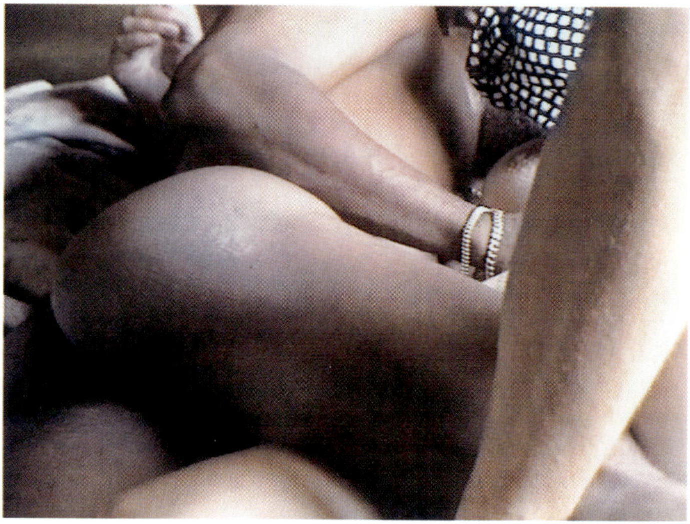

Baby, I make you sweat

C: Du bist also praktisch von ihm entjungfert worden?
B: Ja, und ich habe dann monogam 28 Jahre mit ihm verbracht.
C: Monogam? Das finde ich spannend.
B: Absolut monogam von beiden Seiten, ja.
Da entwickeln sich andere Mechanismen.
Es gab eine Zeit, in der wir gemerkt haben, daß unsere Sexualität nicht mehr sehr erfüllt war, daß sie zur Routine geworden war. An dem Punkt haben wir angefangen, daran zu arbeiten. Und uns dann erstaunliche neue Dimensionen, spannende Erlebnisse selbst eröffnet. Wenn man einen Partner hat, mit dem man lange zusammen ist, kann man sich wirklich Dinge gemeinsam erarbeiten. Es ist ganz einfach: zum Beispiel in Frankreich am Strand vögeln, wo man weiß, jetzt könnten Leute vorbeikommen.
Ich erinnere mich an eine Situation, wo ich wirklich geil war - ziemlich auf dem Höhepunkt von Geilheit. Wir sind mit dem Rad gefahren - in den

Dünen. Mal kurz geguckt, die Räder weggeschmissen, gevögelt. Das hätten wir uns am Anfang unserer Ehe nicht getraut. Wir haben von beiden Seiten aus angefangen - nach 17 Jahren Ehe - über Sexualität zu reden. Uns gegenseitig beschrieben, was die eine braucht, was der andere braucht. Es war keine unbefriedigte Ehe. Trotzdem hatte ich nach einer gewissen Zeit immer wieder Lust auf einen Seitensprung. Doch das war in unserer Beziehung nicht möglich. Ich hätte es nie getan, aus Angst, dadurch die Beziehung zu gefährden.
Ich hatte keine Angst, meine sexuellen Gefühle ihm gegenüber zu gefährden. Aber ich wußte, wenn ich es tun würde, wäre unsere Ehe zu Ende. Heute denke ich, ich hätte es tun sollen, ich hätte es herausfordern sollen. Es hätte vielleicht bestimmte Ängste bei ihm gelöst und vielleicht hätten wir die Beziehung weiterführen können. So mußte sie irgendwann zuende gehen.
Im Grunde habe ich mit dem, was ich jetzt in Jamaica erlebt habe - also mit einem einfach mal ins Bett zu gehen, Sexualität völlig ungehemmt auszuleben - etwas gemacht, was ich vielleicht in der Pubertät hätte machen sollen. Das hätte dann vielleicht eine andere Stabilität für solch eine lange Beziehung gemacht. Ich sehe es heute als verheerend an, daß Frauen als "Jungfrauen" in die Ehe gehen - daß ihnen alle sexuellen Erlebnisse verboten werden, bevor sie den Mann für das Leben haben. Natürlich ist es heute möglich - aber zu unserer Zeit habe zumindest ich mich nicht aus meiner Erziehung lösen können.
Und ich halte das ständige Verbot für verheerend für die Sexualität. Ein unausgesprochenes Verbot, das auch noch heute über den jungen Frauen schwebt: daß sie sich immer zurücknehmen müssen. Wenn ein Junge Mädchen hat, kein Problem, ein Mädchen, das diverse Jungen hat, ist eine Schlampe.
C: Bei dir ging diese Beziehung dennoch relativ gut (oder sehe ich das falsch) - und lange. Andre haben 2,3,7,10 Jahres-Geschichten, und das ist auch schon lange. Es ist sicher schwer zu vergleichen, was wäre, wenn du früher was anderes gemacht hättest ... In der Pubertät hättest du vielleicht gar nicht so genießen können wie jetzt. Man ist so unsicher.
B: OK, man kann nie überlegen, was wäre, wenn man es anders gemacht hätte, man hat es gemacht, fertig.
Wir haben nach diesen 17 Jahren auch angefangen, unsere Sexualität und Beziehung, unsere

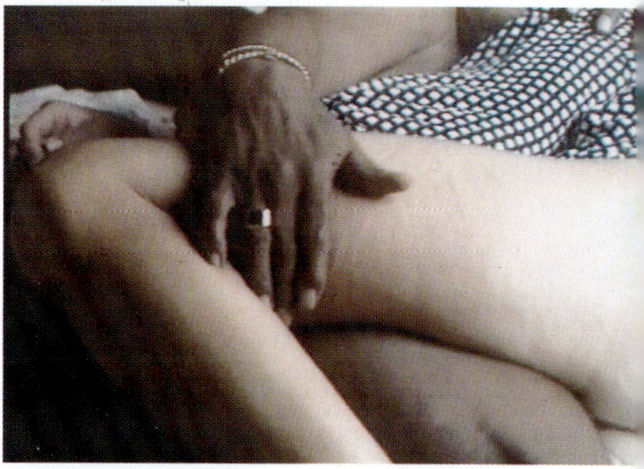

Baby, I make you sweat

erste tiefe gemeinschaftliche Lebenskrise in unseren Filmen zu verarbeiten. Wir haben zu der Zeit den ersten inszenierten Dokumentarfilm gemacht. Vorher nur formale Filme. Ein Jahr in New York, wo auf einmal der Sex, die Probleme mit dem Sex zur Sprache kamen. Wenn ich es heute sehe, war es nicht die Sexualität allein, sondern schon die Psychokrise, die später zur Trennung geführt hat.
C: Mir ist das relativ unbekannt, jemandem so nah zu sein, durch eine so lange Zeit einem Körper so nah zu sein. Gibt es da nicht einen Moment, wo man sich ekelt vor dem anderen. Wo etwas plötzlich wegkippt, oder kommt das garnicht vor.
B: Nein, bei mir kam das gar nicht vor, nein.
C: Also wenn er z.B. viel getrunken hat, unangenehm riecht, daß du dich mal weggedreht hast. Eine Sekunde...
B: Nein, das kenne ich überhaupt nicht.
Es war zwar so, daß ich z.B. am Anfang nicht so viel Sex wollte wie er. Daß ich manchmal dachte, mein Gott, jetzt schon wieder. Meine Sexualität war überhaupt nicht entwickelt, bzw. unheimlich verdrängt durch die Erziehung vorher. Am Anfang hatte ich das Gefühl, meine Güte, man kann doch nicht dauernd vögeln. Und da kamen dann auch so Momente, wo ich dachte: na gut, es dauert ja nicht so lange. Mein Sexualität hat sich total verändert. Richtig stark und fordernd wurde sie erst, als ich Anfang/Mitte 40 war.
Da hatte ich auch schon - ohne daß ich es mir wirklich eingestehen wollte, Lust auf eine andere Form von sexuellem Erleben, auf andere - aber ich wollte unter keinen Umständen für die Sexualität die Beziehung opfern. Das kann auf Dauer nicht gut gehen. Auch wenn man es sich nicht

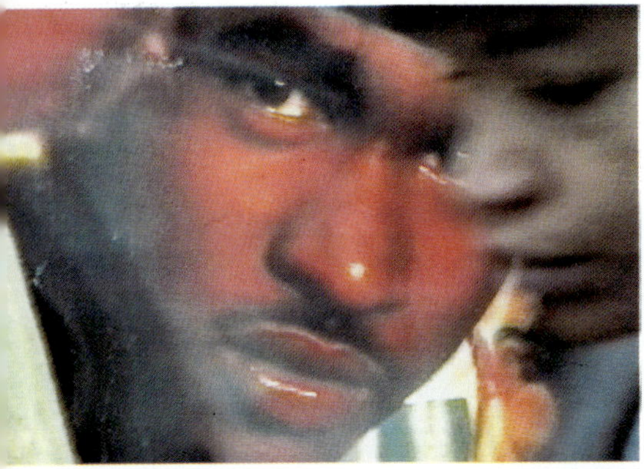

New York 1996

eingesteht ist wahrscheinlich spürbar, daß eine Unzufriedenheit besteht. Es war nicht so, daß wir nicht... uns fehlte sozusagen nichts ... aber irgendwann hatte ich das Bedürfnis ... nach mehr Abenteuer, mehr Aufregung, mehr Auflösung, mehr Entgrenzung...

C: Was meinst du damit, das ist mir immer unklar, das Wort "Entgrenzung", und es wird so oft benutzt

B: Man sehnt sich nach einem Moment der Ekstase. Und der ist meiner Ansicht nach einer so langen Beziehung kaum mehr drin. Ekstase ist etwas, das man nur ganz selten - wenn überhaupt je - erlebt. Was kaum wiederholbar ist. Das steckt in dem Begriff drin. Ich glaube jeder Mensch wünscht sich solche Momente ... und wünscht sich natürlich auch die Wiederholung.

C: Trotzdem bleibt die Frage nach dem "anderen" darin - ist es wirklich "das andere" im Vergleich zu der langen Beziehung. Dort, wo es durch miteinander-Sprechen, durch das Äußern von Wünschen nach langen Jahren auch - wie du erzählt hast - zu extraordinären Situationen kommt. Und außerdem: Sexualität funktioniert wirklich, du hast deine Orgasmen usw.

B: Klar. Du weißt, wie du es machen mußt. Das ist natürlich sehr beruhigend. Wenn man lange zusammen arbeitet, als Ehepaar, auch sexmäßig, weiß man, wie man hundertprozentig seine Orgasmen kriegt. Aber Orgasmus ist ja nicht gleich diesem wahnsinnigen Gefühl...

C: Und du hattest Sehnsucht nach diesem Gefühl in Phasen deiner Beziehung? Hattest du sie schon am Anfang mit ihm, als du ganz jung warst?

B: Wohl weniger. Am Anfang gab es diese Momente. Sicher. Es war ja auch eine wahnsinnige Form von Verliebtheit. Wenn man so verliebt ist, ist alles zunächst einmal ekstatisch.
Trotzdem - ich glaube, das, was ich jetzt so als Ekstasen erinnere und beschreibe, kann man nicht wirklich als Teil einer Beziehung schaffen. Eine Beziehung ist etwas anderes. Man sehnt sich nach Ekstasen und weiß das - aber ich hätte dafür das viele andere der Beziehung nicht aufs Spiel gesetzt.

Nun ist es also doch dazu gekommen, daß wir auseinander gegangen sind. Es waren furchtbare erste Jahre nach der Trennung. Und ich muß schon sagen, nach diesen furchtbaren ersten Jahren waren diese sexuellen Erlebnisse in Jamaica wie ein Zurückkehren in das Leben.

Daß ich diesen Schritt tun konnte. Ich hatte furchtbare Angst davor, es zu tun. Und als es dann das erste Mal passiert war, habe ich in mein Tagebuch geschrieben: nichts ist mehr, wie es war ... und so war es auch. Von da begann ein neues Leben, eine neue Freiheit. Natürlich hätte ich auch gerne wieder eine neue Beziehung, diesen Wunsch schließt dieses Erleben der Freiheit ja nicht aus. Man kann nur nicht alles haben.

C: Euer Auseinandergehen ging von ihm aus. Es war vielleicht vorbei. Aber rein äußerlich hat er doch gesagt, er möchte sich trennen - sehe ich das richtig.

B: Ja - Zwei Jahre lang habe ich gedacht, ich muß sterben. So.

C: Das interessiert mich sehr. Es ist ja immer davon die Rede, daß man sich durch diese lange Zeit mit dem anderen soweit verschweißt, daß eine Trennung wie etwas ist, was im Körper fehlt. Darum dieses Gefühl, man muß sterben.

B: Ja - weil man auseinandergeschnitten wird. Ich hatte immer das Gefühl, mir fehlt eine Hälfte, ich bin nur halb. In Montreal war kurz nach der Trennung ein Filmfestival. Da habe ich mir eine Krücke gekauft und bin mit der Krücke herumgelaufen. Denn da war plötzlich das Gefühl: ich bin nur noch ein Krüppel, ich brauche diesen Krückstock, diesen lackierten chinesischen Krückstock ... Lange lange lange habe ich nicht "ich" sagen können. Ich habe immer nur von "wir" gesprochen. Ich konnte nicht ich sagen, weil es nach so langer Zeit Zusammensein immer "wir" blieben. Die ersten zwei Jahre waren ein Gefühl wie: ich kann nur noch vegetieren, ich muß sterben. Ich habe von vielen gehört, die jemanden durch Tod verloren haben, daß diese Trauerarbeit nach so einer Trennung mindestens zwei Jahre dauert. Bei mir hat es ungefähr zweieinhalb Jahre gedauert, bis es anfing, besser zu werden.

Ich hatte immer das Gefühl, daß in mir etwas wie

Magma, wie ein heißer Kern eingeschlossen ist, der irgendwann explodieren muß. Ich bin also bestimmt zwei/drei Jahre lang ständig mit dem Gefühl herumgelaufen, wenn ich das nicht aus mir rauskriege, wenn das nicht endlich explodiert, dann gehe ich daran zugrunde.
Und das Gefühl war bei dem ersten Aufenthalt in Jamaica noch da. In den ersten 10 Tagen war ich allein am Meer - und habe das mit einer unglaublichen Macht gefühlt. Aber schon so wie: es kommt allmählich hoch, endlich wird es hochkommen, und ich werde explodieren, und dann geht es mir besser.
Es ist aber ganz anders gekommen als ich gedacht habe. Von dem Moment an, wo ich mit - ich nenne ihn Joe - zusammen war, fing das an sich von innen aufzulösen. Auf einmal habe ich gemerkt: dieser Klumpen, dieser ständige Klumpen wird immer kleiner, immer kleiner und irgendwann war er weg. Keine Explosion. Das passierte - anders als ich erwartet hatte - durch den Sex, durch diese spezielle Beziehung, diesen speziellen Sex. Durch Jamaica

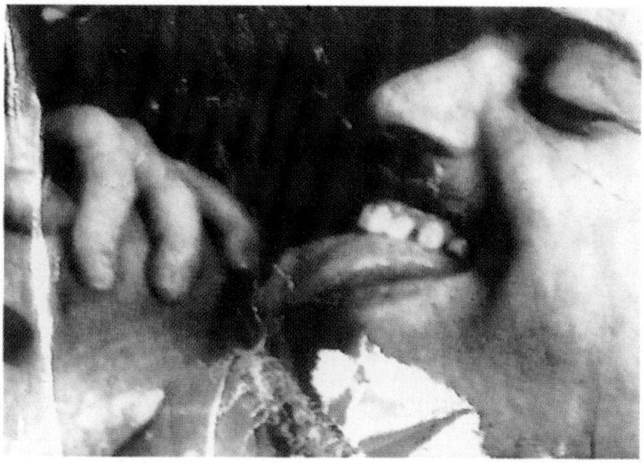

C: Und vorher hattest du gar keinen Sex?
B: Ich hatte ganz selten und sporadisch One-night-stands, die nie irgendwas gebracht haben. Es war zwar schon eine Erleichterung, das erste mal mit jemandem ins Bett zu gehen, aber mehr nicht...
C: Du hast das trotzdem etwas genossen
B: Ja, doch, aber es war nicht vergleichbar. Diese One-night-stand vorher waren eine Art Erlösung in der Richtung, daß ich überhaupt noch da bin, daß es mich überhaupt noch gibt, mehr war nicht...
Dieser wirklich qualitative Sprung - diese Auflösung - das passierte in Jamaica.
C: Jetzt ist dieser Klumpen weg, und du kannst dir gar nicht mehr vorstellen was das eigentlich war.
B: Ja. ja. Es ist mir auch eine ganze Zeit nicht bewußt gewesen. Vielleicht nach einen Jahr war mir plötzlich ganz klar, verdammt dieser Klumpen ist weg. Verdammt noch mal, du heulst nicht mehr. Du hast nicht das Gefühl, daß du ständig... ständig, das war so ein Gefühl wie ein Stau, das Gefühl, ich muß heulen schreien heulen heulen heulen und so...
Wirklich heulen kann man nur, wenn man sich besäuft.
Das ist so unmerklich vonstatten gegangen. Im Film "Die unheimlichen Frauen" habe ich noch den Text: ich möchte mich auflösen, ich möchte zerplatzen. Dieses Gefühl, das ich "es" endlich egal wie loswerden wollte, "es" war wirklich wie eingekapselt im Blut - ganz merkwürdig. Und jetzt kann ich es mir kaum mehr aus der Erinnerung heraus vorstellen.
Das ist schon extrem in solchen langen Beziehungen. Was da eigentlich mit einem passiert. Körperlich. Es passiert doch etwas wie Grenzauflösung. Daß du einfach deinen Körper nicht für dich hast. Ich habe mich überhaupt nicht mehr als Identität gefühlt. Es ist mir nachher bewußt geworden, daß, wenn man symbiotisch zusammenlebt, ein Auflösungsprozeß der Identitäten vonstatten geht. Man gestattet sich auch keine Identität mehr. Es kommt zu einer - denke ich mal, gegenseitigen - Angst, daß man nicht mehr ohne den anderen kann. Er hat nach der Trennung in einem Text geschrieben - mit mir hat er nie mehr darüber geredet - daß er Angst vor dem Verlust seiner Identität hatte.
Ich hatte nur Angst, daß ich gar nicht mehr leben kann ohne den anderen, daß ich gar keine Identität habe, daß ich gar nicht stark genug bin ohne den anderen. Ich habe in der Zeit in London diesen Zwillingsfilm von Cronenberg gesehen - "deathringers", es geht um Zwillinge, die um auseinanderzukommen, sterben müssen. Und ich hatte das Gefühl, das ist meine Situation. Ich kann nicht auf die Dauer alleine sein. Ich brauche den anderen so.
Es ist natürlich völlig anders gekommen. Das hätte ich nie geglaubt.
Eine tolle Erfahrung - dieses rauschhafte Glücklichsein als eigene Identität, als Einzelperson - das hätte ich mir früher nie vorstellen können. Dieses Gefühl von Einheit, von Sich-selbst-sein,

habe ich vorher nie gehabt...

C: Du dachtest, Glück kannst du nur empfinden, wenn du es teilen kannst?

B: Ja. Und das war ja auch wunderbar. Ich werde das nie vergessen. Zum Beispiel: eine der für uns stressigsten Situationen war die Aufführung von Kitchen in New York, wo die gesamte Prominenz von New York, also alle, die für uns wichtig waren, da war. Das war für uns ein unglaublicher Schritt. Wir haben eine Performance gemacht, es hat wunderbar geklappt, es war ein großer Erfolg. Danach sind wir durch die Stadt gegangen - geflogen. Wir waren so glücklich, so zu zweit glücklich. Wenn man so etwas erlebt hat, denkt man erstmal, es ist unmöglich, alleine glücklich zu sein. Aber inzwischen weiß ich, das Gefühl der eigenen Person kann auch ein tolles Gefühl sein.

C: Du würdest jetzt nicht sagen, im Nachherein, daß das eine besser ist als das andere? Also jetzt, wo der Klumpen weg ist?

B: Nein, auf keinen Fall. Es ist unterschiedlich. Deswegen führe ich auch jetzt ein zufriedenes glückliches Leben. Weil ich diese Erfahrung gemacht habe, daß man richtig gut alleine sein kann. Das war für mich vorher eine unvorstellbare Vorstellung. Wir hatten uns nie getrennt. 28 Jahre jeden Morgen und Abend zusammen, bis auf kürzeste kleine Zeiten. Jetzt gibt es sogar Situationen, in denen ich mich zurückziehe, weil ich alleine sein will.

Es sind zwei unterschiedliche Möglichkeiten zu leben.

Am schönsten wäre vielleicht ein Mittelweg. Man hat seine Identität und seine eigene Position, aber hat auch jemanden, der zu einem gehört. Sexualität und Liebe sind zwei getrennte Dinge. Das war eine gute Erfahrung zu sehen, daß man Sexualität sehr wohl ohne Liebe kann und daß das sehr toll sein kann.

C: Vielleicht geht der Mittelweg nicht.

B: Kann sein. Doch ich denke, es ist absoluter Wahnsinn, wenn man so symbiotisch miteinander umgeht wie wir. Ich denke, ich hätte die Kraft haben müssen, früher in dieser Beziehung etwas zu riskieren. Andere Sexualität. Den Seitensprung.

Es ist für mich klar, daß diese Beziehung, die wir hatten, die Kommunikation darin, weit über das sexuelle hinausgeht. Ich hätte es vielleicht herausfordern müssen, um damit die Beziehung zu stabilisieren.

Doch das habe ich mich nicht getraut.

Weil es nicht ging, daß einer Sexualität außerhalb hatte, ohne das ganze aufzulösen. So war das System.

Dabei fängt man an, sich zu ersticken. Ich habe darunter trotz der Qualität unserer Beziehung gelitten - das kann ich jetzt zugeben. Ich wollte mehr Freiheit haben, auch persönlich, ich wollte alleine verreisen, mich alleine bewegen können, und das hat ihm Angst gemacht. Er konnte und wollte das nicht. Er selbst hätte auch nie gerne alleine etwas gemacht. Nach außen sah es so aus, als seien wir sehr selbständig, aber nach innen stimmte es nicht. Heute sehe ich das so, eine wirklich gute Beziehung ist, wenn man sich gegenseitig absolut akzeptiert, aber nicht vereinnahmt. Und das ist ja nun lustig: W. ist nur, weil er eine andere Beziehung angefangen hatte, von mir weggekommen. Obwohl er damals sagte er müßte mal alleine leben - er hat es nie gemacht. Und ich lebe seitdem alleine. Und für mich habe ich dadurch unheimlich viel gewonnen. Natürlich drehe ich manchmal durch. Ich möchte jemanden haben, wenn es mir nicht so gut geht. Aber es ist eben so.

Einen Jamaikaner nach Deutschland mitzubringen, in der Abhängigkeit, da ändert sich alles. Ich kenne keine einzige Beziehung, die hier funktioniert. Das Problem ist ganz einfach, daß ich zum Beispiel arbeiten würde, und er den ganzen Tag rumhängen müßte. Das würde ruckzuck in unendlich vielen Parallelverhältnissen enden. Ich kenne das nur so. Das würde mir doch viel ausmachen, ich kann nicht dagegen an.

C: Aber du bist noch immer so affiziert, daß du dir nicht vorstellen kannst, dich im Moment in einen weißen Deutschen zu verlieben? Oder denkst du, das liegt nur daran, daß du als Frau hier keinen sexuellen Wert, keine sexuelle Wirkung mehr hast?

B: Also, um ganz ehrlich zu sein: ich habe mich jetzt beinahe in einen weißen Mann verliebt. Was aber unmöglich ist, das Verhältnis kann nicht gehen - aber das Verlieben geht schon - trotzdem ist das eine andere Form von Verliebtsein. Wirklich scharf bin ich seitdem eigentlich nur auf Schwarze.

Ich werde richtig scharf - oft - wenn ich jemanden sehe. Sie haben ein unglaubliches Sensorsystem - sie merken es sofort. Selbst wenn ich nur über eine Straße gucke. Ich sehe einen Schwarzen kommen und gucke über die Straße. Dann kann ich hundertprozentig sicher sein, daß er es längst schon gecheckt hat. Und das ist unglaublich faszinierend. Auch in der U-Bahn. Egal wo, wenn

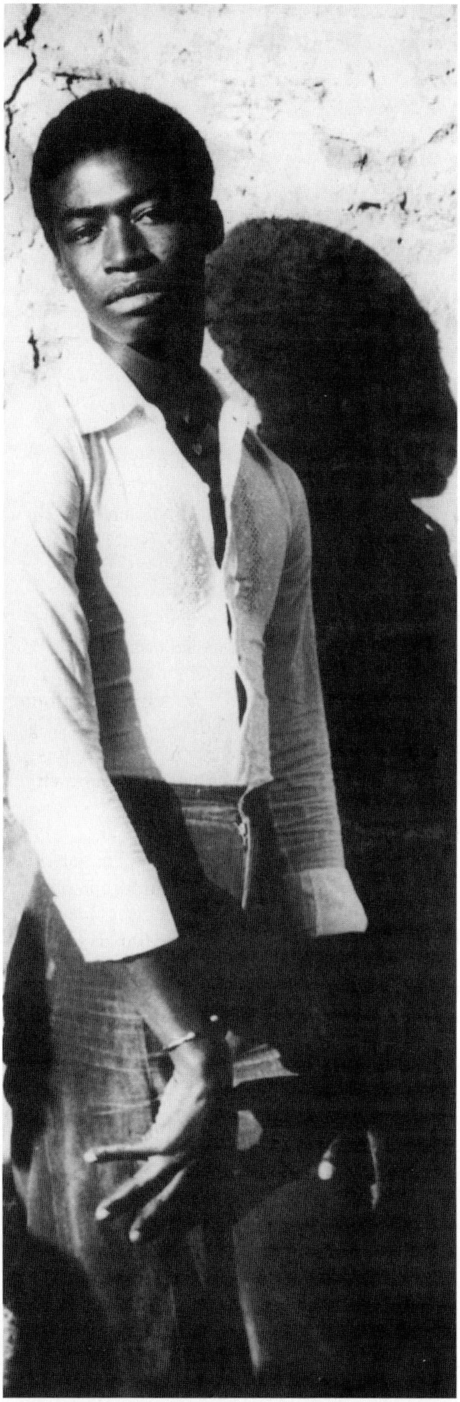

Wolfgang von Wangenheim (Privatsammlung U.S)

ich nur den Bruchteil einer Sekunde in die Richtung gucke, weiß ich genau, das ist angekommen wie ein Telegramm. Es war schon vorher da.
C: Das schaukelt sich dann hoch? Er wird scharf, weil du scharf bist und du wirst scharf, weil er scharf ist...
B: Ja. Doch in Deutschland ist aus solchen Blickgeschichten nie etwas rausgekommen. In Jamaica ist es eine andere Situation.
C: Aber du spürst es hier auch.
B: Ja, ich spüre sofort, daß es ankommt, und daß Aufmerksamkeit zurückkommt. Es ist unglaublich, was es unter dem Sprachsystem für Ebenen von sensibler Kommunikation gibt.
C: Gibt es das nicht auch in den erotischen Attraktionen, die hier überall lauern, zwischen beliebigen also auch europäischen Menschen
B: Die nicht-verbale Kommunikation haben nicht-europäische Menschen meiner Meinung nach mehr kultiviert als europäische oder nordamerikanische Männer.
In dieser Kommunikation gibt es eine unglaubliche Aufmerksamkeit. Es ist, ich weiß auch nicht, als würde man Strahlen aussenden. Absolut. Es ist so.
C: Ist es nicht aufregend für Dich, daß du dieses Sensorium jetzt plötzlich hast. Und dann einfach über die Straße läufst und da passiert was, auch wenn äußerlich nichts passiert.
B: Ja. Es ist so, als ob ich eine andere Sprache könnte. Obwohl ich sie natürlich nicht im gleichen Maß kann. Aber doch, als ob ich an einem anderen Code teilhaftig wäre. Wenn du das mal weißt, schaust du schärfer hin und findest immer mehr Beispiele. Es ist unheimlich aufregend. Ein sexueller Kick und mehr...
Diese Form von Vitalität finde ich unglaublich lebenskräftig.
Was dann doch ein Problem für mich ist, daß später in einer Beziehung der intellektuelle Austausch begrenzt blieb. Und dann kommt noch ein Problem hinzu, an dem ich letztlich gescheitert bin in allen meinen Beziehungen in Jamaica - und nicht nur in Jamaica, auch in New York. Ich bin an den Lügen gescheitert, oder an dem, was ich in meinem europäischen Verständnis Lügen nenne. Irgendwie bin ich damit noch nicht fertig. Es ist wie ein kulturelles Element. Alle haben sie gelogen, es wird auch gar nicht schwer genommen. Das schafft eine Distanz. Für alle Männer, hatte ich das Gefühl, ging es auch darum, damit ihre Position zu halten, indem sie sich ein ganz entscheidendes Stück entzogen haben. Obwohl man

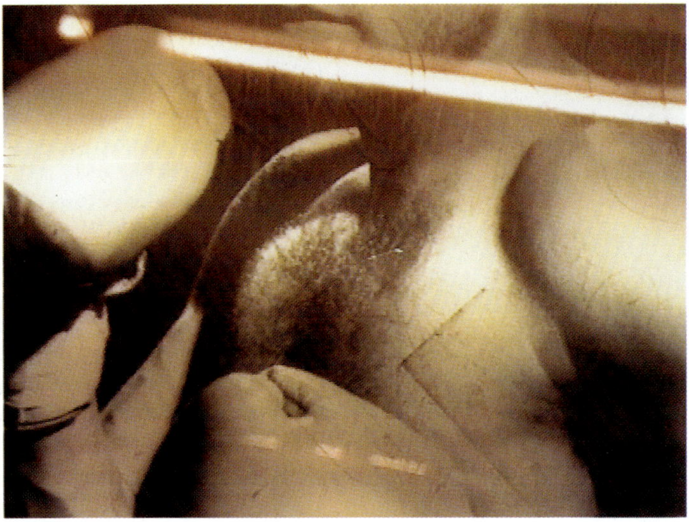

New York 1996

zusammen gelebt hat. Da ist immer noch ein Leben, was nicht geteilt wird. Da war dann oft noch eine andere Beziehung irgendwo, im Wechsel, oder - und das war sicher das Hauptproblem, es ging um Rauschgift.

C: Hattest du davor nie Angst. Und auch diese Überlegung: habt ihr es immer mit Gummi gemacht?

B: Natürlich am Anfang. Als sich die Beziehung länger entwickelt hat ... mir war dieses Risiko klar. Ich bin dieses Risiko eingegangen.

C: Aber es war in deinem Kopf?

B: Natürlich, selbstverständlich. Ich war da zwar auch blauäugig, weil es immer hieß, du bist die einzige - doch ich bin das Risiko nicht aus Dummheit eingegangen. Ich bin dieses Risiko eingegangen aus dem Gefühl heraus, mein Leben ist sowieso zuende, was soll da noch kommen. Heute sehe ich das natürlich als großen Leichtsinn an.

Ich habe genügend Aidstests gemacht, um einigermaßen sicher und beruhigt zu sein.

C: Aber dieses Wissen um das Risiko hat deine Lust nicht eingeschränkt, daß man im falschen Moment daran denkt

B: Überhaupt nicht. In dem Moment wo ich mich entschieden hatte, wo ich sah, die Situation ist jetzt so - und ich war scharf...

C: Also die Lust setzt sich durch, gegen...

B: Ich glaube schon, das ist bestimmt eine ganz große Gefahr. Wahrscheinlich würde ich es jetzt nicht mehr machen. Ich habe mich verändert. Ich bin jetzt auch sehr viel sicherer geworden. Ich hatte diese Beziehung in New York. Da haben wir nur mit Gummi geschlafen. Da war es viel einfacher. Er hatte es genauso im Kopf wie ich.

C: Das hat die Lust nicht eingeschränkt.

B: Nein...

Als ich den ersten Mann in Jamaica hatte, habe ich auch mit Kondomen geschlafen. Und dann kam Joe. Da war es geschehen. Ich habe nur einmal mit ihm mit Kondom geschlafen. Und als ich das zweite Mal wiederkam, da war es völlig klar. So jetzt. Da war es mir egal. Ok, ehe ich aus Angst dieses Erlebnis nicht habe, gehe ich das Risiko ein. Das war ganz klar. Da hätte mich nichts mehr zurückgehalten. Und deswegen war diese Geschichte, glaube ich auch so toll. Ich habe Glück gehabt...

C: Das hat wieder was mit Grenzüberschreitung

zu tun. Zu sagen, ich nehme alles in Kauf, es ist alles egal - hinterher dann nicht mehr, aber im Moment. Es ist ein Erlebnis des Moments, und da macht man erstaunlich viel. Es ist eigentlich kaum zu glauben, bei all dem Wissen in unseren Köpfen.

B: Ja. Aber es waren noch viel mehr und andere Grenzen, die ich auch überschritten habe. In diesem Dorf zu leben. Völlig abgeschieden. Es war unheimlich. Ich hatte auch Angst. Einmal ist Joe sehr aggressiv geworden. In dem Moment, wo ich mit ihm zusammen in sein Bergdorf zog, habe ich mehrere Sicherheitshürden über Bord geschmissen - und auch dadurch war das so extrem intensiv. Dieses Gefühl von Gefahr war ständig da. Und das hat es so wahnsinnig gemacht. Den Alltag, das ganze Dasein, den Sex. Extrem anders, extrem außerhalb, extrem intensiv. Dazu kommt natürlich noch eine Begrenzung: daß man genau weiß, am soundsovielten um soundsoviel Uhr fünfzehn fährst du zurück, und da gibt es keine Frage. Auch das hat die Intensität gesteigert.

C: Die Frage hast du dir nie gestellt - daß du dort bleibst?

B: Nein. Es war auch ganz klar, daß es nicht gehen würde. Wenn man sich einerseits so enorm einläßt und andererseits weiß, daß es so begrenzt ist, steigert das die Empfindungen. Es steigert die Intensität der Momente, in der Zeit, in der man zusammen ist. Und das kann man nicht beliebig wiederholen. Ich würde auf keinen Fall noch mal nach Jamaica fahren - weil es viel zu belastet ist mit dem Wissen, daß es nicht nochmal so was gibt. Auch daß ich nicht mehr so naiv bin wie ich damals war. Ich weiß, ich würde das nie mehr dort erleben.

C: Hast du jetzt das Gefühl, du hast ES erlebt - oder denkst du, daß du natürlich wieder etwas erlebst, das die gleiche Intensität hat?

B: Ja. Deswegen bin ich nach New York gegangen. Ich wollte wissen, ob es möglich ist, in New York mit einem Farbigen zusammenzuleben. Und ich habe in New York einen Mann aus Trinidad kennengelernt, der schon lange dort lebte ...

C: Und war das nun vergleichbar, an Intensität.

B: Ja. Es war eine tolle Beziehung. Und es war letztlich von den Umständen ähnlich. Er lebte im Ghetto. Es gab wieder die Erfahrung der Grenzüberschreitung. Schon die Überschreitung der Grenze des Ghettos ist in New York nicht ohne. Wenn man wirklich mitten in Brooklyn ist, ist es genauso eine andere Welt wie ein Bergdorf in Jamaica. Ich hatte gehofft, mehr in diese Welt hereinzukommen. Er hatte Angst, was mir, ihm und uns beiden passieren würde. Darum haben wir uns also mehr in Manhatten aufgehalten. Natür-

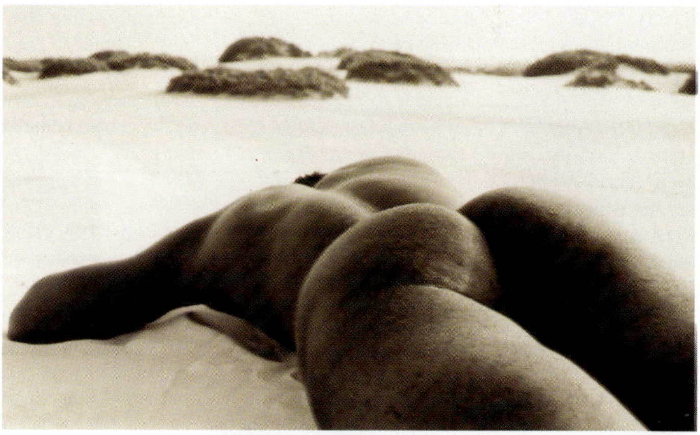

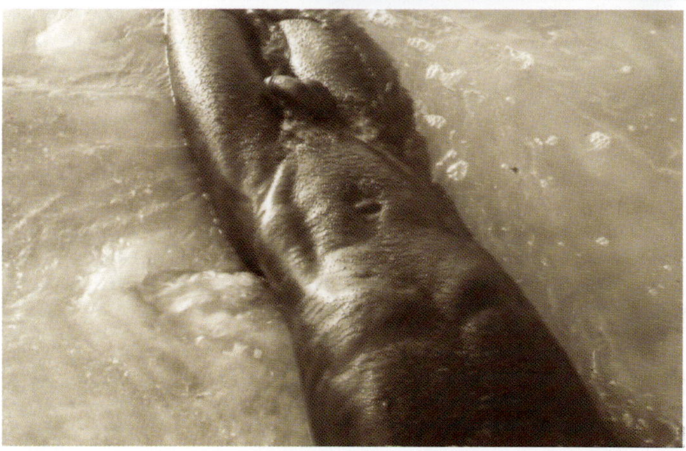

Wolfgang von Wangenheim (Privatsammlung U.S)

lich auch in Ecken, wo ein normaler Tourist nicht hinkommt. In Diskos, in denen nur Schwarze sind, in denen man auf Waffen untersucht wird. Das waren Erlebnisse, die ich alleine nie hätte machen können. Als deutsche Frau beschäftigst du dich mit Rassismus. Der von Deutschen gegen die Juden. Du beschäftigst dich mit Gewalt, mit dem Geschlechterverhältnis. Aber es waren alles weiße Probleme. Weiß gegen weiß. In New York begann ich, die ungeheure Breite von Rassismus kennenzulernen. Die wahnsinnige Wichtigkeit von Hautfarbe.

Leider haben die Drogen auch diese Beziehung beendet. Sonst wäre ich mit diesem Mann wahrscheinlich heute noch zusammen. Als ich das einmal richtig gemerkt hatte, nicht in den ersten drei Monaten, erst später, habe ich sofort Schluß gemacht. Es geht nicht. Man kann sich natürlich fragen, warum habe ich auch in New York wieder jemanden mit Drogen kennengelernt. Liegt das System der Lügen nur an den Drogen. Warum habe ich da nicht einen Bürgerlichen kennengelernt ...

Aber es war wieder das. Ich war sofort fasziniert. Das Flash. Aber jetzt bin ich ziemlich ratlos. Habe keine Lust, diese Erlebnisse in dieser Form zu wiederholen. Ich muß das auch noch verarbeiten. Es ist nicht, daß das einfach abgehakt ist. Weil da soviel menschliche Beziehung, so viel Nähe entstanden ist.

C: Trotz der Grenzen, der extremen Kulturunterschiede, und dazu der Grenzen durch die Drogen. Ich hätte Angst davor. In einer fremden Welt, in einer fremden Sprache, ein Raum, wo man extrem allein ist, andererseits eine extreme Nähe. Aber du hast das Gefühl der Nähe mitgenommen. Du hast diese Männer letztlich verstanden?

B: Ja. Es gab Momente überwältigender Nähe. Wenn man so eng zusammenlebt, dann kommt das automatisch. In dieser nichtverbalen haptischen Kommunikation kann man sich auch sehr nah kommen. Schmerzlich waren eben die Grenzen, an denen es nicht weiter ging. Bei Joe habe ich schon mal gedacht: wenn wir jetzt ein Paar wären, dann können wir die ganze Welt aus den Angeln heben. Und einmal sagte er das auch. You and me, two devils - 10 Minuten später war die Grenze wieder da. Und dann war es wieder lange nicht mehr möglich, diese Nähe herzustellen. Das hat mich auch unheimlich mitgenommen. Die Möglichkeiten dieser unglaublichen Fähigkeit, die man zu zweit entwickeln kann, die waren da.

C: Was hast du überhaupt für ein Gefühl bei der Kommunikation mit Männern. Ich habe das Gefühl, man redet miteinander, aber versteht sich niemals ganz. Ich erzähle was, was ihnen fern bleibt, sie etwas, was mir immer ein wenig fern bleibt, egal wie lange, egal wie nah man zusammen war. Und du hast diese Grenze wirklich überschritten?

B: Ja und Nein. Das kann ich nicht sagen. Ich habe überhaupt in diesen Beziehungen erst gemerkt, daß Männer und Frauen grundsätzlich anders sind. In den ganzen Jahren mit W. hatte ich das Gefühl, ich verstehe ihn, er versteht mich. Da gibt es keine Barrieren, kein Anderssein. Natürlich gab es Anderssein. Aber wir haben uns beide wahrscheinlich darüber hinweggetäuscht, weil wir diese Differenz nicht wollten.

C: Wenn ihr miteinander gearbeitet habt, wart ihr auf einer Ebene?

B: Ja, absolut. Das war wunderbar. Diese Art von Kommunikation ist unglaublich. Wie weit man damit kommen kann. Das ist eigentlich der größte Verlust. Nicht mehr mit jemandem so eine Kommunikation zu haben.

C: Da gab es keine Differenz zwischen Mann und Frau

B: Nein, ich habe keine wahrgenommen. Zwischen dem Jamaikaner und mir eher. Der Jamaikaner, mit dem ich überhaupt zum ersten Mal geschlafen habe, war bereits älter und unglaublich gebildet. Mit dem habe ich Stunden um Stunden diskutiert und geredet. Die Möglichkeit gab es schon. Doch mit dem ich dann länger zusammen war bin ich nie so weit gekommen. Es mag an einer unterschiedlichen Ausbildung gelegen haben. Aber auch daran, daß unsere, meine Hauptkommunikationsform verbal ist. Besonders von uns Frauen - schon aufgrund der Erziehung, aus der wir alle mehr oder weniger kommen. Diese Lust zu reden. Auf diese Ebene zu verzichten, oder weitgehend zu verzichten, ist, denke ich, nicht möglich. Ich konnte es ein ganzes Stück weit. Aber dann ging es nicht mehr. Daß bestimmte Dinge nicht verstanden werden.

Konfliktlösungen gehen dort niemals über Sprache. Meine Stärke, oder unsere Stärke, ist die Sprache. Unvergleichlich schön war es trotzdem.

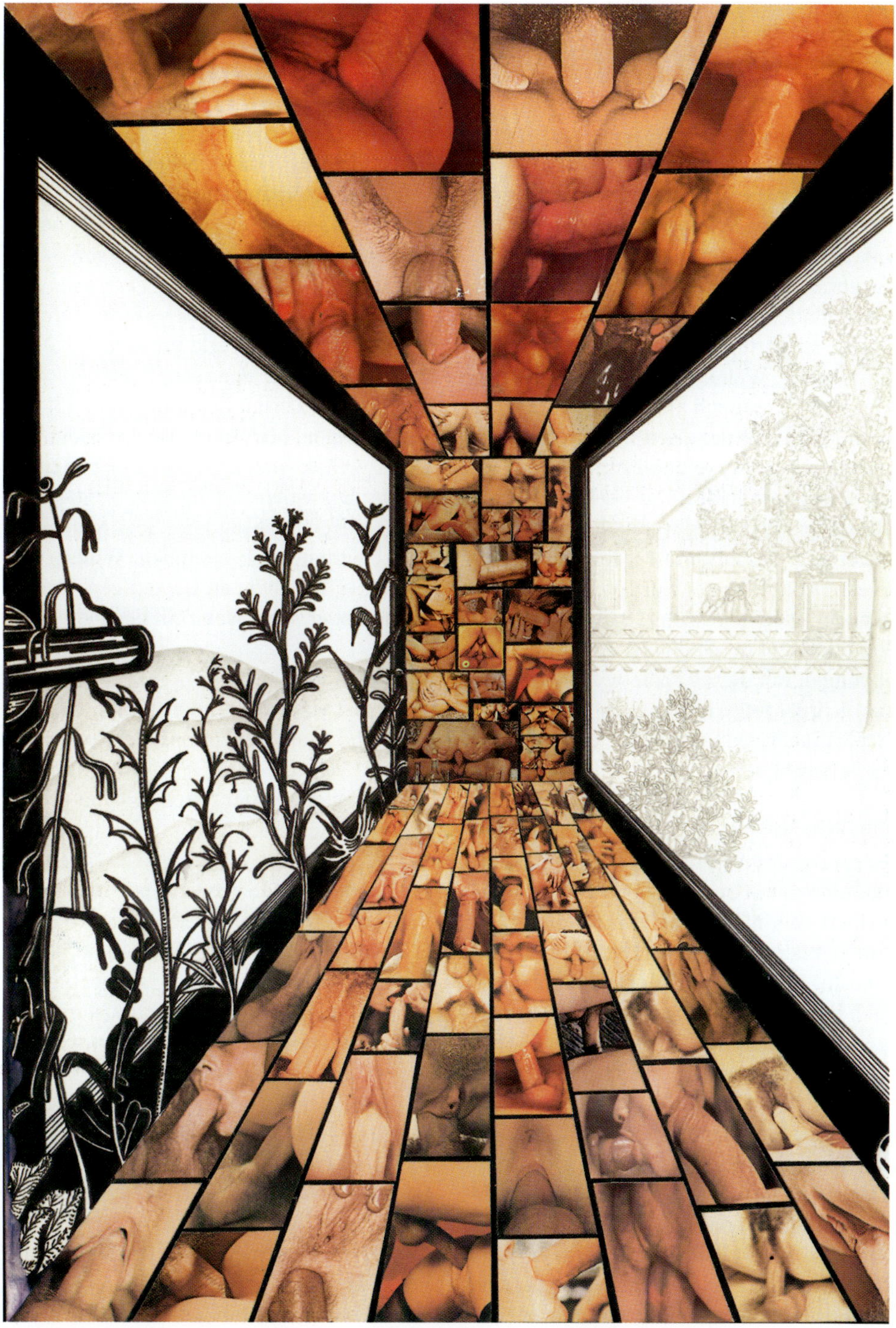

Jürgen Westerbarkey

Dietrich Kuhlbrodt

Im Sudhaus

Wir suchen die geographische Definition der Rezeption. Was wo passiert, wenn Erfahrungswelten aufeinanderstoßen. Die Erfahrungswelt verkörpert in einem mehr oder minder stabilen Medienprodukt. Die eigene Erfahrungswelt verkörpert durch mich selbst. Wann, wo knallt und funkt es? Gar nicht, wenn ich als einsamer Leser dem Feuilleton der „Zeit" gehorche. Wonach ich Werktreue und Formenstrenge zu bewundern habe.
Besonders viel aber, wenn ah, da hinten braut sich was zusammen. Ich spür's, Elektrizität ist in der Luft. Was ich nun brauch', ist ein Gewitter, daß ein Blitz hineindrischt ins Sudhaus, damit die Entladung durch dieses Kabelgeflecht in deinen Körper fetzt, daß es dich vom Sitz hochpeitscht, daß du zuckst, die Augen aufreißt und lebst...

Ob diese schaurige Rezeption, der geile Körperzusammenprall, die fleischliche Kopulation damit endet, daß wer Monster gebiert oder nicht, - sie braucht die sensibilisierende Installation. Den Biergarten-Theater-Prater in Berlin. Dort ergötzten sich in einer lauen Sommernacht Marius von Mayenburg und Robert Koall an der „Monsterdämmerung oder den fatalen Folgen des Ablebens von Artur Moser senior, gestorben am neunzehnten April 1997 in der Charité zu Berlin".
Oder, falls wir in Tübingen sind, dort wo die Installation des 6. MedienKunstFests nicht nur im Sudhaus lokalisiert ist, sondern ein eben solches wird. Wir brauchen ein Ensemble, das draußen und drinnen aufhebt. Bildleinwände, Porno-, Chillout-, Party-, Kunst-, Trash-, Melodram-, Chaos- und Organisationszonen. Was wir rezipieren, das ist das Gesamtgeschehen. In einer besonderen und einmaligen Situation.
Warnung! Je glatter, je perfekter, je treuer, je strenger ein Werk, umso unzugänglicher wird es für den rezeptiven Gebrauch. Der Zusammenprall hinterläßt keine Folgen, höchstens Blechschaden. So leicht verhakt sich nichts zwischen den Erfahrungswelten, wenn es an Tentakeln, Armen, Beinen, Mündern, Sexorganen, an Ausscheidungen, Einnahmen, Widersprüchen, Brüchen, an Lappungen, Ecken, Kanten oder sonst was zum Festhalten fehlt.

These # 1 ist also: Für den 1. Kontakt, nämlich für ein Rezeptions-Rendezvous, das geil verlaufen soll, sind Unfertigkeiten auf beiden Seiten, Medium und Mensch, die besten Voraussetzungen.

Und gleich # 2: Je größer die Verhakungsmöglichkeiten, je zahlreicher Brüche, Widersprüche, Offerten und zickige Ausweichmanöver in den Bildprodukten und unter den Bildbetrachtern, - je kontextreicher und offener also, umso vielversprechender ist der 1. oder soundsovielte Kontakt. Kürzer: die Quantität macht's. Viele Filme, Performances, viele Fetische, viele Leute auf dem Fest. Kurz: Fest. Kunst-Party.

3: Systeme bündeln. Intensitäten erzeugen. Der, dem der Transfer glückt, wird willkommen im Club geheißen. Der Rezi-

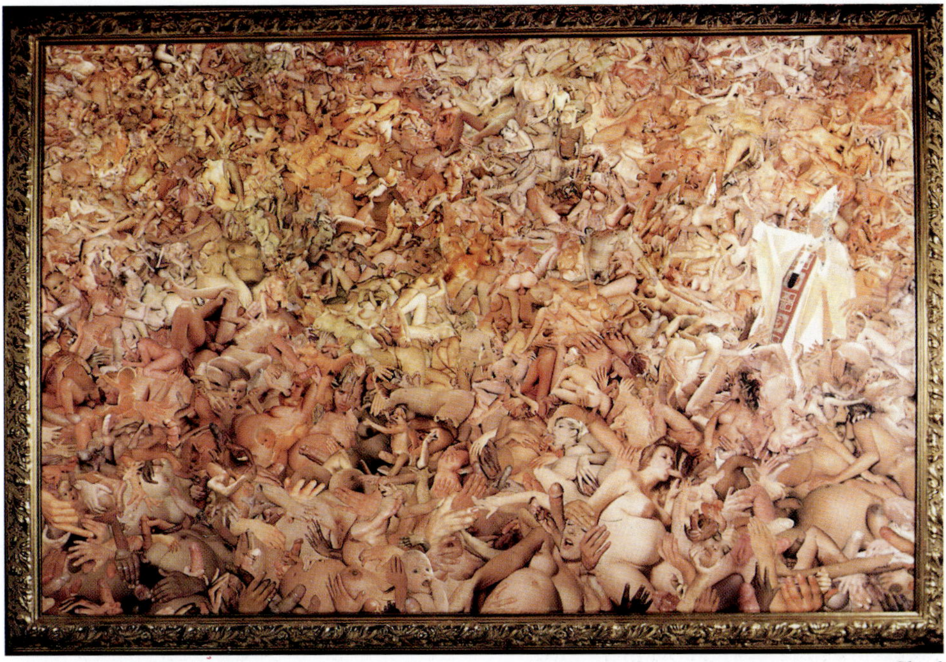

Chack

pient ist Sinnproduzent. Energieproduzent. Ein bißchen Technologie muß schon sein.

Also # 4: Freiheit, Gleichheit, Brüderlichkeit. - Das ist nicht Neues. Das hatten wir schon. Aber davon könnten wir noch mehr gebrauchen. Wenn die rechte Situation da ist, holen wir uns das. Da das schon seit gestern so ist, brauchen wir nicht lange zu warten. Insbesondere nicht auf Leute, die Ziele vorgeben oder sonstwie das Glück in andere Zeiten verlegen. Nein, wenn etwas passiert, passiert es im Moment, situationistisch, mit oder ohne Ansage, chaotisch vielleicht, aber von allen gewollt. Nebenfolgen: nicht immer vorhersehbar, nicht recht verwaltbar, schlecht zu erfassen. Dick Hebdidge, California Institute of the Arts, feierte die Rave Culture: „Die Gemeinschaftsform ist die elektronisch gerufene Masse, die auftaucht und einen Moment später wieder verschwindet. Die Rave Culture bringt die Masse ins Spiel." Oder: im Club haben alle denselben Level.

5: Was bisher als promethisch angehauchter Erfahrungsaustausch beschrieben ist, kennt kein Oben und Unten, keine Differenz von Kunst und Kommerz, von Mainstream und Underground, von authentisch und nicht authentisch.
„Lost Highway". Die Hauptstraße führt nicht weiter. Der Mainstream hat sein Ziel verloren. Die Challenger zuckt am Horizont herum, und Lauren McCall verglüht im All. Die Anonymen im Sex-Club brauchen weder Theorie noch Vermittler; auch die ravende Masse brauchen sie nicht. Weder Verwaltungsdirektoren, noch Medienpädagogen oder sonstige Sextherapeuten. „Arschloch!", rief Schlingensief von der Bühne runter. Dann sprang er ins Publikum, packte einen widerstrebenden Herrn. Verwaltungsdirektoren machen die

Kultur kaputt! Es kam zu einem Kampf. Schlingensief siegte. Der Kunstvermittler war aus seinem eigenen Theater geworfen. Keiner half ihm. Bedripste Studenten klärten mich hinterher auf, daß sie es leider unterlassen hätten, ihren Prof vor Brachialgewalt zu schützen: Professor Nickel, führender Theaterpädagoge an der Hochschule der Künste zu Berlin. Schlingensief hatte sich aus den unbekannten Zuschauern den richtigen herausgesucht. Als angeblicher Administrator beschimpft, als Kunstfeind falsch beschuldigt, körperlich angegangen, besudelt und entehrt, des öffentlichen Raums verwiesen, erweckte er im Publikum Schadenfreude, Lustgefühle - und Mitleid. Körperliche Gewalt sei keine Mittel argumentativer Auseinandersetzung, erscholl es aus den Logen rechts. - Doch wie falsch war der Einwand! Denn es ging, wie bisher mangels anderer Diskursformen lediglich verbalisiert, um organisch-sensuelle Rezeption, also um den Körperkontakt.

Infolgedessen schlich der geschlagene und entehrte Professor nach angemessenem Chillout wieder in die hitzige Vorstellung hinein, setzte sich gesittet auf seinen Platz, schlug die Knie übereinander und war ganz Auge & Ohr. - Einverstanden also mit dieser Soft-s/m-Nummer.

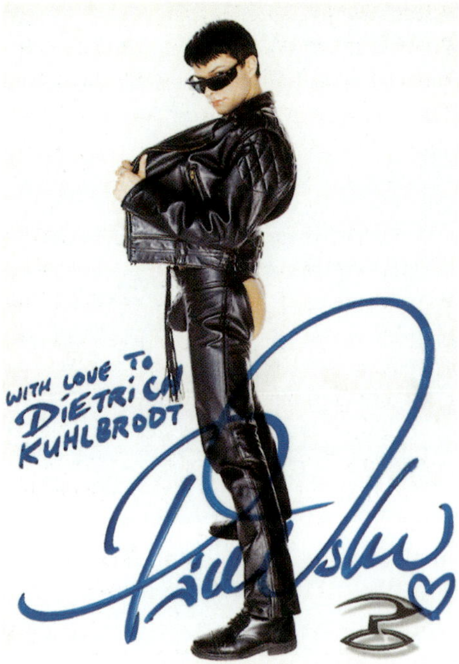

6. Nix Innovation. Nix Avantgarde. Statt dessen Benutzung des Vorhandenen. Der Rezeptionsrituale. Der Weihnachtsansprache des Bundeskanzlers. Um zu Mut und Zuversicht für die Chaostage des folgenden Jahres aufzurufen.

„Kampf der Welten! / Chaos-Tage 1995", ein Film vom Sprengkopf Recklinghausen. 92 Minuten VHS. Ausschließlich TV-Material. Reportagen, Interviews, Moderationen, Kommentare zu den legendären Chaostagen von Hannover. Und Ausschnitte aus Django, Der ewige Jude, Gremlins I, Highlander, Kampf der Welten, Die Klapperschlange, Rückkehr zum Planet der Affen, Terminator 1+2, Der

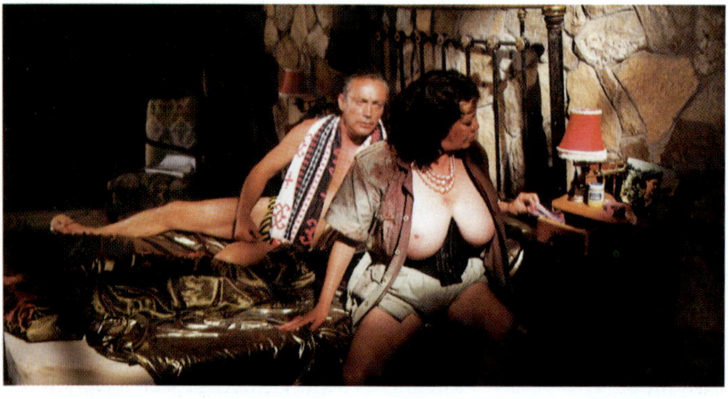
Gudrun F. Widlok

Wilde, Die totale Erinnerung.
Benutzung des Mainstreams und der kollektiven Seh-Erfahrung. Dazu brauchten wir den Platz vor der Glotze. Das Signum der Sendeanstalt prangt auf den Mainstream- und Nazipropagandafilm-Ausschnitten des Chaos-Tage-Videos (und auf den Video-Einspielungen in Schlingensiefs Bühnenstücken). Die Bilder der Welt werden auf dem häuslichen Monitor real. Ich kann vor ihnen erschrecken und abtauchen. In den Untergrund zwecks Herstellung experimenteller und Avantgarde-Super 8-Filme. Das war die Zeit der siebziger Jahre. Abgrenzung zur bürgerlichen Kultur, zur Propaganda des Klassenfeinds, zum bösen Imperialismus.
Im Chaostage-Video wird das Fremd-Material freudig für eigene Zwecke genutzt. Und niemand hat Angst, daß er sich dabei beschmutzt oder sonst was vergibt.
Während der Künstler, der heute noch zur Bewahrung der eigenen Identität auf Innovation und Abgrenzung bedacht ist, in Sorge & Streß lebt, er könnte bei Kontakt mit anderem, dem Mainstream beispielsweise, vereinnahmt oder sonstwie deterritorialisiert werden, greift der kontextfreudige Chaot nach dem überreichlichen und allseits bekannten Material, das ihm ggf. gegen geringe Gebühr ins Haus geliefert wird, und läßt es jetzt für die eigene Sache sprechen. Wer vor dem Fernseher angst- und streßfrei zu leben gelernt hat, hat die ganze Welt im Haus und für sich. Nur ein bißchen umdeuten, schneiden und mischen. Dann den Mainstream für sich arbeiten und kämpfen zu lassen. Das ist unschlagbar, Lebenskunst und sowieso eine lustige Strategie. Beavis und Butt-Head kommen aus dem Kichern nicht heraus. Nichts Leichteres also, als den Haupt-Strom um- und auf die eigenen Mühlen zu lenken. Das war These # 7.

8. Man bewegt sich auf der Main Street oder dem Hauptplatz. Längst verlassen sind die Nischen oder der Underground, mit dessen eigener Kultur man sich noch kürzlich stolz beschieden hatte. Die originäre Nischenkultur hat ausgedient. Schwarzfahrer und andere Minderheiten bedienen sich des Vehikels Mainstream. Sie definieren sich auch nicht mehr als demographische Quantitäten (Menschewiki, Bolschewiki, Mehrheit, Minderheit), sondern als natürlicher Teil des altbekannten öffentlichen Platzes. Dort weiß Wolfgang Müller, Tödliche Doris, ein Museum umzunutzen und die beamteten Ornithologen einzuspannen, um seinen Blaumeisen-Film im laufenden Museumsbetrieb publik zu machen. Wohlgemerkt mit freudiger Kooperation von Professionellen, die ihrerseits den Kult, wenn auch nicht manifest, weiterzutreiben willig waren. Also demonstrierten beamtete Fachleute im Naturkundemuseum von Berlin wißbegierigen Museumsbesuchern, also der mit Kindern gesegneten Heterofamilie, das Ausstopfen einer bislang freilich nicht entdeckten Vogel-Art. Ein von Wolfgang Müller mit Hilfe der isländischen Elfenbeauftragten eigens hergestellter Lehrfilm wurde dazu projiziert.
Das rote Geschlechtsorgan will hoch hinaus. Sichtbar für jedermann. Zähne zeigen auf den Dents du Midi, 2000 bis 3000 Meter, unten also, die Südzähne. Auf der allerneuesten CD der Die Tödliche Doris Schallplatten (Lützowstraße 23, 10785 Berlin) zählt Käthe Kruse (Chor: Wolfgang Müller) im Coversong „Le sexe rouge" die 26 Dents du Midi inkl. Höhenangabe auf. Von der phallischen Position Wolfgang Müllers aus gesehen: eindrucksvolle Schwanz-Längen. Die Sex-Stellung von Käthe Kruse (Text, Komposition, Ruf und Gesang) besagt dem entgegen, daß das

Organ da unten mit vampirisch langen Zähnen bewaffnet ist. Gebildete nennen die zubeißende Votze vagina dentata.

#9. Den öffentlichen Platz finden und ihn in Beschlag nehmen. Ihn behaupten. Egal wo. Ob die Bergspitzen für den Geschlechtsverkehr, ob der Blaumeisenraum im Erlebnis-Museum, ob die Innenstadt von Hannover zur Chaos-Zeit, ob die Gedenkbühne im Brecht-Theater, ob die Inline-Skater in der Einkaufsmeile, die Russendeutschen am Allermöher Bade-See, die Clique vor McDonalds, gar das selbstbestimmte Projekt im Medienzentrum. Das zu behaupten, ist die Strategie. „Wir bleiben hier!" Schlingensiefs Schlachtruf in der Volksbühne. Alles ist gleichzeitig. Alles in einer Person. Seid nicht eins. Seid nicht viele. Seid Vielheiten! Lautete die auch sado-masochistisch nutzbare Devise.
Diese Strategie macht Schluß mit der regressiven Identitätssuche der siebziger Jahre. Heute rufts dir zu: Heraus aus der Selbstfindung. Hinaus auf die main street! Schluß mit dem Terror der Linearität und Intimität. - Richard Sennett hatte sein Buch „Verfall und Ende des öffentlichen Lebens / Der Terror der Intimität" bereits Mitte der siebziger Jahre geschrieben. 1983 war es ins Deutsche übersetzt. Auf dem Forum sich zu behaupten. Parlare, gesticolare. Volta. Volta. Die Drehung auf dem öffentlichen Platz. Und wieder zurück auf dem Weg. Die Wiederholung vergrößert die Chancen der Kommunikation.

Dreimal am Tag, aber gewissenhaft zu selben Stunde, schritt Kitten Natividad, Ex-Russ-Meyer-Heroine („Beneath the Valley of the Ultravixens"/"Im tiefen Tal der Superhexen", 1979), frohgemut auf den kleinen Platz mitten im Negerkral (in Simbabwe leben Neger, und sie sind stolz darauf. Die große Staatsausstellung präsentiert „Negroes' Art"). Dort steht der einzige Wasserhahn. Drumherum drängen sich die Kleinen. Dahinter Männer, Pubertierende vorneweg; ganz dahinter, Sichtlücken nutzend, Frauen. Das Ritual geht so: Kitten holt zunächst die linke Mega-Brust aus ihrem Minihänger hervor und hält sie unter den Wasserstrahl. Es spritzt und funkelt unter der Sonne. Sorgfältig und mit viel Zeitaufwand wird das riesengroße Ding gewaschen. Die Titte hat ein eigenes, sehr organisches Leben. Sie will in alle Richtungen sich entwinden. Sie gebärdet sich als eigenständiges Wesen: als ungebärdiges Haustier, das seine Freiheit sucht. Sie ist wirklich was zum Behaltenwollen, falls die Flucht glücken sollte. Die schwarzen Mädels und Jungens bewegen die Hände, um sofort zupacken zu können, bevor andere sich was schnappen. Kitten, ein kumpelhafter Typ, total sympathisch, schenkt jedem ein munteres Lächeln. Nach getaner Arbeit kommt der zweite Apparat dran. Wieder spritzt es. Dann muß die Erfrischung reichen für die nächsten Stunden Dreharbeit „United Trash" (1996).
Das Vertrauen in die eigenen sensuellen Fähigkeiten zurückgeben. Trash und Dilletantismus als Absage an Kulturvermittler. Gottsched, der Aufklärer, hatte schon vor 250 Jahren das Stegreif-Theater unter die Bühne verbannt. Aber die Geister werden wir nicht los. Das wissen wir von den Mainstream-Filmen. Und schon im Kino der zehner Jahre sahen sich besorgte Pädagogen mit der proletarisch-subversiven „Unheimlichkeit des Blicks" (Heide Schlüpmann) konfrontiert. Das neue Medium, auf dem Rummelplatz zuhaus, war dem Zugriff der herrschenden bürgerlichen Klasse und damit dem der

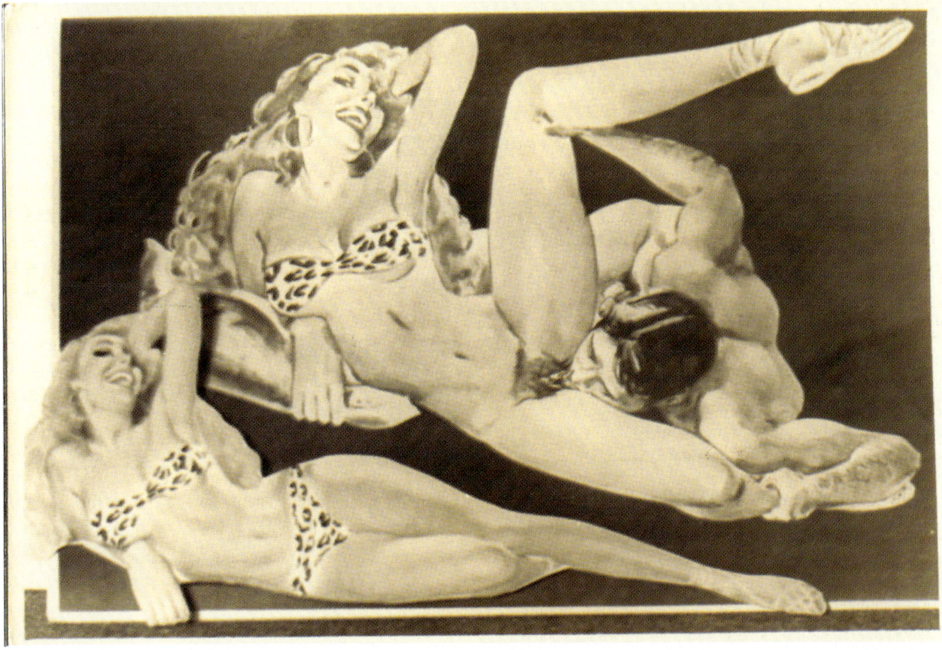

ständestaatbewußten Volksbelehrer entgangen. Nicht lange, wie wir wissen. In den zwanziger Jahren jedoch - der Film war inzwischen auf Bildungseinrichtung getrimmt - konnte die Kraft & Energie der Aufbruchszeit lediglich in der russischen Avantgarde überwintern.
Auf dem neuen Jahrmarkt bietet sich der Star-Wars-Mythos zum Konsum und sofortigem Gebrauch an. Er ist willkommen. Für alle, die sich das urdemokratische Vertrauen bewahrt haben, selbst auf die Bühne zu gehen, die Situation zu checken und dann zu improvisieren.
Bloß kein Werk hinterfragen! In Schlingensiefs Raumpatrouillen-Theater ist jede Folge eine andere. Die Besucher lagern sich auf der Hinterbühne. Eine Strategie des Öffentlichwerdens, -machens, -behauptens. Zur Persönlichkeitsvielheit gehört auch das Einzelkind, der Apotheker-Vater, Wim Wenders und die professionelle Filmhochschule in München, die den hoffnungsvollen Studenten Schlingensief hohnlachend abgewiesen hatte. - Die große Liebe. Selbstmord? Der Verriß vom Theaterkritiker der Frankfurter Rundschau. - Alles gehört auf den öffentlichen Platz. Schlingensief macht den bösen Kritiker als Besucher in der Volksbühne aus. Er macht ihn an. Er hält ihm das Mikrofon unter den Mund. Und baut die feinsinnig-zickige Antwort: „Hier ist nicht der Platz noch der Ort“ ins Schlacht-um-Europa-Spiel ein. Hohngelächter des Publikums. Denn in der Volksbühne war der Platz und Ort. Und die Zuschauer wollten sich vom Kritiker-Kunstvermittler nicht ausgrenzen lassen.

10: Ausgangspunkt: der Rezeptionsraum vor der Glotze. Der zentrale Fernseh-Sessel. Die Bierdose. Der Blick nach vorn. So saß der ein wenig depravierte, aber dicke und schnarchende Arbeitslose auf der Schlingensief-Bühne. Vom An-

fang bis zum Ende. Die Hauptperson. - Plagiate. Praktische Reflexion: Kunst-Aktion. Der Besucher-Fick. Das geht so: der Schauspieler Bernhard Schütz wirft sich im Zuschauerraum (das Gestühl ist ausgebaut) auf einen besonders angeödeten, akademischen Spießer, gern auch reiferen Alters, bringt ihn zu Boden und rammelt ihn, daß die Schwarte kracht. Wieder gucken bedripste Kollegen. Unbefriedigt. Keiner hilft.

Da ich mit mir selbst allein gut klarkomme, biß ich auf der Bühne in ein Weinglas, dasselbe verzehrend. Wissen, daß man theatralisch ist. Der öffentliche Raum wird benutzt, vergewaltigt und geschändet. Hier war seit dem vorigen Jahrhundert das Erhabene rezipiert worden. Hier hatte die gehobene Klasse das Theatererlebnis instrumentalisiert: ihr Statussymbol war der Theaterbesuch gewesen.

Die Volks(hoch)bühne war (in den Schlingensief-Aufführungen) Symbol für den Status junger Leute geworden, Studenten, Punks, Autonome, Popfans, Lebenslustige, Sinnsucher, Raucher, Trinker, Ficker und denen, die in Musikveranstaltungen ständig raus- und reinlaufen, um die diversen Süchte zu befriedigen, dann aber auch wieder mit-, drein- und draufschreien. Kurz gesagt handelte es sich mitnichten um die uns allen bekannten Theaterabonnenten.

Was stattgefunden hat, war faktisch und aus der Perspektive des Theaters eine Kulturrevolution.

Ob sie es auch theoretisch war, ist von akademischem Interesse. Etwa für eine Magisterarbeit.

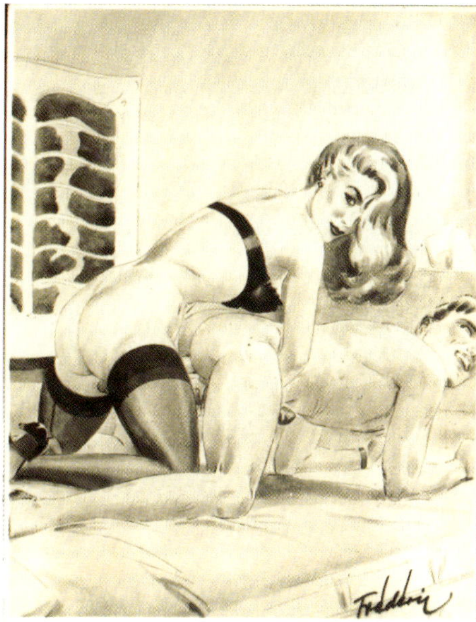

11: Assoziationen, Anekdoten, Episoden, Mutwillen.

Kontextualisierung, Analogisierung, Trivialisierung und Sexualisierung für den gemeinen Gebrauch.

Den Weltgeist vom Kopf auf die Füße stellen. Gut akademisch. Aber dabei rutscht das begeisterte Ding langsam und genießerisch durch die Genital- und Analzone. Behaupten, daß die Kulturvermitt-

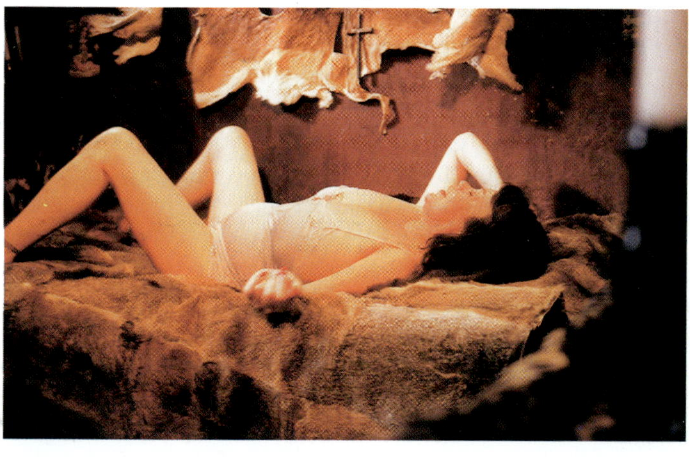

Gudrun F. Widlok

ler, Galeristen und Museumsdirektoren sie aus Kunsttransfergründen brauchen: die Galerie „Schwingender Pinsel“, die „Kunst im Puff“, die Votzenkultur. Votze malen. Votze zeigen. Mariola Brillowska, die das in ihrem Film „Katharina & Witt, Fiction & Reality“ manifestös und sehr konkret praktiziert, was, wie sie zu behaupten nicht müde wird, Stand der Dinge ist, weiß inzwischen, daß auch ihre Zuseherinnen nicht beim Verbalen bleiben. Schon erreichen sie die ersten hervorragend gelungenen Originalvotzenabdrucke junger, organisch noch nicht strapazierter Zuschauerinnen. - Ich sag es ja. Heute kennt jeder ohne weitere Anleitung die Nutzanwendung. Und: es wird selbst praktiziert.

Einar Schleefs nackte Rundläufe vor dem Bühnenhorizont. Die Jungfrau von Orléans. Freude schöner Götterfunken, Prinz von Homburg. In den Staub mit allen Feinden Brandenburgs. Auf die Knie, Arschloch.
Konstante in der Vielheit: private Atmosphäre auf den Rollstühlen. Unaufmerksamkeit. Eigene Geschäfte. Auf und ab von der Bühne. Wir sind der Meister. Öffentliche Abmahnung: in den Kulissen wird nicht gefickt. Es gibt keine Minderheiten mehr. Wir sind der Mainstream. Wir bleiben hier.
Kreativität nicht in der Werk-Fabrikation, sondern in der Anwendung von Handlungs-Strategien. Intuition im Moment.

12: Credibility: Präsenz in den Medien. Talkshows im September. Inszenierungen. Interviews. Buch.
Was den Neoisten Monty Cantsin ist, der fiktive multiple Popstar, oder Karen Eliot, die fiktive multiple Signatur, - Schlingensief erfüllt die Sehnsucht eines identifikationssüchtigen Publikums nach einem risikolosen, nonkonformistischen Image.
Popstar sein. Glitter. Sinnlich werden. Spüren. Sich hypnotisieren lassen. Lars-von-Trier-Filme sehen. „Breaking the Waves“. Widerstände aufgeben. Widersprüche ausleben. Laufenlassen. Porno-Zone. Körper drängen sich. Orgasmus.

13. Der Wille zur objektiven Wahrheit ist durch den Willen zum subjektiven, kollektiven Dasein ersetzt (Richard Rorty, Prof. in Virginia, in: Kontingenz, Ironie und Solidarität).
Egomaniacs! Coming together! Tröt tröt. O.k., ins Bett gehen mit dem TV und dann, Volltreffer !, denen ins Studio geschissen. Ja, das ist Vollast gefahren. Das Sowohl-als-auch ist mindestens gedanklich politisch von Interesse. Jedenfalls für die „Sterne“. „Kannst du dich nicht end-

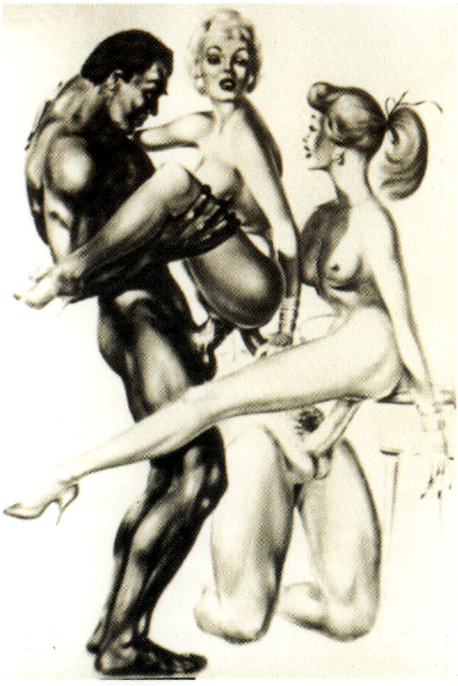

lich mal verbindlich entscheiden, wie willst du das vermeiden, ich hab' keine Ahnung, wie das sonst gehen soll", klagt ein Song auf der neuen Platte. Titel: „von allen gedanken schätze ich doch am meisten die interessanten", und dann streiten sie sich im Prinz mit Katja Riemann & Co über den Film „Bandits", spielen mehr denn je auf großen Bühnen, lassen ihre Konzerte von MTV präsentieren, packen für MTV Lebensmittelkörbe und verlosen die zusammen mit einem „Sterne-Kühlschrank". Das Album bei Sony. Nichts mehr wie „Fickt das System". Die Sterne leiden ein wenig. Für ihre Handlungsweise haben sie einen sprechenden Songtitel gefunden: „klebrig vermutlich".

14: Wir dürfen die letzte der vielen Strategien nicht vergessen. Die Selbstkanonisierung. Es ist erreicht! Wir bleiben hier! Gute Laune! Scheiß bauen!

Andreas Guggenberger

Stumm, Allein

In der Kellergruft sitzen wir,
versunken jeder an seinem Tisch.
Gefangen von der Erwartung,
stumm, allein und warten.

In Lederkluft, dein Latex glänzt,
du als Frau, ich als Vamp,
warten und sitzen wir allein.
Die Musik rieselt sanft auf uns herab.

Verwandlung

Morgens zu Hause allein
sitzt du vor dem Spiegel.
Deine Falten zeigen auf dich.
Schwarz trieft dir die Frau
über deine Wangen,
jagt deinen Tränen nach.
Unter blondem, langem Haar,
kurzgeschoren
bricht der Mann hervor.

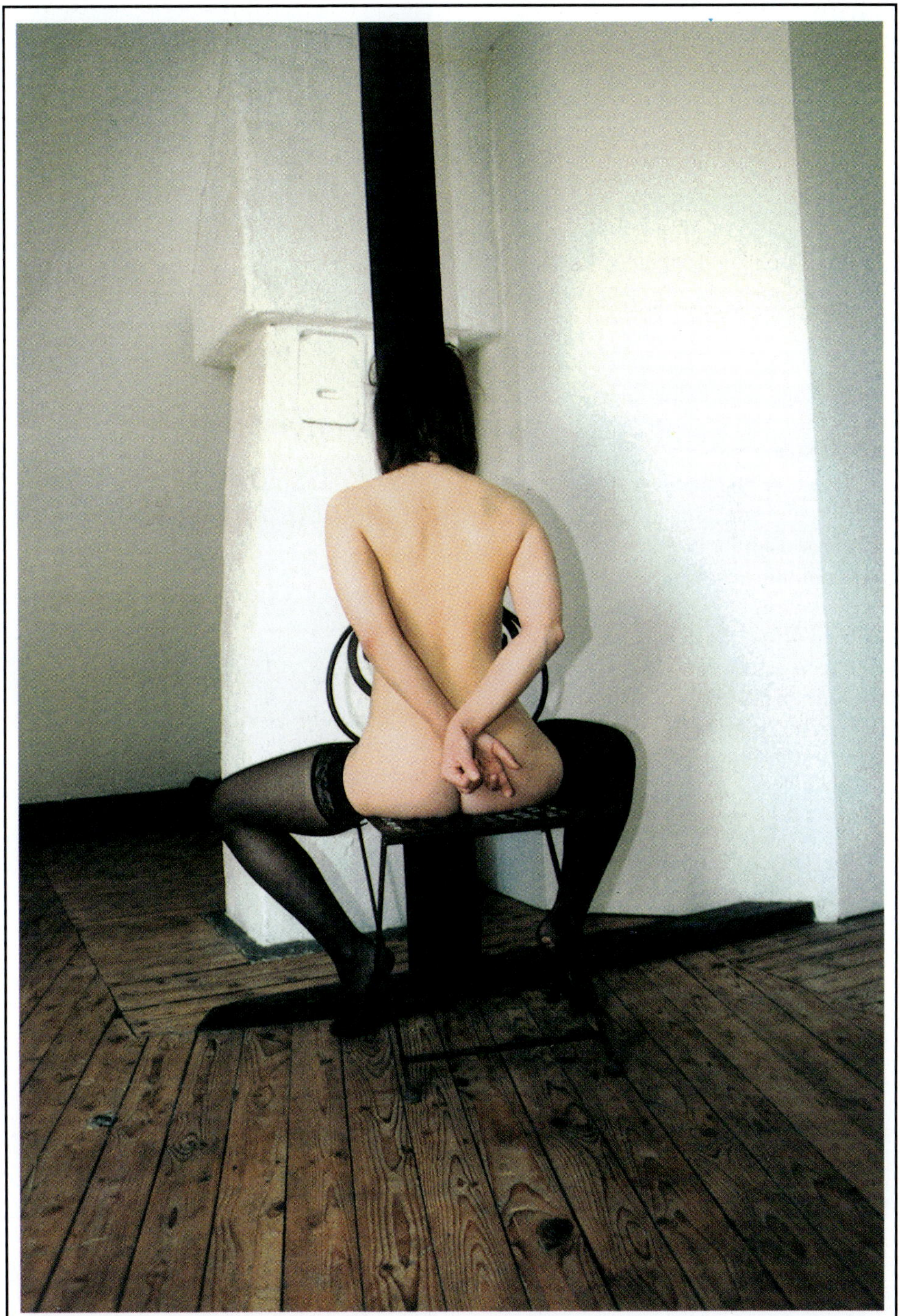

Banzaï

Andreas Guggenberger

Inquisition der Lust

Im Kellergewölbe, dem die Steinritzen die Jahre ins Gesicht gefurcht haben, stehen wir. Die Schatten des Feuerscheins tanzen an den Wänden, die die Geheimnisse verbergen.

Sie kniet auf dem kalten Stein. Die Hände auf den Rücken gekettet, wünscht sie ihrem Meister Spinnen in den Bauch. Um sie stehen, geflochten aus Gusseisen die Ständer. Die Kerzen, stolz, werfen ihre Flammen nach ihr. Drohend steht die Luft im Raum. Sie schweigt. Mit einem Lächeln greift er in ihre Wangen. Widerstrebend öffnet sie den Mund. Die Reitgerte stößt er ihr zwischen die Zähne. Wie eine läufige Hündin kniet sie vor ihm, bereit zum Sprung.

"Sie will also schweigen!" Stolz erhebt sie ihren Kopf. Das Funkeln schiesst Messer aus ihren Augen. "Dann hinauf mit ihr." Gepackt von Händen wird sie aufs Holz der Bank gelegt. Sich windend, hört sie das Klicken der Handfesseln. Unsichtbare Kraft streckt wie Gummi ihren Körper. Das Zugrad unerbittlich ächzt. Die Ketten greifen in ihre Gelenke.

In die Hölle wünscht sie ihn, den sie voll Verlangen liebt. Die Stahlkralle ritzt die Nackte langsam empor zum Hals. Wie Messer hält sie ihren Kopf in Schach. Das geschliffene Eisen drückt sich tief an ihren Hals. Vorsichtig atmet sie. Knackend zerreisst der Löwe das Genick der Antilope. Blut klebt an seinem Fell.

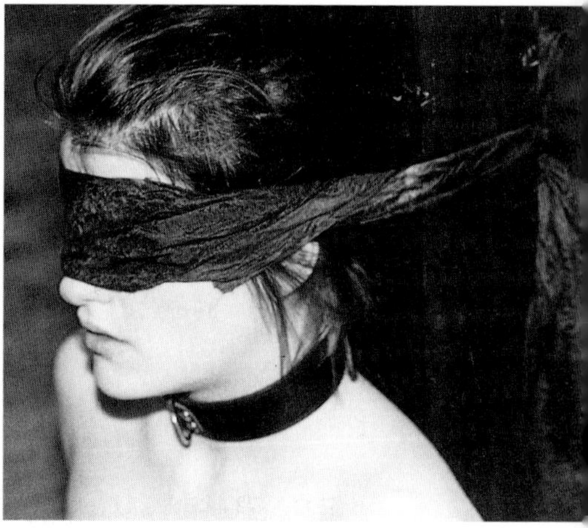

Lauernd blickt sie ihn an. Langsam nähert er sich ihrem Gesicht.

Plötzlich hebt sie den Kopf. spuckt ihn an. Erschrocken holt er aus. Die Peitsche knallt. Glühende Kugeln schiessen durch ihren Körper. Sie windet sich im Schmerz, hebt ihren Körper. Der Schrei, wie ein Funkensturm, erfüllt den Raum. Seine Hand presst ihre Brust zurück auf die Bank. eine Frauenzunge kreist zart um ihre Knospen. Die Brüste heben und senken sich, getragen von Wellen, rollen durch den Ozean der Lust. Die Silberkette zwischen ihren Schenkeln dringt durch die gefüllten Lippen. Sie bebt. Silbern tropft die Höhle. Der Venushügel ragt stolz empor. Ihr Atem drückt Schweissperlen voll Salz durch ihre Zellen. herbei wünscht sie sich die süsse Qual. Pfeifend zischt die Peitsche. Der Schmerz droht sie zu zerreissen. Rot gezeichnet, windet sie sich. Plötzlich, das Tuch auf ihrem Gesicht, wird es schwarz um sie. Die Stimmen flüstern. Angstvoll wartet sie, was kommt. Ein Rascheln, Schritte durchbrechen die Stille. Plötzlich durchfährt sie heisser Schmerz. Der Wachs klebt wie Blutegel auf ihrer Haut. Der Schmerz brennt wie Feuer in ihrer Dunkelheit. Der Geruch der Körper trägt sie. Hände streicheln, reiben sie zum Höhepunkt. Ihr Körper biegt sich stöhnend. Sie bäumt sich auf ein letztes Mal.

Das Klicken lässt ihren Körper zurückkehren in sich. Ein Seidentuch wird auf sie gelegt, hüllt sie liebend ein. Erschöpft liegt sie in ihrem Schweiss. Zart streicht seine rauhe Hand durch ihr nasses Haar. Wie Kind geborgen liegt sie zeitlos, schwebend in der Dunkelheit, gehütet, bewacht, das Objekt der Lust. Er lockert ihre Glieder, hebt an ihren Kopf. Kühl der Sekt rinnt über ihre Lippen. Dankbarkeit erfüllt sie. Ihre Augen verschmelzen leuchtend im Verstehen. Sie zieht ihn hinab zu sich. Von sanfter Stille ist der Raum erfüllt.

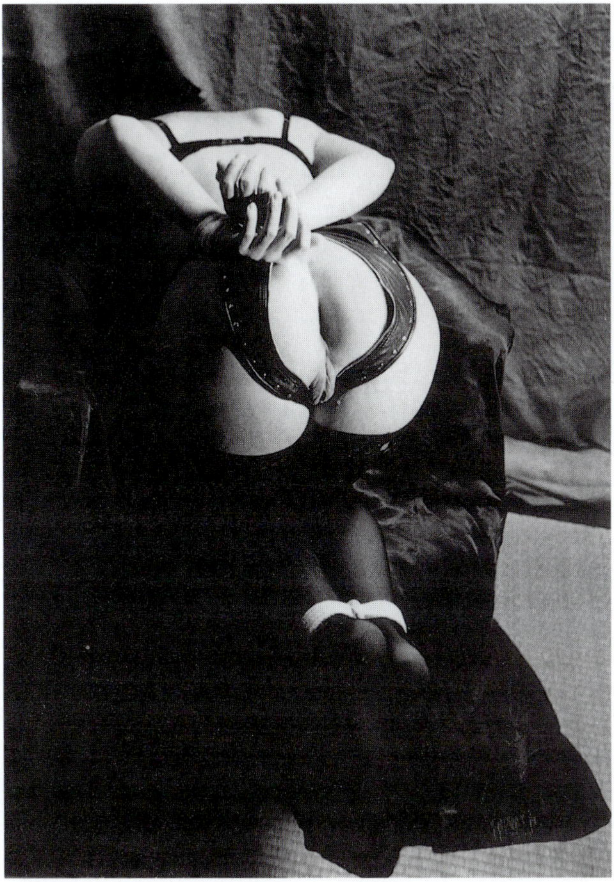

Banzaï

Janos Nadasdy

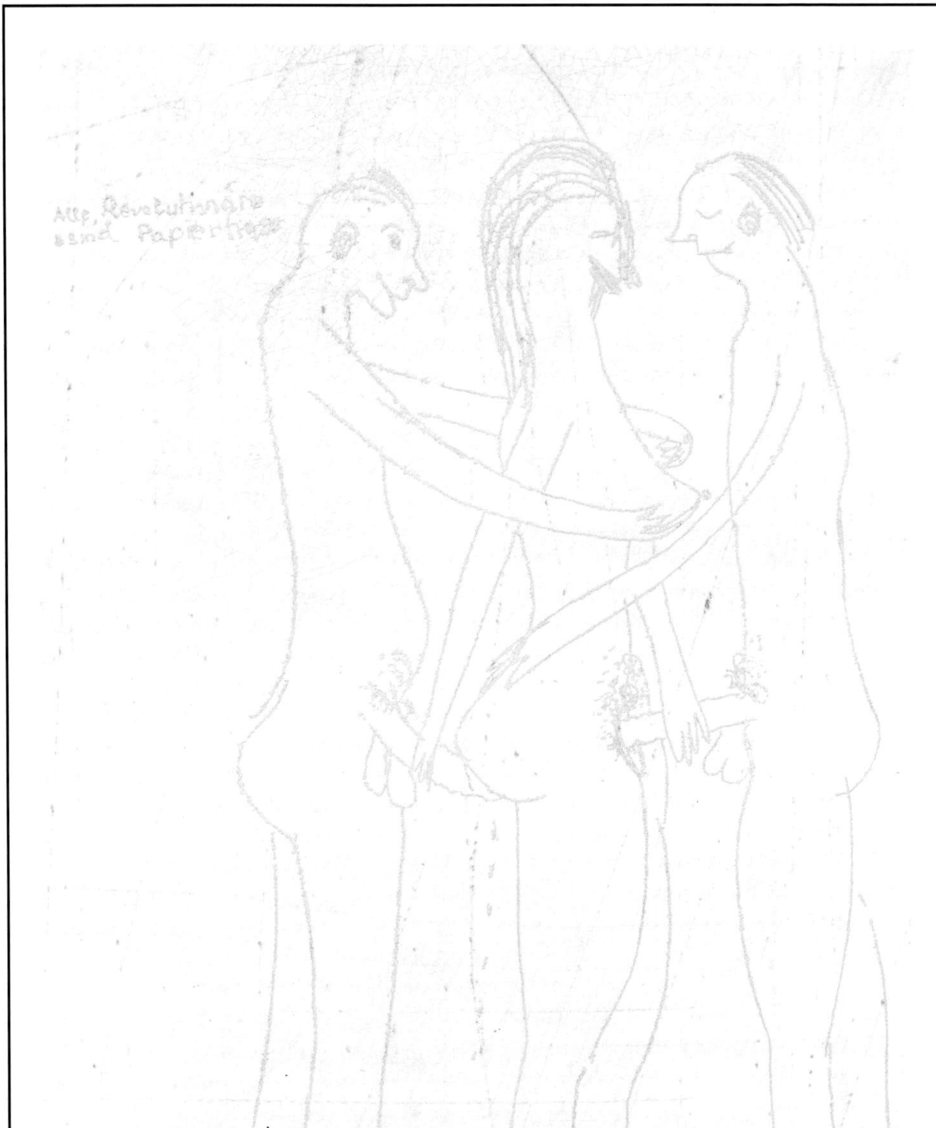

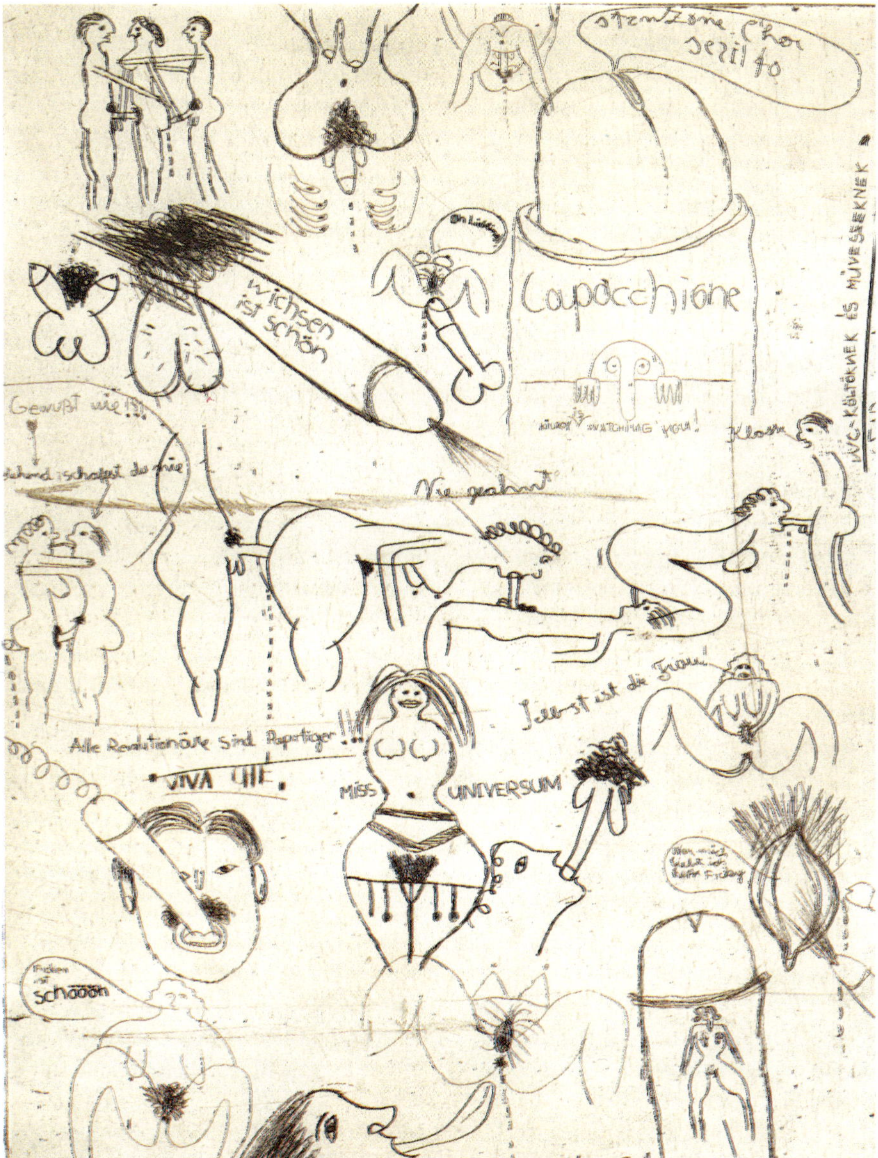
wichsen ist schön
Capocchione
Gewußt wie!!!
WATCHING YOU!
WC-KÖLTŐKNEK ÉS MŰVÉSZEKNEK
Alle Reaktionäre sind Papiertiger!!!
VIVA CHE.
MISS UNIVERSUM
Du Schwein.

Xenia Hausner

Vom Menschen malen

Als ich zu malen angefangen habe, wußte ich nicht, in welches Abenteuer ich mich verstricke. Eines Tages, zwischen zwei Bühnenbildern, habe ich ohne Konzept und Grundsatzüberlegung begonnen, ein Bild von zwei Frauen zu malen. Das Bild habe ich später übermalt, das Thema Mensch ist geblieben.

Ich kann nicht sagen, warum mich ein bestimmtes Gesicht, eine bestimmte Figur anzieht und eine andere nicht. Sicher ist es nicht mit ihrer offensichtlichen Schönheit zu begründen, und auch nicht mit ihrer exotischen Häßlichkeit. Oft werden mir Modelle von Freunden empfohlen. Fast nie taugen diese Empfehlungen. Meistens kommen dann Werbeschönheiten oder Bucklige ins Atelier. Die feine Chemie, die Witterung, die Ausdünstung, das alles muß stimmen und ist irrational. Malen ist ein erotischer Vorgang. Die feinen Windspiele und die barocken Gagantuas, beide ziehen mich gleichermaßen an. Es gibt zwei unterschiedliche Entstehungsmuster für die Bilder. Entweder fällt mir ein bestimmter Mensch, oder eine oft sehr gegensätzliche Gruppe von Menschen auf, die in der Folge zum Bildinhalt werden. Ausgangspunkt ist dann eine Person mit ihrer besonderen Lebensgeschichte. Ich beobachte sie, und oft springt mir ein Detail in ihrem Umfeld ins Auge, das sich dann als geheime Chiffre, als Codewort ins Bild drängt und zu einem verräterischen Hinweis auf ihre Biographie wird. Oder aber der Vorgang spielt sich genau umgekehrt ab. Ich habe eine dezidierte Idee für ein Bild und suche mir die Gesichter, die als Besetzung für meine Geschichte taugen. In beiden Fällen nimmt das Bild im Verlauf der Entstehung sowieso eine überraschende Wendung. Es macht sich selbständig und bekommt ein Eigenleben. Es wird zu einer eigenen Wahrheit jenseits des Gemalten. Ich begrüße es in der Früh und verabschiede mich am Abend von ihm, und wenn es in einer Ausstellung hängt, spreche ich ihm Trost zu und sage ihm, daß es bald wieder nach Hause kann. Hoffentlich. Manchmal muß ich ja auch Abschied nehmen von ihm.

Wen ich gemalt habe, der kann meiner Liebe nicht entkommen. Am Anfang jeder Portraitsitzung steht viel Abwehr. Wer gemalt wird, fühlt sich durch die schamlose Beobachtung verunsichert. Die Situation ist ungewohnt. Ich muß Kraft aufwenden, um zu vermitteln, daß es weder um Originalität noch um Gewandtheit geht, sondern einfach um die Wahrheit. Um Authentizität. Die zu erreichen und festzuhalten, ist das Ziel der Anstrengung. Während der Arbeit werden Täter und Opfer, Maler und Modell zu Komplizen und haben zusammen nur noch einen Wunsch: das Bild fertigzustellen. Ist es geschafft - was aus der Sicht des Malers ohnehin oft in Frage gestellt wird - treffen sie sich wie Überlebende aus einer gemeinsam geschlagenen Schlacht und bleiben durch dieses Erlebnis verbunden.
Mit der Zeit stellen sich nach der ersten Abwehr liebe Gewohnheiten ein. Man kennt sich aus im Atelier. Es entwickelt sich ein Rhythmus und eine Vertrautheit.

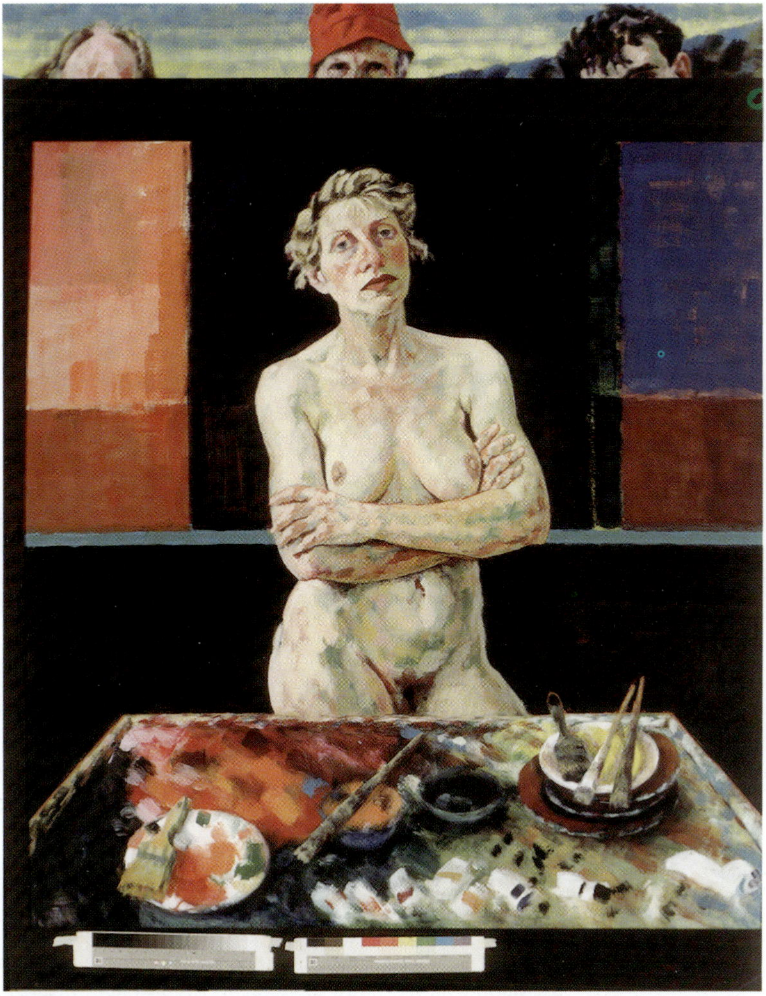

Dennoch bleibt der Druck auf mir, mit den Energien des Modells hauszuhalten und das Bild voranzutreiben, bevor das Gegenüber zusammenkracht. Es besteht eine groteske Diskrepanz zwischen der idyllischen Ruhe im Atelier und meiner inneren Anspannung. Oft ist die heilsame Ausgleichsgymnastik dann, einen Polster oder eine Blechschachtel zu malen. Das Stilleben als Regeneration. Dort gibt es genauso das Erkennen einer Wesentlichkeit, nur der Polster und die Blechschachtel sind geduldiger oder kräftiger - wie man's nimmt. In jedem Fall sind sie belangloser. Aber die Lust an der reinen Malerei tritt dort manchmal ungehemmter zu Tage.

Das wesentliche Moment beim Malen ist der Vorgang des Malens selbst und der wird - egal ob es sich um ein Stilleben oder um ein Portrait handelt - selbst zum Inhalt. Die Lust an der Farbigkeit, an der Komposition und an der Vitalität des Pinselstrichs, das sind Momente, die die Frage nach dem Verlauf des Nasenrückens vorübergehend in den Hintergrund treten lassen. Zuerst kommt die Malerei, zum Reinbeißen, zur Wollust. Dann kommt die Wahrheit der Geschichte. Wenn Lust und Wahrheit sich finden, dann ist das Bild in

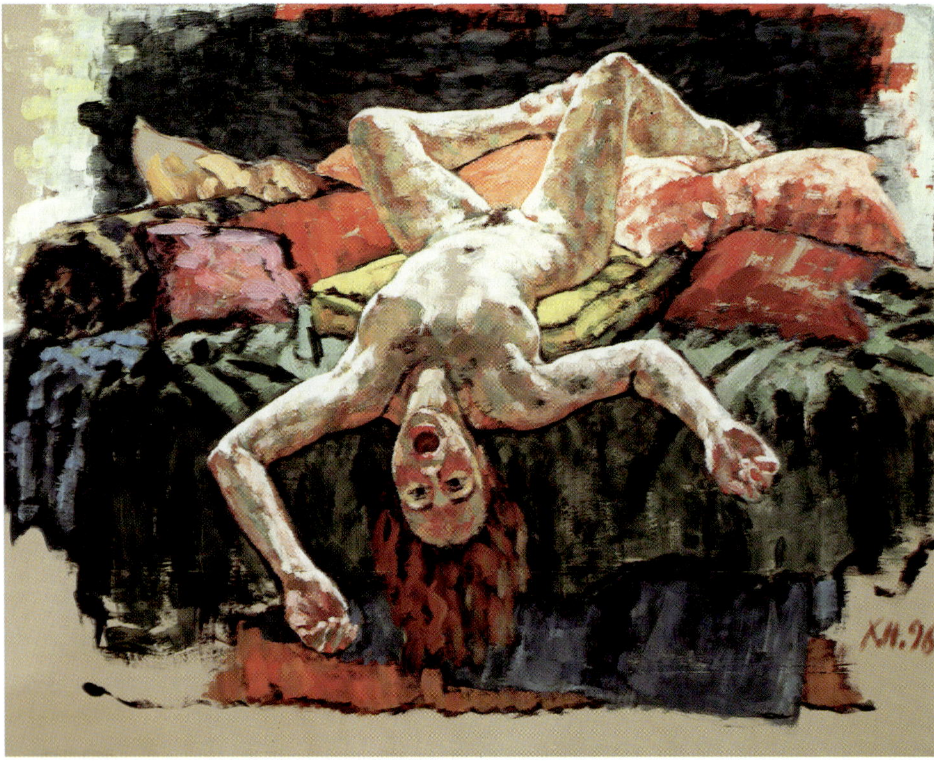

Hans-Jürgen Döpp

Gladiatoren der Lust

- Zu den erotischen Zeichnungen von Javier Gil -

„Gebe der Himmel, daß der Betrachter, erkühnt und augenblicklich von grausamer Lust gepackt gleich dem, was er sieht, seinen abrupten und wilden Weg durch die trostlosen Sümpfe dieser finsteren und gifterfüllten Bilder findet, ohne die Richtung zu verlieren; denn wofern er nicht mit unerbittlicher Logik und einer geistigen Spanung, die wenigstens seinen Argwohn aufwiegt, an diese Bilder herangeht, werden ihre tödlichen Emanationen seine Seele durchtränken wie das Wasser den Zucker“.
In diesem Sinne warnte Isidore Ducasse, genannt Lautréamont, vor seinen „Chants de Maldoror“. Auch die Werke Javier Gils, ebenso wie Ducasse in Montevideo geboren, gleichen einem Sturzbach, genährt aus Jahrhunderten eines quälenden Gewissens. Er fördert Visionen zutage, die manchmal an die Klippen des Wahnsinns stoßen. Seine entfesselte Phantasie sprengt alle Dämme. Verdrängte Wunschvorstellungen gehen in sie ebenso ein wie archaische Ängste. Radikal zerstört er das geschönte Bild der Liebe und der Lust. Mit der Wut eines Vulkanes bricht in seinen Bildern das Sexuelle durch, befreit von allen gesellschaftlichen Zurichtungen und Konventionen. Löwengesichter, mitspielende Hunde zeigen die Sexualität als eine animalische Kraft. Geschlechter-Differenzen, Generationsdifferenzen: alle Abgrenzungen werden vom Sturzbach der Leidenschaft hinweggespült. Frauen und Männer, Männer, die auch Frauen sein könnten, sind gleichermaßen der Liebesgier verfallen, einer Gier, die ihre Gesichter verquält verzerrt und die Leiber deformiert. Schönheit paart sich mit Häßlichkeit. Es ist kein „Kampf der Geschlechter“ dargestellt; das Sexuelle selbst wird als Kampf offenbar. Gruppen sind miteinander verstrickt; kein Loch, das nicht gefüllt wird. Mit atemberaubender Wucht tritt der anarchische Charakter des Sexuellen zutage.
Javier Gils Bilder sind Entfesselungsträume eines Gefesselten. Ihr Konstruktionsprinzip ist der Traum.
Die Kerker und Verliese eines Piranesi, düstere Stätten des Unbewußten, füllt er mit Schauspielern, die ein unheimliches Orgien- und Mysterien-Spiel zu inszenieren scheinen. Oder sind es antike Tragödien? Ganz und gar anti-klerikal, ja blasphemisch, entwirft Javier Gil phantastische Tempel der Unzucht, in die einzutreten wir eingeladen sind.
Farbe benutzt er nur reduziert; er ist kein in Emotionen schwelgender Kolorist. Seine Visionen entspringen einer schamlos radikalen Hirn-Sinnlichkeit. Diese findet das Medium ihres Ausdrucks eher im Zeichenstift als im Pinsel.
Javier Gils Bilder bedrängen den Betrachter, saugen ihn in sich hinein. Es wird ihm nicht gestattet, als heimlicher Voyeur die Szenen zu betrachten. Schon das für die erotische Kunst unübliche große Format wirkt offensiv: man muß sich der Bilder erwehren. Auffordernde Blicke beziehen uns in die Inszenierung ein, machen uns zu Teilnehmern der Orgie.

Was für den Betrachter gilt, gilt erst einmal für den Künstler selbst. Diese Bilder sind nicht aus der feingliedrigen Bewegung des Handgelenkes heraus, sondern mit dem ganzen Körper gezeichnet. Malen wird dem Künstler zu einer Form des Agierens; zu einem Weg, seine eigenen Körper-Träume Realität werden zu lassen. Um an der Wirklichkeit nicht zu zerschellen, schafft er sich eine virtuelle Welt, in die hinein er, zumindest für die Zeitdauer des Zeichnens selbst, fliehen kann.

Diese Szenen bedrängen. Doch dann distanziert Javier Gil die Szenarien auch wieder: die historisierende Kostümierung seines visionären Theaters - dazu reicht allein eine Allonge-Perücke - versetzt uns ins 18. Jahrhundert; in die Zeit des Rokoko, die Blütezeit der Libertinage und der erotischen Kunst, aber auch die Zeit des Marquis de Sade und der Französischen

Philosophie im Boudoir

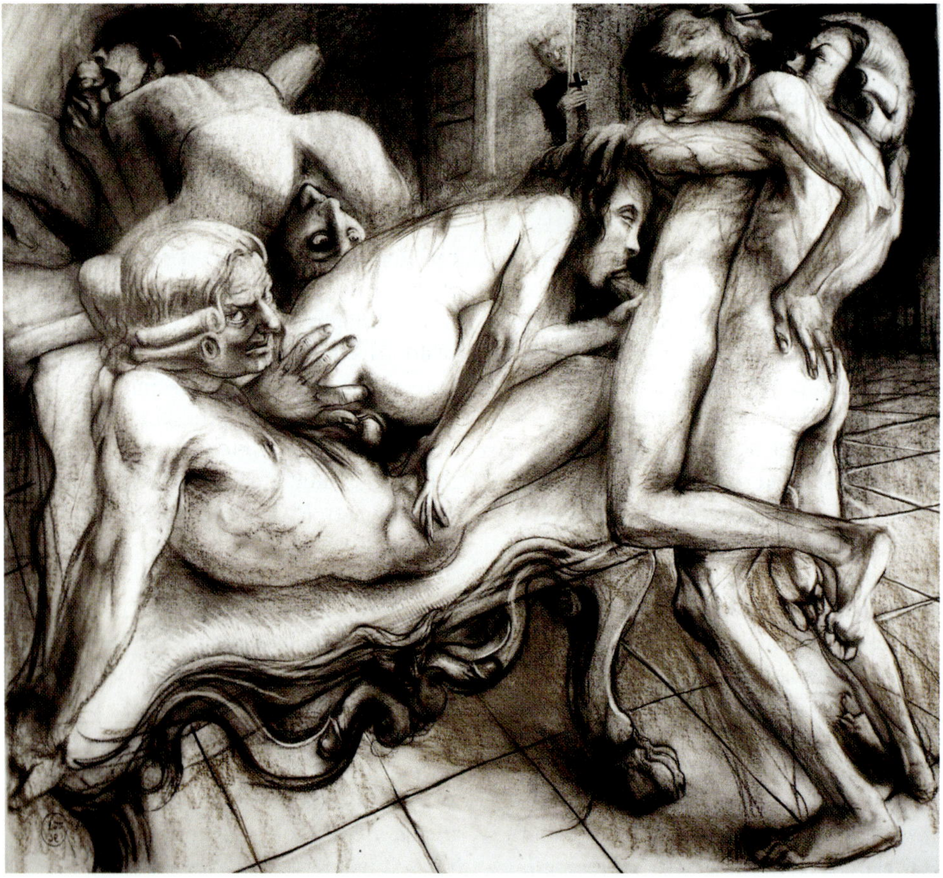

Revolution. Und hier fällt einem der Satz ein, den Peter Weiss Sade in den Mund legte:
„Denn was wäre schon diese Revolution ohne eine allgemeine Kopulation!“
Mit manieristischer Verspieltheit gestaltet Javier Gil das Bühnen-Dekor, erotisiert den Raum, darin mit Franz von Bayros zu vergleichen, durch Skulpturen und mit groteskem Schnitzwerk versehenes Mobiliar. Doch die monumentalen Effekte verkehren die Lust in Qual und Angst. Es sind Gladiatoren der Lust, die in der Arena der Perversion ihre sexuellen Kämpfe austragen.
Sexualität scheint diesen freudlos wirkenden Figuren eher eine konvulsivische Verzweiflungstat zu sein; es ist keine hedonistische Lustsuche, der sie folgen. Zu sehr spürt man hinter diesen manischen Orgien das, was sie abzuwehren haben: Einsamkeit, Melancholie, ja Depression. Aber steckt in Wahrheit nicht in der Sexualität immer zugleich auch etwas, was dem Ausdruck der Qual ähnelt? Leiden-Schaften sind uns fremd geworden in einer Zeit, in der Sexualität den Gesetzen des Konsums und der Animation unterworfen ist. Legten Perversionen ehemals die Grenzen der sozial „erlaubten“ Sexualität bloß, so sind sie selbst heute in die „Umfriedung“ einbezogen, um den Preis, daß die Utopie einer unbeschnittenen Lust kaum mehr sichtbar ist. Sex ist fun - and animation.
Hier können die monumentalen Bilder Javier Gils uns dazu verhelfen, uns der Sprengkraft der Sexualität, die mehr und mehr verleugnet und vergessen wird, wieder bewußt zu werden.

Position 6
oder
Eine eingehende internistische Untersuchung.

Für meine Heilmänner

Es ist dies die Geschichte von Matthias und Mefisto.
Die Geschichte von Matthias, dem Arzt für Innere Krankheiten, und von Mefisto, dem Autor der heilen und heilenden Welt.
Die Geschichte von Matthias, der die "Gabe Gottes" hatte, den Wirrwarr des kassenärztlichen Abrechnungswesens für seine manchmal nicht ganz redlichen Abrechnungstricks zu nutzen. Und die Geschichte von Mefisto, der unter dem Pseudonym *Freia Eich* grottenschlechte Ärztinnenromane wie z. B. "Die patente Frau" oder "Das Sp(r)itzenweib" schrieb, die zwar von der offiziellen Literaturkritik nicht einmal ignoriert wurden, aber einen desto reißenderen Absatz in der großen post- und periklimakteriellen Leserinnenschar fanden. Dies ist eine Kurzgeschichte. Die Kurzgeschichte zweier Spieler, die alles zu gewinnen hatten. Eine Kurzgeschichte, aus der Mefisto gerne einen längeren Roman machen würde. Matthias ist sich da noch nicht schlüssig.

"Diese Keulen sind das Fundament des Hauses Schmidt!", hatte Matthias G. -"auf den G-Punkt lege ich großen Wert"- Schmidt in Hafenbar-Bierseligkeit Mefisto zugerufen, als er bemerkte, wie seine wohlgeformten Beine das Objekt mefistotelischer Begierde wurden.
"Besser Schmidt, als Oranien!", bemerkte

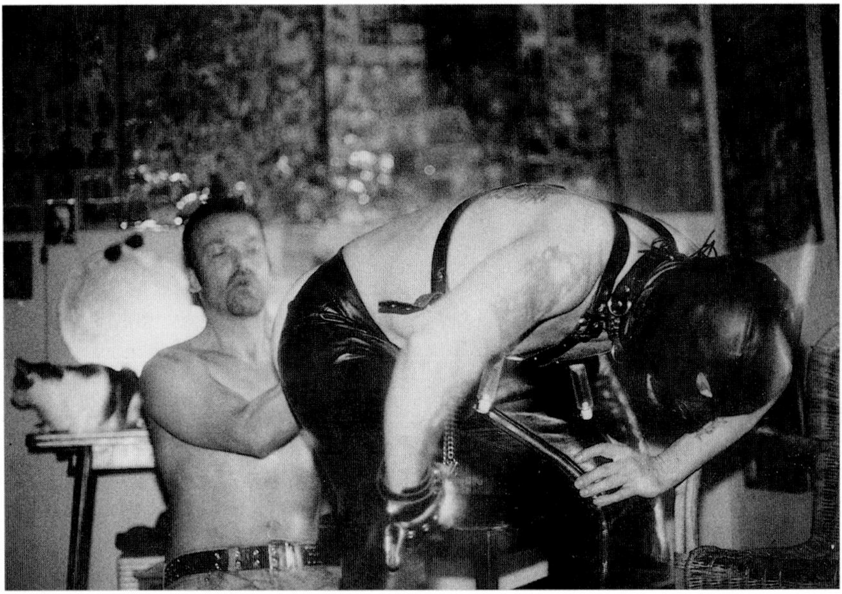

Mefisto Freitag mit einem wissenden Lächeln. Also schien auch er eine Großmutter gehabt zu haben, die ihre Weltsicht aus der Yellow Press bezog und die wie Matthias' Großmutter ihrem Enkel erzählt hatte, daß die vormalige Kronprinzessin Juliana während ihres Studiums in Leiden mit großer Schlagfertigkeit eine Gruppe von Studenten sprachlos machte, die sich über die barocke Fülle der königlichen Schenkel mockiert hatten:
"Auf diesen Säulen ruht das Haus Oranien". Barock-feiste Beine hatte Matthias nun ganz gewiß nicht. Auch keine rundlichen Rokoko- oder drahtig-langaufstrebende, asthenisch-gotischen Beine, die keinerlei Standfestigkeit verhießen.
Matthias' Beine waren wie die eines Balletttänzers, der in seiner Freizeit Fußball spielt. Sie waren bodenständig stämmig, ohne derb zu wirken. Die Muskeln schienen kunstvoll trainiert, obwohl Matthias noch in keiner Sekunde seines Lebens jemals ein Sportstudio von innen gesehen hatte.
"Renaissancebeine", so schoß es Mefisto durch den Kopf, als er den Schmidtschen Unterbau zum ersten Mal in seiner Nacktheit sah und erkannte. Kräftige Säulen, die stark genug waren, die Kuppel seines Gotteshauses und die erotischen Phantasien seiner Gläubigen zu ertragen. Matthias wußte um die Wirkung seiner "Keulen", die er bei jeder passenden Gelegenheit und bei fast jedem Wetter dem *woll*-lüstig schauenden Publikum dreierlei Geschlechts in kurzen, knappen Hosen präsentierte. Im zu vier-Fünftel-bekleideten Zustand wirkten seine Beine noch anziehender als im völlig ausgezogenen.
"Besonders lernt die Männer führen", wandelte der Faust-kundige Mefisto ein

Zitat um, als Matthias in jener Hafen-Bar-Nacht von seinem Beruf erzählt hatte. "Es ist ihr ewig Weh und Ach, so tausendfach, aus einem", Mefisto streifte wie zufällig Matthias Oberschenkel, "Punkte zu kurieren". Matthias lachte. Er kannte unseren schweinigelnden Nationaldichter.
"Du machst auch Hausbesuche?!", nutzte Mefisto seine Chance zum Angriff.
"Wenn es der Patient besonders nötig hat". Matthias baute seine Stellung aus.
"Und falls zufällig mehrere Patienten anwesend wären", übte sich Mefisto in der Strategie, sein Gegenüber auf seine nächste Intim-Party einzuladen. "Als Arzt muß man alle Patienten gleich behandeln und die Privatpatienten-", er küßte Mefisto gönnerhaft auf die Stirn und spielte mit seinen Fingern in dessen rotem Halstuch, " - die Privatpatienten noch *in*-tensiver". Topp. Die Wette galt.

"Man(n) kann einem nackten Mann nicht in die Tasche fassen? Aber Hallo! Wir werden es beweisen!" steht auf der roten Einladungskarte zu lesen, mit der Matthias in den Gästekreis der monatlichen "Faust- und-was-sonst-noch-Spaß-macht"-Feten von Mefisto aufgenommen wird. Mefisto und einige seiner Freunde haben sich vorgenommen, zwölf mal im Jahr in einer fäustlich-orgiastischen Walpurgisnacht die Sau Baubo raus- und anderes reinzulassen.
In Vorbereitung des im dreifachen Wortsinne rauschig-rauschenden Festes hat Mefisto Plätzchen mit libanesischen und marokkanischen Spezereien gebacken. Auf dem grauen Markt besorgt er noch andere Geilmittelchen, die das Vermögen der Gäste stärken sollen, schwach zu werden. "Die Salbe gibt den Büchsen Glut. Die Kekse sind zum Starten gut. Kommt, schlinget wie ein Schwein am Trog. Der flieget nie, der heut nicht flog", läßt der frei zitierende Gastgeber auf die zweite Seite der Einladung drucken.
7. Juni 1997. Zur vereinbarten Zeit zwischen 22 Uhr und 22.30 Uhr kommen elf Männer in Mefistos gruftige Wohnhöhle hoch. Matthias macht um 22.31 Uhr das Dutzend voll. Mefisto schließt die Wohnungstür ab und sein Drogenkästlein auf. Die bache-antischen Spiele sind hiermit eröffnet.
Der Gastgeber nimmt ein Löschpapierblättchen und zerteilt es in zwölf gleich große Stücke, die er seinen Jüngern auf die Zunge legt. Bis diese Kommunion ihre heilsame Wirkung zeitigt, nutzen die Gäste die Gelegenheit, sich den einen oder anderen Videofilm anzusehen. Pergolesis "Stabat Mater" begleitet und bekleidet die Filmchen, in denen es einige nackte junge Herren ziemlich bunt miteinander treiben.
Die Videos und die sommerliche Hitze

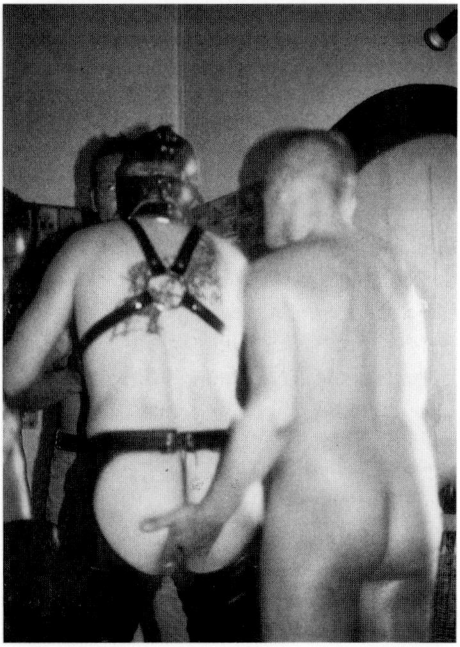

beginnen den versammelten Herren den Schweiß aus den Poren zu treiben. Sie sehen sich veranlaßt, ihrerseits ihre Kleidung abzulegen und versammeln sich nackt, wie Gott und die Enthemmung sie schuf, im "Arbeitszimmer" jener Wohnung, die für sie heute nacht den Bocksberg darstellen soll.
Zehn Minuten später. Die dreizehn nackten Kinderlein verspüren eine unbändige Lust auf Doktorspiele. Sie beginnen sich gegenseitig mit Melkfett einzureiben und sich das Fieber zu messen.
Matthias nennt ein besonders prächtiges Fieberthermometer sein eigen. Aus Doktor Schmidt wird Mister Geil-Hide. Er führt seinen Meßstab in Mefisto ein und befindet, daß der Patient von einer großen Hitze befallen sei. Zur endgültigen Abklärung der Ursachen jener an sich leicht erklärlichen Brunst sind jetzt noch intensivere diagnostische Maßnahmen nötig. Das Medikament, das Mefisto zu sich genommen hat, bewirkt in seinen Eingeweiden eine wohltuende Wirkung. Mit kindlicher Freude treibt Matthias das Doktorspiel immer weiter. Er verspürt die Notwendigkeit weitergehender proktologischer Untersuchungen. Vier Finger untersuchen schon die Prostata. Ein Richter des Amtsgerichts Wedding darf Sprechstundenhilfe spielen. Er hält Mefisto, der sich vor Matthias auf der Latexmatratze aufgebaut und diesem seine photogene Seite zugewandt hat, einen Mullverband, der mit einer geheimnisvollen Flüssigkeit getränkt ist, unter die Nase. Mefisto ist nun alles andere als ein Patient. Er ist kein "Leidender". Er wird leidenschaftlich, ja, brünstig. Er inhaliert tiefer.
"Mache Dich, mein Herze, rein", fordert eine Arie der Matthäuspassion, die aus den Boxen des CD-Players ins Hirn der mit Ernst Haft spielenden Kinder dringt. Mefisto schaut zu den beiden Häschern, die neben ihm wie rollige Katzen und rauschige Bachen auf der Matratze liegen. Ihre jeweiligen Spießgesellen sind eifrig bemüht, ihnen neues Leben einzuhauchen und einzutreiben.
"Komm auf die Schaukel, Luise", kalauert Matthias, und hebt Mefisto mit Hilfe des Richters hoch, um ihn auf den Sling zu legen. Mefisto läßt es duldungsstarr über sich ergehen. Er schwebt. Er genießt es wie ein Embryo - das sanfte Schweben im Fruchtwasser. Matthias, der Arzt für innere Krankheit, ist jetzt Geburtshelfer. Er will dem Patienten nichts weniger als das Gefühl des Neugeborenseins geben.
"Wir setzen uns mit Tränen nieder". Der Bachsche Chor fordert auf, sich zu öffnen. Mefisto erinnert sich einiger Worte Christi am Kreuz:
"Heute werde ich mit Dir im Paradies sein." Sein Blick trifft den von Matthias. "Mich dürstet!" Der Richter spielt Hebamme. Mefisto inhaliert tief durch das ihm dargebotene Mulltuch. Er saugt das den Blutdruck erhöhende Geilmittel ein, wie Vatermilch. Matthias dringt immer tiefer in Mefistos Seele ein.
"Vater, in Deine Hände empfehle ich meinen Geilst", japst Mefisto. Ein aus der Tiefe geborenes Stöhnen arbeitet sich vom Urmund weg immer weiter nach oben. Es droht, den Kopf zerplatzen zu lassen. Der Druck wächst. Die gewaltige Energie des Urerlebnisses macht sich Bahn in einem zarten Winseln, das sich zu einem lang anhaltenden Schrei verstärkt, um in einem leisen Wimmern zu enden. Mefisto ist jetzt Vater, Mutter, Kind in einer Person. Er ist von sich selbst entbunden worden. Er rollt sich zusammen, wie ein kleines, nacktes, fruchtwasserfeuchtes Baby. Er hat eine neue Dimension erfahren. Seine Augen strömen über

vor Glück und - Endorphinen.
"Es ist vollbracht", sagt Matthias zärtlich und küßt die Tränen von Mefistos Wangen weg. Er streichelt Mefistos strahlende Augen mit den seinen. "Geschenk Gottes", grunzt Mefisto, "Matthias heißt wörtlich übersetzt Gabe Gottes", fügt er wie ein altkluges Kind hinzu. Matthias schweigt und erkundet mit seiner Zunge Mefistos Hals. "Mefisto, me fist, oh", musikalisiert Matthias spielerisch tändelnd den Namen seines Gegenunters mit drei Stöhnlauten. Ob man die Plätze tauschen solle? Mefisto hilft Matthias in die Schwebeliege. Er macht sich daran, Gutes mit Gutem zu vergelten. Die neugeborenen Häscher tun es ihm gleich. Die Spiele beginnen von vorn. Altius, fortius, non citius. Adagietto. "Wenn ich den kleinen Tod soll leiden, so sei Du dann bei mir!". Auf Teufel, komm rein!
Einige Stunden später liegen die Schädel von 13 befriedigten Männern wie Billardkugeln auf der Latexstätte. Gruppensex ohne Kater. Aber mit Katern. Bis daß der kleine Tod uns scheidet."Tschüß. S'war schön."

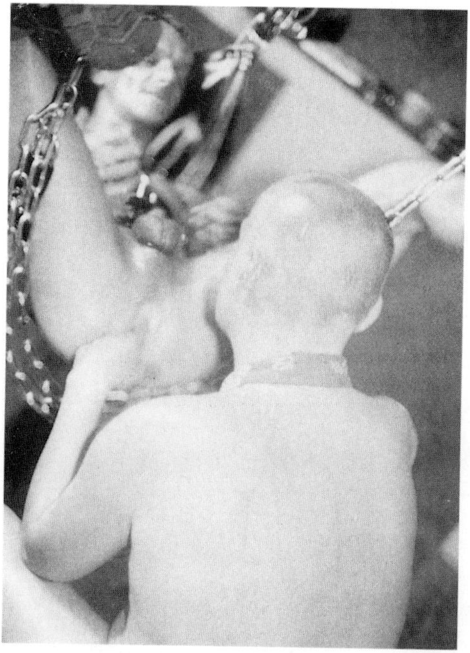

Vier Wochen nach der Party, wurde Mefisto die Quartalsabrechnung der Praxis Schmidt zugesandt: Herr Doktor Schmidt erlaube sich, folgende Positionen zu liquidieren. Es folgte eine Reihe von Positionsnummern und die dazugehörigen Abrechnungsbeträge. Matthias schien, so schloß Mefisto nach der Lektüre der Rechnung, neben anderen sehr großen Dingen auch einen äußerst ausgeprägten Geschäftssinn zu haben.
Mefisto reichte das Original der Rechnung bei seiner Krankenkasse ein. Eine Abschrift schickte er einem schwäbischen Verlag, der zu jener Zeit eine Anthologie erotischer Texte und Gedichte herauszubringen beabsichtigte. Sein "Poem" hatte folgenden Text und Titel:

6 verkehrt - Liebespositionen

1. Position	50 --- DM	83,90
2. Position	252 --- DM	10,49
3. Position	450 --- DM	19,93
4. Position	361 --- DM	23,94
5. Position	1020 --- DM	38,81
6. Position	11 --- DM	15,73
7. Position	770 --- DM	36,71
8. Position	429 --- DM	104,88
9. Position	3 --- DM	39,33

Das Freitagsche Machwerk wurde von der Kritik hochgelobt. Ein Rezensent verstieg sich sogar dazu, Mefisto als Neo-Dadaisten zu bezeichnen, der "mit seinem lyrischen Werk die wider- und allgegenwärtige menschenverachtende Kommerzialisierung der Ware Liebe im Zeitalter der post*modernden* Beliebigkeit" aufgezeigt habe. Mefisto bekam für sein neunzeiliges

Gedicht sogar den Lyrikpreis einer Oberschwäbischen Kreisstadt und die ausführliche Würdigung seines epischen Werks in der "Schwäbischen Zeitung".
Einzig eine pensionierte Sprechstundenhilfe aus Reutlingen, die den Nachdruck des Gedichtes in der Zeitung gelesen und als einzige, so nimmt man an, auch verstanden hatte, erstattete bei der Staatsanwaltschaft Tübingen Anzeige gegen den Verlag: "Wegen Verbreiterung von Pornokreaphie, die die wieder natürliche Unzucht propa*giert*" (sic).
Der streitbaren Frau war noch aus ihrer aktiven Zeit als Vorzimmerdame eines Arztes in Erinnerung, was sich hinter den gänzlich unprosaischen Zahlen im Positionsbuch der ärztlichen Gebührenordnung (GOÄ) verborgen hatte:
Position 50: Hausbesuch; 252: Injektion in den Körper; 450: Rauschnarkose; 361: Dehnung der Analmuskulatur mit Hilfsmitteln; 1020: Erweiterung des Gebärmutterhalses; 11: Digitaluntersuchung des Mastdarms; 770: manuelle Ausräumung im Mastdarm; 429: Wiederbelebungsversuch; 3: Eingehende Beratung nach Behandlung.

Die Staatsanwaltschaft Tübingen untersucht den schwierigen Fall. Ihr ist nicht klar, aufgrund welcher Delikte sie Anklage erheben soll. Ob das Verfahren aufgenommen oder eingestellt wird, ist noch gänzlich offen.

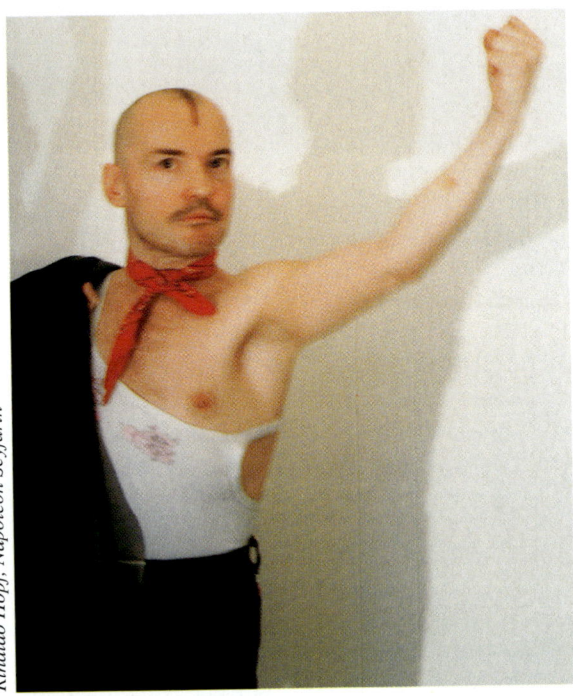

Rinaldo Hopf, Napoleon Seyfarth

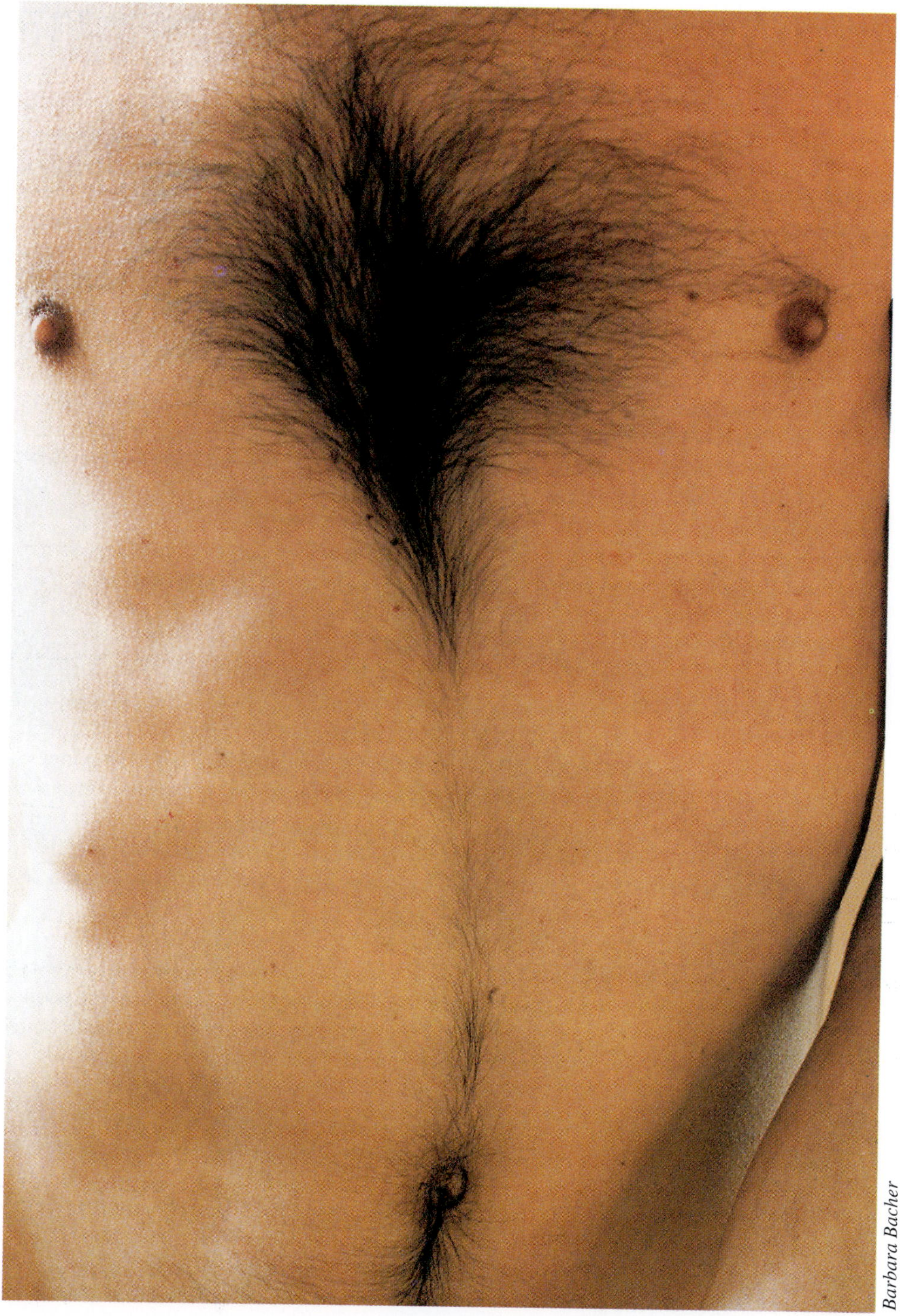

Barbara Bacher

Andrea Mayer

Sex

O., wie er mich anlächelt. Ich werde wahnsinnig. Ich möchte seinen Schwanz in mir spüren, er hat einen schönen Schwanz - deswegen bin ich scharf auf ihn. Ich kann es ihm nicht sagen. Peinlich aber wahr, vor allem deshalb. Er steht vor mir. Ich denke an seinen Schwanz, dick und kräftig, eine schöne zarte Farbe. "Ich möchte gestoßen werden, ich bin eine Frau mit weit geöffneten Beinen", zitiert mein Gehirn. Wie eine magische Formel. Sie ist verboten. Ich möchte nicht erzählen, wie ich ihn kennenlernte, ich möchte keine Zusammenhänge, keine Orte, keine Welt, ich möchte ein spezifisches Gefühl beschreiben, Sex.

Später. Er wendet ihr den Rücken zu. Nackt. Es ist heiß, was sonst. Sie drückt sich an ihn ran. Sie riecht seinen Schweiß. Sie liebt diesen Geruch. Sauer bitter ungewaschen. Er weiß nicht, was er will.
Sie würde diesen Geruch nicht mehr lieben, wenn ihr Begehren verschwände. Dieser Genuß kann so leicht umkippen in Neutralität, in Ekel gar. Aber im Moment begehrt sie ihn. Sie drückt sich von hinten an ihn ran. Sie greift um seine Hüfte, faßt seinen Bauch. Sie spürt, wie es sich ihr entgegenreckt. Sie braucht es nur leicht zu umkreisen, sie fängt vom Bauchnabel an, langsam herunter, immer wieder, langsam, sie spürt es sich bewegen, sie faßt es noch nicht an, sie spürt es wachsen, sie liebt es, sie umkreist es, sie faßt es noch nicht an, noch nicht, noch nicht, dann nimmt sie die Eier ganz sanft, sie nimmt ihn in die Hand, er ist jetzt groß und dick. Zwischen ihren Beinen ist es naß. Was sonst, es fallen ihr keine besseren Worte ein. Naß naß naß. Er dreht sich langsam um. Er geht mit dem Knie zwischen ihre Beine. Er drückt sie auf das Sofa. Er legt sich auf sie. Er stößt hinein. Sie ist weit geöffnet. Sie ist naß. Sie war naß, bevor sie ihn das erste Mal wollte. Sie war naß seit Wochen. Seit 6 Wochen hat sie es nicht gehabt, seit 6 Wochen hat sie daran gearbeitet, ihn wiederzusehen. Hat einen Termin nach dem anderen erfunden. Einmal kam er und sagte, ich kann nicht bleiben über Nacht. Da hätte sie sich die Zunge abbeißen können und hat es doch gesagt. Sie hat gesagt, ich möchte es mal wieder in mir spüren. Er hat gelächelt. Er konnte sein eigenes Begehren nicht ganz abblocken. Sie spürt bei der Abschiedsumarmung eine kleine Bewegung auf ihrem Bauch. Ich möchte gefickt werden. Sie denkt nur daran. Sie fährt Auto und denkt nur daran, daß sie gefickt werden möchte. Der Himmel ist blau, es geht nur geradeaus. Sie denkt daran, wie er sich umdreht, wie er auf sie sinkt, wie er in sie hineinstößt, wie er ihre Arme nach unten klemmt, wie er stößt und stößt. Wie er sich umdreht, wie er auf sie sinkt. Wie er in sie hineinstößt, wie er ihre Arme nach hinten klemmt. Wie er sich umdreht. Wie er sie umdreht. Langsam erst, dann schnell auf den Bauch schmeißt, wie er ihren Po hochnimmt, wie er von hinten in sie hineinfährt. Wie er sie fickt. Es fallen ihr keine Feinheiten ein. Sie liegt auf dem Bauch und will nichts mehr als das. Sie liegt auf dem Bauch, den Po in die Luft gereckt, er stößt und stößt, sie wird naß und nasser, und sprudelt schon, sie kommt

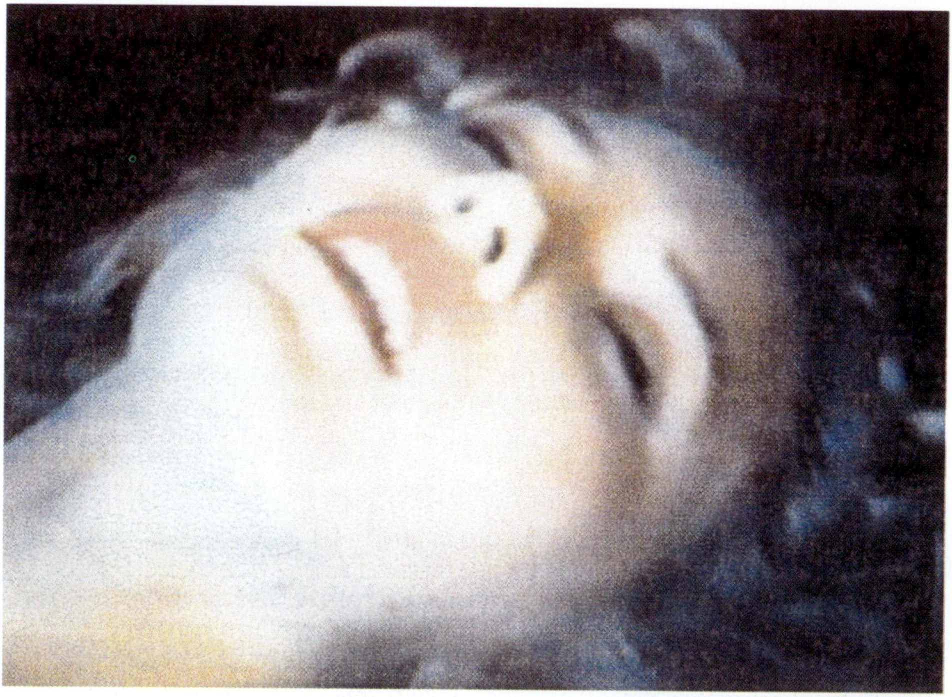

Pascale Zahn

noch nicht, nein. Er zieht seinen Schwanz wieder heraus, er möchte es ausdehnen. Er denkt, er muß ihr was bieten, ihr ist es egal. Er dreht sie wieder um, er steckt den Schwanz in ihren Mund, sie möchte diesen Schwanz, diesen in ihrem Mund haben. Obwohl sie es auf Bildern erniedrigend findet. Sie möchte diesen Schwanz in ihrem Mund haben. Diesen dicken Schwanz. Sie spürt, daß er etwas kleiner wird. Sie leckt ihn, er weiß nicht, ob er es mag, sie nimmt ihn heraus, sie führt ihn hinunter, langsam zwischen den Brüsten entlang, sie nimmt ihn, sie läßt ihn langsam hinunterstreifen, sie küßt ihn noch einmal sanft, auf die Spitze, sie spürt in ihrer Hand, wie er wieder dicker wird. Er liebt Hände, er fürchtet den Mund, er hat dieselbe Unsicherheit wie sie, und stört sich damit, doch wenn sie phantasiert, nimmt sie seinen Schwanz so gerne in den Mund, sie will, daß er in ihre Haare greift und sagt, nimm es, aber in der Wirklichkeit weiß sie nicht, ob sie das will, weil sie nicht weiß, was er will, sie will ausgefüllt werden, mit der Hand in der Möse, mit dem Schwanz im Mund. Sie küßt die Spitze, führt ihn langsam zwischen den Brüsten über den Bauch auf den Bauchnabel über eine kleine Wölbung langsam zwischen ihre Lippen, in denen es zittert. Sie führt ihn langsam zurück zum Bauchnabel. Sie führt ihn durch ihre Haare, sie steckt ihn hinein, sie stößt ihren Bauch an seinen Bauch, sie hält es nicht mehr aus, sie will stoßen und gestoßen werden, ohne Unterscheidung ficken und gefickt werden, sie stößt weiter, er stößt, sie schreien, er dreht sie wieder um, stößt sie wieder von hinten und stößt und stößt, sie möchte schreien, sie kann nicht, sie spürt, wie sein Schwanz von hinten an ihren Bauchnabel stößt, sie möchte, daß er ihren Po berührt, er berührt ihren Po, sie streckt ihn ihm entgegen, sie wölbt sich auf, sie wird naß und nasser, und sie schreit schreit, endlich komm, schreit sie, komm. Er spricht nie. Er stößt zwischen ihre Arschbacken und hört nicht mehr auf, sie preßt ihre Mösenmuskeln zusammen, sie greift nach ihm, da spürt sie, wie er dicker wird, noch dicker, da spürt sie, wie es durch ihn durchläuft, da spürt sie, wie er spritzt, er spritzt in sie hinein, in ihren Bauch, sie schreit, ich möchte von dir gefickt werden, ich möchte so gerne von dir gefickt werden, ich möchte immer von dir gefickt werden, er greift ihre Handgelenke, drückt ihren Po langsam nach unten, läßt seinen Schwanz drin, der sich langsam zusammenzieht, er greift so zart ihre

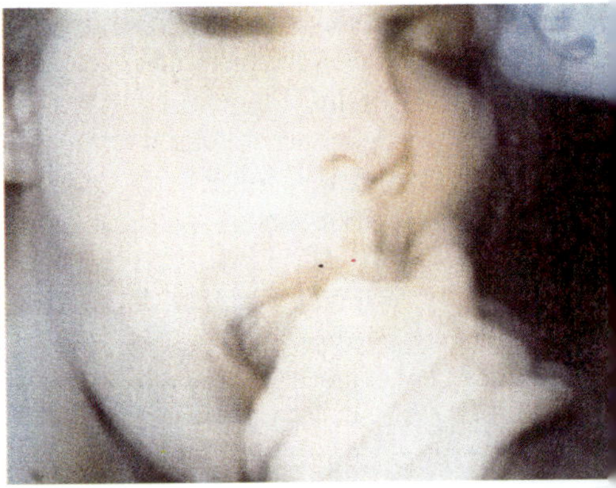

Handgelenke, er legt seinen Kopf zwischen ihre Arme, seine Schultern auf ihre Haare, er stöhnt leise, und liegt auf ihr, sie möchte so einschlafen, sie möchte unter diesem Mann einschlafen, sie bleiben eine halbe Stunde so liegen, er legt sich von ihr herunter, er nimmt ihren Kopf in den Arm, er legt sich neben sie, er hält sie

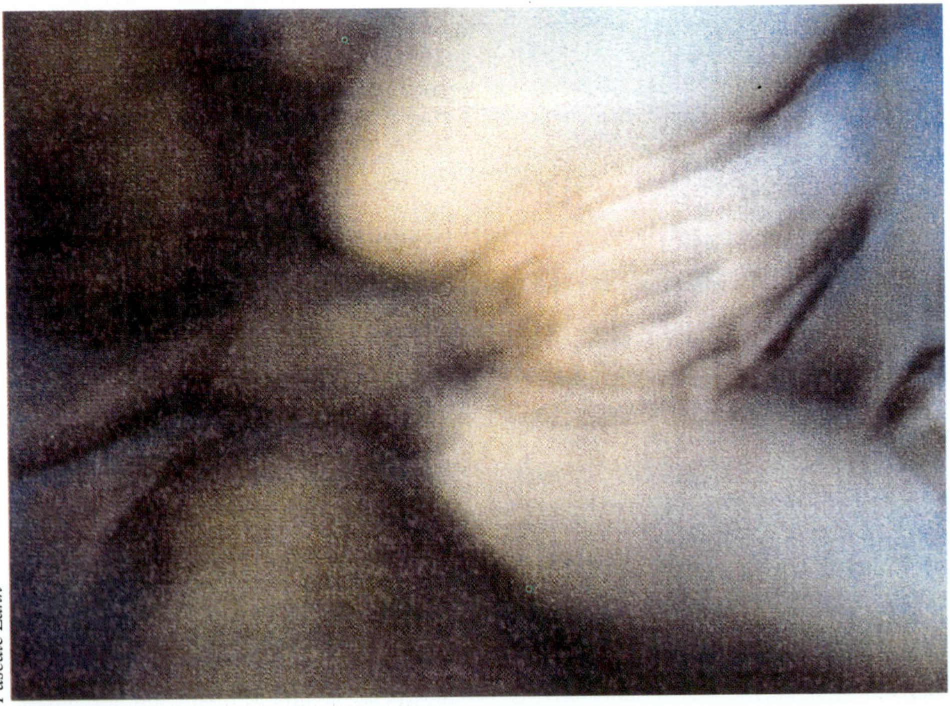

Pascale Zahn

ganz ganz fest, sie schlafen ein, sie fühlt sich so aufgehoben in diesem runden Arm, in diesem duftenden Haar. Sie fühlt sich so aufgehoben in diesem duftenden Haar. Es ist früh am Morgen, sie muß aufs Klo. Kommt wieder herein, steigt vorsichtig über ihn. Da dreht er sich zu ihr um. Sie weiß, gleich wird er sie berühren. Diese Sekunde, für diese Sekunde würde sie alles geben, dieser Moment, bevor es losgeht, er streckt die Hand aus, die Hand erreicht ihren Hüftknochen. Die Luft bewegt sich, bevor die Hand ihren Hüftknochen erreicht. Langsam geht sie auf ihren Bauch, hoch zu ihren Brüsten. Diese Sekunde, bevor diese Berührung begann, für die würde sie alles tun, in dieser Sekunde steckt ein Leben. Ihre Mösenlippen werden naß. Ihr Kopf ist wacher, als er je war. Sie weiß, gleich wird er sie berühren, gleich wird sie seinen Körper wieder spüren, gleich wird er in ihr drinstecken, gleich wird er sie ficken, gleich. Er berührt sie, er streichelt sie, sie kommt lange bevor er in ihr drin ist. Er dringt ein von der Seite. Sie ist ganz ruhig, er stößt ein paarmal, er kommt auch, sie schlafen ein.

Barbara Splieth

Love Parade

Draußen vibriert die Stadt von der Love-Parade, Wumm-Wumm-Wumm, bzw. Dumm-Dumm-Dumm ..., aber ich sitze drinnen am Schreibtisch, weil ich keinen Herzkasper haben will, noch dazu bei der Hitze. Bestimmt fallen sie wieder reihenweise von den Laternenpfählen. Herzkasper habe ich außerdem selber genug. Mein armes Herzchen hat sich mal wieder zu sehr an den falschen Mann gehängt, und jetzt ist es Ragout. Schon mal Herz-Ragout gesehen? Nein? Es sieht jedenfalls ganz ähnlich aus wie “Saures Züngerl”, womit wir schon mal wieder in Bayern wären, denn nur dort ist Saures Lüngerl jedermann sofort ein Begriff, mit Semmelknödel, versteht sich. Ich esse wahnsinnig gern Saures Lüngerl. “Lüngerl” wäre auch ein schöner Hundename ... komm, Lüngerl! Hierher Lüngerl! HaHa-HaHa!

Der Sepp ist schuld. Der Ficker par excellence. Er lebt mit seiner Freundin im Bayerischen Wald, eine Idylle, sage ich euch, wo abends die Hasen ums Haus rascheln, und ich weiß das, weil ich selbst dort gewesen bin, natürlich immer nur dann, wenn seine Freundin nicht dort war. Der Sepp sorgte hingebungsvoll für derlei günstige Umstände. Er schickte seine Freundin z.B. auf Geschäftsreisen (denn sie hatten ein Geschäft), nach Thailand, oder Hongkong (schnell, schnell, bevor die Chinesen kommen!), weit genug jedenfalls, um zu verhindern, daß sie etwa plötzlich auftauchte. Aber sie brauchte gar nicht leibhaftig aufzutauchen. Sie faxte. Sie faxte in einer Tour, oder telefonierte, oder hinterließ Nachrichten auf dem Anrufbeantworter, so daß, selbst wenn der Sepp mich in Berlin besuchte, oder wenn wir zusammen sonstwo waren, etwa im Auto unterwegs, irgendwo im Grünen ..., er sie entweder ganz dringend zurückrufen mußte, oder eben zurückfaxen, was besonders effektiv war, weil er die geschäftlichen Daten, die Informationen, die Akten,

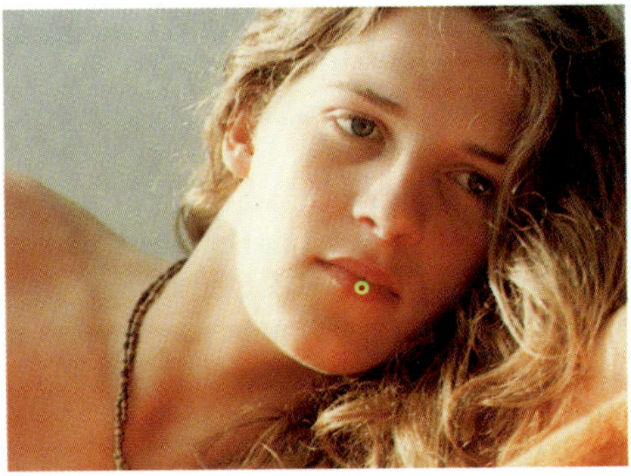

also die Scheiße eben, nur zu Hause, im Bayerischen Wald hatte, und sie also folglich auch nur von dort zurückfaxen konnte. Einmal mußte er deswegen tatsächlich die 500 km von Berlin zurückfahren, wegen eines Faxes. Wir waren gerade mal 2 Stunden zusammen gewesen, wir waren noch nicht mal bis ins Bett gekommen.

Mein bester Ex-Freund und Berater in solchen Dingen sagte:
- Du hättest dir eben bessere Ablenkungsmanöver einfallen lassen müssen, damit er seinen Anrufbeantworter nicht dauernd abhört.

• Was denn für Ablenkungsmanöver?
• Na jetzt stell dich nicht so blöd an. Hose runter und Lutschen. Ihm das Gehirn aus seinem Schwanz rauslutschen. Oder weiß der Geier.
• Hm ... ich glaube, sein Gehirn sitzt sowieso schon im Schwanz ... sein Gehirn ist sein Schwanz.
• Na also.
• Das Dumme ist nur, ich kann nicht so lange lutschen.
• Dann mußt du halt üben.
• HaHa.
• Du könntest gleich ... hier ... so ... anfangen.
• (...)

Kleine Vampir-Gier

Äußerlich unterschied uns nicht viel von anderen kleinen Kindern. Wir tobten schreiend herum, spielten Versteck und machten Dummheiten wie alle Kinder. Wir waren nur ein bißchen blasser und bekamen auch nach stundenlangem Spielen in der prallen Sonne keinen Sonnenbrand, ja, nicht einmal einen Anflug von Bräune. Das trug meinem Bruder und mir oft den Spitznamen "Käse-Nasen" ein. Bis zu unserem 6. Lebensjahr konnten wir auch noch unbeschwert mit weit geöffnetem Mund kreischen und lachen, und erst danach bekamen wir diesen charakteristi-

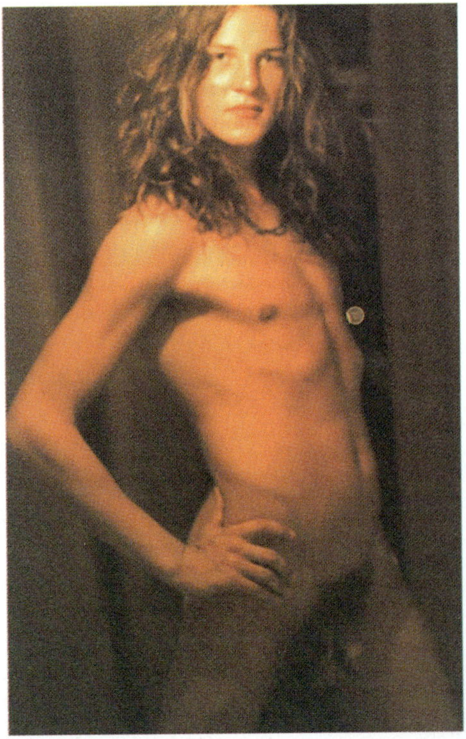

Jan Faro

schen Gesichtsausdruck der Großen, bei dem die obere Zahnreihe von der Oberlippe niemals mehr entblößt wird. Wir waren ungefähr 7, als uns mein Vater dann alle paar Tage büschelweise rote Beete mitbrachte, zum Üben. Ich erinnere mich noch genau an die zerbissenen oder angenagten kleinen Rüben, die wir anschließend wie Tennisbälle durch den Flur kickten, und an unsere bis zu den Ohren rot verschmierten Gesichter. Meine Mutter fluchte immer bestialisch, wenn sie uns und alles andere wieder sauberschrubben mußte, aber mein Vater hielt diese Übung für unabdinglich. Abends saß er auf der Bettkante und las uns Gute-Nacht-Geschichten vor, die von Jahr zu Jahr immer blutiger wurden, und am besten schlief ich ein mit der Geschichte von dem Mann, der nach einem Unfall zum Zahnarzt geht, und die ganze Zeit kein Wort hervorbringt. Er setzt sich mit zusammengepreßten Lippen auf den Behandlungsstuhl.

"Machen Sie bitte den Mund auf", sagt der Zahnarzt.

Der Mann ist leichenblaß, zittert, schnauft laut durch die Nase, und schließlich öffnet er seine Lippen einen winzigen Spalt breit. Der Zahnarzt kann aber nichts sehen.

"Bitte öffnen Sie den Mund etwas weiter, machen Sie ihn ruhig ganz auf!"

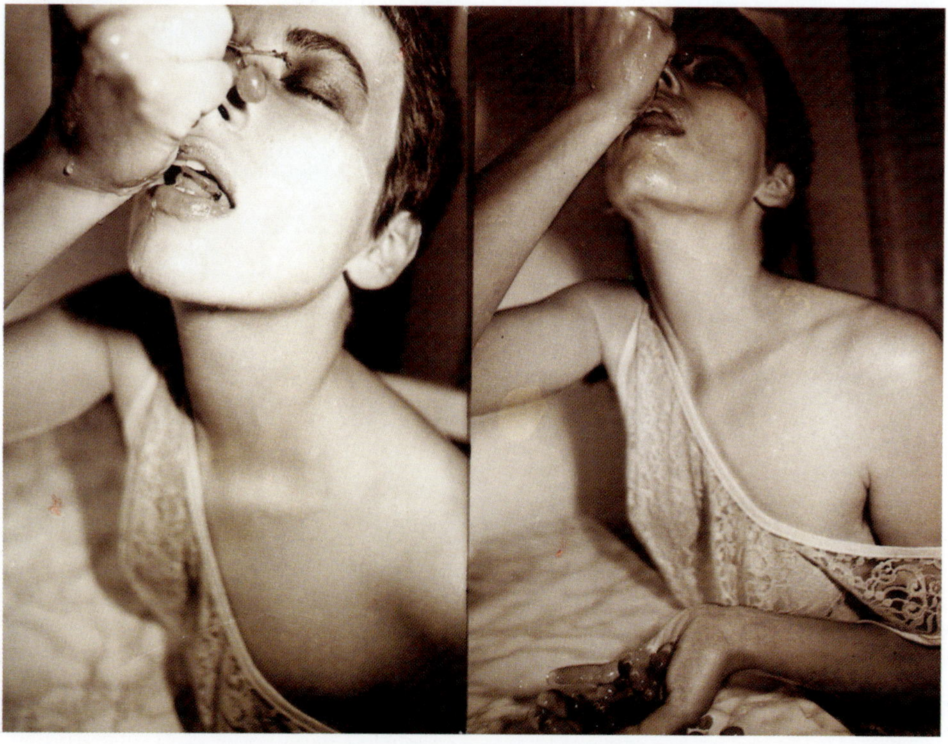

Andreas Bode

Der Mann nickt gequält. Dann reißt er plötzlich die Lippen auseinander und hervor stürzen mindestens 2 Liter zäher, klumpiger Blut-Brei, vermischt mit kleinen weißen Dingern, und diese kleinen weißen Dinger sind all seine losen Zähne. Mein Bruder war 14, als er seine erste Jungfrau bekam. Das ist ziemlich früh für einen angehenden Vampir, aber er weigerte sich strikt, noch weiter mit roter Beete zu üben. Mein Vater seufzte, ging aber dann eines Sonntagmorgens in den Wald und fing ihm eine Jungfrau. "Auf dem Weg zur Kirche schmecken sie am besten", erklärte er mir später. Da ich ein Mädchen war, mußte für mich entsprechend eine männliche Jungfrau, bzw.eben ein jungfräulicher Mann her, aber, ebenso frühreif wie intelligent, fing ich ihn mir selbst. Wir hatten denselben Schulweg. Das erstemal meine kleinen spitzen Eckzähnchen in so einen zarten Jungenhals zu bohren — also, das war schon sehr exquisit. Ich konnte gar nicht genug bekommen, biß seine Halsschlag-Ader durch, zog beide Enden ein wenig heraus, und benutzte sie abwechselnd als Strohhalm. Mein Opfer lag da und stöhnte, aber keineswegs schmerzverzerrt, wie man vielleicht denken könnte, nein, es klang eher lustvoll, und als ich ihn mir mal ein bißchen genauer ansah, bemerkte ich eine Beule in seiner Hose, die wuchs und wuchs. Als aufgeklärtes Vampirkind dämmerte mir ziemlich schnell, was los war. Ich hatte nur noch nie mit einem so pubertierenden, so wehrlosen, kleinen geilen Schwanz zu tun gehabt. Einmal vorsichtig aus seinem Hosen-Gefängnis befreit, schien mir das durchaus interessant. Ein neuer Strohhalm. Ich beugte mich über ihn und leckte zuerst zaghaft die Spitze. Mein Opfer röchelte ermutigend. Also fing ich an zu lutschen, zu knabbern, spürte, wie es zwischen meinen blutigen Lippen vibrierte, und was ich dann schmeckte, und schluckte, war ganz einfach - lecker. Auch Vampire mögen Nachtisch. -

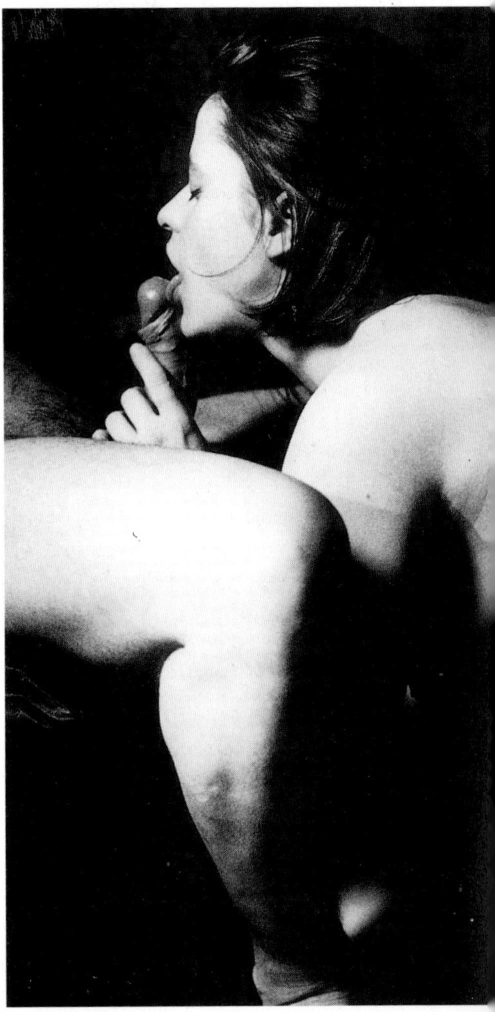

Silvia Szymanski

Lauter fickende kleine Menschen, alle aneinandergekettet

In den Osterferien fuhren Steffi Naskaris Eltern in Urlaub. Es war heiß wie Sau. Jeden Tag Party bei Steffi. Nur Jungen. Gegen Abend, wenn meine Widerstandskraft zerrüttet war, ging ich hin. Steffis Vater war Lehrer: an allen Wänden braungraue Drucke evangelisch schlichter, phallischer Holzstrukturen. Darunter in den Fauteuils die Jungen, in einem schon erotisch fortgeschrittenen Stadium der Langeweile. In der einen Hand schon imaginär die TV-Fernbedienung, die erst Jahre später in Umlauf und Mode kommen sollte; in der anderen Hand die zeitlose Bierflasche. Von Zeit zu Zeit warfen sie sich eine Handvoll Erdnüsse ein, matschten sie im Mund zu Brei, spülten sie mit Bier herunter, und rülpsten extralaut. Steffi zeigte mir die Eier, die sie und die Jungen nachmittags bemalt hatten. Ralle Klisch hatte seins pink-zitronengelb gemacht, wie das Cover der 1. Platte der Sex Pistols, und "No future" drauf geschrieben. Auf dem Tisch lagen Herrn Naskaris 60er-Jahre-Pornos: neckisch aufgeregte Schulmädchen, verfolgt von rotbärtigen Physiklehrern. Ich hatte intuitiv Physik bei Naskari abgewählt. Wir waren der erste Jahrgang der Oberstufenreform. Ich nahm mir einen Whisky und setzte mich zu Dieter Roosen. Ich wußte, er war unglücklich verliebt in Steffi; ich hatte keine Chance. "Silvia...", fing Dieter gedehnt an, "du bist doch auch eine Frau..." Der gequälte Ton war schon nicht verkehrt. "Vielleicht kannst du mir weiterhelfen. Ich verstehe das nicht. Die Steffi - den ganzen Tag hat sie sich jetzt diese Pornohefte angeguckt. Und ich habe sie dabei beobachtet: es scheint gar nichts in ihr auszulösen. Aber das kann sie doch unmöglich kalt lassen!"
Der Whisky war aber lecker. Ich schloß meine Augen, und sah alles voll nackter Jungenarme, nur die Arme, seltsam.
"Hör mal", sagte Dieter unkonzentriert. "Hast du auch so viel Spucke im Mund? Ich hab unheimlich viel Spucke im Mund im Moment. Komisch, das ist immer so, wenn ich Lust zum Knutschen habe." Ich konnte nur nicken. Ich kriegte das ganze Zeug fast nicht mehr runtergeschluckt.
"Wenn du Steffi rumkriegen willst, sag ihr, daß du dich schlecht fühlst", sagte ich. "Behaupte, du müßtest unbedingt mit jemandem darüber reden. Und dann erzähl ihr deine schrecklichsten Sexphantasien, und sag ihr, wie sehr sie dich quälen, und wie es die Hölle ist, so zu leben. Und dann faß sie plötzlich an, ruhig direkt an der Muschi, und sag ihr, daß du sie ficken willst."
"Verarsch mich nicht", sagte Dieter. "Ich finde das nicht gut."
Es war keine Verarsche gewesen. Für Steffi konnte ich nicht reden, aber an diesem Ostern vor dem Abitur war es mal wieder ganz schlimm mit mir.
Bongartz, Sport und Französisch, hatte unseren Kurs zu sich nach Hause eingeladen; zu meinem Schrecken war ich die erste. Er öffnete mir in seinem engen, wellensittichblauen Trainingsanzug, der sich eng und elektrisch knisternd an seinen Körper quetschte.
"Ah bonjour, Mademoiselle Silvia, entrez s'il vous plaît! Les autres ne sont pas en-

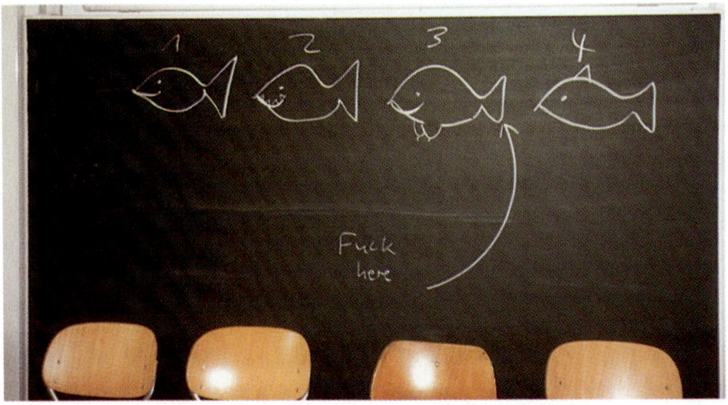

Ich sah sie angstvoll an: es waren lauter nackte Männer und Frauen, die an ihren riesigen Geschlechtsteilen aneinanderhingen. Lauter fickende kleine Menschen, alle aneinandergekettet.

core ici..." Ich hatte immer gefunden, daß er wie ein Pimmel aussah. Ich meine das nicht abwertend. Ich nehme an, es kam vom vielen Schwimmen, daß sein Körper so vollgummihaft war, so aufgepumpt, so wie ein Stehaufmännchen. Und sein Kopf so rund, und seine Haut unter seinem Haar schimmerte so rosig durch, und war über seinem Gesicht so glatt gespannt - ich konnte mir nicht helfen.
"Soll ich Ihnen einen Drink machen? Einen Cocktail?"
Ich sagte ja, und war froh, daß er das Ding daraufhin hinter seiner Art Küchenbar allein schütteln und mixen ging.
Es war die Zeit der Trimm-Dich-Fit-Bewegung, nach der Olympiade in München. Überall in seiner Wohnung standen Andenken an seine Reisen nach Afrika, die er als Repräsentant des Deutschen Sportbundes unternommen hatte.
"Ah, Sie betrachten meine Souvenirs!" Er war plötzlich hinter mir, täuschte mich blitzschnell an, und legte mir scherzhaft eine schwere Kette aus Holz um den Hals. "Savez-vous ce que c'est?" fragte er, in korrektem Französisch, glaube ich. "Wissen Sie, was das ist? Alle Glieder sind aus einem einzigen Stück Holz geschnitzt! Ein Symbol für das Leben. Es ist eine afrikanische Fruchtbarkeitskette."

Nichts neues aus dem Mou-Mou-Land: Kein Sex mit Mike

Meine Freundin Mou-Mou und ich haben eine kranke Schwäche für dicke, faule, unanständige Männer mit Hang zur Brutalität und Philosophie. Das könnte jetzt Bud Spencer sein. Aber er ist es nicht. Es ist Mike L.
Mike ist Security bei Rockkonzerten. Er tastet die Leute am Eingang nach Waffen und Flaschen ab. Aber nicht die Frauen, das darf er nicht.
Wohl aus Bequemlichkeit, legte Mike die Beherrschtheit und Enthaltsamkeit, die er sich für seinen Beruf angezogen hatte, auch in seinem Privatlieben nicht mehr ab; Mou-Mou und ich waren verrückt nach ihm, aber Mike konnte sich durchaus beherrschen.
Mike L.! Duss-L.! Letzter Versuch.
Wir luden ihn zum Essen ein, - daß er DAS mochte, war ja nicht zu übersehen - und Mike kam! Er ging tatsächlich eines abends live in Mou-Mous kleiner Wohnung umher, grinste über die Pin-Ups nackter Männer an ihrer Badezimmertür, und setzte sich auf ihr Bett, die einzige Sitzgelegenheit, die einzige Gelegenheit überhaupt... da saß er. Jetzt gehörte er uns.

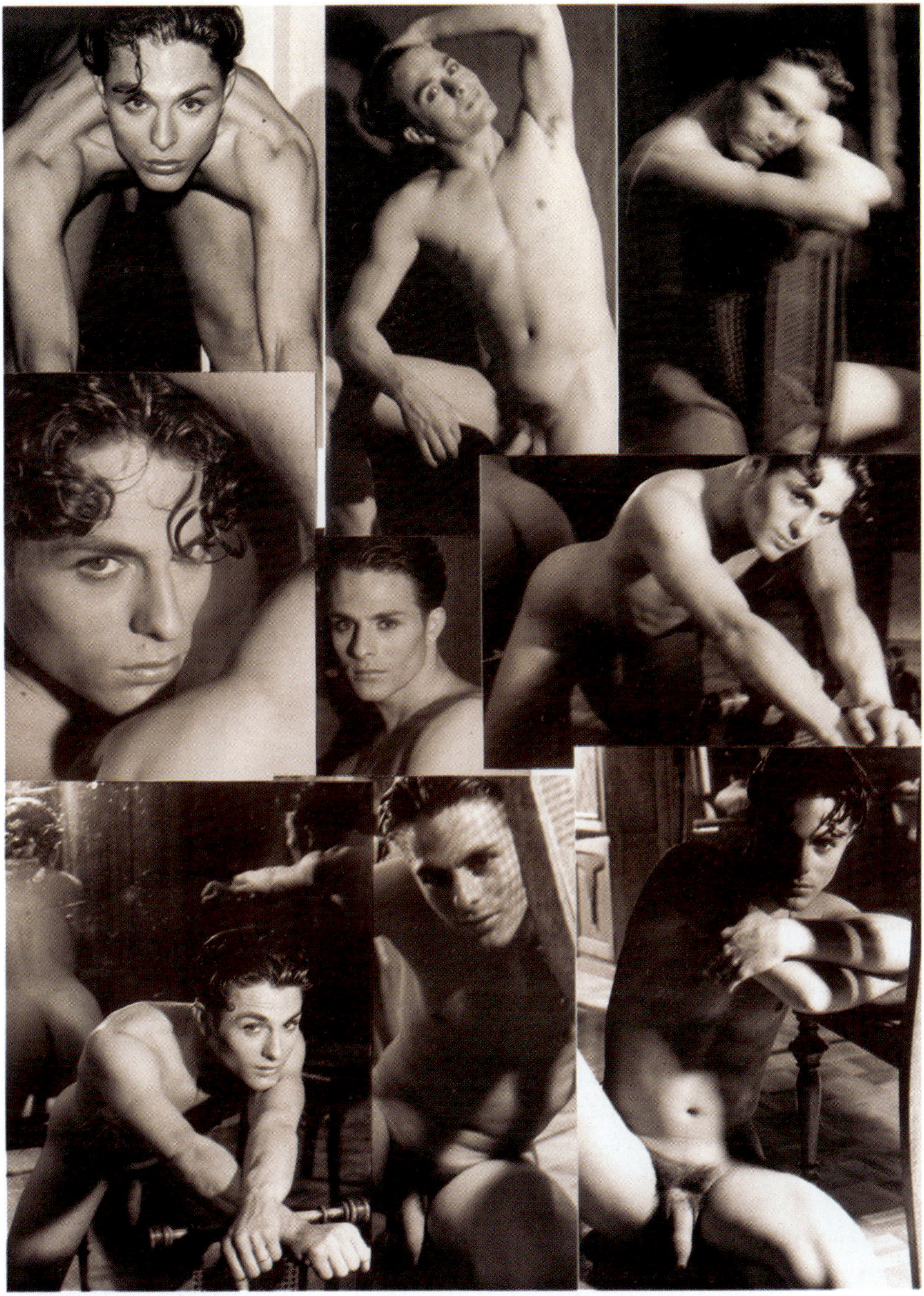

Jan Faro

Mike erzählte von der bösen Gangsterwelt der Rockmusik, und wie er sich rächen würde an seinen Herrschern für die Demütigungen, und offerierte uns dazu eine erlesen glitschige Auswahl Obszönitäten und Gewaltphantasien. Er flößte seine erregend ordinäre Sprache in unsere gierigen Ohren, und wir zwickten ihn begeistert in seinen struppigen Pelz wie Schneeweißchen und Rosenrot den Bären. So spielten wir die Girlies, und Mike - so was sieht man nie in den Medien. Aber im Leben gibt's das schon, dieses einfach unglaublich Asoziale. "Ich lieg jede Nacht bis 5 wach", hub Mike an. "Wie, was ich da mache -: natürlich nichts! Nachdenken! Wie ich diese Arschlöcher alle anpissen könnte, versteht ihr? Und ich bete. Ja, bete. Daß mich irgendeiner blöd anquatscht, damit ich ihn zerstören kann. Mir ist so schlecht vor Hass und Langeweile. Ich muß kotzen. Ich will meinem Chef ins Gesicht kotzen, und seiner Alten in die Fotze scheißen, und er muß ihr meine Scheiße wieder aus ihrem Loch rauslecken, und ich steh' daneben, und wix mir einen darauf."
Ein so dicker Mann wie Mike hat etwas von einer schwangeren Asi-Frau, oder einer Puffmutter, einem Dickhäuter im Matsch, das alles meine ich nicht, ich meine etwas viel Ungeheueres, Schlampigeres und Fäkaleres, als säße er am Rande der Unterwelt, des Orkus, des brodelnden Anus der menschlichen Kanalisation, er hätte eine Mistgabel in der Hand, und einen stinkenden, fauligen Ziegenfuß. Aber ich konnte mir seinen Schwanz nicht vorstellen. Es ist überhaupt für eine Schriftstellerin zum Verzweifeln, wie wenig man sich was vorstellen kann, das man noch nie gesehen hat. Es ist fast wie mit Gott. Alle Vorstellungen wirken widersprüchlich, spekulativ, kitschig, übertrieben. Ängste mischen sich hinein. Legenden. "Dicke sehen ihre Schwänze gar nicht. Sie verschwinden in Fett-Falten. Die mußt du erst rausziehen, und sie sind ganz klein."
Haben die Leute, die das berichten, das wirklich mit eigenen Augen gesehen? Für mich klingt es wie alte Reiseberichte früher Entdecker über kopflose Menschen mit Augen auf der Brust, oder Frauen mit bezahnten Mösen: alles erfunden. Aber dann fällt mir das Schnabeltier ein. So was gibt es. Da hättest du auch gedacht,

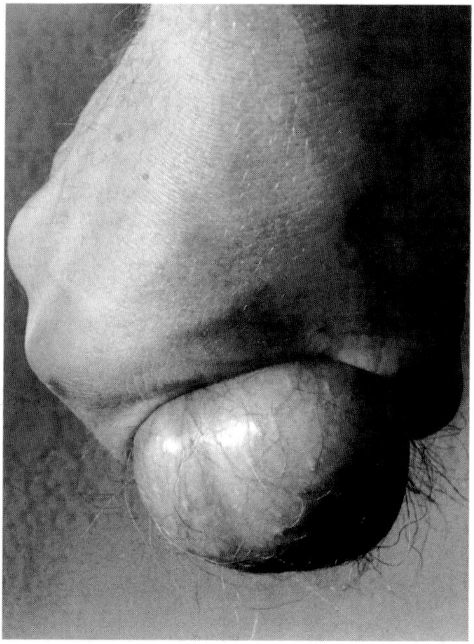

Jan Tepass

das gibt's doch nicht. "Meinst du, er ist gut im Bett?" hatte Mou-Mou mich gefragt, aber ich konnte es mir nicht vorstellen. Doch, aber ich stellte es mir fies vor. Ich bin nicht Herrin meiner Phantasie, sie gleitet allzu leicht mit mir in Abgründe,

verliert sich in dunklen Pfühlen - mich ekelt dann vor mir, ich leide selbst darunter. Wenn ich lüstern auf Mikes dicken, hart gespannten Bauch schielte, stellte ich mir vor: darunter hängen jetzt seine pelzigen Eier. Die wird man ja wohl sehen. Dann die Pobacken, die sind bestimmt sehr groß. Sehr versteckIerisch auch. Wie bekommt man das sauber, wenn es so dick ist, so tief hineingeht bis zum Po-Loch? Verschmiert das nicht auf dem Weg? Ich meine, wenn man sich den P abzuwischen versucht, man knüllt das Papier, und führt es auf einem unheimlich langen Weg zwischen den Backen durch bis zum Darmausgang, dann holt man da die restlichen Sachen ab, wie kriegt man sie heil heraus, ohne die Backen zu verschmutzen? Und alles an den Wänden entlangzuschleifen? Sind da Falten? Bleibt darin was hängen? Und was wird daraus?
Eklig, nicht? Und gemein unterstellt, verleumderisch Mike gegenüber. Dabei wollte ich gar nicht so über ihn denken. Mou-Mou und ich fanden Mike wirklich erotisch.
Wir erinnerten einander oft an den Abend backstage beim Motorhead-Konzert, als Mike das Hackfleisch von den Brötchen runtergeleckt hatte, und dann mit seiner ganzen Hand in den Kartoffelsalat gefahren war, und jeden einzelnen seiner dicken Finger langsam abgelutscht hatte, während er uns in die Augen grinste. Ihn ekelte so leicht vor nichts! Das war ein gutes Zeichen! Es prädestinierte ihn für Sex.
Nur - wie?
"Wir fesseln ihn!" hatten wir überlegt. "Dann füttern wir ihn sexy wie im Porno." Ich würde mich neben ihn aufs Bett setzen, und beginnen, ihm die Fritten in den Mund zu stecken. Leider würde mir dabei Mayonnaise und Ketchup aufs Dekolleté tropfen, und Mike ...
Aber bin das ich? Ist das er? Will ich das wirklich?
Machen wir's kurz: Es wurde auch nichts. Vielleicht lag es an seiner Ungläubigkeit, die ansteckend wirkte. Plötzlich konnten auch Mou-Mou und ich nicht mehr so recht daran glauben, daß Sex mit Mike unser Ernst war. Es kam uns so vor, als hätten wir das nie in Erwägung gezogen, uns nie an Phantasien darüber zu übertreffen versucht. Warum sollte man so was wie Sex überhaupt auf der Erde wollen, wenn genausogut Ballonfahrten oder Besuche im Delphinarium als Freizeitmöglichkeiten zur Auswahl standen? Wir wurden unsicher. Ich fand die Vorstellung plötzlich auch sehr schön, mit einem Buch allein in aller Unschuld im Wald zu sitzen.
Und wir liebten Mike ja auch nicht. Mou-Mou und ich hatten zwar gesagt, das sei doch egal, zwei Frauen, ein Mann, das reiche auch so als Kick.
Aber mein Sex bestand auf einmal doch darauf, auch noch Liebe dabeihaben zu wollen. Aber Liebe kam nicht, Liebe war verhindert, oder wollte nicht, Liebe war anderweitig tätig, auch von seiner Seite her. Er sprach plötzlich von einer kleinen Wetterhexe, einem Frechdachs, die ein neues Mitglied seiner Crew war, ungewohnt zärtliche Worte aus seinem Mund, und Mou-Mou und ich warfen einsichtig das Handtuch, legten es zusammen, machten ein Kreuzzeichen darüber, ließen die Finger davon, und schlichen rückwärts weg auf Zehenspitzen.
Mike bedankte sich nett für das Essen, und ging, fröhlich und frei von uns. Kein Gott, kein Monster.
Auch wir waren frei.
Wir würden uns mal wieder einen Film angucken müssen.

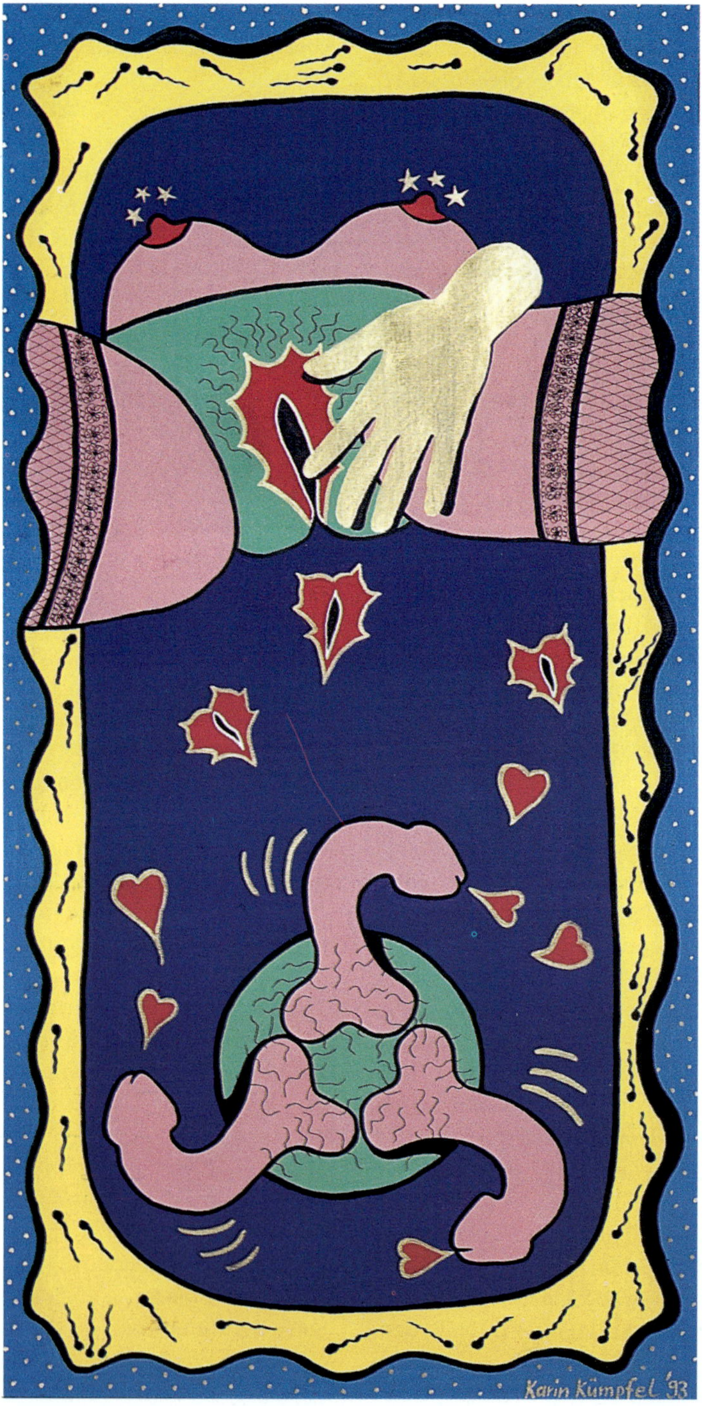

Petra Perle

Sab Schönmayr

SEX DURCH DIE MAUER

Das Stöhnen aus der Nachbarwohnung hörte sich an wie eine Klospülung. Laut und gurgelnd. Isabella war geübt im Weghören, jetzt mußte sie aber doch ihre Anlage lauter drehen. Sie betörte sich mit Gustav Mahlers Symphonie Nummer 1, war süchtig nach dem "Titan". Was anderes kam nicht in den CD-Player. Stundenlang lag sie auf dem bequemen Sofa, das exakt zwischen den Boxen stand, und erlebte die dramatische Musik als Ersatz für ihre undramatische Existenz.

Seit fünf Jahren war Isabella ohne Freund. Und ihr soziales Leben beschränkte sich auf ein paar Bekannte, mit denen sie fast nur telefonisch verkehrte. Manchmal verabredete sie sich zu einem Telefongespräch und war dann sauer, wenn sich der Anrufer verspätete.

Sonst Leere und Mahler.

Von Zeit zu Zeit streifte Isabella ein hellscharfer Hoffnungsschimmer auf Liebe. "Schließlich bin ich mit meinen 37 Jahren nicht alt", schoß es ihr dann trotzig durch den Kopf.

Vor einem Jahr, als ihr der Pizzaverkäufer wiederholt zugelächelt und sie Bella genannt hatte, dachte sie noch: "Wahrscheinlich ist er in mich verliebt."

Immer wieder ging sie in die schmuddelige Stehpizzeria und der Italiener ließ seine kräftigen Zähne blitzen.

"Bella, was darf es sein?"

Er zwinkerte ihr sogar zu!

Als sie ihm mutig ihre Telefonnummer unter das Pizzamesser schob, war es mit dem Lächeln vorbei, und Isabella sackte zurück in schlitzige Hoffnungslosigkeit.

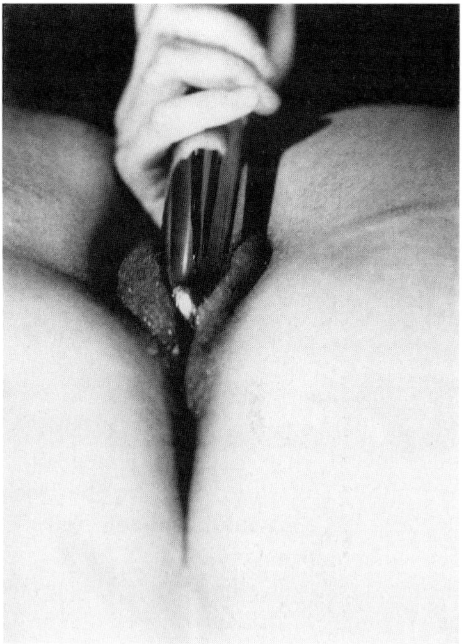

Zaghaft befreite sie sich ab und zu von dem erdrückenden Schleim und flirtete vorsichtig mit dem Elektriker, der die neue Steckdose einbaute. Oder versuchte, sich mit dem süßen Schornsteinfeger zu verabreden, der eines Tages vor ihrer Tür gestanden und um den Speicherschlüssel gebeten hatte. Es blieb bei einem Lächeln und ein paar freundlichen Worten.

Dann waren sie wieder weg.

Männer waren eben Scheiße, unsensibel und bindungsunfähig, das hatte Isabella doch schon immer gesagt.

Nach dem Schornsteinfeger hielt sich Isabella nur noch an Ärzte. Die konnten ihr nicht so leicht entkommen. Da bekam sie immer einen Termin, und die Männer in Weiß waren gezwungen, sich mit ihr zu beschäftigen.

Zwei- bis dreimal die Woche hatte Isabella ein hippokratisches Rendezvous. Sie fragten stets: "Wie geht es Ihnen?" Geduldig lauschte der jeweilige Arzt ihren ausschweifenden Berichterstattungen über sich und ihren Körper.
Das war Sinnlichkeit.
Wenn sie Glück hatte, strich er ihr über den Bauch, drückte ein bißchen auf den Brustkorb oder den Rücken.
Vielleicht piekste er sie oder schnitt ein Muttermal weg oder bohrte in ihrem Mund. Dann konnte sie seinen Schweiß riechen, seinen männlichen Geruch einsaugen. Abgesehen von diesen Verabredungen, verbrachte Isabella die Zeit in ihrer Wohnung zusammen mit Gustav Mahler. Ihn liebte sie. Treu ergeben. In den Pausen, zwischen den einzelnen Sätzen, hörte sie oft ihre Nachbarin pfeifen und reden. Sie kannte sie nur vom Sehen. Eine hübsche Dunkelhaarige. Vom Hören kannte sie die junge Frau besser. Sie stand auf Weltmusik, afrikanische Percussion. Sie telefonierte viel und hatte oft Freunde zu Besuch. Isabella hatte schon mehrmals mit dem Besenstiel an die Wand geklopft, wenn die Trommeln zu frenetisch wurden. Seit kurzem hörte sie sie rumalbern, kichern, stöhnen und schreien - vor Lust. Isabella erstarrte dann auf ihrem Sofa, das direkt an der Mauer zum Zimmer der Nachbarin stand, und drehte hektisch an den Knöpfen ihrer Stereoanlage. Sie wollte nicht durch fremde Liebe gestört werden. Ihre tief schlummernde Begierde sollte nicht geweckt werden. Mahler sei Dank konnte sie sich abgrenzen.
Eines Tages war Isabella plötzlich schwach geworden und hatte auf ihren Gustav verzichtet. Angespannt mit nach vorne gekrümmten Oberkörper lauschte sie auf die Geräusche im Nebenzimmer. Als der Liebhaber hinter der Wand aufstöhnte: "Ich liebe dich", hatte sich Isabella verstohlen einen Weg in ihren Schoß gebahnt.
Wie lange hatte niemand, Isabella eingeschlossen, diese tiefe Stelle berührt?
Sie faßte auch nur zögerlich ein paar Schamhaare und zog fest daran bis es schmerzte. Mit den Fingerspitzen strich sie über die schlafenden Schamlippen und zog ihre Hand dann schnell wieder zurück. Als der Liebhaber kurz darauf das Fenster der Nachbarwohnung öffnete und seine Zigarette danach rauchte, schlich auch Isabella ans Fenster und rauchte gleichzeitig mit ihm. Sie lehnte sich nicht hinaus. Auf keinen Fall wollte sie den Mann sehen oder gar von ihm gesehen werden.
Sie genoß, wie sich der Rauch ihrer Zigarette mit dem Rauch der seinen vermischte und gemeinsam in die Weite des Himmels glitt.

Paul Kohl

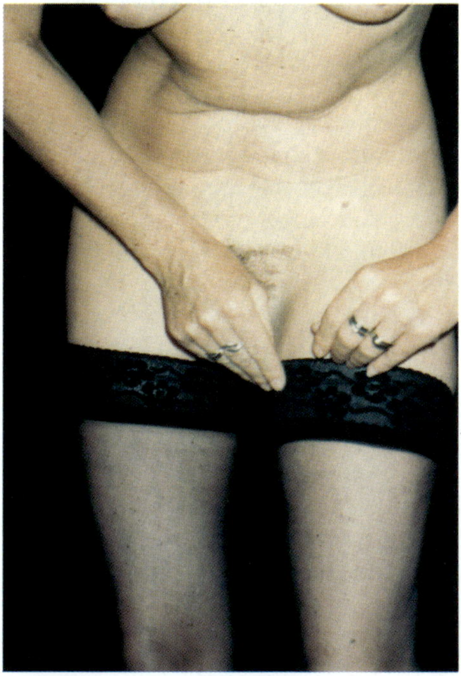

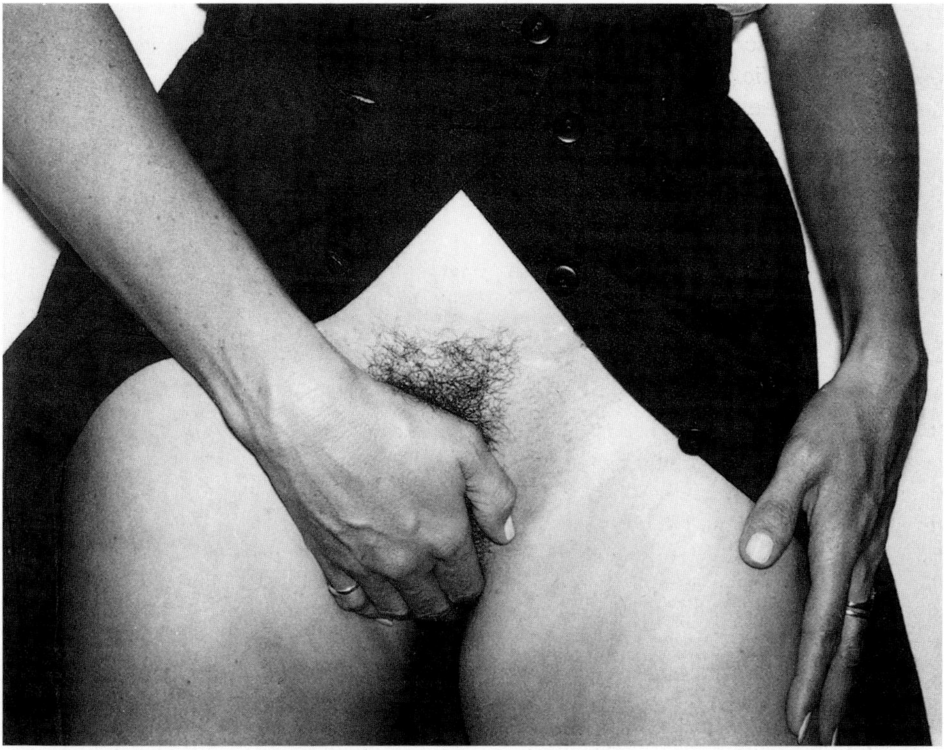

Paul Kohl

Ein paar Wochen später ging Isabella in den neueröffneten Sexshop für Frauen. Dort konnte sie ohne die geilen Blicke von männlichen Kunden einkaufen und über die neuesten Modelle staunen. Die Auswahl an Vibratoren und Dildos war unglaublich vielfältig. Die Verkäuferin pries einen fleischfarbenen Massagestab mit realistisch gezeichneten Adern.
"Hautfarben geht am besten, sag' ich Ihnen."
Isabella tendierte da eher zu nachtblau.
Die absolute Neuheit war ein sprechender Vibrator, der auf englisch stöhnte: "Come on, Madelaine, come on, please, yes, please". Verrückt.
Kondome brauchte sie diesmal keine. Die letzten, die sie vorsorglich gekauft hatte, als es diese Geschichte mit dem Pizzabäcker gegeben hatte, mußte sie vor ein paar Monaten wegwerfen. Das Verfallsdatum war schon lange abgelaufen.
Isabella wollte einen Vibrator, der zu ihrem Liebhaber von der anderen Seite der Wand paßte. Sie stellte sich ihn dunkelhaarig und feurig vor, kräftig, ein Hispano. Wie Andy Garcia, ihr neuer Lieblingsschauspieler. Der könnte die gleiche Zigarettenmarke wie er rauchen.
Nach langem Tasten und Überlegen hatte sie sich für einen schwarzen Vibrator aus biegsamem Gummi und ein Fläschchen Gleitmittel entschieden.
Seit dem Besuch im Sexshop wartete Isabella noch ungeduldiger auf ihren fiktiven Freund. Wenn sie von der Arbeit nach Hause kam, galt ihr erster Blick beim Verlassen der U-Bahn dem Fenster der Nachbarin.
"War sie da?"

Die Hexe, wie Isabella sie nannte, war oft unterwegs und kehrte erst spät zurück. Der Liebhaber kam ungefähr dreimal in der Woche. Isabella fand, daß das nicht genug war. Sie sehnte sich so sehr nach seinen Besuchen.
Wenn Licht war, hetzte Isabella die Treppen hoch, lief zur Wand und lauschte. Manchmal war Stille oder es lief einfach der Fernsehapparat. Ein schlechtes Zeichen. Isabella wußte: manchmal kam der Geliebte auch erst spätnachts und dann hielt sich das Paar in einem anderen Zimmer auf. Heute waren die beiden da. Isabella hörte sie reden. Verstand aber nur Wortfetzen. Sie setzte sich aufs Sofa und fing an sich zu berühren. Ganz sacht. Ihr Ehrgeiz war, genau zur gleichen Zeit wie der Hausfreund in der Wohnung nebenan zu kommen. Die Zwei liebten sich immer zu "Suzanne takes you down to the river". Isabella hatte sich diese Platte jetzt auch gekauft und betrog den Gustav immer und immer wieder. Manchmal funktionierte es, und sie konnte sich allein zu der Musik, ohne die Kopulationsgeräusche hinter der Mauer, befriedigen.
Einmal hatte Isabella einen Streit mitgekriegt. Sie war der stumme Part in einer ménage à trois. Der Liebhaber outete sich als Analfetischist. Die Nachbarin war nicht gerade begeistert und hatte lautstark einen Cunnilingus eingefordert.
Er hatte abgewehrt, und sie wollte ihm dafür ihren Hintern verweigern. Isabella presste sich vor Erregung zitternd an die Trennwand. Er stand auf anal! Vorsichtig tastete Isabella in die Tiefe zwischen die Backen und bohrte den Finger hinein. Die erotischen Verhandlungen bescherten ihr einen zusätzlichen Orgasmus. Sie war die einzige, die an diesem Abend kam.
Sonst lief die Dreierbeziehung ganz befriedigend für alle Beteiligten ab. Wenn drüben Leonhard Cohen zu singen anfing, machte sich Isabella bereit. Sie nahm den Vibi, wie sie ihn liebevoll nannte, zur Hand, zog sich synchron zu dem Liebesgeflüster im Nebenraum aus, schmierte ihn mit dem Gleitmittel ein und legte sich auf die Seite, mit dem Hintern zum Liebhaber.
Als er "Du bist so gut" schrie, stieß sie vorsichtig mit dem kleinen Schwarzen zu. Isabella stöhnte auf, der Liebhaber seufzte, sie stieß tiefer, er hechelte, er wurde schneller, sie stieß vehementer, die Nachbarin schrie, er schrie, und Isabella schrie. Sie zog ihn raus und ließ ihn auf den Boden rollen. Noch etwas atemlos kraulte sie mit der einen Hand ihr Kraushaar und strich mit den Fingern der anderen zart über ihre Wange. Dann stand sie auf und öffnete gleichzeitig mit dem Liebhaber das Fenster und rauchte die Zigarette danach. Isabella wollte ihn noch immer nicht zu Gesicht bekommen. Sie hatte Angst, dadurch die Magie zu zerstören. Was war, wenn er ihr nicht gefiel? Vielleicht war er blond und dick? Oder klein und häßlich? Nein, so war es besser. Sie hörte ihn, sie träumte von seinem Andy Garcia-Gesicht und ihr Sexualleben war erfüllt. Einen Liebesbrief von ihm hätte sie natürlich schon gerne gehabt. Liebeserklärungen zumindest auf Papier. Oder vielleicht sogar per Telefon oder E-mail? Trotz der Angst war sie immer wieder versucht, wenn sie mit ihm am Fenster stand, den Kopf vorzustrecken und einen Blick auf ihn zu werfen.
Und dann übermannte sie eines Tages die Neugier. Sie beugte sich vorsichtig vor und ließ vor Schreck die Zigarette fallen. Im Fenster der Nachbarwohnung stand ihr Vater.

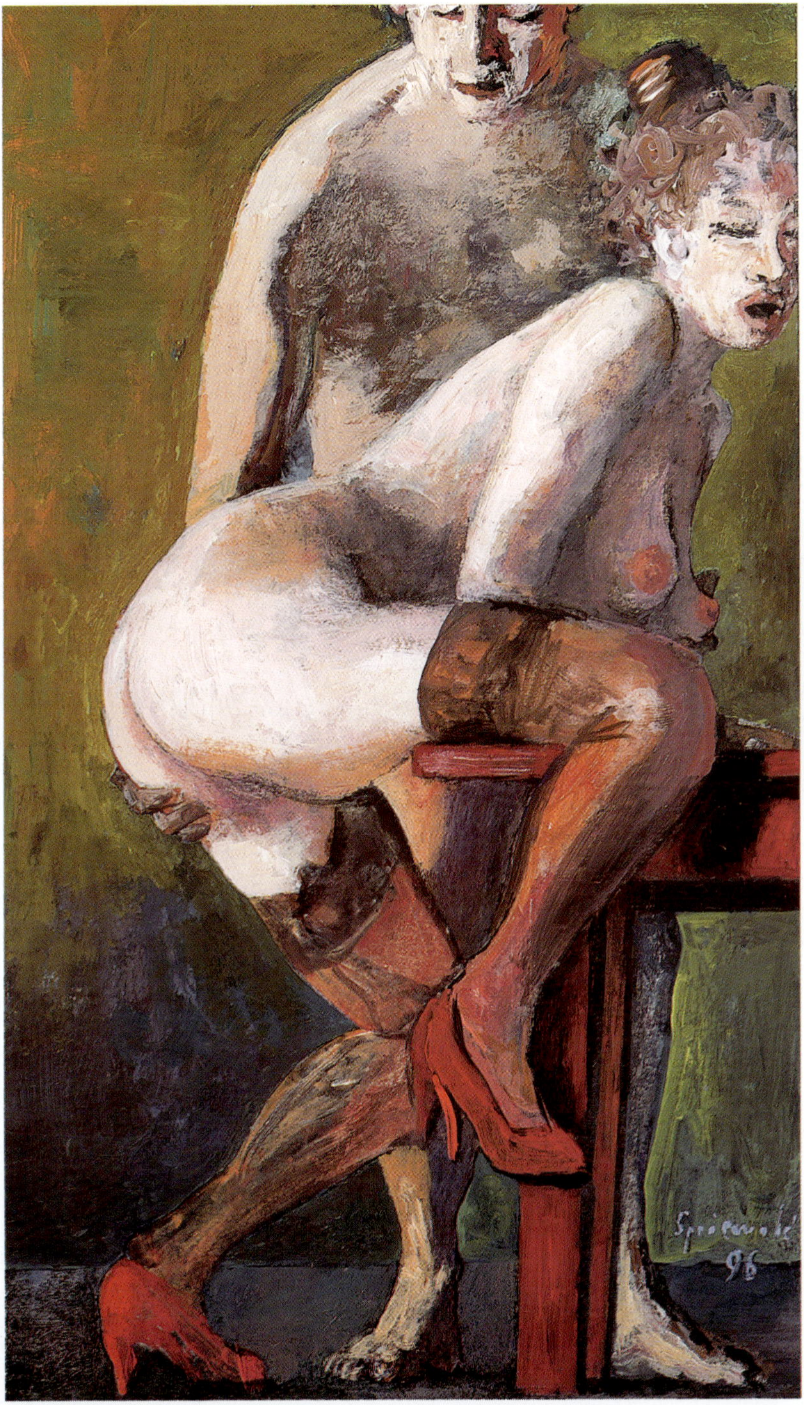

Bernd Spriewald

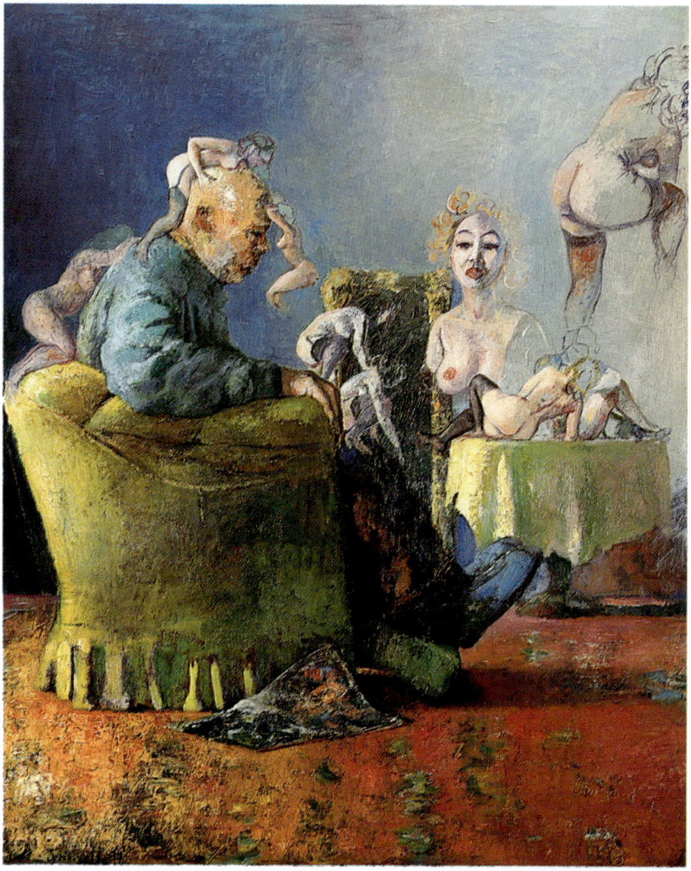

Bernd Spriewald

FingerSpiel mit LippenRot

Küß mir Verlangen
in das fein gemalte Lächeln
einer Frau
verwisch es
mit knapper DaumenGeste
zu SchlampenFreiheit
und lege
zungenfingerfeucht
darunter
meinen Mund frei
weich aufgewölbt
und sich in Deinem Namen
rosig färbend

Gaby de Santos

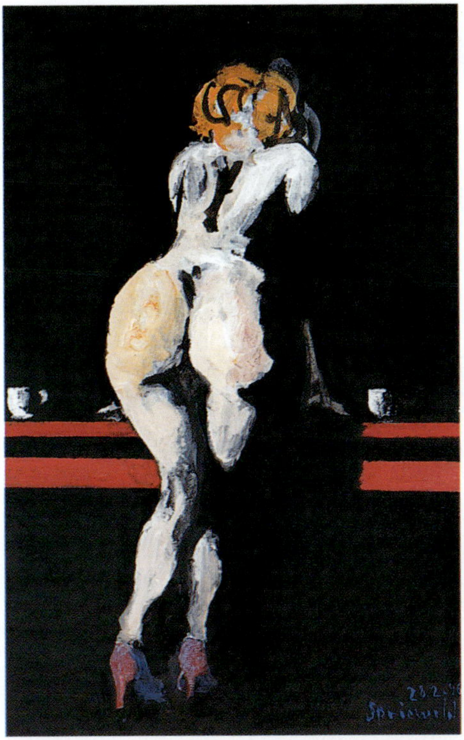

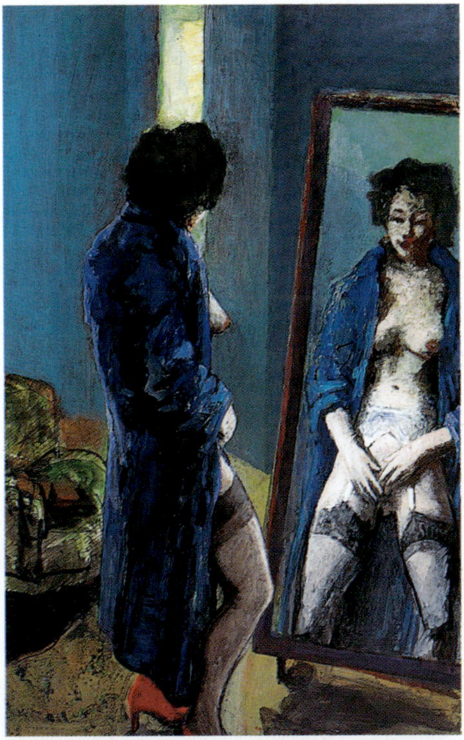

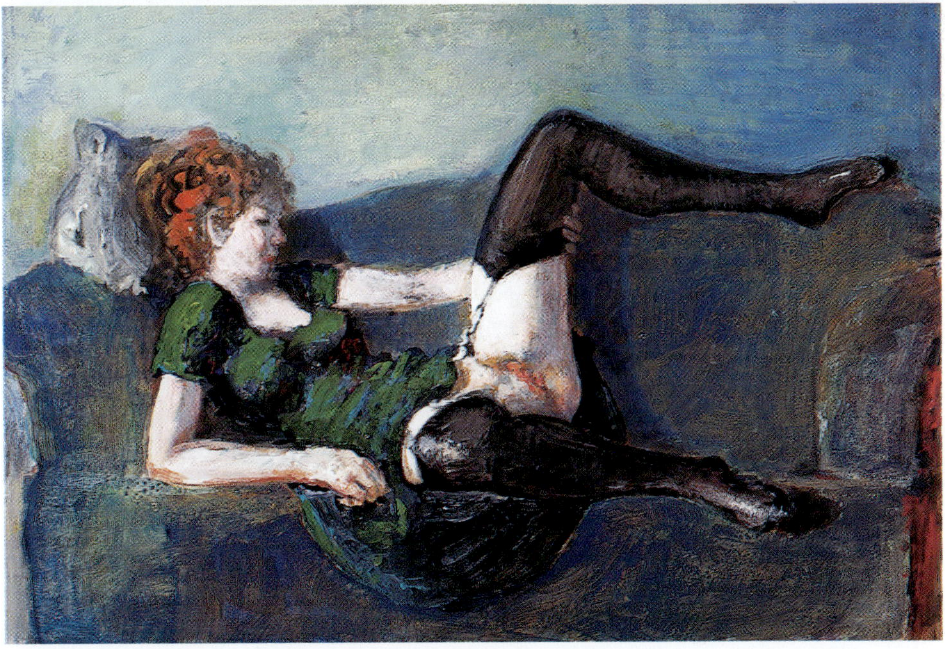

Sabine Ayshe Peters

Lockende Maske

Sie sehnt sich nach der Unterbrechung. Nach jener Stelle, wo Kunst und Natur ineinander übergehen und zugleich sich trennen. Der Übergang ist kein fließender, im Gegenteil: herausfordernd offensichtlich endet der Farbauftrag, franst an einigen Stellen aus und gibt so die Lippenhaut frei, die er sonst verdeckt. Dort möchte sie ihre Zunge gleiten lassen, genau an diesem abrupten Ende der Täuschung und dem ebenso schroffen Anfang fleischlicher Wahrheit. Sie will ihre Zunge Werkzeug sein lassen, das die Provokation tilgt, Ränder verwischt, Farbübergänge fließend macht. Fliessend auch ist ihre Lust, beinahe möchte sie bitten um die Gunst, doch ebenso drängt sich aggressives Handeln in ihr.

Der Geschmack des Lippenstifts. Abschreckend in seiner Künstlichkeit, lockend in seinem Versprechen der Enthüllung. Maske und Spiel. Sie stellt sich vor, wie sie mit ihrer Zungenspitze fein über den Farbabgrund streicht, ganz nah dem bloßen Fleisch, das sich von innen her ihr feucht entgegenwölbt. Allmählich die Spielerin ihrer Maske berauben. Sie soll sich nicht beschweren! Hat sie nicht selbst durch ihre Unachtsamkeit ihre Entblößung heraufbeschworen? Der Farbauftrag muß stetig erneuert werden, will die Trägerin nicht enttarnt werden. Doch nun hat sie durch ihre Nachlässigkeit bereits sich selber denunziert. Lockt vielmehr, die Lippen auf ihre noch teilbemalten zu legen und mit einem energischen Hin- und Herbewegen ihre Illusion gegen pochendes, lebendrotes Fleisch zu tauschen.

Sie will diejenige sein, deren Speichel die Farbpigmente von der Lippenhaut löst, will diejenige sein, die zuerst die zarte Haut darunter ertastet. Die Farbe ist ein Schutzwall, doch an dem inneren Rand bröckelt die Festung bereits. Sie will fühlen, wie sich die Hochmütige ergibt, Stück für Stück.

Auslieferung würde sie erreichen alleine durch die geschickte Kunst ihres Mundes. Die rosige Haut, die Wärme, der reine Geschmack der Saliva.

Sie sehnt sich danach, ihr Kunstwerk der Enthüllung und Entmachtung zu beginnen. Allein, die Fesseln halten sie zurück.

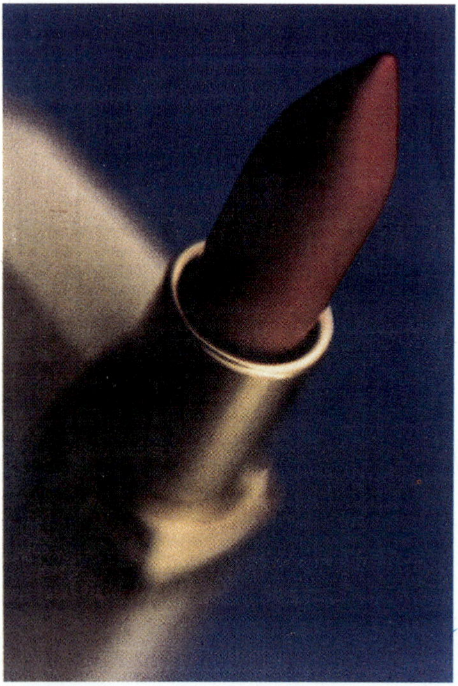

Brigitte Orth

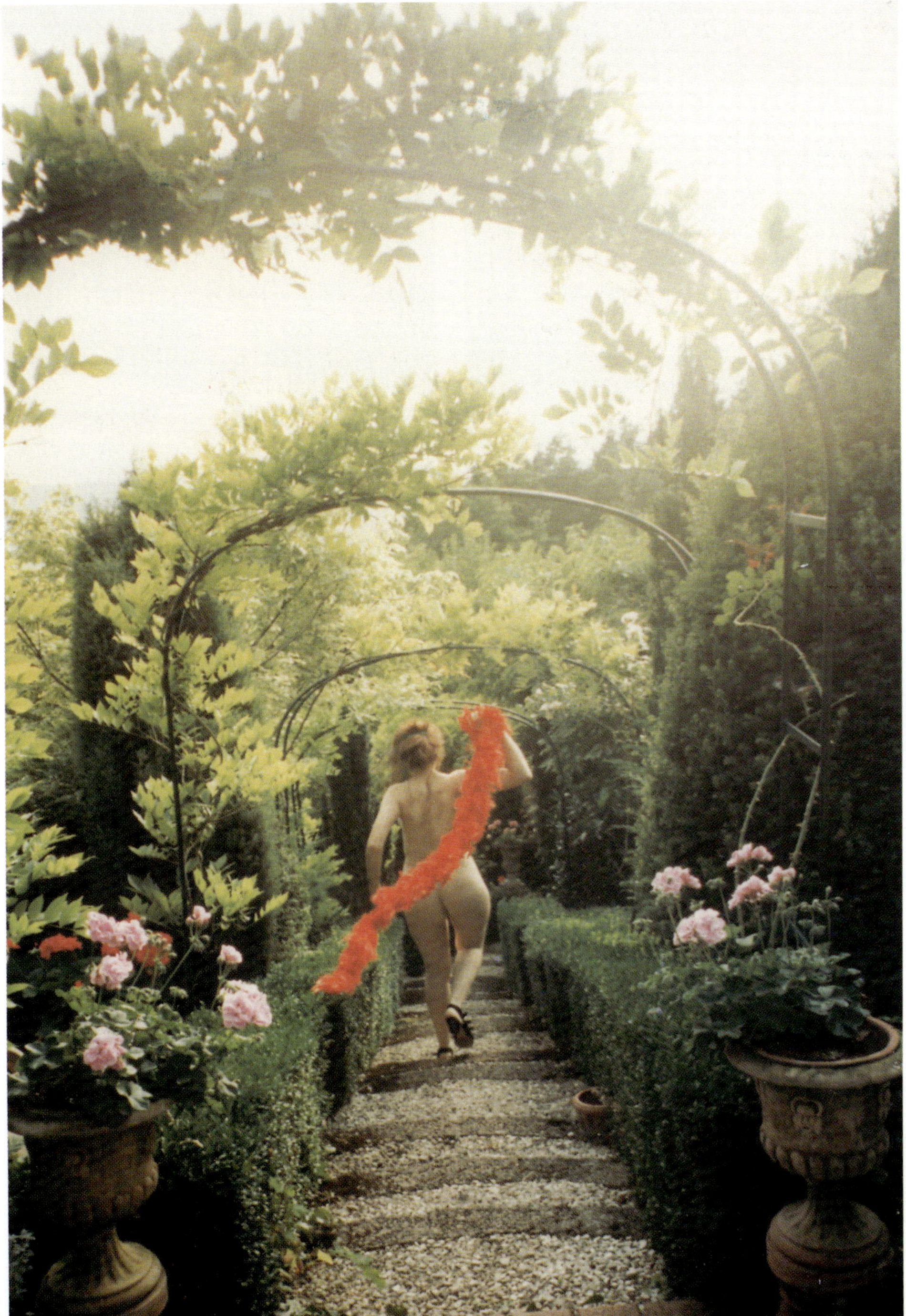

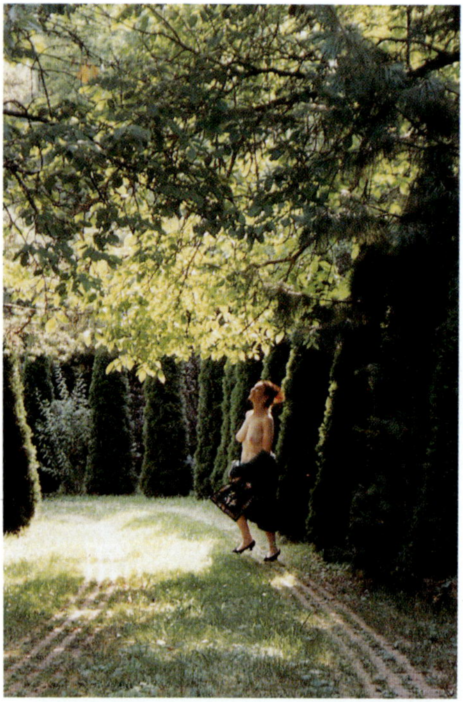
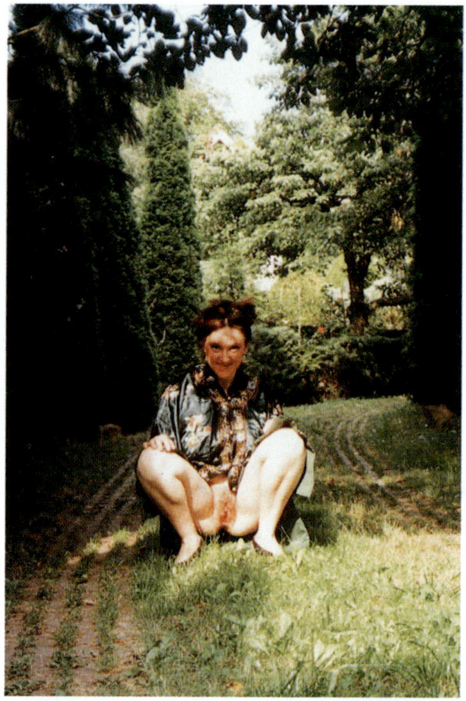
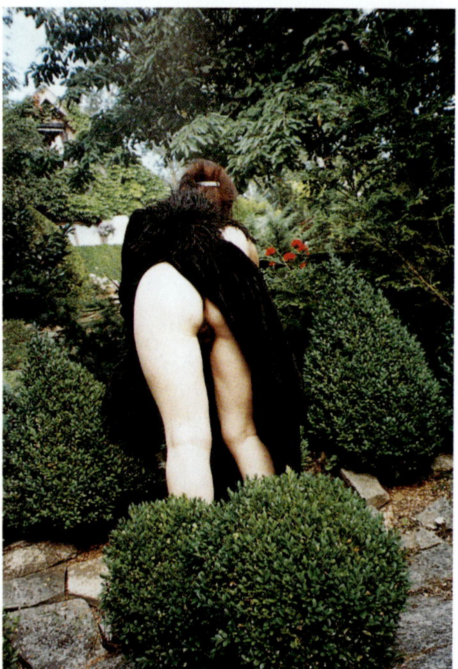
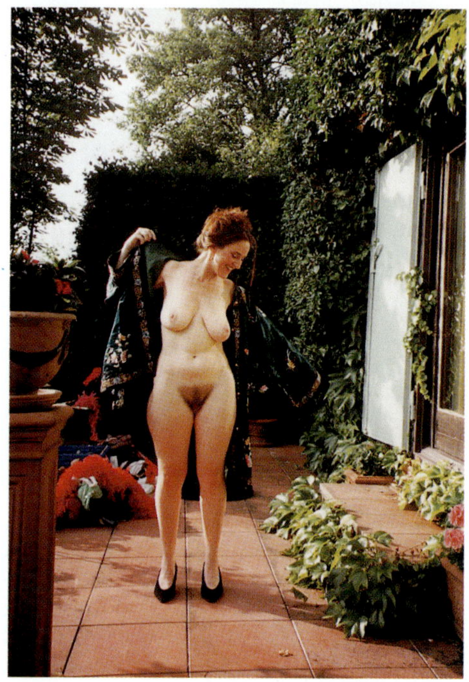

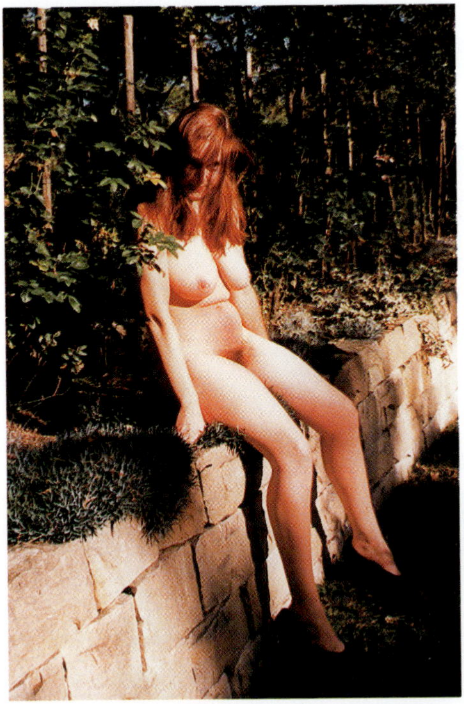

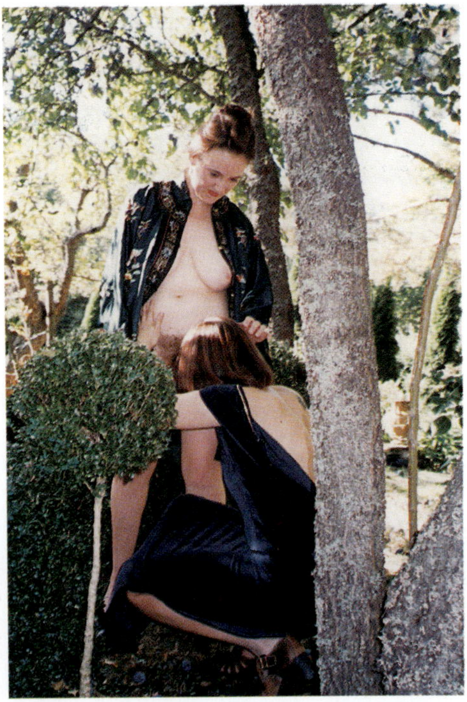

Beatrice

Viel Lärm um nichts

"... was sollt ich mit dem anfangen. Ihm meine Kleider anziehen und ihn zum Kammermädchen machen? Wer einen Bart hat, ist mehr als ein Jüngling, und wer keinen hat, weniger als ein Mann; wer mehr als ein Jüngling ist, taugt nicht für mich und wer weniger als ein Mann ist, für den tauge ich nicht.
Deshalb will ich lieber Handgeld vom Bärenführer als Lohn nehmen und seine Affen zur Hölle führen ... geh also zur Hölle ... nein nur an die Pforte. Da wird mir der Teufel entgegenkommen mit Hörnern auf dem Kopf wie ein alter Hahnrei und sagen: mach dich fort und geh zum Himmel, Beatrice, geh zum Himmel! hier ist kein Platz für Mädchen. Nicht eher als bis der liebe Gott die Männer aus einem anderen Stoff macht als die Erde. Soll es ein armes Mädchen nicht verdrießen, sich von einem Stück gewaltigen Staubes meistern zu lassen. Einem nichtsnutzigen Lehmkloß Rechenschaft von ihrem Tun und Lassen abzulegen. Nein, ich nehme keinen. Adams Söhne sind meine Brüder, und im Ernst, ich halte es für eine Sünde, so nah in meine Verwandtschaft zu heiraten ..."

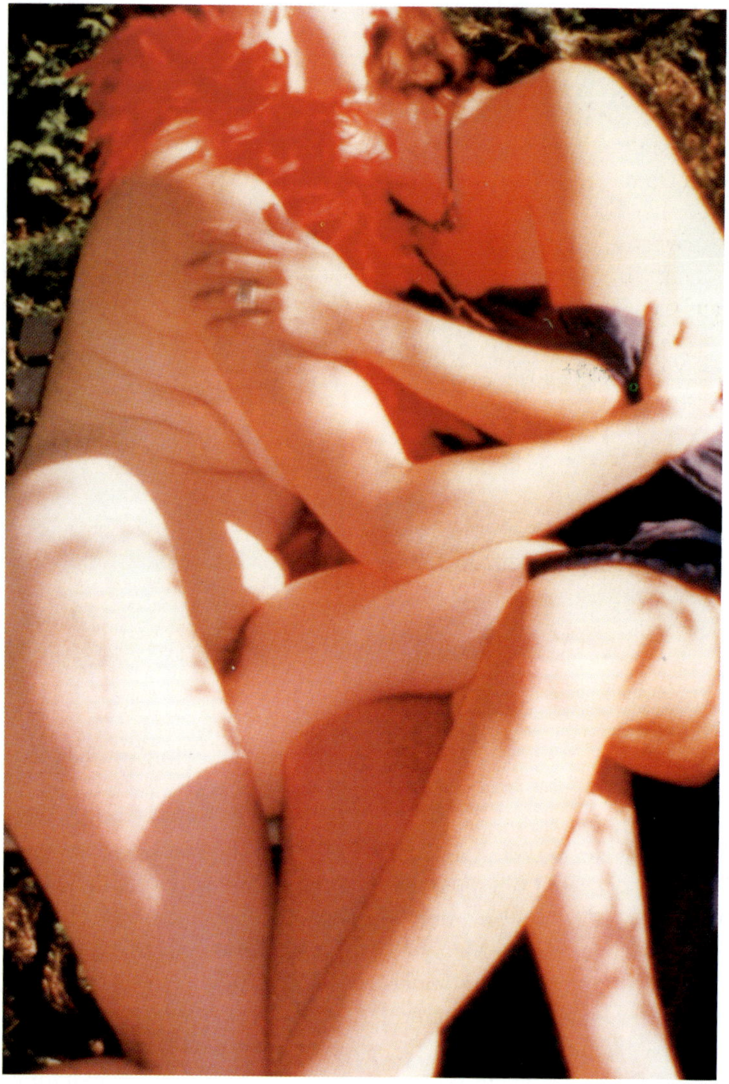

Monika Gsell

Mösenblicke.

Als Demeter auf der Suche nach ihrer von Hades geraubten Tochter traurig herumirrt, begegnet sie Baubo. Diese bietet der trauernden Demeter ihre Gastfreundschaft an und reicht ihr einen Trank. Demeter aber verweigert diesen Trank. Als alles Bitten nichts hilft, hebt Baubo "ihre Gewänder auf und zeigt all jene Orte der Scham am entblössten Leibe. Unverzüglich heftet die Göttin die Augen auf Baubos Scham und weidet sich an der unerhörten Beschaffenheit dieses Trostes. Dann durch Lachen erheitert nimmt und genießt sie den verschmähten Trank" ...
Baubo ist nahezu zum Symbol für die zur Schau gestellte Möse geworden, doch nahezu vergessen wurde, wer das Subjekt des Blickes war, daß es eine Frau war, die diese Baubo-Möse gesehen und sich lachend an ihr geweidet hat, samt Trank..
.Lachen ist in archaischen Zusammenhängen Zeichen für etwas, das heute verloren gegangen scheint: die Einheit von Lustempfinden und Fruchtbarkeitsdenken. Heute lacht niemand mehr, wenn ihn/sie die Lust überkommt...der etymologische Zusammenhang von "Lust" und "lustig" scheint verschollen.
Der Blick auf die Möse ist in unserer Kultur ein männlicher. Die Möse als begehrtes Objekt und Ort des Schreckens ...
Interessant sind die diversen Strategien des "Zeigens und doch nichts sehen lassens", der scheinbaren Nacktheit, die durch Auslassungen und Symbolik verhüllt wird - von der Antike an... Die Hand (z.B. bei der Aphrodite von Knidos) betont und bedeckt den Genitalbereich zugleich schamhaft. Zentral ist das Motiv der Beschämung angesichts der eigenen Nacktheit, im Gegensatz zur stolzen Position der nackten Männerfiguren. Vielleicht gibt es ein Tuch, dessen Faltenwurf eigenartige Ähnlichkeit mit Klitoris und Schamlippen hat. Daß eine Möse bei geschlossenen Beinen nicht sichtbar ist, ist klar, aber auch bei gespreizten: da findet sich an Stelle der Vulva eine geschlossene leere Fläche. Oder es gibt eine Art zweiten Bauchnabel. Oder eine ovale Öffnung für den Penis. Oder einen Schlitz. Bei all diesen Bildern fehlt mehr als vorhanden

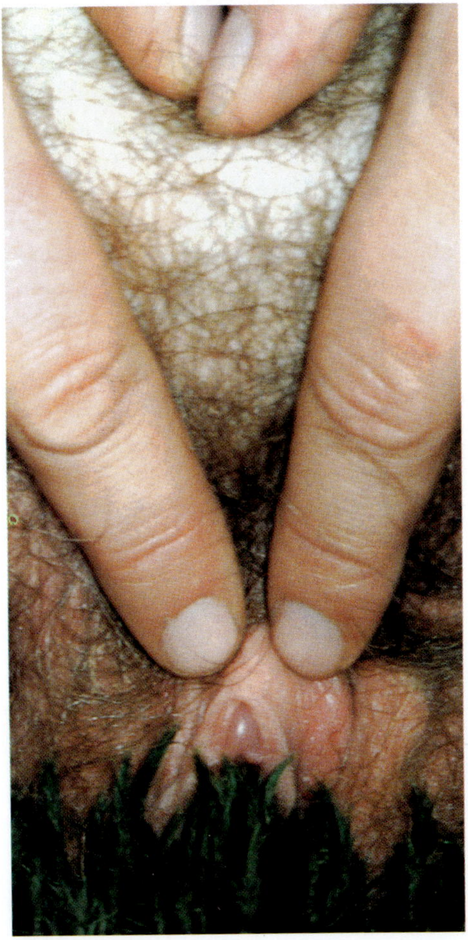

Jana Süß

ist. Es kommt auf die Funktion an. Eine Öffnung als Behälter für das männliche Glied. Das Prinzip der Unvollständigkeit setzt sich fort bis heute: in der Sprache. Der alltägliche, oft auch der wissenschaftliche Sprachgebrauch, verwendet meist auch dann, wenn eindeutig die äußeren Teile der Möse gemeint sind, Worte wie Vagina oder Scheide - die das Innere der Möse, also wieder ihre Funktion bedeuten. Das Sichtbare der Möse, das, was aktive Sexualität verkörpert, wird in der Sprache verschwiegen. Vulva, ein Wort, das die Vorstellung der äußeren Teile evoziert, lernt ein Kind nicht, es wird fast so unanständig empfunden wie Möse, Fotze etc. Zu den Mösenbildern von Zoe Leonard auf der Dokumenta '92 schreiben Kunstkritiker: "Die Vaginas ihrer Freundinnen haben sie auf einen Schlag bekannt gemacht" Echte Vulven sind monströs - im Vergleich mit den in der Kunst vorhandenen Mösenbildern. Sie schockieren. Die Frau, konfrontiert mit den unvollständigen kulturellen Bildern, steht sich selbst als Fremder gegenüber - sie ist nie ganz "bei sich, sondern von einem 'Anderen' - ihrem Geschlecht nämlich - unheimlich bewohnt - während es in der Natur des Mannes zu liegen scheint, frei mit sich identisch zu sein."
Wäre es denkbar, daß die Begegnung mit dem vollständigen unverzerrten Bild von Mösen - analog zur dionysisch-phallischen Erfahrung der Männer - zu Momenten eines geglückten Selbstbezugs werden könnte? Ich glaube, ja. Ein geglückter Dialog zwischen Frau und Möse. Ich plädiere dafür, uns hemmungslos der Obsession des Mösenblickes hinzugeben.

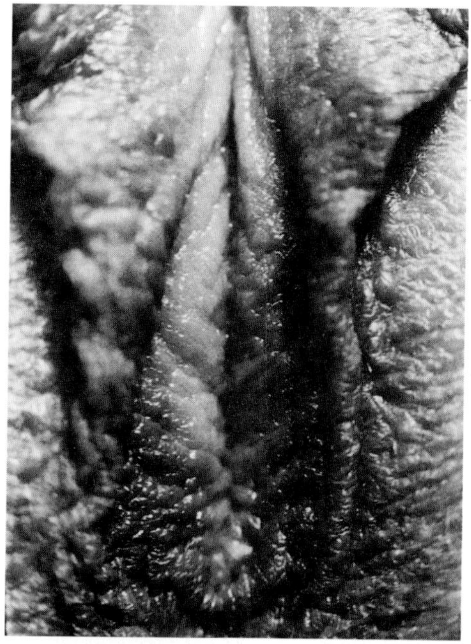

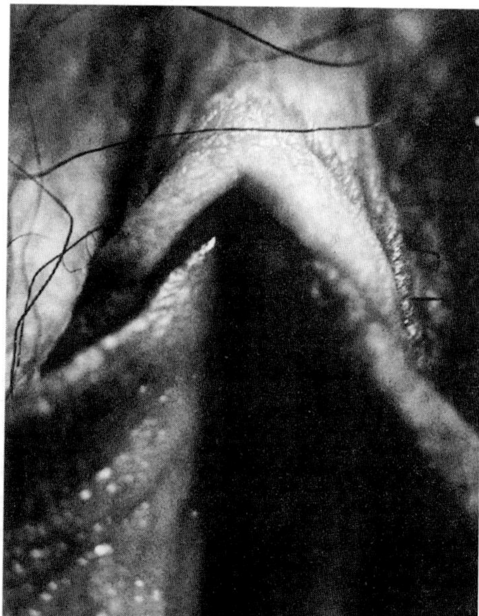

Thomas Pantke

LAURA & GERBURG

Über das Flüssige...

L: Ich bin lesbisch. Natürlich habe ich mich früher auch mal in Männer verliebt. Doch die Gründe waren: sie hatten mir was zu bieten, das einen anderen Stellenwert als Sex hatte - die große weite Welt etc. - und das ist mir bei Frauen unwichtig. Bei Frauen habe ich keine Typussy, auf die ich abfahre. Im Lauf der Zeit habe ich gemerkt, daß es häufiger stämmige butchige Frauen sind - aber ich habe genauso viele andere Frauenkörper geliebt. Ich kletter' gerne auf der Person rum. Daß man wirklich gut miteinander tollen kann, ist mir wichtig. Eine Schmale muß kräftig sein. Wenn ich Obacht geben müßte, kann ich mich nicht austoben.
Ich freue mich immer sehr, wenn ich was geboten kriege. Das hat sich verändert. Früher dachte ich, ich muß immer aktiv sein. Ich hatte Druck von außen, ging davon aus, daß es alle erwarteten - von einer Sexpertin - und ich machte auch immer was anderes. Dann war ich plötzlich müde, dann war der Saft raus, und mein Interesse an der Frau auch vorbei. Ich habe oft zu lange gewartet und ihnen auch keine Chance gegeben, mir etwas zu bieten. Inzwischen lasse ich die Frauen ganz bewußt kommen. Mach' du jetzt mal 'ne Runde. Ich sage das auch manchmal. Manchmal gucke ich nur, ob überhaupt was passiert. Ich habe weniger als früher das Bedürfnis: ich muß jetzt Sex haben und deshalb muß ich jetzt initiativ werden. Schon weil ich denke, sonst kommt es, wer weiß, erst in zwei Tagen. Oder ich muß noch soviel Tee trinken ... Ich habe also nicht mehr den Druck, daß ich es unbedingt jetzt haben muß. Na gut, denke ich, ich kann es mir holen, wenn ich will, aber ich muß nicht. Ich bin ruhiger geworden.
Der Unterschied zwischen Männern und Frauen ist klar: Männer sind leichter zu bedienen. Da weiß ich ganz genau, so funktioniert das, auf

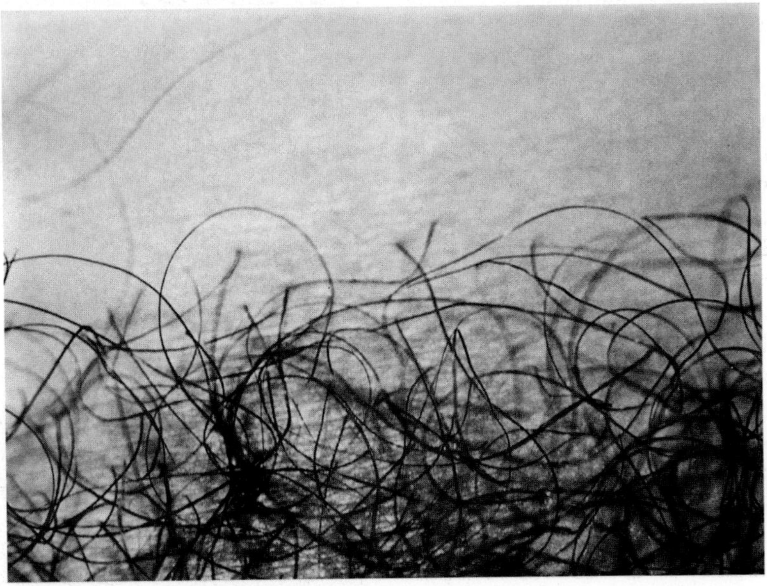

Thomas Pantke

genau das fahren sie ab und auf das vielleicht noch ein bißchen. Das ist bei Frauen vielfältiger. Da bin ich selber immer wieder erstaunt, wenn ich Neues entdecke, daß sie wieder anders kommen. Das ist einfach nicht so genormt, finde ich. Das macht einen auch unsicherer. Das andere scheint bequemer ... Bequem praktisch schnell und gut... Ich bin bei Frauen immer wieder erstaunt, auf welche Art und Weisen sie abspritzen können, wo sie reagieren, auch bei Frauen, die ich gut kenne, und daß sich das immer wieder verändert.

G: Hast du denn Traumerlebnisse oder war alles gleich und eben vielfältig?

L: Gerne habe ich Überraschungen, spielerische Überraschungen. Du kannst auf einen Spielplatz gehen, auf ein Gerüst klettern und da Sex machen. Wir besorgen Räume oder fahren raus in den Wald an den See ... einfach andere Räume ... oder diese Citytoiletten. Das ist total lustig. Es ist ein Zwanzig-Minuten-Takt, es ist sauber, du hast Musik, du hast Spiegel, du hast eine kleine Leiter, du hast in Unterleibshöhe eine Leiste, du kannst spielen. Das haben sie gut gemacht. Es ist auch optimal für die Frauen auf der Straße. Ich habe es ein bißchen propagiert, jetzt kommen sie dorthin. Dann hast du noch den Kick: in zwanzig Minuten geht die Tür auf. Das heißt, es muß auf den Punkt geschehen. Es gibt kein langes Hin- und Her, keine Zeitverschiebung - und das ist gut für beide.

Es ist wirklich ein Kick, wann geht die Tür auf. Du darfst nicht gesehen werden, und dann geht die Tür auf - und draußen steht eine Reihe von Japanern ...

Das find' ich toll. Ich mag zur Zeit keine inszenierten Sachen. Die laufen für mich relativ starr ab. Ich weiß genau, was da noch kommen kann, auch wenn ich die Augen zuhabe. Ich finde es schöner, spontan in eine Situation hineinzugehen. Mit viel Lust und Gelächter. Situationen spielen, du gehst in die Kleinmädchenphase oder du spielst in der Küche, du spielst Schalterbeamtin, Postangestellte oder Marktfrau ...

Das ist phasenabhängig. Ich hatte auch Phasen, wo ich sehr in SM invulviert war. Das war toll, ist aber vorbei, es kann mich jetzt nicht mehr anturnen oder rot werden lassen oder was weiß ich.

G: Wobei wirst du rot

L: Wir, 5 Frauen waren essen beim Mexikaner. Da war ein Pärchen, das Musik machte. Der Mann hat gespielt, sie hat gesungen. Eine feurige

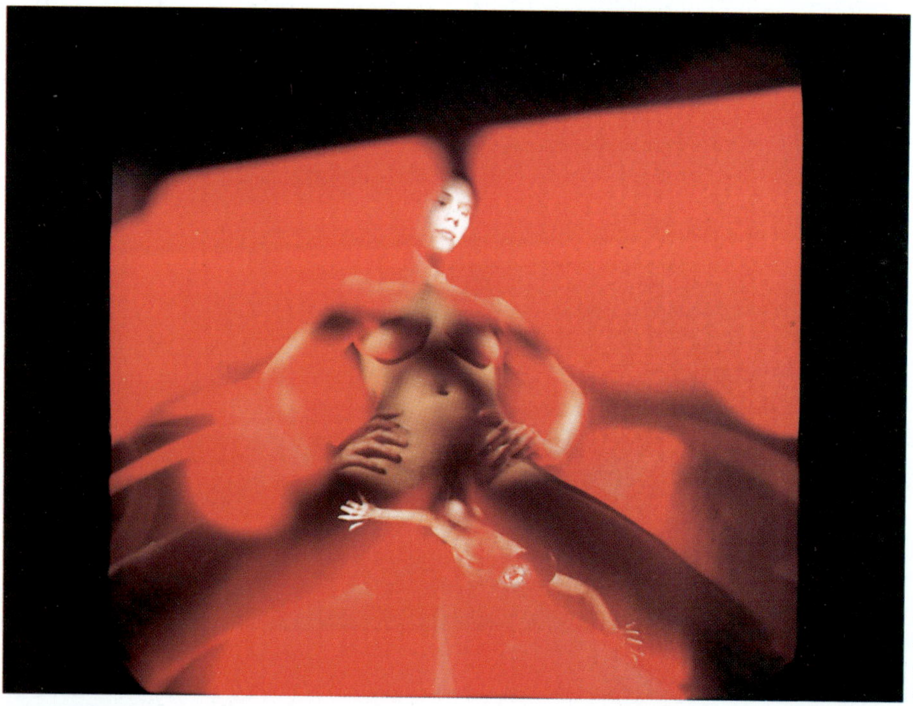

Antje Anders

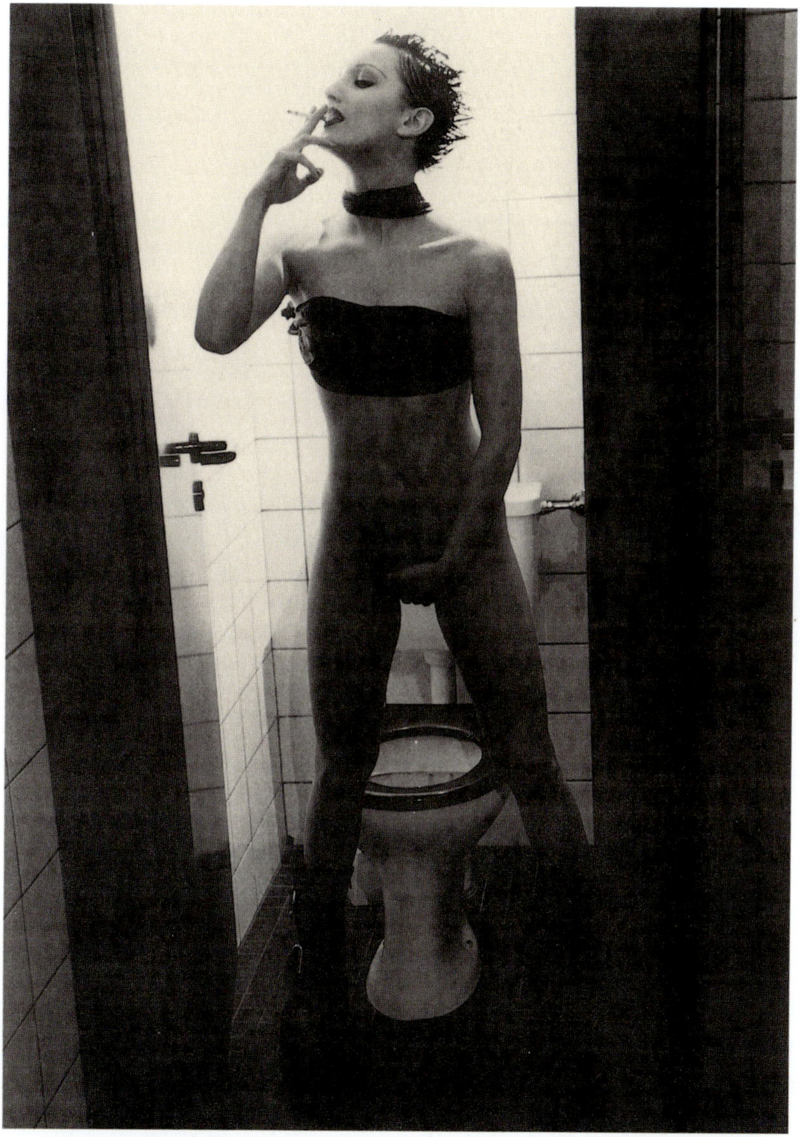

Andreas Amad Paul

tolle temperamentvolle Frau...Wir waren der einzige Frauentisch und haben mitgesungen. Sie kam immer wieder an unseren Tisch. Dann hat sie angefangen, mit den Raspeln, und ich habe immer schön laut mitgesungen. Dann kam sie wirklich zu mir und ist mit der Hand in ihr Dekolleté reingegangen und hat mir ihre Brust herausgeholt. Ich war so überrascht, daß ich rot geworden bin. Alles hat natürlich gebrüllt, weil alle natürlich dachten, ich kann nicht mehr rot werden. Ich war dann ein paar Minuten wirklich paralysed, ah. Sie ist aktiv an mich rangegangen, das kann mich dann schon rot werden lassen ...

G: Siehst du Unterschiede. Du hast mit Frauen aus vielen Ländern geschlafen.

L: Ich finde nicht, z.B. gibt es bei den schwarzen Frauen genauso viele, die total unsicher und prüde sind, die du wirklich wie ein kleines Mädchen anlernen mußt. Andere sind total fit. Die Frauen sind unterschiedlich gleich. Unterschiede sind individuell, was mich anturnt. Die schöne Haut, oder diese Haare, aber daß andere Frauen irgendwie sexuell total anders drauf sind, oder andere Techniken drauf haben, nein. Wenn überhaupt, dann vielleicht in Asien, in seltenen Situationen, und auch da sind diese anderen Techniken schon so lange verschüttet. Auch bei Männern gibt es wenig Unterschiede. Japaner sind sehr höflich, bedanken sich und bemühen sich um dich. Was mich anturnt, sind sogenannte

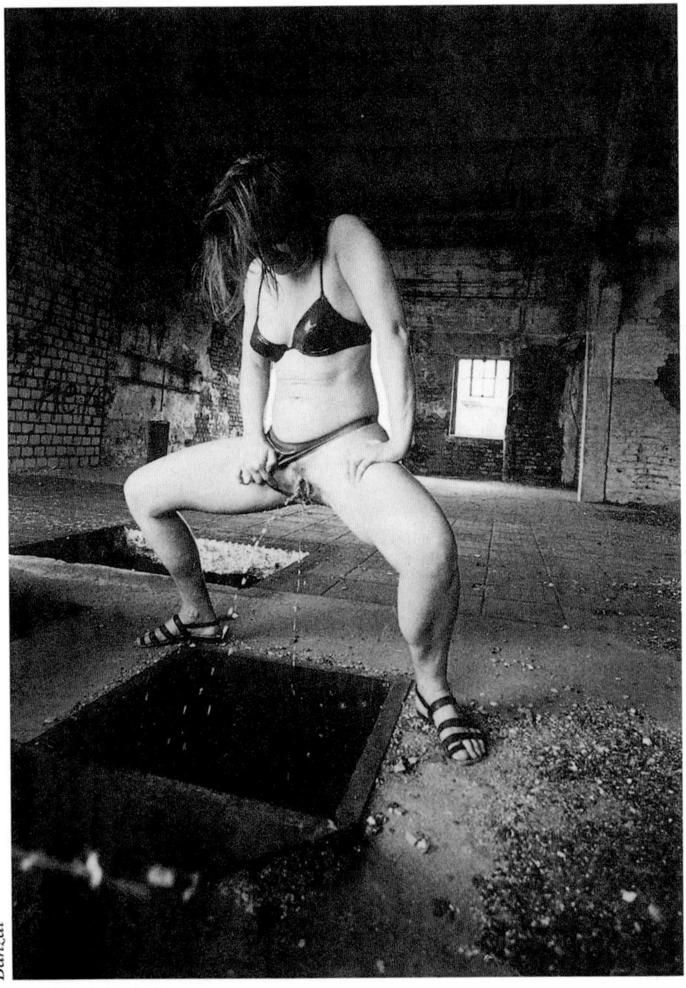

Banzai

ältere, also über 60, auch als Kundinnen. Das macht mich richtig an. Zum einen freue ich mich unheimlich, wenn sich eine ältere Frau gehen läßt und nimmt was sie will - da muß ich oft auch hinterher noch eine Runde mit mir spielen. Sehr junge Frauen machen mich gar nicht mehr an. Na ja, höchstens, ich geh aufs Klo und will einfach nur aufs Klo, und dann ist eine da. Ein tolles Erlebnis in San Francisco, da habe ich mir eine ausgeguckt, ok, wir gehen aufs Klo. Dann hat sie mit mir rumgemacht. Hinterher fehlte mir meine Armbanduhr. Sie hat es so gut gemacht, daß ich dachte, ok, das war's wert. Oder in einer Loge, wir sind ins Theater gegangen, dort waren Logen, die man schließen kann.. und vorne den Kopf herauszuhängen und noch ein bißchen vom Theater mitzukriegen, und von hinten gevögelt zu werden, oder eine Rede zu halten und ebenfalls von hinten ... diese Phantasie habe ich immer, wenn ich auf dem Balkon stehe. Oder unter meinem Rock sitzt eine. Das war eine Veranstaltung, ich hatte einen ganz großen Rock an, und unter mir saß eine und hat mit dem Vibrator in mir herumgespielt und ich mußte gleichzeitig was vortragen. Witzig ist dann, später das Publikum zu fragen, habt ihr was gemerkt. Vielleicht war es ja perfekt, eine Wortwahl, daß es niemand merkt. Daß du das Stöhnen einbaust in ein Ächzen oder in irgendeine Artikulationsschwierigkeit...

Alle Frauen können den Orgasmus spielen, aber umgekehrt...

Wenn es in die Hose geht, es nicht zu zeigen...

Überhaupt, wenn du viel lachst, dann hast du ja - von wegen in die Hose machen - oft auch netten Saft, der in die Hose geht. Die verschiedenen Säfte gehen ins Höschen, gell. Da ist klar, was zusammengehört. Wenn es spuckt und prustet. Da öffnen sich die Münder.

Nasse Mösen, Lachen und Tränen gehören zusammen. Oft, wenn eine Situation so berauschend war und sich spiralig hoch geschaukelt hat, dann kann ich nur noch lachen. Du hättest alles sagen können, du hättest nur so gucken können. Eine Steigerung. Es sprudelt dann nur noch so raus. Wenn ich lustig lachend durch die Straße gehe, kriege ich Komplimente, kriege ich wenigstens

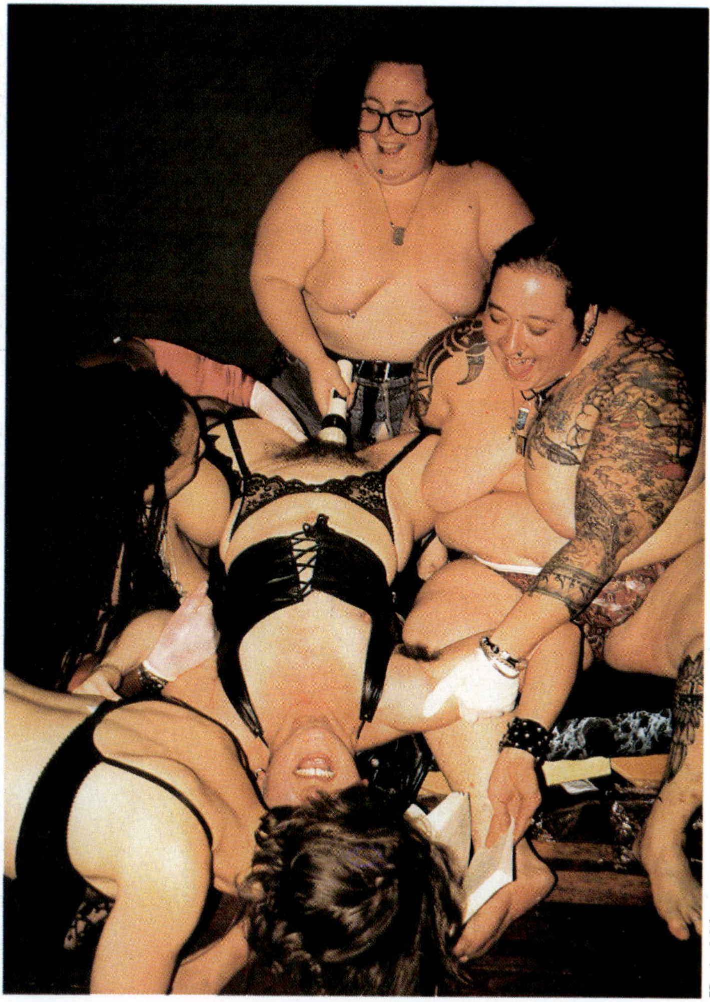

Katie Miles

ein Lächeln, es wird mitgelacht - nicht immer natürlich, aber meist - wenn du lachst, dann springt das über und alle lachen mit. Alle spucken und prusten. Eine Verflüssigung des Alltags...
Weil der Alltag viel zu trocken ist. Wenn du etwas in eine fröhlichere und auch nassere Atmosspäre bringst, dann kommt es besser an, die Leute können sich etwas besser merken, weil es eine entspannende Atmossphäre ist - nicht nur physisch, auch psychisch und intellektuell.
Feuchtfröhliche Wissenschaft.
Ich setze Lachen ständig bei meiner Sexarbeit ein - da mußt du klar unterscheiden zwischen Männern und Frauen. Bei Männern hat Lachen eher einen negativen Effekt. D.h. daß es mir mehr Arbeit bereitet. Bei Frauen hat es eher einen entspannenden und lösenden Effekt. Sie fühlen sich dann besser. Denn meistens sind sie sehr aufgeregt, wenn sie kommen, und mit dem Lachen wird es eine nette Atmosspäre. Sie können sich gehen lassen. Da kann man dann auch zum Sex übergehen, locker leicht fröhlich, das hängt direkt miteinander zusammen - du entspannst, läßt dich gehen, machst die Münder offen und dann flutscht alles besser...
G: Wie erklärst du dir, daß Männer diesen Zusammenhang des Feucht-fröhlichen einerseits nicht kennen, andererseits dauernd behaupten...
Frauen scheinen prädestiniert für Verflüssigungen. Bisher vor allem negativ konnotiert: sie sind nah ans Wasser gebaut, heulen schon beim geringsten Anlaß. D.h. sie stehen ihren Mann nicht, und da wo sie ihren Mann stehen, würden sie dieselbe Ordnung wie der Mann repräsentieren, also das Flüssige ihrerseits eliminieren. Ich glaube, daß Männer kein Verhältnis zu dem Flüssigen ihres Körpers haben. Mir wurde gesagt - von den Herren der Schöpfung - nichts ekle sie mehr als ihr Samenerguß. Schon der Geruch desselben löst offensichtlich buchstäblich eine Abwendung von sich selbst aus. Wie kann „so etwas" dem eigenen Körper entströmen. Umgekehrt der Urinkult in Männerklos. Der Urinstrahl scheint ja gegenüber der Samenflüssigkeit etwas Lichtes, etwas Klares zu sein, etwas, was nicht derart ekelbesetzt ist. Ich denke, daß da eine Verschiebung vorliegt, daß der Urinstrahl sozusagen - wer kann am weitesten pissen, wer am höchsten, wer pißt den schönsten Bogen - „ordentlich" diskutiert werden kann. Daß diese Flüssigkeit planbar ordentlich entströmt und also nicht die beängstigenden unberechenbaren Seiten des Flüssigen hat... Wieweit der Samenerguß den schönsten Bogen ergeben könnte, wird sprachlich kaum auftauchen. Es heißt ja nicht, daß es nicht vorkommen könnte -

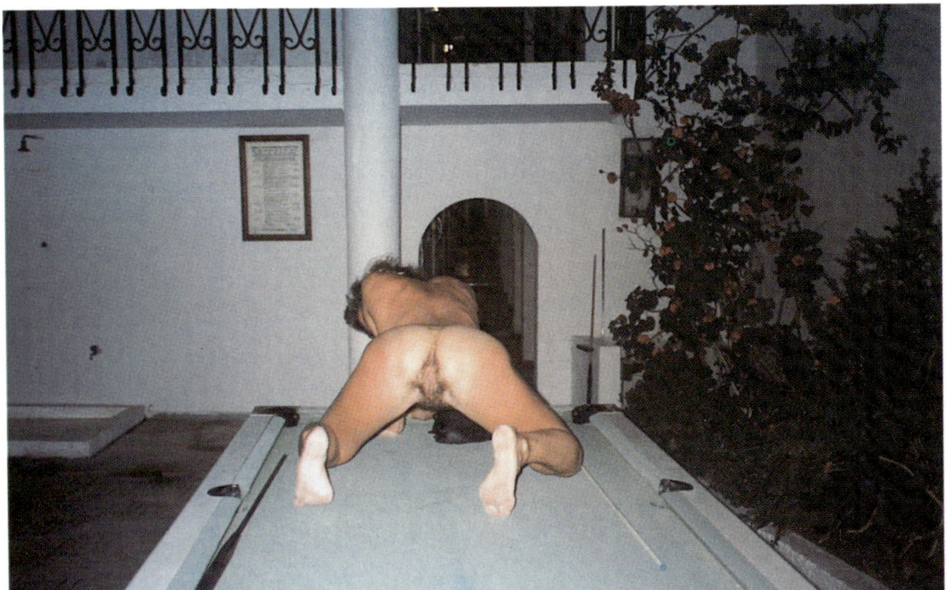

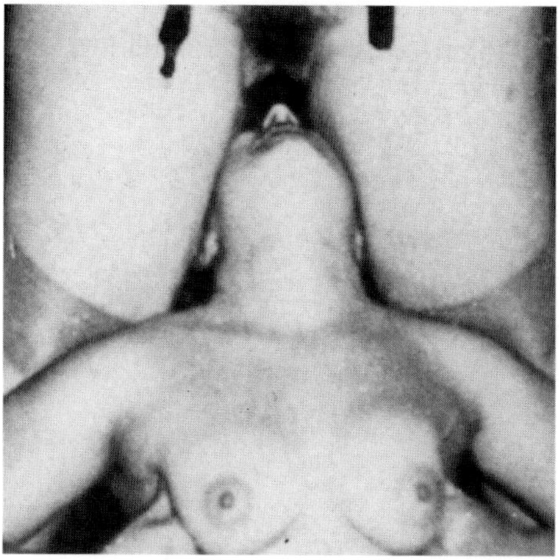

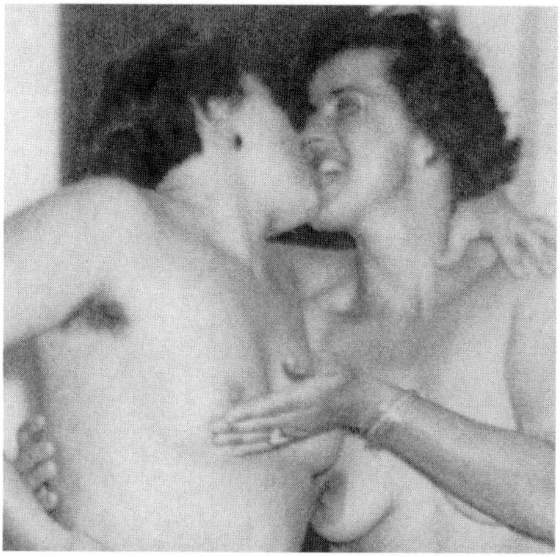

aber es wird verschwiegen, es wird aus der Sprache ausgeschlossen.
L: Männer haben eine andere Art von Humor. Außerdem sind sie schneller verunsichert, weil sie nicht wissen, worüber Frauen lachen ... Das alte Bild von immer keifenden und lachenden Hexen. Sie haben Angst davor, wollen immer genau wissen, was du denkst und was du tust und was du machst. Immer alles unter Kontrolle haben. Sie haben dann Angst zu versagen, damit zu versiegen. Sie denken, du lachst sie aus, und dann denken sie sofort, er ist zu klein oder zu breit oder zu lang
G: Zu breit?
Da legt sich dann sozusagen der Schwanz quer ...
L: Sie haben Vorstellungen, wie er sein sollte. Das haben Frauen sicherlich auch - in bezug auf den Körper oder das Aussehen.
G: Gucken Frauen immer nur auf „das Ganze"?
L: Quatsch, ich schaue wahnsinnig gerne Mösen an, aber es gibt keine „Idealmöse". Der Mann macht sich da mehr am Schwanz fest
G: Und der soll genormt sein? - Wobei ja gerade der Schwanz einer Brunnenröhre gleicht. Wie ist es zu verstehen, daß dem Mann die Quelle fehlt oder er Angst hat, über die Quelle nicht zu verfügen, wo doch die Sache selbst darauf hinweist, er könne sprudeln und einen gar überschütten ...
L: Da gibt es dieses Problem, daß die Potenz nur daran festgemacht wird, und daß dann anscheinend diese sprudelnde Quelle weder unten noch oben mehr funktioniert. Es gibt ja durchaus verschiedene Quellen, Sprache, Lachen, vielleicht sind Frauen einfach auf mehrere Quellen gepolt und Männer nur auf die eine ...

G: Hast du schon mal erlebt, daß dich ein Mann überschüttet hat, so richtig überschüttet. Überströmend mit Feuchtigkeit, überquellend vor Lust, vor Laune.
L: Wenn ich mich positiv erinnern wollte ... weiß ich nicht genau. Bei der Arbeit, da guck' ich nicht, wieviel Milliliter das sind...Ich weiß, daß Frauen einfach Liter spritzen können. Ich weiß, daß das ein ganz anderes Gefühl ist. Da kannst du drin baden. Das wirst du bei einem Mann nie machen können. Das ist vielleicht auch eine Angst der Männer - von wegen Quelle, das stimmt ja gar nicht.
Sie rutschen dann auch immer ab, sie rutschen nicht nur rein, sie rutschen auch ab ...
G: Sie rutschen ab, klar. Wahrscheinlich stimmen die platten Wahrheiten. Die Angst der Männer

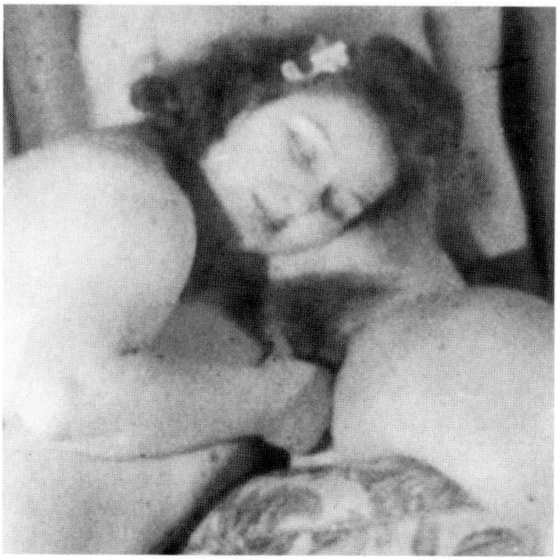

vor dem Flüssigen ist gesellschaftliche Struktur... Alles, was gesellschaftlichen Wert besitzt, schließt die Frage der Dauer ein. Das Flüssige ist Unwert, weil es keine Dauer, keine Festigkeit, keine Unvergänglichkeit gewährleistet. Das Flüssige hat nur dann Wert, wenn es verfestigt ist, „liquide sein" - ist dem möglich, der sein Geld fest zusammenhält. Es gibt die Preisfrage: was ist schlimmer, verhungern oder verdursten. Sie wird immer so beantwortet, daß Verdursten das viel Entsetzlichere ist. Sprichwörtlich der Fisch, der auf dem Trockenen zappelt. Der Flüssigkeit beraubt zu sein, heißt, dieses Moment leben, das gar nicht positivierbar ist, überhaupt zu verspielen. Insofern ist das Flüssige mit dem Unfaßbaren von Leben verbunden. Und alles Unfaßbare beängstigt. Man möchte es fassen, eindämmen. Beziehungen haben Wert, wenn sie dauern. Beziehungen werden meist, bevor sie überhaupt begonnen haben, in eine Beziehungs-Kiste gesperrt. Coitus-Kiste. Gefestigt. Sie flüssig zu halten, könnte bedeuten, ihnen dieses Moment von unfaßbarem Leben nicht auszutreiben - könnte auch bedeuten, sie nicht aus Panik vor dem Tod dieser Beziehung auf Dauer zu stellen.

Das Begehren wird immer wieder auf das Flüssige bezogen. Von feministischer Seite werden große Hoffnungen in das Libidinöse, das Flüssige gesetzt. Der Inbegriff von Flüssigkeit ist immer mit dem Weiblichen verknüpft. Blut. Das männliche Blut gewinnt nur da Bedeutung, wo es für das „Vaterland" fließt. Es gewinnt Bedeutung „für" etwas, es fließt für etwas, es ist Mittel zum Zweck einer Bekundung von Nationalismus. Während das weibliche Blut - obwohl es in den Blutsbanden das „Verbindliche" ist - gerade als Menstruationsblut eine tausend Jahre alte Geschichte der Diskriminierung hat. Spiegel springen, Ernten verderben, Hunde und Menschen, die damit in Berührung kommen, werden krank oder verrückt...Frauen scheinen identisch zu sein mit Blut: wenn sie erröten, schießt ihnen das Blut ins Gesicht, wenn sie weinen, scheinen sie blutige Tränen zu weinen - und ansonsten sind sie bekannterweise nie dicht, es entströmt ihnen monatlich eine Blüte. Danach richtet sich die Bewertung aller anderen Körperflüssigkeiten. Die Milch scheint sozusagen das gute Gegenstück zum Blut: Schneeweißchen und Rosenrot, die beiden Seiten des Weiblichen: da wo es nährt, ist es weiß, ist es gut, sauber, da gibt es seine Flüssigkeit im Guten, da, wo es rosenrot ist, wo die Blüte blüht, da ist das Gegenteil der Fall. Jede ungeregelt ausströmende Körperflüssigkeit ist Inbegriff des „Üblen". Schweiß stinkt, insbesondere unter den Achselhöhlen, ungeregelte Flüssigkeit, die aus allen Poren bricht. Wer „schweißüberströmt" dasteht, ist es entweder, weil ihm die Todesangst im Gesicht steht, weil er sein Leben verwirkt hat, oder aber - die umgekehrte Konnotation - er ist schweißüberströmt vor Lust, vor ungezähmter Begierde, vor tierischem Begehren. Geordnetes Begehren ist schweißlos. Deodoriert...

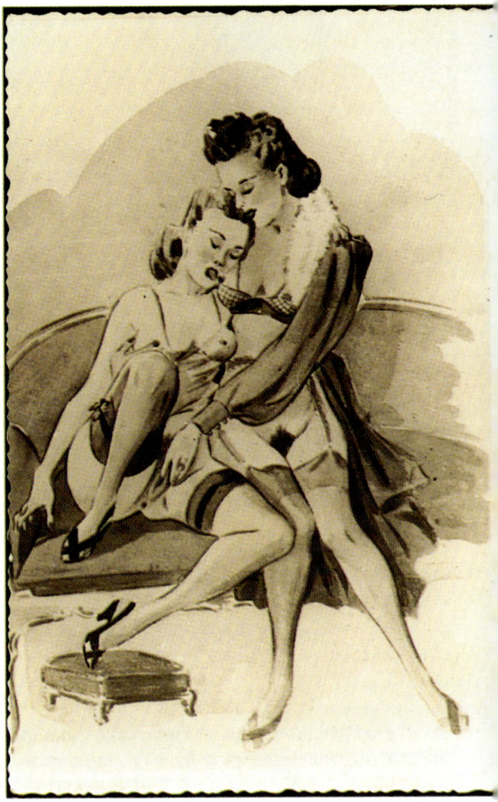

Spucke - im Lateinischen noch mit Heilung verknüpft (Speichel und heilen heißt dasselbe) - ist zum täglichen Angriff geworden und hat nur noch den Sinn von Anspucken - die ungeregelt ausgespiene Flüssigkeit korrespondiert mit dem Unheilvollen des Blutes. Ganz zu schweigen von den Lustgewässern, die zwar modisch diskutiert werden, aber doch unsichtbar bleiben. Bzw. vor allem als Quelle von Übel diskutiert werden, als ansteckend besser im Körper oder verhüllt zu bleiben haben. Die einzige Flüssigkeit, die nicht ganz in Verruf gekommen ist, scheinen die Trä-

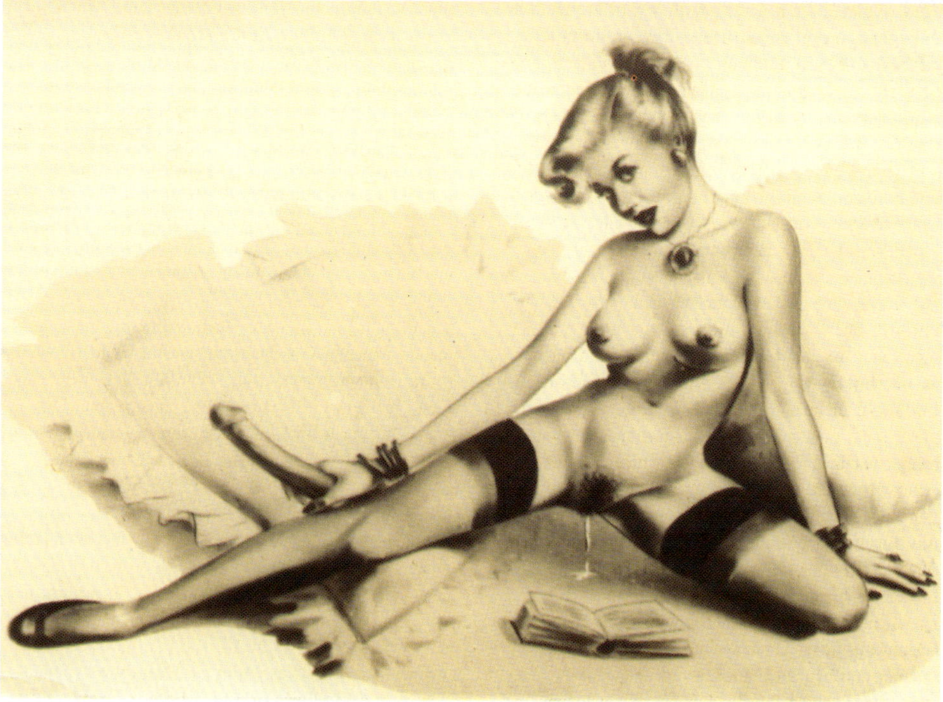

nen zu sein, aber nur um den Preis ihrer rituellen Eingrenzung auf ganz bestimmte Zeiten: nämlich die der Trauer. Trauer um den Geliebten, selbstverständlich kann die Dame da von Tränen überströmt sein, zur Beerdigung sind Tränen angebracht. Aber die schnell ins Auge schießenden Tränen unter bestimmten unerwarteten Bedingungen: das ist Verrat von Flüssigkeit, du verrätst in dir eine Flüssigkeit, sie taucht auf, quillt hervor zu einem Zeitpunkt, wo es nicht gewünscht ist. Sie zeigen Weichheit an, mangelnde Widerständigkeit, daß du bestimmten Dingen einfach nicht gewachsen bist. Und da kommt wieder die negative Konnotation ins Spiel: wer bestimmten Dingen nicht gewachsen ist, wird selbstverständlich mit Vergänglichkeit geschlagen sein, im Bunde sein, und von da aus alles weitere was die negativen Konnotationen von Blut sind, mit dem, was verwüstet, was verdirbt.
Einen trockenen Mund zu bekommen, heißt nicht mehr sprechen können: auf Flüssigkeit kann niemand verzichten. Gleichzeitig ist Flüssigkeit das, was wahrscheinlich am grundlegendsten in unserer Kultur verdrängt ist, vielleicht in allen Kulturen. Alle Katastrophenvorstellungen hängen an Überschwemmungen, am Brechen von Deichen und Dämmen - ob die Libido überschwemmt wird, wie es Freud immer wieder sagt - oder ob bei jemandem offensichtlich die Dämme gerissen sind: der geht sozusagen in seinem eigenen Saft unter. Das Flüssige ist immer das Paradigma des unheilvollen Blutes, das kulturell am wenigsten zu tolerieren ist: außer, es ist in Gefäße eingesperrt. Naturbeherrschung wurde vor allem durch die Kanalisierung des Flüssigen versucht.
Gegenwärtig wird viel von Semiose gesprochen, vom Gleiten der Zeichen, der Signifikanten. Da wo die Bedingungen günstig sind, scheinen sich die theoretischen Hoffnungen auch in die Tat umzusetzen, in die libidinöse Tat, da scheint sich etwas zu verflüssigen, da scheinen die Zeichen zu verschmelzen, da scheint ein Gleiten und Rutschen gewisserweise am Werk zu sein. Der Zwang, der mit Zeichen verbunden ist, scheint sich aufzulösen. Als ob Judith Butlers Geschlechtskonstruktionen in sich zusammen fallen und Geschlechtsidentität sich nicht mehr rechtfertigen braucht: jede Form der Identifikation sei möglich, vorübergehend oder länger, in sich nicht auf Dauer gestellt. Weil immer durchpulst vom Begehren, das Begehren schieße sozusagen wie ein Jungbrunnen in alles hinein. Ich denke daß

diese Referenz des Jungbrunnens, obwohl nicht dazugesagt, dennoch im Spiel ist - man taucht ein, wäscht sich, tauft sich, für eine neue Form des Auftauchens innerhalb einer sich entsymbolisierenden und entstrukturierenden Gesellschaft. Die ist weltweit gerade am Werke. Das wäre eine intelligente Form, Verflüssigung zu inszenieren - das heißt noch nicht, daß es da gleich zu einem Schwimmen und Baden im Glück oder zu einem Überfließen der Freude kommt und all diese schönen Dinge, die Redensart auch sind.
Die Kehrseite dieser Entsymbolisierung, Entstrukturierung ist aus meiner Sicht eher eine Erschütterung, die Risse und Brüche wie in einer Wüste hinterläßt. Wenn ich bei den Bildern von trocken und feucht, ausgetrocknet und flüssig bleibe, dann würde ich eher meinen, diese strukturelle Arbeitslosigkeit in Verbindung mit einer ebenso strukturellen Gewalt und der Erschütterung der sozialen Existenzen, wohin wir gucken, die durch nichts mehr gesichert sind, die Entbindung eben auch von bisherigen Formen des Geborgenseins, das kommt mir eher vor wie eine Erosion als wie eine Verflüssigung: weil eben die Spannung über das Flüssige im Material existiert, und ist das Flüssige ausgetrocknet, gibt es wie beim Abriß eines alten Gemäuers nur einen riesigen Zusammenfall. Die Elastizität des Materials hängt sehr wesentlich an Flüssigkeit, die während des Trocknungsprozesses eingeschlossen ist. Instrumente können ihren Klang nur haben, wenn es im Trocknungsprozeß des Holzes gelungen ist, das Flüssige einzuschließen.
Das dürfte bei einem solchen Abrißunternehmen nicht der Fall sein. Ich würde denken, bei allen Bemühungen, die Semiose in die Gänge zu bringen, und auch das Fließende des Samens, des Männlichen sichtbar zu machen, Semen gleich Zeichen zu verflüssigen, haben wir es doch eher mit einem ungeheuren Abrißunternehmen zu tun, wo die Gefahr besteht, daß der Staub auf den einzelnen mehr lastet, als sie vielleicht an Flüssigkeit in sich haben...
Wenn wir schon beim Flüssigen sind ... was sind denn so die Möglichkeiten das Flüssige zu ersetzen, also wenn einer total verbissen ist - oben kommt nix raus, unten kommt nix raus.
Die männliche Flüssigkeit ist ja sehr ins Schußfeld geraten, es ist überall von zu langsamen Spermien die Rede, die nicht mehr imstande sind, mit ihren Köpfchen die Eihülle zu durchstoßen, sie sind nicht mehr imstande sozusagen ins Zentrum vorzudringen... also die männliche Erkenntnisbewegung, die sich mit dieser Interpenetration verbindet, scheint damit auch zu erlahmen...desto mehr wächst der technische Apparat der Erkenntnis an. Wie bisher geschichtlich gegolten hat - gerade auf der Basis des diskriminierten Menstruationsblutes -: „Krankheit Frau" - (die Frauen sind eigentlich schon abgetrieben, sie können jetzt ihrer Verseuchung überlassen werden) so taucht jetzt die „Krankheit Mann" auf. Wenn es gelingt, die Männer soweit zu verunsichern, bis sie bereit sind, ihre Ejakulation zu lassen, dann ist viel erreicht - aus technologischer Sicht. Dann ist das eh schon schlechte Verhältnis zu Flüssigkeiten bereinigt. Was das dann weiter heißt für männliche Subjektivität ... Da läßt sich nicht das beste hoffen. Unterstützt wird dieser neue Diskurs „Krankheit Mann" von den „Pseudoöstrogenen". Sie lösen sich in die Umwelt hinein auf, fließen von Spüli über Lebensmittel alle durch die Kläranlagen und lassen sich nicht bis zum Ende rausklären. Pseudoöstrogene sind weibliche Anteile. Das Durchseuchte des weiblichen Körpers scheint sich also in die Umwelt hinein aufzulösen. Es gibt keine Rettung vor diesen Pseudoöstrogenen. Und die führen ja angeblich zur Verweiblichung des Mannes. Da gibt es sozusagen eine doppelte Vorlage: bringen sie ihre Flüssigkeit überhaupt noch ins Spiel, dann läuft sie „zu langsam" - und die ganze Kondomisierung kommt hinzu, die ja schon in der Schule erlernt wird, schon ein zartes Knäblein im Alter von 6 hört als unerbittliches Gesetz, es muß immer verhüten, mit 14 ist es ihm undenkbar, da überhaupt noch was abzulassen, es scheint dann ganz ausgeschlossen, jemals noch unmittelbar etwas in den weiblichen Körper hineinzutun, hineinfließen zu lassen. Ist ja auch nicht nötig im Zeitalter möglicher technischer Reproduktion, das Bild des römischen Brunnes wird verblassen...
L: Aber es ist wirklich wichtig, daß sie lernen, es kann eine Gefahr bedeuten.
G: Er kriegt doch ein völlig anderes Verhältnis zu seinem Körper, wenn er per se als ein zu verhütendes Teil erscheint ...
L: Naja, nicht der ganze Körper...meine Kollegin macht Beratung an Schulen und bringt den Kleinen bei: du bist cool, ein echter Macker, wenn du einen Gummi benutzt - das ist wie ein Führerschein. Für den Vordersitz und Rücksitz. Du mußt das Ding nicht als Restriktion vermitteln. Du mußt deren Sprache benutzen... Da sind die Huren besser als jede andere Person. Die Jungs und Mädchen fragen nicht die Lehrer, nicht die

Elvira Bach

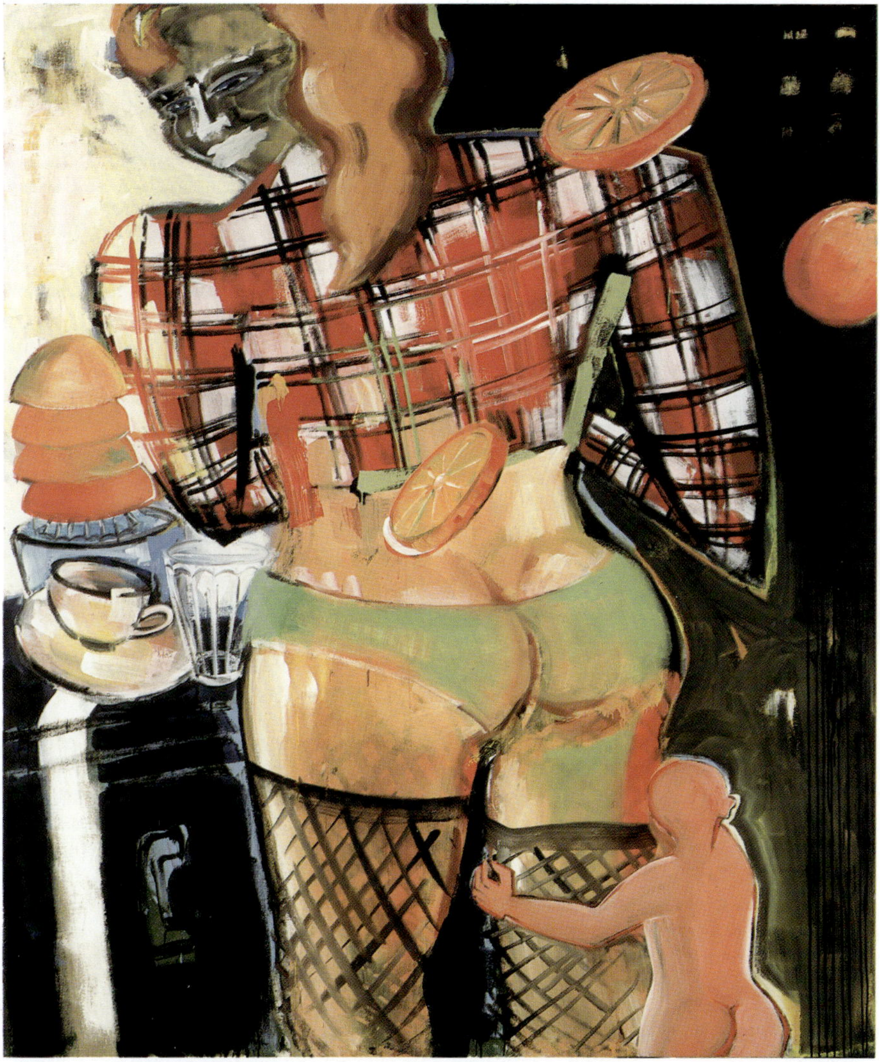

Eltern, aber die Hure...
G: Tja, was machst du mit den Männern, die zu dir kommen, wenn sie also wirklich versiegen, aber dennoch wollen.
L: Dann mußt du natürlich verbal arbeiten und versuchen den Körper zu entspannen, welcher Art von Fröhlichkeit, das ist dann zielgerichtet - so eine nette positive aufbauende Arbeit - Egopflege.
G: Gibt es denn auch Essenzen, also Ersatz von Flüssigkeiten, nicht nur den Wortschwall oder das Gießen der Worte ...
L: Das kommt immer auf die Person an. Manche können ja mit Champagner schon ein bißchen sprudelnder werden - aber das kannst du genauso mit einem guten Hanftee erreichen, oder mit anderen leckeren Flüssigkeiten. Ich finde das schöner als Alkohol ...
G: Wieso ist Hanftee geeigneter?
L: Weil das nicht eine so direkte Wirkung hat, es lockert die Zunge und auch den Körper, es ergreift dich - bei Alkohol wirst du manchmal einfach blöd, dann geht nichts mehr. Du suchst dir die Kunden, die dir liegen. Wenn ich gleich das Gefühl habe das geht nicht, dann mache ich das nicht. Wenn du jung bist, kannst du eher verschiedene durch Jungsein und ein bißchen blablabla nehmen. Wenn du ein bißchen älter bist, dann hast du deine spezielle Art herausgefunden und hast deine speziellen Kunden, die auf dich abfahren - und mit denen du kannst.
G: Welchen Stellenwert würdest du dem Flüssigen bei deiner Arbeit beimessen?
L: Einen essentiellen. Sowohl vorher als während dessen - und hinterher darf ich ja auch noch mal lachen, wenn ich allein bin. Wenn du bei Frauen in den verschiedenen Frauenrollen kommst, kannst du dir jederzeit Brüche erlauben - da lachen die einfach tierisch drüber - sie kennen diese ganzen Brüche ... Männer kommen in solch einer Situation aus dem Konzept und aus der Lust - Frauen kriege ich ganz schnell durchs Lachen. Dann entspannen sie, und dann kannst du loslegen ...
G: Ist der Markt eigentlich verschieden, ob du Männer oder Frauen hast, oder läuft das über dieselben Mechanismen?
L: Es ist leider noch nicht so weit, daß die Massen an Weiblichkeit strömen. Aber es spricht sich rum.
G: Es ist nicht an lesbische Frauen gebunden ...
L: Alle Frauen sind willkommen, jeden Alters.
G: Du machst auch die Erfahrung, daß alle Frauen kommen?
L: Ja, sowohl sehr junge, die ein Lehrstündchen wollen, als auch 50-60jährige, die sich sagen, jetzt sind die Kinder groß, jetzt mach ich mein Ding. Und die kommen und trauen sich zu spielen, anderes, als was sie mit ihren Ehemännern machten - was ja zum Teil auch sehr schön war - aber sie sagen, daß sie eine andere Art von Sinnlichkeit entdecken, es ist fließender, das sagen auch alle ... Verflüssigung fest eingespielter Rituale.
G: Kommen die auch manchmal zu zweit?
L: Selten.
G: Es bleibt also bei der Paarsituation. Es kommt eine Frau zu dir, das gibt zu zweit ein Paar und nachher löst sich das wieder auf.
L: Ja, manche haben dann eine Freundin gefunden, manche haben gelernt, was sie wollen. Manchmal ist es so, daß eine Freundin es ihnen schenkt ...
G: Eine schöne Idee.
L: Es ist ja ein Geschenk, ob du es dir selber schenkst oder einer anderen, es ist ein bewußter Schritt.
G: Hast du mal Zweifel gehabt auf dem Weg zu deiner eigenen Souveränität?
L: Mit Frauen?
G: Nö, überhaupt bei deiner Arbeit?
L: Nein. Ich bin das sehr bewußt angegangen. Und bin noch genauso bewußt, mit dem Unterschied, daß ich meinen Schwerpunkt jetzt auf Frauen gelegt habe.
Ich habe am Anfang ganz bewußt geguckt: wo ist ein Frauenpuff, also ein von einer Frau geleitetes Puff, wo ich lernen kann...
Wenn du zu jung bist, dann machst du viel mit, was nicht gut für dich ist, du hast noch keine Haltung dazu, das ist in anderen Berufen auch nicht anders ... Es ist besser, wenn du zuerst in geschützten Räumen arbeitest, wo ältere arbeiten, die dir alles mögliche sagen: Es ist wichtig, daß du zuerst mit den Kunden sprichst, und wenn ein Kunde etwas will, und du magst es nicht, was bietest du ihm anstelle dessen, es ist für dein eigenes Wohlbefinden wichtig, und daß man das geschickt sagt. Das ist natürlich auch die Erfahrung...
G: Und was ist mit den Sexspielzeugen, spielen da Flüssigkeiten eine Rolle?
L: Ja, da gibt es etwas, was dir gefallen wird. Es gibt einen Glasdildo, in den kannst du Flüssigkeiten hineinfüllen, du kannst dir darin Shakes machen, dir etwas einlaufen lassen, oder daraus trinken ...
Komm doch mal vorbei!

Heike Schulte

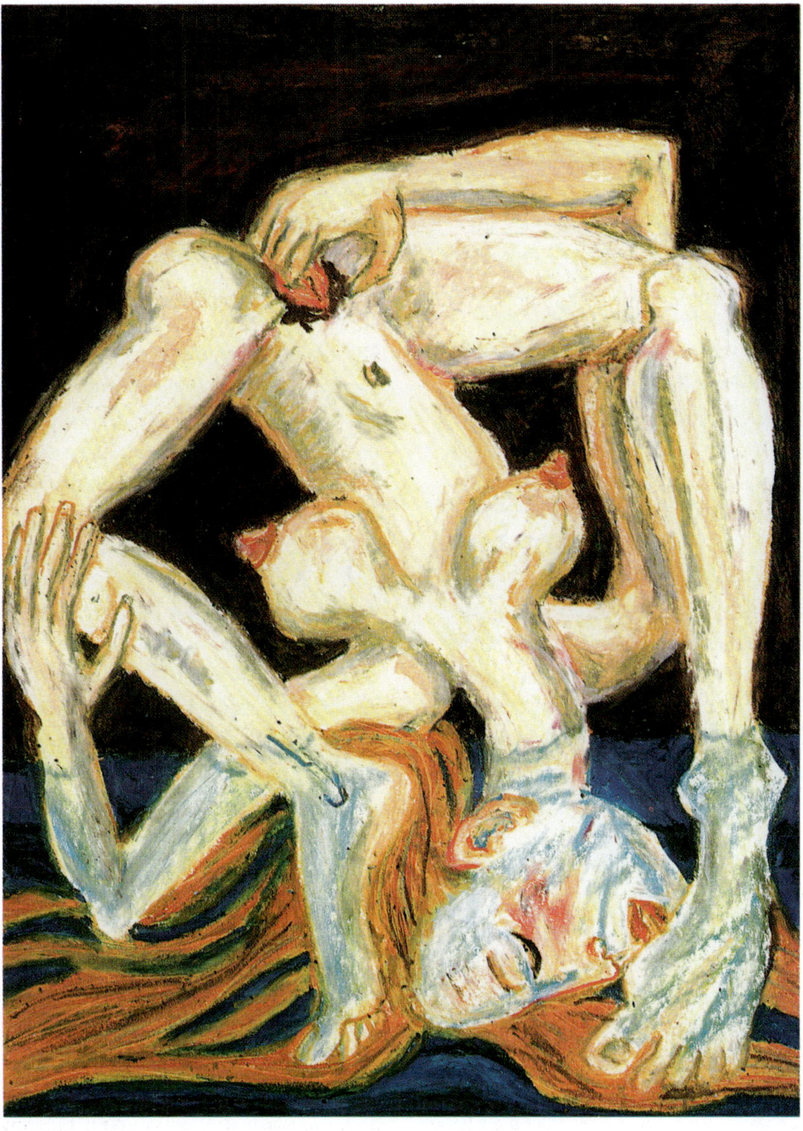

Elisa White

Brüder

Sal war ein großer Mann, voller Kraft, und dunkel, in Haut sowie Stimme. Und wenn er es gerade einmal nicht für nötig hielt, über etwas zu schimpfen, was ansonsten seinem italienischem Temperament entsprach, dann überragte er uns auch an Wärme. Mein Bruder David hingegen war wie ich eher von schmaler Statur. Er glich mehr einem Läufer, dessen Energien auf Ausdauer trainiert waren, als auf einmalig große Leistungen.
Als ich David und Sal allerdings eine Zeitlang zusammen erlebte, bemerkte ich, daß nicht der zornige, große Mann dirigierte, sondern daß David auf sehr feine, fast versteckte Weise die Schlüssel ihrer Beziehung in der Hand hielt. Er konnte nicht nur die Wut Sals steuern oder sie manchmal gar besänftigen, er gab auch die Entfernung vor, die zwischen ihnen herrschte. Und an einem der letzten warmen Septembertage erlebte ich das erste Mal, in welcher Beziehung sie noch zueinander standen. Natürlich war es zu Beginn schon klar gewesen, daß die beiden miteinander schliefen, und doch wurde es ein Erlebnis besonderer Art.
An diesem Tag saß ich, über die Aufzeichnungen der anstehenden Vortragsreise gebeugt, an meinem Schreibtisch. Die nur zum Teil geschlossene Schiebetür ließ das Sonnenlicht kegelförmig aus dem Wohnzimmer zu mir herein und sie gewährte mir einen beschränkten Blick in den großen Raum.
Nebenan schien alles förmlich im weichzeichnenden Goldton des Herbstlichtes zu glühen: die hellen Sessel, das bequeme Sofa dazu, der kleine Tisch aus Glas und Chrom und der Parkettboden unterlegen, ja saugen es regelrecht auf und warfen es gleichzeitig zurück in den Raum. Durch die geöffnete Terrassentür trug der Wind an diesem Tag eine milde Seeluft herein. Die Notizen jedoch nahmen meine ganze Aufmerksamkeit in Anspruch, denn am Freitag war Abreisetag, bis dahin mußten sie fertig sein. So bemerkte ich erst, daß sie von unten heraufgekommen waren, als David das Wohnzimmer betrat. Sie nahmen wohl an, daß sie alleine seien, denn normalerweise gehörte der Nachmittag ihnen; ich war an diesem Tag zu früh heimgekehrt. Ich wandte mich wieder dem Satz zu, der seiner Beendigung harrte; es half ja alles nicht, ich hatte zu tun.
Seit Davids Rückkehr in mein Haus waren schon wieder etliche Monate vergangen, all das, was hinter ihm lag, das wog für ihn schwer. Aber er hatte sich mit der ihm so eigenen stillen Beharrlichkeit aus seinen Begrenzungen herausgearbeitet. Und auf besondere Weise erlöste er mich dadurch auch. Noch heute, fast zehn Jahre danach, frage ich mich oft, was wohl aus uns geworden wäre, hätte er sich nicht aus seiner Uniform befreit. Sie war das Sinnbild all seiner Qual, war das Sinnbild für all die Gewalt.
Aber, und das hatte er mir in finsteren Zwiegesprächen auch bekannt, sie stand auch für Sal. Ohne dieses Vorspiel, so Davids makabre Konnotation, hätte er nie diesen Mann geliebt, diesen nicht, und wahrscheinlich auch niemals überhaupt irgendwen. So aber waren sie nun beide hier, und inzwischen hatte ich mich auch an die Geräuschkulisse gewöhnt. Ich saß

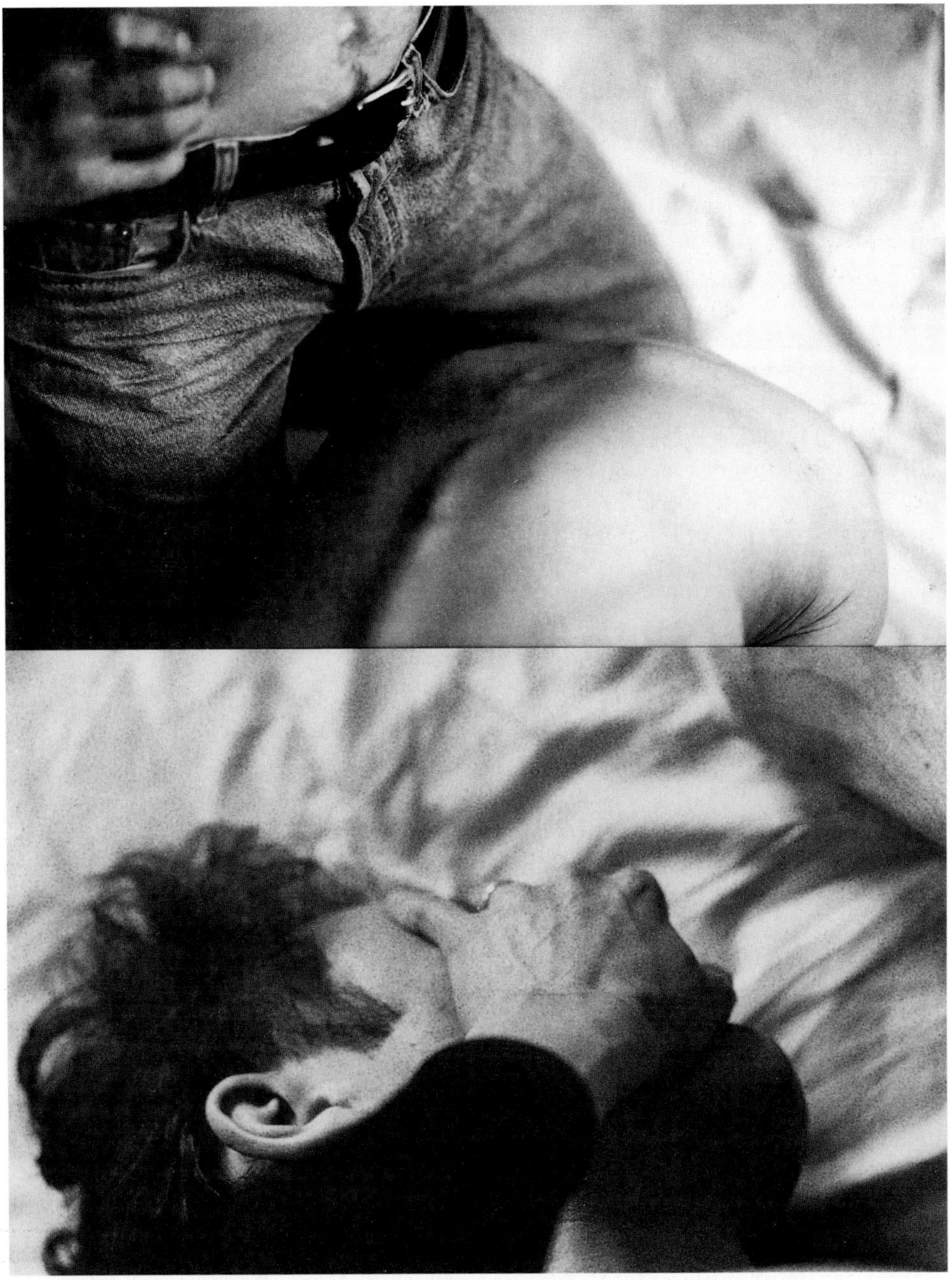

Susanne Schleyer

vor meinem Papier und die beiden waren drüben im sonnigen Raum. Irgendwann hörte ich Sal sagen:
“Ach Scheiße, eigentlich bin ich zu alt, um mich um so etwas noch zu scheren.” Sie schienen am Ende einer Diskussion angekommen zu sein, denn seine Stimme mit dem noch immer italienischen Klang hatte etwas Abschließendes. Und von David war keine Erwiderung zu hören. Ich sah auf, ließ meinen Blick schweifen, ich suchte ein sinnvolles Ende für meinen Satz.
David schlenderte durch den Raum und blieb dann vor dem Regal mit dem Plattenspieler stehen. Schon während des ganzen Sommers trug er nur Jeans und T-Shirt, und oft nicht einmal das. Seine Arme waren gebräunt, schon als Kind war ich heller gewesen als er und seine Haut schimmerte jetzt fast ebenso dunkel wie Sals. Mir fehlte noch immer das richtige Wort. David hielt ein Glas mit Orangensaft in der einen Hand. Die andere ließ er über die Schallplatten gleiten und zog schließlich eine heraus. Er setzte das Glas auf dem Regal ab, und kurze Zeit später verbreitete sich Billys Gesang. Sal war zum Fenster getreten und durch den Winkel, in dem sich der große Wohnzimmerspiegel zu mir befand, konnte ich ihn noch immer sehen. Er spielte mit der Schnur der Jalousie und sah auf den Strand hinaus.
David hingegen hatte sein Glas wieder aufgenommen und stand nun dicht hinter dem großen Mann. Er hob sacht seine Hand und fuhr mit den Fingern durch das schwarze Haar Sals. Dieser bewegte sich nicht. Und David faßte ihn bei der Schulter und drehte ihn ein wenig zu sich herum.
Billys rauchige Stimme schwang sich träge herüber, jede ihrer Phrasen zog mich schleppend in den Blues mit hinein.
David trat vor Sal hin. Ich sah nun beider Profil.

Sal sah noch immer auf den Strand hinaus. Und Davids Gesicht war auf einmal voll konzentrierter Spannung; die Worte, die er dann schließend zu Sal zu sprechen begann, vibrierten von tiefer Kraft:
“Ich weiß nicht, was ihr daran mißfällt.” Mit sanfter Geschmeidigkeit fuhr er erneut durch Sals Haar.
Der Anfang meines Satzes verflüchtigte sich. Und obwohl sich das Gefühl, etwas Verbotenem beizuwohnen, nicht vertreiben ließ, saß ich wie verwurzelt auf meinem Stuhl.
David hatte sein Glas auf das Fensterbrett gestellt. Er stand jetzt vor seinem Freund. Dessen Dunkelheit, unterstrichen durch das flirrende Sonnenlicht, ließ ihn noch stolzer und stärker erscheinen, als er tatsächlich war.
“Hey, bist du bei mir?” suchte David nach ihm.
Sal wandte sich langsam seinem Geliebten zu.
Der umfaßte Sals Wangen mit den Handflächen und zog sein Gesicht bedächtig zu sich herab. Er küßte ihn, erst sanft, um ihn dann, mit einer fließenden, ganz kleinen Bewegung zu umarmen. Seine Hände wanderten ruhig an Sals Rücken herab. Noch war keine Bewegung in dessen Körper, er schien einfach nur an den Kleineren gelehnt. Ich sah, wie David seinen Mund an Sals Hals führte und dann, wie dieser den Kopf neigte, um der Liebkosung Platz zu machen, gefolgt von einem leisen Seufzer. Dieser drang nicht durch einen Ton zu mir vor. Aber die Haltung Sals, die nachlassende Spannung in seinem Körper wiesen mich darauf hin.
Davids Hände schoben sich unter Sals

Hemd, und ich sah, wie mein Bruder ein Bein zwischen die des Liebhabers schob. Nun legte auch Sal seinen Arm um ihn und zog ihn näher an sich heran. Ihre Lippen berührten sich wieder, aber diesmal küßte nicht David Sal; sie küßten sich zärtlich, wie forschend, als seien sie noch immer ein flüchtiges Wunder, aber dann ließen sie ihre Zurückhaltung fahren.
Die Nachdrücklichkeit ihrer Bewegungen, Davids Hände auf Sals nackter Haut. Ihre ineinander verschlungenen Beine, zwei Körper jetzt drängend aneinander gepreßt. Dann umfaßte David Sals Schultern, er löste seinen Kuß und drückte den Freund in Richtung Boden hinab. Sal folgte seinem Impuls und kurz darauf erfüllte Davids fast grollendes Stöhnen den ganzen Raum.
Ich wußte nicht, wohin ich mich wenden sollte, ich konnte jetzt wohl kaum durch die Tür hinausgehen, das hätte sie nur gestört. So hockte ich weiter auf meinem Platz und bald sah ich durch den Spiegel auch wieder zu ihnen hin.
David stand noch immer ans Fenster gelehnt und Sal war, mit dem Gesicht in Höhe seines Schoßes auf die Knie gegangen. David hatte die Augen geschlossen und seine Hände ruhten auf Sal. Er bewegt seinen Körper in sanftem Rhythmus, ich spürte förmlich ihr Ein und Aus.
Und wie David dort so stand, mit seinem Verlangen, mit diesem Ton in der Kehle und nach innen gerichteter Aufmerksamkeit, lag eine Mischung aus Inbrunst und Schmerz auf seinem Gesicht. Irgendwann, ich weiß nicht mehr wann, löste er die Hände aus Sals Haar und ließ sich herabgleiten. Er breitete die Arme um den Geliebten und seine Bewegung ließ mich an eine Bergung denken.
Mein Bruder zog den Freund an sich, nahm ihn ganz in Beschlag, und genauso tat es auch der große Mann. Dann rollten sie über den Boden, hinaus aus meinem Blick. Ich hörte ihre Stimmen, sie durchdrangen den Raum, und es konnte nichts anderes als das Leben sein.

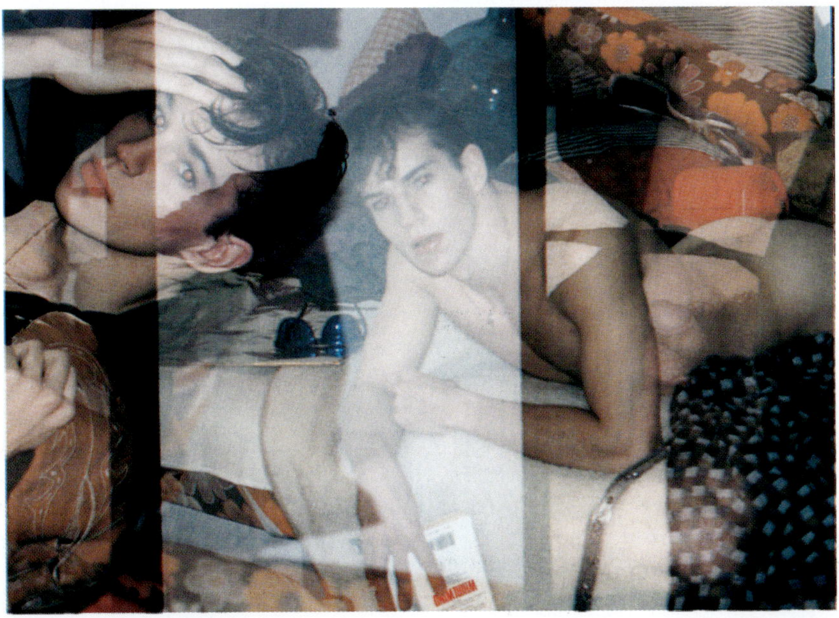

Jan Faro

Stefanie Sellier

Neulich in meiner Küche

Irgend etwas mache ich immer falsch, wenn ich eine Frau verführen will. Ganz fatal war zum Beispiel der Versuch, eine Flamme durch meine neuesten Kenntnisse auf dem Gebiet der Dostojewski-Forschung zu beeindrucken. Sie war wohl beeindruckt, aber natürlich auch völlig abgeturnt. Und mal ehrlich — wer würde schon eine Frau wollen, die durch solch ein Thema in Fahrt kommt! Da liegt eben der Hund begraben: Ich will keine Frau, die so bekloppt ist wie ich, ich will was Vernünftiges, und die vernünftigen Frauen dieser Welt wollen mich nicht.
Aber an dem, was neulich passierte, trifft mich einfach keine Schuld. Da war diese wahnsinnig niedliche Verkäuferin in meinem Teeladen um die Ecke, der zwei Schwulen gehört. Sie konnte kaum älter als zwanzig sein und sah wie Tippi Hedren aus, was der gerade aktuelle 60er Jahre-Look noch unterstrich. Vielleicht erinnern Sie sich: Tippi Hedren ist diese mörderische Hitchcock-Blondine aus "Die Vögel" und "Marnie", die — zum Leidwesen ihrer Begleiter — das Böse anzieht wie Goldstaub. Und ich mag ja bedrohliche Frauen.
Die Verkäuferin also hatte sich ihr halblanges gebleichtes Haar mit Klammern hinter die Ohren gesteckt, was ihr das Aussehen eines verdorbenen Schulmädchens gab, Wimpern, die so lang und so stark getuscht waren, daß sich locker Wäsche daran aufhängen ließ, eine Art fusseligen Schafpelzmantel und einen Ring durch die linke Augenbraue. Aber mehr noch, sie hatte Persönlichkeit. Sie hatte echt Klasse. In fünf Jahren würde sie atemberaubend sein. Ich betete sie schon jetzt an.
Ich hatte in meinem Leben noch nicht so viel Tee getrunken wie seit dem Tag, als ich sie das erste Mal dort stehen sah. Noch jetzt stapeln sich in meinem Küchenregal die Tüten mit Earl Grey, Weihnachtsmischung und grünem Tee. Am liebsten bestellte ich übrigens Früchtetee, weil es so bezaubernd war, sie mit butterweicher Stimme zu bitten: "Ich hätte gerne hundert Gramm 'Kaminzauber'!" Sie sagte nie nein. Wir kamen dank meines aberwitzigen Teekonsums schon bald ins Gespräch. Ich bekam immer tolle Musiktips von ihr. Manchmal, wenn gerade keine Kunden im Laden waren, spielte sie mir auch was vor. Es fiel mir nie schwer, mich auf Anhieb in genügend Weltschmerz zu versetzen, um die wummernden Bässe genießen zu können.
Zwei Wochen lang war ich nur friedlich verknallt, aber irgendwann hatte ich eine Flaute und langweilte mich. Das ist der Moment, wo die fixen Ideen zuschlagen. Es wurde schlimmer. Immerhin besaß ich schon zwei Tätowierungen, aber ich ging noch zu demselben Leichen-Make-up wie sie über, kaufte mir eine dieser formlosen Strickmützen, die einem immer über die Augen rutschen, ein paar Springerstiefel mit Stahlkappe und einen guten Stapel Schmerzmusik der 90er, wo junge Frauen mit vor Wut kippender Stimme wie zuckendes, rohes Fleisch singen. Annemarie brach in schallendes Gelächter aus, als ich mittags auf einen Kaffee ins Kap Horn kam.
"Wie alt bist du, Suse - sechzehn?? Du

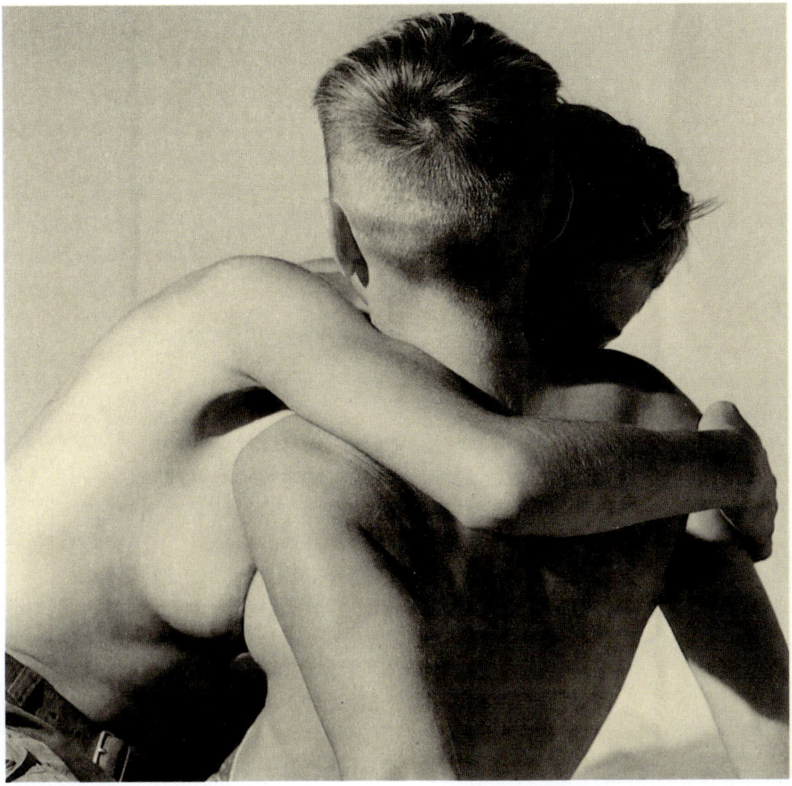
Daïjna Roos

siehst aus wie ein Kolchosebauer nach einem langen Arbeitstag!"
"Annemarie! Sie ist so süß!"
"Na gut, dann erzähl mal. Einen Milchkaffee?"
"Ja, vielen Dank."
"Also, wer ist so süß, du Kinderschänderin? Deinem Outfit nach zu urteilen, kann sie gerade erst volljährig geworden sein."
"Ich bin selber gerade mal achtundzwanzig!" protestierte ich heftig. "Die Frau im Teeladen von Jochen und Werner."
Annemarie grinste. "Achtundzwanzig ist scheintot, meine Liebe." Sie goß den Schaum auf die Tasse, streute ein wenig Zimt darauf und stellte sie vor mich hin.
"Ach, die Katharina! Da hast du dir aber was vorgenommen. Sieht aus wie ein Engel, aber hat 'ne Zunge wie ein Rasiermesser. Ich weiß noch nicht mal, ob sie lesbisch ist, und ich glaube, sie weiß es selber nicht. Echt, laß es, Suse!"
Ich versuchte es. Ich hielt mich an meine Teevorräte. Ich tauschte die Stahlkappenstiefel, die sich überhaupt nur mit Mühe vom Boden heben ließen und die mir die Zehen stauchten, wieder mit den üblichen schwarzen Cowboyschuhen und warf "k.d." in den CD-Player. Es half nichts. Ich roch trotzdem schon die Katastrophe. Ich hätte einfach nicht rückfällig werden und die Frau spontan zu mir nachhause einladen dürfen, dann würde sie heute noch mit mir reden.
Sie mußte auch irgendwo in der Südstadt wohnen, denn ich begegnete ihr manchmal auf der Straße, und wir winkten uns zu. An einem Samstagnachmittag traf ich

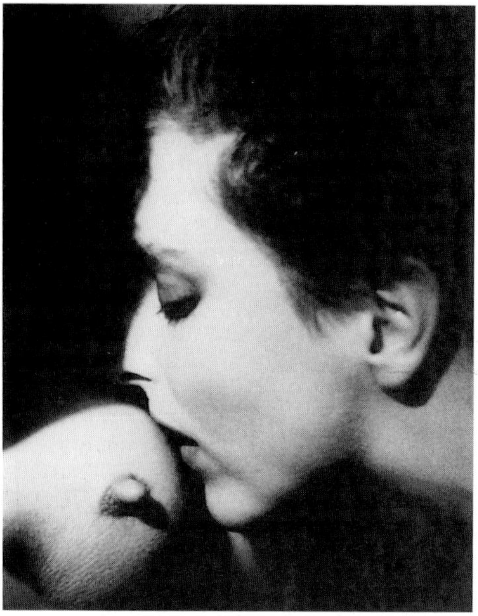
Elfie Mikesch

sie vor dem “Plus”. Mit klopfendem Herzen ergriff ich die Gelegenheit und fragte sie, ob sie nicht Lust hätte, sich den Mitschnitt eines Alanis-Morissette-Konzerts auf Video anzugucken, den meine kanadische Freundin mir gerade geschickt hätte. “Ja! Wow!” - “Ich wohne gleich gegenüber.” Vielleicht hatte Annemarie doch gar nicht so unrecht mit der Kinderschänderin, dachte ich mit schlechtem Gewissen, wurde dann aber von meinem Erfolg davongetragen.
Schon als ich die Wohnungstür aufschloß, fühlte ich, daß irgend etwas nicht stimmte, aber was? “Schöne Wohnung”, sagte Katharina, während sie sich umschaute. “Wohnst du hier alleine?” -”Nein, ich habe noch eine Mitbewohnerin.” Wir gingen den langen Flur zu meinem Zimmer durch. Ich ließ die Zimmertür offen, damit sie sich wohlfühlte. Schließlich kannten wir uns bisher nur aus dem Laden, eine ziemlich formelle Angelegenheit. Wir quatschten ein wenig auf dem Sofa, und schließlich begann es draußen zu regnen. Dachte ich jedenfalls, bis ich aus dem Fenster schaute und feststellte, daß es staubtrocken war. Katharina schaute, als sie meine Irritation bemerkte, auch hinaus und sagte überrascht: “Komisch, es regnet ja gar nicht! Was sind denn das für Geräusche?” Ich lauschte genauer und hörte, daß die Geräusche aus Christinas Zimmer kamen. Ich ahnte Schreckliches. Das war kein Regen, das war Peitschenprasseln! Wenn ich die Frau in die Finger bekäme, bekäme sie von mir noch eine Extratracht Prügel! Ich hatte ihr bei meinem Einzug laut und deutlich gesagt, sie solle ihre komischen SM-Performances nur nachts, wenn ich schliefe, abhalten, und jetzt hatte ich ausgerechnet Katharina zu Besuch. ”Ach, irgendwas, ich weiß auch nicht. Hättest du eigentlich Lust auf einen Tee?” sagte ich verzweifelt, um sie von dem Prasseln abzulenken. “Gerne”, sagte Katharina freundlich und zwinkerte mir zu. Wie erkläre ich einer Zwanzigjährigen, daß die Welt nun mal pervers ist?
Ich schob sie freundlich, aber bestimmt auf die Küche zu, die weitab von Christinas Zimmer lag. Wir könnten hier Tee trinken. Dachte ich jedenfalls, bis ich die Tür öffnete und gleich wieder hinter mir schloß, die verblüffte Katharina aussperrend. “Bin gleich wieder da!” Hoffentlich hatte sie nichts gesehen. Da hockte Gesine Schäfer, die ich sonst nur flüchtig vom Tanzkurs im “Schulz” kannte, an unseren Kühlschrank gekettet, nur mit einem Hundehalsband bekleidet. Übrigens kein Gramm zuviel, die Gute. “Gesine!” fauchte ich fassungslos. “Was machst du denn hier! Und wo sind die Schlüssel, verdammt noch mal!” - “Christina ist einkaufen gegangen und bestraft mich gerade, indem sie so tut, als hätte sie mich hier vergessen. Sie hat die Schlüssel mitgenommen. Tut mir echt leid, Suse!” Sie

zuckte hilflos mit den Schultern. Ich hätte ihr fast eine geklebt: “Es ist drei Uhr nachmittags, und ich habe Besuch! Das geht nicht, echt nicht! Ihr habt sie ja nicht alle!” Leise vor mich hinfluchend setzte ich hastig Tee auf, um Katharina nicht noch weiter zu verwirren. Kaum hatte ich das Teesieb ins Wasser getunkt, flog es auch schon wieder in den Ausguß, und ich sauste mit dem schweren Tablett in den Händen in mein Zimmer, wo ich Katharina wiederfand. Sie strich sich mit dem Daumen, an dem ein dicker Silberring prangte, eine blonde Strähne aus der Stirn und sagte: “Komisches Geräusch. Das ist gar kein Regen. Zwischendurch hört es auf, dann ist es mal stärker oder schwächer. Es hört sich mehr wie feuchte Holzscheite im Feuer an, aber das kann doch nicht sein.” - “Nein, wirklich seltsam!” entgegnete ich, mit den Nerven am Ende, und stellte das Tablett ab. Aber wenn wir hier in meinem Zimmer blieben und endlich das Video einwarfen und laut aufdrehten, konnte eigentlich nichts Schlimmes mehr passieren. Alanis Morissettes gespenstisch ausdrucksstarkes Gesicht erschien. “Isnt´t it ironic”, ausgerechnet. Ja, dieses ganze Leben ist ein Witz, und Hauptsache, du verlernst das Lachen nicht, dann macht es sogar wahnsinnig viel Spaß. Prasseln und Gesine waren bald vergessen. Bei “You Oughta Know” schrie ich fast vor Begeisterung, und Katharina griff spontan nach meiner Hand, was mir die Hitze in den Kopf trieb. Ihre langen Wimpern flatterten aufgeregt. Da hämmerte es laut an der Tür, und ehe ich “Nein!” brüllen konnte, stand Beatrice, eine Freundin von Christina, mit nassen Haaren im Türrahmen und fragte:

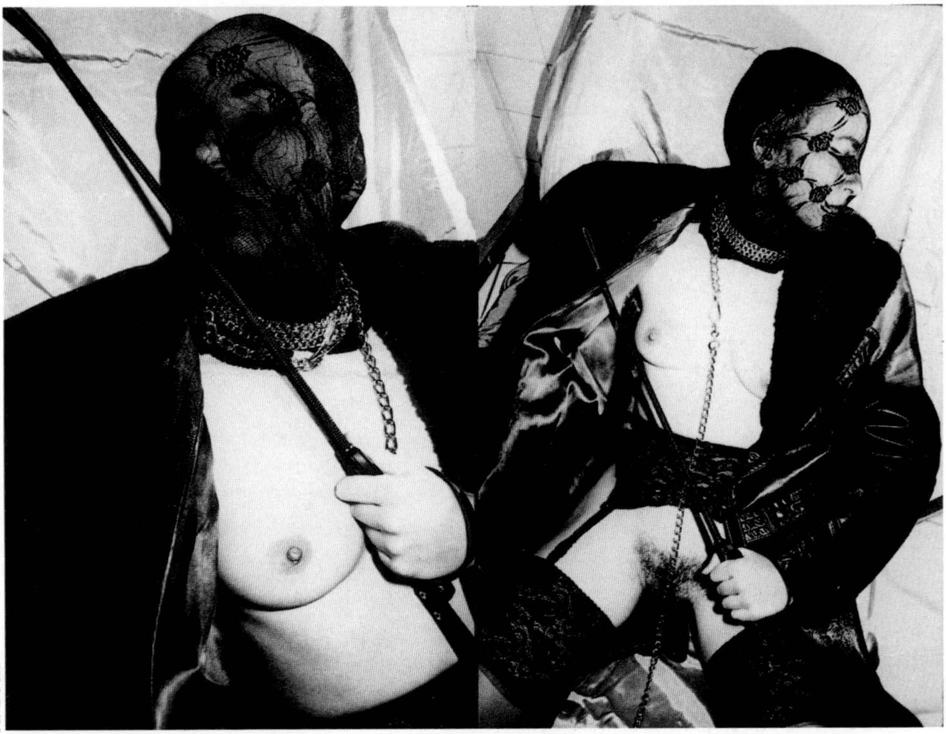

A. Bock

“Hast du noch irgendwo Zigaretten?” Sie hatte wohl gerade geduscht. Katharinas Augen weiteten sich vor Entsetzen, und sie ließ meine Hand fallen. Da erst blickte ich an Beatrice herunter und sah, daß sie nur Unterwäsche trug, die den Blick auf die Spuren ihrer letzten Spiele mit welcher-auch-immer freigab. Sie sah aus, als wäre sie kürzlich vor einen Bus gelaufen: eine einzige bunte Mischung aus Striemen und blauen Flecken in den unterschiedlichsten Schattierungen.

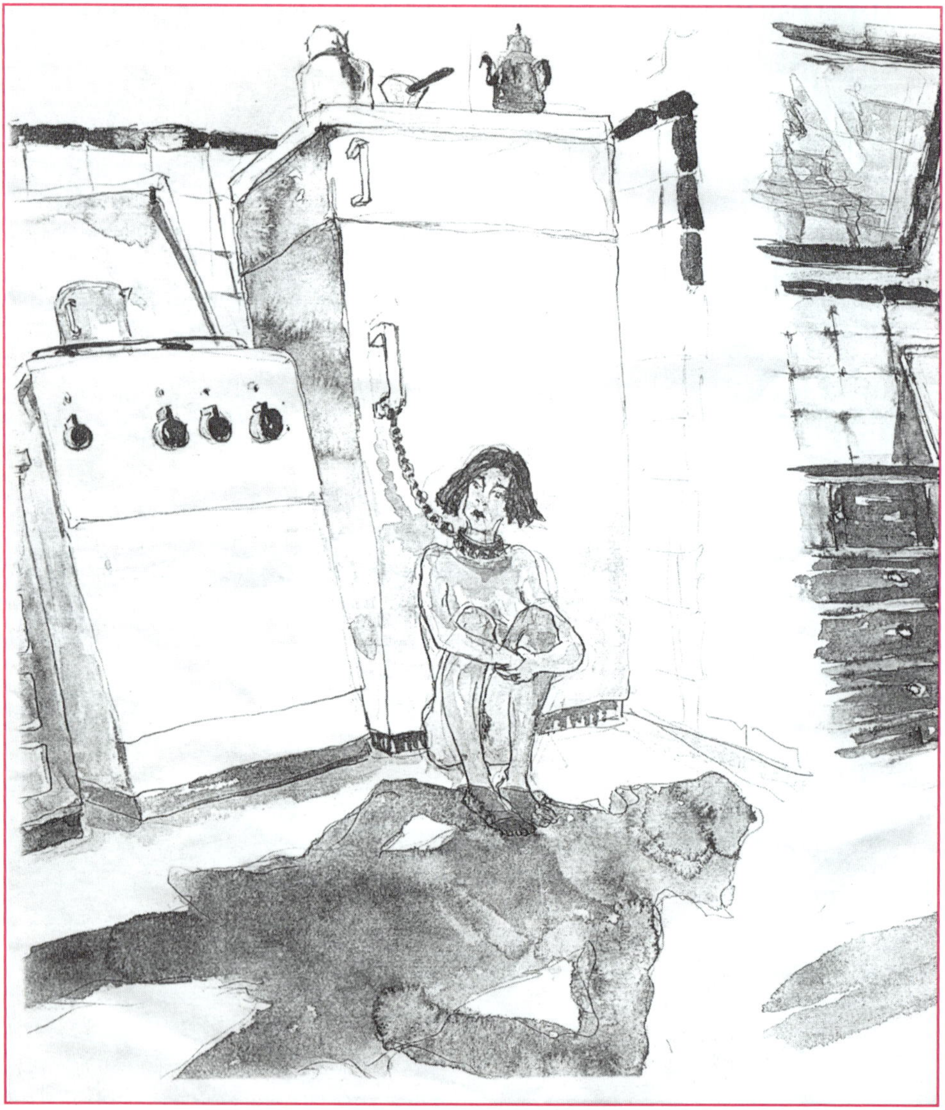

Gudula Hesse

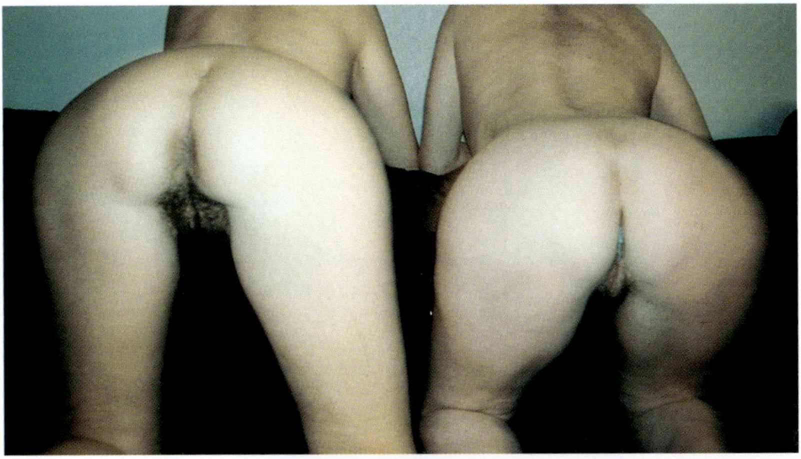

Paul Kohl

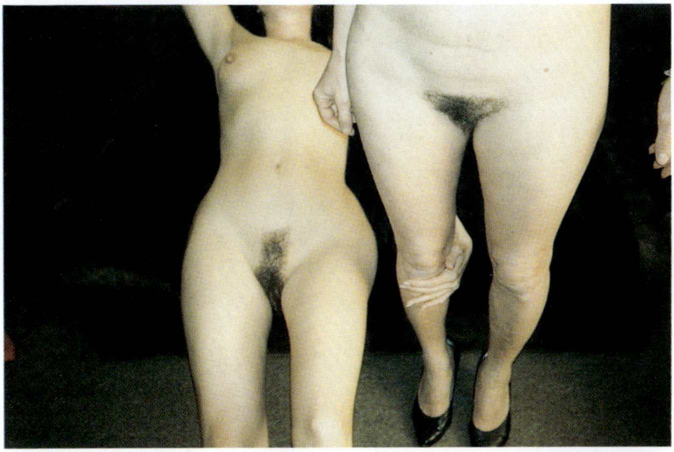

"Tut mir leid, Susanne, aber das ist echt too much für mich!" Katharina sprang auf, griff sich ihre Jacke, und ich hörte noch die Tür zuschlagen. Das war auch too much für mich, ich war stinksauer, und zwei Monate später bin ich bei Christina ausgezogen. Und sicherheitshalber zu Kaffee übergegangen. Die Frau im "Tchibo" ist nämlich garantiert hetero und garantiert vierzig.

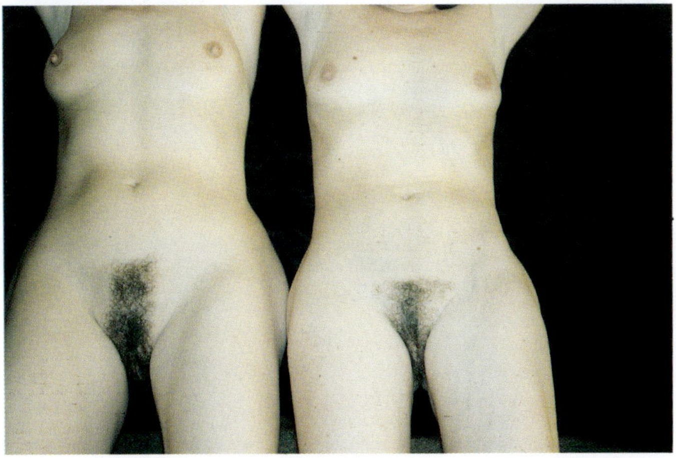

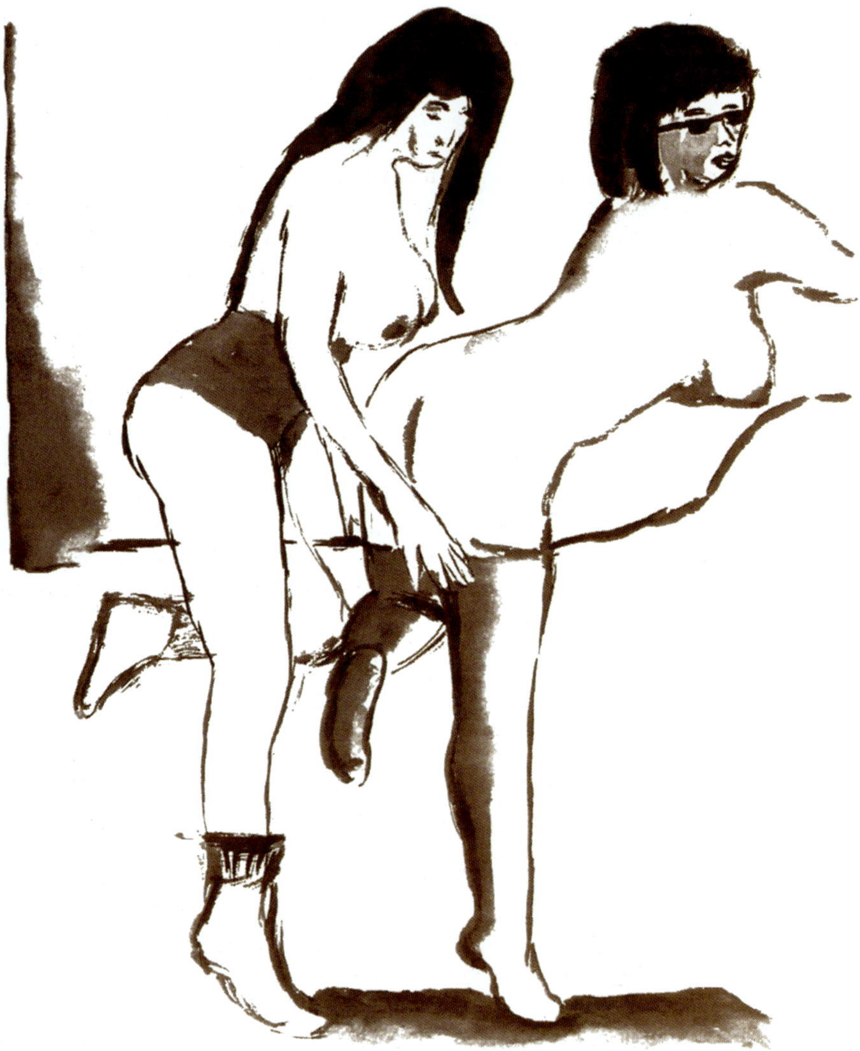

Kerstin Drechsel

Marina Fehrmann

Wie kommt eine Schüchterne in Teufelins Küche?

Es war einer dieser typischen Sonntage. Schreibtisch aufräumen, Briefe schreiben, endlich die Steuererklärung fertigmachen — und dann plötzlich dieses Ziehen in den Brüsten. Was soll das denn? Direkt zwischen den großen Zehen fühlt es sich auch so unruhig an. Die unausweichliche Diagnose: Lust! Wo kommt die auf einmal her? und viel wichtiger: wo soll sie denn jetzt damit hin?
Weg vom Papierkram, soviel ist klar. Vielleicht aufs Sofa und es sich selbst machen? Edith ist darin gar nicht schlecht — mit immer neuen heißen Szenarien inklusive Orgasmusgarantie. Aber was, wenn ihr das nicht länger reicht? Wenn sie endlich wieder den Atem einer anderen Frau hören will und nicht nur ihr eigenes Stöhnen. Wenn sie möchte, daß die andere dableibt, nachdem sie die Augen aufmacht. Sie nimmt ihre Brüste in ihre Hände — einfach um nachdenken zu können. Kalte Duschen sollen ja auch helfen, aber welche probiert so was Blödes schon wirklich aus?
Die immer gleiche Grundfrage — seit einigen Monaten ist es dieselbe — wie kommt sie zu einer Frau? Nicht, daß sie keine kennt. Aber darüber nachzudenken, ob die konkret in Frage kämen, ist viel zu riskant. Da käme vielleicht sogar raus, daß es da eine gibt, die sie ganz besonders ...
Also, zurück zur Theorie! Wie soll sie sein? Charmant, reizvoll, sinnlich ... Nachdenklich knetet Edith an ihrer rechten Brustwarze herum. Ein angenehmer kleiner Wirbel dreht sich bis zu ihren guttrainierten Beckenbodenmuskeln hin. Das gleiche nochmal mit links. (Ihre Gynäkologin hat ihr da neulich so eine interessante Gymnastik für diese schönen Muskeln empfohlen — aus rein medizinischen Gründen natürlich! Mittlerweile hat sie den Dreh raus und so eine Ahnung, warum das aufmunternde Doktorinnengrinsen recht vielsagend war!) Bei dieser Übung kommt ihr auch gleich ein wichtiger Gedanke: Die Auserwählte ist natürlich mutiger als sie! Denn sonst würden sie leider nie zueinander finden.
Edith ist nämlich chronisch schüchtern. Das erste Mal fiel es ihr auf, als sie sich in ihre Kindergartentante verliebt hat. Mittlerweile weiß sie, es ist angeboren.
Was das wirklich bedeutet, kann sich keine vorstellen. Selbst ihre beste Freundin nicht. Sie behauptet sogar, Edith sähe gar nicht danach aus.
Freundin, dein Name ist Ahnungslosigkeit! Eigentlich müßte Edith eine Selbsthilfegruppe gründen — die 'Anonymen Schüchternen', wenn sie dafür nicht auch zu schüchtern wäre. Verträumt nimmt sie ihre Flanken unter ihre Fingerspitzen, umarmt sich trostvoll, kuschelt sich bei sich ein.
Obwohl — es gibt auch Momente, in denen sie es überhaupt nicht einsieht, daß sie sich ändern soll. Irgendwo gibt es sie ja, die Frau, die ihre Schüchternheit besiegen wird. Sie weiß nur noch nichts davon. Sie ist eine wilde, verwegene Teufelin — und überhaupt so ganz anders als Edith. Unwillkürlich greift sie fester zu. Ja. So. Ihr Atem geht schneller. Sie weiß, was sie will. Genauso wird sie es machen. Dann

wird sie für Augenblicke sogar ihre Schüchternheit verlassen und sie wird die andere an sich ziehen und ihr richtig gewagte Sachen ins Ohr flüstern. Aber das könnte sie natürlich nur, wenn sie vorher genau wüßte, daß die andere das auch will. Allein die Vorstellung, damit zuviel riskiert zu haben — und die verwegene Teufelin dreht sich zu ihr hin und fragt ganz entrüstet: 'Was hast du gerade gesagt?!' — entsetzlich! Da bleibt sie doch lieber ein braves Mädchen!
Sanft und tröstend reibt sie ihre Brüste, bis sich ihre Gedanken wieder in ruhigerem Fahrwasser bewegen. Die Teufelin wäre natürlich mutiger, aber auch erfahrener als Edith. Sie könnte ihr nichts vormachen. Die Teufelin wüßte genau, was Edith von ihr will. Auch ohne, daß Edith extra was sagen muß. Sie wüßte, wie sehr es sie anmacht, ihr zuzusehen bei allem, was sie mit ihr tut. Die Augen offen, keine Zurückhaltung im Blick, wäre sie Wachs in ihren Händen.
Edith räkelt sich längst in ihrer vertrauten Position auf dem Sofa. Ihre Handflächen kreisen über ihren Hüften. Ihre liebste erogene Zone, seitdem sie diese Vokabel gelernt hat. Noch schöner ist es ja auf dem Rücken, oben am Becken entlang. Aber da kommt sie alleine nicht dran. Jetzt eine Liebste mit starken Händen — das wär's!
Aber langsam, sie darf jetzt nicht beschleunigen. Das ist der größte Nachteil, wenn sie es sich selbst macht — sie kommt einfach zu schnell! Lieber noch eine Runde Grübeln.

Das Problem ist also, sie zu finden. Oder vielmehr, von ihr gefunden zu werden. Ihre beste Freundin schwört ja, daß Edith schon x-mal gefunden worden wäre, wenn sie nicht immer weggucken würde. Aber sie kann ihr auch nicht sagen, wie sie die Blicke aushalten soll. Für den Streß ist Edith einfach nicht geschaffen.
Zugegeben: ab und an gibt es da schon mal die eine oder andere, die ihr zulächelt. Dann guckt sie immer erstmal weg, vorsichtshalber. (Wahrscheinlich ist sie sowieso nicht gemeint ...) Wenn sie dann nach einer Weile wieder hinsieht, ist die andere meist nicht mehr da — oder sie fixiert zur Abwechslung eine Miß-Lässig-und-Supercool. Da kann Edith eh nicht mithalten.
Nun meint ja ihre beste Freundin, daß ihre Verehrerin dann halt frustriert ist, weil Edith nicht zurückgeguckt hat. Aber das findet sie übertrieben. Spätestens nach fünf oder zehn Minuten guckt sie immer zurück. Wenigstens ganz kurz. Und überhaupt — die Richtige würde doch niemals so schnell aufgeben. Sie wäre da schon hartnäckiger ... Gerade so viel, daß Edith sich sicher sein könnte mit ihr. Dann würde die Richtige lächelnd zu ihr rüberkommen — und sie würde glatt dahinschmelzen.
Sie ist ja längst bereit dazu. Automatisch ist ihr Finger zwischen ihre Lippen gewandert. Eine lang vertraute Kleinmädchengeste. Sie saugt an der Fingerspitze und umkreist sie zärtlich mit der Zunge. Eine klitzekleine Gänsehaut belohnt sie. 'Ich trau' mich nicht' — aber eigentlich ist sie die beste Zungenküsserin der Welt. Sogar sich selbst kann sie spielend in Ekstase küssen. Einen Fanclub hat sie dafür allerdings noch nicht gefunden.

Manchmal träumt sie ja auch davon, wie sie es einfach selbst tut. Auf die Frau ihrer Wahl zugeht, sie zum Tanzen auffordert (sie ist hoffnungslos altmodisch — damit geht's ja schon los!) und sie dann umgarnt, berührt, ihr heiße Komplimente

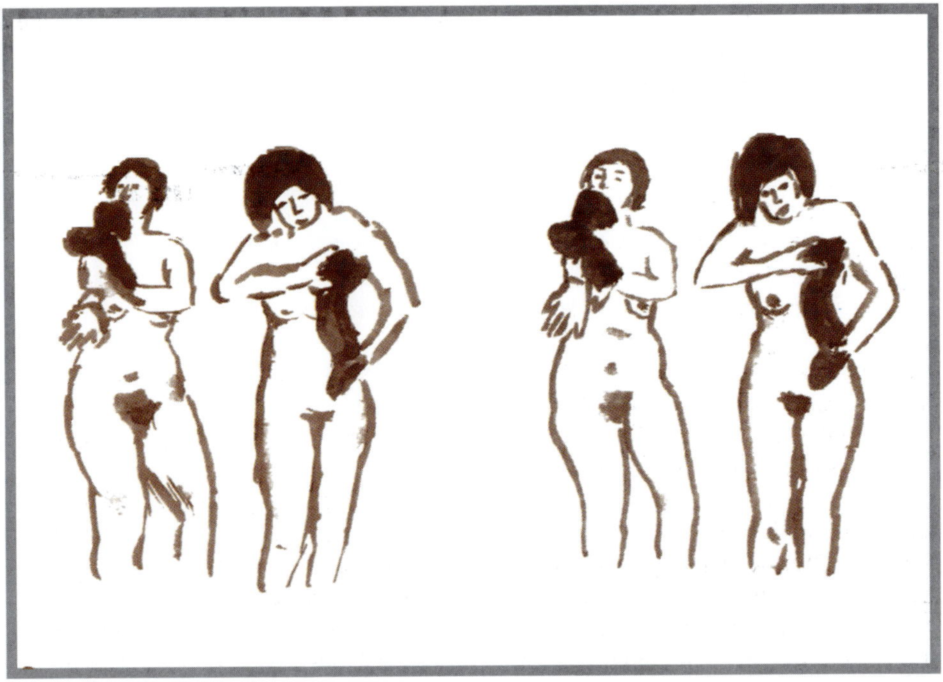

macht. Sie küßt sie bis ihr schwindlig wird und damit überzeugt sie sie dann endgültig von sich. Wow! Eigentlich alles ganz einfach. Warum kommt das bloß so selten vor?
Ihr ist ja schon der Verdacht gekommen, daß alle Frauen, die alleine auf Partys gehen, dieselbe Phantasie haben. Alle wollen sie von der hinreißendsten Frau des Abends ungeniert und handgreiflich geküßt werden, während sie sich selbst kaum vom Fleck rühren. Das Dornröschen-Syndrom.
Fast grimmig legt Edith ihre Finger über ihre Klit. Das muß ja schiefgehen, wenn alle die Schüchterne spielen. Bei ihr ist das schlicht was anderes. Sie spielt nicht. Sie ist es. Durch und durch.
Sie kann da aus leidvoller Erfahrung sprechen. Alle Vorschläge ihrer besten Freundin hat sie durchprobiert: 'Du kannst es. Klar, geh ran. Noch einen Schritt und dann sagst du einfach ´Hey Baby — laß uns tanzen'. Edith kommt sich schon manchmal vor wie eine Footballspielerin — 'und jetzt Tempo! Ja! Durchhalten, Idiß! Durchhalten!' — aber sie ist doch die mit der Ballangst. Außerdem haßt sie es, wenn ihre beste Freundin sie Idiß nennt. Das entmutigt sie zutiefst. Und überhaupt saß sie schon immer viel lieber auf der Reservebank!

Wenn eine wirklich Schüchterne wie Edith unerwartet ihre Zurückhaltung ablegt, wird sie im vertrauten Kreis leicht für eine hervorragende Kabarettistin gehalten. Es gab da so einen Abend — ganz bitter! Edith holt tief Luft, kehrt ihr Innerstes nach außen, wirft sich verwegen in die Brust und läßt die Amazone sprechen — die Heldin. Befehlsgewohnt und schneidig sagt sie, wes' ihr Begehr. Die Antwort — ist brüllendes Gelächter. Frau habe schon lange keine so gute Parodie mehr zu sehen bekommen — ja, sie könne damit glatt auf die Bühne, har har har. Ein weiteres Trauma pflastert seither ihren Weg.

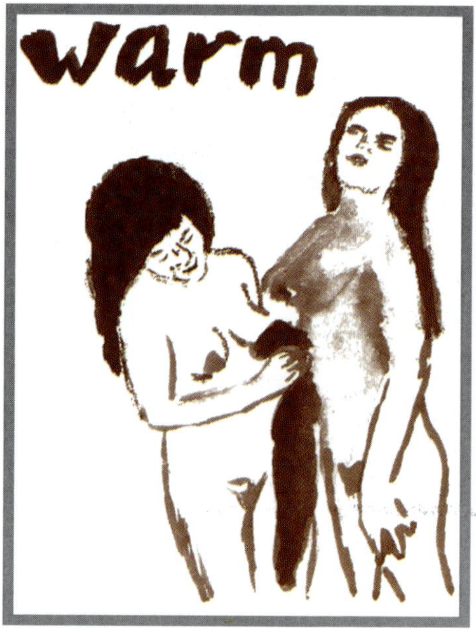

Aber selbst dann gibt es noch Steigerungen. Einen winzigen Moment lang unaufmerksam, ein unkontrollierter Mutausbruch — und sie landet in Teufelins Küche — und wenn sie nicht aufpaßt sogar in deren Bett. Sie hat alles schon erlebt! Lange Zeit war das Allerschlimmste, was Edith sich vorstellen konnte, daß ihr furchtlos vorgebrachtes Ansinnen auf Verständnislosigkeit oder gar Ablehnung stößt. 'Du willst mit mir tanzen?' Da taten sich ihr Abgründe auf! Aber gleich das Zweitschlimmste ist, wenn die Angebetete begeistert Ja sagt. Edith weiß jetzt, diese zwei Buchstaben, das ist der point of no return.

Ihre rechte Hand bewegt sich in vorsichtigen kleinen Kreisen, und sie stöhnt ein bißchen. Das macht sie immer an. Sie hat das ziemlich gut drauf. Von hart bis zart. Samtiges Gurren, ekstatisches Keuchen - die ganze Palette. Ihrer letzten Geliebten war sie zu laut. Immerhin! Ihrer besten Freundin hat sie das mal erzählt, daß sie stöhnt, wenn sie mit sich allein ist. Die fand das 'seltsam!' — und Edith ist es seitdem peinlich. Jetzt muß sie immer dran denken, wenn sie stöhnt. Wahrscheinlich wird sie es nie mehr vergessen.

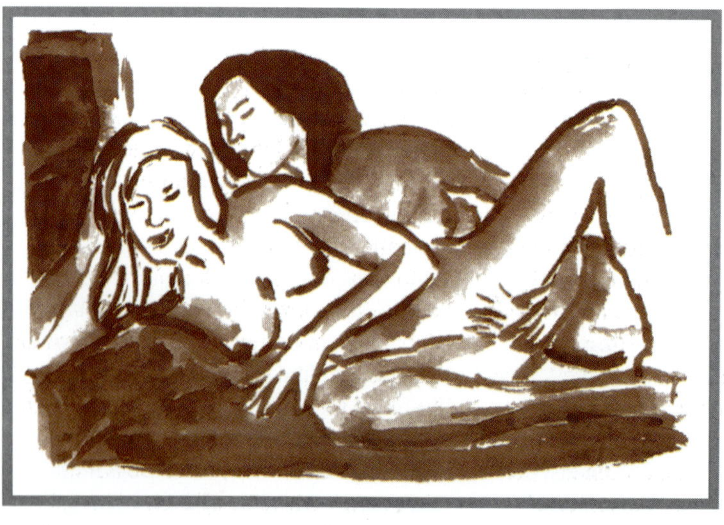

Doch zurück zum Ja. Atemlose Augenblicke später tanzen Edith und ihre Angebetete. Jetzt gibt es kein Zurück mehr. Heißt das nun, sie will mich? Es flimmert vor ihren Augen. Wirklich mich? Oder ist noch Zeit zum Abspringen? Edith läßt sich nichts anmerken und lächelt wei-

ter. Die andere grinst zurück. Träumen ist leichter, hätte sie doch bloß nicht gefragt! So frech, wie sie angefangen hat, muß sie jetzt weitermachen, oder?! 'Gehen wir zu dir oder zu mir?' Schlappmachen ist nicht drin, der Mut der Verzweiflung treibt Edith an. Seit dieser Nacht muß sie mit dem Vorwurf leben, hinter ihrer schüchternen Fassade grob und unsensibel zu sein.
Und das ihr! Der die zartesten Regungen nicht fremd sind und die so gnadenlos einfühlsam sein kann... Ihre Finger sind auf der Suche nach Feuchtigkeit. Aber sie weiß ja schon vorher, daß sie da ist. Der Kick fehlt. Natürlich findet sie, was sie sucht. Sie ist naß. Edith und ihr Körper sind ein eingespieltes Team. Leicht gelangweilt nähert sie sich dem Höhepunkt. Wenn sie nicht zu faul ist, schafft sie auch zwei oder drei. Der Frauenwelt geht echt was verloren an ihr, sie weiß es genau! So richtig hoch kommt sie aber nicht. Es bleibt sozusagen ein Spaziergang im Mittelgebirge. Kuschelweich schwappt der Orgasmus durch ihren Bauch. Angenehm — und jetzt? Ihr Atem beruhigt sich schon wieder. Das bißchen Gefühl reicht kaum für ihren Körper und schon gar nicht für ihr leidenschaftliches Herz. Eine lange Reihe künftiger Sonntage und kommender einsamer Orgasmen drücken ihr aufs Gemüt.

Sie faßt einen Entschluß. Ermutigt sich zur Politik der kleinen Schritte. Die nächsten Blicke, die ihr gelten, wird sie bewußt annehmen. Jeder Blick ein Geschenk — und wenn er von einer unausgeschlafenen Bäckereifachverkäuferin kommen sollte. Üben, üben, üben! Der nächste Schritt: Flirten! Einer interessanten Frau tief in die Augen sehen, ihrer Antwort standhalten, zum Abschied ein kleines Zwinkern. Einmal täglich in der S-Bahn, bis sie nicht mehr rot wird.
Als nächstes: die direkte Anfrage. Das Unaussprechliche tun: sie zum Tee einladen, einen Kino- oder Konzertbesuch vorschlagen, ihr einen Drink ausgeben, einfach so. Und immer schön locker bleiben. Körbe einstecken, lächeln, wieder versuchen. (Schnecken angraben nennt ihre drittbeste Freundin das. Die macht zwar Macho-Sprüche, aber sie kann's! Ihr ewiges Vorbild!)
Ihr wird ganz schwach, so viel hat sie sich da vorgenommen. Sie streichelt entspannungsfördernd über ihren Bauch und versucht sich zu beruhigen. Am besten solle sie sich einfach so annehmen, wie sie ist, sagt ihre Therapeutin!

Und da hat sie endlich die Erleuchtung: sie macht ihre Schüchternheit zum Programm. Ha! Das wird keine so gut hinkriegen wie sie. Schließlich hat sie's lange genug geübt. Sie ist das perfekte scheue Reh! Die perfekte Gehemmte! Mit geradezu gerissener Zurückhaltung wird sie die Traumfrau umwerben, bis der ganz schwach wird. Wenn sie sie dann mit ihrer Schüchternheit überwältigt hat, wird die Traumfrau ihr ins Ohr hauchen: 'Was du dich alles traust!' und sie wird recht damit haben. Und wenn Edith dann zurückstottert: 'Ich hab w-weiche Knie dabei!' wird sie recht damit haben. Aber das wissen nur ihre Knie und sie.
Sie ballt die Fäuste und ist wie wild entschlossen! Sie muß sich nur noch überreden, dieses ganze einmalige Programm auch auszuprobieren. Vielleicht gleich an dieser einen, die sie so ganz besonders ...? Das wird sie einen guten Satz Nerven kosten und ihre nächsten Sonntage. Aber wie ihr Schreibtisch danach aussehen wird, ist ihr wirklich vollkommen egal!

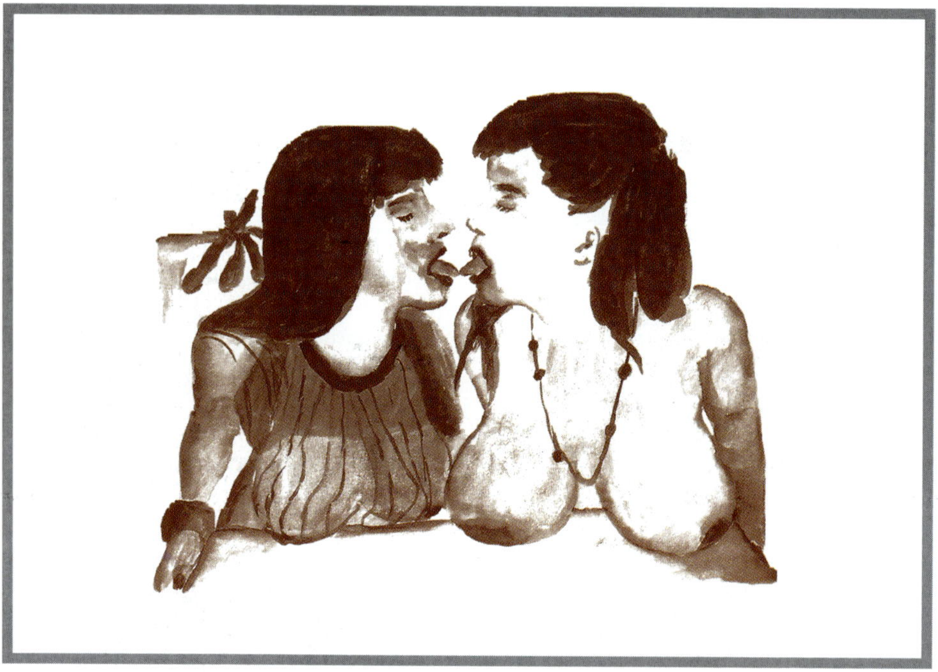

Andrea Scholl

Kir

Träume, Schäume, my love
Rivière de Cassis
Schlaf Blindlein, schlaf
Tief in Märchenhaft zerküß

Schneeflittchen heißgekühlt
Wie Milch und Blut
Drei Chancen umspült
Das Traumweinlicht-süße Wut

Herbes Sehnen, fließe sea
Of love, du fragst, ist es ein
Lebendig Wesen, frag nie
Mal sind es Zwei, Zwei allein

Hinter sieben Bergen
Cheers, was suchst du, my love
Geheimnis? Perlen verbergen
Nichts, schlaf Sündlein, schlaf

Mit mir im Glas, mein Prinz
Ein Vers, kein Herz im Spiel: gewinn's
Sollst mich haben tausend
Mal schöner als- Blut im Hals

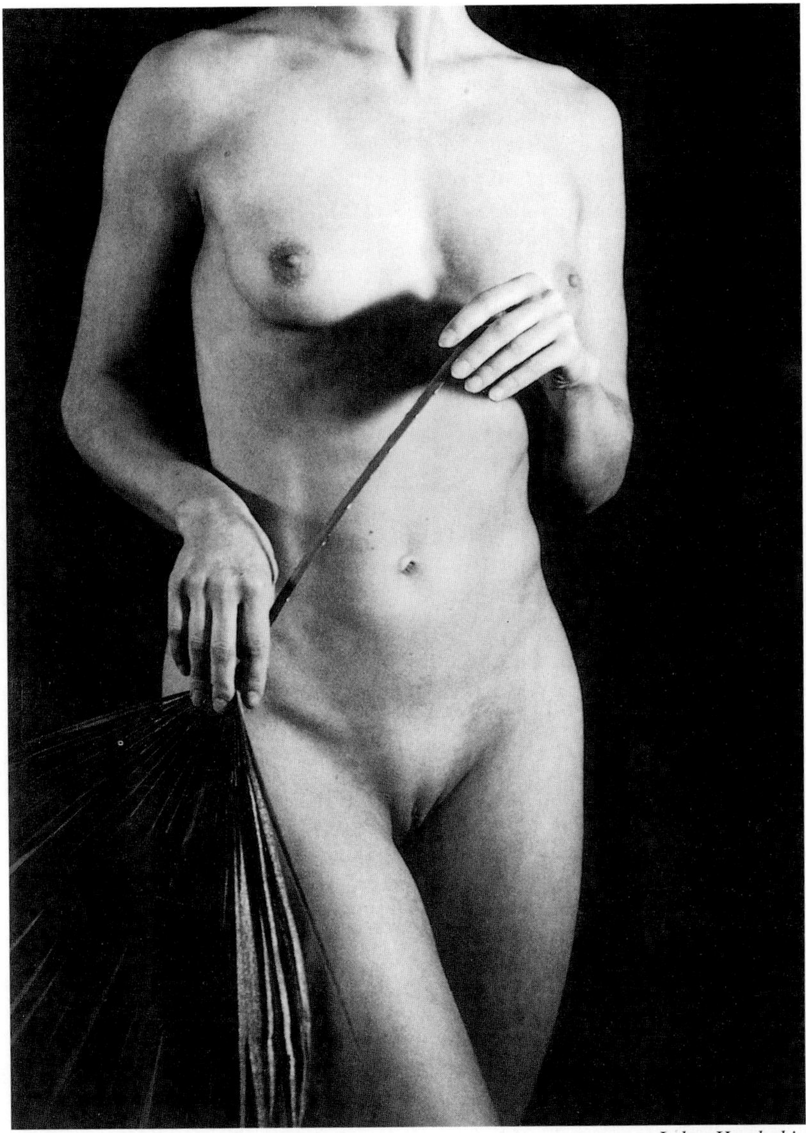

Lukas Handschin

Andreas Diesel

Die Liebe eines Schattens

Ich habe mein Hotelzimmer verlassen, mitsamt dem Geruch nach staubigen Vorhängen und nach Schokolade. Die Schokolade war auf dem Kissen geschmolzen; ich wollte kein neues, denn der süße, dunkle Duft war weitaus angenehmer als der chemisch-sterile Wäschegeruch. Hier draußen riecht es nach Abgasen und Frühling. Schilder weisen mir den Weg, und die Straßenbahn hält vor meinen Füßen. Ich muß schon wieder an die Gipsleichen von Pompeji denken; an den Vater, der noch im Sterben versucht, seine Kinder zu schützen. Der Vesuv ist an den Horizont gemalt, wenn ich aus dem Fenster schaue. Vielleicht bricht er irgendwann einmal wieder aus, um menschliches Leben für die Nachwelt zu konservieren. Ich steige aus, gehe über Wiesen. Um mich herum ist überall Grün, ein schattiges Versteck aus Holz, Laub und Gras. Auf der nahen Straße hört man Autos, das Zischen der Straßenbahntür; wenn man genau darauf achtet, sogar das Klicken von Absätzen auf dem Asphalt. *Er* ist wieder da, am selben Ort wie gestern und am Tag zuvor. In der Regel mag es sich eher schwer gestalten, ein unsichtbares Wesen, einen Schatten zu bemerken. Doch er hat seine Mittel und Wege, um auf sich aufmerksam zu machen. Sein Geruch: nach zweitausend Jahren ist die Vulkanasche wohl nicht mehr loszuwerden, selbst in antimateriellen Fasern prägt sie sich ein. Der Geruch ist nur sehr schwach, und er muß sehr nahe herankommen, damit ich ihn wahrnehme. Was er aber nur allzu gerne tut. Dann kann er mir nämlich in die Brustwarzen kneifen, was ihm scheinbar tierisches Vergnügen bereitet. Nicht, daß er das sagen würde — er kann nicht sprechen, nicht im Sinn von Wörtern und Sätzen. Zumal ich Altlatein mit pompejanischem Akzent wohl kaum verstehen würde. Nein, er teilt sich auf eine andere Art mit, telepathisch, wenn man es so nennen will. Er übermittelt mir Bilder. Daher weiß ich auch, wo er herkommt und wie er zu Tode kam: Er hat mir Pompeji gezeigt als blühende Stadt, deren Einwohner reich, frivol und ausgelassen waren, bis der Feuergott seine stärkste Lampe angeknipst hat. Archäologen und Vulkanforscher würden ohne Zweifel ihre Seele verkaufen für die Bilder vom Ausbruch, von der fließenden Hitze; vom Aschenregen, der die schreiende Stadt unter sich begräbt. Er hat mir dieses Bild nur einmal gezeigt, als ich in Pompeji an seiner Gipshülle vorüberging. Er hat scheinbar gleich gemerkt, wie hübsch ich das schemenhaft skizzierte Gesicht und den drahtigen Körper, der selbst in Todesangst noch anmutig war, fand. Er ist mir nachgegangen und hat mir neue Bilder gezeigt, obszöne Bilder (sozusagen eine Fleisch-und-Blut-Version der pornographischen Wandmalereien in pompejanischen Bordellen), die mir zeigten, daß er trotz seines jungen Todes nicht das Gefühl haben mußte, etwas verpaßt zu haben. Solche Bilder zeigt er mir auch jetzt, als er mir wie erwartet in die Brustwarze kneift. Die Berührung ist durch den Stoff meines Hemdes hindurch warm, fast fiebrig. Dann drücken sich seine unsichtbaren Lippen auf meine, seine heiße Zunge hat fast etwas Bedrohliches. Von der nahen Kirche tönt ein grausam schönes, eiskaltes *Sanctus* herüber, Augenblicke später ein weniger schönes *Benedictus* aus rauhen Altweiberkehlen. Seine Hände wandern von meinen Hemdknöpfen in meinen Schritt. Sie halten an und drücken meine Schenkel auseinander. Ich versuche mein Gleichgewicht zu halten, was mir nicht gelingt, und falle rücklings hin. Ich falle weich, in Büschel hoher, duftender Gräser. Von Geisterhand wird mein Hemd geöffnet und meine Hose heruntergezogen. Ich fühle das kühle Gras auf meiner nackten Haut. Er legt sich auf mich, ich umarme ihn und spüre seine Reibung. Seine Finger betasten langsam mein Gesicht. Ich sehe nach oben, zur Bahn der Sonne, die sich meinem Blick schamhaft hinter eine Wolke entzieht. Ameisen kriechen über mein Bein, um ihre Beute in den Bau zu bringen. Es kitzelt, genauso wie seine Finger an meinen Lippen. Ich öffne den Mund und lasse sie hinein, damit sie meine Zähne betasten und mit meiner Zunge spielen. Wie schmeckt die Haut (wenn man es so nennen darf) eines Schattens, eines zwei Jahrtausende alten Geistes? Schwer zu beschreiben, die Ähnlichkeit mit der Haut eines Lebenden ist groß, wenn auch verschwommen, etwas wie die Erinnerung an atmende Menschenhaut. Sehr weich und mit einem leicht rußigen Geschmack, auf keinen Fall unangenehm. Er küßt meine

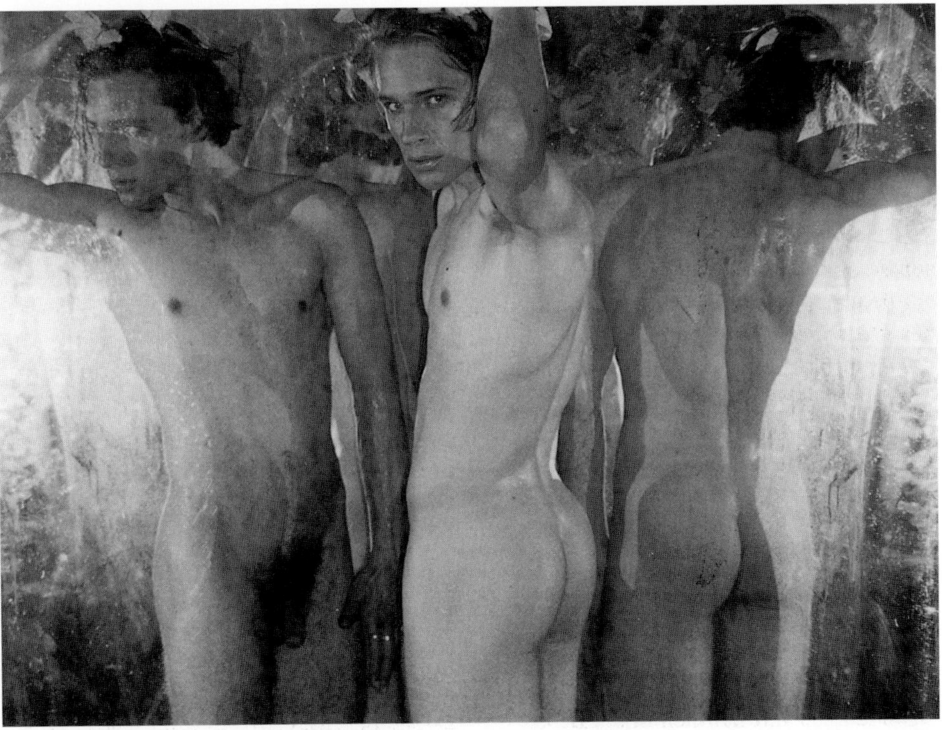

Jan Faro

Augenlider und fährt mit der Zunge über meine Wimpern. Er weiß, daß mich das fast in den Wahnsinn treibt. Sein Becken reibt sich jetzt schneller an meinem. Mein Schwanz tut weh davon, ich packe den Schatten und rolle mich auf ihn. Er mag es, in meiner Gewalt zu sein. Ich halte meinen geliebten Schatten, und er küßt mich wild, bis meine Lippen bluten. Ich hinterlasse eine rote Spur auf seinem unsichtbaren Körper, als ich mich dem Moschusgeruch seiner Schamhaare nähere. Ein paar Wunden zieren seinen Geisterkörper — ich spüre sie, wenn meine Zunge in die metallisch schmeckenden Vertiefungen eintaucht. Wie immer stelle ich mir die Frage, wie ein Schatten zu Wunden kommt. Meine Finger tasten nach seinen Hoden, die an flaumige exotische Früchte erinnern. Ich spüre ihn zittern. Wieder der würzige, schemenhaft rußige Geschmack, als ich seinen Schwanz in den Mund nehme. Es dauert nur wenige Minuten, bis er kommt: Sein Sperma schmeckt nicht nach Ruß oder Asche, sondern klar und neutral wie Quellwasser. Ich spüre seine Hand in meinem Nacken. Spaziergänger gehen gefährlich nah an unserem Lager vorbei — was würden sie wohl denken, wenn sie mich jetzt so sehen würden, zitternd und stöhnend, weil ein Wesen meinen Schwanz lutscht, das sie nicht sehen? Ich grinse bei dem Gedanken und fühle, wie ich komme. Nach zeitverkürzten Momenten läßt er mich los. Ein sanfter, ausgedehnter Kuß, und ich bin wieder allein. Nackt und rußbeschmiert hinter Bäumen und Gebüschen. Ich setze mich auf, reiße einige Blätter von den niedrigen Ästen und versuche damit, den gröbsten Schmutz von meinem Gesicht und meinen Händen zu entfernen. Dann ziehe ich mich an und gehe ziemlich langsam zurück in mein Hotel, wo ich auf meinem Schokoladekissen liegen und von dem nächsten Tag träumen werde; solange, bis ich wieder nach Hause fahre. Ich hege eine fast perverse Hoffnung: Ob er wohl mitkommen würde?

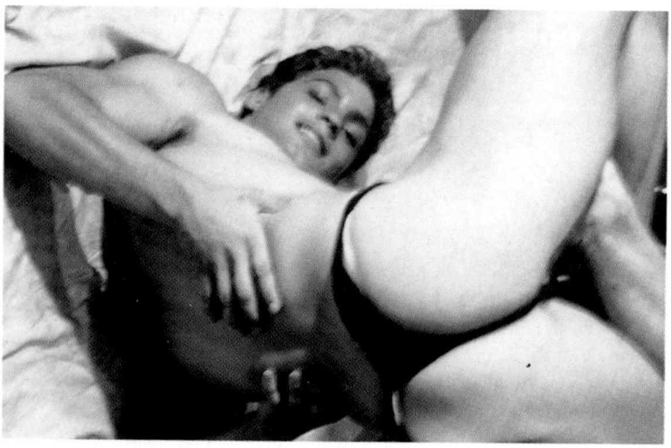

Jan Faro

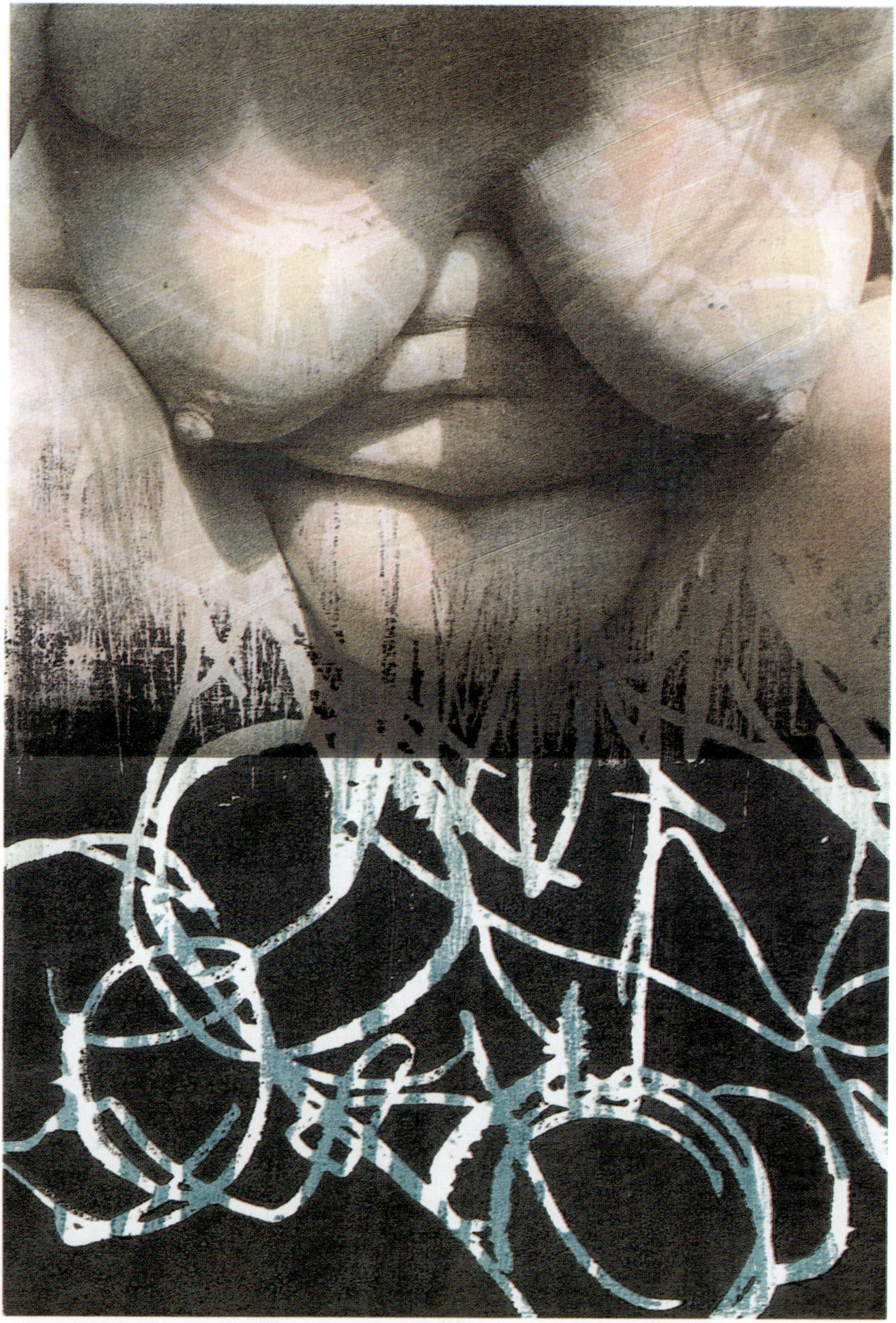

Helga Schroth

Wolfgang van Eick

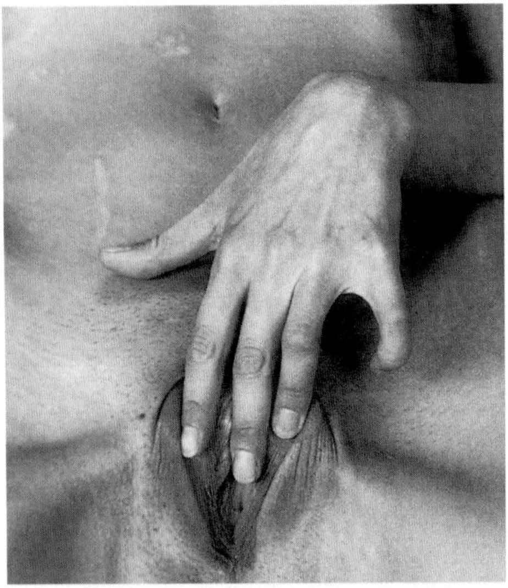

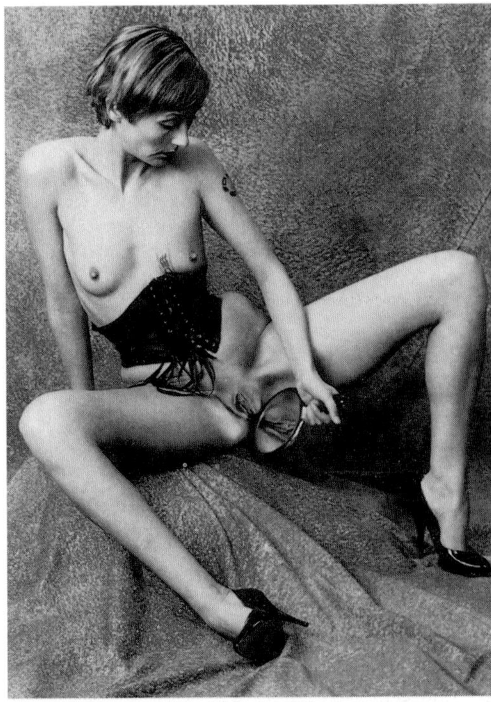

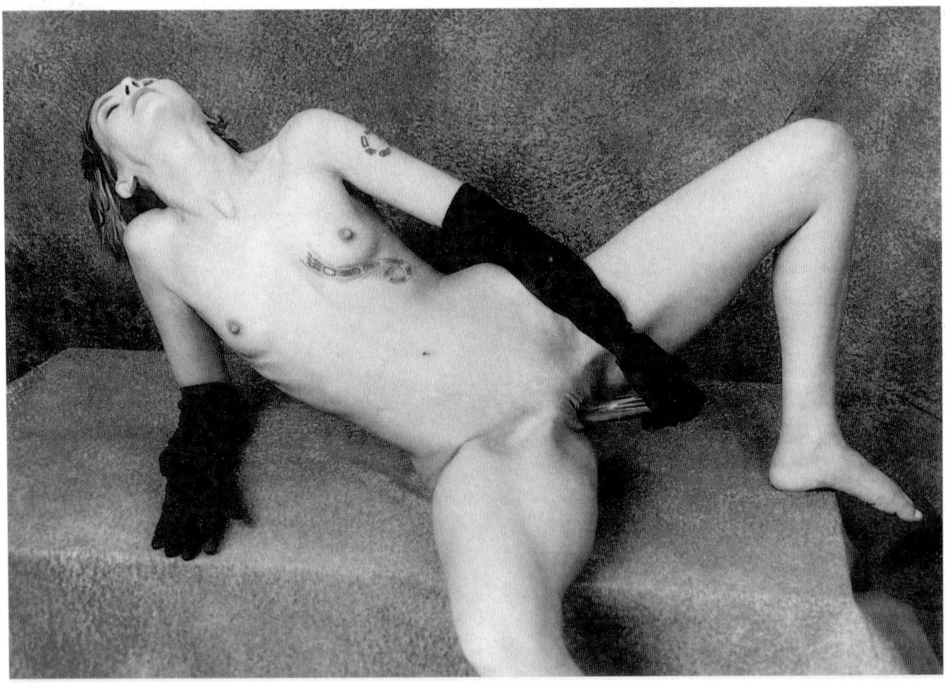

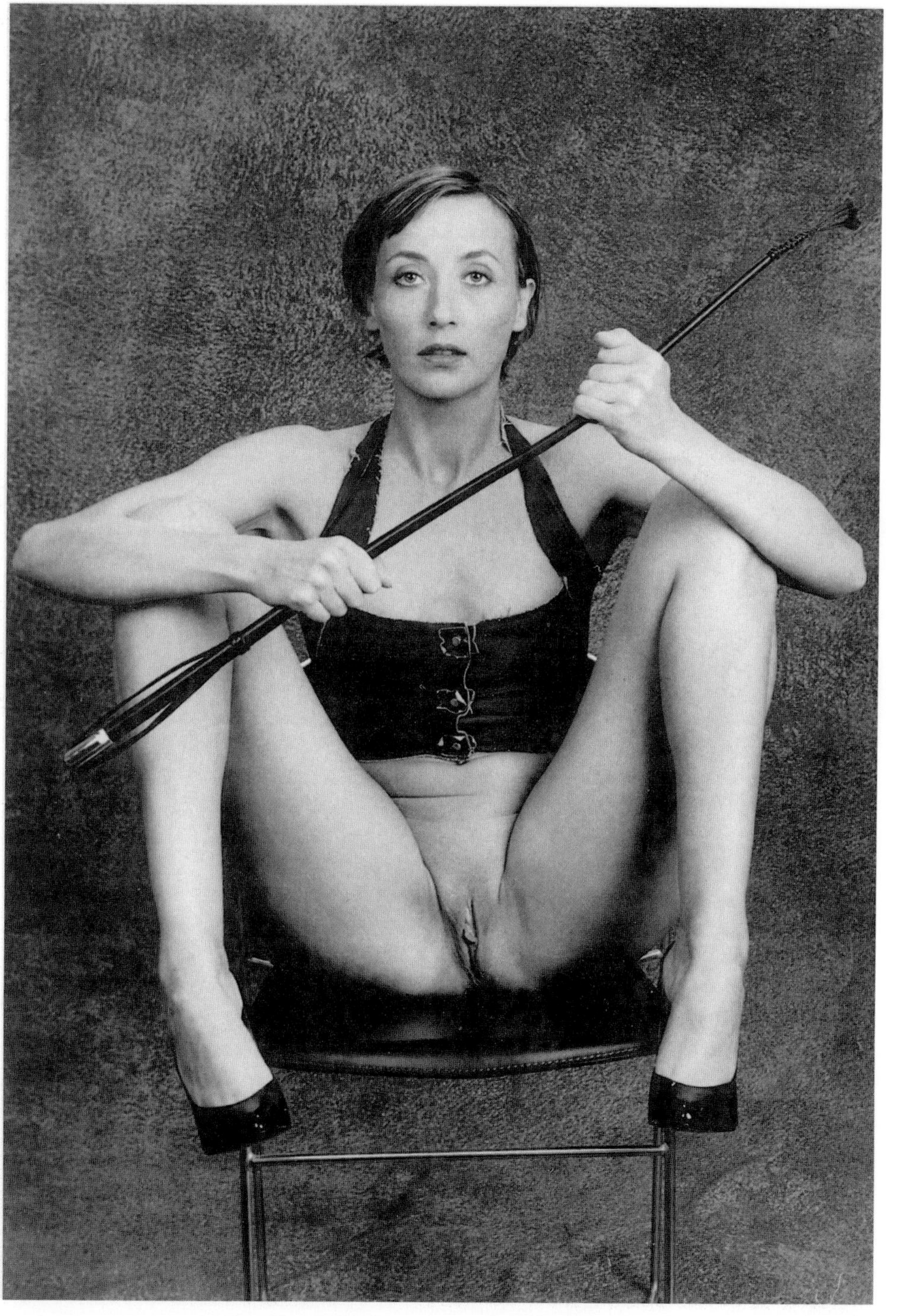

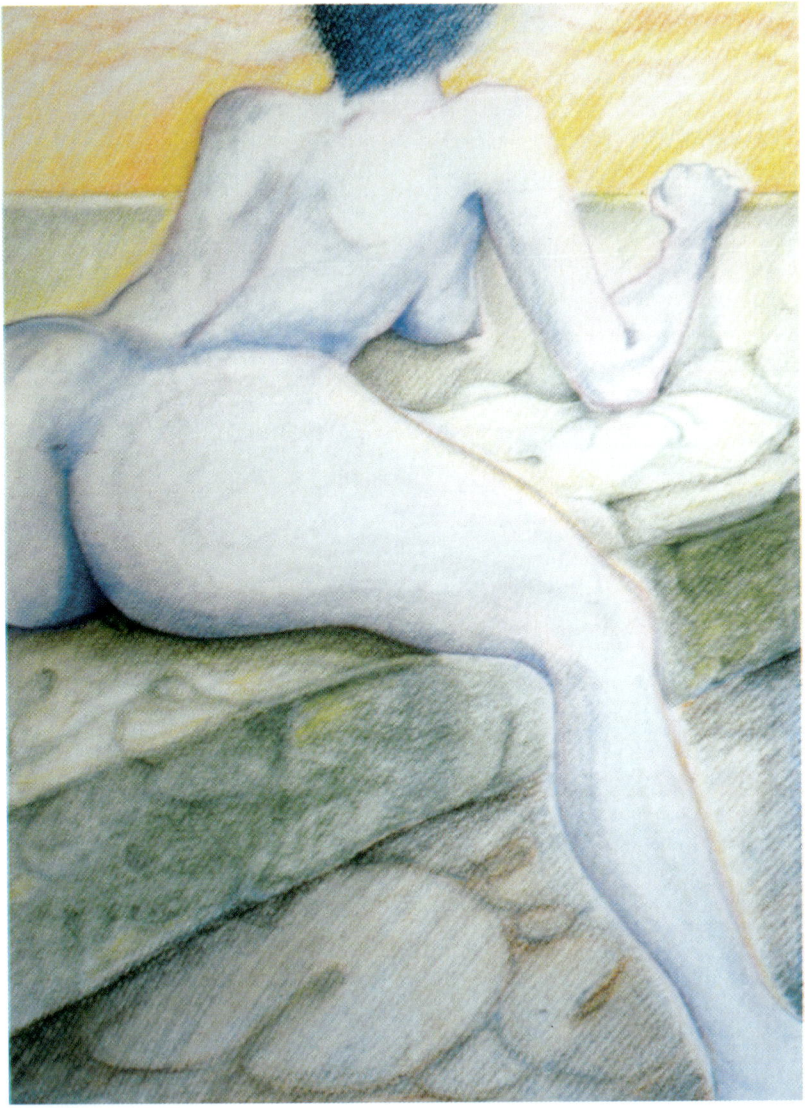

R.G. Jones

Ilke S. Prick

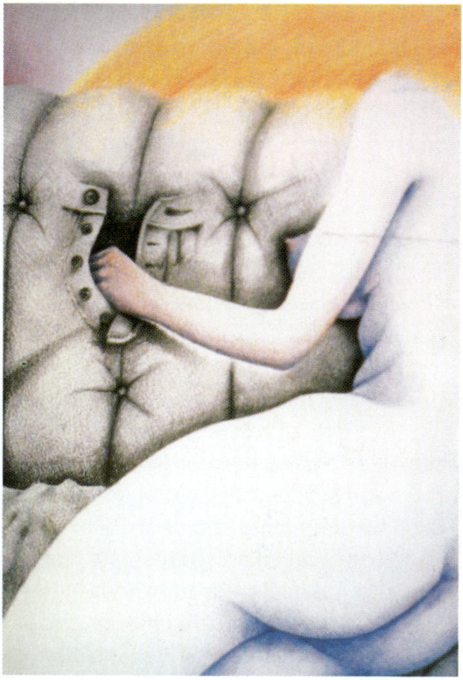
R.G. Jones

Auf der Couch

Da war es wieder. Dieses Kribbeln auf der Kopfhaut, diese Hitze am Haaransatz. Wie kleine Stromstöße. Magdalenas Atem ging schneller, ihre Hände wurden feucht. Gehetzt schaute sie um sich, immer auf der Suche nach einem Fluchtweg. Könnte sie es schaffen, zwischen all den Leuten zu verschwinden? Wenn sie jetzt einen Herzschlag bekäme, mitten auf dem Weg ihr Bewußtsein verlieren würde, sterben würde? Oder schlimmer, wenn alle Leute sie anstarrten? Am schlimmsten, wenn er sie jetzt erwischen würde. Mit links durchtränkte sie langsam das Tempo in ihrer Jackentasche. In ihrem Bauch trommelte es. Sie drehte sich wieder um, blickte vor sich, auf die andere Hand, die, die nicht mit dem Tempo beschäftigt war. Rot, knallrot, magisch. Sie schaute, starrte, versank beinahe in einen tranceähnlichen Zustand. Dieses Rot hatte etwas Beruhigendes, Warmes. Höllenflammen. Das weiche Reiben zwischen den Fingern schärfte ihre Konzentration, war wie eine Art Affirmation. Ich bin ruhig, zentriert. Mein Atem geht ruhig, wie die Wellen des Meeres. Sie kommen, sie gehen, sie kommen, sie gehen, auf und ab. Ganz ruhig. Kein Gedanke mehr an Flucht, an Ohnmacht, an Tod. Kein Gedanke an ihn. Noch nicht. Ihre Hände griffen ins Rot, und der Rest verlief wie von selbst.

Türschild und Klingel waren poliert und glänzten in der Abendsonne. Wer sich wohl so viel Mühe gab, ein Klingelschild zu putzen? Doch wahrscheinlich gehörte das dazu: das Achten auf Kleinigkeiten. Nebenbei hatte es noch etwas von Reinlichkeit, Gründlichkeit, aber auch etwas Vertrauenerweckendes. Und deswegen war er ihr empfohlen worden, eben wegen des Vertrauens. Und weil er ein wirklich guter Arzt sei, zuverlässig, klug, einfühlsam. Ihre Finger hinterließen einen Schweißrand auf dem Messing, als sie klingelte. Es war ihr peinlich, aber darum war sie ja hier. Die Damen an der Anmeldung waren nett. Sie solle sich noch einen Augenblick in das Wartezimmer setzen, der Herr Doktor käme gleich. Viele Pflanzen, angenehmes Licht, abgezogene Böden, gute Sessel. Sie schätzte gute Sessel in Wartezimmern, zumal sie oft in Wartezimmern gesessen hatte in der letzten Zeit. Gesessen und an den Nägeln geknibbelt, ihre Hände im Taschentuch abgewischt und gewartet auf ein Urteil. Zum Tode, lebenslänglich oder ähnliches. Es gab dann aber immer wieder neue Vermutungen und eine weitere Instanz, bei dieser: kein Befund. Sie war es langsam leid, sich auszuziehen bis aufs Hemd, immer wieder dieselbe Geschichte zu erzählen, um dafür ein leicht eingefrorenes Lächeln zu ernten, eine neue Untersuchung hinter sich zu bringen und dann weitergereicht zu werden. Und wieder das Hemd aus und wieder die Geschichte und wieder das Lächeln. Ob sie sicher sei, das es etwas Körperliches ist? Magdalena traute sich schließlich selbst nicht mehr. Begann ihr Herz wirklich zu rasen, wenn sie in der U-Bahn war? Schwankte der Boden wirklich, wenn sie samstags mittags an der Kasse warten mußte, um die Lebensmittel fürs Wochenende zu bezahlen? Es gab keinen Befund, aber für sie war das alles sehr real. Schlußendlich wußte sie nicht mehr, auf wen sie sich verlassen sollte. Darum saß sie jetzt also hier.

„Frau Maienbach?"
Seine Stimme war sympathisch, sein Gang geschmeidig, als er vor ihr her in das Behandlungszimmer ging und ihr die Tür aufhielt. Er war jünger, als sie ihn sich vorgestellt hatte. Halblange dunkle Haare, gewellt, tiefbraune Augen, gepflegte Hände. Die Kleidung schlicht und edel, die Schuhe italienisch. Psychiater haben immer graue Schläfen, ein paar Falten, und sie tragen in leicht abgewetzten, karierten Wolljacketts ihr ganzes Wissen vor sich her. Dies Vorurteil widerlegte er spielend, wie sie erleichtert feststellte.
„Was kann ich für Sie tun?"
Das Zimmer war ganz leicht in den Duft seines Tees getaucht. Earl Grey, Alessi-Tasse. Auch dieser Sessel war bequem. Sie ahnte es eher, denn noch saß sie auf der Kante, unschlüssig, ob sie Vertauen haben durfte. Ein riesiger Eichenschreibtisch zwischen ihnen. Erbstück, mutmaßte sie. Hinter ihm Palmen, neben ihm eine Kristallvase mit Calla. Sie rutschte tiefer in den Stuhl.
„Ich werde zuerst eine genaue Anamnese mit Ihnen machen. Ich werde Sie zu Ihrem Krankheitsverlauf befragen, aber auch ein wenig auf Ihre Familie und Ihre Kindheit eingehen. Also..."
Mechanisch erzählte sie ihre Geschichte, die sie schon wortwörtlich auswendig konnte. Er schrieb mit, nickte, ermunterte sie durch passend eingesetzte mhms und ah jas, und Magdalena taute auf. Ihre Schultern berührten schon die Rückenlehne, als er auf seine Uhr schaute.
„So, Frau Maienbach, die Zeit ist leider um. Ich vermute, daß Sie schon einmal etwas von dem Begriff der neurotischen Angststörung gehört haben. Ich denke, daß das sehr gut zu dem paßt, was Sie mir über sich und ihre Symptome erzählt haben. Sie brauchen jetzt nicht zu erschrecken. Daran leiden viele Menschen. Und es gibt sehr erfolgreiche Therapiemöglichkeiten, zum Beispiel eine Verhaltenstherapie. Ich würde gern versuchen, damit Ihren Lebensstandard wieder zu steigern, denn die Symptome schränken sicher Ihr momentanes Leben sehr ein. Lassen Sie sich doch an der Anmeldung einen neuen Termin geben."
Sie hatte in die Formulierung mit dem Lebensstandard gebissen wie ein Hund in eine Wurst. Er hatte etwas Vertrauenserweckendes, wirklich. Wenn nicht mit ihm, mit wem dann?

„Und, wie ist es Ihnen ergangen?"
Sie hatte bis zum nächsten Termin die Sache mit der Krankenkasse geklärt und dann kein Taxi für die Heimfahrt bestellt. Erste Erfolge. Auf dem Weg zur U-Bahn

war sie auch noch kurz in dieser kleinen Boutique gewesen, um sich dieses entzückende schwarze Minikleid zu kaufen, leicht tailliert, ein wenig ausgeschnitten. Und nun saß sie im Sessel und zupfte am Saum. Feuchte Hände. Er hieß Rudolf. Sie hatte im Telephonbuch nachgeschaut. Aber es war nicht herauszubekommen, wo er wohnte. Nur dieser Praxisanschluß.
„Wir machen es in der nächsten Sitzung also folgendermaßen: Wir fahren gemeinsam zu einem Ort, an dem lasse ich Sie allein, und wir treffen uns dann anschließend in der Praxis wieder."
Das hörte sich fast nach Schnitzeljagd an. Wie früher, da hatte sich Hansi dann immer hinter der Scheune versteckt. Nicht weil es ein so hervorragendes Versteck war, nein, sondern um dort ein bißchen ungestört mit ihr herumzuknutschen.
Sie schmunzelte.
„Wollen Sie mir etwas mitteilen, Frau Maienbach?"
Sie sah in seine dunkelbraunen Augen, Capuccino, Schokolade, und war wieder ganz momentan.
„Ach, Sie haben an ihre Kindheit gedacht. Möchten Sie mir erzählen, an was?"
Sie räusperte sich, wisperte, erzählte. Von Vater, von Mutter. Ganz zerbrechlich. Erzählte aber nicht von Hansi, warum auch? Und sie fand es sehr schade, daß sie sich nicht auf diese herrliche Ledercouch am Kopfende des Zimmers legen durfte. Dahingegossen in ihrem neuen, schwarzen Minikleid. Keine schlechte Vorstellung. Bei diesem Lächeln biß sie sich auf die Unterlippe.
„Ich merke, die Erinnerung an ihr Elternhaus scheint Sie sehr zu bewegen. Ich vermute, daß die Wurzeln ihrer Ängste in öffentlichen Räumen mit einem Trauma in Ihrer frühen Kindheit zu tun haben könnten. Es wäre sicher gut, in Ihrem Fall nicht nur verhaltenstherapeutisch an das Symptom heranzugehen, sondern auch im Rahmen tiefenpsychologischer Sitzungen an dem Problem zu arbeiten."

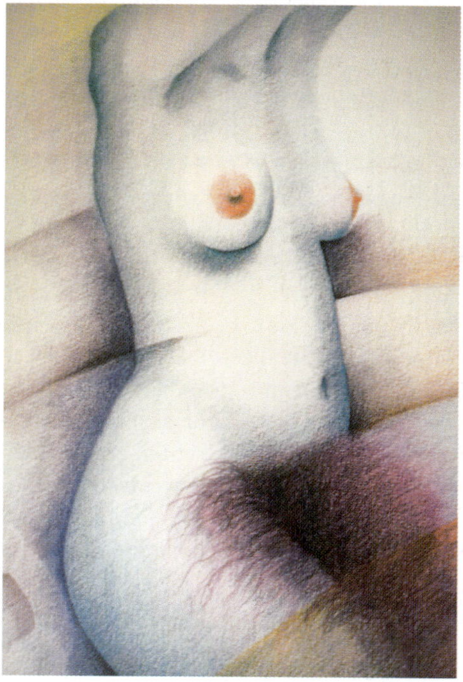

Das war ihr natürlich recht. Einmal Versinken im Sessel, ein andermal Busfahren mit Rudolf. Wirklich, es ging ihr schon viel besser. Sie erzählte ihm nichts von der Angst-Selbsthilfegruppe, zu der sie sich vorletzte Woche angemeldet hatte, sie wollte ihn schließlich nicht entmutigen. Vielleicht gab es ja doch noch ungeahnte Abgründe in ihrer Kindheit. Die Therapie war für dreißig Stunden bewilligt. Und so ein netter, intelligenter, gutaussehender Gesprächspartner, ganz umsonst, das war ja auch nicht zu verachten.

Sie trafen sich vor der Praxis. Die Fahrt sollte mit dem Bus bis zum Kudamm und

dann weiter mit der U-Bahn Richtung Steglitz gehen. Mitten auf der Schloßstraße verabschiedete er sich.
„Wir sehen uns in einer halben Stunde in meiner Praxis. Bis dann und alles Gute!"
Er drückte ihre Hand, kräftig, warm, und war verschwunden. Sie war noch nicht so sicher. Ihre Kehle war wie zugeschnürt, ihre Hände suchten in der Jackentasche nach ihren Kreislauftropfen. Nur nicht umkippen. Es konnte ihr doch nichts passieren. Immer dieselben Beschwörungen leise vor sich hinmurmelnd, suchte sie den Eingang zur U-Bahn. Wieso ausgerechnet Angst beim U-Bahn fahren? Blöde Kuh. Wieso keine Angst in Cafés? Sie ärgerte sich über sich selbst und merkte dabei kaum, daß sie schon auf dem Rückweg zum Ku'damm war. Es wäre doch viel netter, mit ihm in ein Café zu gehen, als U-Bahn zu fahren. Sie hatte die sieben Stationen hinter sich, war nun an der Bushaltestelle, und ihre Hände trockneten. Im Bus probierte sie ein paar Atemübungen, die sie in der Gruppe gelernt hatte, und stand pünktlich und ruhig nach einer halben Stunde vor der Praxis. Durch das Treppenlaufen in den dritten Stock war sie etwas außer Atem gekommen. Ihre Hände wurden wieder feucht.
„Wie ich sehe, sind Sie noch ein wenig durcheinander. Aber erzählen Sie. Wie war es?"
Sie bekam einen Earl Grey und durfte sich sogar auf die Couch setzen. Sie genoß diesen Luxus, bemüht, es sich nicht anmerken zu lassen, und überlegte, was sie erzählen könnte. Eigentlich hatte sie ja die meiste Zeit daran gedacht, wie es wäre, mit ihm und dem Café. Das konnte sie natürlich nicht sagen, aber irgend etwas mußte sie ihm erzählen. So übte sie sich also im freien Assoziieren, denn dies war doch genau der richtige Ort dafür. Und schließlich sollen Ängste, sind sie erstmal ausgesprochen, gar nicht mehr so schlimm sein. Sie begann zu erzählen, was einem so alles in der U-Bahn passieren kann. Nein, sie war nicht gestorben, und sie war auch nicht umgekippt, aber sonst... Sie mußte sich über sich selbst wundern, was ihr da alles einfiel, Dichtung und Wahrheit, was ihr hätte passieren können. Und ihre Geschichte gefiel ihm derart ausgeschmückt scheinbar auch viel besser. Er hmmte und ahte zufrieden vor sich hin und machte Notizen. Wenn sie jetzt umfiele, ob er es dann wohl mit Mund-zu-Mund-Beatmung probieren würde? Sie stellte es sich vor. Malte sich aus, wie sie hilflos auf dieser Ledercouch läge, er langsam ihr Kinn in die Höhe schieben würde, eine Hand in ihrem Nacken und dann, entschlossen und vielleicht auch ein wenig leidenschaftlich, seinen Mund in Richtung ihres Mundes und... Sie seufzte. Er hatte aufgehört zu schreiben, und seine Augen waren auf sie gerichtet. Sie fühlte sich ertappt. Er drehte seinen Stift zwischen den Fingern und fuhr fort, sie anzuschauen. Sie war jetzt wirklich ein wenig ausgeliefert. Er saß mit dem Rücken gegen das Fenster, die Metalljalousie halb offen, halb geschlossen, diffuses Licht. Sie konnte sein Gesicht nicht erkennen. Er räusperte sich.
„Wir machen besser nächste Woche weiter."

Sie war pünktlich da. Heute sollte die Tour etwas weiter sein. Er würde sie in der Alten Nationalgalerie absetzen. Sie sollte sich allein die Ausstellung anschauen, in drei Stunden wieder in seiner Praxis sein und ihm dann davon berichten.
„Sie interessieren sich doch hoffentlich für nordische Kunst?"
Sie liebte den Geruch von Leder, und in

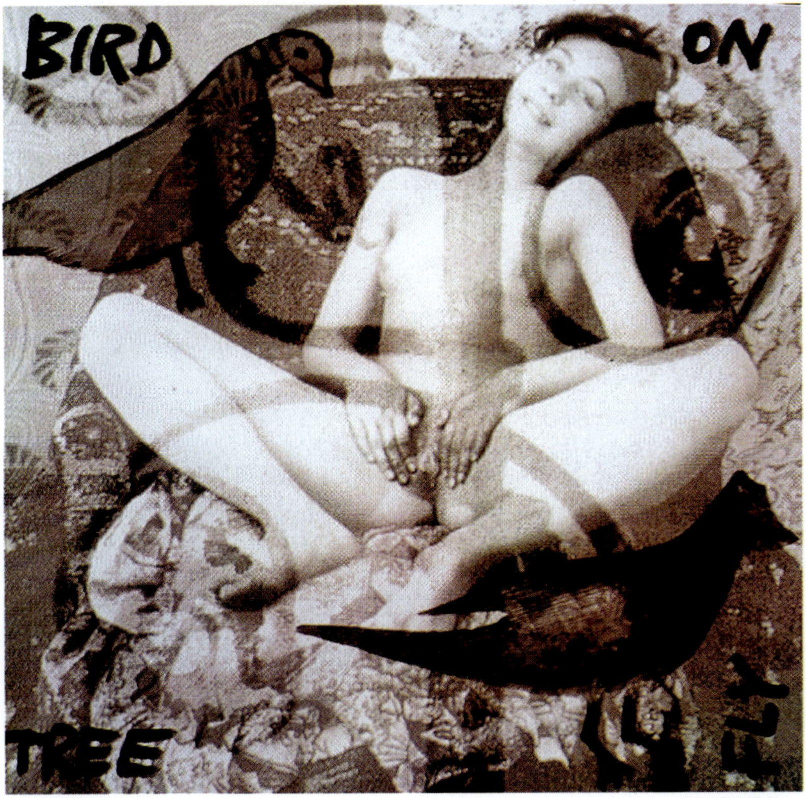

Peder Iblher

dieser Jacke sah er einfach phantastisch aus. Sollte sie jetzt nicht ganz spontan einen Schwächeanfall bekommen? Bei der Vorstellung mußte sie wohl ein wenig hilflos dreingeschaut haben, denn er blieb noch stehen, legte seine Hand auf ihre Schulter, schaute sie an.
„Sie werden es sicher schaffen!“
Sie stotterte, stammelte. Vielleicht jetzt ein wenig zur Seite sinken. Da ließ er ihren Arm bereits wieder los, lächelte. Die Sache mit der therapeutischen Distanz hatte er wirklich gut im Griff.
„Also bis in drei Stunden.“
Die Ausstellung langweilte sie, bis zu dem Raum über die Kelten. Hier waren einige Sheila-na-gig Figuren ausgestellt, kleine, hübsche Steinfiguren, die früher an irischen Kirchen angebracht waren. Sie zeigen Frauen, die mit gespreizten Knien fröhlich ihre Vulva präsentieren oder sie mit beiden Händen öffnen. Magdalena ging völlig auf in der Betrachtung, war fasziniert, begeistert und wußte auf einmal, worüber sie heute berichten würde. Sie schaute auf die Uhr, sie mußte sich beeilen. Der Weg in die Praxis war kein Problem.
„Soso, Sheila-na-gig, sagen Sie, war der Name.“

Sie war richtig ins Schwärmen gekommen, doch diesmal kaum mhms und ahas von ihm, nur dieses Räuspern. Als er fertig war mit seinen Notizen, blickte er nicht wie üblich von seinem Blatt hoch. Er schien zu überlegen, ob er auf die Darstellungen noch genauer eingehen oder besser wieder bei ihrer Familie landen sollte. Während sie erzählte, hatte er sich wiederholt Haarsträhnen aus der Stirn gestrichen, in seiner Tasse gerührt und war ihrem Blick ausgewichen. Es entstand eine längere Pause.
„Vielleicht sollten wir das nächste Mal lieber in ein Kaufhaus gehen."

Magdalena machte gute Fortschritte mit der Selbsthilfegruppe. Elvire hatte das letzte Mal ein Buch über Verhaltenstherapie mitgebracht, und sie hatten sich köstlich amüsiert. Magdalena war besonders interessiert an dem Kapitel über Symptomverschiebung. Für ihre Angst war die Gruppe Rückhalt genug. Je besser es ihr ging, desto verspielter wurde sie dagegen in ihren Sitzungen mit Rudolf. Das Spiel hieß: Wie weit sind wir heute? Rudolf war etwas reservierter geworden seit dem Museumsbesuch. Er schien mit seiner Distanz zu kämpfen, und genau das war der Kitzel bei dem Spiel. Sie waren zwar immer noch per Sie, aber mittlerweile beim Vornamen. Es bereitete ihr wahre Freuden, beim Aufstehen von der Couch den Rocksaum aus Versehen ein paar Zentimeter höher rutschen zu lassen oder, wenn der Ausschnitt, geschüttelt durch abgrundtiefes Weinen, über die Schulter glitt und den Ausblick auf makellos weiße Haut mit einem Anflug von Sommersprossen freigab. Und sie beobachtete sein bemühtes Nicht-Registrieren. Daß ihm die Sache mit der therapeutischen Distanz zu entgleiten begann, war ihr klar, denn er

R.G. Jones

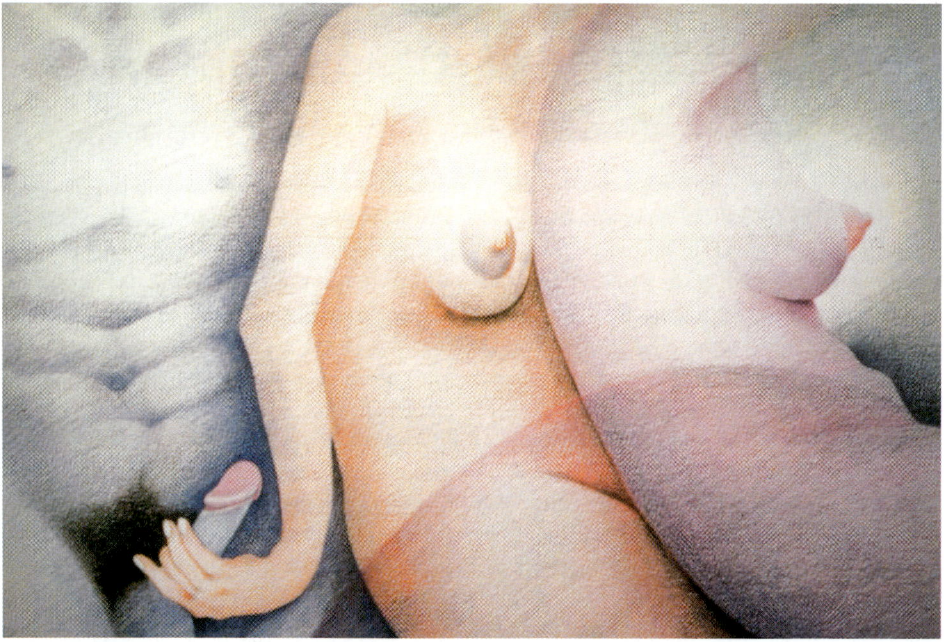

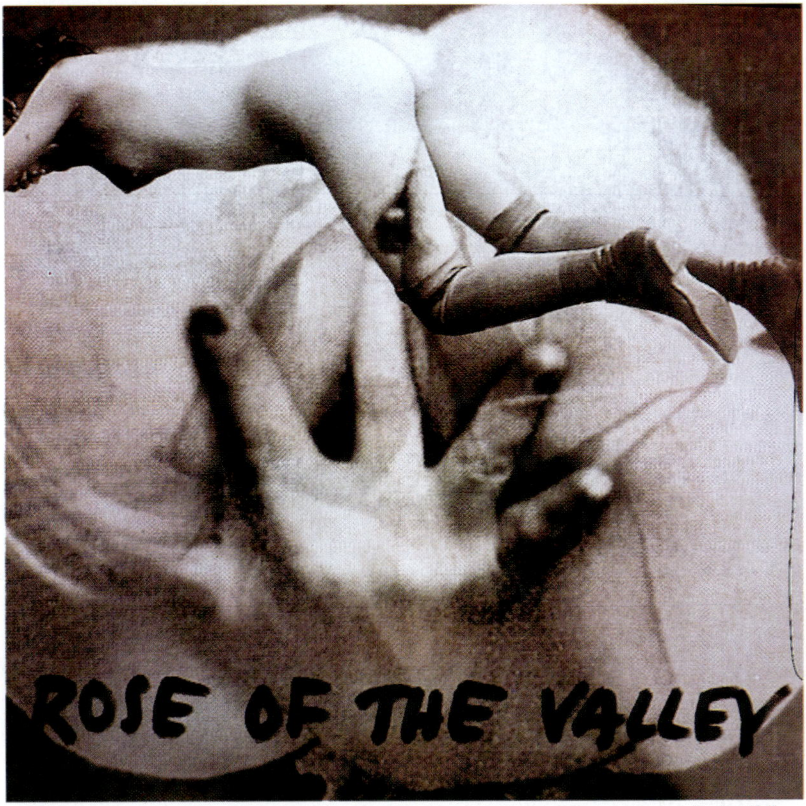

Peder Iblher

vermied Gespräche über Übertragung, Gegenübertragung und den ganzen anderen Mist. Auch sie hatte sich ein paar Fachbücher angeschafft in der Zwischenzeit. Und: Symptomverschiebung hörte sich wirklich gar nicht so schlecht an.

Sie hatten sich an der Fanzösischen Straße verabredet. Die Architektur des Lafayettes ist bestens dazu geeignet, auch den Menschen, für die Vertiko nur ein Küchenschrank ist, den Begriff Schwindel näherzubringen. Magdalena war sehr blaß.

„Vielleicht sollten wir uns noch kurz setzen und einen Kaffee trinken? Natürlich nur um zu beobachten, wie Sie auf die Situation „Kaufhaus“ reagieren. Sie scheinen etwas unsicher zu sein.“
Selbstverständlich war sie einverstanden. Aber unsicher war sie nicht, nur etwas nervös, ob es wirklich funktionieren würde. Sie fuhren in das Untergeschoß, der Käse roch in der Falle. Schließlich stand Rudolf auf.
„In einer Stunde in meiner Praxis.“
Das würde reichen. Sie sah, daß er wirklich ging, sie nicht beobachtete wie anfangs bei den U-Bahnfahrten, und so fuhr

sie in den ersten Stock. Es war ausgemacht, daß sie etwas mitbringen würde, um zu beweisen, daß sie es auch allein im Kaufhaus aushielt. Sie suchte sich ein Paar von diesen wunderschönen halterlosen Seidenstrümpfen aus, die, mit reichlich Spitze am Oberschenkel. Ganz zart, graphitgrau, Größe sechsunddreißig. Sie bezahlte die zweiundvierzig Mark neunzig mit einem Seufzer, aber vielleicht würde sich die Investition rentieren. Ob sie sie gleich anziehen dürfe? Sie paßten wie angegossen, und die Verkäuferin fragte mit einem Zwinkern, ob es eine Überraschung sein sollte. Ja, das würde es sicher werden. Vor dem Messingschild an der Praxis rieb sie sich die Augen, bis sie rot genug waren und tränten. Die Wimperntusche verschmierte. Magdalena war extra den ganzen Weg von der Bushaltestelle zur Praxis gerannt, so daß sie nun wirklich etwas derangiert wirkte.
„Was ist passiert? War es doch noch zu viel für Sie?"
Rudolf war unsicher, besorgt. Sie ließ sich schluchzend an seine Brust fallen. Das roch nicht schlecht, aber sie mußte sich jetzt konzentrieren. Er wurde nervös, plazierte sie auf der Ledercouch. Es sei zunächst alles gutgegangen. Keine Ängste, keine Atemnot. Sie wollte auch, wie er von ihr verlangt hatte, etwas kaufen. Sie sei durch Zufall in der Wäscheabteilung gelandet, und dort sei es über sie gekommen wie ein Sturm, wie eine Trance, wie eine Absence. Sie hatte viel aus den Fachbüchern gelernt. Es begann mit Schwindel, natürlich, Hitzewallungen, und plötzlich habe sie nicht mehr gewußt, was sie tat. Es sei wie ein Zwang gewesen. Schließlich habe sie diese Strümpfe einfach angezogen, mitgenommen, sei weggelaufen ohne zu zahlen. Die Verkäuferin habe hinter ihr hergeschrieen, aber

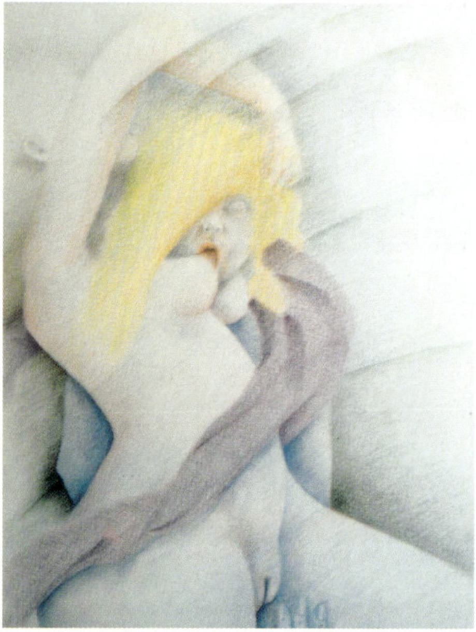

R.G. Jones

sie sei schneller gewesen. An der U-Bahn wäre sie wieder zu Bewußtsein gekommen. Die Tränen liefen. Beim Erzählen hatte sie selbstversunken, wie in Gedanken und tränenverhangen ihren Rocksaum soweit hochgeschoben, daß die Strümpfe gut sichtbar waren und ihre Wirkung nicht verfehlten. Rudolf starrte auf ihre Beine, versuchte zu überlegen, fieberhaft. Sie schaute ihn so an, wie sie immer alle um den Finger wickeln konnte: Können diese Augen lügen? Sein Blick wanderte ungläubig vom Notizblock zu den Stümpfen und zurück, und er begann ungemütlich in seinem Sessel hin und her zu rutschen. Er lebte allein. Das hatte sie in der Zwischenzeit herausbekommen. War seit ein paar Jahren getrennt, arbeitete viel. Mit einem „oh Entschuldigung, das ist mir jetzt aber peinlich", zog sie ihren Rock wieder zurecht. Er war verwirrt. Wie sollte die Therapie nun weiterlaufen? Jetzt auch noch Kleptomanie, wirklich eine klassische Symptomverschiebung. Sie müßten mindestens zwei Extrasitzungen in der Praxis machen, um die Hintergründe zu klären. Dann sollten sie es vielleicht nochmal mit dem Lafayette probieren.

Ihre Hände griffen ins Rot. Sie war wirklich ganz ruhig jetzt. Sie nahm den Bügel langsam vom Ständer und ging zu den Kabinen. Die Frau im Spiegel sah phantastisch aus und lächelte ihr diebisch entgegen. Sie schloß den Vorhang. Als sie ihren Pulli über den Kopf gezogen hatte und sich am Verschluß ihres BHs zu schaffen machte, hörte sie Schritte, die auf den Vorhang zukamen. Ihre Brustwarzen stellten sich neckisch in die Höhe.
„Frau Maienbach, Magdalena, bitte!!!“
Es klang flehentlich. Er war schon näher dran, als sie gedacht hatte. Sie hielt die rote Spitze in der Hand, lächelte und bekam wieder ein wenig feuchte Hände. Ihr Atem ging schneller, ihr Bauch kollerte.
„Bitte, hören Sie auf. Wenn das jemand erfährt, bin ich meine Kassenzulassung los. Das dürfen Sie nicht. Magdalena. Das kannst Du nicht bringen. Gib ihn zurück. Steck ihn nicht ein.“
Sie war sich sicher gewesen, daß er die ganze Zeit hinter dem Fahrstuhl warten würde, um sie zu beobachten. Und daß das, was er dachte, was sie nun tun wollte, unmöglich für sein therapeutisches Selbstbewußtsein war. Diesen fachlichen Gesichtsverlust mußte er verhindern.
„Magdalena, das wirft uns fünf Sitzungen zurück. Bitte, häng das Ding wieder hin, wir fahren in die Praxis und reden drüber. OK?“
Sie schloß den roten Spitzen-BH, betrachtete sich wohlgefällig im Spiegel, fand sich unglaublich und mußte über den jammernden und lamentierenden Rudolf vor der Umkleidekabine lachen. Das Schaf. Sein therapeutisch geschulter Verstand war nichts gegen ihre Phantasie. Freies Assoziieren. Er konnte sich nicht vorstellen, was sie tatsächlich bringen würde. Er stand dicht vor dem Vorhang, flüsterte Beschwörungen. Sie schob den Stoff beiseite, zog ihn in die Kabine, schloß wieder, drängte ihn an die Wand und küßte ihn leidenschaftlich. Nach einer Weile war er ruhig. Keine Gegenwehr. Nur ein leichtes Stöhnen, als sie seine Hose öffnete. Sie könnten auch später noch über eine Therapieverlängerung nachdenken.

Roland Iselim

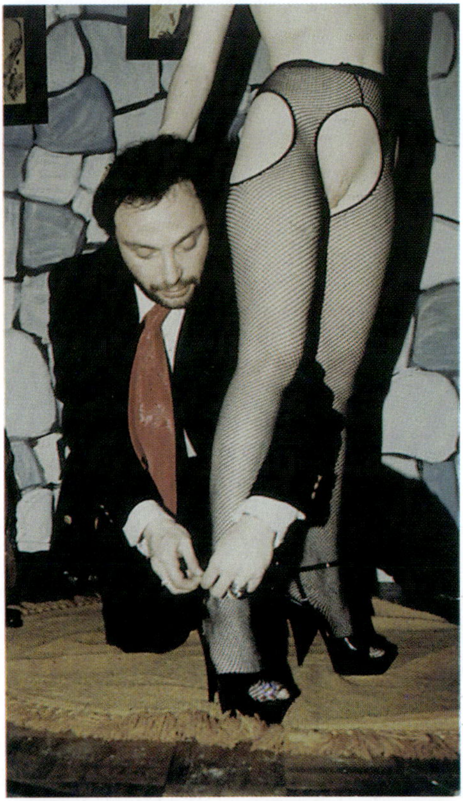

Ошибки по дороге в школу.

„Твои длинные руки растут и пальцы ветвятся, как у той берёзки перед нашей школой. Мои же шумят и путаются" – говорила Ему Она тихо.

„Мои вялые руки в часах опускаются всё ниже и клонятся под" – отвечал Он, смотря и наслаждаясь.

Из окон третьего этажа школы или свернув с песочной дорожки, направленной внутрь здания, глубоко в школьный сад нельзя увидеть, что там может происходить утром, без четверти девять, за 15 минут до начала занятий в любой школе города Ленинграда. А происходило там лишь то, что излишне видеть другим, хотя в это время они уже всё равно все работали на работе, возможно, опять же спали, т.е. просыпались.

Учащийся (ученик) дрожал. Слегка дрожал. Немного его знобило от утренней прохлады, но в основном от удовольствия. Она тоже ёжилась, но хотела и знала, чтобы Он её потрогал или трогал долго. У обоих времени было мало – всего 15 минут. Три года вместе до 8 класса, как ни крути, а называется школьной дружбой – дружбо[й] [де]вочки с мальчиком. Они ... касаться
даже пересели за одну парту
жаться, прижиматься, поча
и претворили в свою жизн
как только осознали всю се
надо признаться намерений
многие девочки с мальчикам
„Ноги раздвигать нельзя
„Ноги раздвигать нельз
„Пусть потрогает. Всё
„Сейчас потрогаю её
Школьный звонок звене
кузнечиками и комарами
их среда. И в ушах звене

Irrtühmer auf dem Schulweg

"Deine Hände wachsen in die Länge, deine Finger verzweigen sich wie bei unserer Birke vor der Schule. Meine dagegen rauschen und verheddern sich", gab Sie Ihm sanft zu verstehen.

"Meine schweren Hände mit der Uhr sinken tief und tiefer und tauchen unter", antwortete Er, ganz Auge und Lust.

Von den Fenstern des zweiten Stocks der Schule aus, oder wenn man, den zum Gebäude führenden Sandweg verlassend, in den Schulpark eindringt, ist nicht zu sehen, was da morgens so vor sich geht, um Viertel vor neun, 15 Minuten vor Unterrichtsbeginn jeder x-beliebigen Schule der Stadt Leningrad. Und es ging ja auch nur das vor sich, was andere gar nicht zu sehen brauchten, zumal sie um diese Zeit sowieso alle an ihrer Arbeitsstelle arbeiteten, möglicherweise aber auch schliefen, d.h. aufwachten.

Der Schüler zitterte. Er zitterte leicht. Ihn schauerte etwas von der morgendlichen Kühle, doch hauptsächlich vor Begeisterung. Auch sie fröstelte, wollte aber und wußte, Er sollte sie anfassen oder ausführlich berühren. Beide hatten wenig Zeit: ganze 15 Minuten. Drei Jahre zusammen bis zur 8. Klasse, da gibt es nichts daran zu rütteln, so etwas ist eine echte Schulfreundschaft, die Freundschaft eines Mädchens mit einem Jungen. Sie hatten sich sogar in der Klasse nebeneinander gesetzt, um sich nahe zu sein, sich zu berühren, zu drücken, zu pressen, sich möglichst oft aneinander zu schmiegen, was sie zum ersten Mal in ihrem Leben auch unverzüglich taten, sobald sie sich des ganzen Ernstes ihrer Absichten bewußt geworden waren, wohlgemerkt: reiner Absichten, fast steriler. Fast. Nicht viele Mädchen und Jungen wünschten sich so etwas, d.h. hatten es.

"Die Beine müssen geschlossen bleiben", dachte sie gleichzeitig.

"Die Beine müssen geschlossen bleiben", dachte auch er.

"Alles kann er anfassen", gestattete sie sich selber.

"Gleich fasse ich sie an: Alles", gestattete auch er sich.

Die Schulglocke schrillte. Sie schrillte zusammen mit den Vögeln, Schmetterlingen, Heuschrecken und Mücken. Die gesamte Umgebung schrillte. Und in den Ohren schrillte es ebenfalls heftig. Schulglocke.

2. April 1965

Evgenij Kozlov

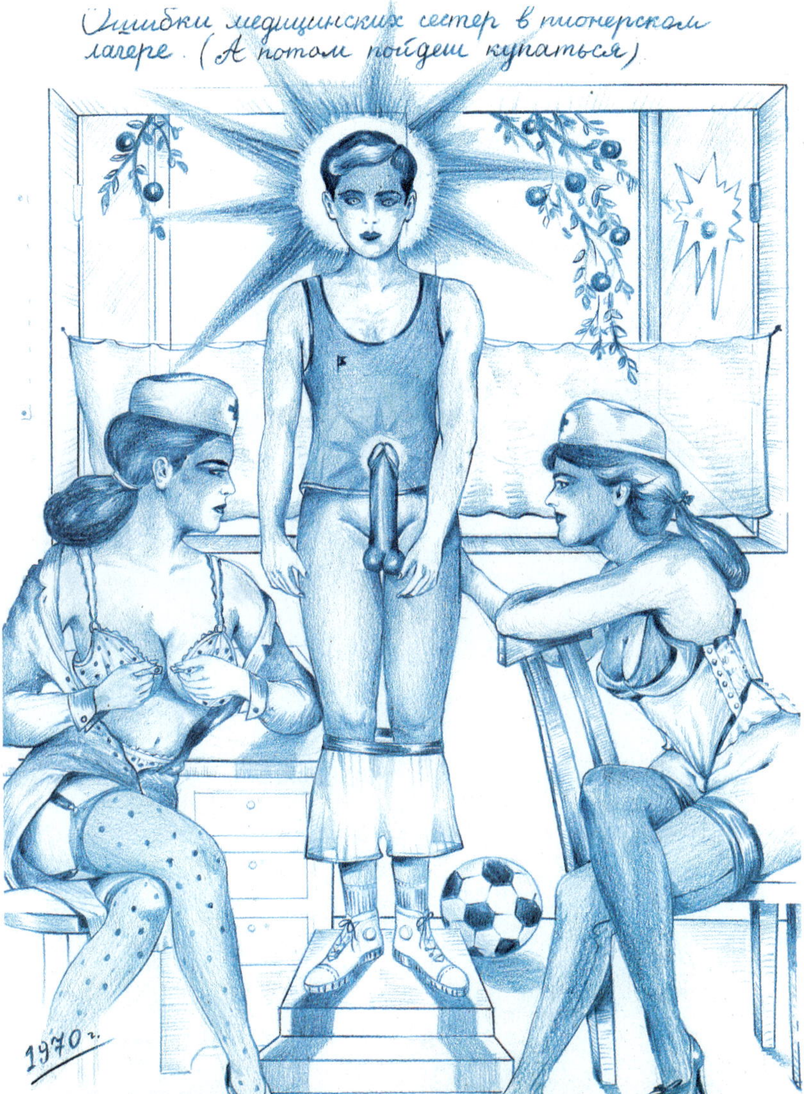

Irrtümer der Krankenschwestern im Pionierlager
(anschließend gehen wir schwimmen)

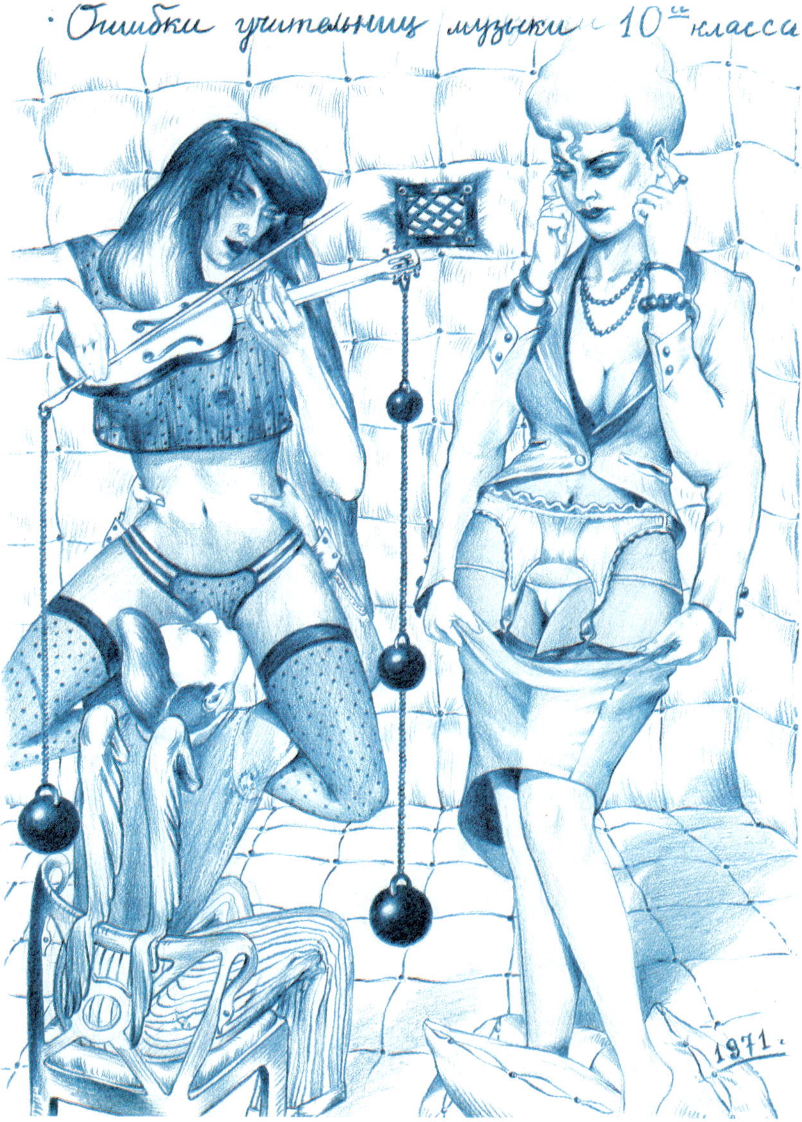

Irrtümer der Musiklehrerin der 10. Klasse

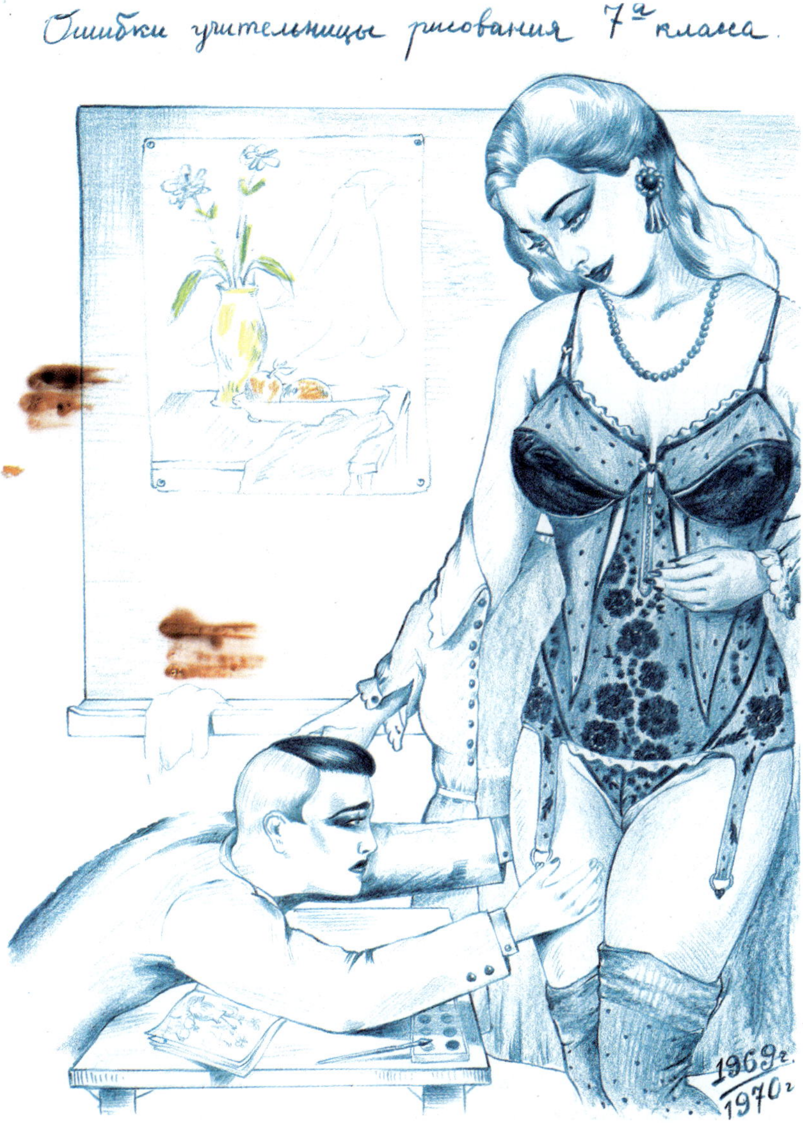

Irrtümer der Zeichenlehrerin der 7. Klasse

Bill Masuch

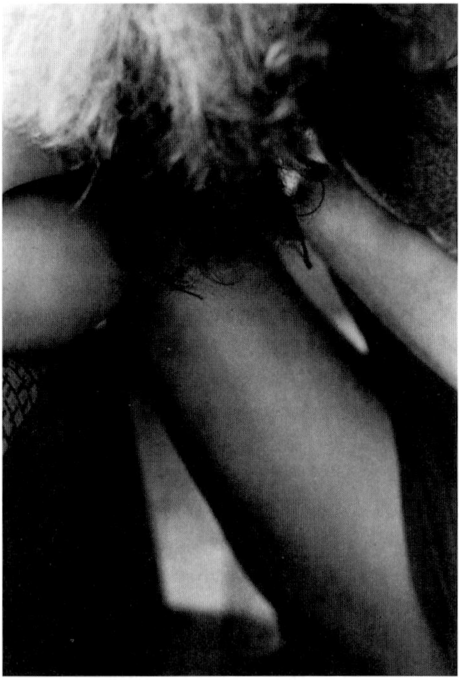

Weiße Nächte

es ist eine stille, in die ich eingetreten bin, mein herz lauscht zu den enden des raumes. helligkeit schneit, in die fenster, in die augen. wimpern schwingen sich auf, fächeln aus weite sternenstaub. hier bin ich angekommen im nirgendwo. gesammelte samen, stille wünsche orten den raum. noch fürchte ich unter der versiegenden dämmerung zu fallen in leere schatten, die mich nicht bergen, noch fallen meine flügel dicht an meinen körper, noch schwanken die schritte, die münder, aus denen doch lodernd, feuerspeiend treten könnte das wort. mund,-wörter gereicht von wendenden händen, deren außen, deren innen drehend in der bewegung verliert den kreis. ich schreibe entlang keiner linie, oder sie bricht an den rändern wie geäst, wie bögen von büschen in das weiß der nächte.

der andere, der sich legt wie ein spiegelblatt zwischen die körper. leise zugluft spielt in den zwischenräumen. an den fenstern eisblumen, die schwinden in meere. zugluft des einverständnisses, des rätsels, denn ich weiß nichts von niemandem und nichts deckt sich in den zwischenräumen und weit bleibt das staunen, das wandert dazwischen. musik. nur musik und nähe.

am abendlichen himmel glühen zeichen in niegesehener helle, brennen mundrosen in den gärten, lösen den schlaf der liebenden.

dann die tage, deren flüchtiger, hellender schimmer dringt auf die oberflächen wie ungesagte blüten auf entgrenztem wasser. gelöstes blau, traumwasser, dessen flut schwillt über die ränder der haut. grenzsterne, markierungen, die verlauten das erwachen. und ein mund öffnet sich und spricht von schweigenden samen, von mandelbäumen, deren herzschlag wohnt im innern der blüte. von narden, deren duft strömt zwischen den lauten. von vorbeigehenden nächten, von schweifenden sternen, deren pulsierender wandel weht durch die grenz-steine des jetzt. diese atmende, sich öffnende weite und helligkeit, dieser schneehelle rausch, dieses sterngeflimmer, das über meinen lippen schwebt. bedeckt mit den geräuschen der nacht, verwundet von den küssen, treibe ich, ferne, nähe, wechselnde gestalt. musik aus meinen adern, schwingen, deren lauf sich ungehalten verschwendet an das nirgends. schwindende stille, die fegt über schwindende meere. rauschen, dessen ferne dröhnt am firmament, zitternd unter dem purpurnen geflecht der stimmen, die treiben am rand der meere. enthoben, in das blau des anfangs.

ich hatte leise vernommen den schwebenden gesang der vögel, zwischen den bäumen, schwimmendes geäst. ich drehte mich im raum, stieß an die rinden und blüten, flieder bedeckte den stehenden grund. das meer kam von weit her. zwischen den zehen lief das leben in glänzenden mäandern. spiegelgleich wandte ich mich um, nur mein atem vernahm das kommen eines anderen. winde brachen ein durch die tore, seepferde galoppierten entlang den glasalleen. mit meinen lippen netzte ich die lippen des anderen, der plötzlich vor mir stand und meine schwindende gestalt hielt, und ich flog in das sonnengeäst, in die blühenden gärten, in die wehende zeit.
ich hielt mich gehüllt im innern der mandel und ließ die winde sprechen, die von dir kamen. ich zählte die sterne, sah ihre kreisenden bewegungen. und dort im innern einer mandel ging der stern, war die rose im zwischenraum wandernd, wachsend, daß die adern strömen in dem hauch, der vorübergeht. ich schreibe auf den spiegel, dessen grund weicht, wie wasser ohne ende. und ich zerteile den spiegel, am ende der welt wie frisches brot. trunken werde ich sein von fernwehen der geburt. sterne, meere, samen. gestirne der zukunft, denn die flügel lahmen nicht.
herannahende, dein schritt reicht silbern gefächelt zwischen die steinplatten, und geht und schreitet und weitet.

raumbiegung, an der du liegst im innenwinkel meines herzens, und kommst und gehst und trittst bis zur neige. herzneige, an der du ruhst und sterne atmest. blät-

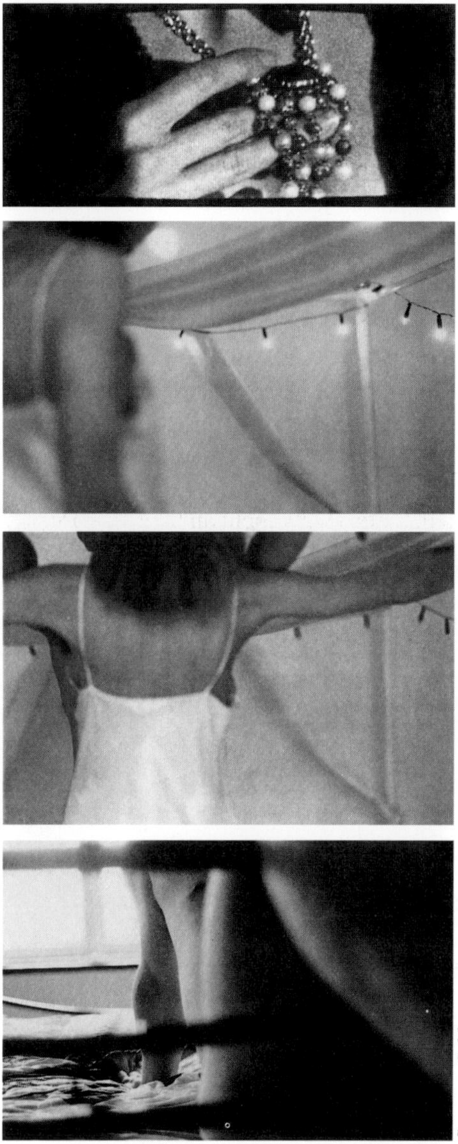

Susanne Schleyer

ternd zähle ich die zeiten um drei weitere stunden. sprache steigt vom wortrand, und das nächste zeitenblatt ist noch unentziffert. nur die ferne, die ihr leuchten erhellt. unwissend, der eigenen zeiten, seiten, nur der schmerz, den die liebe mir gefügt. verwehrt von dem, dessen leuchten in mir

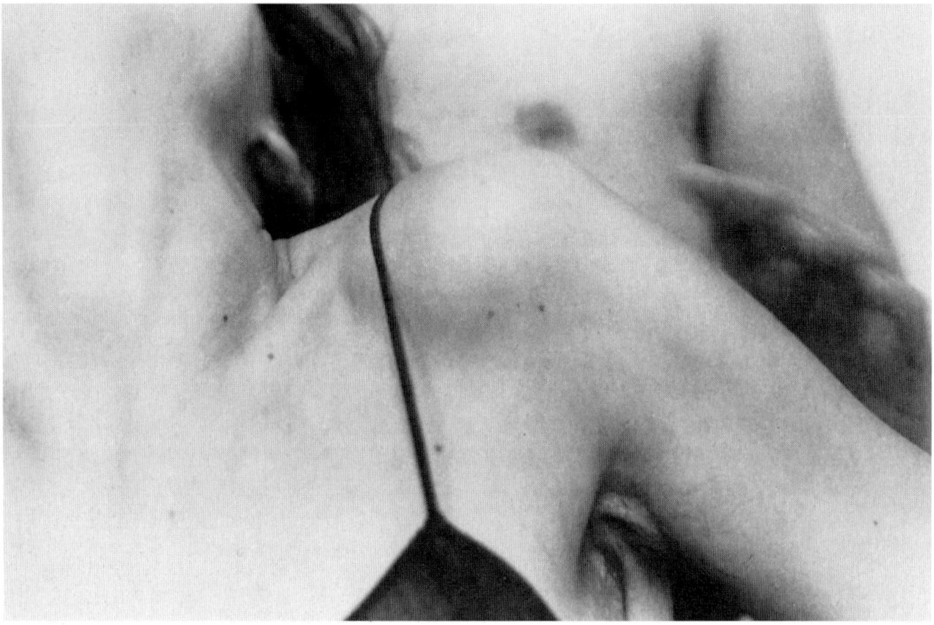

Susanne Schleyer

war, der aus ferne mein glühen entfachte und entschwand. wie unter all diesen schmerzen, dies zeitlose leuchten verstehen, die nähe, die nicht schwindet, die mir bleibt, wie diese stimme, die hallt durch die falten des raumes und steigt und steigt und fällt und fällt ins grenzenlose. doch mein herz fällt in schwarze seen, wo es alleine blutet und ruft in grünende bäume, durch die flutet das vorgehende licht. tau am herzgrund, der gefaßt von rosenwinden fällt in das dunkel und steigt wie die schiffe, die trunken schwanken über die nächtlichen horizonte, höre ich stimmen wie streifende lichter, sehe risse, aus denen funkelt ein neuer grund. blütenstempel, fruchtspur, die kreiselt, aus dem innern, mit den flüssen, mitten an die ränder der herrlichkeit.

und als da noch war keine wand, dünnwandig, die stimme zitterte durch sonnengereifte blätter, als die haut empfand die kometen wie spiegel, und ich da staunte aus langjährigem vergessen. hellhörig rannte ich durch die enggezogenen straßenschluchten, noch perlten die worte von dünnwandigen wänden. stimmen, deren schweif silber sprühte, wasser, dessen zittern barg das unbekannte. bogen, wasser, lilien, gärten, die standen am anfang, vor dem vergessen, wie stimmenglanz und widerhall durch flüsternde wände.

die andeutung kräuselt sich hinter meinen lippen, die blattgefalteten worte, die schwebenden, die ungefundenen, die im innern sich weiten. rotgesäumte strände, goldborden, an ihnen zerteilt sich das flüchtige branden. gischt fällt wie licht auf die meerdurchtränkte haut. offene himmel rauschen über die bäume. äste flimmern vor meinen augen wie rauchzeichen. goldfarbene korallen verschwinden in tiefem blau. mein rücken singt und spannt segel in die winde von außerhalb.

ich treibe unterdessen zwischen wind und zeit, zwischen meersteinen und hoffnung. die nässe, die haut der welt taumeln ins offene. und meine haut, die im gegenzug streift die haut des anderen, spürt den herzschlag des dritten, der zwischen uns wandert. nur meine wohnung, die zeitlosigkeit, birgt sich in den nebenräumen. haut der welt, unter deren hülle ich körper bin, grenze und raum, weg und bewegung. und wieder die mündung, oder der mund, der offenes kündet. ich pflücke meersterne aus dem netz der fischer, netze wie saiten gekreuzt, teppiche, klänge, in denen das weltenherz schlummert. daß keine sonne mehr ist in der weißen stille. nur mit einem atemzug, kann ich sein leuchtende flamme oder sterbendes licht.

und wieder taste ich lichtgebrandet nach deinem gesicht, deiner hand. eine leichthändige wendung zieht mich sanft in zwischenräume, in vibrierende schleier, in aufspringende farne. die sehnsucht ist eine sanft blendende wand, an der ich strande. unhörbar leise, zurückgenommen in ureigenes gehör, mitten-raum und rückgabe all dessen was uns beschwört. nun bin ich entglitten in ein lächeln, das sich kreuzt über dem vergangenen, aufhebt die verlorenen zeiten. mit den wimpern, den flügeln eines ungeschehens taste ich mich nach diesem anderen. seeschwalben umkreisen die steilwände der wangen.
wie durch ein gläsernes meer schwanke ich, mimosenhaft ist mein sinnen, das gleitet über die wellen, die abgründe zwischen dir und mir. lichtsäulen lodern, wenn du öffnest den mund. im wendepunkt der meere - sonnengereifte blickpunkte. dort, das nirgends im lichtwurf, der erzene pfeil, die sonnenrundung , die eintrifft, zwischen die spalten der herzkammern.

und sie nahm das große, der meere, wandte sich rückwärts, wanderte ihrer eigenen wege, löste das, was sie nicht beherbergen konnte, löste das ungleichgewicht und ging auswärts in kein land, und ihre spuren wurden zu schwindenden schneespuren über gelöstem raum.

sie ist an den ufern entlanggegangen, entlang der tauenden flüsse, die voll musik des morgen dröhnten, wie silben in ihrem haar. traum,-schlaf, als sie hinabstieg in den morgen, die singende flut, in die schale des lebens.

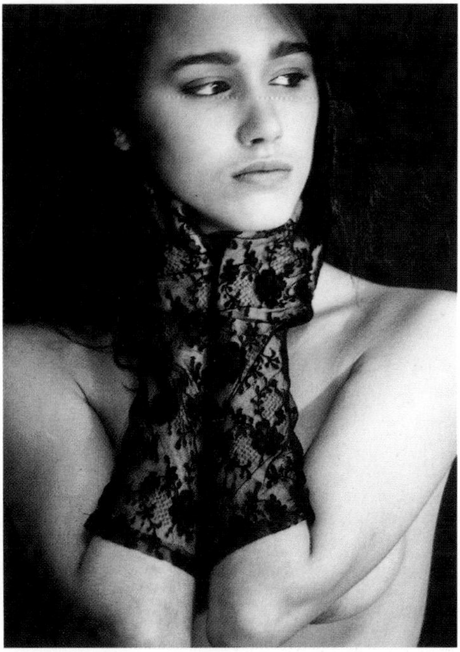

Lukas Handschin

Gisela Breitling

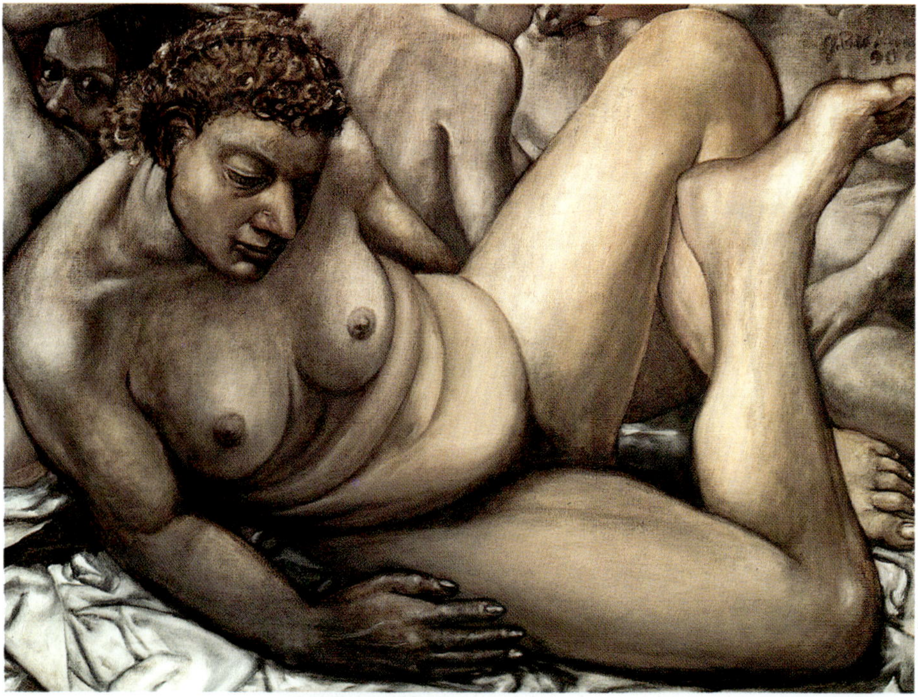

Sauna, Öl/Holz, ca. 100 x 130cm, 1990

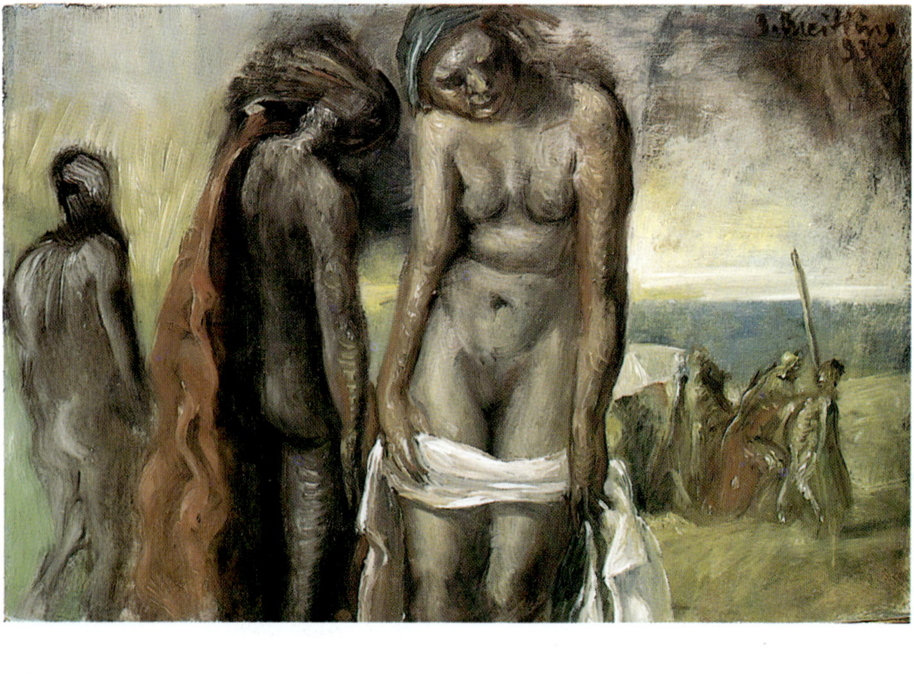

Mythische Szene, Öl/Holz, ca. 18 x 25cm, 1992

Gisela Breitling

Landschaft, italienisch

Vor uns breiten sich goldfarbene Hügel aus - eigentlich sind es bloß Wiesen, verdorrt durch anhaltende Trockenheit und Hitze - darin verstreut silbrige Olivenbäume mit schrundigen Stämmen, auch dunkelgrüne, fast schwarz wirkende Zypressen, wie in den Goldgrund gestickt. Im Vordergrund kühles Grün, seitlich sehen wir eine aufgerichtete Steinplatte, Halbsäulen mit Kannelierungen auf jeder Seite, und in der Mitte einen gemeißelten Löwenkopf, aus dessen Maul ein durchsichtiger Wasserstrahl quillt.

Landschaft, italienisch, um fünfzehnhundert. Jetzt entdecken wir die Tiere, eine langhaarige Ziege, eine weiße Kuh, letztere trage den Namen Io, wird uns, den Gästen, erklärt. Io, befreit vom Stachel der Eifersucht, mit dem Hera sie gequält hatte. (Wieso eigentlich sie, die Schuldlose, Überlistete? Weshalb wurde nicht Zeus bestraft für seine Eskapaden?)

Während wir uns flüsternd überlegen, ob die Ziege nicht eher ein Bock sein solle, Satyr vielleicht, der viel später verwandelt worden war, und daher in Ovids Metamorphosen nicht vorkommt, weil er erst in christlichen Zeiten mutierte zu dem uns allen wohlbekannten Satan oder bocksfüßigen Teufel, also abgetrieben worden war aus den bukolischen goldgrundigen Gefilden, in Nacht und Unterwelt. Satyr weilt dort noch immer und schickt Kassiber aus dem Dunkel. Eros, verbannt aus seinen Tempeln und Heiligtümern, wurde zum Wiedergänger und Nachtgeschöpf, ein Asylant ohne Bleiberecht, ohne Duldung sogar, nicht wiederzuerkennen.

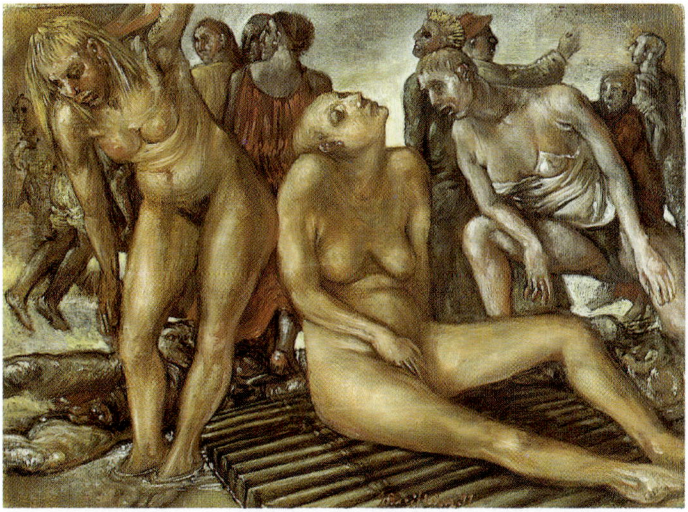

Das gestrandete Floß der Medusa, Öl/Holz, ca. 18 x 25cm, 1992

Seine paradiesfarbenen Flügel sind so zerrupft wie die der Stadttauben, seine opalene Haut ist schrundig wie der Stamm eines alten Olivenbaums.

Auf dem hier beschriebenen Bild ist er ein Jüngling, mit nichts bekleidet außer dem Riemen des Köchers, der an seiner Schulter hängt, nebst dem goldenen Bogen. Jetzt hören wir eine Panflöte, deren Töne leicht verzerrt werden durch die Windböen, die wie unregelmäßige Atemzüge herüberwehen, untermalt vom aleatorischen Orchester der Grillen und Zikaden, anschwellend, abschwellend, dann wie gezackt, rhythmisiert. Ist es Syrinx? Oder ruft da jemand? Ist es eine Name? Es scheint, als sei er zu verstehen. Daphne, so hören wir, Daphne, halt ein, warte doch.

Apoll ruft Daphne. Aber wo ist sie, haben wir sie übersehen, bisher, hat der Künstler sie weggelassen? Wir suchen. Und schon entdecken wir sie, halb verdeckt von der Steinplatte des Brunnens. Ein Gewandstück flattert, ein Arm, ein Fuß, den Boden nicht berührend: Daphne auf der Flucht vor Apoll. Flieh nicht, anmutige Nymphe, ruft der Liebesgott.

Daphne, weshalb fliehst du? Warum willst du dich nicht lieben lassen vom Gott der Liebe, so fragen wir, warum willst du ihn nicht lieben, sieh doch, wie schön er ist. Sie flüstert uns zu, atemlos, im Vorübereilen.

- Aber natürlich sind die Figuren regungslos, sie laufen und kommen nicht von der Stelle, sie bleiben, wo sie sind, gebannt ins goldene Gefild. Jagd und Flucht sind erstarrt und geschehen doch ununterbrochen, immer.

- Schön ist er wohl, so tönt Daphnes Stimme, die wie ein Hauch ist, kaum zu verstehen und unterbrochen, verzerrt von Windböen und dem Getön der Zikaden und Grillen. Wir horchen angestrengt. Wißt ihr Sterblichen nicht, daß Sein die Hoffnung zu sein ist, also zu werden? Lust ist Lust auf erwartete Lust, ersehnte Lust. Ist Lust je Gegenwart? Lust ist Verheißung. Und Apoll? Wohl ist er schön. Aber eine Nymphe soll sich nicht einlassen mit einem Gott. Erinnert euch, was mit Io geschah. Kennt ihr nicht die Leiden der Menschenfrauen, die sich verbanden mit Göttern? Die Himmlischen können mühelos jede Gestalt annehmen, auch die menschliche. Aber welcher Gott wird sich nicht schnellstens zurück verwandeln, wenn sein Wille geschehen ist? Kein Gott bleibt auf Dauer Mensch. Ja, ewig sind die Götter, ewig wie unsere Anbetung. Unsere Gebete sind ihre Nahrung. Wegweiser sind die Götter. Sie weisen den Weg, aber sie gehen ihn nicht. Sie wahren ihre Ämter, aber sie führen sie nicht. Die Göttin der Fruchtbarkeit gebiert nicht, sie macht fruchtbar. Diana durchstreift die Wälder mit ihren Hunden, erlegt aber kein Tier. Amor? Sein Pfeil trifft ins Herz, trifft aber nicht sein eigenes. Nennt ihn mit seinen vielen Namen, Apollon, Eros, Adonis. Mich wird Apoll nicht fangen, ich bin schnell und leichtfüßig wie eine Bergziege, ich werde ihm immer entfliehen, immer mich verwandelnd. Erkennt ihr mich im Lorbeerbaum? Nein, ihr erkennt mich in der Verwandlung. Seht ihr die Blattspitzen in meinen Haaren, an meinen Fingern?

Wir hören den Wind, die Zikaden, hören es atmen, hören den Flötenton, unregelmäßig, verzerrt. War da eine Stimme, waren da Rufe und Reden? Schon ist Mittag, schon glüht es. Wir lagern uns ins warme verdorrte Gras. Es flimmert um uns, nur der Brunnen wird beschattet von dunkelgrün glänzendem Lorbeer.

Wolfgang Krauss

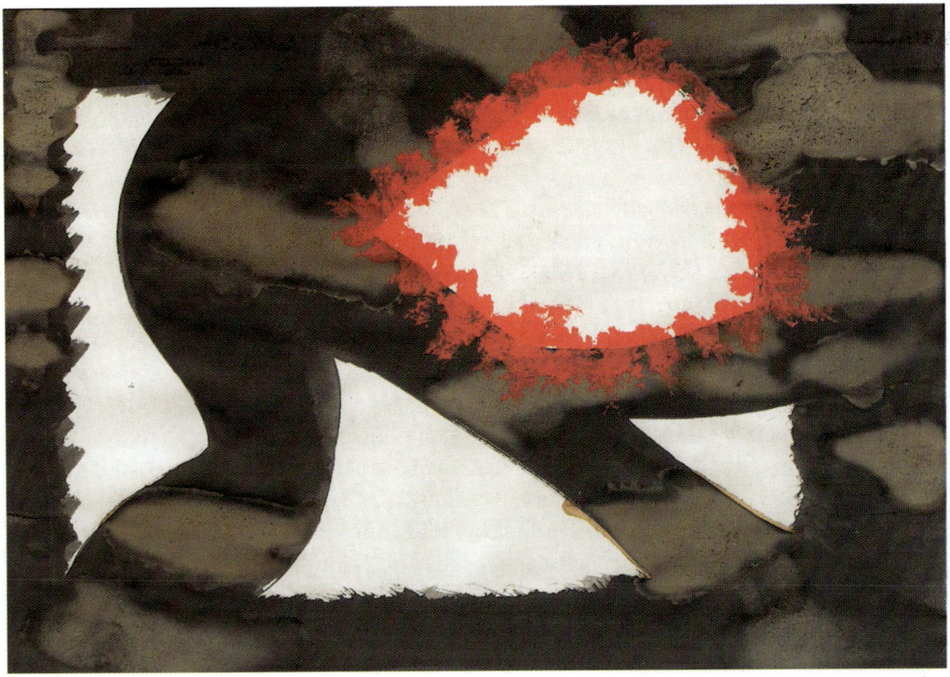

Angela Krauss

Eine Art Negativ, die völlige Abwesenheit von sexuellen Signalen, ein Unterdruckraum, ein Nichts, eine Leere.
Mir scheint, nur darin könnte das Schattenbild eines Verlangens entstehen.
Erotik ist dort, wo das fehlt, was ich am meisten wünsche. Erotik ist, wo mir etwas vorenthalten wird, ich es aber ahnen darf.
Wo das Verlangen nichts hat als die Phantasie.
Die aber, kaum wird sie formuliert, schlaff am Boden liegt.
Ein geplatzter Luftballon.
Da es mir mit meinen eigenen formulierten Phantasien so geht, komme ich, um mich nicht dem Lust-Verlust auszusetzen, nur auf diesen Schluß:
ein Negativ.

Ulrich Baur-Burwood

Corse, GR20, September 96

Nach berauschendem Anstieg, durch ein hinansteigendes Tal zum Sattel. Eine Bachüberquerung, bei der wir uns, zur Erfrischung gleichermaßen wie zum morgendlichen Reinigungsbad, soweit, wie es in einer gemischten Gruppe ziemlich ist, entkleiden. Eiskalt, daß die Finger klamm werden und die Füße taub, die knieweit im Wasser stehen. Dafür hinterher eine Durchblutung der Glieder, die dich spüren läßt, daß du tatsächlich noch lebst. Als erster erreiche ich nach gespanntem federndem Steigen den Sattel, wo ich entspanne und zur Ruhe komme. Dann einen Hang in sanftem Gefälle hinab, zu jener Hütte, von der man aus Mufflons sehen können soll. Dort quartieren wir uns ein, räumen unsre Schlafsäcke in die obere Etage der doppelstöckigen Schlafgalerie. Rucksäcke bedecken zu beiden Seiten des Ganges den Boden des Schlafsaales, die Luft ist kalt, ein bißchen Staub und Sägemehl liegt darin. Die Stube ist ebenfalls kalt, ein Feuer nicht erlaubt, es ist ja die warme Jahreszeit, tagsüber: Die meisten sitzen vor der Hütte, auf Bänken, und blinzeln in die untergehende Sonne. Deutsche, Engländer, Franzosen. Es ist Nachmittag. Das Warmwasser in dem alleinstehenden Duschhäuschen erscheint fragwürdig, aber wir riskieren es. Und in der Tat, was da aus dem Schlauch rinnt, ist so kalt, wie das Wasser des Bergbaches heute morgen, nur daß uns die Sonne jetzt nicht mehr bescheint, hier in dem halboffenen Betonhäuschen, durch das der Wind zieht, und die kühlen Strahlen der späten Nachmittagssonne. Das Wärmste hier sind die glitzernden Tropfen auf der Gänsehaut meiner Liebhaberin. Aber die Freude der letzten Tage auf diese Hütte, seit einer Woche der ersten mit Dusche, lassen wir uns nicht nehmen. Nachdem sie sich den tagealten Schweißfilm von Beinen und Bauch mit eisigem Schwall abgeduscht hat, und mir auch, riskiert sie eine kalte Ganzkörperdusche, wofür ich sie bewundere. Als wir dann fast trocken sind, kniet sie sich vor mich auf dem naßkalten Beton, nimmt mein kühles Fleisch in den Mund und saugt. Meinen Hodensack, gänzlich zusammengezogen im verzweifelten Versuch, seinen wertvollen Inhalt nicht unterkühlen zu lassen, nimmt sie in die hohle Hand, ihre Finger kitzeln die dahinterliegende empfindliche Haut. Wie eine glimmende Lunte zieht sich Wärme von unten durch meine Eingeweide bis zum Kopf. Wenig später hebe ich sie vom Boden und presse sie gegen den Verputz der Steinwand und stemme mich von unten in sie, bis Kälte und Gewicht uns in eine andere Position zwingen. Sie beugt ihren Oberkörper und ich dringe von hinten in sie, lasse ihre kalten und geröteten Hinterbacken gegen meine Lenden klatschen, bis ich der verschlossenen Versuchung nicht länger widerstehen kann, meinen Zeigefinger ihr in den Mund schiebe, ihn mit ihrem Speichel befeuchte, um ihn dann, Glied für Glied, in ihren Anus bohre, der sich fest um jedes Gelenk schließt, während ich so von innen durch ihre Darmhaut meine Erektion fühle.
Nach diesem Zwischenspiel holt uns die Kälte der Realität wieder ein, und jetzt bin ich bereits so ausgekühlt, daß ich jetzt ganz dusche, ganz kalt, während sie nackt

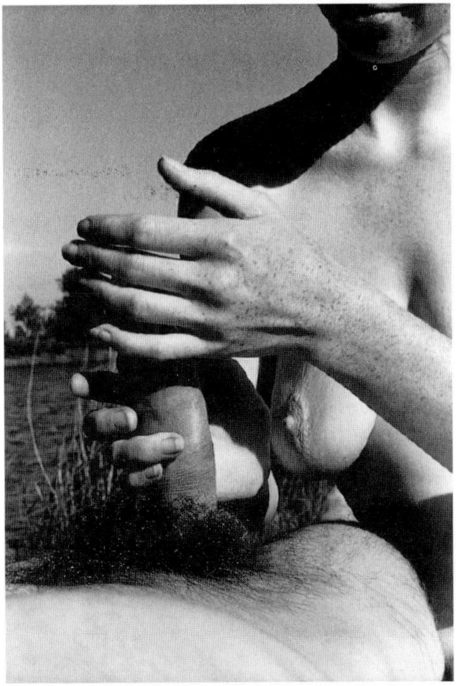

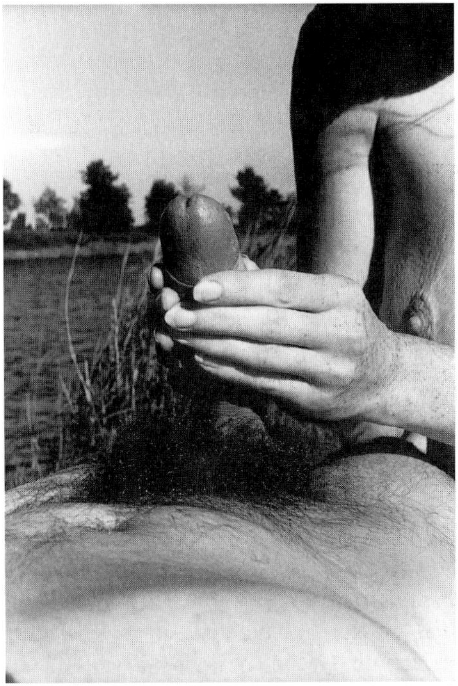

Arpad Safranek

in die Ecke des Betonverschlags gedrückt vor mir steht, um nicht angespritzt zu werden. Danach ist mir allerdings so warm, daß ich nur mit Handtuch bekleidet durch die ausgekühlten Felsen zur Hütte zurücksteigen kann, unberührt vom aufziehenden Wind, der eine frostige Nacht ankündigt. - ... Wolken ziehen vom Tal herauf, und wir sind nicht mehr davon überzeugt, daß der Hüttenwart noch kommt: Er kommt aber doch, und wir erfahren, daß der zweite Hebel in der Dusche eventuell doch noch vorhandenes Warmwasser zugeschaltet hätte. Sein Kommen kündigt sich mit fast apokalyptischem Walkürendonner an: den Hubschrauber sehen wir erst in den letzten Sekunden aus der Wolkendecke stoßen, als es schon längst blind in unseren Ohren dröhnt. Der Rotor schaltet sich nicht ab, die Tür öffnet sich nur kurz, der Hüttenwart entspringt schnell mit seinem Gepäck, und schon greifen die Rotorblätter wieder nach Halt in der Luft und der Helikopter hebt ab. Die Wolken aus dem Tal haben sich, kaum baumweit vom abschüssigen Berghang entfernt, heraufgeschoben, einen schmalen Spalt zum Boden lassend, und nachdem sich der Pilot jetzt wenige Meter erhoben hat, stürzt er sein Fluggerät in diesen Spalt hinab, wie über eine Kuppe geschoben gleitet er in einem Zug ins Tal hinab bis er innerhalb kürzester Zeit völlig verschwunden ist.

Es ist Zeit, hineinzugehen, Abendessen vorzubereiten. Wenige Holzbänke in einem großen kahlen Raum, man kommt ein wenig ins Gespräch, man kocht, Battiste liest "le prophete", das Feuer reicht nicht, den Raum zu erwärmen, kein Vergleich zur "Griabigkeit" bayrischer

Berghütten. Aber eben unvergleichlich, und ich bin jetzt lieber hier als irgendwo anders, und friere. Meine Liebhaberin trifft unter den anderen Bewohnern eine ehemalige Mitschülerin, und ich ziehe mich bald in meinen Schlafsack zurück, um dann doch etwas weniger zu frieren. Ich wache auf als sie kommt und mir leise lachend einen Gutenachtkuß gibt, bei dem ihre Zunge ungehörig weit in mich dringt. Bald liegen alle in ihren Schlafsäcken, und nach einigem Drehen und Schnaufen, Schaben und Trippeln kehrt allmählich Hüttenruhe ein. Ihre Hand schiebt sich in meinen Schlafsack. Mit geschlossenen Augen dreht sich ihre Nachbarin uns zu, atmet dann aber gleichmäßig und tief. Die rührige Hand nimmt den Reißverschluß meines Schlafsacks und öffnet ihn Zahn um Zahn, ihrer, stelle ich fest, als ich den Arm um sie lege, war nie zu. Während sie sich nach unten schiebt, um den Kopf auf meinen Bauch zu legen, rutscht ihr Hintern wie von selbst meiner linken Hand entgegen, und als ich sie unter den Bund ihrer Hose gleiten lasse, spüre ich die feuchte Hitze zwischen ihren Beinen, dann etwas weiter, ihren Saft, der wie Gleitcreme in den Spalt zwischen ihren Backen rinnt. Ich nehme diese Feuchtigkeit mit dem Finger auf und reibe ihr damit die Furche entlang, vom Ende des Rückens durch die Enge ihrer Schenkel bis zum Anfang ihres Bauches und wieder zurück, und während mein Schwanz angeschwollen ist, an Länge und Umfang beträchtlich zugenommen hat und sich, nachdem er aus der Hose gewachsen ist, Zentimeter um Zentimeter in M's Mund schiebt, hat sie mir mit gewandter Bewegung des Unterbauchs den Arsch über eben noch gleitenden Mittel- und Zeigefinger gestülpt. Daumen über der linken, Ring- und kleiner Finger über der rechten Backe, tauche ich so in ihre Eingeweide ein und aus, meine Finger lauschen dem saftigen Schmatzen ihres Ringmuskels der sich hingebungsvoll öffnet und schließt, während sie ihre Lippen um meine Eichel spielerisch vor und zurück bewegt. Indem ich beginne, mich selber zu massieren, zwinge ich ihr meinen Rhythmus auf: während ich die Vorhaut zurückziehe, schiebe ich mit einer Beckenbewegung mein Glied tief in ihren Mund, und ziehe mich daraus zurück, die Eichel wieder mit der Haut bedeckend. Das so entstehende Geräusch mag so manchen Verdacht im Schlafsaal wecken, aber darum kümmern wir uns nicht. M. ist vertieft in unser Spiel, und ich, zwischen dem Ein und Aus der Finger meiner linken Hand in ihrem Arschloch und dem "aller et venir" meines geschwollenen Penis' in ihrem Mund dem Orgasmus nahe. Als sie sich dann zwei Finger ihrer Hand zwischen die Beine schiebt, um sie in ihrer Scheide zu befeuchten, wo sie, nur durch eine feine Wand getrennt, kurz den meinen begegnen, die da gerade in ihrem Darm lustwandeln, und als sie diese so befeuchteten Finger dann mir in den Po schiebt und anfängt, sie darin langsam hin- und herzubewegen, schiebe ich meine Erektion so tief wie sie es erlaubt in ihren Mund und komme, spritze und rinne zwischen ihre saugenden Lippen, überschwemme ihre Zunge mit weißem salzigem Saft und sie schluckt, saugt, schluckt und leckt, bis auf den letzten Tropfen, den ihre bohrenden Finger aus den Samenleitern herausdrücken, bis wir uns entspannen, langsam, ganz langsam, langsam gleiten dann all unsere Glieder aus den feuchtwarmen Körperöffnungen des anderen, zurück in die einsame Kälte des Hüttenschlafs, in den wir, ineinandergschmiegt, sinken...

Anno Dittmer

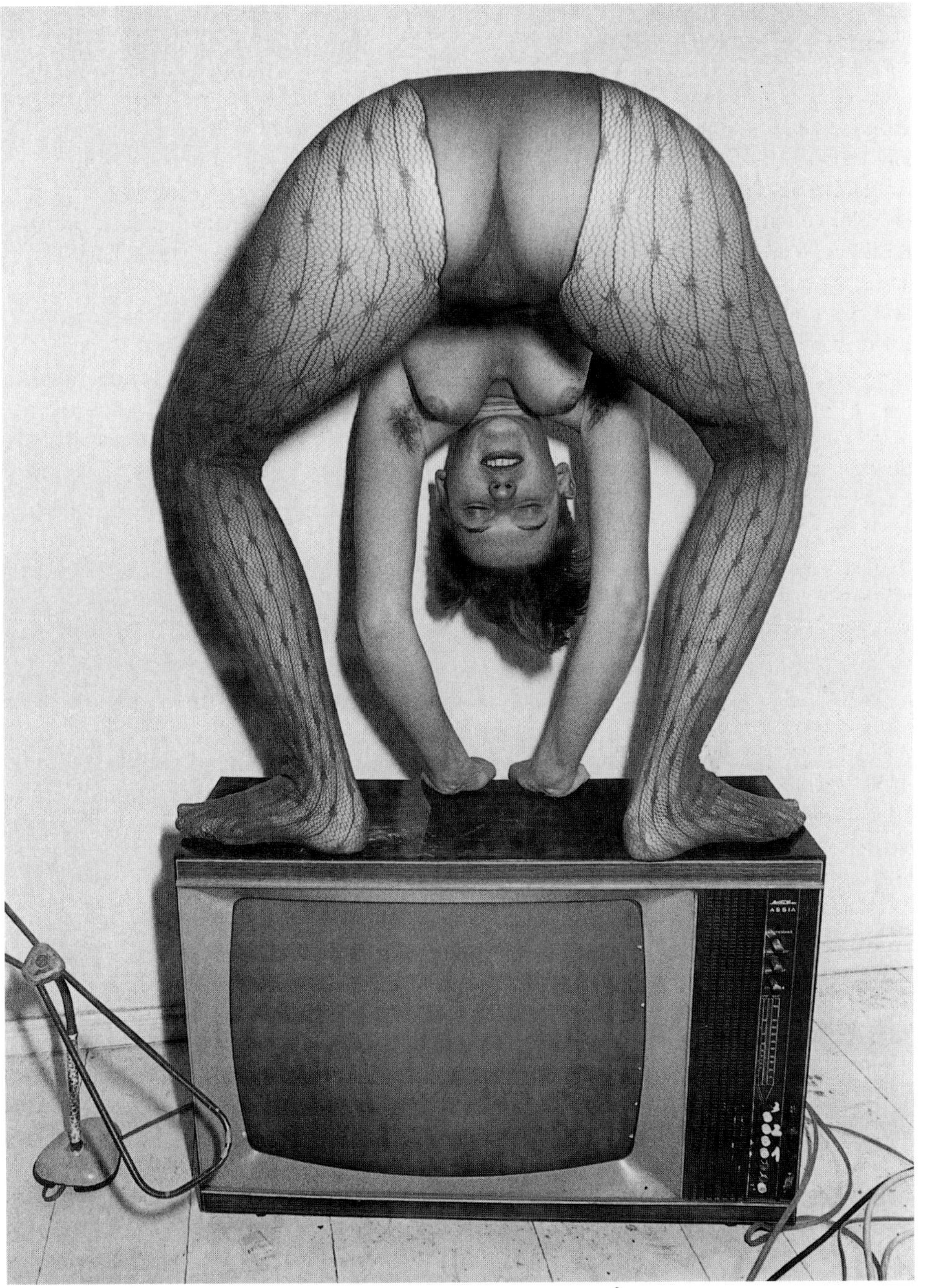

Carl-H. Cramer

Eva

Angefangen hat eigentlich alles mit der Entdeckung, daß wir beide leidenschaftlich dem klassischen Gesellschaftstanz huldigten. Wir traten in den Tanzclub ein. Eva war bezaubernd, hinreißend anmutig. Sie konnte in ihrem Gesicht alles widerspiegeln: Zurückhaltung ebenso wie Hingabe, den lachenden Genuß, und später das laszive Laster. Und auch ich machte eine ausreichend gute Figur. Wir bekamen als Amateure viel Beifall.
Als wir uns kennenlernten, waren wir beide noch ziemlich unbeleckt. Eva hatte da zwar schon einige sexuelle Kontakte hinter sich, aber alles war noch flüchtig und blieb an der Oberfläche. So standen wir am Anfang einer Lebensbeziehung. Wir sprachen oft und genußvoll darüber, wie wir es genießen würden, eine fiktive inzestuöse Beziehung miteinander zu haben. Wenn wir vögelten, machte uns diese Vorstellung und die Gespräche darüber immer besonders an. Ich entdeckte ein Bedürfnis, sie aus ihrer zuweilen noch vorhandenen Zurückhaltung zu locken. Die Gelegenheit ergab sich beim nachmittaglichen Tanztee. Erst zögernd, schließlich fordernd und lockend liebte es Eva

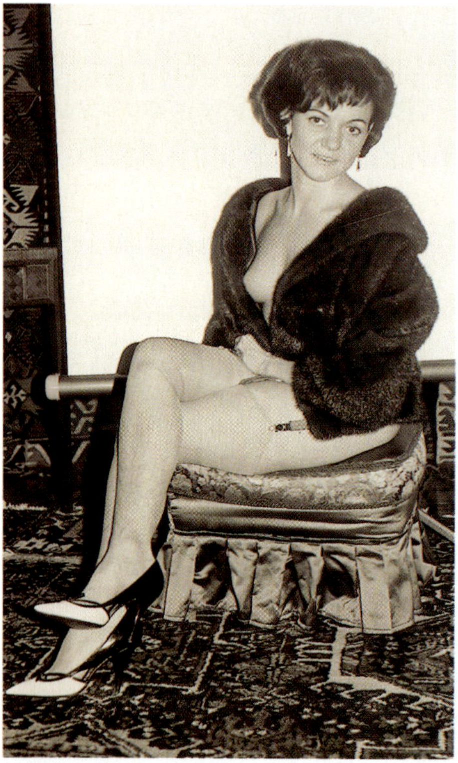

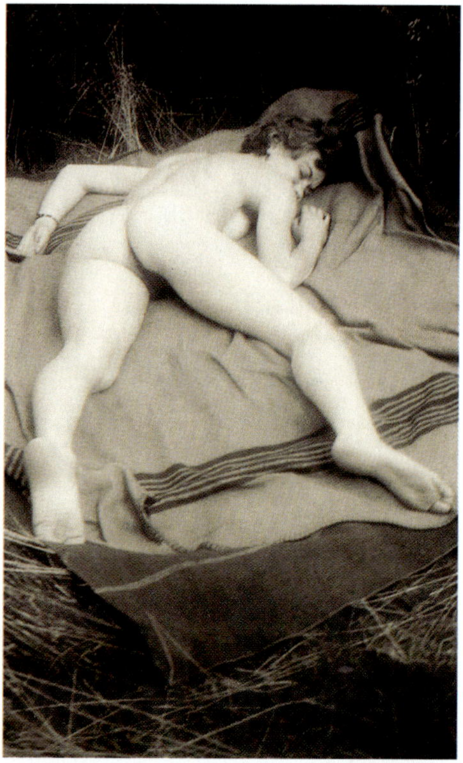

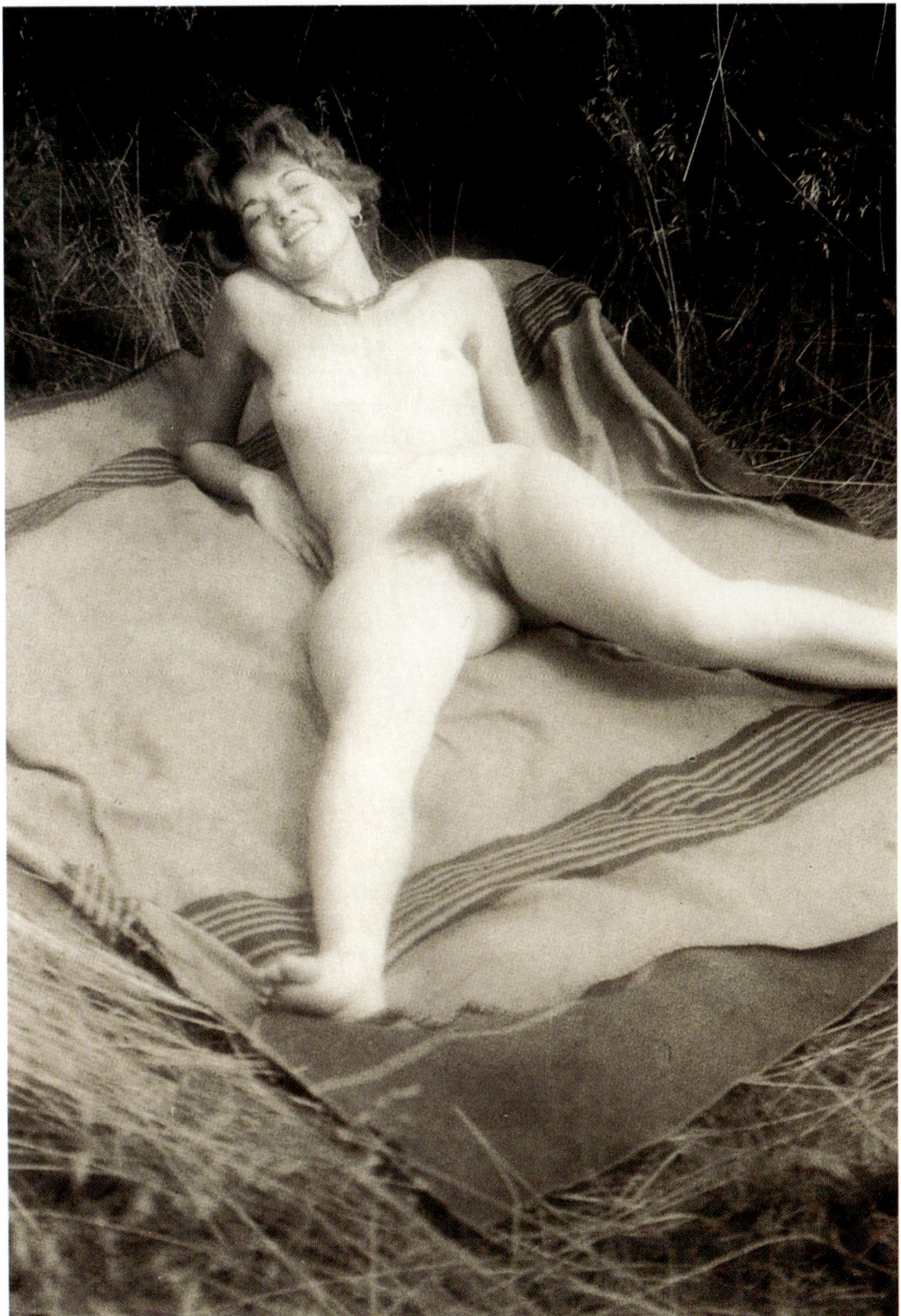

mehr und mehr, mich in den Wahnsinn einer Eifersucht zu treiben, was ich selbst genießend forcierte. Wir saßen in einem Tanzlokal, mit am Tisch Paare und männliche Singles. Wenn ich nicht beim Einsetzen der Musik sofort mit ihr startete, war sie regelmäßig in wenigen Augenblicken mit einem anderen auf der Tanzfläche. Wenn ihr der Mann gefiel, suchten mich über seine Schultern ihre Augen, verheißungsvoll lächelnd schmiegte sie sich in die fremden Arme - soll ich, fragte mich ihr Blick. Natürlich warteten die Männer nicht lange, und ich sah sie früher oder später im ersten Kuß dahinschmelzen. Dabei wurde das Tanzen sichtbar sinnlich. Und hier - wie früher nie empfunden - durchrann mich eine irrsinnige Lust. Sie machte mich verrückt, ich konnte mich nicht sattsehen - stundenlang saß ich mit lustvoll schmerzendem Ständer am Tisch und weidete mich. Es machte ihr viel Vergnügen, mich auf diese Art zu peinigen. Beim nächsten Kuß kam es mir fast in die Hose. Von da an wußte ich, daß ich kaum mehr würde darauf verzichten können, sie mit anderen Männern oder auch anderen Frauen zu sehen. Ich wollte sie flirten, schmusen, geil werden - und vögeln sehen. Als sie sich das erste Mal nach dem Tanzen in unserem Wagen vögeln ließ, ich zusehen konnte, wie die beiden sich erst wichsten und gegenseitig leckten, wie ihre Augen mich immer lüstern anlächelten und sie sich schließlich im Orgasmus wand. Manchmal, wenn sie im Orgasmus zuckte, waren ihre Augen auf mich gerichtet, und ich hörte sie stöhnen. In diesen Augenblicken betete ich sie an. Zugleich schüttelte mich süße rasende Eifersucht, ich litt physisch, aber alle Gefühle waren unglaublich süß, sensationell und intensiv.

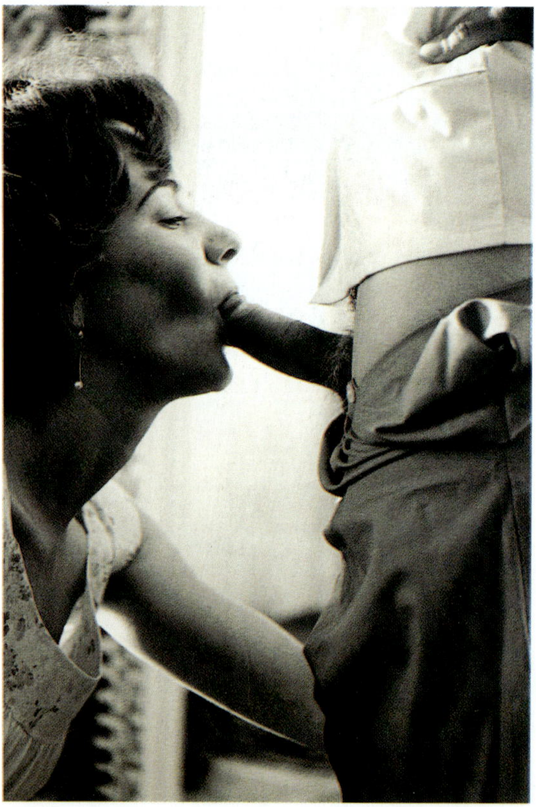

Später machten wir in einschlägigen Clubs Gruppensex. Sie bot sich mit zauberhafter beinahe poetischer Unschuld an. Sie war sehr gefragt. Ich hatte kaum Interesse, mich mit anderen Frauen zu amüsieren. Wir haben längst geheiratet, Jahre haben wir unserer Liebe gegeben, sich zu festigen. Heute, nach vielen Jahren, sind wir immer noch zusammen und zehren von den Erinnerungen, gehen zärtlich und behutsam miteinander um. Wir können uns kein Leben ohne den anderen vorstellen. Und inzwischen sind wir ganz "brav" - wie die Leute sagen - geworden.

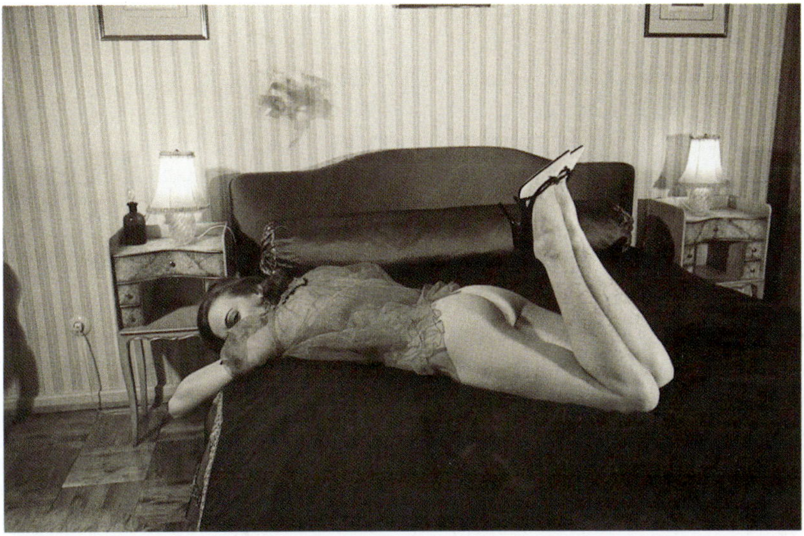

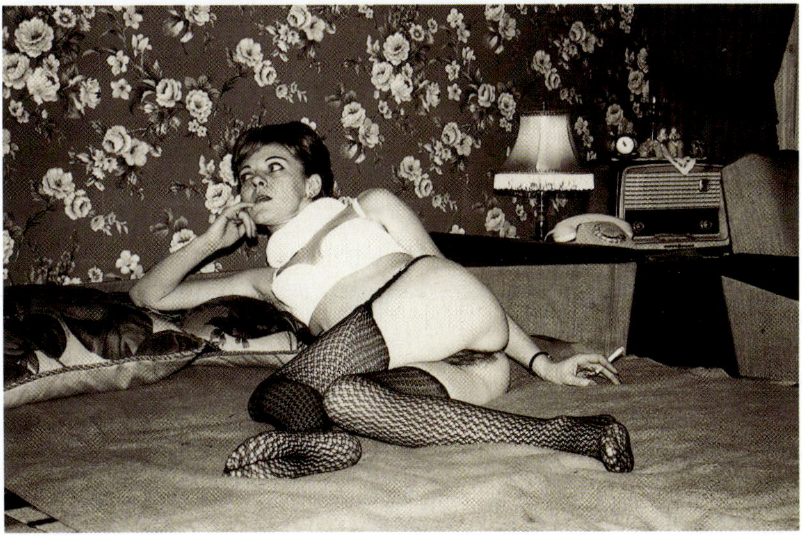

Ina Kutulas

Beim wievielten Blick

Auf den ersten Blick war er drauf und dran. Mir im Wege. Maß mich. Schätzte ab. Er kannte dabei keine Verwandten. Ihn scherte nicht, ob wer bei mir war. Anfangs erinnerte ich jenen Helden aus "Mrs. Stone und ihr römischer Frühling", der Mrs. Stone hin und wieder aufwartete, seinen Penis aus der Hose holte, urinierte und Mrs. Stone in Verlegenheit brachte. Auf den zweiten Blick offenbarte sich aber meines Herausforderers andere Natur. Er stellte mich vor etwas wie eine unlösbare Aufgabe: um nichts in der Welt verlegen zu sein.
Diese Art Individuum, hatte ich einmal gehört, könne eine Frau durch bloßes Anschaun vergewaltigen. Und bald sollte ich daran glauben. Eine Frau hypnotisieren heißt, sie mit Blicken aus ihrem Umfeld lösen, sie erhöhen und fallen lassen. Dieser Dreizehntkläßler schien früh genug besser Bescheid zu wissen als ich. Denn ich meinte, wenn er mich musterte, ich sei um Jahre zurückversetzt, in irgendeinen Prüfungsvorbereitungsraum, während die Uhr gegen mich lief. Dabei hatte ich doch längst das Abitur.
Vielleicht, überlegte ich, stand er zu lange bei Neumond unter der Dusche. Vielleicht, überlegte ich weiter, ist ihm eine alte Schallplatte in die Hände geraten: "Ich war sechzehn und sie einunddreißig ..." Und noch weiter ging ich: Vielleicht ist dieser verschärfte Blick Folge der Abstrahlung des Alliiertenmuseums gegenüber mit seinen fehlenden Panzern und zeitweilig vorrätigen leichten Geschützen. Eine fremdartige Erscheinung, die Ende Sommer mich anging, Anfang Winter verschwand und all die eiskalten Monate fehlte.
Vielleicht, begann ich wieder zu grübeln, hat er's übertrieben, zu häufig geraucht oder gekifft. Sie haben ihn, vermutete ich später, wahrscheinlich geext, weil er zu weit gegangen, den Müttern der Erstkläßler hier und da zu nahe getreten war. Ein geplatzter Granatapfel mußte sein Herz sein, ein roter Stern sein Nabel, seine Haare Zuckerpeitschen. Was, wenn er den Abschluß nicht bekäme? Er blieb beharrlich aus wie die Sonne.
Bis ich am Morgen des ersten Weihnachtsfeiertags auf den Strand von Marbella zulief und er auf seinem Fahrrad, in kurzen Hosen, unter einem sommerlichen Himmel, meinen Weg kreuzte, so, wie ich ihn hatte immer zur Schule kommen sehn. Wie ein Tagfalter wurde er existent im Licht. Da! Unter meinen Blicken flammte es auf der Tafel: Love is a cosmic girl - we know it. Alle Mitschüler hatten eine Ahnung. Die Streber und die Schlußlichter und die goldene Mitte. Von allen zuviel hatte ich. Tintenstrahlen schossen ins All. Die Sonne überlegte es sich anders. Und wieder verschwand er, der seine Blicklanzen in meinen Körper gestoßen hatte. Eisig wie schon der Winter war auch der Vorfrühling. Es regnete. Ich ging Richtung Schultor. Tropfen rannen über die Glasscheiben der Telefonzelle neben dem Weg. Er in der Zelle, im Block, der zu schmelzen begann. Ich legte meine Hand ans nasse Glas. Er wirkte wie ein nicht wieder Aufgetauter, wie noch nicht von dieser Welt, wie in einer fremdartigen Übergangsfrau. Meine Finger schrieben

auf ihren Leib: Love is a cosmic girl. Und seine Finger, unverhofft, begannen zu buchstabieren an der anderen Seite der Scheibe. Das Wasser zog Bahnen. Ich weiß nicht, wie er wenig später hatte so schnell verschwinden können, als mußte er sonstwas nachholen. Jemand anderen kopflos machen. Ich vergaß alles um mich herum. Schließlich sogar mich selbst.
Bis heute über den Schulhof, in der ersten Hitze des Mai, ein Fahrrad ohne Fahrer rollte, mich erwischte. Durchdringendes war im Licht. Ein wievielter Blick. Etwas schoß aus mir, wie wenn ich ein Leben gab, wie ein Rest Leben aus jemandem weicht, bevor er erliegt. Die kosmischen Alliierten spielten mit ihrer Fernsteuerung. Alien trat ins Pedal.
Ich meinte, die Telefonzelle stürze, der Himmel neige sich, die Schulglocke sei defekt. Aber all das waren Sinnestäuschungen, während ich wechselte, hinüber in die andere Zeit, noch einmal die dreizehnte Klasse besuchte und sie wieder verließ, zur Welt kam wie durch splitterndes Glas. Die Daten verirrten sich in den Tagen, die Tage in meinen Leib: right now! In den Nadelbäumen frohlockte der stachlige Wind. Das Licht, als wollte es umschlagen, sich stülpen in ein schwarzes Loch.
Ich erinnere dieses Etwas dunkel. Ein bißchen wie nicht und doch von mir. Ein bißchen wie er und ich. Nicht und doch. Wie verflüssigtes All. Wie wenn Traumszenen kippen und man einem fremden Wesen auf einmal verdammt nahe kommt. Es einen entrückt. Und schon roch es nach Abschlußball.

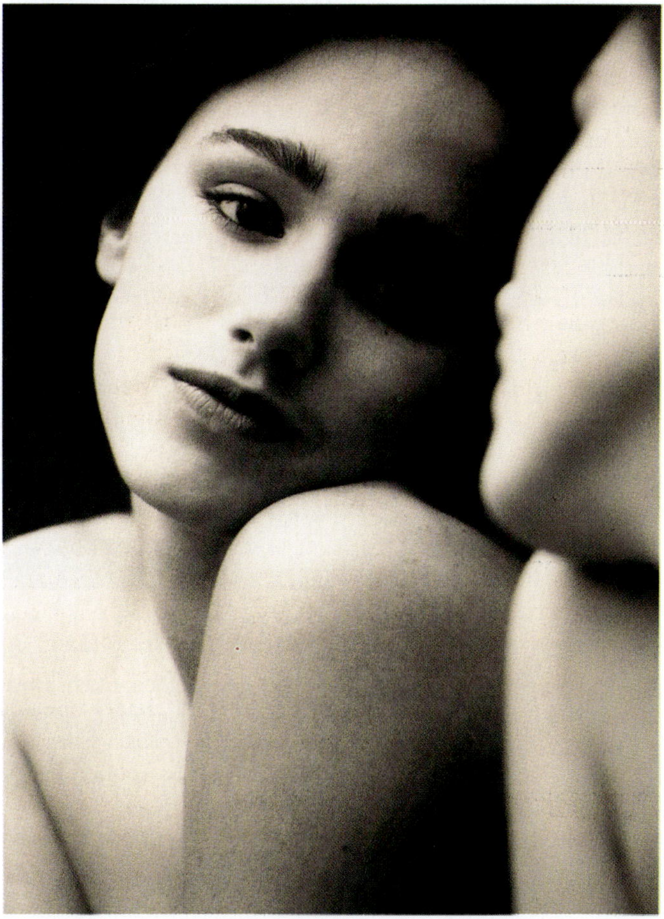
Lukas Handschin

Krista Beinstein

Einige Nächte später lag sie im Schlaf. Und obwohl es als ein Widerspruch erschien, hatte die Lust, jetzt zu schlafen, sie plötzlich sanft mit einem weichen Schrecken geweckt. Sie blieb einige Zeit liegen und spürte noch den Geschmack im ganzen Körper aus jener ländlichen Zone, in der sie unterirdisch von den Wurzeln die Tentakeln irgendeines Traumes ausgebreitet hatte. Sicher, übrigens war es ein guter Traum gewesen, der sie geweckt hatte. Sie stand auf und ging ein Glas Wasser trinken, ohne daß sie Licht anmachen mußte. Es war erst elf Uhr nachts. Da sie um 10 ins Bett gegangen war, hatte sie erst eine Stunde geschlafen, und war von der Lust am Schlafen geweckt worden. Sie ging das Glas Wasser langsam auf der Terrasse trinken. Sie spürte am Geruch der Luft und an der Unruhe in den Zweigen der Bäume, daß es jetzt bald regnen würde. Man sah den Mond nicht. Die Luft war schwül. Der Geruch nach Jasmin kam stark vom Jasminstrauch der Nachbarin. Sie stand auf der Terrasse, ein wenig vom intensiven Duft benommen.Durch die Jasmintrunkenheit hindurch kam ihr für einen Augenblick eine Enthüllung in Form eines Gefühls - und im nächsten Augenblick hatte sie vergessen, was sie durch die Enthüllung gewußt hatte. Dort im Halbdunkel der Terasse stehend, kam ihr, plötzlich sanfter, eine andere Enthüllung, die andauerte, denn sie war das intuitive Ergebnis von Dingen, die sie vorher verstandesmäßig gedacht hatte. Was ihr kam, war die leicht erschreckendie Gewißheit, daß unsere Gefühle und Gedanken so übernatürlich sind, wie eine Geschichte, die nach dem Tod geschehen ist. Und sie verstand nicht, was sie damit sagen wollte. Sie ließ es bleiben, bei dem Gedanken, weil sie wußte, daß er einen anderen verständlicheren überdeckte..In jeder Nachtstunde lernte sie diesen großen Schrecken kennen, lebendig zu sein, und als einzigen Schutz nur die Schutzlosigkeit des Lebendigseins zu haben. Mit zärtlicher Neugierde, vom Jasminduft eingehüllt, aufmerksam gegen den

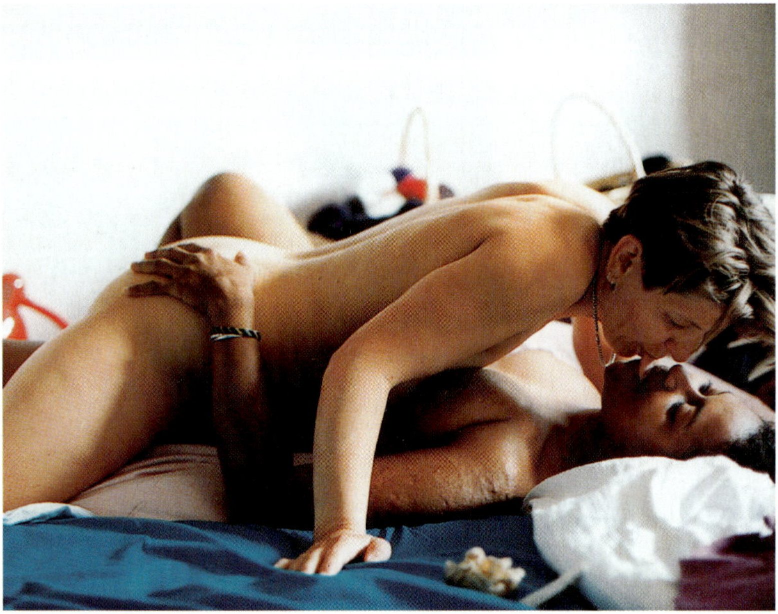

Existenzhunger schien sie zart lebendig gerade zu essen..Der Lebenshunger. Bis zu welchem Punkt ginge sie in das Elend der Notwendigkeit: sie würde eine Ewigkeit nach dem Tod tauschen für eine Ewigkeit, während derer sie lebendig sei. Bis sie wirklich Hunger hatte, sie ging eine Birne holen und kehrte auf die Terrasse zurück. Sie aß. Trotz der Drohung bevorstehenden Regens und der Angst, die der erstickende Jasmin ihr schon bereitete, entdeckte und entdeckte sie. Und es regnete nicht, regnete nicht. Sie war ein wenig richtungslos als wäre ihr ein Herz herausgezogen worden und an seiner Stelle wäre jetzt die plötzliche Abwesenheit, eine fast berührbare Abwesenheit.. Sie sah, daß gleich dem unruhigen Wiegen der Bäume auch sie unruhig war. Sie hatte sich eingerichtet, um sich über die Angst und den Schmerz zu trösten. Aber wie sollte sie sich über die Mischung ruhiger Freude mit der Angst trösten. Dann begann es endlich zu regnen. Erst ein spärlicher Regen, dann so laut, daß er auf allen Dächern lärmte. Ich weiß schon, dachte sie plötzlich. Sie wußte, daß sie jetzt im Regen eine so große Freude suchte, daß sie scharf würde, und daß sie sie mit einer Schärfe in Berührung brächte, die der Schärfe des Schmerzes ähnelte. Aber sie stand an der Terrassentür und es geschah nur das: sie sah in den Regen. Sie und der Regen waren damit ausgefüllt, heftig zu fließen. Und sie sah, daß es kein Schmerzklopfen wie früher gab. Nur das: es regnete stark, und sie stand und sah den Regen und wurde ganz naß. .Sie war eine Person, war eine Aufmerksamkeit, war ein bewohnter Körper, der den dichten Regen fallen sah. Und plötzlich, aber ohne Schreck, spürte sie den Wunsch, diese so geheime Nacht jemandem zu geben. Ihr Herz begann stark zu klopfen. ...sie blieb einen Augenblick stehen, für einen Augenblick aus dem Gleichgewicht gebracht. Bald schlug ihr Herz noch schneller und lauter, weil sie begriff, daß sie es nicht länger aufschieben würde, daß es jetzt in dieser Nacht sein sollte, jetzt.

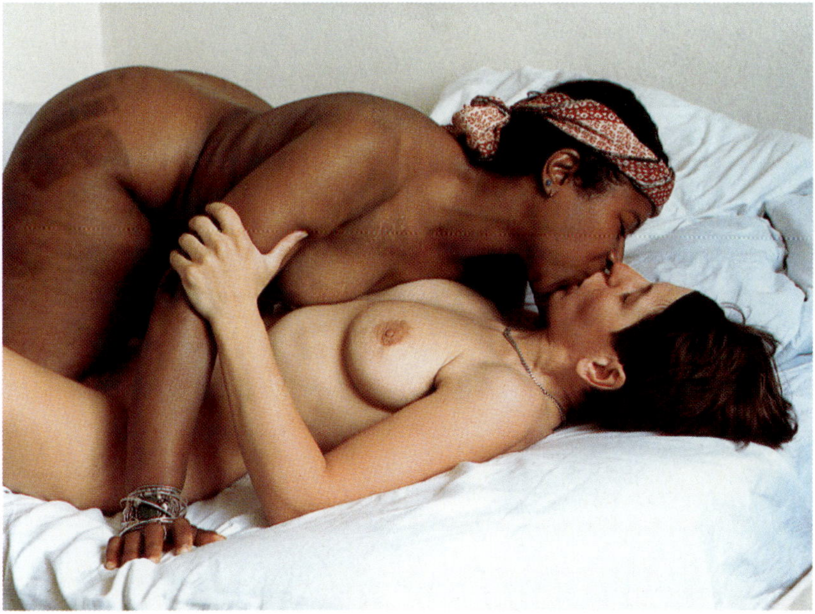

Clarice Lispector

Alexandre Dupouy

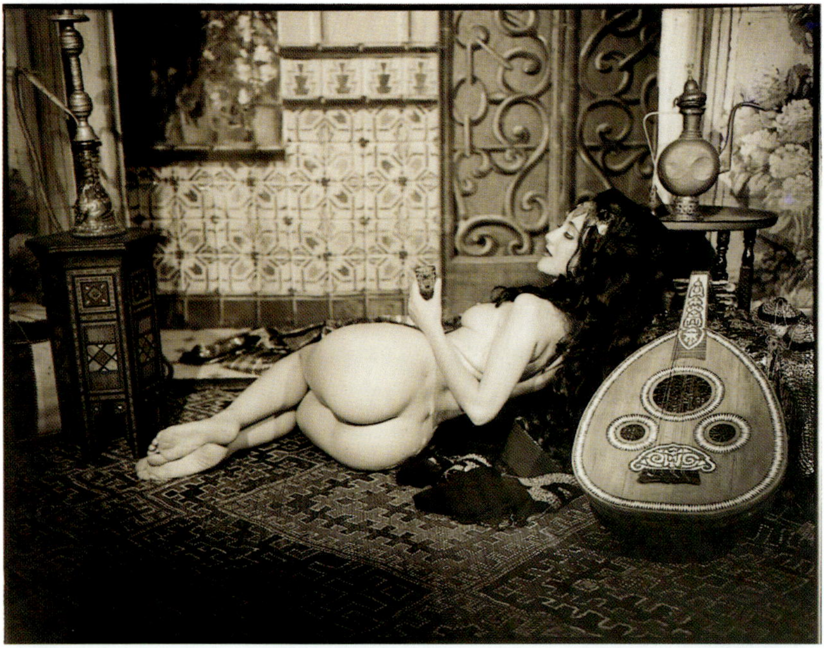

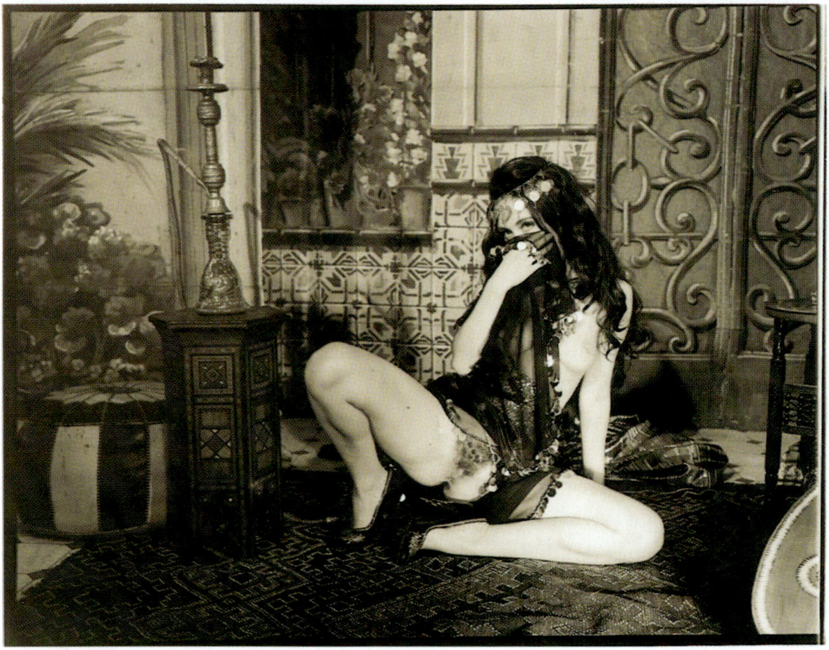

"Steh auf, Kaschkasch, ich rief dich, in einem Streit zu entscheiden, den ich mit diesem verfluchten Dahnesch habe. Wirf einen Blick auf das Bett und sag, wer dir schöner erscheint, der Jüngling oder die Jungfrau?" Kaschkasch betrachtete das schlafende Paar. Nachdem er es eine Weile betrachtet hatte, ohne sich entscheiden zu können, sagte er: "Es gibt nur ein Mittel, sich darüber aufzuklären: man solle sie nacheinander wecken und sich darauf einigen, daß wer für den anderen durch seine Glut und Heftigkeit mehr Liebe bezeugt, gewissermaßen weniger schön ist." Er fragte die Fee, ob er ihren Liebling wecken solle. Als sie bejahte, verwandelte er sich in einen Floh und sprang auf Kamr essamans Hals. Er stach ihn so heftig, daß der Prinz aufwachte und mit der Hand nach der Stelle fuhr. Aber er fing nichts, denn der Geist war schleunigst zurückgesprungen und hatte seine gewöhnliche, dem sterblichen Auge unsichtbare Gestalt wieder angenommen. Als der Prinz seine Hand zurückzog, fühlte er plötzlich eine weiche andere Hand. Er schlug die Augen auf und war höchst erstaunt. Als er sah, daß sie sich nicht rührte, faßte er sie an den Schultern und rüttelte sie sanft. "Welche Schönheit! Welche Reize! Mein Herz! Meine Seele! Erwache doch!" Dann wurde er plötzlich verlegen...Hierauf kehrte er ihr den Rücken zu und es dauerte nicht lange bis er wieder so fest wie vorher schlief. Kaschkasch verwandelte sich wieder in einen Floh und weckte die Prinzessin. Sie wachte auf und richtete sich empor. Da sah sie den Mann neben sich liegen ... Müde der Mühe, ihn vergeblich zu wecken, küßte sie ihn zwischen die Augen, auf die Wangen und auf den Mund. Dann öffnete sie seinen Hemdkragen und drückte ihre Lippen lange auf seinen Hals, streichelte seine Brust, seinen Leib und erschauerte, als sie sein Glied berührte...

Und, wer war schöner?

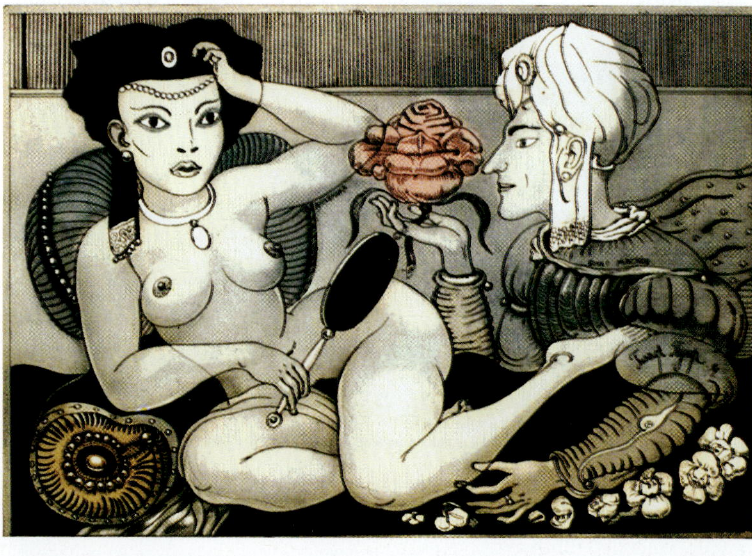

Gipper Puper

Gipper Puper

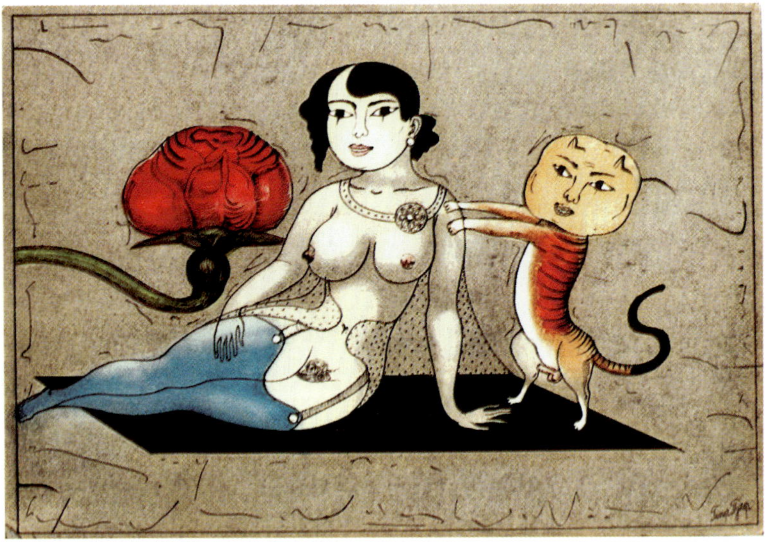

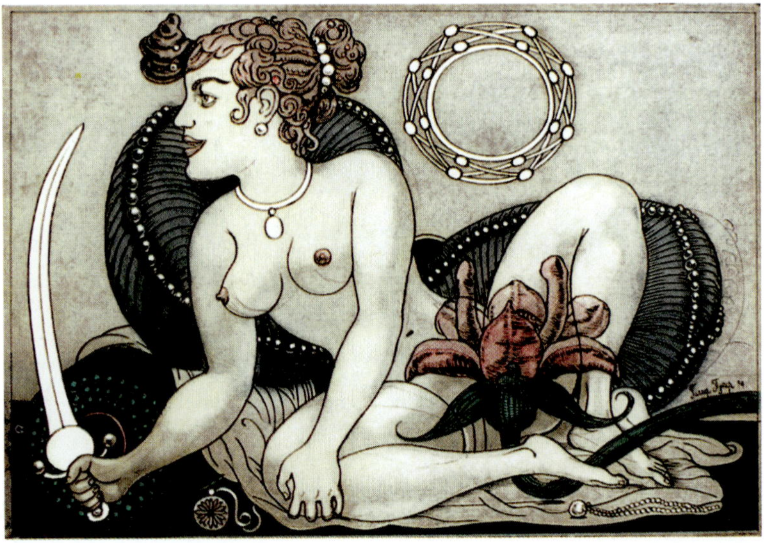

Sarah Mangoldt

As the moon disappeared

Seit Tagen sprach ich einen Namen vor mich hin. Aysha. Dieser Klang, oh Gott, dieser Klang, er läßt sich in Schrift kaum wiedergeben. Aysha. Ihr Name. Oder war es nur ein Musiktitel des Sommers. Ich hatte diese Frau einmal getroffen, war verwirrt von der ersten Sekunde an. Es war eine dieser lesbisch-schwulen Bars. Als Aysha hereinkam, war es eine kurze Zeit still im Raum, und der schwule Jüngling, der mich als Dolmetscher begleitete, errötete. Er sprach sie an, hielt sie für einen der zauberhaften Jungen der Stadt, dunkelhaarig, schwarze Augen, diese aber noch verborgen hinter einer undurchsichtig-grünen runden Brille. Sie war kein Junge, aber das war egal, für ihn wie für mich. Es ist unabdingbar, daß du das Geschlecht eines Menschen in Sekundenschnelle wahrnimmst, aber bei ihr ging es nicht ums Geschlecht. Ich nahm sie wahr als Wesen. Wir redeten eine Weile. Sie sprach ein wenig Englisch. Eigentlich brauchte ich den netten schwulen Jungen nicht mehr. Doch er wich nicht von ihrer Seite und vergaß, als er dann doch gehen mußte, vor Aufregung seine Jacke.
Sie war Malerin. Am nächsten Tag besuchte ich sie. Als Organisatorin von Ausstellungen nicht grundlos. Sie zeigte mir ihre verzauberten Gemälde. Von Frauen mit jenseitigem Gesichtsaudruck. Das war meine Freundin, sagte sie bei fast jedem Bild. Sie kam aus Athen und hatte die schönsten Frauen von Paris zur Freundin gehabt. Mein Gott, ich kam mir alt und verkrampft vor.
Doch ich hatte einen Grund gefunden, sie einzuladen. Ich organisierte eine Ausstellung in meiner Stadt, und selstverständlich mußte sie zur Vernissage.
Ich fuhr mit dem Auto zum Flughafen, um sie abzuholen. Aysha Aysha Aysha, sprach ich im Auto vor mich hin - mit langem weichen "ay". Der Klang von Worten. Butja Butja Butja, war mir im Ohr, und obwohl ich dieses Wort nie gehört, nur gelesen hatte, klang es berauschend. Butja, butja, butja. Schenkel, Schenkel, Schenkel.
A bientôt, als ich das in iher Handschrift las, war mir der fröhliche dunkle mitreißende Klang im Ohr, in dem sie beim Abschied am Telefon sagte, à bientôt, à bientôt, butja butja butja Aysha. Leicht berauscht von meinen Klängen taumelte ich auf den Flughafen.
Sie humpelte, ging wie ein Seemann, ein Seemann aus einer anderen Welt. Sie hatte sich das Bein gebrochen.
Als wir am Abend essen gingen, schaffte ich es kaum, in ihre Augen zu sehen. Sie wiegte sich leicht in der Musik des Lokals, und ihre Glutpunkte übten einen bedrohlichen Sog aus, ich hätte mich vollständig verloren. Nur einmal schaute ich sie direkt an, sie lächelte und wiegte sich weiter, ich verlor eine Sekunde die Besinnung, villeicht lag es auch am Wein und der Übernächtigung, als ich die Besinnung wieder hatte, hielt sie mich im Arm, saß neben mir, mein Kopf war an ihre Wange gesunken, als kennten wir uns seit Jahren. Mir war heiß und kalt zugleich. Unaushaltbar heiß berührte mein eigener Saft meine Schenkel unter der weiten Hose. Meine Wange fühlte sich kühl an an ihrer heißen Haut. Ich torkelte.

Sie humpelte zum Auto und stützte mich dabei - statt daß ich sie stützte.
Das Bad roch nach Schokolade, als sie es am Morgen verließ. Und ich, ich roch nach Schokolade eine ganze Woche. Ich duschte nicht.
Als sie das nächste Mal kam, hatte ich viele Frauen zu Gast. Sie schlief in einer anderen Wohnung. Nachts saß sie im Bett, eines der Gewitter, die Stunden über unserer Stadt blieben, ließ sie sich fürchten. Daß sie sich fürchten konnte. Am Tag danach waren wir auf ein Fest gefahren. Es war langweilig, wir fuhren zurück. Es war heiß, so heiß, alle Fenster geöffnet, und plötzlich verschwand der Mond, plötzlich wurde alles dunkel, plötzlich war die Luft still. Beängstigend still, das war selbst durch das laute Fahrgeräusch hindurch spürbar. Die Frau auf dem Rücksitz schwieg plötzlich, sie hatte die ganze Zeit geplaudert. I am a witch, sagte Aysha. Warte, zuerst verschwindet das Licht des Mondes, dann gehen alle Lichter aus, an deinem Auto, in der Welt. Sie sagte das mit ihrer eindringlichen Stimme, ich konnte nicht anders, ich machte die Scheinwerfer aus, es war spät in der Nacht, wir waren allein, und plötzlich war es völlig dunkel, ich fuhr nicht mehr, ich hatte Angst, ich stand mitten auf der Straße, fuhr an den Rand, auf die Grasfläche neben der Straße. Das Licht ferner Blitze zeigte die Schwärze um so mehr. Ich hörte die Frau auf dem Rücksitz nicht mehr, ich war allein allein mit der Schwärze und mit Aysha, Aysha lachte, und hatte schon die Hand in meinem Schritt, I know, you want this, nothing more, salope. Ein erschreckend männliches Wort aus ihrem Mund. Ich zitterte. Dann kam der Mond wieder. Dann kam das Wort wieder. Butja butja butja, dieser Klang, aus ihrem Mund diesmal, ich versank im Butja, in ihrem Mund. Ich seufzte, da riß sie mir den Schritt auseinander, ich hörte meine sommerliche Seidenhose reißen und hatte ihre Faust in mir, ohne Vorbereitung, sie lachte, lachte, lachte und stieß zu, ich war so naß, sie konnte baden, ich schrie, schrie, schrie, da zog sie ihre Faust aus mir, legte die Hand um meinen Hals und drückte, bis ich kaum mehr Luft bekam und zitterte vor Lust, die nicht beendet war, niemals bendet würde, und sie küßte mich. Ich glaubte zu ersticken und atmete Schokolade und dachte, ich möchte sterben, ich möchte an dieser Zunge sterben, in diesem Duft sterben, ich möchte nicht mehr sein.
Ich möchte im rauhen Klang der mir unbekannten griechischen Worte sterben.
Ich möchte nicht mehr sein, mit gespreizten Beinen, die nichts wollten, als gefickt zu werden, mit geöffneten Lippen überall, und dieser Fülle in mir, sie hatte längst die Hand wieder in mich geschoben, eine Hand an meinem Hals, die andere in mir, die Zunge in mir, verging ich. In diesem Moment wußte ich, was Auflösung bedeutete, ich lief aus, oben, unten, mein Ich, mein Körper waren geöffnet, ich schloß meine Lippen nicht mehr, versuchte nicht mehr, sie wiederzuküssen, ich öffnete alles und weinte, während ihre Zunge sanfter in mir kreiste, rhythmisch ohne Ende...
Der Mond verschwindet wieder.
The moon disappears, than the lights at your car will light will ...

Dorrit Nebe

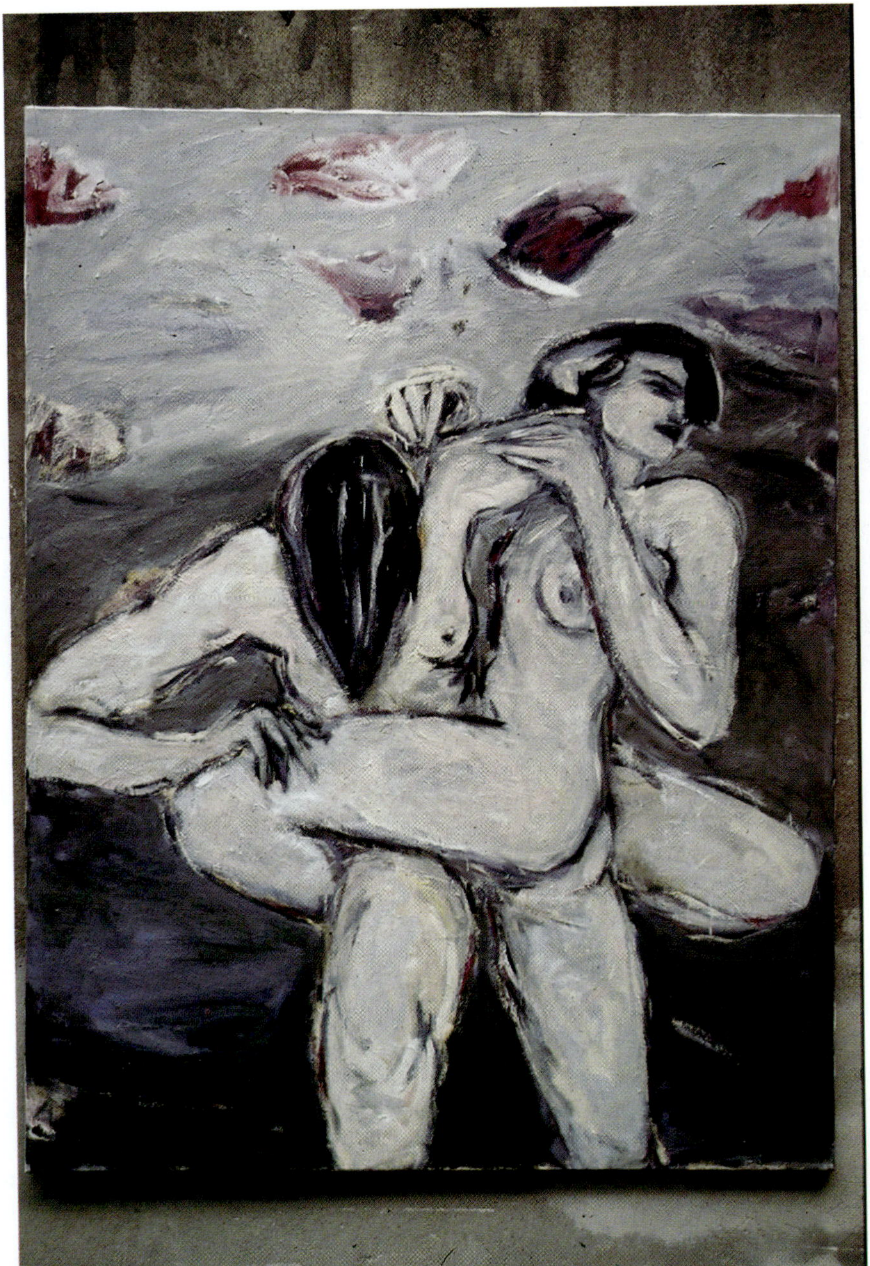

Franca Massari & Klaus Pensel

Im Bus

Es regnet stark. In München regnet es zu jeder Jahreszeit, aber einen derart tropischen Regenguß hat Cornelia noch nie erlebt. Unter dem Dach des Wartehäuschens stehen schon so viele Leute, daß für Cornelia kein Platz im Trockenen mehr bleibt. Mit einer Hand hält sie sich die Tasche über den Kopf, um ihre Haare zu schützen, und in der anderen trägt sie ein Paket. Sie muß zur Post.

Als die Linie 177 endlich kommt, ist sie naß bis auf die Knochen. Der Regen hat ihre dünne Bluse völlig durchweicht, die Brustwarzen beulen den Stoff aus. Sie hätte einen BH anziehen sollen, aber wer schaut bei diesem Regen schon auf eine nasse Frau?

Sie steht auch genau da, wo die Vorderreifen des Busses an den Bordstein streiften und dabei einen Riesenschwall Wasser über sie schütten. Als die Türen sich öffnen, sieht sie eine Menschenmauer vor sich. Es gelingt ihr gerade noch, auf die zwei Stufen zu gelangen, aber nur, weil eine Menge Leute hinter ihr sie hineindrückt. Ohne selbst etwas tun zu müssen, wird sie in diese Masse aus fremden Leibern geschoben. Hier in der Waisenhausstraße ist der Bus fast immer leer, aber jetzt ist der Geruch nach feuchten und verschwitzten Körpern überwältigend, schlimmer als im Affenhaus. Sie ist fast nur von Männern umgeben und kann fast nicht atmen.

Der Autobus fährt mit einem Ruck an und drückt sie frontal gegen einen Mann, den sie fast umarmen muß. Sie nimmt sofort wieder ihre Hände von seiner Schulter, doch der Mann behält seine Hand, mit der er dämpfend gegen sie gedrückt hat, an ihrem Bauch. Es ist Cornelia praktisch unmöglich, sich ihm zu entziehen. Zu viele Leute sind nach diesem Sommergewitter in den Bus geflüchtet.

Der Mann vor ihr ist vielleicht vierzig Jahre alt und trägt einen großen Schnurrbart. Das Hemd steht offen und läßt seine haarige Brust sehen. Cornelia nimmt den Geruch seines Schweißes, vermischt mit dem Regenwasser, auf. Sie merkt, daß ihre eine Brust sich genau gegen sein Hemd drückt. Jemand hinter ihr sagt etwas, das wie eine Bemerkung über sie klingt, aber in einer fremden Sprache. Der Mann ihr gegenüber lächelt und blickt schamlos auf Cornelias Busen herab. Sie versteht, daß alle diese Männer Ausländer sind. Es könnten Bauarbeiter von der U-Bahn-Baustelle an der Waisenhausstraße sein. Sie ist völlig umzingelt von diesen Körpern. All diese Männer werden beim Bremsen und Beschleunigen des Busses immer wieder an sie gedrückt. Jetzt versteht Cornelia, was Stoßverkehr heißt. Sie versucht, sich etwas zu drehen; unmöglich. In diesem stickigen Bus fühlt sie sich wie in Indien. Und da fällt ihr auch auf, daß fast alle Männer von ungewöhnlich dunkler Hautfarbe sind.

Eine Hand landet auf ihrem Oberschenkel. Sie erschauert. Diese Männer sind herausfordernd und unverschämt. Sie steckt zwischen mindestens drei kräftigen Gestalten fest, wobei eine große kaum überschaubare Menge weiterer Männer es unmöglich macht, eine klare Überlegung anzustellen.

Unverschämt, diese Hand auf ihrem Ober-

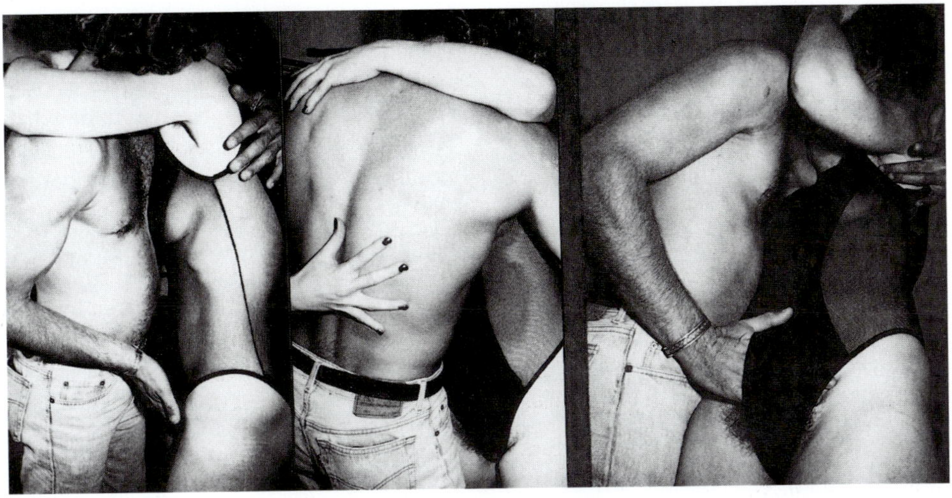

Andreas Bock

schenkel, die ihr ganzes Denken vereinnahmt. Und sie muß zugeben, daß diese Wärme auf ihrem nassen Rock ihre Haut prickeln läßt. Dazu wird ihre eine kleine Brust durch die Fahrbewegungen des Busses immer wieder rhythmisch an den Oberkörper des Mannes vor ihr gedrückt. Der leichte Stoff ihrer regendurchnäßten Bluse klebt so eng an ihr, daß die Berührung wie ein direkter Hautkontakt wirkt. Und die Hand auf ihrem Oberschenkel folgt zunächst dem Rhythmus des Busses, bewegt sich aber bald unabhängig davon und entwickelt sich zu einem kontinuierlichen Streicheln in Richtung ihrer Schamgegend. Bis zum Rotkreuzplatz sind es nur drei Haltestellen, also eine Sache von ein paar Minuten. Soll sie aufgebracht reagieren? Bei diesem Gedränge hätte das niemand verstanden, sie würde sich auch nicht verständlich machen können bei diesen ihr unbekannten Sprachen, die sie über ihrem Kopf hört.

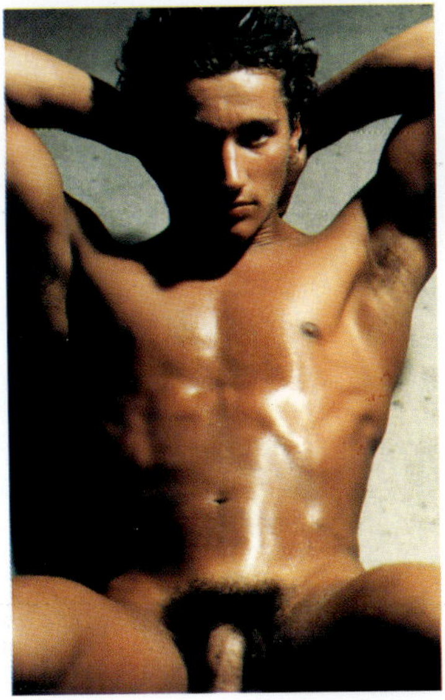

Erste Haltestelle St. Galler Straße. Eine weitere Hand landete auf ihrem anderen Oberschenkel. Der Bus fährt sofort weiter, da niemand mehr einsteigen kann. Von hinten streicheln sie nun zwei Hände ganz ungeniert. Während sie versucht, sich zu drehen, um zu sehen, wer es ist, legt sich die Hand des Mannes mit dem Schnurrbart eher zaghaft auf ihre Brust. Was für eine verfahrene Situation! Dazu streicht eine Hand rhythmisch von der Steißbeinfurche bis an die Außenseite ihres Pos. Volkartstraße. Zweite und vorletzte Haltestelle. Sie hört ein Geräusch. Ihr Paket hat sie in der Aufregung dieser unverschämten Berührung durch Unbekannte ganz vergessen, und es muß ihr irgendwie entglitten und zu Boden gefallen sein. Jemand muß darauf getreten sein. Hoffentlich ist den Likörbohnen für ihren Onkel nichts passiert! Sie denkt daran, sich zu bücken, und mit diesem Kunstgriff hätte sie zwei Probleme auf einmal gelöst... Sie hätte sich von all diesen unbekannten Händen befreien und das Paket vor weiteren Tritten retten können. Sie bemüht sich, nach unten zu langen, um das Paket zu erreichen, ohne sich zu tief zu beugen. Da spürt sie an ihrem Hals, gedämpft durch den Vorhang ihrer langen Haare, daß etwas Warmes sanft daran streift. In ihrer gebückten Stellung dreht sie den Kopf und sieht wenige Zentimeter vor ihr-em Gesicht den Penis des Mannes mit dem Schnurrbart. Mitten unter allen Leuten hat er seine Jeans geöffnet und seinen steifen Schwanz in ihr Haar gedrängt, so daß er fast ihre Wangen berührt. Cornelia schließt kurzzeitig die Augen, aber sie kann sich nicht konzentrieren, und außerdem merkt sie, daß an ihrem Nackenhaar auch etwas sanft drückt. Höchstens zwei Minuten wird sie noch in dieser Männermenge eingekeilt sein, aber nun drängen sich ihr schon mindestens drei purpurpralle Köpfe entgegen. Sie schießen wie die Pilze auf. Als junges Mädchen ist sie im Wald sehr oft Pilze sammeln gegangen. Nach einem Ruck des Busses macht sie die Augen auf und sieht ein Glied - ein besonders dunkles - direkt vor ihrem

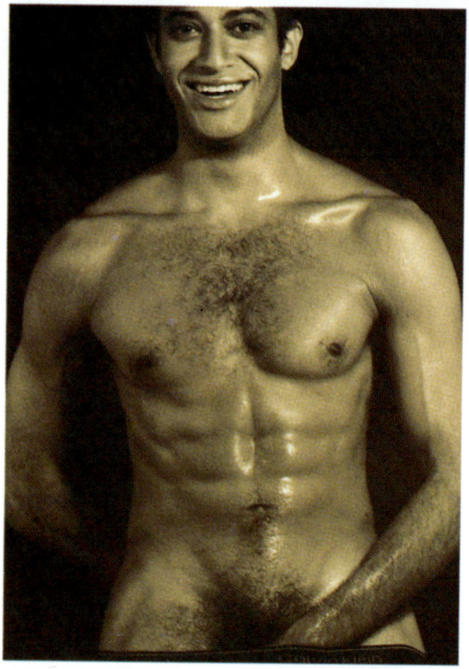

Mund. Als sie sich in einer Geste, die Frauen sehr häufig machen, die Haare zurückstreicht, streifen ihre Finger noch etwas pochend Hartes. Sie merkt, daß ihre Wangen rot werden, auch wenn das niemand sehen kann. Sie kann keinen klaren Gedanken fassen, eine dieser blutwarmen Ausstülpungen drückt direkt gegen ihre Wange. Ihr fällt ein, daß vor ihrer Haltestelle der Bus einen starken Bogen macht und, daß sie sich irgendwo festhalten muß, um nicht das Gleichgewicht zu verlieren. Normalerweise werden an dieser Stelle alle Fahrgäste durchgerüttelt, und daher ist ein unabsichtlicher Griff zum Festhalten ganz verständlich. Der Penis des Mannes mit dem Schnurrbart ist direkt an ihren Lippen. Hätte sie den Mund geöffnet, wäre das steife Fleisch direkt in ihren Mund gefahren, spätestens, wenn gleich der Schwung der weiten Kurve sie erfassen würde. Sollte sie das zulassen, wenn auch nur mit geschlossenen Augen und nur für eine Sekunde? Dann könnte sie aussteigen und würde all diese Männer nicht mehr sehen. Nur einen Augenblick.

“Cornelia!” Ihre Mutter weckte sie. “Es ist spät, Cornelia. Du mußt noch das Paket zur Post bringen. Es ist gar nicht schwer. Der Regen hat aufgehört, und du kannst den 177er bis zum Rotkreuzplatz nehmen. Um diese Uhrzeit ist der Bus immer leer.”

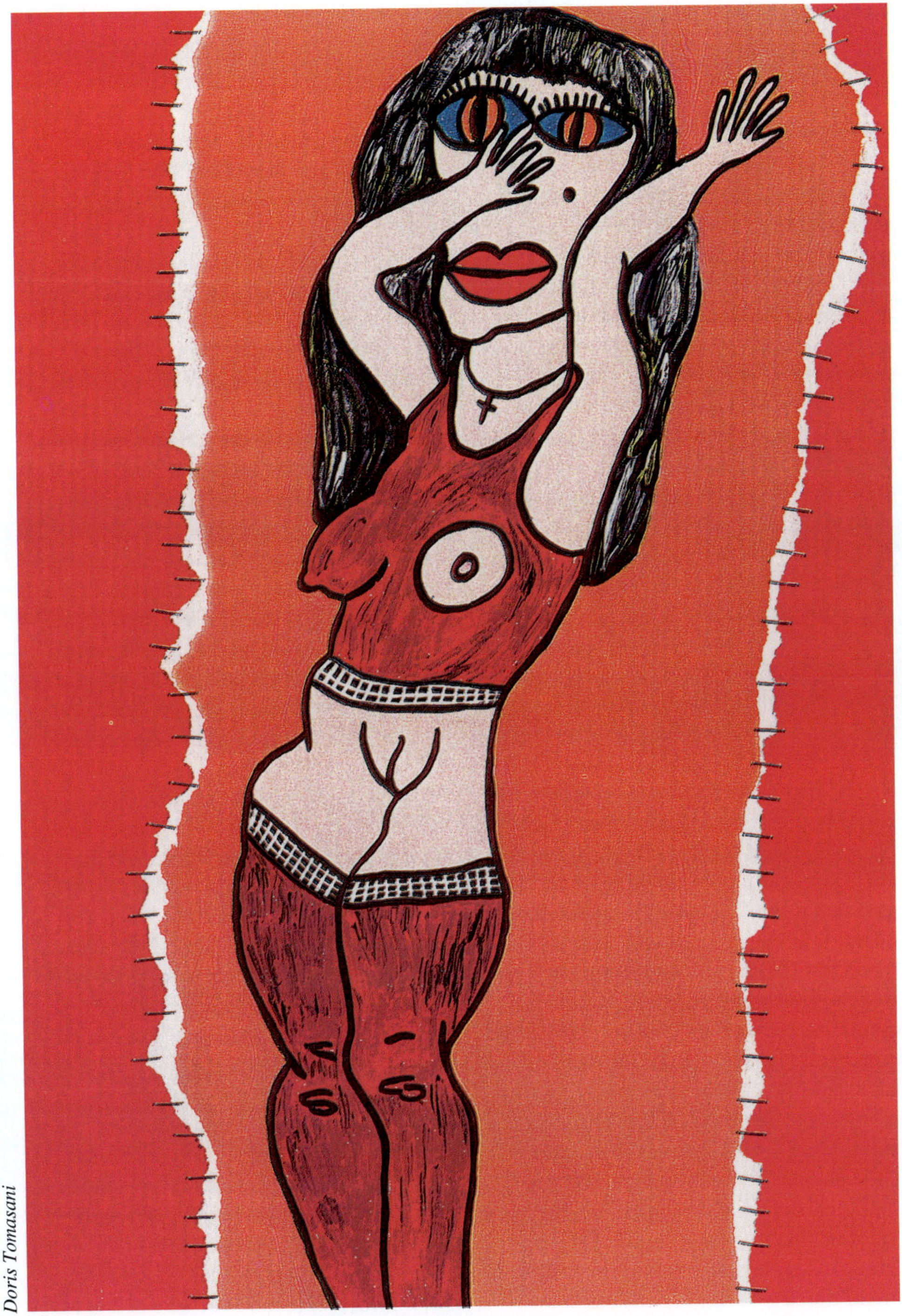

Doris Tomasani

Claudia Obermaier

Das Fick-Baby

Diese verschlossenen Schenkel, diese zusammengepreßten Knie, die winzigste Bewegung, die winzigste Berührung, und sie wird auseinanderfallen, aufklappen, wie ein offenes Buch die Beine spreizen und „Henry, Henry, Henry" schreien, wenn er sie anlächelt, wird sie ganz naß am ganzen Körper, zwischen allen Lippen. In Bayern ist es schön. Und warm. So warm wie in Texas. In Bayern reiten die Pferde durch den Wald mit violetten Ohrenhütchen und geklöppelten Stirndeckchen. Und der Zitronenfalter flattert und der schwarze Rock hängt am niederen Ast. In Bayern scheint die Sonne.

Der alte Mann mit der Brille hält seinen Hut in der Hand. Und das Auto fährt um die Ecke. Und deine Hand liegt zwischen meinen Beinen und streichelt mich. Ein Neger singt vor sich hin und wippt in den Knien beim Vorübergehen. Fick mich! Bitte, bitte fick mich! Fick mich! Ja! Weiter! Knopf für Knopf, mein Schöner! Und jetzt den Reißverschluß. Und jetzt die Schuhe! Ich liebe dich! Das Pferd schnaubt vorbei. Auf dem sandigen Boden ist es kaum zu hören, mit den Gummireifen und der Peitsche kommt es hinter uns her. Ich schalte für dich, mein Liebster, laß es nicht aufhören! Es ist so schön zwischen meinen Beinen! Ich sitze auf einem Stuhl in einem roten Zimmer und habe die Beine gespreizt. Mit gespreizten Beinen sitze ich auf einem roten Stuhl in einem roten Zimmer. Die Vorhänge halten den Sonnenschein zurück. Er bricht durch ihre Spalten. Sie sind nicht ganz zugezogen. Der Staub tanzt im Licht. Der alte Mann will ihre Lippen sehen. Sie setzt sich auf den Stuhl und zeigt sie ihm.
Ich stehe vom Bett auf und gehe in die Küche. Ich sitze am Küchentisch. Der Wind kommt zum Fenster herein. Der Wald liegt mir in den Ohren. Dein Schwanz steckt in meinem Bauch. Ich küsse dich. Ich küsse deine Zunge. Ich beiße in deine Lippen. Ich umarme dich. Ich lehne mich an dich. Ich beuge mich. Du hältst mich an meinen Hüften. Ich stehe auf den Zehenspitzen. Du fickst mich. Du hältst mich an den Hüften und fickst mich. Ich stehe auf meinen Zehenspitzen und du fickst mich. Die Stechmücke sticht mich. Ich sehe sie zu spät. Ich muß mich kratzen. Ich habe sie nicht kommen hören. Ich habe ihre dünnen Beine nicht gespürt auf meiner Haut. Ich habe nicht bemerkt, wie sie mich stach, weil du mich an meinen Hüften hältst und mich fickst und ich auf meinen Zehenspitzen stehe. Siehst du, ich bin offen für dich. Siehst du, ich ficke dich. Ich werde nicht mehr aufhören, dich zu ficken.

Ja, er nimmt mich immer mit. Er nimmt mich immer mit und dann fickt er mich. Er hält inne und faßt nach seinen Hosen, öffnet den Knopf, zieht den Reißverschluß nach unten, nimmt seinen Schwanz in die Hand und drückt mich nach unten in die Knie, faßt mein Kinn und schiebt mir seinen Schwanz in den Mund. Ich knie vor ihm und er packt mich an den Haaren und ruckt meinen Kopf vor und zurück. Ich habe seinen Schwanz in meinem Mund,

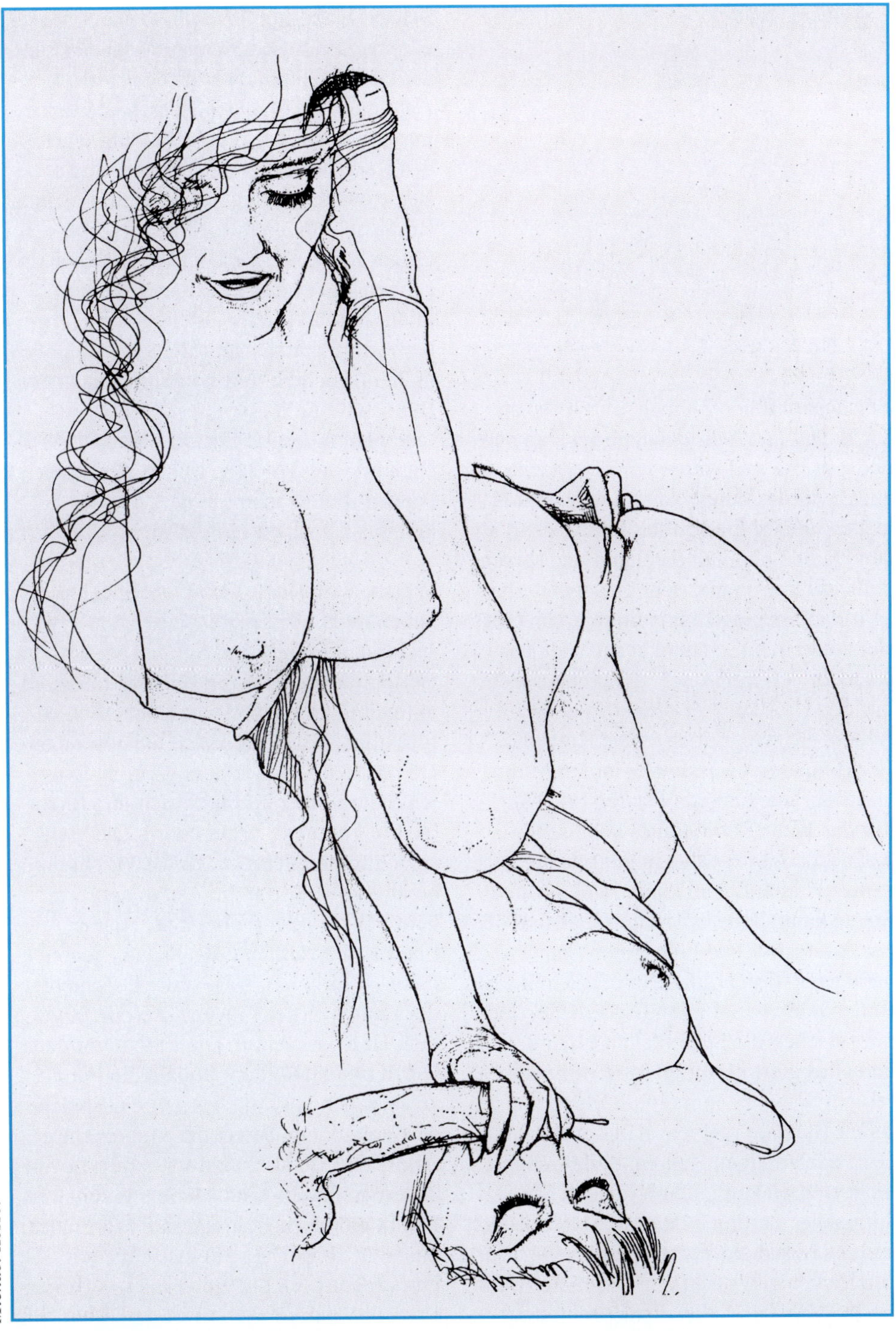

Michael Kessel

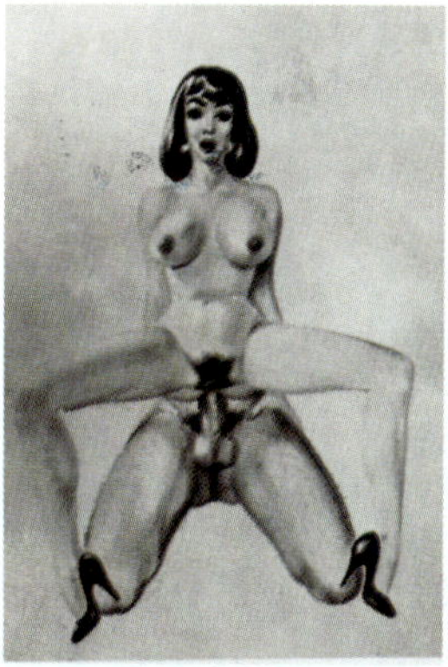

zwischen meinen Zähnen, und lecke an der Eichel und werde naß und werde naß und geil. Ja, geil werde ich. Ich mache alles, was die Zunge kann, lutschen und lecken, und er greift mich schmerzhaft an den Haaren und hält das Kinn und seinen Schwanz gut, ja gut, sehr gut, wunderbar zwischen meinen Lippen in meinem Gesicht, und meine Schenkel rutschen auseinander, ich muß mich strecken, er zieht mir den Hals lang, er drückt mich zu Boden, er zwingt mich in die Knie und steckt mir seinen Schwanz in den Mund und zieht mich an den Haaren und hält mir das Kinn, damit ich es auch schön mache, damit ich es auch gut mache, damit er mich ficken kann, in den Mund ficken kann, hält er plötzlich inne und öffnet seine Hose und holt seinen Schwanz heraus und drückt mich an der Schulter zu Boden und zwingt mich in die Knie, und mir rutschen die Schenkel auseinander und alles giert in mir, giert in mir nach seinem Schwanz in meinem Mund und seiner Hand an meinem Kinn und seinem Griff nach meinen Haaren, damit ich mich nicht wehren kann, damit ich den Mund aufmache, damit ich den Mund aufmache, meinen Mund aufmache, zieht er mich an den Haaren und steckt mir seinen Schwanz in den Mund und alles in mir schreit ja! Schreit Fick mich! Rutscht meine Schenkel auseinander, rutscht meine Schenkel auseinander und zieht mich hoch an den Haaren, zieht mich hoch an den Haaren und faßt mir unter den Rock, oh ja faßt mir unter den Rock unter den Rock zwischen die Beine, zwischen die Schenkel hebt meinen Rock, hebt meinen Rock und legt mir den Finger zwischen die Lippen. Zwischen die Lippen legt er mir den Finger, berührt mich, berührt mich zwischen den Lippen, berührt mich und sagt, dreh dich um, bück dich, und schiebt mir den Schwanz in den Bauch und fickt mich.

"Sie geht in die Hocke, schiebt das Schälchen mir der Milch zwischen ihre Beine, benetzt ihre Lippen mit der Milch und läßt das Kätzchen schlecken."

Welche Gewalt sie sich wohl angetan haben muß, als sie sich zierte, zensierte, sezierte. Arme Marie! Schöne Marie! Geile Marie! Gefangene Marie! Ich fürchte mich nicht mehr. So, wie ich mich gefürchtet habe, hast du dich nie gefürchtet. Du hast dich ganz anders gefürchtet als ich. Alle Frauen fürchten sich. Sie fürchten die Furcht vor dem Herrn. Diese Geschichte trägt den Namen der Furcht und erzählt von der Furcht, und in dem Augenblick, in dem sie beginnt, von der Furcht zu erzählen, fängt sie an, sich nicht mehr zu fürchten. Das ist die Geschichte der Frauen. Aller Frauen. Die Furcht vor dem Herrn ist schön. Die Furcht vor dem Herrn ist schrecklich. Sobald die Furcht zu sprechen beginnt, beginnt die Sprache der Frauen. Die Sätze der Frauen zittern. Alle Sätze, die nicht zittern, sind gelogen. Zitternde Frauen sind schön. Frauen ohne Furcht gibt es nicht im Patriarchat. Frauen, die nicht zittern, sind keine Frauen des Patriarchats. Ich bin eine Frau des Patriarchats. Ich zittere. Zittern ist geil.

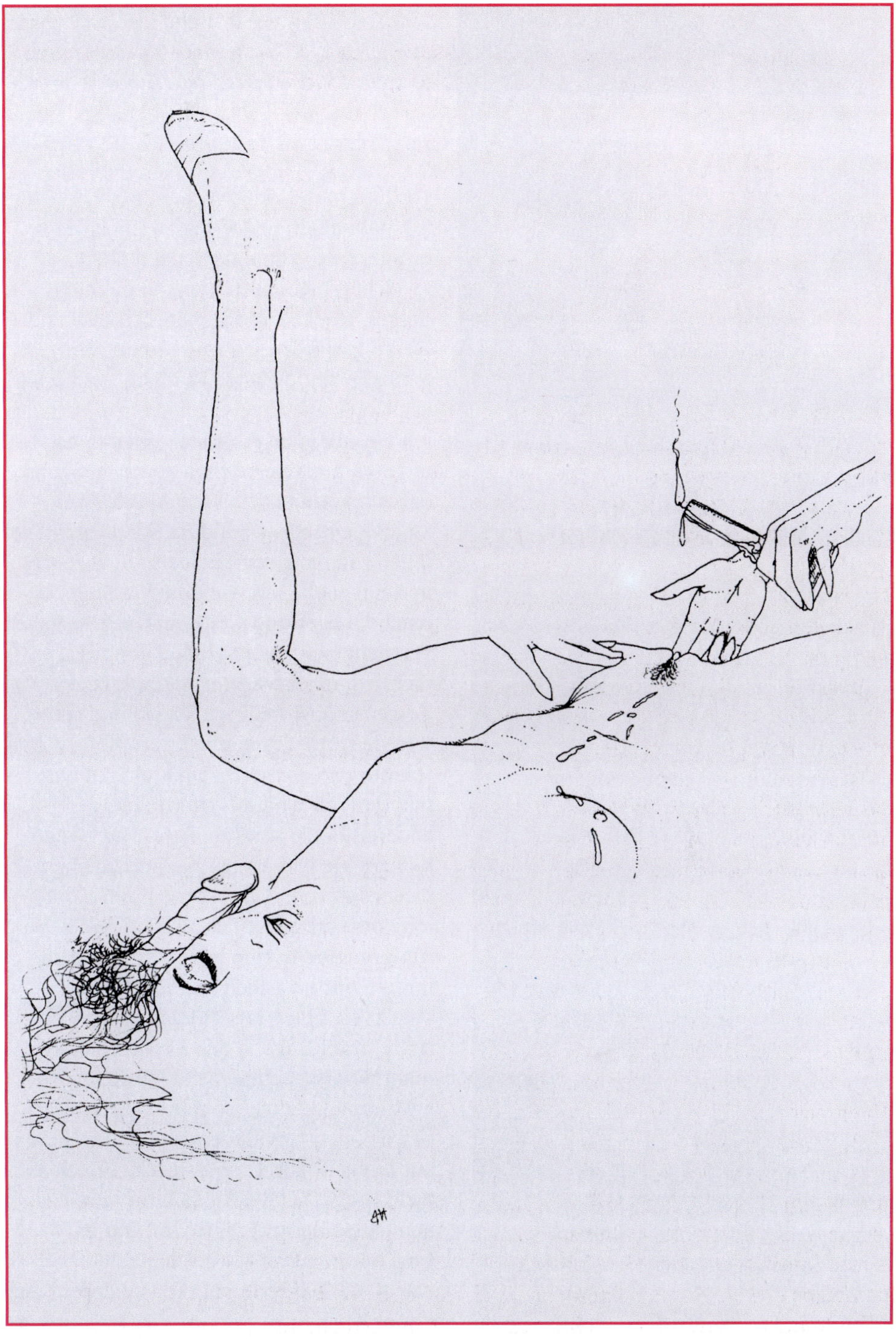

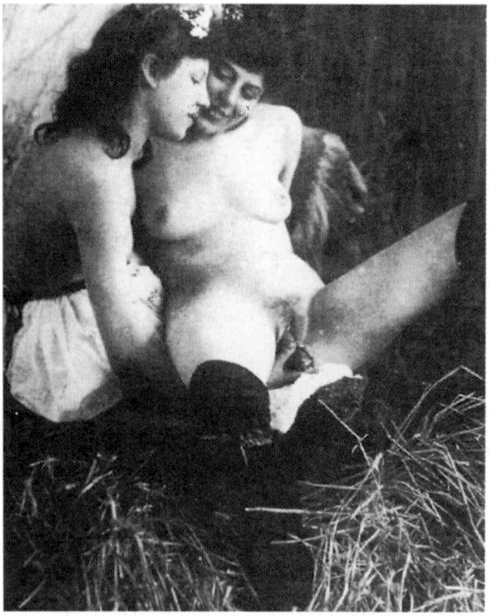

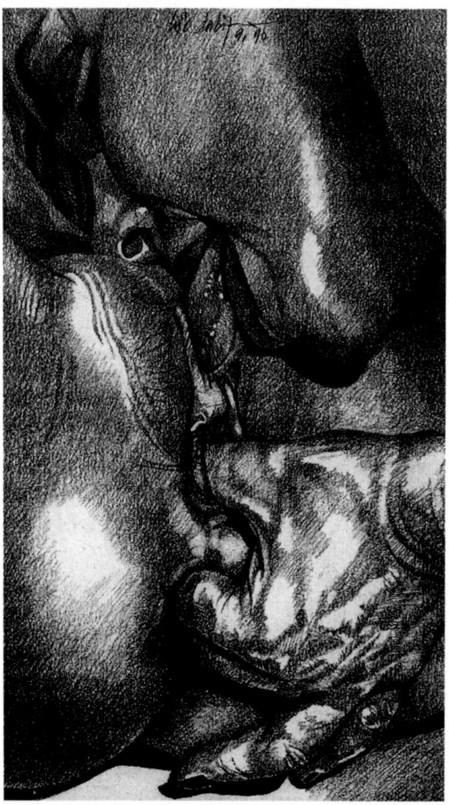

Agnes Bauer

Ich hätte nicht gedacht, daß mich das so erregt. Zwei von ihnen sitzen über, zwischen meinen Beinen, an meinem Schoß, Rücken an Rücken. Ich habe die Beine gespreizt, ich spüre meine Ringe, ich habe beide Hände in ihnen, zack zack zack zack zack, sie sitzen da, naß, ich, die ich vor allem an die Liebe glaubte und nicht daran, Sex machen zu können, ohne daß ich verliebt sei, sitze da mit zwei knackigen Dykes auf dem Schoß, schiebe ihnen Finger hinein, beiden gleichzeitig, und bin auch nass wie eine Sau. Ich mache weiter und weiter und weiter, eine versucht sich zu entwinden, ich lasse es nicht zu, mache weiter, stoße meine Zeige- und Mittelfinger in sie und spüre, wie sie sich um mich verkrampfen zucken schrein und sprudeln. Und ich, ich kam, nur weil ich meine Finger in einer anderen Fotze stecken hatte. Die zweite kichert, sie ist naß, sie kam nicht, aber diese, sie weint, ich nehme ihren Kopf, ich küsse sie aufs Haar, ich tröste sie, sei ruhig, meine Kleine, sei ruhig, sie legt ihren Kopf zwischen meine Brüste, streckt sich lang aus, rutscht runter, ich spüre ihre Zunge in den Lippen, ich lege mich hin, wir schlafen ein, vielleicht für 5 Minuten, ich war so müde, die andere bewegt sich weg, indem sie meine Hand auf ihre saftigen Lippen drückt, einen so weichen, so samtigen Kuß mir verpaßt, den ich spüre im Traum. Im Traum.
Im Traum ... Das Auto schaukelt, sie erwacht, die Fahrerin hat die Hand sanft auf ihrem Knie.

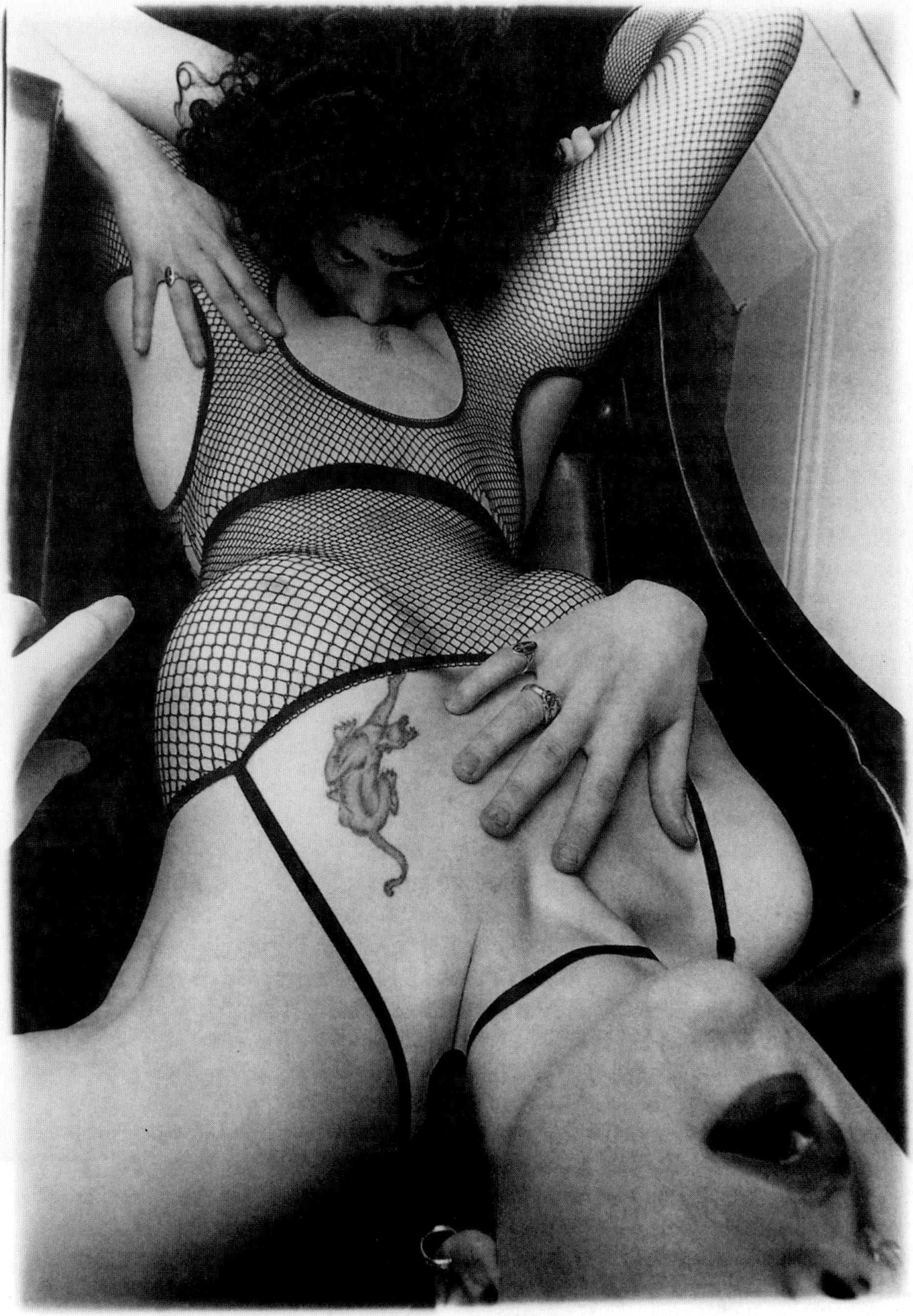

Phyllis Christopher

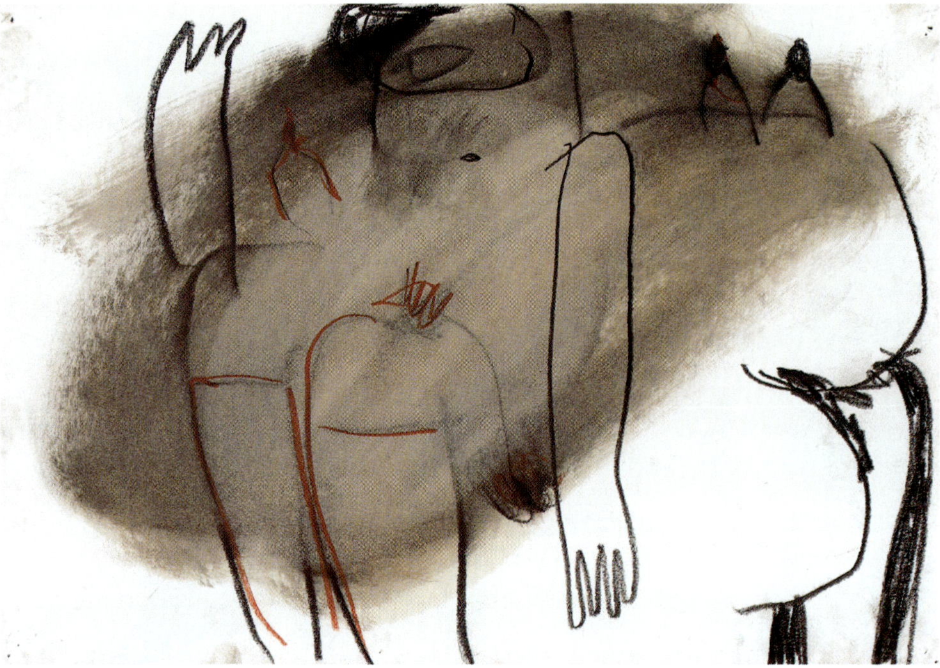

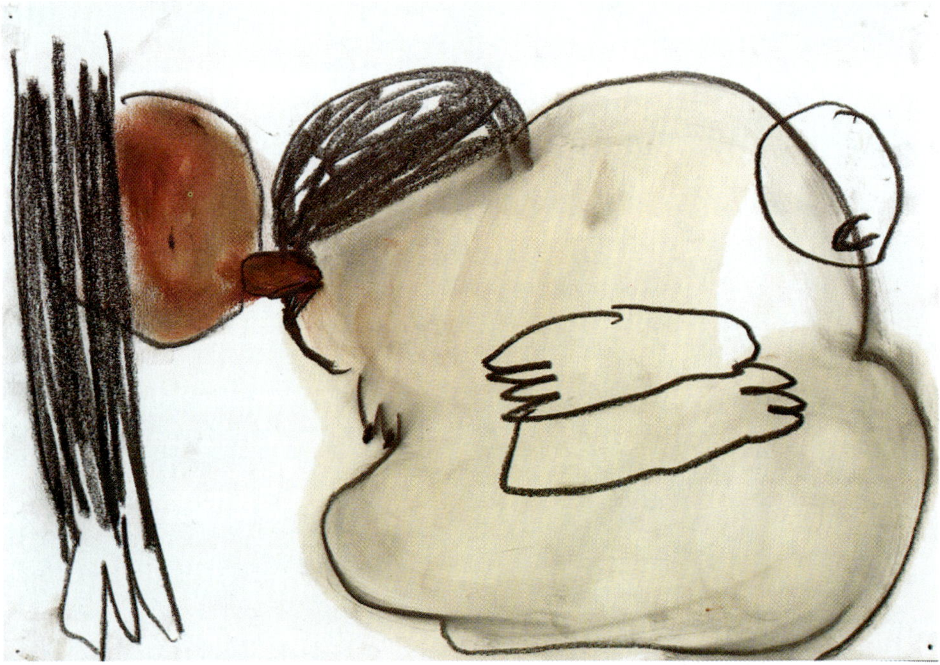

Jeanine Osborne

Drawing 59

Don't
fold
your
wings,
your
tail
told,
your
cheeks
untold
resistance.
move
on!
have
my
face.
I'll
pay
the
toll

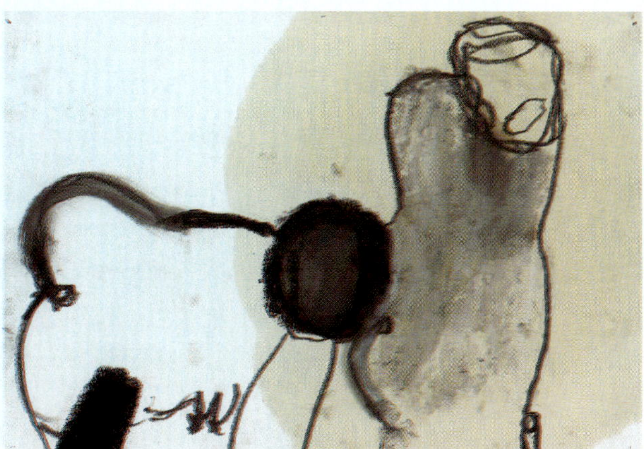

Drawing 206

Three
wee-
-men
waiting.
breasts
chicken
wings.
flags.
follow
us to
bottom
world.
where
darkness
vaults,
where
Orphanus
confuses
Death.

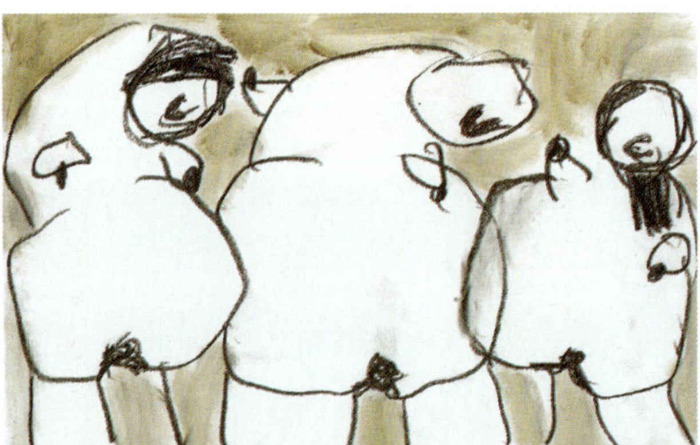

Drawing 25

unanimous
existence
bridging
end.
to
end
some
where
over
the
rain
bow
clouds
keep
forms
apart.

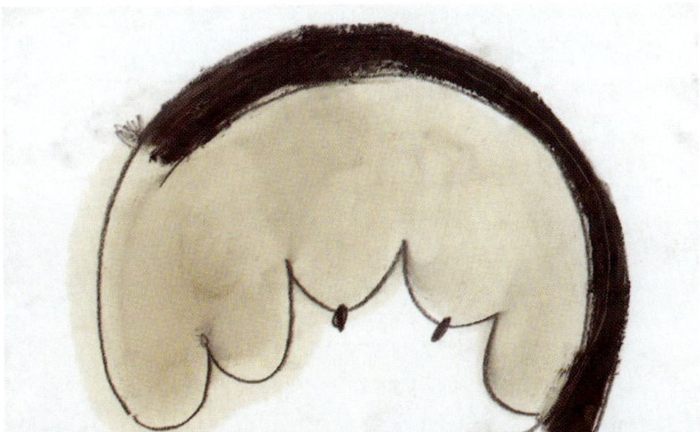

Renee Zeyer

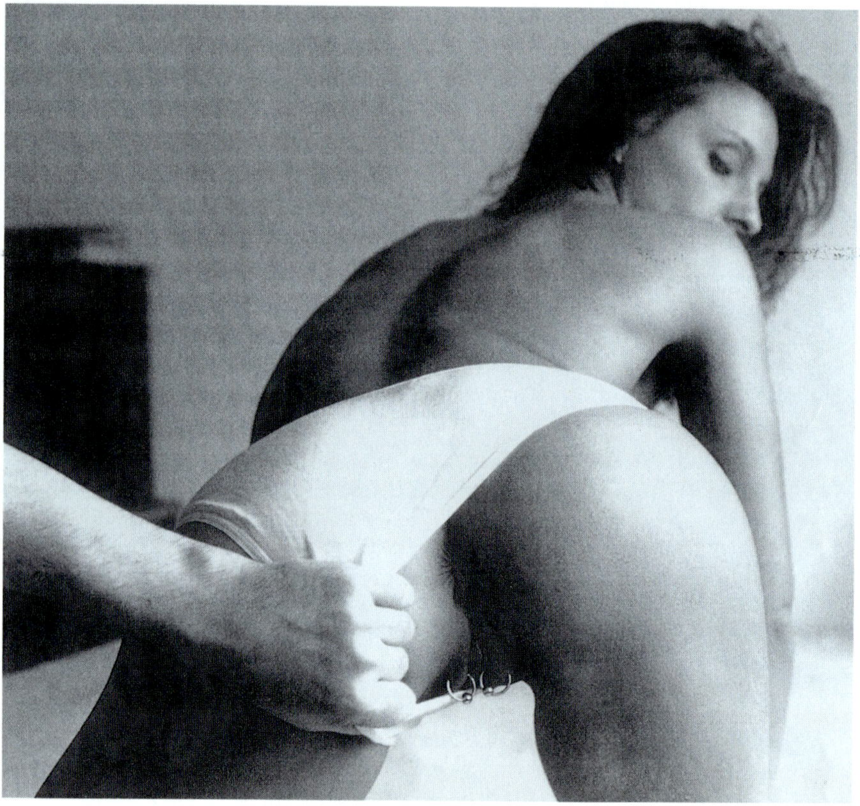

Friedrich Braun

C. war sicherlich kein Leichtgewicht, wenn es um die Frage ging, was seine Erfahrungen mit dem anderen Geschlecht sein könnten. Er hatte schon manch gefüllten Strauß gepflückt, ohne deshalb behaupten zu wollen, daß er ein Meister des erotischen Metiers sei. Nein, ganz im Gegenteil; je mehr er die weiblichen Blüten pflückte, desto mehr kam er zur Erkenntnis, daß er die volle Entfaltung eines gepflückten Straußes einfach noch nicht richtig erkannt hatte. Nicht daß er die verschiedenen Blüten in ihren unterschiedlichsten Formen nicht bewundert, genossen oder goutiert, sich ihren Rundungen, Färbungen und jeweils eigenen Ausprägungen intensivst gewidmet hätte, sich geradezu in ihnen für Momente auflösen konnte, aber es fehlte ihm letztlich doch immer der letzte Schritt zur wirklichen Vollendung. C. war nun wahrlich kein passionierter Schrebergärtner. Menschen die ihn kannten, wären kaum auf die Idee gekommen, daß er auf seine Art dennoch ein verkappter Blumenliebhaber war. Dabei hatte diese Liebe schon recht früh, wenn auch zufällig, begonnen. Jeder, der in jugendlichem, pubertärem Alter seinen Tanzstundenunterricht erlebt hat, wird dieses Drama begreifen. Bei Beginn dieses Unterrichts ist es wichtig, sich der Dame seines Interesses habhaft zu werden, mit der er dann die klassische Tanzprüfung besteht, auch wenn dies nur zweit- oder drittrangig ist. Entscheidend ist, daß die Dame der Wahl „schön“, „attraktiv“, man selbst von den anderen beneidet wird, wenn einem selbst der Schachzug gelungen ist. Daß dabei auch noch feuchte Träume eine Rolle spielen können, sei nur am Rande erwähnt. Nun war es so, daß C. kein Mensch war, der sich sonderlich aus der Masse anderer Menschen hervorgehoben hätte oder durch provokative, existenzialistische Ausbrüche auf sich hätte aufmerksam machen oder abgrenzen wollen. Von daher fand er es schon ganz toll, daß er „seiner“ Dame nicht einen Rosenstrauß, sondern nur eine einzelne Rose zur Begrüßung schenken wollte, als er sie zum Abschlußball abholte. Sie, deren Namen ich leider vergessen habe, öffnete auf sein Klingeln hin die Tür. Sie trug ein gelbes Kleid, körperbetont geschnitten, minirockmäßig über den Knien endend, mit einem dezenten, aber dennoch nichts verheimlichenden Ausschnitt. Kurzum, sie verkörperte das Projekt der Begierde. Sie begrüßten sich mit einem Küßchen links und rechts auf die Wangen: „Ich habe Dir nur eine Rose mitgebracht, damit Du nachher nicht soviel tragen mußt“, sagte er. Das war natürlich erstunken und erlogen - wie wir oben sehen - aber dennoch ehrlich von ihm gemeint. Wirklich dachte er, nachdem er ihre weiche, schmeichelnde Gesichtshaut gespürt hatte, daß diese sehr viel mit der Weichheit der Rosenblüte gemeinsam hatte. Viel später dann wurde ihm bewußt, daß er hier seinen ersten weiblichen Strauß gepflückt hatte. Es sollte recht lange dauern, bis ihm die Verbindung Blüte und Frau wieder deutlicher bewußt wurde. So banal es klingen mag:

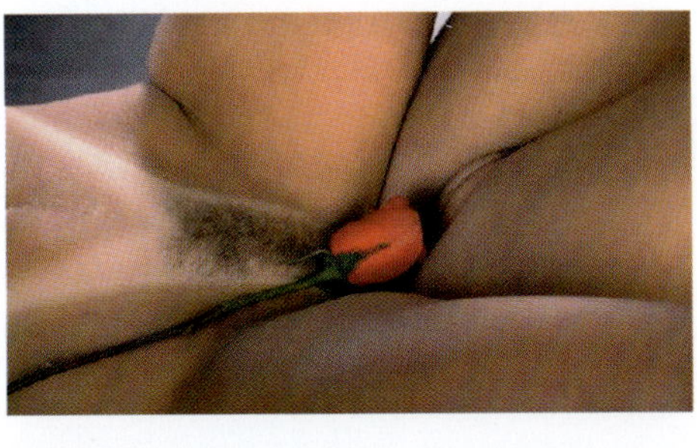

auch hier spielten wieder Rosen eine entscheidende Rolle. C. hatte sich zwischenzeitlich dem Studium an einer Universität verschrieben. Bei einer Unifete machte er die Bekanntschaft von Raili, einer finnischen Studentin. Sie war wesentlich kleiner als er, zart, samtene Haut, wunderschöne blaue Augen, aber was er besonders an ihr liebte, war ihre finnische Sprache, bzw. ihr finnischer Slang, wenn sie deutsch sprach. Dies hatte einerseits etwas sehr weiches, melodisches, andererseits aber auch sehr direktes, gutturales an sich. Nach einigen belanglosen Treffen schlug sie ihm eines Tages vor, bei ihr gemeinsam zu essen. Blumenfreund C. fiel nichts anderes ein, als einen Strauß voll Rosen zu kaufen. Er wählte solche mit großen, vollen Blütenblättern. Raili, die in einem Studentenwohnheim wohnte, war, als C. sich zu ihr aufmachte noch nicht da. Claudia, eine Stockwerksmitbwohnerin, führte C. in die Gemeinschaftsküche. Sie unterhielten sich miteinander, tranken Tee, den Claudia gemacht hatte, bis dann Raili kam, deren Seminar etwas länger gedauert hatte. Raili fand das ganz schrecklich, daß sie nicht pünktlich gewesen sei und auch nichts hätte vorbereiten können. Sie sagte: „Komm, laß uns erst mal auf mein Zimmer gehen". C. nahm den noch eingepackten Strauß von Rosen von der Spültischablage und folgte ihr durch den Flur in die 10qm große Studentenbude. Die Tür fiel ins Schloß. Raili knipste eine kleine Nachttischleuchte an, knipste das Hauptlicht aus. Im Hintergrund schimmerte durch das große Zimmerfenster das Licht einer Straßenlaterne. Stimmen auf dem Flur, das Schlagen einer Türe. „Wie machen wir es jetzt?" fragte Raili, indem sie auf C. zuging, ihn an den Hüften umfaßte und ihm einen Kuß auf den Mund drückte. C. hatte immer noch die Blumen in der Hand. „Ich habe dir was mitgebracht" sagte er und begann sie aus dem Papier zu wickeln. „Hast du eine Vase oder sonst was, wo man die Blumen reinstellen kann?". Raili nahm ihm den Strauß aus der Hand und hielt sich die Blumen vor das Gesicht: „Die riechen sehr gut, sehr intensiv.". Sie legte den Strauß beiseite, murmelte etwas von später und zog C. zu sich heran auf ihre Bettliege auf die sie beide sanken. Er spürte ihren weichen Körper, erwiderte und forderte ihre Küsse, zog ihr das T-Shirt über den Kopf. Sie streichelte ihm über den Rücken, öffnete ihm die Knöpfe seines Hemdes. Sie lagen nun nackt nebeneinander, ließen ihre Hände über den Körper des anderen gleiten. Ihre Haut war so weich, wie die der Rosen, die er mitgebracht hatte. Er beugte sich auf und griff nach dem auf dem Tisch liegenden Rosenstrauch und setzte sich auf ihren Schoß. In der linken Hand hielt er die Blumen, während er mit der rechten Hand über ihren Körper strich, ihren Busen mit der Hand umschloß und sie sanft hinter dem Ohr küßte. „Ich glaube wir brauchen heute keine Vase mehr" sagte er und begann die Blätter der Rosen abzureißen und auf ihrem Körper zu verteilen. Raili lag ruhig atmend ausgestreckt auf dem Bett. Eine Hand hatte ein Rosenblatt ergriffen und ließ es gefühlvoll zwischen den Fingern spielen. Ihr Körper war nun mit Rosenblättern bedeckt. Dunkelrote Rosenblätter auf einer samtweichen, weißen Haut. Der Übergang von Blatt und Haut war kaum noch spürbar. C. legte sich mit seinem Körper auf Raili und die Rosenblätter. Sie umschloß mit ihren Beinen seinen Rücken, leicht richtete er sich auf, die Blätter klebten nun auch an seinem Körper. Sie öffnete ihren Schoß, er glitt in sie hinein, der betörende Duft der Rosen verklebte die Sinne.

Hannelore Fobo

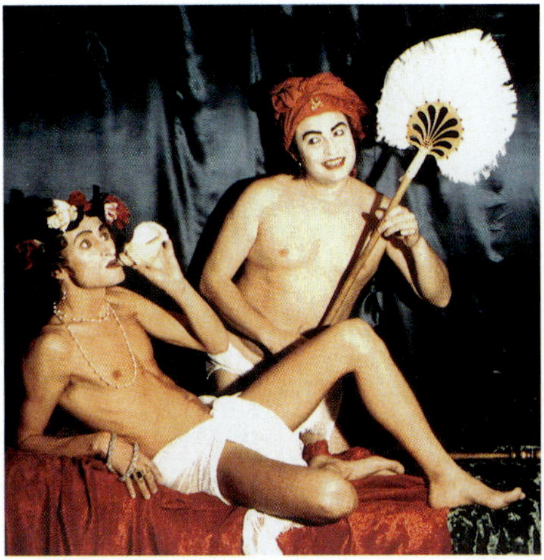

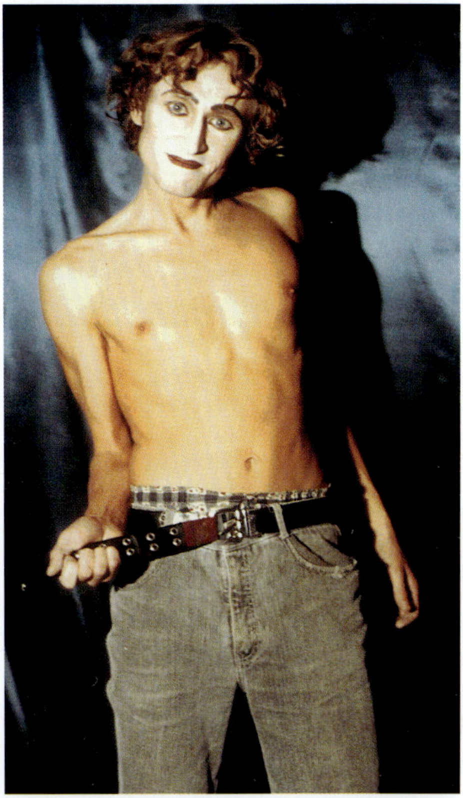

Süsser Gottes-Gnaden-Safft
der auch schlaffend Glück verschafft!
fliesse mir in Träumen ein /
meiner Wolfahrt Schein und Seyn!
Regina von Greiffenberg

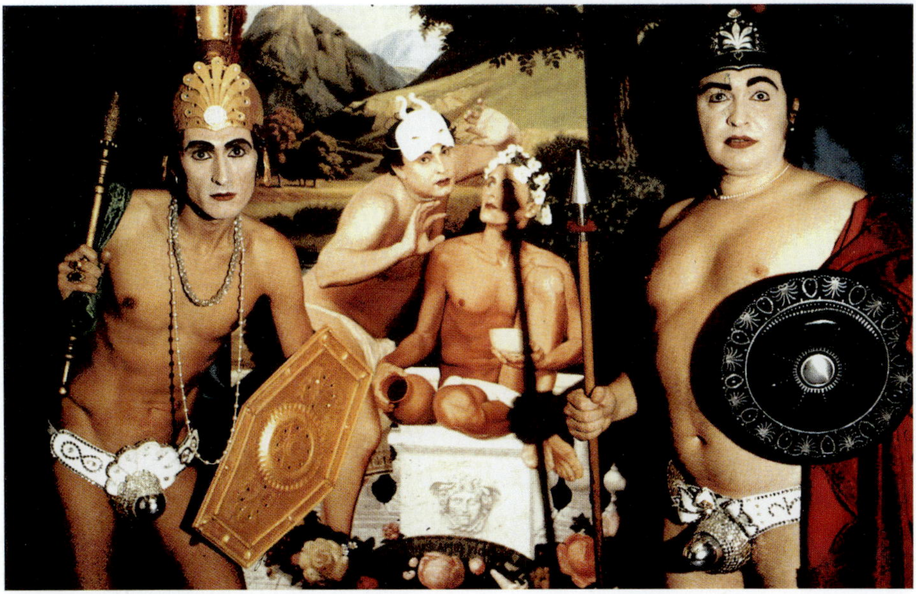

Maria Schwelien

Erotische Suggestion

Noch bevor man in der Glyptothek in München seine Eintrittskarte löst, kommt man vorbei an einem wunderseltsamen Satyr aus weißem Marmor.

Entspannt, mit gelösten Gliedern und geschlossenen Augen, Efeublätter im Haar, hängt - sitzt er, nach hinten gelehnt und halb trunken, auf einem mit einem Fell bedeckten Stein, die Oberschenkel weit geöffnet.

Beim Vorbeigehen mag es einem vor so viel junger Männlichkeit kalt und heiß über den Rücken rieseln. Die berührungssuggestiven Oberschenkel verraten, daß sich bereits viele Besucher von dieser animalisch-mythischen Gestalt verführen ließen, mit den Händen über den Marmor zu fahren, als wäre er Fleisch und Blut.

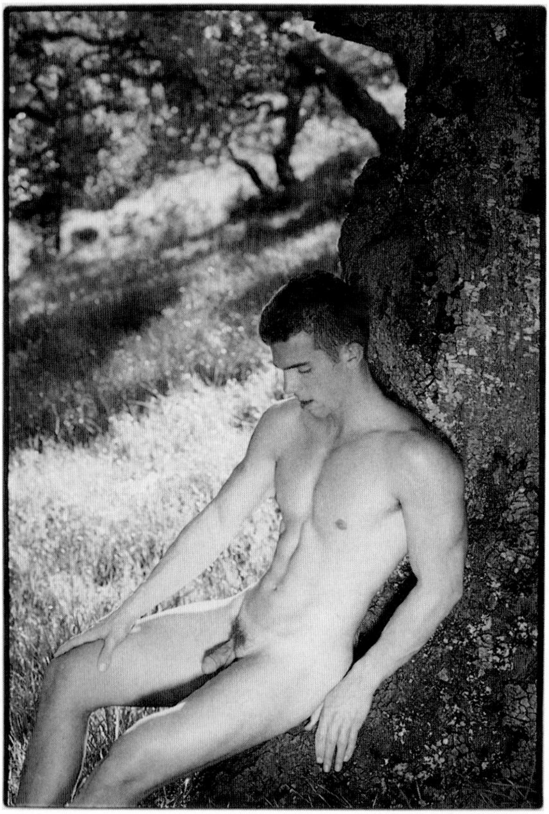

Michael Taubenheim

Der Satyr mag augenblicklich Gefühle und Sinne des Besuchers beherrschen und ihn durch die Glyptothek begleiten, auch wenn er nur gekommen sein mag, um den Faltenwurf der griechischen Statuen zu studieren und im kleinen Museumscafé einen Tee zu trinken.

Am Rande: Die Skulptur stammt von einem der bedeutendsten Bildhauer um 220 vor Christus. Sie befindet sich seit 1820 in München, wurde 1813 von dem bayerischen Kronprinzen, dem späteren Ludwig I., erworben.

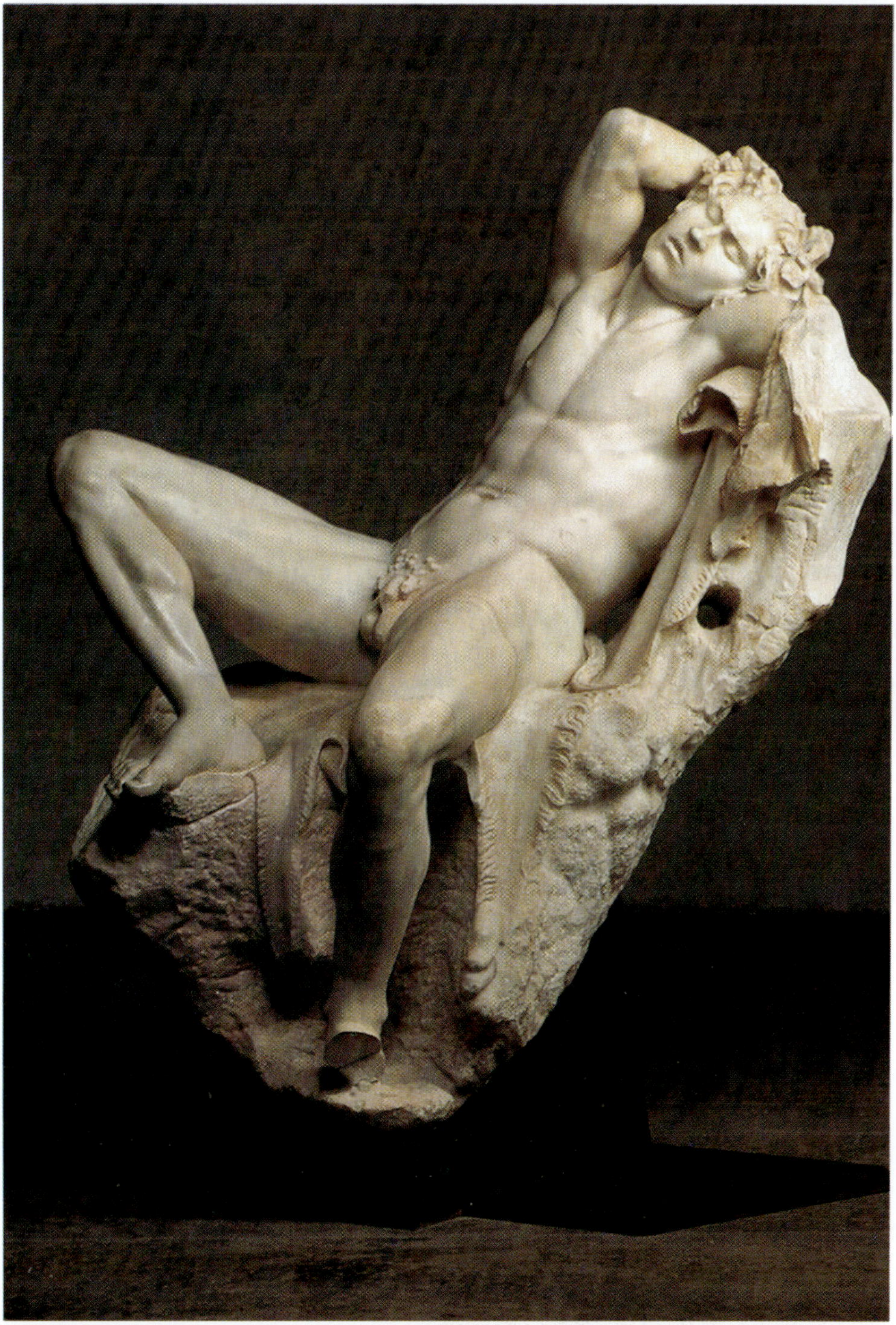

Manfred Steinbrenner

Suri

Pralle Sonnenhitze kann schlimmstenfalls zum Morden animieren. Besserenfalls zum Wunsche, deren gleißendes Licht und männliche Kraft als Quelle für eine Nacht zu bewahren, deren Präsenz für immer ins Bewußtsein scheint und weit davon entfernt ist, dem Gedächtnis nur ein schönes Erlebnis in einem gutbezogenen Doppelbett zu entlocken.
Er war schön. Es war klar, daß ich mich in ihn verlieben würde. Sein Schwanz stand wie eine goldene Agave im Schatten vorbeiziehender Beo-Vögel, seine Kommentare bezüglich des Seins erinnerten mich an die Mahnungen religiöser Bilder des 14. Jahrhunderts, ohne deren göttliche Perspektive alleine den Wolken anheimzugeben. Ich empfand es als so wahnsinnig, mit ihm zu tollen und toben, daß selbst noch nach Jahren mir der Gedanke daran eine dicke Beule im Schritt zu bereiten vermag. Die beiden pfirsichzarten Halbbacken seines Hinterteils waren unbehaart bis auf einen kaum vernehmbaren Flaum, welcher mich an die Zartheit eines Kaninchenfells gemahnte; seine Augen sahen mich an wie frischgeschliffene Onyx-Steine, Stern-Saphire im Schein funkelnden Lichts der Äquator-Sonne.
Es war klar, daß ich mich in ihn verlieben würde, denn er war Tänzer. Es gibt Menschen, denen man auf Gedeih und Verderb ausgeliefert ist zum Lob und Preis einer Realität, wie sie sich hinter den Armen indischer Gottheiten verbirgt; wie sie sich in Träumen tropischer Gärten hinter jeder Blüte, jedem feingeäderten Blatt versteckt. Suri war mein Mentor auf dem Wege zu fremdartig-fundamentalen Lauten, wie sie jede Form von Innerlichkeit auszudrücken vermögen, ohne ein wie auch immer geartetes Gegenüber seines Gesichtes zu berauben. Suri ist eine Ableitung des Namens Suria, einer alt-vedischen Sonnengottheit. Bei unserer ersten Begegnung achtete er so wenig auf seine Umgebung, schien so sehr bei sich selbst zu sein, daß er nichts anderes tat, als sich für eine Ewigkeit zu kämmen, dabei in den Spiegel zu sehen und sich anzulachen. Eigentlich sah er mich nicht. Als wir kurze Zeit darauf einander vorgestellt wurden, grinste er vielsagend frech in sich hinein, stellte fest, nicht allzuviel Zeit zu haben, da sein Auftritt gleich beginne und er noch duschen müsse. Eine banale Realität angesichts eines verklärtermaßen anmutigen Engels, dessen Tanzschritte ich im Verlauf der nächsten halben Stunde wie eine jenseitige Verheißung genießen durfte. Insgeheim schloß ich aus der Form seiner Füße wie seiner Hände auf die vollendete Gestalt seines Geschlechtsteils; seine schwarzbehaarten Unterschenkel ließen anhand einiger Narben erkennen, daß er viele Jahre auf den Reisfeldern seines Heimatdorfes verbracht haben müsse.
Suri war nicht mehr ganz jung. Dennoch schien seine Bewußtheit auf jener Stufe des Alterns stehengeblieben zu sein, da sich die Blütenträume noch nicht von harter Arbeit im elterlichen Orchideen-Garten, der Genuß "schönen Reises" (kaow suay) von der Schwere des sich spiegelnden Sonnenaufgangs auf den heimischen Feldern, den "Na", hätten trennen lassen. Tanz wie Feldarbeit hatten ihm eine Leichtigkeit gegeben, wie sie nur einer im

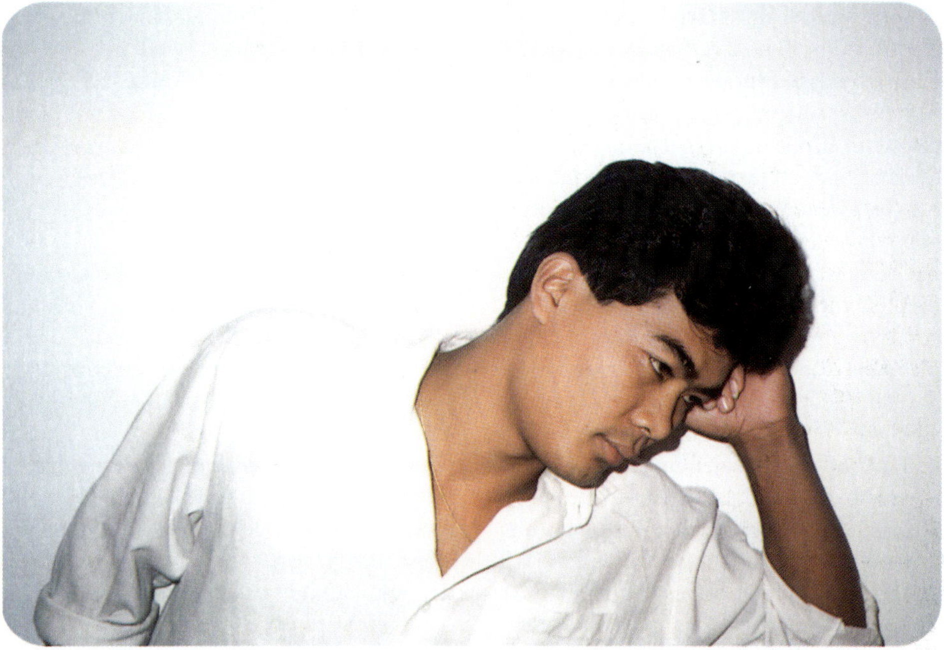

lichten Sommerwind trudelnden Papageienfeder vergleichbar wäre. Es war wirklich Liebe auf den ersten Blick.
Die kleine Tanzhalle, in der er allabendlich seine kindlich-maskuline Unfehlbarkeit zur Schau stellen durfte, war alles andere als dazu geschaffen, romantisch einfühlsame Wonneschauer ins Leben zu rufen. Seine Bühne war zu klein, mit hellen Metallplatten belegt und wirkte auf einen unbeteiligten Beobachter eher wie die Bühne eines Provinz-Puffs, wenn sein Auftritt nicht von einer Musik begleitet gewesen wäre, die jedermann suggerierte, daß es sich bei Suris Bar um ein ureigenes Universum handelte. Eine wahrhaft ungewöhnliche Mischung aus Erotik, Banalität und Weltgröße. Verliebtheit läßt sich durch Umgebung nicht stören. Als Suri seine Tanzkünste zu Ende gebracht hatte, seine Hüften schwenkend wie Palmblätter im Monsunregen, seinen nur spärlich bedeckten Schwanz herausstellend wie eine neusprössige Bananenblüte, seine Füße gebrauchend wie ein junges Fohlen, das wildtretend erstmals auf die Weide geführt wird, war es um meinen Verstand geschehen. Er kam, in einen weißen Bademantel gehüllt, mit glitzernden Schweißtropfen an der Stirn, an meinen Tisch und befragte mich höflichst, ob mir seine Darbietung gefallen hätte. In Kenntnis landesüblicher Zurückhaltung und der Freude an bildhaftem Ausdruck antwortete ich ihm, daß Schmetterlinge die schönsten von Göttern erdachten Tiere seien, daß Lotos seine Pracht entfalte, wenn ihm die Sonne zusieht. Seine Frage, ob ich nag kian, Dichter sei, beantwortete ich mit "Ja" und fügte hinzu, daß ich mich als Freund umfassender Verhältnisse verstünde, der zwischen Be-Greifen und Anfassen durchaus keinen großen Unterschied mache. Ich wußte nicht genau, ob er mich verstanden hatte, obwohl er daraufhin begann, mir Merkmale thailändischer Dichtung zu er-

läutern. Es war mir klar, daß ich es mit einem Menschen zu tun hatte, der Moral, Körperlichkeit, Sprache und Ekstase als Einheit zu sehen vermag. Anders als die meisten Europäer ist ein Thai sowieso Meister augenblicklicher Empfindungen, der das Heute immer dem Morgen vorziehen wird. Liebe kann auch Verantwortlichkeit des Moments sein. Jedenfalls mußten wir nicht lange aushandeln, ob wir uns sympathisch seien, denn noch am gleichen Abend konnten wir unsere Zuneigung dem zuführen, was die Natur für solche Fälle als das Glücklichste vorgesehen hat; etwas, das sich im Leben als Ausnahmezustand dieser Art in nicht allzu häufiger Form wiederholt: Sex mit Suri war gigantisch, unbeschreiblich. Wir leckten uns gegenseitig die Schwänze, als ob wir unsere Münder nie zu etwas anderem mehr gebrauchen wollten, vergruben unsere Zungen wollüstig tief in Bauchnabel, Achselhöhlen, Ohrmuscheln; bearbeiteten unsere Lenden, Augen und Brustwarzen mit einer so hingebungsvollen Inbrunst, als könne die Zeit stehenbleiben in einem riesigen Moment gegenseitigen Verschwindens. Leise und sanft führten wir gierige Fingerspitzen an kleine Rosetten zwischen verheißungsvollen Po-Backen, eroberten unsere Löcher mit der Selbstverständlichkeit aller Zärtlichen und küßten uns tief und heiß mit steinhart angeschwollenen Schwänzen und der Hoffnung, unsere Nacktheit möge die gesamte Welt in gleißendere Lichter tauchen als jenen schnöder Gewöhnlichkeit.
In der Hitze des Moments schienen Dichter und Tänzer nahe am Ursprung der Kunst: ein Sich-Fallen-Lassen in die Urgründe ewigen Werdens und Vergehens, Eintauchen in die Aufhebung alles Zeitlichen, Unergründlichkeit der kleinen und großen Tode.

Wie erhebend und vernichtend zugleich ein Orgasmus sein kann, weiß nur der, der sich der großen Hure Welt preiszugeben bereit ist mit ihren Tücken, Liederlichkeiten, Großartigkeiten. Nur Rausch ist Heimat der Ziellosen, Suchenden, der ewig Gottsuchenden im Wissen um die Bedeutsamkeit der Sekunden.
Als wir beide unser Sperma in hohen Bögen verschossen hatten, sahen wir uns an und lachten. Lachten so laut, daß der Spiegel im Raum fast zersprungen wäre vor Eifersucht darüber, daß wir ihn nicht mehr brauchten. Wir duschten, streichelten behutsam mit seifigen Fingern an gebräunter Haut, zogen uns an und traten gemeinsam an die heiß-schwüle Luft einer Tropennacht. Unergründlich ist die Seele der Welt, anmutig schauernd die Dauer des Tanzes zwischen Jenseits und Jetzt.

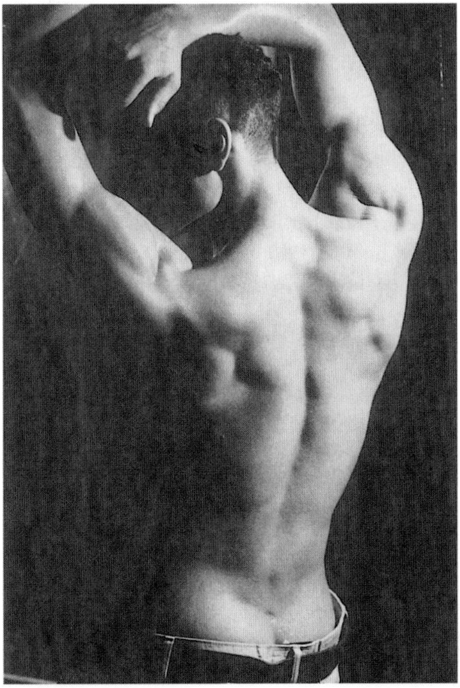
Jan Faro

Knut Schulz

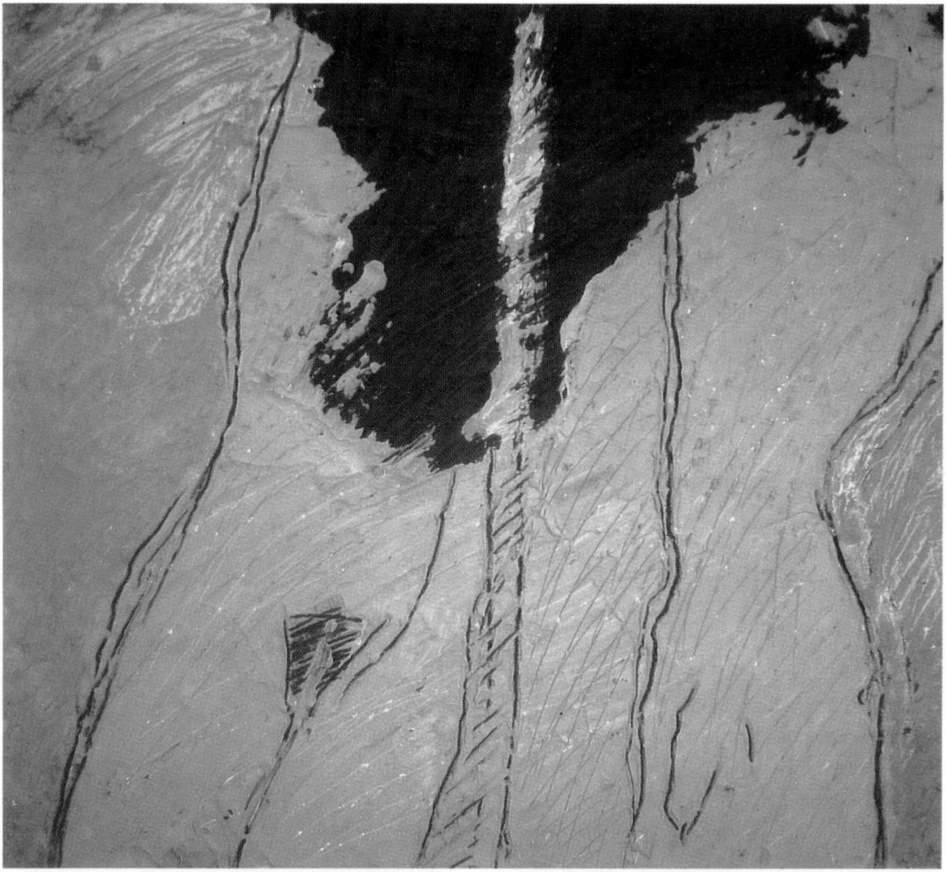

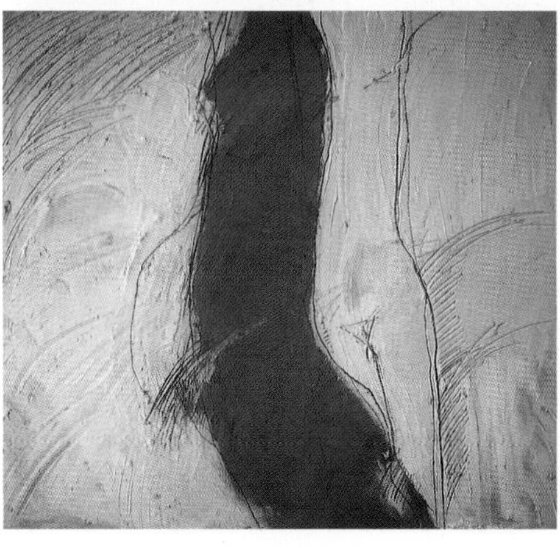

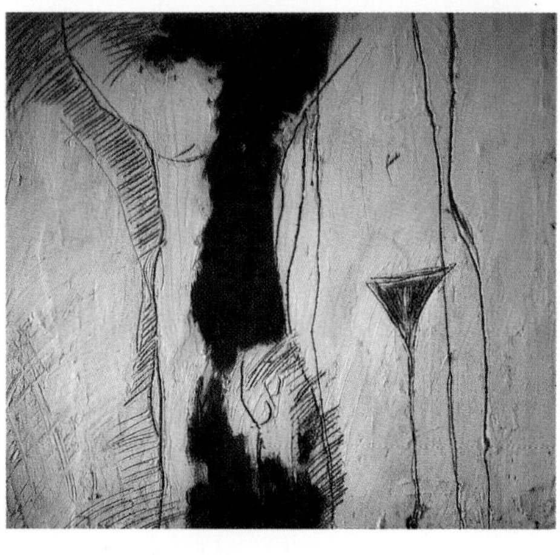

Christian Schreibmüller

Bruderliebe

Einmal mußte ich mit meiner Schwester
eine Nacht in einem Bett verbringen.
Morgens schmerzte sie der Hintern,
und sie sagte: Scheiße,
bist du sicher, daß du mich in
dieser Nacht nicht arschgepudert hast?

Bist du wahnsinnig geworden,
sagte ich entrüstet,
ich ficke doch nicht heimlich
meine Schwester in den Arsch!
Wir sind doch keine Kinder mehr,
dachte ich hinzu und schwieg.

Bruder Heinrich

Bruder Heinrich nahm den Jungen
gern die Beichte ab:
"Wie oft und wie, und auch:
mit wem, mein Sohn?"

Er hatte in der Dunkelheit des Beichtstuhls
immer eine Hand da unten,
wenn das Bübchen hinterm Gitter
Unkeuschheit um Unkeuschheit gestand.

"Das mußt du genauer sagen.
Unser Herrgott weiß ja alles,
doch er möchte es aus deinem
Munde hören, kleiner Frevler.

Etwas zu verschweigen
ist schon wieder eine Sünde.
Wer gesündigt hat, soll zu der Sünde stehen.

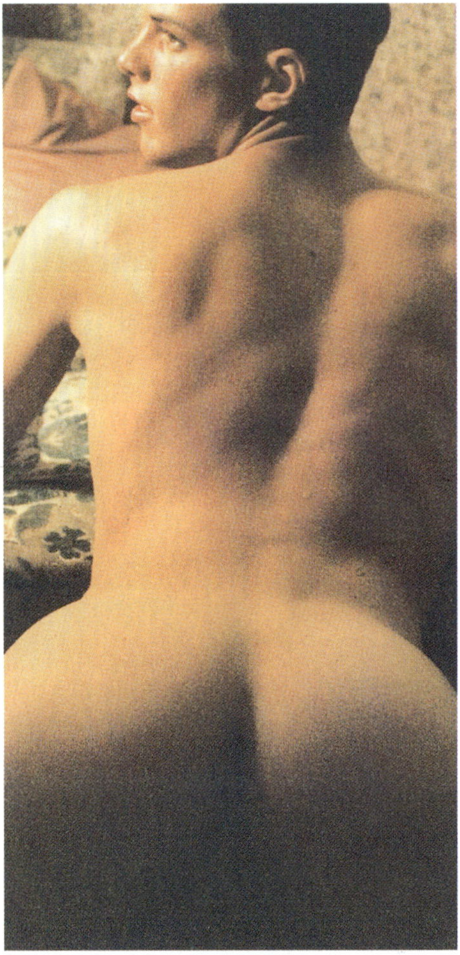

Jan Faro

Gott in seiner Güte ohnegleichen,
er erweist dir nun die Gnade,
dich für alle deine Sünden
ausgiebig und heilsam nun zu schämen.

Auch die Scham ist eine große Gnade.
Schließlich sind wir alle Sünder."
Dieser Satz kam manchmal durchaus
leicht gepreßt von seinen Lippen,

und er kriegte, ehe er sich
selbst erlöste, grade noch
ein Ego te absolvo raus,
"und danke schön fürs Kommen!"

Einmal beichtete ich meinen
ersten coitus per anum.
Bruder Heinrich war verwirrt,
denn so was wurde nie gebeichtet.

Dreißig Vaterunser und
"Gegrüßet seist du, holde Jungfrau"
schien das Mindeste an Buße
für dies hohe Sakrileg.

Draußen kamen grade zwei
der Ministranten unsres Priors
lang. Der Bruder fragte sie
beim Beichtstuhlfensterchen hinaus:
"Was gibt denn unser hoher Prior
für den Coitus per anum?"
Ohne rot zu werden sagten sie:
"Naja, gewöhnlich gibt er doch
ein *Mars* und zwei *Bounty.*"

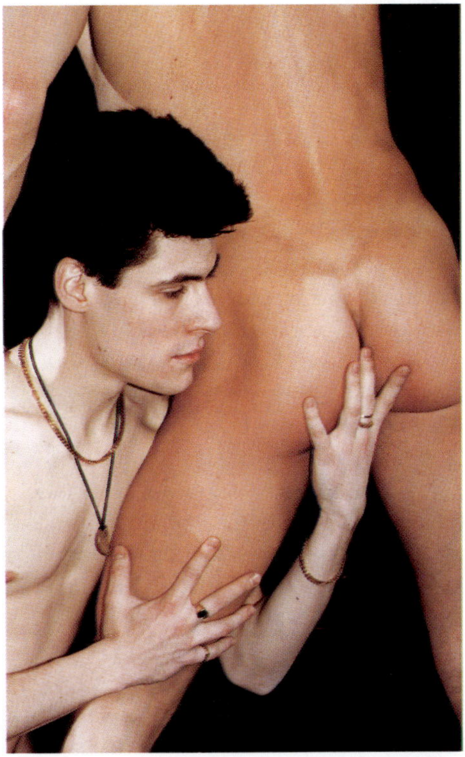

Andrejs Cerbulis

Christian Schreibmüller, Anonymer Sex

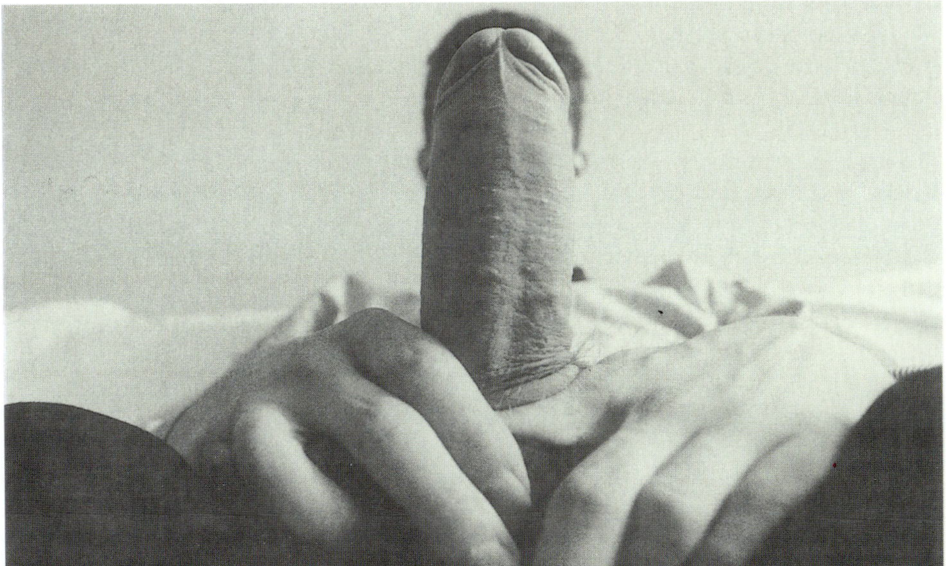

Ralf König

Verlust des Geists in schmacherfüllter Öde

Ich bin allein im Haus meiner Eltern und es ist so wie damals, diese nervöse Unruhe nimmt mich ganz gefangen. Es ist eine Versuchung, der ich klar erliegen werde, erliegen muss ... ich steige mit klopfendem Herzen die knarrende Holztreppe hinauf, öffne leise und vorsichtig die Schlafzimmertür meiner Eltern, als könnte mich jemand erwischen,- dabei ist niemand hier, der kommen könnte. Trotzdem dieses Gefühl, etwas Verbotenes zu tun, wie ein Einbrecher stehle ich mich in den ungeheizten Raum mit dem alten Ehebett und dem riesigen dunklen Schrank. Die Tapete ist neu, aber über dem Bett hängt immer noch das billige Kaufhaus-Gemälde einer liegenden nackten blonden Schönheit, das mein Vater eines Tages mit nach Hause gebracht hatte. Meine Mutter war stinksauer, dass dieses Bild im Schlafzimmer hängen sollte, aber wie immer setzte mein Vater sich durch.

Mein Vater. Er war, was Sex anging, kein Kind von Traurigkeit. Sex war seine grosse Leidenschaft. Ich weiss nicht, ober er viel ausserehelich rumgemacht hat, - den ein oder anderen Puff wird er wohl besucht haben, vielleicht gab es auch Affären mit anderen Frauen. Er sah verdammt gut aus, mein Vater, ein dunkler Typ, mit stechenden wasserblauen Augen und einer schönen schwarzen Behaarung auf der Brust. Er hatte überall Pornos in den Schränken, Romane und Heftchen und vor allem Super-8-Filme, diese dänischen Produktionen damals, überbelichtete weisse Ärsche mit Pickeln, stark geschminkte Frauen, die an riesigen Schwänzen lutschten.
Genau deshalb bin ich jetzt hier. Ich bin inzwischen 37, in Köln Mitglied in mehreren Videotheken, meine umfangreiche Pornosammlung im Regal ... aber nie hatte ich nach Auszug aus dem dörflichen Elternhaus dieses Gefühl von schweinischer Heimlichkeit.

Der Nachtschrank ist auch immer noch derselbe, das Türchen aus dunklem Holz öffnet sich nur mit kräftigem Ziehen, und dann gibt es dieses laute Geräusch, ein lautes „Ping“, und der magische Inhalt des Schränkchens liegt vor mir.
Ich war 11 Jahre alt, als ich seine Pornos entdeckte. Kaum beschreibbar, was diese Bilder damals mit mir machten, was für einen Reiz sie auslösten, bei jeder Gelegenheit, wenn meine Eltern auch nur kurz nicht da waren, in dieses Schlafzimmer zu schleichen und in den Heftchen zu blättern, vorsichtig, mit zitternden Fingern, in diesem Schränkchen nach neuen Überraschungen zu graben, dabei sorgfältig darauf zu achten, am Ende wieder alles genauso zurückzulegen wie ich es vorgefunden habe, damit er nichts bemerkt.

Der erste Super-8-Film, den ich gesehen habe, nachdem ich eine Weile mit der Technik des Filmprojektors kämpfen musste, hat mich umgehauen. Die Bilder bewegten sich auf der Schlafzimmerwand: Ich hatte vorher das Kruzifix abgehängt, und nun stand da eine schlanke Blondine auf der Strasse und trampte, ein Auto hielt an, in dem Auto ein nicht

Shakespeares Sonnett 129

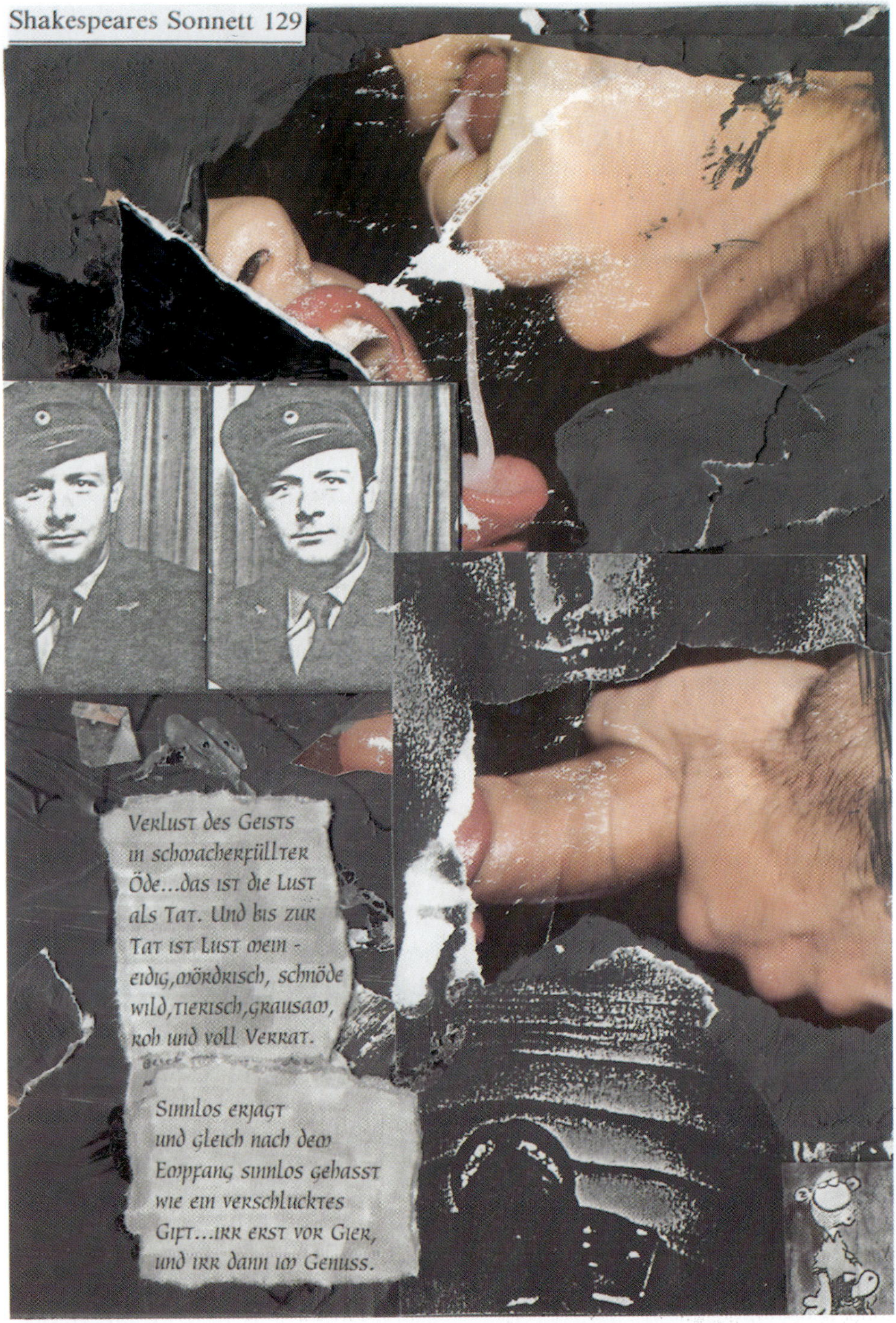

schlecht aussehender Kerl, das Mädchen steigt ein, sie unterhalten sich, sie lacht, ich höre aber nur das laute Rattern des Projektors, sie fasst ihm zwischen die Beine - und dann der radikale Schnitt, Szenenwechsel, sie sind in einem Zimmer, er sitzt in einem Sessel, das Hemd weit aufgeknöpft, und sie kniet vor ihm und bläst seinen Schwanz.
Ich sass davor und wichste, die Kraft dieser Bilder betäubten meinen Sinn wie eine Droge, und in den nächsten Jahren gab ich mir den Stoff bei jeder Gelegenheit. Ich sah wie eine Frau mit kurzen schwarzen Haaren geil an drei Schwänzen lutschte und das Sperma genüsslich schluckte, ich sah zu, wie auf einer Wohnzimmerfete zwei Männer in den weit aufgesperrten Mund einer Frau pissten, und ich hatte einen Lieblings-Porno-Darsteller namens „Jonny Harden", der eine hübsche Fresse, einen geilen jungen glatten Körper und einen riesengrossen Schwanz hatte.

Später, als ich volljährig war, habe ich meinem Vater Pornofilme zum Geburtstag geschenkt. Ich erinnere mich, wie irritiert er war, aber wie es ihm auch gefiel, in mir, seinem Sohn, einen Anhänger der gleichen Leidenschaft zu sehen. Es gab ein stilles Einverständnis zwischen uns, ein unterschwellig erotisches Einigsein, dass sich mit Sex zu beschäftigen etwas Männliches ist, das uns, Vater und Sohn, verband und den restlichen, weiblichen, Teil der Familie ausschloss. Mutter und Schwestern wirkten auf mich stets sexlos, nicht interessiert, eher abgestossen. Ich verstand mich mit meinem Vater nie besonders gut und wir hatten uns nicht viel zu sagen ... aber hier, im Wissen, dass wir beide Schwänze in den Hosen haben und damit auch was anfangen können, gab es eine starke prickelnde Einigkeit.

Die Pornos haben meine Sexualität aufgeputscht, meine Sensibilität gedopt. Ich suche die Intensität dieser Bilder in meine Realität zu zerren, suche das Herzklopfen, die Aufregung, das Verbotene meiner heimlichen Schnüffeleien im väterlichen Nachtschrank hinüberzuretten in mein sexuelles Erleben hier und heute. In der Sauna lutsche ich Schwänze, auf Mykonos verbinde ich einem Argentinier die Augen und mache ihn zur Sau, was er so gut findet, dass er mich weiterempfiehlt, und in der nächsten Nacht ficke ich einen Amerikaner unter dem Vollmond auf dem Balkon. In Hamburg auf dem Orgienschiff stehe ich auf dem Klo und wichse und pisse auf einen niedlichen italienischen Ledermann, umringt von Gafffern, die mich als den „Comiczeichner" erkannt haben. Im Badezimmer lecke ich Rainers behaarten Arsch und in Hotelzimmern trinke ich Pisse meines geliebten Brasilianers. Wenn er mich jetzt sehen könnte, mein Vater. Abgestossen wäre er und stolz auf mich zugleich.

„Verlust des Geists in schmacherfüllter Öde - das ist die Lust (...)" hat Shakespeare geschrieben, und hatte so recht damit: Hier schnüffel ich als erwachsener Mann in den Schlafzimmerschränken meiner Eltern herum, da habe ich in Düsseldorf noch eine halbe Stunde Zeit bis mein Zug fährt und setze mich in die Video-Wichskabine eines Pornoshops, wo es nach Des-

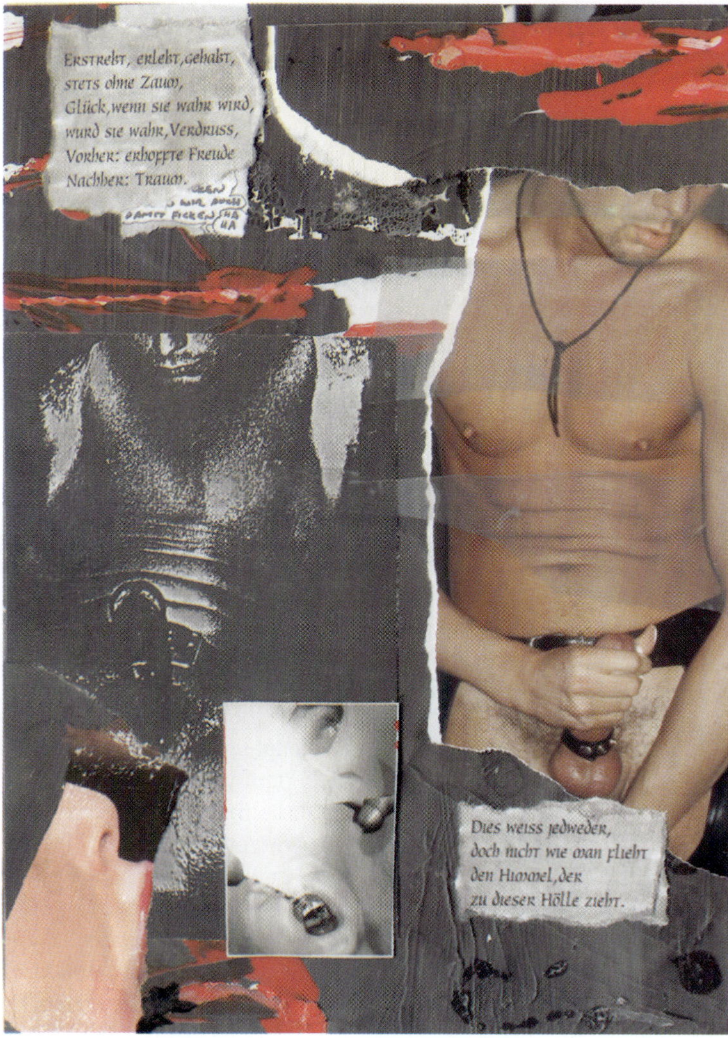

infektionsmittel stinkt, und schmeisse 5 DM in den Kasten. Ich gehe in die schwule Sauna, obwohl ich nicht geil bin, nur gelangweilt und etwas einsam. „Vorher: erhoffte Freude, nachher: Traum. Dies weiß jedweder, doch nicht, wie man flieht den Himmel, der zu dieser Hölle zieht."

Ich lege die Magazine vorsichtig an ihren Platz zurück. Einen Roman finde ich, den ich als Kind geil fand, „VON LUST VERFOLGT", ich hatte den damals mehrmals heimlich in mein Zimmer geschmuggelt und nachts darin gelesen. Ich beschliesse, ihn mitzunehmen, zu mir, nach Köln. Eine Art Souvenir, eine Erinnerung an die Zeit, als meine Geilheit noch jung war und das Herz laut klopfte ...

Leise verschliesse ich das Schränkchen und stehle mich die knarrende Holztreppe nach unten, in die banale Wirklichkeit.

Christiane Brandl

Feuer

Er stand vor mir, ich saß am Tisch, Pause, alle erschöpft. Es war heiß. Wir schwitzten. Ich wollte rauchen, obwohl ich nicht rauchte. Seine enge Hose auf Augenhöhe streckte er mir das Feuerzeug entgegen.

„Feuer", mit dem zauberhaftem niederländischen Akzent. Und ein wenig brutal. Ich beugte mich vor, nahezu auf Höhe seines Geschlechts, und sog. Es ging nicht an, vermutlich blies ich eher, als daß ich sog. He, er lachte, und endlich kam der Rauch. Er ging.

Pubertierende Mädchen sammeln Feuerzeuge. Allein, um im richtigen Moment Feuer geben zu können. Es ist egal, ob schwul, hetero, lesbisch.
Feuer ist magisch.
Sie lächelt, zückt das Feuerzeug, sie nimmt ihre Hand, berührt die andere Hand zart, die das Feuerzeug hält, sie schafft es nicht gleich, der Wind. Sie zieht, und so lange, so lange berührt ihre Hand ihre Hand.
Wie eine/einen anderen überhaupt ansprechen? Hast Du mal Feuer!

Sie sitzen das erste Mal zusammen, keine weiß so recht was reden, sie lachen, machen Witze, mein Boot, ich habe mein Boot verloren, sie haben Spaß am Reden, Sex liegt in der Luft. Aber was tun sie, die Unsicherheit zu überbrücken. Rauchen, rauchen, rauchen, zauberhaft, ich nehme deine Zigarette, ziehe daran, ziehe an deinen Lippen, an der Zigarette. Ob 15, 25, 40. Egal. Wieviele Zigaretten ich schon geraucht habe, allein um die Zeit mit der/dem zu verbringen, die vergeht, bis ich da bin, wo ich mit ihr/ihm hin möchte: an seine Lippen, ihre Lippen, an die Schenkel, in den Körper, die Körper saugen, die Zigaretten, und schon wenn ich anrufe, rauche ich eine, um meiner Stimme das Timbre zu geben, das sie braucht, ihn/sie zu verführen, eine Verabredung, bitte, heute abend eine Verabredung.

Und der Geruch, zwischen herber Lust und Gestank. Mancheine/r hat schon aufgehört zu rauchen in der Zeit, in der ich ihn/sie begehrte, der Geruch änderte sich, meine Lust änderte sich. Und eine andere begann zu rauchen in der Zeit und plötzlich ein Geruch, ich wollte mich vor allem von hinten ficken lassen.

Er begegnet mir im Stall, ich schaue weg, er schaut weg, nackter Oberkörper, unbehaart, und wieder diese enge blaue Hose, die er beim Reiten trägt. Er liebt es, den Frauen, vor allem sind es Frauen, die reiten, Kommandos zuzurufen, während sie in der Bahn um ihn kreisen. Primitiv, und doch. Ich frage, ob er eine Zigarette hat. Die Deutschen tun es vor allem zuhause, sagt er. I want sex, denke ich. Und weiß nicht, was er meint. Ich wage nicht zu fragen, ich ziehe, halte kurz seine Hand, beuge mich ein wenig vor, richte mich wieder auf und drehe mich um, thank you. Da stoße ich an ihn, die Zigarette im Mund, ungeschickt wie ich bin, der Raum ist eng, er hält mich, er hält mich, und ich spüre, ich spüre seine Hosentasche, ein Feuerzeug darin, und dann und dann, auf Höhe des Feuerzeugs sein Geschlecht an meinem Hintern. Ich lehne an einem Sattel, sein Geschlecht hält sich nicht zurück,

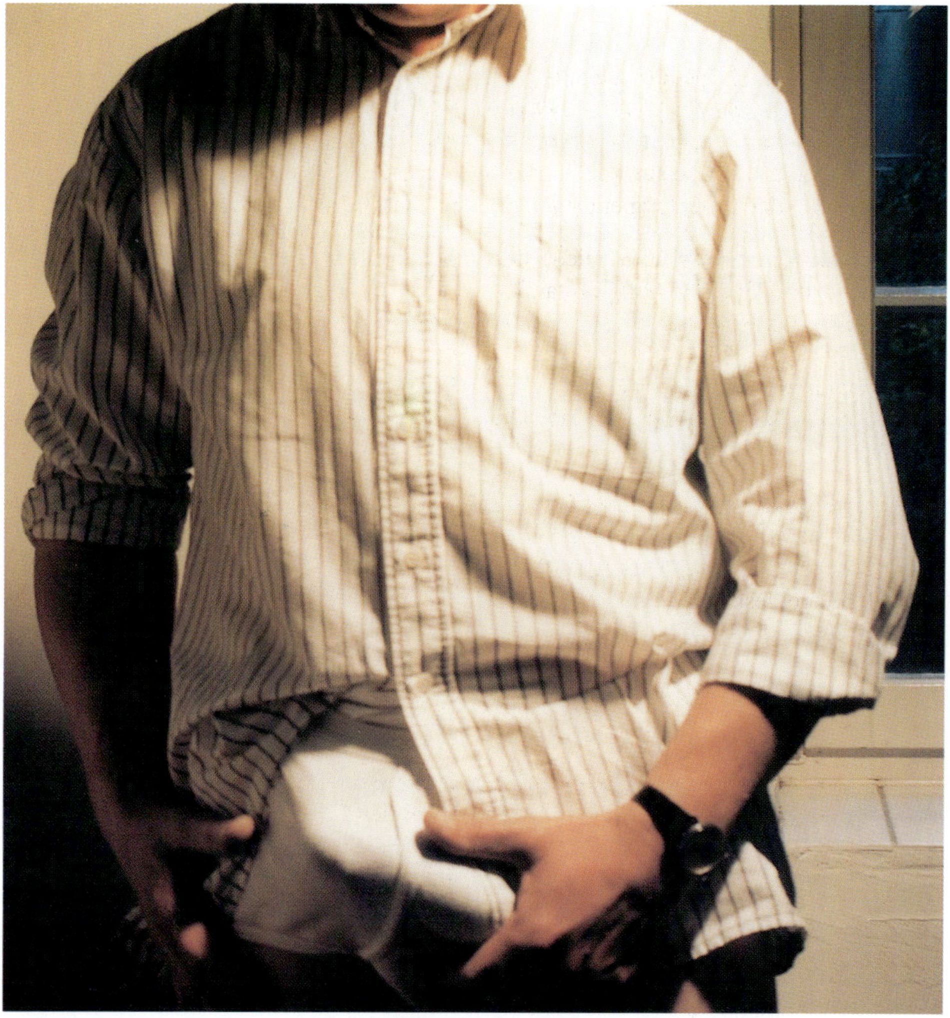

es geht nicht mehr anders, er lacht, you want sex?
Ja ja ja.

Jürgen Westerbarkey

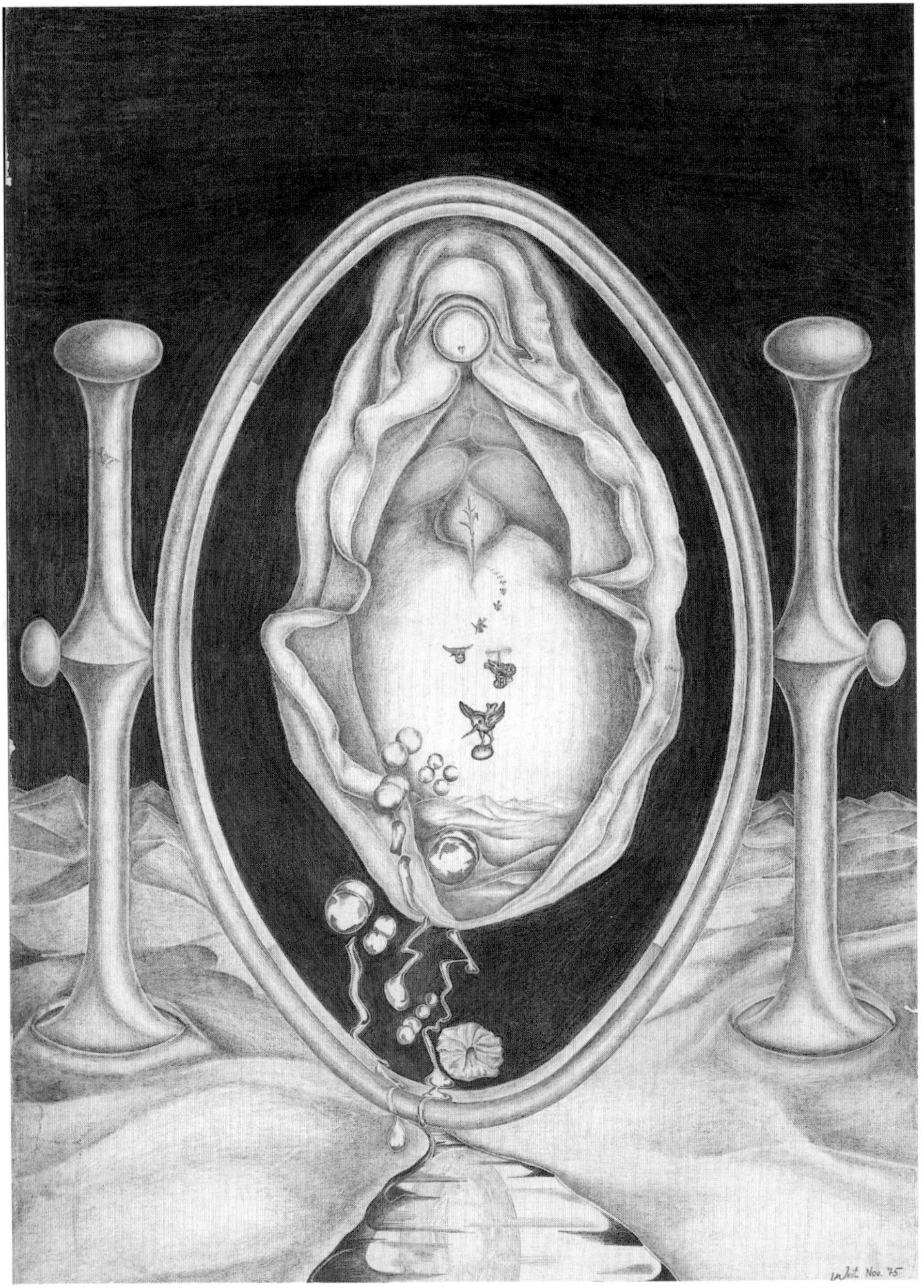

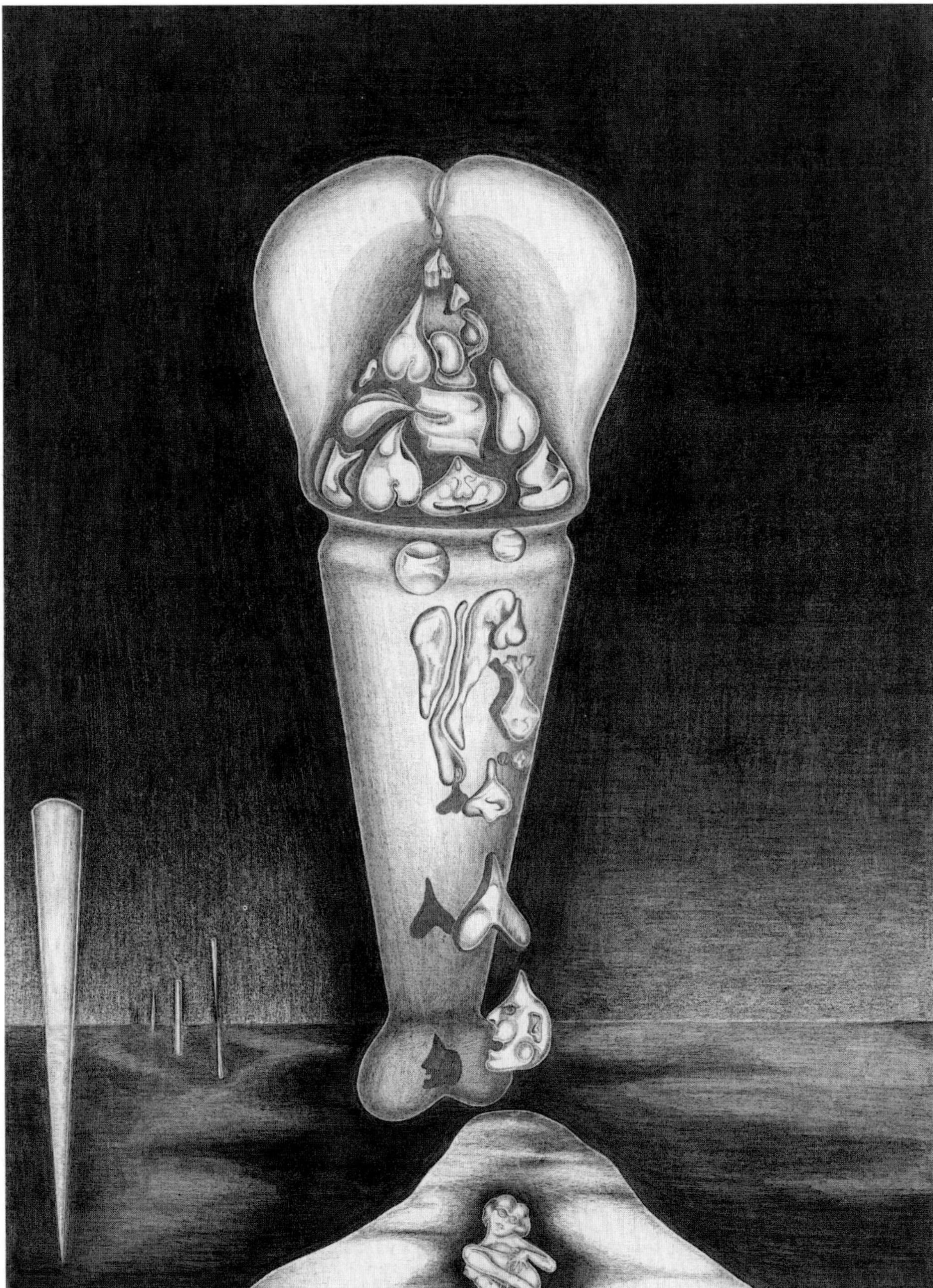

Autorinnen & Autoren

CLAUDE ALEXANDRE, S. 5 u.a., * 1944, Fotografin in Paris, Viele Ausstellungen und Buchveröffentl., zuletzt "Corps Obscur" (1996)
ANTJE ANDERS, S.128, Künstlerin, lebt in Kassel.
ELVIRA BACH, S. 137, * 1951 in Neidenhain, lebt in Berlin. Glasfachschule Hadamar, Studium an der Hochschule für Bildende Künste, Berlin, Meisterschülerin bei Hans Trier, Arbeit an der Schaubühne Berlin als Souffleuse, Requisiteurin, Foyerdame. Artists in residence Santo Domingo, Dominikanische Republik. Zahlreiche Ausstellungen in In und Ausland. Museumsankäufe, zahlreiche Publikationen. Das Bild ist aus der Serie der Küchendiven (1997)
BARBARA BACHER, S.99, Fotografin, München. Einzelausstellungen und Aktionen
BANZAÏ, S.83 u.a., * 1957, Fotograf, Hamburg. Kataloge mit seinen Arbeiten können direkt über ihn (PF 306128, 20327 Hamburg) oder über den Verlag bezogen werden.
AGNES BAUER, S.212, * 1961 in Ratzeburg, lebt in Hamburg, Fotografin
ULRICH J. BAUR-BURWOOD, S.186, lebt in Fontainebleau
BEATRICE, S. 121, * 1969, Schauspielerin, lebt bei Tübingen
KRISTA BEINSTEIN, S. 196, * 1955 in Wien, lebt dort und in Hamburg. Fotografin. Viele Einzelausstellungen, Performances, Aktionen, Videofilme. 5 Fotobücher, zuletzt "Theater der Ekstase" (1996)
ANDREAS BOCK, S.105 u.a., * 1959 in Freiburg, lebt in Hamburg, diverse Einzelausstellungen
CHRISTIANE BRANDL, S.234, * 1959 in Wien, lebt in Berlin.
SILKE BRANDT, S. 27, * 1967 in Wiesbaden, seit 1989 in Berlin, studiert Anglistik, Kunstgeschichte und Politologie. Freie Journalistin für den "Rundbrief Film", Mitorganisatorin des Lesben Film Festivals Berlin.
FRIEDRICH BRAUN, S.219, * 1949 in Calw; lebt und arbeitet in Tübingen.
GISELA BREITLING, S. 182, * 1939 in Berlin, aufgewachsen in Lindau. Studium an der Hochschule für Bildende Künste Berlin. Meisterschülerin. Danach freischaffende Malerin. Zahlreiche Ausstellungen in In und Ausland, zuletzt u.a. Palazzo delle Esposizioni, Rom. Buchpublikationen u.a.: „Die Spuren des Schiffs in den Wellen eine autobiografische Suche nach den Frauen in der Kunstgeschichte." und „Der verborgene Eros" sowie regelmäßige Publikationen in Katalogen und Anthologien.
ANDREJS CERBULIS, S.229, Fotograf und Filmemacher, lebt in Riga/Latvia
CHACK, S. 75, * 1969. 1992 Studium zum Diplom Kommunikations Designer. Seit 1986 Gruppen und Einzelausstellungen. Lebt in Berlin.
CARL-HEINRICH CRAMER, S. 190, lebt in Bayern
RICHARD DABROWSKI, S. 46, * 1950 in Stettin (Polen), Fotograf und Maschinenbauingenieur, zahlreiche Ausstellungen in In- und Ausland, einige Preise für Fotografie.
ANNE-MARY DEUTSCH, S. 11, * 1956 in London, erlernte Porzellanmalerei. 1980/81 Aufenthalt in den USA, Zusammenarbeit mit Kerry Feldman. Ausstellungen. 1996 Gründung der N.E.D. Group, Eröffnung des Ateliers/Galerie "Kunstlabor" in Stuttgart.
ANDREAS DIESEL, S.158, lebt in Neunkirchen.
ANNO DITTMER, S. 189, lebt in Berlin.
HANS-JÜRGEN DÖPP, S. 91, Sammler in Frankfurt.
KERSTIN DRECHSEL, S.150, * 1966, Künstlerin, lebt in Berlin und nimmt z. Zt. beim "Goldrausch" Künstlerinnenprojekt teil.
LOIC DUBIGEON, S.212, zahlreiche Ausstellungen, u.a. im Museum of Modern Art New York. Sein Buch "Retour de Roissy" sowie ein neues Buch mit Zeichnungen über Verlag erhältlich.
ALEXANDRE DUPOUY, S.198, Galerie "Les Larmes d'Eros" in Paris. Fotobuch "Scenes d'Interieur" . Die hier gedruckten Bilder werden für das neue Buch (orientalische Szenen, 1998) wieder handcoloriert.
WOLFGANG van EICK, S. 162, * 1944, freier Fotograf Düsseldorf.
JAN FARO, S.109 u.a., Studium an der Kunstakademie, Fotodesign, Make Up, Styling & Gestaltung. Tanz und Phantasie. Seine fotografische Arbeit umfaßt schlichte aber ausgearbeitete Aufnahmen für wirtschaftliche & präsentative Zwecke, private individuell akzentuierte Aufnahmen bis hin zu erotischen Bildern. Er kreiert, motiviert, inszeniert, realisiert, variiert, konstrastiert, experimentiert, "positiviert" vielfach in Serien. Bei Interesse kann über den Verlag ein Kontakt mit dem Fotografen vermittelt werden.
DAGMAR FEDDERKE, S.13, * 1948 in Norddeutschland, lebt in Paris, bisher 4 Buchveröffentl.,u.a. "Die Geschichte mit A." (5.Aufl. 1997) zuletzt "Rosa und das Hoffnungsglück." Roman (1997). In Vorbereitung ein neuer Band mit "Liebesgeschichten".
MARINA FEHRMANN, S.151, * 1959, aus Berlin weggegangen und wiedergekommen, Tischlerin, Literaturwissenschaftlerin, Historikerin, Photographin, ab und zu Schreiberin; neugierig auf alles, was Mensch ist; häufig überarbeitet und meist unterbezahlt (aber welche ist das nicht?). Veröffentl. zuletzt konkursbuch 33, "Blut".
HANNELORE FOBO, S.221, * 1957, Fotografin, Galeristin und Sammlerin russischer Kunst. Bearbeitet gemeinsam mit Evgenij Kozlov "RUSSKOEE POLEE/Das russiche Feld" in Berlin
ANDREAS FUX, S.39, * 1964, Fotograf, lebt in Berlin. Viele Einzelausstellungen, zuletzt Galerie Bittner & Dembinski, Kassel. Fotobuch: Die Russen kommen, Berlin 1993
JAVIER GIL, S. 92, * 1961 in Montevideo/Uruguay.
ALEXANDER C.GRAY, S. 37, * 1969. Zur Zeit Arbeit an einem Gedichtband "Stählerne Maden", lebt in Berlin.
MONIKA GSELL, S.125, * 1961, Kulturwissenschaftlerin mit Schwerpunkt Mediävistik, lebt in Zürich. Die Bedeutung der Baubo. Kulturgeschichtliche Studien zur Repräsentation des weiblichen Genitals. (Diss. 1997, Publikation in Vorbereitung)
ANDREAS GUGGENBERGER, S.82, * 1963, Verkäufer, lebt in Berlin. Dies ist seine erste Veröffentlichung
LUKAS HANDSCHIN, S.157, u.a.,smartist in Zürich
XENIA HAUSNER, S.88, * 1951 in Wien, 1969-1976 Jurastudium, dann Studium Bühnenbild an der Akademie der Bildenden Künste, Wien u. Royal Academy of Dramatic Art, London, erstes Engagement am Wiener Burgtheater, danach freie Bühnenbildnerin, bis 1992 über 100 Ausstattungen für Theater, Oper, Film, u.a.Schillertheater Berlin, Thaliatheater Hamburg, Wiener Staatsoper, Salzburger Festspiele, Covents Garden London, Theatre de la Monnaie, Brüssel. Seit 1992 arbeitet sie ausschließlich als freie Künstlerin. 1996 Teilnahme an den Ausstellungen „Kraft der Bilder", Martin Gropius Bau Berlin 1996, „Meisterwerke der österr. Gegenwartskunst", Residenz Salzburg, Einzelausstellungen u.a.: Galerie Heike Kurzer, Wien, „Menschenbilder", Galerie Thomas München, 1997: „Liebesfragmente", Kunsthalle Wien, Museumsquartier und Museum der Bildenden Künste Leipzig
BIRGIT HEIN, S.62, * 1942 in Berlin, seit 1990 Professorin für Film und Video an der Hochschule für Bildende Künste in Braunschweig. 1968 Mitbegründerin von XSCREEN in Köln für Veranstaltungen der Subkultur. Buchpublikationen über Experimentarfilm, Filme, zuletzt: "Die unheimlichen Frauen" und "Baby, I will make you sweat"
UTE HERBERT, S. 26, * 1936 in Oschatz, Sachsen, Buchhändlerin. Sie malt seit den frühen sechziger Jahren. 3 Kinder
GUDULA HESSE, S.148, Illustratorin, Schwerpunkt Jugendbücher, lebt in Krefeld
URSULA HILLMANN, S.30, * 1938 in Bonn, Studium der Pädagogik, Fotografin und Autorin in Frankfurt/Main, 1991 Fotopreis des Frauenreferats Frankfurt, 1991 Elisabeth Selbert Preis des Landes Hessen.
PEDER ILBHER, S.169, * 1965 in Hamburg, Studium der Freien Kunst in Braunschweig, Barcelona und Berlin, freier Künstler in Berlin, diverse Ausstellungen und Auftritte unter dem Label "tunguska index"
ROLAND ISELIN, S.173, Hochschule für Gestaltung, lebt in Zürich
RICHARD GORDON JONES, S. 164, lebt in Cornwall. Zahlreiche internationale Ausstellungen
VANESSA KA, S.45
MICHAEL KESSEL, S.209, lebt in Memphis, USA.
RALF KÖNIG, S. 230, Comiczeichner, seine bekanntesten Buchpublikationen: "Der bewegte Mann" und "Bullenklöten". Zuletzt (Juli 1997) erschien: Konrad und Paul 3, by Carlsen Verlag
PAUL KOHL, S. 149 u.a., * 1955, lebt am Starnberger See bei München, widmet sich neben der erotischen auch der Mode-, Porträt-, und Landschaftsphotographie. Buchprojekt.

EVGENIJ KOZLOV, S. 174 u.Titel, * 1955 in St.Petersburg, lebt in Berlin. „Als Kind wollte ich Kosmonaut werden, doch der Wunsch, Künstler zu sein, erwies sich als doppelt so stark. Die letzten Zweifel schwanden, als ich alle Zeichnungen zum Thema Weltall verbrannte und in den Kindermalzirkel im Haus der Jungen Pioniere eintrat, um Zeichnen und Komposition zu lernen." Seine Werke sind zu finden über die Galerie „RUSSKOEE POLEE/Das Russische Feld" in Berlin.

ANGELA KRAUSS, S. 185, * 1950 in Chemnitz, lebt in Leipzig, letzte Buchveröffentlichung: „Die Überfliegerin", by Suhrkamp, 1995

WOLFGANG KRAUSS, S.185, lebt in Freiburg, Maler.

DIETRICH KUHLBRODT, S.74, pensionierter Staatsanwalt und Schauspieler, lebt in Hamburg

INA KATHRIN KUTULAS, S.194, * 1965 in Magdeburg, Buchveröffentlichung: "Herbstzeitlose". In Vorbereitung: Athen Berlin

DIETER de LAZZER, S.49, Rechtsanwalt, Tübingen

ILLO LEHR, S.44, Malerin, lebt in Düsseldorf

SARAH MANGOLDT, S.201, * 1959 in Frankfurt/M, Redakteurin, lebt in Stuttgart.

FRANCA MASSARI u. KLAUS PENSEL, S. 204, München

BILL MASUCH, S. 178, * 1963 in Freudenstadt. Studium der Sozialpädagogik in Reutlingen, Studium der Malerei in Bonn. 1993 Studium an der Kunstakademie Poznan, Polen. 1994 1996 Gaststudentin in Stuttgart, sie lebt und arbeitet in Berlin.

ANDREA MAYER, S.100, * 1959, Dozentin für Germanistik

LAURA MERITT, S.127, Sexpertin und feministische Linguistin. Buchverffentlichung: LAURAS Animösitäten und Sexkapaden. Das lesbische Sexwörterbuch

ELFIE MIKESCH, S. 146, Kamerafrau u. Filmemacherin, Foto aus "Nothing but the girl". Das Fotobuch von lesbischen Fotografinnen (vor allem aus den USA und England) ist über den Verlag erhältlich.

KATIE NILES (S.131) u. **PHYLLIS CHRISTOPHER** (S.213) werden ebenfalls in "Nothing but the girl" vorgestellt

JANOS NADASDY, S.86

DORRIT NEBE, S.203, * 1953 in Heidelberg, Biologiestudium, anschließend Kunststudium an der Kunstakademie Stuttgart und Kurse am Universitätszeicheninstitut Tübingen bei Prof. Martin Schmidt, sie wohnt in Köln. Zahlreiche Ausstellungen, Gestaltung eines Bereichs des Universitätsklinikums Tübingen.

SIMON NICOLAI, S. 52, Architekt, lebt in Tübingen.

HANNES NORDHOLZ, S.48, war Universitätsdozent, lebt in Paris

CLAUDIA OBERMAIER, S.208, lebt & schreibt in Regensburg

BRIGITTE ORTH, S.120, * 1961 in Heidelberg, Psychologiestudium, lebt in Berlin, arbeitet in einer psychosozialen Beratungsstelle. Seit 1982 Fotoarbeiten, seit 1992 vor allem Stilleben.

JEANINE OSBORNE, S.214, * in Bern. Universitätsabschluß in Englischer Literatur. 1977 80 Stipendium British Council. Schauspielerin und klassische Sängerin in New York und Paris. Zahlreiche Bilderausstellungen, Performances und Gesang, Klanginstallationen. Zuletzt: Ausstellung und Konzert der eigenen Komposition "Das Tagebuch einer Wetzikoner Hausfrau" in Bern.

THOMAS PANTKE, S. 126, * 1952 in Chemnitz, Designer, Fotograf.

ANDREAS AMAD PAUL, S.22 u.a., Fotograf,lebt in Paderborn

PETRA PERLE, S.12/112, Ökotopologin aus München

SABINE AYSHE PETERS, S. 120, * 1965, Linguistin, arbeitet z.Z. als Internettrainerinn. Veröffentl. in Anthologien und Zeitschriften.

ILKE S. PRICK, S.165, * 1965, Diplom Psychologin, lebt und arbeitet in Berlin. Zur Zeit schreibt sie an ihrer Doktorarbeit und anderen Geschichten. Veröffentl.zuletzt in konkursbuch 33, "Blut"

GIPPER PUPER, (Pseudonym von Viktor Kuznetsov), S. 178, * 1960, lebt in St.Petersburg. Zahlreiche Ausstellungen in In und Ausland, einer der Protagonisten der "Neuen Akademie" St.Petersburgs. Werke über "Das russische Feld"

DAIJNA ROOS, S.145, Fotografin, lebt in Paris. Fotobuch „Miroir aux Androgynes", 1997

ARPAD SAFRANEK, S. 187/240, lebt in Kaarst, Atelier für Metallgestaltung. Fotobuch (zusammen mit Anja Safranek) „Augenblicke" ist gerade erschienen

GABY de SANTOS, S.118

SUSANNE SCHLEYER, S.141 u.a.,* 1963 in Eisenach. 1982 Studium der Kunst und Germanistik in Berlin. Erste Berührung mit Fotografie. 1991-1997 Fotografiestudium in Leipzig. Studienaufenthalt in den USA. Lebt in Berlin. Veröffentl. u.a.:"Questenberg", bei LIANE (originalgrafische Kleinzeitschrift, 1995).

SAB SCHÖNMAYR, S.113, * 1957 in Oberösterreich, Studium der Germanistik, Arbeit als Stewardess, Journalistin bei einer Frankfurter Stadtzeitung. Lebt in Österreich. Buchpublikation "Selbstgeliebt" (Erzählungen) in Vorbereitung

ANDREA SCHOLL, S. 156, Schriftstellerin in Berlin.

CHRISTIAN SCHREIBMÜLLER, S. 228, * 1949, Studium Malerei & Fotografik, Arbeit in den Bereichen Kunst & Soziales, Wien.

HELGA SCHROTH, S.161, lebt in Selb, seit 1989 ber 600 Exlibris, in den letzten Jahren auch größere Blätter als freie Graphik, Originale in Öl auf Paper, Collagen. Einzelausstellungen, zuletzt: Neue Galerie Noir/Lich, Galerie Bryggen/Bergen, Norwegen (1997)

HEIKE SCHULTE, S.139, * 1977, Studium der Kunstgeschichte und Japanologie in Tübingen und Köln. Dies ist ihre erste Veröffentlichung

KNUT SCHULZ, S.227, * 1943, Pädagogik Studium, Reisen durch Amerika und Afrika. Arbeitsbereiche: Fotografie, Zeichnung, Malerei und Plastik. Seit 1962 Einzel und Gruppenausstellungen.

MARIA SCHWELIEN, S. 222, * in Berlin, nach dem Krieg ausgewandert nach Kanada, Arbeit als Serviererin, dann Studium Kunstgeschichte u. Psychologie, lebt jetzt in Dettenhausen, arbeitet als Journalistin und führt kunstgeschichtlich orientierte Reisen durch.

STEPHANIE SELLIER, S.22/144, * 1968, Studium Germanistik und Philosophie, freie Lektorin für verschiedene Verlage, Veröffentlichungen in Zeitschriften (u.a. lespress) und Anthologien. Ihr erstes Buch "Frisch aus der Hölle" erscheint Frühjahr 1998

NAPOLEON SEYFARTH, S.93, * 1953 in der Saumagenmetropole Oggersheim, seit 1980 im lasterhaften Berlin lebend und liebend, ist bekannt geworden als Autor schweinischer Bcher ("Schweine müssen nackt sein", "Schwein oder Nicht Schwein") und Filme ("Faust III. oder Saumagen will gestopft sein"). Er schätzt es, seine Freunde von innen zu streicheln und sich von diesen streicheln zu lassen.

RENATE SIMON, S.19, * 1955, lebt in Frankfurt, div. Veröffentlichungen in Anthologien & Zeitschriften.

LILITH von SIRIUS, S.12, * 1971, beschäftigt sich mit Tanz, Kostümbilden, Massagetherapien, Astrologie & Tarot. Auftritte u.a. mit Pythonschlange

BARBARA SPLIETH, S. 103, * 1965 in Gunzenhausen, studierte Malerei in Kassel und Berlin. 1992 Meisterschülerin, danach diverser abenteuerlicher Broterwerb, Veröffentl. im "Cosmischen Penis", Schweinfurt. Sie produziert kleine bibliophile Bücher, lebt in Berlin.

BERND SPRIEWALD, S. 117, * 1957, Studium der Kunst in Braunschweig, seit 25 Jahren freier Maler in Petershagen.

MANFRED STEINBRENNER, S. 224, * 1952 in Frankfurt/Main, seit 1982 ausgedehnte Asien-Reisen, promov. Germanist, Proklamator des Neon Dada, letzte Veröffentl.: "Vom Niedergang des Tapirs" (1994), "Hol' Dich das C'bulon" (1997) im Verlag Hänsel

SABINE STERN, S.32, * 1964 in Schwenningen, wohnt seit 1987 in Karlsruhe, seit 1993 öffentl. Lesungen, Veröffentl.in Anthologien

JANA SÜß, S.6/125, * 1971, Doktorandin (Germanistik, Anglistik), Fotografie aus Spaß an der Sache

SILVIA SZYMANSKI, S.107, * 1958 in Merkstein/Rheinland. Sängerin, Gitarristin und Songschreiberin der Rockband "The Me Janes". Regelmäßige Veröffentl.in der Literaturzeitschrift "Babylon/Kompilation". Ihr erster Roman "Chemische Reinigung" erscheint Sommer'98 by Reclam/Leipzig.

JAN TEPASS, S.35 u.a., * 1963, freier Fotograf in Köln

DORIS TOMASANI, S.207, * 1966 in Aarau, Aufenthalte in Locarno, Spanien, Reisen & Arbeiten in Nigeria, Namibia und Zimbabwe. Atelier in Newcastle, lebt und arbeitet in Aarau. Einzelausstellungen, zuletzt Galerie Ziegelrain, Aarau.

GERBURG TREUSCH-DIETER, S. 127, Wissenschaftlerin und Autorin, Berlin und Wien. Viele Veröffentl. Buch u.a.: Von der sexuellen Rebellion zur Gen und Reprotechnologie. Ein ausführlicher Essay zum "Flüssigen" findet sich in konkursbuch 33, "Blut".

JÜRGEN WESTERBARKEY, S.73/236, * 1940 in Gütersloh, Studium Maschinenbau, Konstruktionsingenieur in Deutschland und Kolumbien, lebt seit 1978 in Artá/Mallorca.

GUDRUN F. WIDLOK, S.76, Fotografin, lebt in Köln

ELISA WHITE, S.140, * 1966 in Berlin, Studium der Erziehungswissenschaften und Amerikanistik; "Verrat" ein unveröffentl. Roman, "moving" in Arbeit

PASCALE ZAHN, S.8 u.a., * 1969 in Duisburg, aufgewachsen am Niederrhein, lebt in Essen, vier Semester Kunst und Philosophie. Seit 1994 Studium Kommunikationsdesign. Handgearbeitetes Buch mit einem Text von Dagmar Fedderke.

RENEE ZEYER, S. 210, lebt in Köln.

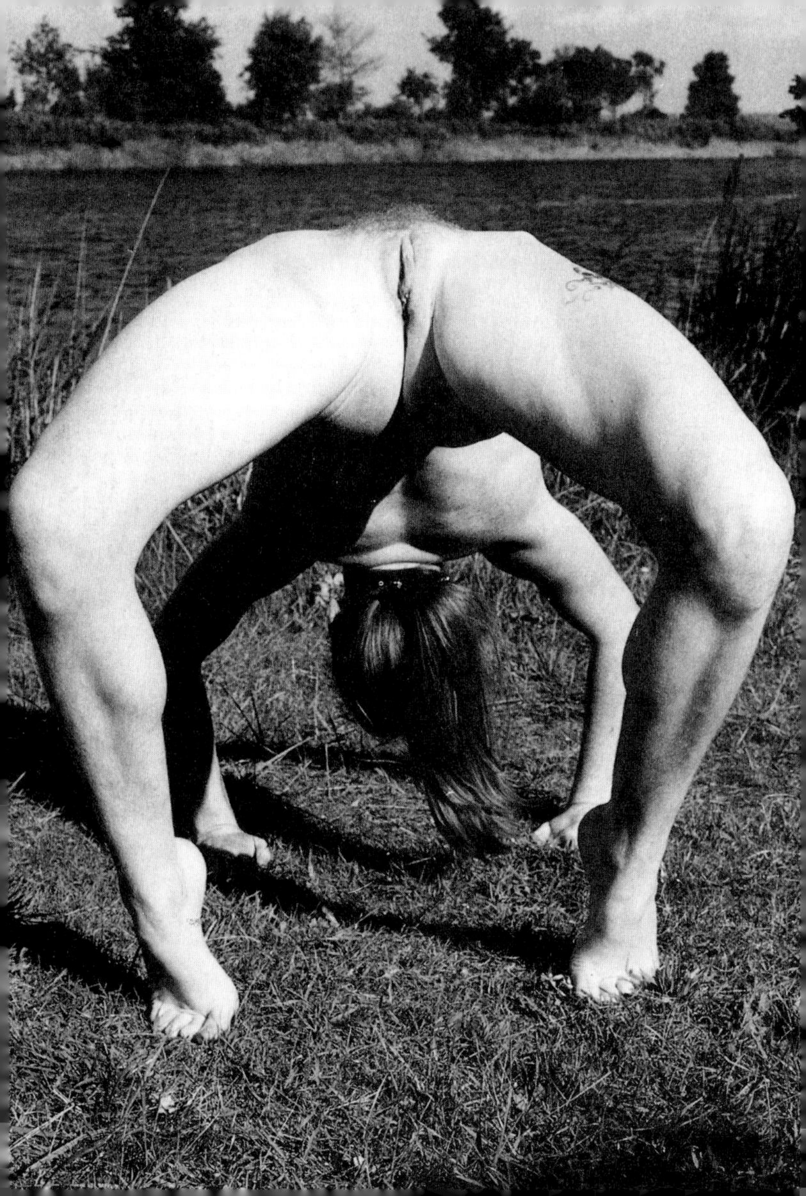